Knaur.

Knaur.

Über die Autorin:
Tessa White unternahm gemeinsam mit ihrem Mann ausgedehnte Reisen durch die Länder Asiens, die den Stoff für ihre Romane lieferten. Sie ist freie Werbetexterin und Autorin und lebt in Hamburg.

Tessa White

Die Insel der Orchideen

Roman

Knaur Taschenbuch Verlag

Besuchen Sie uns im Internet:
www.knaur.de

FSC
www.fsc.org
MIX
Papier aus verantwortungsvollen Quellen
FSC® C083411

Originalausgabe November 2012

Redaktion: Gisela Klemt, lüra: Klemt & Mues GbR
Umschlaggestaltung: ZERO Werbeagentur, München
Umschlagabbildungen: FinePic®, München; Junks in the Bay before
Victoria Peak (w/c on paper), Kato, E. (fl.1930) / Private Collection /
Photo © Bonhams, London, UK / The Bridgeman Art Library
Satz: Adobe InDesign im Verlag
Karte: Computerkartographie Carrle / Heike Boschmann
Druck und Bindung: CPI – Clausen & Bosse, Leck
Printed in Germany
ISBN 978-3-426-51163-3

2 4 5 3 1

Für Sven,
den besten Ehemann der Welt

Es ist nicht einfach, eine Pionierin zu sein –
aber oh, es ist faszinierend!
Nicht für alles Geld der Welt würde ich auch nur einen
Moment hergeben, nicht einmal den schlimmsten.

(Elizabeth Blackwell, 1821 bis 1910,
erwarb als erste Frau
einen Hochschulabschluss als Ärztin)

Teil I

1856 bis 1858

I

April 1856

»Es ist nicht zu fassen«, murmelte Johanna, klappte entschlossen ihren Sonnenschirm zusammen und stapfte die Sanddüne hinauf. Dahinter türmte sich die große Sphinx. »Vor uns erheben sich Weltwunder, und die Damen plappern über die Qualität ihres Spitzenbesatzes.«

Schon nach wenigen Schritten wünschte sie, die Absätze ihrer Stiefeletten wären flacher und die Weite ihres Rocks weniger ausladend. Wer auf die Idee gekommen war, ihr Kleid als leichte Reisebekleidung zu bezeichnen, hatte mit Sicherheit noch nicht in der Hitze eines ägyptischen Apriltags Sanddünen darin erklettert. Außer Atem erreichte sie die Dünenkuppe und sah sich um. Sie hatte die Pyramiden schon aus weiter Entfernung in den Himmel ragen sehen, menschengemachte Berge in einer Landschaft, die, abgesehen von den niedrigen Dünen, so flach war wie die Umgebung ihrer Geburtsstadt Hamburg. Nun waren sie zum Greifen nah. Beinahe konnte sie das Knallen der Peitschen hören, die Schreie der Vorarbeiter, die die Sklaven unbarmherzig antrieben, ein Grabmal zu bauen, wie es die Welt noch nicht gesehen hatte. Ein warmer Wind strich über Johannas Gesicht, und sie meinte, den Atem des toten Pharaos zu spüren, der in ihr Ohr flüsterte: »Ich bin die Ewigkeit.«

Sie bekreuzigte sich erschrocken, dann lachte sie verunsichert auf. Halluzinationen, nichts als die Halluzinationen einer überspannten, reisemüden Frau. Oder doch nicht? Dies war gewiss ein Ort für Geister.

Sie raffte ihren unpraktischen Rock und kämpfte sich durch eine Senke, um näher zur Sphinx zu gelangen, vor der sich ihr Vater und einige Männer der Reisegruppe versammelt hatten. Auf der nächsten Dünenkuppe entdeckte sie ihre anderthalb Jahre jüngere Schwester, das Zeichenbrett auf den Knien. Johanna trat mit verhaltenen Schritten hinter sie, doch sie hätte sich ihre Vorsicht sparen können. Leah war völlig in ihr Tun versunken. Fasziniert beobachtete Johanna, wie sie gerade mit sicheren und kraftvollen Strichen die Sphinx aufs Papier bannte. Ein weiterer hingeworfener Strich und noch einer und noch einer, und plötzlich zog eine Kamelkarawane vor den gezeichneten Pyramiden vorbei. Tatsächlich gab es keine Karawane, aber Leah nahm sich wie immer gewisse Freiheiten. Mit einer unwirschen Handbewegung klemmte die Schwester nun eine Haarsträhne hinters Ohr, die sich ganz undamenhaft aus ihrer Hochsteckfrisur gelöst hatte. Johanna betrachtete den dunklen Schopf ihrer Schwester. Die Versuche der Mutter, aus Leah eine ordentliche junge Dame zu machen, waren grandios gescheitert. Nicht nur die Frisur löste sich auf, auch das roséfarbene Kleid war nicht mehr exakt roséfarben zu nennen, die eigentlich hübschen weißen Schleifen der Rockgarnitur hingen schlaff herunter, Leahs Strohhut und Schuhe lagen neben ihr wie Fremdkörper. Sie musste die Düne auf Strümpfen erklommen haben. Johanna seufzte innerlich. Die Zeiten, als man ihrer trotzigen Schwester das jungenhafte Benehmen nachsah, waren unwiederbringlich vorbei. Leider interessierte sie sich auch mit ihren sechzehn Jahren noch immer nicht für die mannigfaltigen Aufgaben, die mit der Führung eines Haushalts einhergingen, stattdessen streifte sie so oft wie möglich mit ihrer Botanisiertrommel durch Felder und Wälder, klaubte vielfüßiges Krabbelgetier aus den Büschen und versank dann in stundenlangem Zerle-

gen, Zeichnen und Brüten über ihren absonderlichen Schätzen.
Leah hatte sie noch immer nicht bemerkt. Johanna beschloss, sie in Ruhe zeichnen zu lassen und die Sphinx einmal zu umrunden, bevor sie sich zu der Gruppe um ihren Vater gesellte.

* * *

Leah kniff die Augen zusammen und verglich die Skizze mit dem vor ihr liegenden Panorama. Alles war an seinem Platz, die Kamele fügten sich harmonisch ins Bild, und doch war sie unzufrieden. Die Erhabenheit der Pyramiden auf Papier zu bannen, war schwieriger als erwartet. Um die Erinnerung an diesen Tag zu beflügeln, taugte die Zeichnung aber allemal, und für etwas Besseres fehlte ihr momentan die nötige Konzentration. Schon bevor Johanna ihr über die Schulter geschaut hatte, war sie nicht recht bei der Sache gewesen, zu stark zog es sie zu den Bauwerken dort drüben, zu sehr verlangte es sie, mit den Händen über die Steinquader zu tasten, die schiere Größe der Monumente aus nächster Nähe auf sich wirken zu lassen.
Sie ließ das Zeichenbrett sinken und blickte der älteren Schwester nach, die sich gerade über die letzte Sandverwehung vor der Sphinx mühte und keine Augen mehr für Leah hatte, ebenso wenig wie die Mitglieder der Männergruppe auf der anderen Seite des Fabelwesens. Jetzt oder nie! Leah verstaute die Zeichenutensilien in ihrer eigens dafür gefertigten Tasche, griff die Schuhe und machte sich auf den Weg. Nach einigen Minuten beschwerlichen Gehens, die Düne hinunter, wurde der Boden fester und steiniger. Sie zog die Schuhe an und schritt flott geradeaus, direkt auf die höchste der drei Pyramiden zu. Sie mochte nur noch hundert Meter entfernt sein,

als drei in lange Gewänder gekleidete Männer, die bewegungslos im schmalen Schattenstreifen am Fuß der Pyramide gelagert hatten, plötzlich aufsprangen. Leah wich zurück, als die hageren Kerle wild gestikulierend auf sie zustürmten, doch wohin sollte sie flüchten? Angesichts der grimmigen Mienen der Männer, der schwarzen Vollbärte und ihrer harten, streitsüchtigen Rufe wurde sie sich ihrer Verwundbarkeit bewusst. Sie war nur ein schutzloses Mädchen in einem fremden Land. Jetzt beschleunigten die Kerle auch noch ihre Schritte! Leah wurde der Hals eng, ihre Hände zitterten. Der schnellste der Ägypter erreichte sie, keuchend redete er in seiner Sprache auf sie ein, zeigte auf sie, auf die Spitze der Pyramide, wieder auf sie und ihre Füße.

Endlich begriff sie. Vor Erleichterung lachte Leah laut auf, was wiederum dem Sieger des Wettlaufs ein Lächeln entlockte und ihn gar nicht mehr bedrohlich, sondern ausgesprochen freundlich erscheinen ließ.

»Wie viel soll es kosten?«, fragte sie auf Englisch, eine Sprache, der alle Familienmitglieder einschließlich der Mutter mächtig waren – hatte doch der Vater, der sein Leben lang von der Ferne träumte, darauf bestanden, dass sie es lernten. Die genannte Summe erschien Leah lächerlich gering. Ohne zu zögern, nestelte sie den Betrag aus ihrem Beutel und legte den Rest des Weges gemeinsam mit den munter schwatzenden Ägyptern zurück.

* * *

Johanna ließ sich Zeit. Es tat ihr gut, ganz für sich allein zu sein, in den Ohren nur Wüstenstille, über sich den fahlblauen Mittagshimmel Ägyptens. Sie lehnte sich gegen die Flanke der Sphinx, ging dann in die Hocke und setzte sich schließlich in

den Sand. Sie wollte den Augenblick genießen, die von der unsagbar alten Kolossalfigur in ihrem Rücken ausgehende Wärme fühlen. Spielerisch ließ sie die Hände durch den Sand gleiten.
Dies war also die erste Station auf dem Weg in ein neues Leben. Die erste Station einer Reise, die sie und ihre Familie immer weiter nach Osten führen würde, bis sie in Hongkong für einige Tage von Bord gehen sollten, der neuesten Gründung der Britischen Ostindien-Gesellschaft. Doch ihr eigentliches Ziel war Kanton, jene geheimnisvolle Stadt im ebenso geheimnisvollen China mit seinen unergründlichen Menschen. Sie seien höflich, hatte der Missionsangehörige in Southampton gesagt, die Chinesen, denen der Herr Uhldorff das Wort Gottes bringen wollte. Dann hatte er sich geräuspert und gar nichts mehr gesagt. Das Ungesagte beschäftigte Johanna während der gesamten, dreizehn Tage dauernden Überfahrt nach Alexandria, dann hatten die auf sie einstürmenden Eindrücke sie überrollt und keine grüblerischen Gedanken mehr zugelassen.
Johanna fuhr sich mit dem Handrücken über die schweißfeuchte Oberlippe. War sie tatsächlich erst vor dreißig Stunden in Alexandria von Bord gegangen? Dreißig Stunden, angefüllt mit mehr Aufregung, als Hamburg im ganzen Jahr zu bieten hatte. Das Gewimmel am Hafen, sehnige dunkelbraune und tiefschwarze Männer, die im Bauch des Postschiffes verschwanden, um die Waren aus England auf den Kai zu schleppen, während sie noch die Gangway hinabstolperte, die Augen überall, nur nicht auf den unebenen Planken vor ihr. Tausende Kamele standen bereit, die Ballen und Kisten über den Isthmus von Suez in die Stadt gleichen Namens zu transportieren. In der Zwischenzeit konnten die Passagiere die Wunder Ägyptens bestaunen, bevor sie in vier Tagen zu Post

und Waren stoßen und an Bord des nächsten Schiffes die lange Fahrt in den Fernen Osten antreten würden.
Die P&O-Kompanie hatte alles aufs Angenehmste organisiert. Kaum auf festem Boden angekommen, wurden die Passagiere von höflichen Ägyptern in farbenprächtigem Aufzug zu den Kutschen komplimentiert und zum Bahnhof gebracht. Die Zugfahrt von Alexandria nach Kairo war ein Vergnügen, lenkten doch der Fahrtwind und die sattgrüne, palmenbestandene Landschaft von der sich zum Mittag hin aufbauenden Hitze ab. Johanna beobachtete mit großen Augen die Ochsenkarren und Turban tragende Männer in wallenden Gewändern, die gebückten Rücken der Frauen auf den Feldern, und einmal, als der Zug hielt, tauschte sie sogar Blicke mit einer am Kinn tätowierten Frau. Ihr gefiel, was sie sah, doch sie war trotzdem erleichtert, als sie sich ins Zimmer ihres Kairoer Hotels zurückziehen konnte – im Gegensatz zu Leah, die beim Versuch, einen Blick in die lockenden Gassen jenseits der Hotelmauer zu erhaschen, beinahe übers Balkongeländer kippte. Noch vor Sonnenaufgang weckte sie der tausendstimmige Ruf der muselmanischen Muezzins, ein gespenstischer Chor, der Johanna deutlich vor Augen führte, dass sie die Sicherheit der christlichen Welt verlassen hatte. Nach dem Frühstück hatte schon der nächste Programmpunkt auf der Tagesordnung gestanden: eine Ausfahrt zu den berühmtesten Bauwerken der Welt, den Pyramiden von Gizeh.
Johanna erhob sich, klopfte den Sand aus den Draperien und Falten ihres Rocks und setzte ihren Weg zu Füßen der Sphinx fort. Als sie die gewaltige Brust der Statue erreichte, legte sie den Kopf in den Nacken und blickte zu dem nasenlosen Gesicht auf. Worauf waren die unergründlichen steinernen Augen gerichtet? Was mochte sie nach endlosen Jahrhunderten, in denen die Menschen in ihrer Gegenwart respektvoll den

Kopf geneigt hatten, von den ausländischen Reisenden halten, die sie seit einigen Jahrzehnten mit offenen Mäulern begafften?

Aus der Nähe drangen Männerstimmen. Johanna umrundete eine niedrige Dünenkuppe. Mit dem Rücken zu ihr stand der Vater, vertieft in eine Unterhaltung mit dem gut aussehenden Herrn vom Schiff: Friedrich von Trebow. Johannas Herz machte einen Satz, und ein wenig ärgerlich fühlte sie ihre Wangen heiß werden. Zum Umkehren war es zu spät, denn von Trebow hatte sie bereits bemerkt.

»Fräulein Uhldorff!«, rief er aus. »Welche Freude, Sie zu sehen.«

»Johanna?« In der Stimme ihres Vaters schwang Erstaunen. Johanna wusste, dass er einen Alleingang von Leah erwartete, ganz sicher aber nicht von ihr, der vernünftigen Älteren, die es sich zur Aufgabe gemacht hatte, der zarten Mutter zur Seite zu stehen. Oder zu deren Aufgabe es gemacht worden war, dachte Johanna mit einem Anflug von Bitterkeit. Wie zur Bestätigung huschten die Augen des Vaters suchend umher. »Wo ist deine Schwester?«

Ernüchtert wies sie mit dem Daumen über die Schulter. »Dahinten. Sie zeichnet.«

Sein Blick ging in die angezeigte Richtung. »Da ist niemand. Nur Sand«, bemerkte er.

Johanna blickte zu dem Hügel, auf dem sie ihre Schwester vor kaum einer halben Stunde getroffen hatte. Er war tatsächlich leer. Sie zuckte die Achseln. »Dann hat sie ihre Zeichnung beendet und ist zu den Damen zurückgekehrt.«

»Ihre jüngere Tochter hat ein bemerkenswertes Talent«, sagte von Trebow.

»Nicht wahr?« Der Vater platzte beinahe vor Stolz. »Sie zeichnet, seit sie den ersten Graphitstift in die Finger bekam.

Es gab sogar schon Interessenten, doch sie weigert sich, ihre Zeichnungen herzugeben.«
»Wie schade. Ich hatte insgeheim mit dem Gedanken gespielt, ihr ein oder zwei Bilder abzukaufen.«
Der Vater lachte. »Sie können gern Ihr Glück versuchen. Aber ich warne Sie: Leah ist dickköpfig.«
»Das nennt man wohl eine charmante Untertreibung«, murmelte Johanna.

Leah befand sich nicht unter den bei den Kamelen wartenden Damen. Nach aufgeregtem Hin und Her stellte sich heraus, dass Johanna sie als Letzte gesehen hatte.
»Ich wähnte sie bei dir«, sagte ihre Mutter mit vorwurfsvollem Unterton. »Ich sah dich dieselbe Düne hinaufklettern wie sie.«
»Es tut mir leid«, schnappte Johanna zurück. »Aber ich bin nicht ihr Kindermädchen.«
»Es gehört sich ohnehin nicht, dass ein junges Mädchen allein hier herumläuft. Auch du nicht.«
Johanna platzte der Kragen. »Ob es sich gehört oder nicht, ist wirklich zweitrangig, Mutter! Leah ist verschwunden, und wir müssen sie suchen.«
Der Vater, Friedrich von Trebow und einige andere Männer schwärmten in alle Richtungen aus. Johanna wollte sich ihnen anschließen, doch die Mutter hielt sie mit festem Griff zurück. »Bleib hier. Mir ist vor Aufregung ganz schwindelig geworden.«
Johanna gehorchte widerwillig. Sie wollte bei der Suche helfen. Und, wie sie sich eingestand, in Friedrich von Trebows Nähe bleiben. Um Leah machte sie sich keine übermäßigen Sorgen. Wahrscheinlich hatte sich die Schwester lediglich einen neuen Aussichtspunkt zum Zeichnen gesucht.

Die anderen Damen, Gattinnen von Kolonialbeamten auf dem Weg nach Kalkutta, umflatterten Johanna und ihre Mutter.
»Unmöglich, dieses jüngere Fräulein Uhldorff«, mäkelte Mrs Hampton, während Mrs Flockton besorgt nach Riechsalz und einem Sonnenschirm verlangte.
Einer anderen Dame fiel es schwer, ausnahmsweise nicht im Mittelpunkt des Interesses zu stehen. Lautstark verschaffte sie sich Gehör: »Mir ging es das erste Mal in Ägypten ebenso, soll ich es Ihnen erzählen?«
Nein, das sollen Sie nicht, dachte Johanna boshaft. Gänse.
Ein lauter Ruf brachte das Geschnatter zum Verstummen. Johanna ließ ihre Mutter in der Obhut der molligen Mrs Flockton und eilte davon. Nicht weit entfernt stand Herr von Trebow, winkte mit einem kleinen Fernrohr und wies auf die Cheops-Pyramide. Die Männer liefen bereits in seine Richtung. Johanna erreichte ihn als Erste. Er lachte aus vollem Hals. »Da, sehen Sie! Am Fuß der großen Pyramide.« Er drückte Johanna das Teleskop in die Hand. Hastig führte sie es zum Auge.
Steinblöcke erschienen in dem runden Ausschnitt, und es kostete sie Mühe zu finden, was Friedrich von Trebow entdeckt hatte. Erst mochte sie nicht glauben, dass die roségekleidete Gestalt, die sich mit Hilfe zweier in lange, unförmige Gewänder gehüllte Ägypter die unteren Stufen der Pyramide emporarbeitete, ihre Schwester sein sollte. Der weite Rock und die braunen Haare, nun vollends von Kämmchen und Nadeln befreit, ließen jedoch keinen Zweifel.
Johanna senkte entsetzt das Fernrohr. »Um Himmels willen, was hat sie vor?«
»Zur Spitze klettern, nehme ich an.«
Bevor sie etwas erwidern konnte, stieß der Vater zu ihnen. »Zur Spitze? Ist das ihr Ernst?«

»Ich fürchte, ja.«
Johanna sah, dass sich Friedrich von Trebow das Lachen nur schwer verbeißen konnte. Empört mischte sie sich ein: »Leah ist dort allein mit den Einheimischen. Wir müssen ihr nach!«
»Es dauert aber lange, bis alle Damen auf den Kamelen sitzen«, bemerkte Friedrich. »Ich werde schon zu Fuß hinüberlaufen. Es kann sich höchstens um fünfhundert Meter handeln.«

Die Kameltreiber hatten ihre liebe Not, den etwa fünfundvierzig Mitgliedern der Gesellschaft in die unbequemen, mit Knüpfteppichen belegten Holzsättel zu helfen. Dass die aufgebauschten Röcke der Damen und ihre affektierten Schreckensrufe die Kamele nervös machten, verzögerte den Aufbruch zusätzlich. Als sie endlich am Fuß der Cheops-Pyramide anlangten, wurden sie bereits von Friedrich von Trebow und einem weiteren Gentleman erwartet.
»Sie hat die Hälfte schon geschafft«, sagte der zweite Mann – ein Mr Tanner, meinte sich Johanna zu erinnern.
Sie beschirmte die Augen mit der Handfläche und suchte die Pyramidenwand ab. Gerade wurde Leah von den beiden Einheimischen auf die nächste Stufe hochgezogen; allein hätte sie die brusthohen Steinblöcke der Pyramide kaum bewältigen können.
»Leah!«, schrie sie. Als sie nicht reagierte, fielen ihre Eltern und einige andere ein. Erst beim vierten oder fünften Mal drehte sich Leah um und winkte. Die Gesellschaft brach in hektisches Gestikulieren und Rufen aus, um Leah zu bedeuten, sie möge umkehren. Johanna war sicher, dass sie die Aufforderung verstand, doch die Schwester winkte lediglich ein weiteres Mal, dann nahm sie die nächste Stufe in Angriff. Aufwärts.
»Sie hat gegrinst«, bemerkte Mr Tanner trocken. Er hatte

Leah mit von Trebows Teleskop beobachtet. »Das Mädchen imponiert mir.«
»Es ist nicht zu fassen!« Alwine Uhldorff redete sich in Rage. »Aufsässig ist sie! Aufsässig und tollkühn. Nichts ist vor ihrer Neugierde sicher.«
»Ich denke, damit ist sie aufs Beste für die Kolonien gerüstet.« Mr Tanners nüchterner Einwand verschlug Alwine Uhldorff die Sprache.
»Lass gut sein, Alwine«, beruhigte Hermann-Otto Uhldorff sie. »Wir können es nicht ändern. So ist Leah nun mal.« In seiner Miene war keine Spur von Ärger zu erkennen.
»Und was gedenkst du zu tun, Vater?«, fragte Johanna ein wenig zu schnippisch, doch er ignorierte ihren Ton.
»Na was wohl? Wir folgen ihr!«
Johanna sah erst ihn an, dann nach oben. Dort hinauf? Eine verlockende Vorstellung!
»Du bleibst hier.« Die Stimme der Mutter durchkreuzte ihre Gedanken. »Keine Widerrede. Es reicht, wenn eine meiner Töchter sich ungebührlich benimmt. Du leistest mir und den anderen Damen Gesellschaft, während wir auf die Männer warten.«
Johanna war den Tränen nahe. Die Mutter schlug ihr den Wunsch ab, bevor sie ihn überhaupt äußern konnte! Sie presste die Lippen zusammen. Aus ihrem Mund würden keine Klagen kommen, und sie würde nicht bitten. Zu ihrer Überraschung trat Friedrich von Trebow neben die Mutter und verbeugte sich formvollendet.
»Liebe Frau Uhldorff, ich kann verstehen, dass Sie sich um Fräulein Johanna sorgen«, sagte er ernst. »Es ist eine gefährliche Kletterei, doch Sie würden mich glücklich machen, wenn Sie ihr die Erlaubnis für das Unternehmen erteilten. Ich bürge persönlich für ihre Sicherheit.«

Johanna traute ihren Augen nicht. Ihre Mutter schmolz unter von Trebows Lächeln dahin. Eben noch streng und unnachgiebig, wurden ihre Züge nun weich. Kokett legte sie ihre Hand auf den Arm des jungen Mannes.

»Ich bin nach wie vor der Überzeugung, dass sich diese Kletterpartie nicht für eine Dame schickt, doch wie könnte ich Ihnen eine Bitte abschlagen, Herr von Trebow? Aber ich nehme Sie beim Wort: Sie bürgen mir für Johannas Wohlergehen.«

Galant gab er ihr einen Handkuss. »Ich werde sie notfalls auf Händen hinauf- und hinuntertragen.«

Bevor Johanna verstand, was sich zwischen Friedrich von Trebow und ihrer Mutter abspielte, dirigierte er sie bereits zu einer Gruppe Ägypter, die bereitstanden, den Wagemutigen auf die Pyramide zu helfen.

»Schnell«, flüsterte er. »Bevor Ihre verehrte Frau Mama es sich anders überlegt.«

Johanna streckte die Arme aus. Der kräftige Ägypter auf dem Block über ihr griff nach ihren Händen und zog sie eine weitere Stufe nach oben. Nur noch zehn, vielleicht elf Mal musste sie die entwürdigende Tortur über sich ergehen lassen. Gott sei Dank. Mit einem leichten Schaudern blickte sie hinunter. Sie hatte nicht gezählt, aber es kam ihr vor, als hätte sie auf dem Weg zur Spitze bereits Hunderte von Stufen bewältigt. Tief unter ihr hatten sich die weniger abenteuerlustigen Mitglieder der Reisegesellschaft auf Decken niedergelassen. Kurz beneidete Johanna ihre Weisheit, die Strapazen nicht auf sich genommen zu haben, doch dann straffte sie die Schultern. Sie war achtzehn Jahre alt, und was Leah konnte, konnte sie schon lange. Gerade erklomm ihr Vater den Block unter ihr. Er wirkte erhitzt und mit seinem verstaubten Anzug und der schiefen Krawatte ein wenig derangiert, doch seine Laune war trotz der Anstrengung blendend. Sein verschwörerisches Grinsen sprach Bände. Zärtlichkeit für ihren Vater wallte in ihr auf. Auch in ihr strömte sein Blut, auch sie hatte ein wenig von seiner übersprudelnden Lebensfreude und seiner durch nichts zu bremsenden Neugierde geerbt. Sie dachte an den folgenschweren Abend, an dem der Vater ihnen eröffnet hatte, er würde gern als Missionar nach China gehen, allerdings nicht ohne sie. Leah war natürlich Feuer und Flamme gewesen, und der Funke ihrer Begeisterung sprang auch auf Johanna über. Zu dritt beknieten sie die zögernde Mutter, bis sie endlich einwilligte. Im Gegensatz zu Leah und ihrem Vater war Johanna im Vorbereitungstrubel der nächsten Monate oft von Zweifeln gepackt worden, doch sie hatte ihre Entscheidung nicht bereut. Ägypten war nur die Ouvertüre, es warteten noch so viele Wunder auf sie alle!

Wenige Minuten später erreichte Johanna den Gipfel. Da die Spitze der Pyramide vor undenklich langer Zeit abgetragen worden war, fand sie sich auf einer etwa zehn Meter im Quadrat messenden Plattform wieder. Friedrich von Trebow trat neben sie und breitete die Arme aus. »Ein erhebender Ausblick.«

Sie nickte. Die Wüste dehnte sich nach Westen bis in die Unendlichkeit, eine gelb-graue Welt ohne Wasser, ohne Leben, ohne Hoffnung, und doch ging eine Faszination von der Leere aus, der sich Johanna nicht entziehen konnte. Sie schauderte trotz des heißen Windes, den die Sahara ihr ins Gesicht atmete, drehte sich um und ging zur entgegengesetzten Seite der Plattform. Hier bot sich ein ganz anderes Bild. Zwischen den Pyramiden von Gizeh und dem in der Ferne funkelnden Nil breitete sich ein Flickwerk von Feldern aus. In lichter Folge ragten Dattelpalmen in den Himmel, die fedrigen Blät-

ter von einer Brise zerzaust. Inmitten der Felder wirkten die kleinen Dörfer mit ihren schmucklosen quaderförmigen Häusern wie hingewürfelt.
Als sich Johanna von der Aussicht abwandte, entdeckte sie Leah hinter einem Steinquader. Ihre Schwester hatte einen der Ägypter, der ihr die Pyramide hinaufgeholfen hatte, als Modell verpflichtet. Steif und ein wenig unbehaglich lehnte der Mann gegen den Stein, während Leah ihn mit Hingabe zeichnete. Der hagere Mann mochte Mitte dreißig sein und trug einen verschlissenen hellbraun und weiß gestreiften Kaftan über einem kragenlosen Hemd. Auf den kurzgeschorenen Haaren thronte die weiße Baumwollkappe der Muselmanen. Der Schmutz in den Rillen seiner Hände ließ sich wahrscheinlich nicht mehr fortwaschen, und die Fingernägel waren gelb und eingerissen. Der Ägypter war unzweifelhaft arm, ein Bauer aus der Umgebung vielleicht, der sich durch die Schaulustigen ein Zubrot verdiente. Johanna seufzte. Aus unerfindlichen Gründen zog Leah es vor, die einfachen Leute auf Papier zu bannen; während der Passage nach Alexandria hatte sie zur hellen Begeisterung aller anwesenden Klatschbasen sogar die Matrosen gezeichnet. Manchmal fragte sich Johanna, ob es Leah Freude machte, für Empörung zu sorgen, oder ob sie es einfach nicht bemerkte. Sie trat neben ihre Schwester.
»Du bekommst einen Sonnenstich«, stellte sie fest. »Wo ist dein Hut?«
Leahs Hände flatterten zum Kopf. Auf ihrem Gesicht breitete sich Verwunderung aus, als sie außer wilden Locken und verirrten Kämmen nichts fand. »Vorhin war er noch da«, sagte sie.
»Vorhin? Vorhin lag er neben dir im Sand. Und da ist er wahrscheinlich noch. Hast du eigentlich eine Vorstellung davon, wie teuer so ein Hut ist?«

»Ich …«

»Von deinen zerrissenen Strümpfen ganz zu schweigen«, schnitt Johanna ihr das Wort ab. Es tat gut, dem Ärger Luft zu machen. Leider bewirkte ihr Ausbruch nur, dass auch Leah auffuhr.

»Ich habe nicht um den blöden Hut gebeten! Wer braucht schon so ein unpraktisches Ding? Und überhaupt.« Sie zerrte an ihrem Rockstoff und riss dabei eine der Schleifen ab. »Mit so einem Monstrum kommt man nirgendwo hin. Überall bleibt es hängen, ständig trete ich auf den Saum oder mache es schmutzig.« Sie zeigte auf den Vater. »Papa hat's gut mit seinen bequemen Hosen.«

Johanna hörte ihr mit wachsendem Ärger zu. Insgeheim musste sie der Schwester recht geben – hatte sie heute nicht schon ähnliche Gedanken gehegt? Aber Hosen? »Es ist genug«, herrschte sie die Jüngere an. »Hosen sind indiskutabel, also wirst du wohl oder übel mit Kleidern und Röcken vorliebnehmen. Benimm dich endlich deinem Alter entsprechend.«

»Wenn es bedeutet, dass ich so langweilig werden muss wie du, verzichte ich dankend.« Mit diesen Worten stand Leah auf und ging davon.

Johanna zitterte am ganzen Leib. Die Worte der Schwester trafen sie im Innersten. Langweilig? War sie wirklich so vorhersehbar? Sie musste die Zähne zusammenbeißen, um nicht in Tränen auszubrechen. Eine Hand legte sich auf ihren Arm. Der Vater.

»Habt ihr euch gestritten?«, fragte er. »Leah stürmte gerade mit verkniffenem Mund an mir vorbei und hat sich schmollend an den Abstieg gemacht.«

»Wir hatten eine Meinungsverschiedenheit«, sagte sie müde. »Nichts Wichtiges.«

Der Vater sah ihr forschend ins Gesicht. »Ihr streitet euch oft«, murmelte er, mehr zu sich selbst als zu Johanna. »Das ist bedauerlich, aber unvermeidlich bei zwei derart temperamentvollen Töchtern.«
Sie schniefte. »Temperamentvoll? Leah hat mich vor wenigen Augenblicken als langweilig bezeichnet.« Jetzt weinte sie tatsächlich.
Der Vater nahm ihr Gesicht zwischen seine Hände. »Gib nichts darauf«, sagte er. »Wisch dir die Tränen ab. Hinter dir steht nämlich ein junger Herr, der dich ganz und gar nicht langweilig findet.« Er gab ihr einen Klaps auf die Wange und schob sie von sich.

Wenig später war Johanna mit sich und der Welt wieder im Reinen. Der Fremdenführer, ein englischer, in Kairo ansässiger Assistent der Schifffahrtslinie P&O, hatte mit Hilfe seines ägyptischen Faktotums einen riesigen Picknickkorb auf die Pyramide geschleppt. Sogar ein blütenreines Damasttuch, feine Gläser und Porzellan fehlten nicht, um das exklusive Picknick mit Stil zu zelebrieren. Flankiert von ihrem Vater zur Rechten und Herrn von Trebow zur Linken kostete Johanna von den reichlich aufgedeckten Leckereien. Sie mied das englische Roastbeef und probierte lieber die ägyptischen Köstlichkeiten: weiches, ungesäuertes Brot; Kichererbsenpüree, Humus genannt; Baba Ghanouj, eine fruchtige Paste aus raffiniert gewürzten Auberginen, Sesam und Tomaten; kleine gebratene Rollen aus Lammhack; gefüllte Eier mit Oliven; Fisch in einer dicken roten Soße, die verführerisch nach Tomaten, Piment und Kreuzkümmel duftete. Zum Abschluss gönnte sich Johanna ein wunderbar klebriges Gebäckstück, dessen Namen sie nicht verstanden hatte. Sie dachte an Leah. In ihrer Wut hatte die Schwester das Picknick gar nicht erst abgewartet und war tatsächlich von der Pyramide geklettert. Jetzt saß sie unten bei der Mutter und ärgerte sich. Es geschah ihr recht.

»Sie haben einen guten Appetit«, bemerkte Mr Tanner, als sie sich ein zweites Gebäckstück nahm. »Sicherlich freuen Sie sich bereits auf das chinesische Essen. Es ist recht außergewöhnlich.«

Johanna, den Mund voller Honig und Teig, nickte. Mr Mason, ein dicker Mann mit Dreifachkinn und Backenbart, lachte auf. »›Außergewöhnlich‹ ist eine diplomatische Umschreibung. Ich vermute, Sie werden sich nach ehrlicher englischer Küche zurücksehnen.«

Das Geplänkel ging eine Weile hin und her, ohne dass Johanna herausfinden konnte, was so außergewöhnlich an den chinesischen Spezialitäten sein sollte. Zum Bedauern aller mussten sie bald zum Aufbruch rüsten, um beim schwierigen Abstieg nicht von der Dämmerung überrascht zu werden. Tatsächlich stand die Sonne bereits tief genug, um die spitzen Schatten der Pyramiden weit in die Länge zu ziehen.

Sie erreichten den Fuß der Pyramide und, nach einem kurzweiligen Ritt, auch die Kutschen ohne Zwischenfälle. Johanna hatte Spaß an dem Kamelritt gehabt und tätschelte dem Tier zum Abschied die weiche Schnauze. Sie wollte gerade in die wartende Kutsche steigen, als ihr ein paar Bauernbengel auffielen, die in einiger Entfernung einen Esel umstanden. Die Jungen spielten mit einem Gegenstand, der ihr bekannt vorkam. Sie ging zu Leah.

»Ich glaube, der Esel dort trägt deinen Hut.«

»Wie bitte?« Leah kniff die Augen zusammen und beobachtete die Szene. Ihre Schultern sackten nach unten. »Der ist hin, fürchte ich«, sagte sie kleinlaut.

Johanna konnte sich nicht mehr zurückhalten. Lachend nahm

sie die Jüngere in den Arm. »Ich liebe dich, kleine Schwester. Weil es mit dir nie langweilig ist.«

* * *

Am nächsten Mittag, eingezwängt in unbequeme Kutschen, befand sich die Gesellschaft bereits auf halbem Weg nach Suez. Den Vormittag über hatten die Passagiere gedöst oder ihren Gedanken nachgehangen, doch nun wurden die Gespräche lebhafter. Mrs Flockton war sichtlich entzückt, mit dem deutschen Missionar in einer Kutsche zu sitzen.

»Sie wollen also die Wilden bekehren?«, fragte sie eifrig.

Hermann-Otto Uhldorff zog die Brauen hoch. »Nicht die Wilden, Madame. Die Chinesen sind ein Volk mit einer faszinierenden und sehr alten Kultur.«

»Wenn Sie eine derartige Hochachtung vor dieser sogenannten Kultur haben, verstehe ich allerdings nicht, was Sie dort wollen.«

Johanna und ihr Vater tauschten einen Blick. Sie lächelte ihm aufmunternd zu. Wie oft hatte er dieses Gespräch schon führen müssen!

Hermann-Otto Uhldorff beugte sich vor, ein schwieriges Unterfangen in der schwankenden Kutsche, und setzte eine ernste Miene auf. »Es mag Ihnen widersprüchlich vorkommen, liebe Mrs Flockton, aber Sie haben den Nagel auf den Kopf getroffen: Ich bewundere die chinesische Kultur. Nun bin ich aber ein Mensch, der daran glaubt, dass auch das Gute verbessert werden kann. Warum sollte also ein Chinese nicht den christlichen Glauben umarmen?«

Touché, dachte Johanna. Die dicke Mrs Flockton schien zu demselben Schluss gekommen zu sein, denn sie wandte sich demonstrativ der Aussicht zu. Nicht, dass diese sonderlich erbauend war; seit sie Kairo hinter sich gelassen hatten, gab es nichts zu bewundern außer Sand, Sand und nochmals Sand, der sich mittlerweile seinen Weg in die Schuhe und unter die Kleidung bahnte, zwischen den Zähnen knirschte und die Augen rötete. Die Fahrt in der vierspännigen Kutsche war diesbezüglich alles andere als ein Vergnügen. Johanna freute sich auf die abendliche Ankunft in Suez, auch wenn sie allen Grund hatte, die Reise zu genießen: Ihr wunderbar verständnisvoller Vater hatte es am Morgen eingerichtet, dass sie sich mit den Flocktons, deren schweigsamer Dienerin sowie Friedrich von Trebow eine Kutsche teilten.

»Ich bewundere Ihre Ideale, Herr Uhldorff«, nahm Herr von Trebow den Faden nach einer unbehaglichen Gesprächspause wieder auf. »Mein Grund, in den Osten zu gehen, ist profaner: Ich will reich werden.«

»Daran kann ich nichts Ehrenrühriges erkennen, zumal in meiner Situation.«

»Ich verstehe nicht.«

»Wie sollten Sie«, antwortete Hermann-Otto Uhldorff. »Ich bin moderat wohlhabend. Mein Urgroßvater gründete eine Kattundruckerei, die von meinem älteren Bruder geführt wird. Ich selbst hatte nie Ambitionen, in das Geschäft einzusteigen, so dass es mir sehr gelegen kam, als mein Vater mir mein Erbe frühzeitig auszahlte. Mit dem bescheidenen Vermögen konnte ich mich meinen wahren Interessen, dem Studium der Philosophie und fernöstlicher Kulturen, widmen.«

»Mit Verlaub, Herr Uhldorff, aber für mich hört es sich an, als seien Sie mehr an den Chinesen interessiert als an Gottes Wort.« Mr Flockton strich sich selbstgefällig über den Bart, nun, da er zur Ehrenrettung seiner Frau eingeschritten war.

»Vor zwanzig, ja, noch vor zehn Jahren wäre diese Beobachtung zutreffend gewesen, Mr Flockton.« Hermann-Otto

Uhldorff lächelte dem Mann versöhnlich zu. »Ich habe Gottes Ruf erst spät gehört und bin nun überglücklich, als Sein Werkzeug in China wirken zu dürfen.«
»Ihre Familie teilt Ihr Interesse am Fernen Osten?«, fragte Friedrich von Trebow.
»O ja«, fiel Johanna ein. »Vater hat uns schon früh von Indien und China erzählt und auch Journale nach Hause gebracht. Ich kann es kaum erwarten, all diese Wunder mit eigenen Augen zu sehen.«
»Wie lange gedenken Sie in China zu bleiben?«, mischte sich Mr Flockton wieder ins Gespräch.
»Einige Jahre, wie ich hoffe«, antwortete Hermann-Otto Uhldorff. »Allerdings wäre es nicht möglich, für immer dort zu leben.«
»Warum nicht?«, fragte Mr Flockton.
Der schelmische Ausdruck auf dem Gesicht ihres Vaters versetzte Johanna in Alarmbereitschaft.
»Wie Sie wissen, habe ich zwei entzückende Töchter«, fuhr er fort. »Die unverheirateten jungen Männer würden es mir niemals verzeihen, wenn ich sie dem Heiratsmarkt dauerhaft fernhielte.«
»Papa!«
»Ich bin ein Mann Gottes, liebste Tochter. Verpflichtet, die Wahrheit zu sagen.«
»Ihr verehrter Vater hat recht«, bestätigte Herr von Trebow. »Wir jungen Männer würden es ihm auf ewig übelnehmen.«
Johanna wusste vor Verlegenheit nicht, wo sie hinschauen sollte. Sie hatte bereits gestern befürchtet, dass ihr Interesse an dem jungen von Trebow allzu offensichtlich war, doch dass der Vater sie nicht nur durchschaut hatte, sondern ihr indirekt seinen Segen gab, wunderte sie. Immerhin wussten sie so gut wie nichts über Friedrich von Trebow. Aber Johan-

na fand ihn ungemein attraktiv. Er war groß und schlank, ein Mann, der eine Frau beschützen konnte. Seine hohen Jochbögen gaben ihm etwas Aristokratisches, und in seinen hellblauen Augen verlor sie sich, wann immer sie ihn anschaute.
Seine modischen Jacketts und Schleifenkrawatten, die sandfarbenen Hosen und seine akkurat getrimmten Favoris gefielen ihr, auch wenn Leah nur ein abfälliges Schnauben dafür übrig hatte. Ihre Schwester hielt Friedrich für einen Stutzer, doch was zählte deren Einschätzung schon!
Johanna räusperte sich. »Nun, da unsere Familienangelegenheiten Gegenstand detaillierter Erläuterungen wurden« – sie schoss einen verärgerten Blick zu ihrem Vater, der ihn mit amüsiertem Augenrollen zur Kenntnis nahm –, »würden wir uns natürlich freuen, Herr von Trebow, wenn Sie ein wenig von sich preisgäben. Dass Sie in Hongkong reich zu werden gedenken, erwähnten Sie bereits. Doch wie wollen Sie es anstellen?«
»In erster Linie durch Kommissionsgeschäfte. Aber ich werde, sollte sich eine günstige Gelegenheit ergeben, nicht zögern, meine Ersparnisse in den Aufkauf gewinnversprechender Waren anzulegen.«
»Haben Sie denn Erfahrung darin? Es klingt riskant.«
»Das ist es auch, aber ich hatte bereits das Glück, ein wenig durch den Osten reisen und mir einen Überblick verschaffen zu können.« Als Johanna fragend den Kopf neigte, setzte Friedrich von Trebow seine Erklärungen fort: »Das Londoner Handelshaus *Medhurst, Jacobsen & Co* erteilte mir Prokura und sandte mich vor zwei Jahren als Supercargo nach Asien. Ich konnte sowohl die mir anvertrauten Manufakturen mit großem Gewinn veräußern als auch neue Waren zu günstigen Konditionen erwerben und in anderen asiatischen Häfen weiterverkaufen.«

»Wie aufregend! Welche Länder haben Sie bereist? Womit haben Sie gehandelt? Porzellan und Seide?«
»Dies ist ganz eindeutig die Frage einer jungen Dame, wenn ich mir diese Bemerkung erlauben darf.« Friedrich von Trebow bedachte Johanna mit einem Lächeln, so strahlend, dass sie die Hitze auf der Haut zu spüren vermeinte. »Sie denken an die schönen Dinge«, fuhr er fort, »doch den größten Nutzen erreicht man heutzutage mit weitaus alltäglicheren Gütern: mit Rohrzucker, Tabak und Kaffee aus Batavia, Betelnüssen aus Sumatra, Tee und Kampfer aus China, mit Reis aus Siam und Zinn und dem Gummisaft Guttapercha aus Malaya. Nicht zu vergessen sind Indigo, Kokosöl, Holz und Gewürze aller Art. Übrigens finden längst nicht alle Waren den Weg nach Europa. Ein großer Teil der Unternehmungen der europäischen Kaufleute beschränkt sich auf den Handel zwischen Amoy, Singapur, Batavia, Manila, Kalkutta und anderen Häfen.«
»Ich wünschte, ich könnte all diese exotischen Orte sehen!«
»Oh, ich bin mir sicher, dass die meisten dieser Häfen kein angenehmer Aufenthaltsort für eine Dame sind«, warf Mr Flockton ein.
»Das hängt ganz von der Dame ab, will ich meinen. Meine Töchter fallen jedenfalls nicht bei jeder kleinen Unannehmlichkeit in Ohnmacht.«
Die Schärfe in Hermann-Otto Uhldorffs Stimme entging Mr Flockton nicht. Beleidigt lehnte er sich zurück und starrte auf den Rücken seiner Frau, die ihrerseits noch immer angestrengt aus dem Fenster blickte.
Erst nach einer Weile gelang es Johannas Vater, das Gespräch wieder aufleben zu lassen. Sie erfuhren, dass Friedrich von Trebow einer Gutsherrenfamilie aus der Nähe von Stettin entstammte. Nach seiner Lehrzeit in einem Stettiner Kauf-

mannshaus hatte es ihn zu den Zentren des Handels gezogen, und so war er nach einigen Monaten des Reisens schließlich bei *Medhurst, Jacobsen & Co* untergekommen. Nach den Erfahrungen im Osten beschloss er, in Zukunft auf eigene Rechnung zu arbeiten; sein Anteil am Familienvermögen würde ihm einen guten Start ermöglichen. Johanna zweifelte nicht an seinen Erfolgsaussichten, sprühten doch seine Augen nur so vor Begeisterung, die bekanntlich jegliche Hindernisse zu überwinden half.

* * *

Fünf Wochen benötigte die *Ganges* für die Fahrt von Suez bis in die Straße von Malacca, und die meisten Passagiere waren des Bordlebens überdrüssig. Langeweile machte sich breit, wegen Nichtigkeiten flammte Streit auf.

Johanna war jedoch gegen die Apathie gefeit. Sie empfand die Schiffsreise noch immer als so aufregend wie am ersten Tag.

Sie stand an der Reling, als ein lauter Befehl die Matrosen in die Wanten der drei Masten trieb; gleichzeitig erstarb das Wummern der Maschinen. Die an den Seiten des schlanken Schiffs angebrachten Schaufelräder kamen zum Stillstand. Friedrich von Trebow hatte ihr erklärt, dass aufgrund des Krieges der Engländer, Franzosen und Osmanen gegen die Russen die Kohlepreise so enorm angestiegen waren, dass die Dampfschiffe möglichst unter Segeln fuhren. Zwar sei vor einigen Wochen ein Friedensabkommen unterzeichnet worden, doch hätte sich die Situation noch nicht verbessert. Johanna war es einerlei; Dampf oder Segel, beides trieb die *Ganges* in fröhlicher Fahrt weiter nach Süden, dem Äquator entgegen. Für einen Moment bewunderte sie die Matrosen, die sich anschickten, die Verzurrung der Segel zu lösen, dann verließ sie ihren Beobachtungsposten, um nach der Mutter zu sehen. Alwine Uhldorff litt entsetzlich unter Seekrankheit und verbrachte die meiste Zeit in der Kabine. Johanna hatte sich während der Reise verpflichtet gefühlt, ihrer Mutter Gesellschaft zu leisten, doch in regelmäßigen Abständen trieb es sie auf Deck. Sie wollte ihr Gesicht in den salzigen Wind halten, nach Delphinen und fliegenden Fischen spähen und die geheimnisvolle, von Urwald überwucherte Küste Malayas vorüberziehen sehen.

Sie hatte das Deck halb überquert, als eine heftige Böe das Schiff zum Krängen brachte. Ein markerschütternder Schrei hallte übers Deck. Erschrocken blickte sie nach oben. Ein Matrose hatte am äußersten Ende der Bramrah den Halt verloren und im Sturz mit einer Hand das Fußpferd zu fassen bekommen. Er klammerte sich krampfhaft an dem Seil, auf dem er zuvor gestanden hatte, fest, während seine Beine zwanzig Meter oder mehr über der See hin und her schwangen. Johanna sandte ein Gebet zum Himmel, doch zu spät. Der Mann stürzte ab. Er verfehlte das Deck nur knapp und fiel außer Sicht. Jemand brüllte: »Mann über Bord!«

Binnen Augenblicken herrschte auf Deck ein aufgeregtes Durcheinander. Einzelne Damen rafften die Röcke und liefen zur Absturzstelle, Gentlemen halfen ihren in Ohnmacht gefallenen Gattinnen. Johanna wurde in der allgemeinen Aufregung grob geschubst, und ehe sie sichs versah, stand auch sie an der Reling. Mittlerweile hatte der Kapitän das Einholen der Segel angeordnet und drehte bei. Ein Beiboot wurde zu Wasser gelassen. Das Getrappel und Geschrei war sicher auch unter Deck zu hören. Obwohl ihre Mutter sich vermutlich Sorgen deshalb machte, konnte sich Johanna nicht dazu durchringen, ihren Aussichtsposten zu verlassen.

Die Angst um den Kameraden beflügelte die Matrosen im

Beiboot, sich mit doppelter Kraft in die Riemen zu legen, doch die See schien den Unglücklichen verschluckt zu haben. Johanna starrte auf das Wasser, bis ihr Kopf von den hellen Reflexionen schmerzte.
Plötzlich ertönte ein weiterer Schrei. Etwas erhöht, auf einem Deckaufbau, stand Friedrich von Trebow, das Teleskop vor Augen, und winkte aufgeregt. Neben ihm erkannte Johanna Henry Farnell, von Trebows Freund, der erst in Kalkutta an Bord der *Ganges* gekommen war. Mit angehaltenem Atem beobachtete sie, wie Friedrich von Trebow Farnell das Teleskop reichte und immer wieder in eine Richtung zeigte, weit entfernt von der Suchmannschaft im Beiboot.
Dann ging alles ganz schnell. Ein Raunen lief durch die Menge, als Farnell von dem Aufbau heruntersprang, kurz mit einigen jungen Leuten sprach und sich gemeinsam mit ihnen an einem zweiten Beiboot zu schaffen machte. Von der Schiffsmannschaft war niemand zu sehen. Die Offiziere hatten wohl an einer Stelle Position bezogen, von der aus sie das Meer besser überblicken konnten als vom Passagierdeck. Bevor jemand die jungen Männer an ihrem Vorhaben hindern konnte, löste sich das Beiboot und klatschte ins Meer. Farnell entledigte sich als Erster seines Jacketts und der Schuhe und hechtete dem Boot mit einem tollkühnen Sprung nach. Überraschte Ausrufe und Applaus brandeten auf, als er tief unter ihnen durch die Wasseroberfläche brach und sich nach dem Auftauchen über die Bordwand des Beiboots hievte. Zwei weitere junge Männer taten es ihm nach.
Johanna hielt aufgeregt die Luft an, als auch Friedrich von Trebow zur Reling hastete. Farnell winkte ihm, gleich musste auch er den Sprung wagen. Johannas Herz pochte angstvoll, doch gleichzeitig regte sich unbändiger Stolz auf diesen schneidigen Kerl in ihr. Farnell rief etwas, von Trebow ant-

wortete und trat einen Schritt zurück. Täuschte sie sich, oder sah sie Angst in seiner Miene? Nein, das war unmöglich, dachte Johanna. Sie war zu weit entfernt, um seine Züge deutlich genug erkennen zu können. Die anderen beiden Männer saßen mittlerweile im Beiboot, ergriffen jeweils ein Ruder und pullten in die zuvor angezeigte Richtung – ohne von Trebow, der mit dem Teleskop die Wasseroberfläche absuchte. Plötzlich gab er ein Zeichen. Das Boot schnellte vor. Angespannte Stille senkte sich über die Menschen an Bord. Die Minuten dehnten sich ins Endlose. Dann, endlich, hielt das Boot wieder auf die *Ganges* zu. Johanna zählte fieberhaft. Eins, zwei, drei – sie jubelte auf: Vier Männer, es gab keinen Zweifel!

»Welch ein Husarenstück!«, bemerkte der Mann neben Johanna. Sie nickte, aber ein wenig enttäuscht war sie doch, dass Friedrich von Trebow nicht zu den Rettern gehörte. Natürlich war es vernünftig gewesen, dass er vom Deck aus die Richtung gewiesen hatte, und doch hätte sie lieber statt des seltsamen Farnells den jungen von Trebow als Helden gefeiert.

Wenig später halfen einige Matrosen ihrem geretteten Kameraden, Farnell und seinen Mitstreitern das Fallreep hinauf. Kaum waren sie an Deck, empfing sie der wutschnaubende Kapitän mit einer lautstarken Standpauke, die auch noch im letzten Winkel des Schiffs gehört wurde. Unverantwortlich hätten sie gehandelt! Die drei senkten schuldbewusst die Köpfe. Johanna, nur wenige Meter entfernt, wollte sich empören, doch dann sah sie die Mundwinkel des Kapitäns verdächtig zucken. Tatsächlich verrauchte seine Wut binnen Sekunden, herzlich klopfte er den jungen Männern auf die Schultern und folgte dann den Matrosen, die den Unglücksraben zur Krankenstation begleitet hatten.

Johanna eilte auf Farnell zu. Barfüßig, nass und mit zerrissener Hose, die dunklen Haare und der Vollbart an den Kopf geklatscht, sah er so verwegen aus wie ein Pirat. Sie streckte ihm die Hand entgegen, um ihm zu gratulieren. Er ergriff sie, und plötzlich hörte er auf zu lachen. Jeden Blickkontakt mit ihr vermeidend murmelte er, schließlich sei es die Pflicht eines jeden Mannes, alles Menschenmögliche zu tun, um ein Leben zu retten, dann entschuldigte er sich knapp und ließ Johanna einfach stehen. Sie sah ihm kopfschüttelnd nach, als er, den Trubel nutzend, unbehelligt von weiteren Gratulanten im Gang zum geschlossenen Deck verschwand. Sie konnte sich einfach keinen Reim auf sein abweisendes Verhalten machen, denn bei ihrer ersten Begegnung, an dem Tag, als er in Kalkutta an Bord gegangen war, hatte sie ihn als zwar ruhigen, jedoch durchaus offenen und umgänglichen Menschen kennengelernt. Friedrich von Trebow hatte ihn ihrer Familie als einen Freund aus Londoner Zeiten vorgestellt, der ihm vor einigen Monaten im Auftrag des Handelshauses nach Indien vorausgereist war und nun ebenfalls in Hongkong sein Glück machen wollte.

Sie hatte sich gefreut, einen Freund Friedrichs kennenzulernen, doch nach einem unterhaltsamen ersten Abend hatte sich sein Verhalten ihr gegenüber völlig verändert. Kaum dass er die Zähne in ihrer Gesellschaft auseinanderbekam, wenn er sie nicht ohnehin mied; im Verlauf der letzten Wochen hatten sie kaum mehr als Begrüßungsfloskeln getauscht. Manchmal ertappte sie ihn dabei, wie er sie beobachtete, die dunklen Augen umwölkt. Manchmal vermeinte sie Traurigkeit in ihnen zu erkennen, dann jähe Leidenschaft oder Wut, doch sie tat es als Hirngespinste ab. Farnell mochte sie nicht, so einfach war das. Sie hätte gern gewusst, was sie sich hatte zuschulden kommen lassen, doch dazu hätte sie ihn zur Rede stellen müssen. Und dafür brachte sie nicht den Mut auf.

»Da bist du ja!«
Johanna fuhr herum. Hinter ihr stand der Vater, sein Gesicht von Sorge gezeichnet. Sofort meldete sich ihr schlechtes Gewissen.
»Ich hätte Mama nicht allein lassen dürfen.« Sie wollte davonhasten, aber der Vater hielt sie zurück.
»Bleib. Ich komme gerade aus der Kabine. Es geht ihr unverändert schlecht. Der Schiffsarzt meint, sie müsse so bald wie möglich festen Boden unter die Füße bekommen. Wenn ich sie mir ansehe, bekomme ich es mit der Angst zu tun.« Hermann-Otto Uhldorff seufzte. »Ich mache mir Vorwürfe, sie zu dieser Reise überredet zu haben.«
»Wir haben sie gemeinsam überredet«, erinnerte Johanna ihn.
Ein trauriges Lächeln flog über sein Gesicht. »Meine liebe, mitleidige Tochter. Versuche nicht, dir meine Bürde aufzuladen.« Er fuhr sich durch das verschwitzte Haar. »In zwei Tagen erreichen wir Singapur. Wir werden die Reise dort unterbrechen, damit sie zur Ruhe kommt. Ich habe gehört, dass in der Stadt bereits einige hundert Europäer leben. Auch Frauen. Sie wird sich sicher wohl fühlen.«
»Und deine Missionarsstelle?«
Er zuckte die Achseln. »Die Chinesen müssen eben noch etwas länger auf die Erlösung warten. Aber erzähl, was hier oben geschehen ist.«
Johanna schilderte ihm in kurzen Worten das Unglück und Farnells Rolle bei der Rettung des Matrosen. Hermann-Otto Uhldorffs Augen leuchteten auf. »Ein Teufelskerl, dieser Farnell. Wird es weit bringen.« Dann sah er sich um. »Ich glaube, wir müssen uns auf die Suche nach deiner Schwester machen. Vermutlich hat sie die allgemeine Aufregung genutzt, um sich auf eigene Faust den Maschinenraum anzusehen oder etwas ähnlich Törichtes.«

2

Mai 1856

Zwei Tage nach den aufregenden Ereignissen um den Matrosen trieb es Johanna schon vor Sonnenaufgang an Deck. Sie war nicht die Erste – einige Passagiere hatten es sich bereits in Korbstühlen bequem gemacht und genossen die morgendliche Kühle, die nur allzu bald einer feuchten Hitze weichen würde. Da ihr nicht der Sinn nach einem Gespräch stand, grüßte sie nur kurz und stellte sich etwas abseits.

Die *Ganges* pflügte ruhig durch die See. Als Johanna die Bordwand hinunterspähte, glaubte sie, ihren Augen nicht zu trauen: Die Bugwelle leuchtete und funkelte, wie es sonst nur dem Firmament in einer klaren Nacht anstand. Sie beugte sich weiter vor, um besser sehen zu können. Das blaue Leuchten schien seinen Ursprung im Wasser zu haben. Seltsam.

»Algen«, sagte eine Männerstimme neben ihr.

Johanna richtete sich abrupt auf. »Herr von Trebow! Wie haben Sie mich erschreckt.«

»Ich bitte vielmals um Entschuldigung. Ihre Turnübung an der Reling wirkte allerdings nicht minder erschreckend. Sie hätten leicht das Gleichgewicht verlieren können.«

»Dann hätten Sie mir nachspringen müssen, um mich zu retten.«

Johanna hatte die Bemerkung als Scherz gemeint, doch nun stellte sie irritiert fest, dass sich Friedrich von Trebow verlegen wand. »Ja, das hätte ich wohl müssen«, murmelte er.

Sie biss sich auf die Lippen. Sonderlich überzeugend hatte er nicht geklungen. Sie spähte ein weiteres Mal über die Bordwand, und ein Schauder überlief sie. Es war entsetzlich tief. Sie konnte beim besten Willen nicht erwarten, dass sich jemand, auch Friedrich nicht, voller Freude dort hinunterstürzen würde. Farnell hatte es im Augenblick höchster Not getan, und sie war davon überzeugt, dass auch von Trebow nicht zögern würde, ihr zu Hilfe zu eilen. Sie schob die Gedanken beiseite und lenkte das Gespräch zurück auf das Ausgangsthema.

»Verraten Sie mir, was es mit dem Schimmer auf sich hat?«

»Das Leuchten wird von winzigen Meerestieren und Algen erzeugt.«

»Wie prosaisch. Da gefällt mir meine eigene Erklärung besser.«

»Und die wäre?«

»Meerjungfrauen haben unser Schiff geschmückt.«

Gemeinsam betrachteten sie das Schauspiel. Kurz darauf eroberte die Sonne in schwindelerregendem Tempo den Himmel über dem Dschungel der malaiischen Küste. Sie bereitete dem bezaubernden Spuk ein Ende und zerrte unbarmherzig Johannas Alltagssorgen aus dem Schatten hervor. Friedrich von Trebow bemerkte ihren Stimmungsumschwung und erkundigte sich mitfühlend nach ihrer Mutter.

Sie seufzte. »Sie ist sehr erschöpft. Der Arzt meint, er hätte selten einen so schlimmen Fall von Seekrankheit erlebt. Vielleicht liegt es daran, dass ihre Konstitution nie gut war. Der Vater hat deshalb entschieden, dass wir vorerst in Singapur bleiben.«

»Es ist sicher das Beste.«

»Ja.« Johanna wandte sich ab, damit er ihre traurige Miene nicht sah. In wenigen Stunden würde sie in Singapur von Bord gehen, während er seine Reise nach Hongkong fortsetzte. Wie sollte sie die Trennung aushalten? Ein Ring legte sich

um ihren Brustkorb, bis sie beinahe keine Luft mehr bekam. Durfte sich Liebe so anfühlen, so beklemmend? War dies der Preis für die wunderschönen Wochen an Bord?
»Es ist kein Abschied für immer, liebstes Fräulein Uhldorff«, sagte Friedrich von Trebow leise. »Sie werden sehen, Ihre Mutter erholt sich schnell. Und dann kommen Sie wie der Wind zu mir nach Hongkong.«
»Zu Ihnen? Papa wird mit uns nach Kanton gehen.« Ihr versagte die Stimme.
Plötzlich spürte sie seine Hände auf ihren Schultern, und ihr Herz begann zu klopfen. Er drehte sie zu sich herum. Ihre Gesichter waren sich so nah wie nie zuvor. Johannas Blick verschwamm, unaufhaltsam bahnten sich die Tränen einen Weg ihre Wangen hinab. Friedrich von Trebow hielt eine von ihnen mit der Fingerspitze auf und hauchte einen Kuss auf Johannas Stirn.
Als sei er erschrocken über den eigenen Mut, trat er hastig einen Schritt zurück. »Entschuldigen Sie meine Dreistigkeit.« Er räusperte sich. »Sie sind die wunderbarste Frau, die mir je begegnet ist. Ich werde die Tage zählen, bis ich Sie wiedersehen darf.«
Es kostete sie Überwindung, sich nicht in seine Arme zu werfen, zu süß war seine Berührung, zu überwältigend der Schauer, den sein vogelflügelsanfter Kuss durch ihren Körper gejagt hatte. Sie straffte die Schultern und sah ihm direkt in die Augen. »Ich werde Ihnen diese Unverschämtheit niemals vergeben, Herr von Trebow.«
Er blinzelte nicht. »Damit habe ich auch nicht gerechnet, Fräulein Uhldorff. Ihr Vater wird mich zum Duell herausfordern.«
»Er wird Sie mit seinem Gesangbuch bewerfen.«
»Ich werde es tragen wie ein Mann.«

»Das sind Sie mir schuldig.« Sie prustete los. Er stimmte ein, und gemeinsam lachten sie ihre Traurigkeit über die bevorstehende Trennung fort.
Als Johanna wenig später an Friedrich von Trebows Arm zum Speisesaal schlenderte, sah sie Henry Farnell im Schatten eines Beiboots stehen. Sie grüßte in seine Richtung, doch er tat, als hätte er sie nicht bemerkt. Auf dem Weg zum Speisesaal hatte sie das unangenehme Gefühl, seine Blicke bohrten sich in ihren Rücken. Unmerklich schüttelte sie sich. Warum gab sich der fröhliche, gewandte Friedrich von Trebow bloß mit diesem unhöflichen, unnahbaren Farnell ab?

* * *

Sobald Leah das kläglich schlechte Mittagessen hinuntergeschlungen hatte, hielt es sie nicht mehr im Speisesaal. Heute würden sie an Land gehen! Endlich der Enge des Schiffes und den langweiligen Gesprächen entkommen. Natürlich bangte sie um die kranke Mutter, doch sie musste sich eingestehen, dass ihr der Zwangsaufenthalt in Singapur gelegen kam. Noch eine Woche an Bord, und sie hätte dem erstbesten Langweiler, der ihr einen arroganten Vortrag über die Minderwertigkeit der Eingeborenen aufzudrängen versuchte, die Augen ausgekratzt.
Sie warf einen Blick in die Runde. Der Vater unterhielt sich angeregt mit einem der wenigen erträglichen Mitreisenden, einem älteren Kolonialbeamten, der wirklich interessante Geschichten über Kopfjäger, mordgierige Piraten und Schlangeneintopf zu erzählen wusste. Johanna turtelte mit ihrem Gecken und war für den Rest der Welt verloren. Leah erhob sich leise und stahl sich in Richtung des Ausgangs davon.
Auf Deck rannte sie beinahe Henry Farnell über den Haufen.

»Auch auf der Flucht?«, fragte er.
»Allerdings.«
»Vor dem Essen?«
Leah winkte ab. »Ach, das ist unwichtig. Wenn es schmeckt, hat man Glück gehabt. Wenn nicht, erhält es einen zumindest am Leben.«
Ein seltenes Lächeln zog über sein Gesicht. »Sie sind für die Kolonien wie geschaffen«, stellte er fest.
»Das will ich hoffen. Wahrscheinlich besser als die meisten der Herren dort unten.«
Jetzt lachte er wirklich. »Ihr Selbstbewusstsein gefällt mir. Lassen Sie sich nie die Flügel stutzen. Aber kommen Sie, wir suchen uns einen besseren Aussichtspunkt. Sobald wir diese kleine Insel zu unserer Linken umfahren haben, wird sich die Königin des Fernen Ostens in aller Pracht präsentieren.«
»Sie kennen Singapur?«
»Ja, natürlich. Ich war vor zwei Jahren als Supercargo in der Region. Da es für mich hier mehr Möglichkeiten gibt als in England, beschloss ich, so bald wie möglich zurückzukehren. Friedrich war ebenfalls daran interessiert, Asien kennenzulernen, und so buchten wir unsere Passagen auf diesem Schiff.«
»Aber Herr von Trebow hat doch schon in Asien gelebt.«
»Nein, da müssen Sie etwas verwechseln. Er ist zum ersten Mal hier.«
»Aber er hat Johanna und dem Vater doch erzählt, er sei vor einigen Jahren in der Region unterwegs gewesen!«
»Oh, ich vergaß. Sie haben natürlich recht.«
Leah stutzte. Farnell würde wohl kaum vergessen haben, dass sein Freund einige Jahre fort war. Sie sah ihm scharf ins Gesicht. Einer der beiden Männer log, und sie würde ihr geliebtes Vergrößerungsglas darauf verwetten, dass es nicht Farnell war. Er ergriff erneut das Wort, bevor sie nachhaken konnte.

»Kennen Sie die Geschichte der Löwenstadt?«

Offensichtlich wollte er vom Thema ablenken. Leah fügte sich. Sicherlich gab es alte Geschichten, über die weder Farnell noch von Trebow bereit waren zu sprechen, und es ging sie auch nichts an.

»Löwenstadt? Es gibt doch gar keine Löwen östlich von Indien«, sagte sie.

Henry Farnell bedachte Leah mit einem anerkennenden Blick. »Sie sind wohlunterrichtet. Hier gibt es tatsächlich nur Tiger. Und doch nennen die Inder die Stadt Singa Pûra, die Löwenstadt. Wollen Sie wissen, warum?«

»Natürlich.«

Henry Farnell erwies sich als erstaunlich guter Erzähler; nie hätte Leah vermutet, der ernste, zurückhaltende Mann besäße eine poetische Ader, und doch gelang es ihm, sie zu fesseln. Mit Begeisterung lauschte sie der Legende von Prinz Nila Utama, dem Raja von Palembang auf Sumatra, der auf der Überfahrt nach Temasik, wie Singapur vor tausend Jahren geheißen hatte, in einen schrecklichen Sturm geriet.

»Sein Schiff schlug leck«, fuhr Henry Farnell fort, »doch erst als der Prinz seine Krone über Bord warf, besänftigten sich die Sturmdämonen, und die kleine Flotte landete nahe einer Flussmündung unbeschadet an den goldenen Stränden der Insel. Noch am selben Tag begaben sich der Raja und sein Gefolge auf die Jagd. Während er durch den Dschungel streifte, zeigte sich dem jungen Herrscher ein seltsames Tier, flink und schön, mit einem roten Körper und jetschwarzem Kopf. Bevor er es erlegen konnte, war das große Tier bereits im dichten Wald verschwunden, und der Raja brach die Jagd ab. Er wertete seine Begegnung als gutes Omen und beschloss, an der Mündung des Flusses eine Stadt zu gründen. Überzeugt davon, einen Löwen gesehen zu haben, nannte er sie Singa Pûra, die Löwenstadt.«

»Das ist eine interessante Geschichte«, sagte Leah, als Farnell geendet hatte. »Ich hörte aber, dass Stamfort Raffles, als er 1819 die Insel für die englische Krone beanspruchte, nur ein armseliges Fischerdorf vorfand.«
»Das stimmt. Vor langer Zeit ersäuften missgünstige Nachbarn die Stadt in einem Meer von Blut.« Er streckte die Arme aus. »Aber sehen Sie doch: Sie ist zu alter Größe zurückgekehrt!«

Während ihrer Unterhaltung hatte die *Ganges* das dschungelbewachsene Eiland umschifft und hielt auf die große Insel zu, auf der Singapur lag. Verblüfft musterte Leah die Küste. Dutzende und Aberdutzende große Schiffe lagen auf Reede, europäische und amerikanische Briggs und Schoner schaukelten Seite an Seite mit malaiischen Prauen und dickbäuchigen chinesischen Dschunken. Dazwischen tänzelten Bugis-Boote auf dem Wasser wie kapriziöse Ballerinas; die schnellsten Segler des Archipels, wie Henry bemerkte, bemannt mit den unerschrockenen Männern von Celebes. Vor lauter Masten, Segeln und dem ein oder anderen Schornstein eines Schaufelraddampfers war Singapur kaum zu erkennen. Fasziniert beobachtete Leah das Treiben auf dem Meer. Eine Armada von Leichtern und Sampans umkreiste die großen Handelsschiffe, und je dichter der Wind die *Ganges* dem Tanz der Boote entgegenschob, desto mehr Einzelheiten nahm Leah wahr: die stolzen Flaggen aller Länder des Erdballs, die grimmigen Blicke der auf den Bug der Dschunken gepinselten Augen, die Bambusstreben der chinesischen Mattensegel, die fremden Trachten der Schiffsbesatzungen. Flüche und Lieder in allen Sprachen Asiens, Europas und Ozeaniens flogen übers Wasser, eine Glocke kündigte das nahe Auslaufen eines Schiffes an, Kapitäne und Aufseher brüllten Befehle, die Ankerketten knarzten und die Taue knallten. In Leahs Ohren erklang die lebenspralle Kakophonie süßer als jede Meisterkomposition.

»*Das* ist Singapur?«, rief sie so laut, dass sich die Köpfe der anderen Passagiere zu ihr drehten. Das Deck hatte sich gefüllt, denn auch das Dessert hatte nicht mit dem Spektakel der Einfahrt konkurrieren können. »Es ist fantastisch!«

Der Vater trat neben sie und legte einen Arm um ihre Schulter. Leah schmiegte sich an ihn. »Ich mag vielleicht damit hadern, ein Mädchen zu sein«, sagte sie leise, »doch damit, deine Tochter zu sein, hadere ich nicht. Ohne dich hätte ich von all diesen Wundern nur träumen können.«

Kurz darauf rasselte der Anker der *Ganges* in die Tiefe. Sofort steuerten einige Leichter auf das Schiff zu, um Post und Waren entgegenzunehmen. Der Kapitän kam aufs Passagierdeck und bat diejenigen, deren Reise in Singapur zu Ende war, sich fürs Ausbooten fertig zu machen.

»Dann wollen wir mal«, sagte Henry Farnell und schickte sich an, seinen Aussichtsposten zu verlassen.

»Sie gehen von Bord?«, fragte Leah erstaunt.

»Ja, Friedrich hat mich gebeten, ihn zu begleiten. Die *Ganges* läuft erst morgen Mittag wieder aus, und es tut gut, sich ein wenig die Beine zu vertreten.«

Leah sah sich um und entdeckte einige Meter entfernt ihre Schwester, selbstverständlich an von Trebows Seite. Sie strahlte übers ganze Gesicht. Offensichtlich hatte er ihr seinen Plan schon eröffnet.

Johannas Anblick rührte Leah ganz unerwartet. Ohnehin größer als die meisten Frauen, schien die Schwester in letzter Zeit noch gewachsen zu sein, und die Sonne zauberte in ihr sonst so unauffälliges dunkelblondes Haar goldene Sprenkel. Auch wenn Friedrich von Trebow ihr unsympathisch war,

gönnte Leah Johanna ihr Glück von Herzen. Nie hatte sie die Ältere so gelöst gesehen wie in den letzten Tagen, nie war sie ihr lebendiger vorgekommen. Sie hatte Johanna bisher als Langweilerin empfunden, doch mit einem Anflug von Scham erkannte Leah plötzlich, dass sie keinen geringen Anteil daran hatte. Wie oft hatte sie sich vor ungeliebten Haushaltspflichten gedrückt, wie oft hatte sie die Anordnungen der Mutter unterlaufen, wie oft hatte sie Johanna als Spielverderberin abgetan, wenn in Wahrheit die Schwester nur die Rolle der Mutter auszufüllen versuchte, wo diese nicht die Kraft dazu hatte! Reuig nahm sich Leah vor, Johanna in Zukunft stärker unter die Arme zu greifen.
»Ein hübsches Paar«, sagte Hermann-Otto Uhldorff und drückte Leah noch ein wenig fester an sich.
Vater hat recht, dachte sie, die beiden passen gut zusammen. Johanna liebt ihn, meine Eltern schätzen ihn, also kann Friedrich von Trebow gar nicht verkehrt sein. Sie würde sich trotz allem große Mühe geben müssen, ihn zu mögen.

Wenig später saß Leah mit einem Dutzend weiterer Passagiere im Beiboot der *Ganges* und erhaschte einen ersten unverstellten Blick auf die junge Stadt. Links der Mündung des Singapur-Flusses erstreckte sich eine lange, von dicht an dicht stehenden Häusern gesäumte Bucht. Leah entdeckte ein außerordentlich verziertes Dach, und auf ihre Frage hin erklärte Henry Farnell, es handle sich um einen Götzentempel der Chinesen. Ihr Interesse war geweckt: Diesen Tempel musste sie unbedingt besuchen.
Rechts des Flusses erstreckte sich das europäische Viertel. Weiße Bungalows und zwei Kirchtürme leuchteten aus üppigem Grün vor dem Hintergrund des Regierungshügels, der mit dem bescheidenen Wohnhaus des Gouverneurs gekrönt

war, und nahe am Wasser reihten sich einige Gebäude mit beeindruckenden Portikos um einen weiten Platz. Es sah einladend aus, doch Leah fühlte sich von dem Gedrängel auf der linken Flussseite wesentlich stärker angezogen.

Je näher sie zur Flussmündung kamen, desto dichter wurden der Bootsverkehr und desto heftiger leider auch der Gestank von rottendem Fisch und sonstigem Abfall. Johanna und die Mutter drückten sich bereits mit angeekelten Mienen ihre Tücher vor die Nase. Leah wollte es ihnen gleichtun, vergaß das Vorhaben aber angesichts der unzähligen aufregenden Eindrücke. Am linken Ufer erhoben sich die Kontore der in Singapur ansässigen Händler, feine zweigeschossige Steinhäuser, »Godowns« genannt. Zähe chinesische Lastenträger mit hin und her schwingenden Zöpfen wuchteten Warenballen von den Booten in die Lagerhäuser. Kaum war ein Boot leergeräumt, wurde es schon wieder mit neuen Waren beladen, bestimmt für die wartenden Schiffe draußen auf dem Meer. Mitten durch den Trubel schritten chinesische Schreiber und europäische Handelsherren in weißen Leinenanzügen, wild gestikulierend die einen, gelassen die anderen.

Es kostete ihren Bootsführer einiges Geschick, sich durch Hunderte Leichter und mattengedeckte Sampans zu drängeln, die den Fluss verstopften, doch letztendlich landeten sie sicher am nördlichen Flussufer unterhalb einer prachtvollen Villa. Einige überdachte, mit großen Fenstern versehene, kastenförmige Kutschen, mehr praktisch als elegant, standen bereit, die Neuankömmlinge zu ihren Hotels oder Bungalows zu bringen. Der Kutscher empfahl ihnen eine neueröffnete Pension, und kaum fünf Minuten später zügelte er sein Pferd vor einem soliden Haus in der sauber gepflasterten High Street.

Die Uhldorffs, Friedrich von Trebow und Henry Farnell waren noch im Aussteigen begriffen, als ein Mann mit einem prächtigen Backenbart aus dem Haus stürzte, sich als Mr Goymour vorstellte und sie überschwänglich zu ihrer Wahl beglückwünschte. Ohne Luft zu holen, pries er die Vorzüge seines Etablissements, namentlich die luftigen, ordentlichen Zimmer sowie die – ein Zwinkern zu den Herren – exzellenten Billard-Tische und zwei Kegelbahnen, die angeblich alle anderen Bahnen der Stadt in den Schatten stellten.

Nachdem der Vater den Preis für einen einmonatigen Aufenthalt ausgehandelt hatte, bezogen sie ihre Zimmer.

»Weißt du was?«, fragte Leah, nachdem Johanna die Tür hinter ihnen zugezogen hatte.

Johanna schüttelte den Kopf.

Leah sprang mit einem Satz aufs Bett. »Das ist das erste richtige Bett seit fünf Wochen!«

* * *

Nachdem sie sich ein wenig ausgeruht und frisch gemacht hatten, begaben sich Johanna und Leah auf die weitläufige Veranda der Pension. Nach und nach trafen auch die Eltern sowie Friedrich von Trebow und Henry Farnell ein. Die kurze Dämmerung wich der Nacht, kleine Echsen, Cicaks genannt, scharten sich um die Lichtquellen und schnappten nach Motten, die in großer Zahl herumflatterten. Mr Goymour bat sie zum Dinner in den Speisesaal.

Die erste Mahlzeit in Singapur übertraf Johannas Erwartungen bei Weitem. Der chinesische Koch des Etablissements servierte neben einigen Gemüsetellern ein äußerst schmackhaftes Fischgericht mit Limetten und ihr unbekannten Gewürzen. Auch Leah, ihrem Vater, von Trebow und Farnell schmeckte es, lediglich Alwine Uhldorff stocherte appetitlos in ihrem Essen. Johanna betrachtete besorgt das viel zu blasse

und hagere Gesicht ihrer Mutter. Die Reise hatte ihr fürchterlich zugesetzt.
Zärtlich legte sie eine Hand auf die Schulter ihrer Mutter. »Möchtest du dich zurückziehen? Soll ich dich nach oben begleiten?«
Alwine Uhldorff rang sich ein Lächeln ab. »Nein, mein Mädchen, ich werde noch ein wenig sitzen bleiben. Ich möchte doch bei der Überraschung nicht fehlen.«
»Überraschung?«
»Oh, ich habe nichts gesagt, Liebes.«
Die seltsame Andeutung verblüffte Johanna. Die Mutter hatte eigentlich nichts für Überraschungen übrig. Sie hätte gern mehr erfahren, doch bevor sie weiter in sie dringen konnte, betrat ein Hausdiener den Speisesaal, der eine üppige Fruchtschale vor sich hertrug. Innerhalb weniger Minuten füllte sich der Raum mit Lachen, als sich die Uhldorffs mit den fremdartigen Früchten abmühten. Johanna fand es ein wenig seltsam, dass selbst Friedrich von Trebow nicht mit allem vertraut schien, schließlich hatte er doch lange genug in den Tropen gelebt? Gerade drehte er ratlos eine kleine, dunkelviolette Frucht in den Händen, bis Henry Farnell ihm zu Hilfe kam. Beherzt presste Farnell die violette Kugel zusammen. Die Schale brach auf und gab das weiße Fleisch frei.
»Eine Mangostan«, bemerkte er.
Sie probierten hartschalige Schlangenfrüchte, zuckersüße Mangos und Guaven, die ein wenig an saure Birnen erinnerten, und lachten über die pinkfarbigen Haare der Rambutan. Bald wartete nur noch eine stachelige Stinkfrucht auf den Verzehr, allerdings vergeblich. Mit ihrem käsigen, schweren Aroma machte sie ihrem Namen alle Ehre, und niemand traute sich an sie heran. Schließlich ergriff Leah die Initiative und forderte Henry Farnell auf, sie zu öffnen. Er stellte sich äu-

ßerst geschickt an wie jemand, der das nicht zum ersten Mal tat. Der unangenehme Geruch verstärkte sich noch, doch Johanna wollte Leah in nichts nachstehen, die sich schon eine Portion in den Mund schob und einen Moment später verzückt die Augen verdrehte.

Johanna war ebenfalls begeistert, als sich der zarte Vanillegeschmack des puddingweichen Fruchtfleischs auf ihrer Zunge entfaltete, süß und ein wenig zitronensauer zugleich. Selten hatte sie etwas Delikateres gegessen als diese Durian, die, wie Henry Farnell bemerkte, von den Einheimischen mit dem Ehrentitel »König der Früchte« bedacht wurde.

Johanna lehnte sich in ihren Korbstuhl zurück und fächelte sich Luft zu. Selbst nach Sonnenuntergang war es noch heiß und drückend. Sie schwor sich, so bald wie möglich einige leichte Kleider schneidern zu lassen, in der Art, wie sie von den Damen am Nachbartisch getragen wurden. Versunken sah sie Friedrich von Trebow und ihrem Vater nach, die sich zum Rauchen auf die Veranda zurückzogen. Traurigkeit drohte sie erneut zu überwältigen, und es kostete sie gehörige Anstrengung, die Tränen zurückzuhalten. Sie war ihrer Mutter dankbar, dass sie so tapfer aushielt, gab es doch Johanna die Gelegenheit, mehr Zeit in Friedrich von Trebows Gesellschaft zu verbringen. Der schöne Abend würde dennoch bald ein Ende haben, und am Morgen mussten er und Farnell zurück auf die *Ganges.*

Friedrich von Trebow und der Vater hatten ihre Zigarren gelöscht und kamen zurück. Hermann-Otto Uhldorff zwinkerte Johanna zu und setzte sich, während von Trebow stehen blieb. Er nahm sein Glas und schlug mit einem Löffel dagegen. Der helle Klang brachte alle Gespräche zum Verstummen. Die Gäste an den Nachbartischen wandten in Erwartung einer Rede die Köpfe. Johanna wurde von einer heißen Welle überschwemmt. Plötzlich fügte sich alles: die Verschwörermiene des Vaters. Die von der Mutter angedeutete Überraschung. Friedrich von Trebows übersprudelnde Fröhlichkeit, die ihn den ganzen Tag nicht verlassen hatte. Sie krampfte ihre Hände ineinander, von der plötzlichen Furcht erfasst, sich geirrt zu haben.

»Gnädige Frau, geschätzter Herr Uhldorff«, wandte von Trebow sich mit einer Verbeugung an Johannas Eltern, »eine glückliche Fügung hat mich auf dasselbe Schiff geführt wie Sie. Ich fühle mich geehrt, Ihre Bekanntschaft gemacht zu haben, und hoffe sehr, dass sich diese in den kommenden Jahren in echte Freundschaft verwandeln wird.« Er machte eine Pause, die Johanna wie eine Ewigkeit erschien. Die versammelte Dinner-Gesellschaft hielt den Atem an. »Aber weitaus mehr geehrt fühle ich mich durch das Vertrauen, das Sie in mich setzen.« Er verbeugte sich ein weiteres Mal und trat dann neben Johannas Stuhl. Galant bot er ihr die Hand zum Aufstehen. Sie folgte der Aufforderung mit zitternden Beinen. Sie war so aufgeregt, dass sie sich ohne Hilfe nicht hätte erheben können. Friedrich von Trebow blickte sie mit unerwartetem Ernst an, dann ließ er sich vor ihr auf ein Knie nieder.

»Wertes Fräulein Uhldorff, Sie haben mein Herz berührt. Schon als ich Sie zum ersten Mal sah, Ihr liebreizendes Lachen, Ihren offenen Blick, ahnte ich, das Sie mein Schicksal sind. In den Wochen auf See hat sich diese Ahnung in Gewissheit verwandelt: Ich kann und will nicht mehr ohne Sie leben.« Er holte tief Luft, und Johanna erkannte Unsicherheit, sogar Angst vor Zurückweisung in seinem Blick. Er fing sich wieder und hob die Stimme. »Johanna, wollen Sie mich zum glücklichsten Mann auf der großen weiten Erde machen? Wollen Sie meine Frau werden?«

* * *

Nach dem Frühstück am nächsten Morgen gelang es Johanna, sich mit Friedrich in den Garten zurückzuziehen, um endlich einen ungestörten Moment zu genießen. Hand in Hand schlenderten sie zwischen den dichten Sträuchern umher, die sie vor neugierigen Blicken von der Veranda verbargen.
Sie fühlte sich seltsam befangen. Auf dem Schiff waren ihr und Friedrich die Gesprächsthemen nie ausgegangen, doch heute blieben ihr die Worte im Hals stecken. Friedrich schien es ebenso zu ergehen. Unter einem Johanna unbekannten Baum blieb er stehen und betrachtete die wirre Vielfalt der Pflanzen, die Stamm und Geäst ihres Wirts überwucherten. Auch Orchideen waren darunter; in Kaskaden ergossen sich die langen Blätter und strahlend weißen Blüten über die Äste. Er pflückte eine der Blüten und steckte sie Johanna ins Haar.
»Ich habe mich die ganze Nacht schlaflos herumgeworfen«, sagte er plötzlich mit einer Dringlichkeit, die Johanna noch nie bei ihm erlebt hatte. »Der Gedanke, dich zu verlassen, ist mir unerträglich. Mein Platz ist an deiner Seite.«
Im ersten Moment wollte sie aufjauchzen. Natürlich hatte auch sie in der Nacht kein Auge zugetan und sich gewünscht, er möge bei ihr bleiben, doch sie wusste im selben Moment, wie unvernünftig dieser Wunsch war.
Sie sah Friedrich fest in die Augen. »Du verlässt mich doch nicht«, sagte sie. Ihr Herz wurde weit. Dieser aufrechte und ansehnliche Mann würde bald ihr Gatte sein. Frau von Trebow – wie wunderbar sich das anhörte! »Du musst fahren, das bist du deinem Freund Farnell schuldig, aber auch mir. Nutze die ungestörte Zeit für dein Geschäft. Was sind ein paar Wochen, wenn wir ein ganzes Leben zusammen verbringen können?«
»Meine Zukünftige ist herzloser als ein indischer Geldwechsler«, seufzte Friedrich in gespielter Verzweiflung. »Aber

wahrscheinlich hast du recht. Auf ein paar Wochen kommt es nicht an. Ich werde mich in Hongkong nach einer passenden Wohnung für uns umsehen – und nach angemessenen Räumlichkeiten für die Hochzeitsfeier.«

Johanna konnte sich nicht mehr beherrschen. Bisher waren sie ununterbrochen von Gratulanten umgeben gewesen und hatten keine Minute allein verbringen können. Dabei sehnte sie sich so sehr danach, in Friedrichs Arme zu sinken! Und genau das tat sie jetzt. Er fing sie auf und drückte sie an sich.

»Und wenn uns jemand sieht?«, murmelte er.

»Es ist niemand hier. Außerdem sind wir verlobt. Da ist es nicht so schlimm, wenn du mich küsst.«

»Du erlaubst mir …?«

»Schhh.« Bevor der Mut sie verließ, drückte Johanna ihre Lippen auf seinen Mund. Sie waren beide so überrascht von der plötzlichen Intimität, dass sie sich nicht zu bewegen wagten. Johanna öffnete die Lippen, und die Schleusen brachen. Hitze toste durch ihren Körper. Sie hob einen Arm, zog Friedrich dichter an sich heran und küsste ihn noch inniger – musste dieser Kuss doch für die nächsten einsamen Wochen ausreichen.

Ein Räuspern ließ sie auseinanderfahren. Henry Farnell stand neben einem Bougainvillea-Strauch und blickte betreten zu Boden. »Ich störe nur ungern«, sagte er, ohne Johanna oder Friedrich direkt anzusehen, »aber ich muss Ihnen Ihren Verlobten leider entführen, Miss Uhldorff. Die Barkasse der *Ganges* wird in Kürze anlegen. Wir dürfen sie nicht verpassen.«

Johanna strich sich verlegen eine Haarsträhne hinters Ohr. Friedrich bückte sich nach seinem Zylinder, der ihm vom Kopf gerutscht war. »Danke, Henry«, sagte er mit seltsam kratziger Stimme. »Wir kommen gleich.«

Henry verstand die Aufforderung. Im Gehen warf er Johanna einen Blick zu, der sie erschaudern ließ. Warf er ihr vor, ihm den Freund zu stehlen? Sie erinnerte sich an eine merkwürdige Szene des vergangenen Abends. In der auf den Antrag folgenden Aufregung hatte sie weder bemerkt, dass ein tropisches Gewitter über Singapur niedergegangen, noch dass Henry nicht zugegen war. Offensichtlich hatte er sich draußen aufgehalten, denn als er ihr endlich gratulierte, war er tropfnass. Er brachte seine Hoffnung zum Ausdruck, all ihre großen Erwartungen mögen sich erfüllen – in einem Ton, als glaube er nicht daran. Irritiert wartete sie auf Glückwünsche oder ein Lächeln, doch er starrte sie nur an und zog sich dann ohne ein weiteres Wort zurück.

Friedrich umarmte sie erneut, und während des folgenden Kusses vergaß Johanna die unerfreuliche Episode. Was scherte sie Farnell?

Wenig später stand Johanna neben ihrem Vater am Ufer des Singapur-Flusses und winkte der Barkasse nach. Henry saß mit dem Rücken zum Ufer und würdigte ihr kleines Abschiedskomitee keines Blickes. Friedrichs Gestalt wurde kleiner und kleiner, und dann verschwand die Barkasse hinter einer Biegung. Er war fort.

3

Juli 1856, zwei Monate später

Victoria City, Hongkong, den 13. Juli 1856

Meine geliebte Johanna,
dieses ist mein vierter Brief an Dich und mein kürzester, denn ich muss mich eilen, um das Postschiff nicht zu versäumen. Ach, wie gern würde ich ebenfalls in ein Couvert springen und mich mit der Postfracht zu Dir verschiffen lassen! Henry Farnell, dem Du, wie ich weiß, mit einiger Skepsis gegenüberstehst, erweist sich als zuverlässiger, jedoch, um der Wahrheit die Ehre zu geben, auf dem gesellschaftlichen Parkett recht tölpelhafter Partner, so dass ich alle Hände voll zu tun habe, seine Fauxpas im Umgang mit den einflussreichen Männern der Siedlung auszugleichen. Auch neigt er dazu, sich meinen Ratschlägen zu widersetzen, und so haben wir bereits zwei lukrative Ladungen verpasst. Dank meiner Hartnäckigkeit soll aber bald ein Charter in Farnells und meinem Namen nach Amerika auslaufen, wo wir auf gute Gewinne für eine Ladung Tee und Seidenwaren hoffen. Von der Seide habe ich einige Meter für Dich zurückbehalten.
Meine bescheidene Wohnsituation hat sich noch nicht verändert, denn ich gedenke, die günstige Logis zu behalten, bis Du mit den Deinen wohlbehalten in Victoria ankommst. Es wird mir eine Freude sein, gemeinsam mit Dir eine Wohnstatt zu wählen, die erst durch Deine Anwesenheit zu einem wahren Heim werden kann. Kaum kann ich es er-

warten, Dich wieder in die Arme zu schließen. Ich hoffe sehr, Deine Mutter erholt sich bald, denn es fällt mir von Tag zu Tag schwerer, die Sehnsucht nach Dir zu ertragen. Noch immer …

»Johanna?« Der laute Ruf schreckte Johanna aus ihrer Versunkenheit auf. Unwillig löste sie sich von Friedrichs Zeilen, blieb aber sitzen.

»Ich bin im Salon, Mama. Benötigst du etwas?«, rief sie zurück. Als Antwort kam nur ein unverständliches Murmeln.

»Mama! Brauchst du Hilfe?«

»Nein, nein, Kind. Mich plagt nur unerträglicher Durst.«

Mit einem Seufzen nahm Johanna den nörgelnden Unterton zur Kenntnis. Normalerweise hätte sie der Mutter umgehend eine Wasserkaraffe ans Bett gebracht, doch nach den Anstrengungen des heutigen Tages fühlte sie sich zu erschöpft, um noch herumzuspringen. Der Umzug von der Pension in den zweigeschossigen, mit einer großen Veranda ausgestatteten Bungalow in der Waterloo Street hatte sich aufgrund der Hitze und eines heftigen Tropengusses zur Qual entwickelt. Die Aufsicht über eine Gruppe von Lastenträgern war an ihr hängengeblieben. Wiederholt verlor sie die Contenance, wenn die halbnackten Chinesen und Inder es an dem nötigen Feingefühl für ihre zum Teil zerbrechliche Last mangeln ließen, doch leider ohne Erfolg. Die ausgemergelten Männer bedachten sie lediglich mit neugierigen Blicken, als Johanna entnervt erst auf Englisch, dann auf Deutsch zur Vorsicht mahnte.

Sie richtete sich auf. Wo war eigentlich Leah? Sollte die Schwester doch der Mutter aufwarten, während sie Friedrichs Brief zu Ende las, auch ihr, Johanna, stand hin und wieder eine kleine Flucht zu! Wiederholt rief sie nach Leah, bekam aber keine Antwort. Wahrscheinlich saß die Jüngere irgendwo in der Nachbarschaft und zeichnete, unbekümmert darum, dass sie vielleicht gebraucht würde – oder dass ihre Familie sich Sorgen machte.

»Johanna!«

Sie legte widerwillig den Brief beiseite und ging in den ersten Stock. Im Gegensatz zu den anderen Zimmern, in denen Einrichtungsgegenstände und Möbel noch darauf warteten, ihren Platz zu finden, wirkte der Raum der Mutter mit dem großen, aus dunklem Teakholz gefertigten Bett bereits behaglich. Eine Brise fand den Weg durch das glaslose, nur mit Läden verschließbare Fenster und blähte die hellgelb bedruckten Batistvorhänge. Die Abendsonne tauchte die Mutter in goldenes Licht. Johanna hielt unwillkürlich den Atem an. Nie hatte sie Alwine Uhldorff so bezaubernd, so engelhaft gesehen. Ihre Zartheit und Blässe, sonst ein steter Quell der Sorge, unterstrich nur ihre Schönheit.

»Wo bleibst du denn?« Die Mutter hob matt den Arm. »Ich komme um vor Durst. Niemals hätte ich mir vorstellen können, dass es auf der Welt einen so heißen, schwülen Ort gibt.«

Der Zauber war dahin. Johanna stützte die Mutter und schüttelte ihr nassgeschwitztes Kopfkissen auf, dann eilte sie in das hinter dem Haupthaus liegende Küchenhaus und schöpfte kühles Wasser aus einem bereitstehenden Gefäß.

Johanna interessierte sich für die Krankenpflege, hatte schon in Hamburg den Nachbarn zur Seite gestanden, wenn es jemanden aufs Lager gebannt hatte, und den Ausführungen der Ärzte wissbegierig gelauscht, doch der Zustand der Mutter machte sie ratlos. Längst hätte sie die Seekrankheit überwunden haben müssen, aber noch immer litt Alwine Uhldorff unter Schwindel und Schwäche. Es musste wohl die Hitze sein, die ihr weit mehr zusetzte als ihrem Mann und den Töchtern,

vielleicht auch die Angst vor einer erneuten strapaziösen Seefahrt. Denn immer, wenn sie ein wenig erholter schien und eine Weiterreise ins Gespräch kam, erlitt sie einen erneuten Schwächeanfall. Es war eine ungeheuerliche Unterstellung, doch Johanna wurde den Verdacht nicht los, die Mutter würde die Abreise bewusst hintertreiben. Sie rief sich zur Ordnung. So etwas durfte sie nicht einmal denken.
Sobald die Mutter ihren Durst gestillt hatte, kehrte Johanna in den Salon zurück, doch sie fand keine Ruhe mehr. Hastig, nur auf der Stuhlkante sitzend, überflog sie den letzten Teil des Briefes:

Noch immer kann ich mein Glück kaum fassen, in Dir eine aufrichtige und liebreizende Partnerin gefunden zu haben, die das Wagnis eingehen will, an meiner Seite durchs Leben zu schreiten. Ich werde alles daransetzen, mich Deiner würdig zu erweisen.
Nun muss ich die Feder aus der Hand legen, meine geliebte Johanna, denn der Boy, ein quirliger, dürrer und überaus unverschämter Chinesenbengel, tritt schon ganz ungeduldig von einem Fuß auf den anderen. Mit jeder Zeile, die ich anfüge, wird er schneller laufen müssen, damit dieser Brief das Postschiff noch rechtzeitig erreicht. Aber auch ich muss mich sputen. Das Fieber hat ein weiteres Opfer unter den Männern der Kaufmannschaft gefordert, und obwohl ich den Mann nur oberflächlich kannte, erfordert der Anstand meine Anwesenheit bei der Beerdigung.

Sehnsuchtsvolle Grüße sendet
Dir Dein ergebener Verlobter
Friedrich von Trebow

Sie ließ das mit Friedrichs schwungvoller Handschrift bedeckte Blatt sinken und schloss die Augen. Dies war tatsächlich ein kurzer Brief, füllten Friedrichs Beschreibungen der Kolonie in der Mündung des Perlflusses doch sonst Seite um Seite, und noch einmal so viel Raum nahmen seine zarten Liebesbekundungen ein. Zu einer Beerdigung hatte er eilen müssen? Johanna massierte sich die Stirn mit den Fingerspitzen, um einen aufkommenden Kopfschmerz zu vertreiben. Die Bemerkung beunruhigte sie vielleicht über Gebühr, doch es war nicht das erste Mal, dass Friedrich über den Tod eines Mannes in Hongkong berichtete; im Gegensatz zu Singapur schien das Klima dort recht ungesund zu sein. Auch der Vater hatte bereits davon gehört und zweifelte mehr und mehr an der Richtigkeit ihres Vorhabens. Johanna hätte schreien mögen: Lass uns endlich fahren!, doch die Vernunft gebot ein besonnenes Vorgehen, wollten sie nicht das Leben der Mutter aufs Spiel setzen.
Sie erhob sich mit einem Ruck. Seit die Lastenträger entlohnt und fortgeschickt waren, hatte sie sich gescheut, die Kisten und Kästen auch nur anzurühren. Alles in ihr hatte sich dagegen gesträubt, den für das kommende halbe Jahr gemieteten Bungalow in Besitz zu nehmen, bedeutete es doch, dass sie sich mit einem langen Aufenthalt in Singapur abfand. Nun aber machte sie sich mit neuem Eifer ans Auspacken. Gott würde den richtigen Zeitpunkt auswählen, an dem sie Friedrich wiedersah. Bis dahin war ihr Platz hier in Singapur, an der Seite ihrer Mutter.
Je mehr Kisten sie öffnete, je wohnlicher der Salon durch die vertrauten Kandelaber, posamentenverzierten Kissen und den zierlichen Tand aus der Hamburger Wohnung wurde, desto frohgemuter fühlte sie sich. Liebevoll platzierte sie die wie durch ein Wunder heilgebliebene Tischuhr auf einem hüb-

schen, zur Einrichtung des Bungalows gehörenden Sekretär. Schon daheim in Hamburg hatte die Pendule mit ihrem gediegenen Glanz von Messing und poliertem Holz alle Blicke auf sich gezogen – ein Hochzeitsgeschenk ihrer Eltern, Alwine Uhldorffs ganzer Stolz. Der nächste Gegenstand, den Johanna aus einer schützenden Schicht von Decken wickelte, ließ sie überrascht innehalten. Die Mutter musste das kleine, mit Rädern und einem Strick zum Nachziehen versehene Holzpferdchen heimlich in die Kiste geschmuggelt haben, denn als die Uhldorffs ihren Hausstand für Asien nach langen Debatten über Frachtgebühren und Nützlichkeit endlich zusammengestellt hatten, war dieses von Johanna und Leah heißgeliebte Kinderspielzeug nicht dabei gewesen. Sie drückte das zerkratzte Pferdchen gerührt gegen die Brust, dann stellte sie es neben die Uhr.

Die kurze Dämmerung hatte unbemerkt eingesetzt. Johanna unterbrach ihre Arbeit erst, als der Diener, ein Chinese von Ende zwanzig, im ganzen Haus die Argand-Lampen entzündete. Sie bedankte sich, woraufhin er sich höflich verbeugte und in das Küchenhaus zurückzog, in dem sich auch zwei kleine Kammern für die Bediensteten befanden. Er schien ebenso zum Inventar des Bungalows zu zählen wie die Möbel, denn der Vermieter hatte ihn mit keinem Wort erwähnt. Trotzdem stand er seit heute Morgen bereit und ging Johanna unaufdringlich und schweigsam zur Hand. Sie schalt sich, bisher nicht einmal seinen Namen in Erfahrung gebracht zu haben. Morgen würde sie vieles mit ihm besprechen müssen. Hoffentlich beherrschte er ein wenig Englisch, andernfalls würde sich die Haushaltsführung schwierig gestalten.

Johanna schickte sich gerade an, ihr geliebtes Nähtischchen, ein graziles kleines Möbel mit Intarsien in der Form von Füllhörnern und Blumenkränzen, in ihr Zimmer im ersten Stock zu tragen, als es stürmisch an die Haustür klopfte. Sie stellte das Tischchen vor der Treppe ab und öffnete.

»Guten Abend, verehrte Nachbarin! Ich komme doch nicht ungelegen?«

Verblüfft trat Johanna einen Schritt zurück. Sie hatte Leah oder ihren Vater erwartet, der am späten Nachmittag eine Verabredung mit Reverend Keasberry wahrgenommen hatte, nicht jedoch diese ihr unbekannte, üppige junge Engländerin, die mit der Gewalt eines Taifuns ins Haus wirbelte.

»Überrascht, Liebes? Das hatte ich beabsichtigt. Hier, halten Sie.« Sie drückte Johanna ein mit einem Tuch abgedecktes flaches Gefäß in die Hand. Es war warm, und ein köstlicher süßer Duft stieg daraus empor. Bevor sich Johanna bedanken konnte, plapperte die Besucherin schon weiter: »Zum Einstand habe ich Ihnen einen richtig feinen englischen Apple Pie mitgebracht. Gut, es ist kein Stückchen Apfel darin, in dieser gottverdammten, fantastischen Weltecke gedeihen unsere guten alten Äpfel ja nicht. Wo war ich stehen geblieben? Ach so, der Kuchen. Man nehme Guaven oder Ananas statt der Äpfel, Palmzucker, Zimt, Muskat und importiertes Weizenmehl und fertig. Schmeckt ganz prima, wenn auch kein bisschen wie Apple Pie, doch wen interessiert das schon? Aber Schätzchen, was ist denn das Entzückendes?« Mit einem begeisterten Ausruf steuerte die redselige Dame auf Johannas Nähtischchen zu und begutachtete es von allen Seiten. »Sehr hübsch!«, urteilte sie und ließ ihren wachen Blick durch die kleine Halle und den angrenzenden Salon streifen.

Johanna nutzte die kurze Atempause und hieß den Überraschungsgast willkommen.

»Oh, oh, meine gute Kinderstube. Vor lauter Aufregung habe ich es versäumt, mich vorzustellen. Mrs Andrew Robinson von gegenüber. Also, eigentlich heiße ich natürlich nicht Andrew, sondern Mercy. Sie haben recht gehört, Mercy wie in ›hab Erbarmen, Mercy, und lass auch mal die anderen zu Wort kommen‹. Sie sehen, meine Eltern verfügten über die Gabe der Hellsichtigkeit.« Sie hob theatralisch die Hände. »Und wenn Sie mir gegen meinen trockenen Mund einen Tee anbieten, bekommen Sie die Gelegenheit, auch mal etwas zu sagen.« Ein schelmisches, ungemein einnehmendes Lächeln huschte über das weiche Gesicht von Mercy Robinson.

Johanna mochte sie auf Anhieb. Sie dirigierte Mrs Robinson in den alles andere als präsentablen Salon. Ihr Gespür sagte ihr, dass die quirlige Nachbarin sich nicht daran stören würde. Tatsächlich hob Mercy Robinson ohne Umstände einen Bücherstapel von einem der Stühle, ließ sich nieder und musterte Johanna ungeniert aus riesigen blauen Puppenaugen.

»Hübsch sind Sie. Ich mag Ihre Locken. Und Ihre schlanke Taille«, fügte sie mit einem übertriebenen Seufzer hinzu.

»Vielen Dank für das Kompliment, Mrs Robinson.«

»Warum so steif, Liebste? Nennen Sie mich beim Vornamen, bitte. Wie alt sind Sie?«

»Achtzehn. Achtzehneinhalb«, fügte Johanna hinzu. »Und ich bin verlobt.« Sie hatte plötzlich das Bedürfnis, in den Augen der anderen als erwachsene Frau zu gelten.

»Und ich bin zweiundzwanzig drei fünftel und verheiratet. Das passt doch wunderbar! Apropos wunderbar. Entschuldigen Sie meine Offenheit: Ihr Kleid steht Ihnen überhaupt nicht. Um ehrlich zu sein, es ist furchtbar hässlich. Wir müssen baldmöglichst etwas dagegen unternehmen.«

Johanna sah verlegen an sich hinunter. Eigentlich fand sie an dem einfachen Kleid aus indigoblauer indischer Baumwolle nichts auszusetzen. Es war leicht und dem Klima angemessen, doch neben der in ein extravagantes, weiß und himmelblau gestreiftes Krinolinenkleid gewandeten Mercy wirkte sie wie eine Klosterschülerin. Um das unerfreuliche Thema zu beenden, erhob sie sich und sagte: »Entschuldigen Sie, Mercy. Ich möchte dem Diener Bescheid geben, uns einen Tee zu kochen.«

»Lim? Sie haben ihn übernommen?« Mercy hob die Stimme und rief nach dem Diener. Binnen eines Augenblicks erschien er in der Tür. »Mach uns einen Tee, Lim. Und pass auf, dass er nicht zu schwach wird.«

Lim verbeugte sich tief und verschwand lautlos. Bis er den Tee brachte, war es Mercy Robinson gelungen, alles Wissenswerte über die Familie Uhldorff zu erfragen. Johanna gab bereitwillig Antwort. Warum auch nicht, schließlich hatten sie keine Geheimnisse.

Erneut ging die Tür, und Leah betrat den Salon, ihre Zeichenmappe unter den einen Arm geklemmt, den anderen hinterm Rücken versteckt. Johanna stellte Mercy Robinson und ihre Schwester einander vor. Mit einem Nicken grüßte Leah die Besucherin und wollte sich zurückziehen, doch Johanna hielt sie auf. »Dürfen wir deine Zeichnungen sehen?«

»Muss das sein?« Erstaunt bemerkte Johanna, dass sich Leah wand. Sonst nie um eine Antwort verlegen, wirkte sie, als würde sie am liebsten aus dem Raum flüchten.

»Zier dich nicht, Kleine«, polterte Mercy jovial, »zeig uns, was du hinter dem Rücken versteckt hast!«

Bei dem Wort »Kleine« blitzte es gefährlich in Leahs Augen auf. Selbst ihre Eltern hüteten sich, sie als »Kleine« zu bezeichnen, seit beim letzten Mal, es mochte zwei Jahre her sein, eine kostbare Vase zu Bruch gegangen war. Johanna wollte das Schlimmste verhindern, doch sie reagierte zu spät. Leah hatte bereits den Raum durchmessen und baute sich direkt vor Mercy Robinson auf. »Sie wollen wirklich sehen, was sich hinter meinem Rücken verbirgt?«, fragte sie zuckersüß und

mit einem gezierten Augenaufschlag. Mit quälender Langsamkeit zog sie den Arm hervor, um ihn dann mit einer schnellen Bewegung direkt vor das Gesicht der Besucherin zu halten.
Mrs Robinson schrie entsetzt auf. Um einen möglichst großen Abstand zwischen sich und das Ding auf Leahs Arm zu bringen, stieß sie den Stuhl zurück, verhedderte sich dabei mit ihrem ausladenden Rock, kam ins Taumeln und konnte sich gerade noch fangen, indem sie sich am Sekretär festhielt. Die kostbare Uhr schwankte, das alte Spielzeugpferdchen landete auf dem Boden.
Für einen langen Moment verharrten alle drei wie versteinert.
»Das wollte ich nicht. Entschuldigen Sie«, sagte Leah schließlich in die Stille.
Johanna hob das Pferdchen auf. Es hatte den Sturz beinahe unbeschadet überstanden, lediglich der Schwanz war abgebrochen. Mercy streckte die Hand danach aus. »Geben Sie es mir. Mein indischer Gärtner hat ein Händchen für Reparaturen aller Art.« Sie atmete tief durch und wandte sich an Leah. »Entschuldigung angenommen. Und jetzt sag mir, was um Himmels willen ist das?«
Leah streckte ihnen erneut den Arm entgegen, allerdings etwas weniger ungestüm als zuvor. An ihrem Unterarm hatte sich ein Insekt festgekrallt. »Ein Myriapoda.« Sie machte einen Schritt auf Mercy zu, doch die winkte ab.
»Bleib, wo du bist. Ich sehe ihn auch so.«
Johanna dagegen sah sich das dunkelglänzende Tier aus der Nähe an. Die unzähligen Beinchen kennzeichneten es tatsächlich als Tausendfüßler, nur war er hundert Mal größer als alle, die Leah je in Hamburg angeschleppt hatte. Sie klopfte mit dem Zeigefinger auf den harten, glatten Körper. Sofort hob der kolossale Tausendfüßler den Kopf und begann loszulaufen,

direkt auf Leahs Armausschnitt zu. Leah hielt ihn mit der linken Hand auf und ließ ihn auf den anderen Arm krabbeln.
Johanna lachte auf. »Sind hier alle Insekten so riesenhaft? Dann kannst du dein Vergrößerungsglas einmotten.«
Leah zuckte die Schultern. »Ich habe schon Spinnen entdeckt, die größer waren als meine Hand. Und Käfer, so lang.« Sie spreizte Daumen und Zeigefinger weit auseinander.
»Puh.« Mercy schüttelte sich. »Ihr beide seid aber unempfindlich. Die meisten weißen Frauen in Singapur hätten Riechsalz benötigt.«
Leah zog sich bald in ihr Zimmer zurück, und Johanna und Mercy verbrachten noch eine angenehme Stunde bei Tee und Apple Pie ohne Äpfel, der tatsächlich köstlich schmeckte. Johanna erfuhr, dass Mercy als dritte Tochter eines im Dienste der Britischen Ostindien-Kompanie stehenden Offiziers im indischen Lucknow aufgewachsen war. Bei einem Dinner hatte sich der auf der Durchreise befindliche Andrew Robinson in sie verliebt, war drei Monate geblieben und hatte ihr hartnäckig den Hof gemacht, bis sie ihm ihr Jawort gab. Sie machte kein Geheimnis daraus, dass sie ihren Mann nicht liebte – er ist eigentlich zu alt für mich, kicherte sie –, aber sie respektierte ihn und wusste die finanzielle Sicherheit zu schätzen. Nach Singapur hatte es die beiden vor zwei Jahren verschlagen, als Andrew die Leitung der Mercantile Bank of The East übernahm.
Gegen halb acht erhob sich Mercy und schüttelte ihren prächtigen Rock zurecht. »Ich gehe dann mal rüber. Der Koch wird bald das Dinner auftragen, und mein Mann isst nicht gern allein. Ich hoffe, du kommst mich bald besuchen. Andrew ist tagsüber in der Bank, und mir werden die Stunden lang.«
»Ich komme gern. Selbstverständlich bist auch du uns jederzeit herzlich willkommen.«

»Nur, wenn du mir versprichst, dass deine Schwester mir mit dem Krabbelzeug vom Hals bleibt.« Sie lachte laut und herzlich. Wie Johanna bereits festgestellt hatte, verfügte Mercy über einen unverwüstlichen Humor.

Am Gartentor kam ihnen Hermann-Otto Uhldorff schnellen Schritts entgegen. Johanna stellte Mercy und ihren Vater einander vor.

»Sie sollten nach Einbruch der Dunkelheit eine Kutsche benutzen«, mahnte Mercy. »Erst kürzlich hat ein Tiger auf der Orchard Road einen Kuli angefallen. Die Untiere werden immer dreister. Außerdem treiben chinesische Banden ihr Unwesen.«

»Ich hatte nur wenige Minuten zu gehen. Die malaiische Kapelle ist nicht weit.«

»Weit genug, um vom Tiger gefressen zu werden.«

»Ich werde Ihren Rat in Zukunft beherzigen, Mrs Robinson. Mir war tatsächlich nicht ganz wohl in meiner Haut. Die Kokosöl-Laternen erhellen die Straßen nur unzureichend.«

»Sehr gut.« Mercy wies zu ihrem Haus. »Unser Geplauder hat auch meinen Mann aus dem Haus gelockt.«

Eine weißgekleidete Gestalt trat aus dem Gartentor des gegenüberliegenden Grundstücks und überquerte die Straße. Freundlich hieß Andrew Robinson Johanna und ihren Vater in der Waterloo Street willkommen. Johanna registrierte überrascht, dass der schlanke Mann mit dem gepflegten Zwirbelbart äußerst ansehnlich war – und höchstens Mitte dreißig. Nach Mercys Bemerkungen war sie davon ausgegangen, Andrew Robinson sei ein alter Mann.

»Wir haben über die Gefahr eines Tigerangriffs gesprochen«, bemerkte Johanna.

»Die Tiere haben sich zu einer regelrechten Plage entwickelt«, bestätigte Andrew Robinson. »Kein Plantagenarbeiter ist sei-

nes Lebens sicher. Ich plane, demnächst auf die Jagd zu gehen. Würden Sie mir die Ehre erweisen und mich begleiten, Mr Uhldorff?«
Hermann-Otto Uhldorff wehrte ab. »Vielen Dank für die Einladung, aber die Jagd liegt mir fern.«
»Wie Sie meinen. Aber eine Partie Billard in den nächsten Tagen werden Sie mir nicht abschlagen.«
»Selbstverständlich nicht.«
Sie tauschten noch einige Höflichkeiten, bevor sich die Robinsons verabschiedeten.
Auf der großen Veranda half Johanna ihrem Vater aus dem neuen weißen Jackett. Erleichtert streckte er sich. »Obwohl diese Anzüge besser sind als alles, was ich mitgebracht habe, schwitzt man doch erstaunlich.« Er nahm Lim ein Glas Fruchtsaft ab und trank einen Zug, bevor er sich in einem bequemen Liegestuhl niederließ. »Reverend Keasberry hat mich gefragt, ob ich in Singapur bleiben und ihm helfen will. Seit Missionsarbeit in China möglich ist, haben die Missionare Singapur in Scharen verlassen. Keasberry ist als Einziger geblieben, und die Arbeit wächst ihm über den Kopf. Du weißt, dass er ebenfalls von der London Missionary Society gesandt wurde?«
Johanna nickte. Alles Blut war aus ihrem Gesicht gewichen, ihr Kopf wurde nur von einem Gedanken ausgefüllt: Friedrich! Sie musste doch nach Hongkong! Ihre Stimme war nur ein Krächzen. »Hast du denn zugesagt?«
Hermann-Otto Uhldorff schüttelte den Kopf. »Ich ziehe deine Situation durchaus in Betracht, Johanna, obwohl mir das Angebot sehr gelegen kommt. Es gibt hier weiß Gott genügend Seelen zu retten, und wir würden deiner Mutter eine weitere Reise ersparen, ganz zu schweigen von dem ungesunden Klima in Hongkong. Was in China auf uns zukäme, wis-

sen wir ja noch gar nicht.« Er seufzte. »Andererseits fällt es mir schwer, meinen Traum von China fallen zu lassen, und ich fühle mich dir verpflichtet. Ich habe mich zu einem Kompromiss durchgerungen.«

Liebe durchströmte Johanna; ihr Vater war so anders als viele Männer. Liebevoll, geduldig und – was das wichtigste war – er nahm sowohl die Mutter als auch die Töchter ernst.

»Sobald sich unser Leben im neuen Heim eingespielt hat, werde ich nach Hongkong und Kanton segeln. Allein.« Er hob die Hand. »Lass mich ausreden. Die Mutter ist auf deine Fürsorge angewiesen. Mit Leah werde ich sprechen, damit sie dir in Zukunft mehr zur Hand geht. Sobald ich mir ein Bild von der Situation in China gemacht habe, entscheide ich das Weitere. Entweder ihr reist mir nach, oder aber ich werde in Singapur mit Keasberry zusammenarbeiten, in der Hoffnung, die Missionsgesellschaft kommt auch hier für unseren Unterhalt auf. Ich sage es nicht gern, aber du solltest wissen, dass wir ohne mein Einkommen nicht in Asien bleiben können. Unsere Rücklagen wären schnell aufgebraucht.«

»Aber Friedrich und ich wollen doch heiraten.«

»Dabei bleibt es selbstverständlich. Friedrich ist ein umsichtiger und ehrenhafter junger Mann, der Verständnis haben wird. Ihr braucht ja nur so lange zu warten, bis ich mich wieder um Mutter kümmern kann.«

Johanna schwieg betroffen. Sie hatte nicht bedacht, dass ihre bevorstehende Hochzeit mit der Trennung von der Familie einhergehen konnte. Ihr war kläglich zumute.

Wie so oft las der Vater in ihr wie in einem offenen Buch. »Mir gefällt der Gedanke auch nicht, dich ziehen zu lassen, aber das Postschiff braucht nur eine Woche«, sagte er. »Wir könnten einander besuchen. Vielleicht kommt es aber gar nicht so weit: Sollte ich mich gegen China entscheiden, werde ich mit Friedrich sprechen. Vielleicht kann er sich mit dem Gedanken anfreunden, sich in Singapur niederzulassen. Die Erfolgsaussichten sind in beiden Kolonien gleich.«

»Das wäre schön«, flüsterte Johanna.

»Alles wird gut, du wirst sehen.« Der Vater schlug nach einem Moskito und stemmte sich aus dem Stuhl hoch. »Lass uns hineingehen. Es duftet schon verheißungsvoll aus der Küche. Was gibt es denn?«

»Ich weiß es nicht«, bekannte sie schuldbewusst. »Über Mercys Besuch habe ich alle Pflichten vergessen. Lim wird wohl etwas Chinesisches zubereitet haben.«

»Lim heißt er? Scheint ein anständiger Kerl zu sein. Wenn sein Essen so gut schmeckt, wie es riecht, solltest du ihm ein paar Küchengeheimnisse entlocken.«

* * *

Drei Wochen nach dem Ereignis mit dem Tausendfüßler, der seitdem in einer Kiste auf der Uhldorffschen Veranda wohnte und womöglich noch größer geworden war, fuhr Leah mit ihrem Vater in einem Palanquin in Richtung des Flusses. Vor der Thompson's Bridge, einer für Fahrzeuge aller Art gesperrten wackeligen Holzkonstruktion, zügelte der Kutscher sein struppiges Pferd. Jedermann, ob reich oder arm, musste sich zu Fuß auf die andere Seite begeben. Leah hielt es nicht mehr auf dem Sitz. Sie stieß die Tür der Kutsche auf und sprang nach draußen, bevor Hermann-Otto Uhldorff ihr helfen konnte. Wohl hatte sie bereits einige Male mit dem Vater und Johanna den Fluss überquert, um bei *John Little & Company* am Commercial Square Einkäufe zu tätigen, noch nie hatte sie jedoch auch nur einen Fuß in den südlich des Flusses gelegenen chinesischen Teil der Stadt gesetzt, jenes geheimnisvolle Viertel mit seinen drachenverzierten Tempeldächern, das sie seit der Ankunft in Singapur magisch anzog. Letzte Woche hatte Hermann-Otto Uhldorff seine Frau und Töchter gefragt, welchen Wunsch er ihnen vor seiner Abreise nach China erfüllen könne, und Leah hatte ihn um einen Ausflug ins Chinesenviertel gebeten. Der letzte Nachmittag, bevor der Vater morgen an Bord der Brigg *Corcyra* ging, gehörte ihr und ihm allein.

»Du hast deinen Parasol vergessen.«

»Oh.« Leah nahm ihm das japanische Seidenschirmchen ab und klemmte es unter den Arm.

»Willst du ihn nicht aufspannen?«

»Er hindert mich daran, alles zu sehen.«

»Du verdirbst dir deinen Teint.«

»Na und?« Lachend mischten sich Vater und Tochter unter die Fußgänger und überquerten die schmale Brücke. Als Hermann-Otto Uhldorff auf eine der am anderen Ende wartenden Kutschen zuging, hielt Leah ihn zurück.

»Lass uns gehen!«

Uhldorff zögerte. »Ich weiß nicht, ob das eine gute Idee ist. Es könnte gefährlich sein.«

»Papa! Es ist helllichter Tag. Wer sollte uns etwas tun?«

»Und dein Kleid? Es hat den ganzen Vormittag geregnet, die Straßen sind schlammig.«

»Ach, den Dreck waschen die Dhobi-Wallahs schon raus.«

»Wer?«

»Die indischen Wäscher auf dem Waschplatz hinterm Gouverneurshügel.«

»Bist du etwa dort gewesen?«

Leah zog unwillkürlich den Kopf zwischen die Schultern. Ihr Vater war ernsthaft verärgert. »Nein, natürlich nicht«, sagte sie deshalb mit gespielter Empörung. »Ich weiß es von Lim.

Die Wäscher holen doch unsere Sachen jeden Morgen noch vor Sonnenaufgang ab.«
»Das beruhigt mich. Männer können sich benehmen wie wilde Tiere.«
Bitte, dachte Leah, bitte lass mich dir nicht versprechen, in Zukunft im Haus zu bleiben. Ich müsste dich anlügen.
»Nun gut«, sagte er. »Wir verzichten auf die Kutsche.«
Erleichtert trat sie an der Seite ihres Vaters in eine mit jedem Schritt nach Süden aufregendere und exotischere Welt ein. Die langen Häuserreihen entlang der Southbridge Road verfügten über fünf Fuß breite Arkaden, die den Fußgängern Schatten gewähren sollten, doch hatten die Ladeninhaber und fliegenden Händler ihre Waren längst auch hier ausgebreitet. Nur unwillig machten die unter den Arkaden kauernden Menschen den europäischen Eindringlingen Platz. Obwohl ihre Anwesenheit mit Tuscheln quittiert wurde, sah Leah, ausgestattet mit derselben taktlosen Neugierde wie die Chinesen, den Menschen offen ins Gesicht.
Vor einem der Geschäfte blieb sie fasziniert stehen. In mehreren Glasgefäßen auf einem Tisch neben der Eingangstür schwammen in gelblichen Flüssigkeiten Schlangen und Skorpione. Aus dem Laden drang ein modriger Geruch nach Kräutern und Trockenfisch. Leah klopfte gegen eines der großen Gefäße. Die toten Schlangen drehten sich träge in der Flüssigkeit.
»Kraits«, stellte sie sachlich fest. »Sehr giftig. Ich frage mich, warum sie in Alkohol eingelegt sind. Komm.« Ohne eine Antwort des Vaters abzuwarten, betrat sie den Laden. Es dauerte eine Weile, bis sich ihre Augen ans Dämmerlicht gewöhnten. Hermann-Otto Uhldorff konnte sich einen Ausruf des Erstaunens nicht verkneifen. Auf Regalbrettern stapelten sich mumifizierte Tigerpranken und andere Tierteile, getrocknete

Geckos, Frösche, Schlangen und Insekten lagen zu Hunderten in Körben davor. Hinter der Ladentheke stand ein Schrank mit Dutzenden und Aberdutzenden Schubladen, jede von ihnen säuberlich mit chinesischen Zeichen beschriftet.
Ein Räuspern ließ Vater und Tochter herumfahren. Aus dem Durchgang zum Wohnbereich des Hauses trat ein auffallend kleiner Chinese und musterte sie durch seine Messingbrille mit unverhohlenem Interesse. Leah hatte noch nie einen älteren Chinesen als ihn gesehen. Falten überzogen sein Gesicht, die Augen verschwanden beinahe unter den Lidern, der dünne Zopf reichte bis in die Kniekehlen. Da er keine Anstalten machte, sie zu begrüßen, ergriff Leah die Initiative.
»Leh ho boh!«
Der Mann starrte sie mit offenem Mund an, und auch ihr Vater stand da wie vom Donner gerührt. Lims Unterricht in der Küche hatte in kurzer Zeit Früchte getragen, auch wenn Leah noch viele Monate benötigen würde, um die schwierige Aussprache zu meistern. Tatsächlich verstand sie vom einsetzenden Wortschwall des Mannes nur einen Bruchteil. Sie unterbrach ihn und fragte ihn nach den getrockneten Tieren. Welcher Art sie waren, welchen Nutzen sie hatten. Der alte Chinese war sichtlich begeistert von ihrem Interesse und bemühte sich, langsam und in einfachen Worten zu sprechen. Hin und wieder warf er ein englisches Wort ein; seine Kenntnisse des Englischen entsprachen in etwa Leahs Hokkien-Chinesisch. Schließlich verpackte er einige Spezimen und überreichte Leah das Paket. Ihr Vater war so verblüfft, dass er den Einkauf kommentarlos bezahlte.
»Toh siah. Tsai hwei. Danke und auf Wiedersehen.« Leah senkte den Kopf respektvoll vor dem alten Mann und verließ mit ihrem Vater das Geschäft.
»Leah, du schaffst es immer wieder, mich zu überraschen. Du sprichst Chinesisch?«

»Hokkien-Chinesisch. Sehr wenig, aber es wird besser. Ich hatte in Mr Goymours Pension damit begonnen, es zu lernen. Dafür lässt mein Malaiisch zu wünschen übrig. Und Kantonesisch kann ich gar nicht.«

Er schüttelte den Kopf. »Wärest du ein Mann, du würdest dir wahrlich die Welt untertan machen. Was ist das für ein Laden?«

»Eine Apotheke.«

»Und die Tiere, die du dir hast einpacken lassen? Willst du uns in Zukunft mit geschabten Echsen und Insektenpüree behandeln?«

Sie lachte. »Keine Angst, ich möchte sie mir nur genauer ansehen und mit meinen bisherigen Funden vergleichen. Viele der Tiere in seiner Auslage kannte ich nicht.«

Sie traten auf die Straße. Die Arkaden waren jetzt vollends von Waren blockiert. Ein Wasserträger wich ihnen schimpfend aus. Seine Last schwankte so stark, dass die Eimer an beiden Enden des langen, flachen Bambusjochs auf seiner Schulter überzuschwappen drohten. Neben einer Säule saß ein Barbier und reinigte einem Kunden die Ohren. Ein in bestickte Seide gewandeter chinesischer Geschäftsmann überquerte schnellen Schritts die Straße. Sie kamen an einer Gruppe von lärmenden Essern vorbei, die sich um einen Mann mit einem Suppentopf scharte; auf den Hacken balancierend hielten sie sich dampfende Schalen vor die Gesichter und schaufelten sich mit Hilfe zweier Essstäbchen Nudeln in die Münder. Leah lief das Wasser im Mund zusammen, doch sie blieb stumm; diese Bitte würde selbst der Vater ihr nicht erfüllen.

Sie täuschte sich. Die beiden waren bereits tief ins chinesische Viertel vorgedrungen, als ihr Vater auf ein äußerst bescheidenes Restaurant wies. Es hatte keine Türen, und das Mobiliar bestand nur aus niedrigen Hockern.

»Möchtest du?«
Leahs Herz machte einen Sprung. Natürlich wollte sie das fremde Essen probieren!
»Dann komm. Meinst du, ich hätte nicht bemerkt, wie sehr es dich an die Suppenkessel der Chinesen zieht?«
Der Koch wäre bei ihrem Anblick am liebsten im Boden versunken. Mit einer Mischung aus Ablehnung und Faszination stand er wie angenagelt hinter seinen großen Töpfen und fragte sich offensichtlich, ob er unter Wahnvorstellungen litt. Es kostete Leah einige Überzeugungskraft, bis er sie bediente.
Sie hatten ihre liebe Mühe mit den Essstäbchen, immer wieder plumpsten die Nudeln in die Brühe zurück. Schließlich erbarmte sich der Suppenkoch und zeigte ihnen die korrekte Handhabung. Leahs Sprachkenntnisse und ihre offene Art ließen den Mann sein Misstrauen vergessen, und bald hatte er ebenso viel Spaß wie seine Gäste.
»Wahrscheinlich sind wir bereits das Stadtgespräch«, bemerkte Leahs Vater. Vor dem Restaurant hatte sich eine Traube barfüßiger junger Männer gebildet, die sie ungeniert angafften. Ohne Ausnahme waren sie in weite blaue Hosen gekleidet, hatten die Stirn rasiert und lange Zöpfe. Manche trugen speckige, ehemals weiße Hemden, viele jedoch nicht einmal diese. Allen gemein war eine entsetzliche Magerkeit. Leah wusste von Lim, dass die abgerissenen jungen Männer vor den Aufständen und dem Hunger in ihrer südchinesischen Heimat geflüchtet, manche sogar entführt und verkauft worden waren. Pig Trade – Schweinehandel –, so nannten die chinesischen Menschenhändler das, und aus Lims bitterer Miene hatte Leah geschlossen, dass auch er an Bord einer jener elenden Dschunken gelitten hatte, die zwischen China und Singapur pendelten.
Hermann-Otto Uhldorff kämpfte mit einem gekochten

Wachtelei, bis er schließlich aufgab, es mit den Fingern aus der Brühe fischte und in den Mund schnippte.
»Was versprichst du dir von diesem Ausflug?«, fragte er, nachdem er seine delikate Suppe aufgegessen hatte.
»Ich möchte das Fremde begreifen. Die Journale und Reiseberichte reichen mir nicht aus. Ich möchte alles selbst erleben. Es sehen, es riechen, die Speisen kosten, mit den Menschen in ihrer Sprache reden. Manchmal fühle ich mich regelrecht getrieben.« Leah zuckte hilflos die Schultern. »Unser heutiger Ausflug wird mir viel Stoff zum Nachdenken geben, wenn du fort bist und die Langeweile mich packt. In meinem Kopf habe ich schon Dutzende Bilder gesammelt, die ich zeichnen werde.« Sie versuchte ein Lächeln, doch es gelang nur kläglich. Er nahm ihre Hand.
»Es war nie leicht für dich. Ich zermartere mir schon lange den Kopf, wie du glücklich werden kannst.«
Sie drückte seine Hand. »Dir wird etwas einfallen, nicht wahr?«
»Das hoffe ich.«
Leah aß schweigend ihre Suppe. Ihr war bewusst, dass der Vater keine Versprechungen machen konnte. Er ließ ihr ohnehin mehr durchgehen, als jeder andere Vater dies getan hätte. Dass er Missionar war, machte alles noch komplizierter. Die Gesellschaft erwartete von ihrer Familie, ein Muster an Tugend und Gottesfürchtigkeit zu sein und selbstverständlich alles Heidnische abzulehnen. An Gottesfürchtigkeit mangelte es weder dem Vater noch seiner Frau und den Töchtern, doch Leah war zu intelligent, sich mit den engen, von der Gesellschaft vorgegebenen Grenzen zufriedenzugeben.
Nachdem Hermann-Otto Uhldorff den Suppenkoch bezahlt hatte, schlugen sie die Richtung zum Meer ein. Je dichter sie der Telok-Ayer-Bucht kamen, desto schmaler wurden die Straßen, desto dicker hingen die Dünste von Kochfett und

Exkrementen, von verrottendem Obst und süßem Opium zwischen den zwei- und dreistöckigen Häusern. Statt Fahnen flatterte Wäsche an langen Stangen. Es war so drückend, dass Leah der Schweiß aus allen Poren brach. Sie versuchte zu erspähen, was sich hinter den vorhanglosen Fenstern verbarg, doch dort herrschte undurchdringliche Dunkelheit. Dafür hämmerten und sägten, drechselten und nähten die Handwerker direkt vor ihren Werkstätten auf dem Boden, in der in Asien üblichen Kauerstellung.

An einer Kreuzung bogen sie nach links. Kaum ein paar Schritte in der Gasse, wurde vor ihnen eine Tür aufgestoßen. Zwei stämmige chinesische Männer stießen einen dritten in eine übelriechende Pfütze, wo er bäuchlings liegen blieb. Hermann-Otto Uhldorff trat ohne Zögern zu dem Mann und drehte ihn auf den Rücken. Leah stieß einen entsetzten Schrei aus. Der Mann war so dürr, dass sein Rippenkäfig wie mit einem Beil aus seinem Körper herausgehauen schien. Kein Quentchen Fleisch polsterte seine Knochen, fahlgelbe Haut spannte sich über den Schädel. Seine Augen starrten ins Nichts. Mit zitternden Knien näherte sich Leah dem Mann. »Lebt er?« Sie hoffte es sehr, doch zugleich spürte sie die Kälte des Todes. Ein Eishauch zog durch die Gasse, als die Seele des Mannes an ihr vorbeistrich, gebettet in die Arme eines jener glubschäugigen, scharfzahnigen Dämonen, die sie vor wenigen Minuten am Eingang eines Tempels betrachtet hatte. Ungeachtet des den Mann bedeckenden Schlamms suchte Hermann-Otto Uhldorff nach seinem Puls, schloss ihm dann sanft die Augen und schlug ein Kreuz über ihm. Mittlerweile hatten sich einige Schaulustige um sie gruppiert, und Leah konnte sich des Gefühls nicht erwehren, dass das Interesse mehr ihr und ihrem Vater galt als dem Toten. Schließlich fassten mehrere Männer die Leiche an Armen und Beinen und schleppten sie fort wie

ein Gepäckstück. Die Versammlung löste sich auf. Das Leben ging weiter, als wäre nichts geschehen.
Leah musste sich gegen die Hauswand lehnen. Sie war zutiefst erschüttert über diese Gleichgültigkeit.
Hermann-Otto Uhldorff wischte sich die Hände an seinem Sacktuch ab. »Opium«, sagte er gepresst. »Der Fluch der chinesischen Arbeiter.« Er knüllte das Tuch zusammen und schleuderte es wütend in die Pfütze. »Die Ostindien-Kompanie und ihre Handlanger sollten sich schämen. Nur um des Profits willen überschwemmen sie das Reich der Mitte mit diesem Höllenzeug. Es ist eine Schande für jeden Christen!«
Leah erschrak. Einen Ausbruch wie diesen hatte sie bei ihrem Vater noch nie erlebt. In schneller Folge sah sie Wut und Kampfeslust, Resignation und Ohnmacht über sein Gesicht ziehen. Schüchtern griff sie nach seiner Hand.
»Lass uns nach Hause gehen. Ich habe für heute genug gesehen.«

Wenig später entlohnte Hermann-Otto Uhldorff den Kutscher für die Fahrt zurück zur Waterloo Street. Leah hatte einen Kloß im Hals. So schön war dieser Tag gewesen, trotz des Vorfalls mit dem toten Opiumraucher, und so schrecklich war die Aussicht auf die endlosen Wochen, vielleicht Monate ohne ihren Vater. Als er sich anschickte, in den Garten zu treten, umklammerte sie ihn wie eine Ertrinkende. Er roch nach Talkumpuder und Tabak, nach Eau de Cologne und Geborgenheit – einer Geborgenheit, die sie bei der Mutter nie gefunden hatte. Sie waren verschworen gewesen, seit sie denken konnte, von niemand anderem hatte Leah je Verständnis für ihre Andersartigkeit erfahren.
Jetzt ließ er sie allein in einer Welt, in der es für wissbegierige, selbständige Mädchen keinen Platz gab.

4

Dezember 1856, vier Monate später

Zeigen Sie uns doch bitte auch noch dieses Kleid.«
Der Ladenassistent kam Mercys Aufforderung nach und breitete ein smaragdgrünes Ballkleid auf dem Tresen aus. Johanna bewunderte die Gelassenheit des jungen Mannes. Ohne mit der Wimper zu zucken, kam er den Wünschen ihrer Freundin nach, während Mercys undiplomatische Bemerkungen über die Qualität der Waren ihr die Schamröte ins Gesicht trieben. Dabei hätte sie es ahnen müssen, schließlich war dies nicht der erste Besuch der Freundinnen bei *John Little & Company.* Noch jedes Mal hatte Mercy mit ihrer Unentschlossenheit, ihren Ansprüchen und ihrer lauten Stimme sämtliche Angestellte auf Trab gehalten.
Mercy rieb den kostbaren Seidenstoff zwischen ihren Fingern. »Perfekt!«, befand sie. »Diese Farbe passt ganz formidabel zu deinen grauen Augen.«
»Ich weiß nicht recht. Das Kleid ist zu prächtig für mich. Und mit Sicherheit auch zu teuer.«
»Du hast in den vier Monaten, seit dein Vater abgereist ist, kaum das Haus verlassen, nun musst du dir auch einmal etwas gönnen. Außerdem lasse ich nicht zu, dass du zum Silvesterball als graue Maus erscheinst.«
Johanna musterte das Ballkleid. Mercy besaß unbestritten ein Gespür für Mode. Mit seinem weitschwingenden Rock, dem tiefen, von feiner Spitze eingefassten Halsausschnitt, der auch die Schultern freiließ, und den hübsch drapierten Ärmelchen gefiel ihr das Kleid außerordentlich, und mit Sicherheit stand

es ihr auch gut. Es würde schön sein, in diesem grünschillernden Traum über die Tanzfläche zu gleiten.
Ein bitterer Geschmack breitete sich in ihrem Mund aus: Sie wollte tanzen, aber nur mit einem. Der aber weilte noch immer im weitentfernten Hongkong. Sie wischte den dunklen Gedanken beiseite, bevor die Schwermut sie packen konnte, und zeigte auf ein schlichteres Kleid aus hellblauem Baumwollmusseline.
»Ich werde dieses nehmen. Es ist ebenfalls wunderhübsch und genügt meinen Ansprüchen. Ich muss haushalten.«
»Ja«, sagte Mercy gedehnt, »es ist nett. Aber willst du nicht doch lieber das andere kaufen?«
»Nein. Eigentlich wäre sogar mein altes Ballkleid ausreichend.«
»Aber kein bisschen modisch.«
»Liebe Freundin, wir sind nicht in Paris, sondern im Dschungel. Junger Mann« – Johanna wandte sich an den Assistenten –, »bitte senden Sie mir das hellblaue Kleid zur Anprobe an meine Adresse.«
»Das grüne auch!«
Lachend knuffte Johanna ihre Freundin in die Seite. Mercy grinste.
Da draußen ein heftiges Tropengewitter tobte, verbrachten sie eine weitere vergnügliche Stunde in John Littles geräumigem Laden, in dem von weißer Seife, Zahnpulver und Nähnadeln über feines Besteck bis hin zu Schinkenspeck aus Wiltshire und Madeirawein so ziemlich alles aus Europa angeboten wurde. Daneben lagerten aus Elfenbein geschnitzte Schach- und Backgammon-Spiele, Porzellan und perlmuttgeschmückte Teewagen aus China, Seidenlaternen aus Cochinchina, Schmuckkästchen aus Indien und Manila-Hüte. Zur kulturellen Erbauung wurden die neuesten Noten, Novellen

und Magazine vom anderen Ende der Welt herbeigeschafft, und wer dann noch nicht fündig geworden war, wandte sich vertrauensvoll an Mr Little, der alles möglich machte.

Johanna erkundigte sich bei ihm nach ihrer Bestellung. Mr Little klemmte sich einen Kneifer auf die Nase, überflog eine Liste und schickte einen Assistenten ins Lager, der prompt mit einem kleinen Paket zurückkehrte.

»Was ist das?« Mercy platzte fast vor Neugierde.

»Farben.«

»Farben?«

Johanna legte Stück für Stück kaum einen Zoll lange Näpfchen auf die Ladentheke, gefolgt von Pinseln und einer gut verschnürten Rolle. »Winsor-&-Newton-Aquarellfarben«, erklärte sie, »dazu Marderhaarpinsel aus Russland und gutes Büttenpapier. Leahs Weihnachtsgeschenke. Sie zeichnet wie eine Besessene, seit Papa in China ist. Ich sehe sie kaum noch, so oft ist sie außer Haus und hält die Diener unserer Nachbarn vom Arbeiten ab.«

Mercy rümpfte die Nase. »Ja, unsere Dienerschaft hat ihr auch schon Modell gesessen. Andrew hat sie gebeten, ein Bild von mir anzufertigen, aber dafür hat sie bis heute keine Zeit gefunden. Selbst die ekligen Käfer sind ihr wichtiger. Es wird Zeit, dass dein Vater einen anständigen Mann für sie findet.«

»Sie ist gerade siebzehn geworden.«

»Na und? Du wirst sehen, sobald das erste Kindchen da ist, legen sich ihre Grillen von selbst.« Unwillkürlich strich Mercy über ihren ausladenden Bauch, der auf mehr schließen ließ als nur den fünften Schwangerschaftsmonat. Sie war nie schlank gewesen, doch seit zwei oder drei Monaten schlang sie alles in sich hinein, dessen sie habhaft wurde.

Johanna sparte sich eine Antwort. Sie konnte sich Leah beim besten Willen nicht als Ehefrau und Mutter vorstellen. Wie musste der Mann beschaffen sein, der Leah gefallen könnte – und der Gefallen an ihr fand? Sie zahlte die Zeichenmaterialien, was Mercy angesichts der Summe ein ungläubiges Schnauben entlockte. »So viel! Damit hättest du problemlos die Differenz zwischen dem blauen und dem grünen Kleid begleichen können.«

»Ein dummes Kleid ist aber nicht so wichtig wie Leahs Glück«, schnappte Johanna.

Mercy starrte sie ungläubig an, dann verengten sich ihre Augen, und sie rauschte beleidigt aus dem Laden. Johanna stopfte das Wechselgeld ungezählt in ihren Beutel, verabschiedete sich hastig von Mr Little und eilte Mercy nach. Sie brauchte nicht lange zu suchen. Mercy stand unter den Arkaden und starrte verkniffen in den herunterprasselnden Regen. Da sie sich schreiend verständigen mussten, ging ihrem Streit bald die Luft aus. Als der Guss endlich vorbei war, lagen sie sich verzeihend in den Armen.

Um die wiederhergestellte Freundschaft zu feiern, kaufte Mercy französische Kekse und lud Johanna zu sich ein. Vorher ließen sich die beiden Frauen zum Postamt kutschieren; das Postschiff war gegen Mittag angekommen, und Johanna musste die gesammelten Briefe der Frauen des Hauses Uhldorff an den Vater und Friedrich abgeben, bevor es am nächsten Morgen zurückdampfte. Das Schiff hatte auch Nachricht aus China gebracht. Voller Vorfreude drückte Johanna ein kleines Bündel Briefe an die Brust, als sie wieder in die Kutsche stieg.

Kurz darauf ließ sich Johanna in einem der Korbstühle auf der Robinsonschen Veranda nieder. Während Mercy die Diener mit allerlei Aufträgen scheuchte und die Aufsicht über die korrekte Zubereitung des Tees übernahm, überflog Johanna die an sie persönlich adressierten Briefe, einen vom Vater, drei von Friedrich. Zwei weitere Briefe des Vaters galten der Mutter und Leah, so hielt er es immer.

»Und? Wann holt er euch nach China?« Mercy ließ sich schnaufend neben Johanna nieder.

»Gar nicht.« Johanna seufzte. »Papa hat beschlossen, im neuen Jahr nach Singapur zurückzukehren.«

»Wie schön! Es hätte mir nicht gefallen, dich ziehenlassen zu müssen. Freust du dich denn gar nicht?«

»Er ist noch immer in Kanton. Das beunruhigt mich sehr, bei all dem Kriegsgerede, das seit jener unseligen Affäre mit der *Arrow* herrscht.«

»Unselige Affäre?«

»Hast du es denn gar nicht mitbekommen? Die Chinesen haben in Kanton ein mit dem Union Jack beflaggtes Schiff beschlagnahmt und die Mannschaft verhaftet. Sie behaupteten, das Schiff würde Opium schmuggeln. Daraufhin hat der Gouverneur von Hongkong angeordnet, die Stadt zu beschießen.«

»Doch, doch, ich habe davon gehört. Aber Politik ist so ermüdend! Das Kopfzerbrechen überlasse ich gern den Männern.«

»Das solltest du aber nicht, schließlich geht es auch um uns.«

»Um dich, Liebste. Ich habe schließlich nicht vor, in China zu leben.«

»Aber Singapur ist auf den Handel mit China angewiesen. Stell dir vor, die Schiffe aus Kanton oder Amoy oder Schanghai würden leer zurückkehren. Dann müssten die Kaufleute um ihre Existenz bangen, und dein Andrew hätte nichts mehr zu tun.«

»Du bist so anstrengend! Woher weißt du all das?«

Johanna schüttelte den Kopf. Sooft sie versucht hatte, die Freundin für etwas anderes als Mode und Whist zu interessieren, war sie gescheitert. »Ich lese die Zeitung, außerdem hält Friedrich mich auf dem Laufenden«, sagte sie.

»Kommt er mit deinem Vater zurück?«

Johanna nickte. Tränen traten in ihre Augen.

»Herzchen! Was ist denn?« Mercy sprang auf und nahm sie in den Arm.

»Entschuldige. Ich bin so glücklich. Ja, er kommt.«

»Wann?«

»Sobald Vater zurück in Hongkong ist. Er will in der Zwischenzeit seine geschäftliche Verbindung mit Henry Farnell auflösen. Es ist in letzter Zeit immer häufiger zu Unstimmigkeiten zwischen den beiden gekommen, wobei sich Farnell sehr uneinsichtig zeigt. Es wundert mich nicht«, fügte sie hinzu.

»Wohl nicht. So, wie du diesen Farnell beschrieben hast, muss er ein schrecklicher Mensch sein.«

»Na ja«, lenkte Johanna ein, »als schrecklich würde ich ihn nicht bezeichnen, eher als wenig umgänglich, zumindest, was mich betrifft. Vater schätzt ihn, und auch Leah kam gut mit ihm aus. Die beiden schreiben sich sogar hin und wieder.«

»Ach.« Mercy setzte sich auf. In ihre Augen trat jenes besondere, dem pikanten Tratsch vorbehaltene Glitzern. »Sollte sich da etwas anbahnen?«

Jetzt musste Johanna doch lachen. »Mercy, du bist unglaublich!«, rief sie aus. »Aber du liegst falsch. Ich vermute stark, dass die beiden keine Liebesschwüre austauschen. Seinen Sendungen liegen gepresste Blätter und Blüten bei und …«

»Sag es nicht!«

»Doch: Getrocknete Käfer hat er auch schon geschickt.«

»Unfassbar.« Mercy schüttelte amüsiert den Kopf. »Weißt du was? Du solltest das grüne Kleid unbedingt kaufen. Bis Silvester wird dein Friedrich zwar nicht zurück sein, aber es werden noch andere Feste folgen.« Sie klatschte in die Hände. »Nur noch dreieinhalb Wochen bis zum Ball! Endlich passiert mal wieder etwas Aufregendes in dieser langweiligen Kolonie.«

* * *

Johanna tanzte ins neue Jahr. Nicht gerade gut, sie war nie eine talentierte oder gar elegante Tänzerin gewesen, doch mit umso mehr Freude. Da sich auch unter den Herren kaum begnadete Tänzer fanden, behinderten sich die Paare oft gegenseitig auf der Tanzfläche. Aber es machte Spaß, das war die Hauptsache. Selbst die jüngeren unter den geladenen chinesischen und indischen Kaufherren hatten nicht widerstehen können und versuchten sich mit fragwürdigem Erfolg am Tanzen.

Das Orchester, bestehend aus den musikalischeren Mitgliedern der europäischen Gemeinde, beendete mit Verve einen beschwingten Walzer von Johann Strauss und bat erschöpft um eine Pause. Die Tanzpaare kehrten zu den im Garten aufgebauten Tischen zurück. Erhitzt lehnte sich Johanna gegen die Verandabrüstung und fächelte sich Luft zu. Wie seltsam es doch war, solche Temperaturen in der Silvesternacht! Schon bei den Gottesdiensten der Weihnachtstage hatte Johanna Schwierigkeiten gehabt, sich in die richtige Stimmung zu versetzen. Zwar sagte ihr Verstand, dass es zur Zeit von Christi Geburt auch in Palästina warm gewesen sein musste, doch für sie war die Weihnachtszeit untrennbar mit Kälte und Schnee verbunden. Stattdessen rann ihr der Schweiß in Bächen den Rücken hinunter, und die Haare klebten am Kopf. Die schwüle Nacht vibrierte von Zikadenrufen, der Duft von Nachtblühern mischte sich mit den Parfums der Gäste, und ein Hauch von Zimt, Gewürznelken und Muskat wehte aus Richtung des Küchenhauses herüber, wo die Köche des Gastgebers eine nicht enden wollende Abfolge von einheimischen und europäischen Gerichten zubereiteten. Jenseits der von Fackeln beleuchteten Rasenfläche, auf der die festlich herausgeputzten Gäste in Grüppchen beieinanderstanden oder es sich auf Korbstühlen bequem gemacht hatten, erstreckten sich saubere Reihen von Pfeffersträuchern und Katzenkrallenbüschen, deren Rinde sich, zu einem Sud gekocht, wohltuend auf die Verdauung auswirkte. Dahinter erhob sich unheimlich und abweisend die schwarze Wand des Dschungels. Johanna besuchte zum ersten Mal die Hügel im Hinterland, wo sich reiche Kaufleute und Plantagenbesitzer weit entfernt von der Enge und dem Gestank der Stadt ihre Häuser gebaut hatten. Es gefiel ihr hier, doch die Nähe zu dem tigerverseuchten Wald ließ sie schaudern.

»Da ist ja die Ballkönigin.« Leah hatte sich unbemerkt genähert, stellte sich neben sie und legte einen Arm um ihre Taille.

»So ein Unsinn.«

»Glaub, was du willst. Ich bin jedenfalls froh, dass wir dich zu dem grünen Kleid überreden konnten. Mercy mag zwar in ihren Ansichten ein wenig simpel sein, doch Geschmack hat sie.«

Johanna überging die bissige Bemerkung über ihre Freundin. »Dafür musst du mit meinem alten Kleid vorliebnehmen.«

Leah winkte ab. »Das war kein Opfer. Du weißt doch, wie wenig mir daran liegt.« Sie lehnte sich an Johanna und drückte sie noch fester. »Ich habe mich noch gar nicht richtig für die Farben bedankt«, flüsterte sie. »Du ahnst nicht, welche Freude du mir damit bereitet hast.«

Statt einer Antwort umarmte Johanna ihre jüngere Schwester.

Es war lange her, seit sie sich mit Leah so verbunden gefühlt hatte.
»Wie schön, dass wir wieder lachen können«, sagte sie, als sie sich voneinander lösten. »Ich hatte mir fürchterliche Sorgen um Papa gemacht, seit in der Zeitung von dem Brand in Kanton berichtet wurde. Seine Briefe waren das schönste Weihnachtsgeschenk.« Noch immer spürte Johanna die Erleichterung, die durch ihren Körper geflutet war, als sie am Heiligen Abend die Briefe ihres Vaters in Empfang genommen hatte. Leah, die Mutter und sie waren sich weinend in die Arme gesunken, als ihnen klarwurde, dass der Vater sowohl die Unruhen und den Beschuss der Stadt durch britische Soldaten als auch den verheerenden Brand in der Handelsniederlassung zehn Tage zuvor unversehrt überstanden hatte. Und bald, ganz bald, würde er bei ihnen in Sicherheit sein.
Verloren in ihre Gedanken standen die Schwestern auf der Veranda und beobachteten das Treiben unter ihnen, bis sich Johanna an ihre Pflichten erinnerte. »Ich werde nach Mama sehen«, sagte sie.
»Das ist nicht nötig, sie unterhält sich prächtig. Dort drüben sitzt sie, siehst du?« Leah zeigte auf eine Gruppe von vier oder fünf ins Gespräch vertiefte Damen, alle etwa im Alter ihrer Mutter. Johanna erkannte Sophia Cooke, die Leiterin der Mädchenschule, sowie die in ihre dunkle Ordenstracht gewandete Mutter Raclot, die mit drei weiteren katholischen Nonnen eine Schule und ein Waisenhaus gegenüber der Kathedrale zum Guten Hirten führte.
»Ich habe auch gestaunt, dass die Nonne hier ist«, bemerkte Leah. »Ich bewundere die Frau. Sie hat Tatkraft für drei und viel Humor. Übrigens versucht sie, Mama für ehrenamtliche Arbeit zu gewinnen.«
»O nein. Mama ist doch noch viel zu schwach.«

»Das ist sie nicht«, sagte Leah. »Mama ging es schlagartig besser, als Papa seine Rückkehr ankündigte. Sie wird es genießen, mit den chinesischen Waisenmädchen zu arbeiten.«

»Aber die Oberin ist doch katholisch. Was wird Papa sagen?«

»Ach, Johanna. Du weißt genau, dass es Papa egal ist. Ein gutes Werk ist ein gutes Werk, sagt er immer, gleichgültig ob von einem Protestanten, einem Heiden oder sogar einem Katholiken ausgeführt.«

»Ach, bevor ich es vergesse«, fügte sie beiläufig hinzu, »mich hat Mrs Cooke angeworben: Ich werde einmal in der Woche in ihrer Schule Zeichenunterricht erteilen.«

»Wie bitte? Du?«

»Ab heute musst du mich Frau Lehrerin nennen.«

»Na dann, Frau Lehrerin. Sollte dies dein erster Schritt auf dem Weg zu einem wertvollen Mitglied der Gemeinde werden?«

»Dumme Gans.« Leah grinste von Ohr zu Ohr, und diesmal nahm Johanna ihr die Beleidigung nicht übel.

»Gans? Ich sehe nur zwei bezaubernde Paradiesvögel.«

Die Schwestern fuhren herum. Vor ihnen stand ein Mann wie ein Bär. Groß, wuchtig, mit einem enormen Brustkasten, der sein blütenweißes Hemd beinahe sprengte. Als er sich verbeugte, erinnerte er Johanna jedoch an eine geschmeidige Raubkatze. Einen Tiger. Sie hatte kürzlich einen gesehen; man hatte ihn in einer Grube im Urwald gefangen und in einem Käfig ausgestellt.

»Ross Bowie«, stellte er sich vor. Seine ungewöhnlich tiefe Stimme passte zu seinem Körper. »Wir wurden noch nicht bekannt gemacht, da ich Gastgeber und Kapellenmitglied in einer Person bin. Das hat mich allerdings in die beneidenswerte Situation versetzt, Sie den ganzen Abend beim Tanzen beobachten zu können, ohne als taktlos zu gelten, Miss …?«

»Uhldorff. Johanna Uhldorff.« Johanna reichte ihm die Hand, die er griff und schüttelte, anstatt einen Handkuss anzudeuten. Mr Bowie war reich, schien im Umgang mit Damen jedoch wenig geübt. Johanna trat der kichernden Leah auf den Fuß, die daraufhin nicht mehr an sich halten konnte und laut herauslachte. Dann streckte auch sie Bowie die Hand hin und drückte kräftig zu.
»Und Sie sind?«
»Die missratene Schwester.«
»Leah!«
»Es freut mich, Ihre Bekanntschaft zu machen.« Er musterte sie interessiert, dann sprang der Schalk in seine graugrünen Augen. »Würden Sie es mir übel nehmen, wenn ich Ihre wohlgeratene Schwester zum Tanzen entführte, Miss Leah? Ich habe den ungleich talentierteren Otto Puttfarken überreden können, meinen Platz am Piano einzunehmen.«
Wie auf ein geheimes Zeichen hin setzte die Musik im leergeräumten Salon der Villa wieder ein. Leah zog ein übertrieben trauriges Gesicht. »Das hässliche Entlein weiß, wann es Zeit ist, sich zurückzuziehen.« Bevor Johanna sie zurechtweisen konnte, verschwand sie lachend im Gästegetümmel auf der Rasenfläche.
Johanna tippte dem verblüfften Bowie auf den Unterarm. »Ich würde sehr gern tanzen«, sagte sie.

Die Tür knarrte, dann schob sich ein Schatten ins Zimmer: Leah. Mit drei, vier leisen Schritten war sie neben Johannas Bett und schaute auf die Ältere hinunter. »Du bist noch wach«, stellte sie fest. Draußen knackte es in den Sträuchern, die Wedel der hohen Kokospalmen raschelten in einem plötzlich aufkommenden Wind. In der Ferne grollte Donner. Leah stieß die Fensterläden auf. Johanna stellte sich neben ihre

Schwester und blickte in die Nacht. Direkt über der Stadt leuchteten die Sternbilder des Südens. Nach Osten hin, über dem Strand, ballten sich schwere Gewitterwolken. Weiß- und violettglühende Blitze zuckten in kurzen Abständen auf, ohne den Weg zum Boden zu finden. Sturm packte die Palmen und schüttelte sie, die riesige, den gesamten Mittelteil des Gartens beherrschende Tamarinde beugte die Äste, kühle Luft strich in das stickige Zimmer. Eine Kokosnuss krachte auf die Erde, dann noch eine und noch eine.

»Es war eine schöne Nacht«, sagte Leah. »Konnte der große Schotte gut tanzen?«

»Bowie? Ich will es diplomatisch ausdrücken: Er ist mir nicht auf die Füße getreten. Aber es war vergnüglich.«

»Er ist dir ja kaum noch von der Seite gewichen.«

»Du bist doch nicht etwa eifersüchtig?«

»Gott bewahre! Aber interessant fand ich ihn durchaus. Er wirkte sehr« – sie suchte nach Worten – »zupackend?«

»Das ist eine äußerst treffende Beschreibung, Schwesterherz. Ich musste ihn irgendwann höflich, aber deutlich darauf aufmerksam machen, dass ich verlobt bin.«

Die Wolken hatten die Sterne verschluckt. Ein Rauschen wie von hunderttausend Vogelflügeln füllte die Luft, es wurde lauter, und dann schlugen die ersten schweren Regentropfen aufs Dach. »Komm«, sagte Leah, »lass uns unvernünftig sein.« Sie zog Johanna hinter sich her, die Treppe hinunter, auf die Veranda und hinaus in den Garten.

Der Regen war so laut, dass sie ihr eigenes Lachen nicht hörten. In wenigen Augenblicken waren ihre Nachthemden durchnässt. Barfuß tanzten die Schwestern auf den weichen Gräsern, fassten sich an den Händen und drehten sich im Kreis, bis sie nicht mehr wussten, wo rechts und links war. Johanna fühlte sich leicht wie ein Kind, sorglos und von Liebe

erfüllt; Liebe für die jubelnde Schwester, die strenge und doch so gutherzige Mutter, den Vater und Friedrich, Liebe für das Leben selbst, das es so unendlich gut mit ihr meinte.
Bis zu ihrer Todesstunde würde sie diesen letzten unbeschwerten Moment ihres Lebens nicht mehr vergessen.

* * *

Ein zarter rosafarbener Streifen deutete den Anbruch des neuen Tages über Kanton an. Düster dräuten die hohen Stadtmauern über dem silbernen Band des Perlflusses; noch schlief die Stadt.
Die Ruhe war trügerisch. Gewalt lauerte in den dunklen Gassen, Hass unter den hübsch gebogenen Dächern der Häuser und Paläste, Tod und Zerstörung in dem von Schiffskanonen zerstörten neuen Teil der Stadt und dem niedergebrannten europäischen Viertel. Traurige Ruinen bedeckten den Uferstreifen, auf dem noch vor drei Wochen die soliden Faktoreien und Kontore der Kaufmannschaften aus aller Welt gestanden hatten, und ein großes Loch klaffte in der Stadtmauer, Zeugnis der Bombardierung Kantons durch britische Kanonenboote im vergangenen Oktober, Zeugnis der Erniedrigung der Chinesen durch die ungeliebten Eindringlinge. Schon seit Gründung der Handelsniederlassung war die Stellung und Sicherheit der Europäer in dem ihnen zugeteilten Areal südwestlich von Kanton heikel gewesen, doch seit Vizekönig Yeh jedem einen fürstlichen Lohn versprochen hatte, der ihm den Kopf eines Europäers brachte, war kein Brite, Amerikaner, Franzose oder Deutscher seines Lebens mehr sicher.
Hermann-Otto Uhldorff blieb vor der angekohlten Haustür stehen, ohne zu klopfen, und blickte den entschwindenden

Schemen der drei Chinesen nach, die ihn unter Einsatz ihres Lebens bis hierher, zu einem der letzten noch intakten Häuser der Handelsenklave, begleitet hatten. Er war zutiefst verunsichert. Einerseits verspürte er Erleichterung, Kanton in wenigen Stunden an Bord des Dampfers *Mandarin* verlassen zu können, andererseits fühlte er sich wie ein Deserteur. In den Monaten seines Aufenthalts hatte er einige wenige chinesische Konvertiten um sich scharen können, und es behagte ihm überhaupt nicht, sie im Stich zu lassen. Sie bestanden darauf, dass er zu seiner Familie zurückkehrte, denn niemand konnte sagen, was als Nächstes geschah. Gestern Abend hatten die chinesischen Christen ihn ein letztes Mal in die Stadt geschmuggelt und zu einem geheimen Haus gebracht, in dem er gemeinsam mit ihnen den Anbruch des neuen Jahres feierte. Es war ihm schwergefallen, Hoffnung zu predigen, als er in die müden Gesichter der mutigen Männer und Frauen blickte, die sehr wohl wussten, wie es ihnen ergehen würde, sollten sie entdeckt werden. Und die Möglichkeit, dass auch er starb, war mit jedem Tag greifbarer geworden. Ein erklärter Krieg zwischen England und China stand, soweit er es beurteilen konnte, unmittelbar bevor – ein Krieg, den er aus tiefstem Herzen ablehnte.
Die Tür in seinem Rücken wurde geöffnet. Ein untersetzter Europäer Ende dreißig trat heraus und stellte sich neben ihn.
»Sie weilen also noch unter den Lebenden«, sagte er und zündete sich eine Zigarre an. »Ich hätte keine Wette darauf angenommen.«
»Ein Christ wettet nicht auf Menschenleben«, antwortete Uhldorff verärgert. Er wollte sich an dem anderen vorbeizwängen, doch der hielt ihn auf.
»Ich entschuldige mich in aller Form«, sagte der Untersetzte mit seltsam brüchiger Stimme. Die aufgehende Sonne spende-

te genügend Licht, um die Schatten unter seinen stumpfen, resignierten Augen, die tiefen Linien in den Mundwinkeln zu enthüllen. Der englische Kaufmann hatte alles verloren. Sein Geschäft. Sein Haus. Seinen besten Freund und Kompagnon. Hermann-Otto Uhldorff nahm seine Hand und drückte sie. »Ich weiß um Ihr Leid. Haben Sie sich entschieden? Werden Sie uns nach Hongkong begleiten?«
Der Engländer wies mit dem Daumen über die Schulter. »Alles ist fertig gepackt. Viel ist es ja nicht mehr.«

Vier Stunden später steuerte die *Mandarin* in die Mitte des Perlflusses. Feuchter Nebel umwaberte das Schiff und entzog die Stadt binnen Minuten den Blicken der zwölf schweigenden Passagiere an Deck. Einer nach dem anderen zogen sie sich in ihre Kabinen zurück, bis nur noch Hermann-Otto Uhldorff dem kalten Wetter trotzte. Chinesische Dschunken und britische Kriegsschiffe tauchten aus dem Nebel auf und verschwanden wieder, lautlos, unwirklich. Uhldorff starrte auf die wirbelnden, umeinandertanzenden Nebelfetzen, alles verschlingende Geister einer Welt, in der er nicht hatte Fuß fassen können. Der Umriss der großen Pagode, die den Fluss zwischen Kanton und Whampoa bewachte, schälte sich aus dem wattigen Nichts. Sie schien ihm wie das Symbol seiner persönlichen Niederlage. Wie hoch hatte sein Herz geschlagen, als er das Bauwerk vor einigen Monaten zum ersten Mal sah, wie eifrig hatte er sich gewünscht, seinen Beitrag zu leisten, damit bald Kirchtürme den heidnischen Tempeln den Himmel über China streitig machten! Und nun flüchtete er, flüchtete vor der Feindseligkeit der Chinesen und der Arroganz der Briten, die fest entschlossen schienen, das bürgerkriegszerrissene Reich der Mitte noch tiefer ins Unglück zu drängen.

Seine Gedanken schweiften nach Hongkong und Singapur, und er lächelte unbewusst. Auch wenn er hier nicht viel erreicht hatte, gab es doch Gründe genug, der Zukunft mit Freude entgegenzublicken. Voller Zärtlichkeit ließ er die Bilder seiner Frau und seiner Töchter an seinem inneren Auge vorbeiziehen. Nach vorn musste er blicken. In wenigen Tagen würde er gemeinsam mit von Trebow und Farnell in Hongkong speisen und die Gegenwart der lebenssprühenden, ehrgeizigen jungen Männer genießen. Er würde eine Schiffspassage für sich und von Trebow nach Singapur buchen, wo nicht nur seine Familie, sondern auch eine Menge Arbeit auf ihn wartete. Er hatte die richtige Entscheidung getroffen.

Mit neuer Zuversicht strebte er der Tür zum Passagierdeck zu. Einige chinesische Seeleute lungerten in der Nähe der Tür. Er grüßte sie auf Kantonesisch, doch sie warfen ihm nur scheele Blicke zu. Als er die Tür hinter sich zuzog, hatte er das unangenehme Gefühl, ihre Blicke bohrten sich in seinen Rücken.

Hermann-Otto Uhldorff warf sich unruhig auf seiner Pritsche hin und her. Beunruhigende Bilder schlichen sich in seine Träume, die Nebelgeister des Vortags verwandelten sich in Menschen aus Fleisch und Blut, die mit gezückten Schwertern aufeinander losgingen. Schreie gellten durch seinen Kopf, der Widerhall von Kämpfen. Mühsam quälte er sich aus dem Alptraum. Der Lärm dauerte an.

In Windeseile kleidete er sich an, während nicht weit entfernt ein Mensch in höchster Not schrie. Dann brach der Schrei ab. Hermann-Otto Uhldorff zitterte unkontrolliert. Angespannt lauschte er in die Stille, die noch unerträglicher war als der Tumult zuvor. Schwere Schritte kamen den Gang herunter. Er hörte Metall gegen Metall schlagen. Bewegungsunfähig verharrte er auf seiner Pritsche und starrte auf die Kabinentür.

Die Tür krachte aus den Angeln. Ein Chinese stürmte in die Kabine, in der Hand ein blutiges Messer.

* * *

Das neue Jahr war bereits drei Wochen alt. Johanna, Leah und ihre Mutter saßen mit ihrem Lehrer auf der Veranda und übten sich in malaiischer Konversation. Auf Leahs Betreiben hin kam zweimal die Woche ein freundlicher Mann namens Shamsudin ins Haus und brachte ihnen seine Sprache bei. Malaiisch war nicht nur die Lingua Franca der Kolonie, sondern diente auch als Handelssprache der gesamten Region. Shamsudin, der in der Stadtverwaltung arbeitete und fließend Englisch sprach, unterrichtete mit Begeisterung, und alle drei hatten gute Fortschritte gemacht. Nur heute fielen Johanna die einfachsten Sätze nicht ein. Ihre Gedanken schweiften ständig ab.

»Die Mangos, die er gekauft hat, sind sehr süß. Miss Johanna?«

»Buah mangga yang dibelinya itu sangat …« Es war zum Verzweifeln: Ihr fiel das malaiische Wort für »süß« einfach nicht ein, dabei hatte sie es schon vor Monaten gelernt.

»Manis«, sagte Shamsudin, »sangat manis. Sehr süß. Mrs Uhldorff, können Sie mir bitte folgenden Satz übersetzen?«

Johanna hörte nicht mehr zu, sondern konzentrierte sich auf das Geschehen vor dem Haus. Jede vorbeifahrende Kutsche, jeder Schritt und jeder Laut auf der Straße ließ ihr Herz heftig schlagen. Am Morgen war das Postschiff aus Hongkong eingetroffen, und sie wartete sehnsüchtig auf Nachrichten. Sie machte sich Sorgen. Die letzten beiden Schiffe hatten keine Post vom Vater gebracht. Irgendetwas stimmte nicht.

Schritte näherten sich, verhielten. Johanna ertrug die Ungewissheit nicht länger, sprang auf und stürzte dem Postangestellten entgegen. Höflich überreichte er ihr einen von Henry Farnell an die Mutter gerichteten Brief. Angesichts ihres erwartungsvollen Blicks drehte er entschuldigend die leeren Hände nach oben. »Es tut mir leid, mehr habe ich nicht für Sie.«

Johanna musste sich am Gartentor festhalten, um nicht zusammenzusacken. »Nichts?«

Der Mann schüttelte den Kopf. Leah, Alwine Uhldorff und Shamsudin erschienen am Tor. Die beiden Männer verabschiedeten sich und gingen ihrer Wege.

»Was ist geschehen?«, fragte Leah besorgt.

»Papa hat wieder nicht geschrieben. Friedrich auch nicht.« Johanna erkannte ihre eigene Stimme kaum. Mehr als ein brüchiges Flüstern brachte sie nicht zustande. Schweigend tauschten die drei Frauen Blicke. Die Angst stand ihnen ins Gesicht geschrieben.

Wieder auf der Veranda, riss die Mutter den Brief auf. Stockend las sie vor.

Hongkong, den 16. Januar 1857

Sehr geehrte Mrs Uhldorff, geschätzte Miss Johanna, geschätzte Miss Leah,

Friedrich liegt mit schwerer Krankheit danieder, so dass es an mir ist, Ihnen die traurige Nachricht mitzuteilen. Ich ringe mit mir, doch keine Formulierung kann der Wahrheit den Schrecken nehmen. Verzeihen Sie mir, der ich nie die Kunst des förmlichen Schreibens zu beherrschen lernte, meine plumpen und direkten Worte:

Ihr Mann und Vater ist tot.

»Nein!« Leahs Schrei zerriss den balsamweichen Nachmittag. Johanna krampfte die Hände um die Stuhllehne. Der Vater war tot! Es konnte nicht sein, durfte nicht sein. Das Gesicht der Mutter hatte alle Farbe verloren. Johanna sah ihr Zittern, doch sie fühlte sich außerstande, ihr beizustehen. Tonlos las Alwine Uhldorff weiter:

Die Nachricht erreichte Hongkong am gestrigen Morgen. Wie geplant hatte Herr Uhldorff Kanton am 1. Januar an Bord der Mandarin *verlassen. Was später geschah, vermag bisher niemand genau zu sagen. Es geht das Gerücht, chinesische Soldaten des Gouverneurs Yeh hätten sich als Matrosen verkleidet auf dem Schiff befunden und eine Meuterei angezettelt. Erst vor drei Tagen fand ein britisches Kanonenboot das Schiff steuerlos treibend vor einer der Inseln im Perlfluss. Die Leichen der ermordeten Passagiere lagen im Laderaum.*

Bei der morgigen Beerdigung werde ich Ihrem Mann und Vater die letzte Ehre erweisen. Ich habe ihn sehr geschätzt, doch kann ich den tiefen Verlust, den Sie empfinden müssen, nicht ermessen. Seien Sie sich meines Mitgefühls versichert.

Es schmerzt mich in der Seele, Ihnen eine weitere schlechte Nachricht überbringen zu müssen. Wie Sie eventuell bereits wissen, haben sich die Spannungen zwischen China und Großbritannien in den letzten Wochen verstärkt. Gestern gipfelte dies in einem feigen Anschlag auf die europäische Bevölkerung Hongkongs. Ein chinesischer Bäcker hatte Arsen in den Brotteig gemischt, mit dem Ziel, dass es so viele wie möglich von uns dahinraffte. Glücklicherweise verschätzte er sich in der Menge. Kaum genossen, erbrachen alle Betroffenen, darunter nicht wenige Chinesen, das Brot sofort wieder, so dass nur geringe Mengen im Körper ver-

blieben. Dennoch liegen mehrere hundert Männer und Frauen im Krankenbett und erholen sich von der entsetzlichen Nacht. Auch Friedrich hat von dem Brot gegessen, doch ich kann Sie beruhigen. Obwohl er noch zu geschwächt ist, eine Feder zu führen, soll ich Ihnen mitteilen, dass er so bald als möglich nach Singapur reisen wird, um Ihnen beizustehen.
Mir gehen die Worte aus. Möge Gott Ihnen in dieser schweren Stunde Trost und Stütze sein.
Ich sende mein tiefempfundenes Beileid
Henry Farnell

Die Welt hörte auf, sich zu drehen. Die Vögel verstummten, die Sonne verbarg ihr Antlitz voller Grauen. Die Nacht brach herein. Johanna bemerkte nicht die sich an ihr labenden Moskitos, die vorbeihuschenden Fledermäuse, war taub gegenüber Lims Versuchen, sie aus der Starre zu schütteln.
Erst viel später, der Mond stand längst hoch am Firmament, besann sie sich auf Mutter und Schwester. Gebeugt wie eine alte Frau schleppte sie sich ins Obergeschoss. Die Mutter lag bekleidet auf dem Bett, das Gesicht vom Weinen verquollen. Der Schlaf der Erschöpfung hatte sie übermannt, doch ihre Träume mussten grässlich sein. Hilflos beobachtete Johanna, wie sie sich herumwarf, die Fäuste ballte und im Schlaf wimmerte. Leise schlich sie wieder hinaus. Der Schlaf war eine Gnade, die ihr in dieser Nacht wohl nicht mehr zuteilwerden würde.
Sie fand Leah in der Küche. Lim wiegte sie in den Armen, sein oft so unbeteiligt wirkendes Gesicht ein offenes Buch, in dem Johanna Kummer und Anteilnahme las. Dankbar für seine Hilfe ließ sie sich neben ihm auf den Küchenboden nieder und übernahm seinen Platz. Die Schwester blieb stocksteif.

Als Johanna ihre Augen sah, griff das Entsetzen erneut nach ihr. Wo sonst das Leben funkelte, blickte sie in stumpfe, braune Murmeln.

* * *

Leah lag auf ihrem Bett und starrte an die Decke. Durch die Wand zum Nachbarzimmer drang Johannas Schluchzen. Sie wünschte, sie könnte sich ebenso wie die Schwester und die Mutter ihrer Trauer hingeben. Ihr Inneres war jedoch erstarrt, kalt und gefühllos wie Stein, ihre Augen blieben trocken.
Jemand klopfte an ihre Zimmertür. Sie rührte sich nicht. Dann hörte sie ein leises Klirren, Schritte entfernten sich. Lim. Sobald sie sicher sein konnte, dass der Diener wieder im Erdgeschoss war, stand sie auf. Wie schon am Morgen und am Tag zuvor hatte er eine Schüssel mit dampfender Brühe und Nudeln vor ihrem Zimmer abgestellt. Bei dem Duft zog sich ihr Magen schmerzhaft zusammen, verlangte nach der Nahrung, die Leah ihm seit zwei Tagen verweigerte. Sie krümmte sich und stieß die Tür wieder zu, ohne die Suppe angerührt zu haben.
Stattdessen stellte sie sich ans Fenster. Es war einer jener seltenen klaren Tage, an denen sich der Himmel in giftiges Kobaltblau gewandet hatte. Ungefiltert von Wolken und Dunst stach die Sonne den Menschen in die Augen. Unten huschte Lim durch den Garten und breitete seine frisch gewaschene Arbeitskleidung auf den Büschen aus, peinlich darauf bedacht, Johannas Orchideen und Lilien nicht zu zertreten, die sie in Töpfen und Beeten im Garten zog. Leah staunte über seinen feinen Aufzug: Zur schneeweißen Hose trug er eine indigofarbene chinesische Jacke mit hübschen Knebelverschlüssen, dazu bestickte Pantoffeln. Sie hatte ihn bisher aus-

schließlich barfuß oder in groben Holzpantinen gesehen. Nachdem die Wäsche versorgt war, schickte sich Lim zum Gehen an. An der Hausecke drehte er sich noch einmal um und entdeckte Leah. Zaghaft hob er die Hand und winkte ihr zu. Sie konnte sein Gesicht nicht erkennen, doch sie ahnte, dass er litt, fühlte er sich doch für das Wohlergehen seiner Herrschaften verantwortlich. Und in ihr sah er eine kleine Schwester, die er beschützen wollte.

Sie schlug mit der Faust so hart gegen den Fensterrahmen, dass sie sich die Knöchel aufschürfte. Es blutete, aber der Schmerz blieb aus.

Nachdenklich musterte sie die Kleidung auf den Büschen. Ihr war eingefallen, warum sich Lim fein gemacht hatte: Heute feierten die Chinesen ihr Neujahrsfest. Seit er ihr davon erzählt hatte, wünschte sie, dabei zu sein. Die Erinnerung an den Ausflug mit dem Vater flutete ihren Kopf. Sie musste ins Chinesenviertel gehen. Dort, zwischen all den Menschen, würde sie den Vater vielleicht finden, nicht hier in dem stillen Haus, das ihr vorkam wie eine Gruft. Leider war ein derartiger Ausflug ohne männliche Begleitung unmöglich. Aber wen konnte sie fragen? Lim? Selbst wenn er sich einverstanden erklärte, sich an seinem freien Tag mit der jungen Mem zu belasten, hätte die Mutter es niemals erlaubt.

Und wenn sie sich heimlich aus dem Haus stahl? Ohne einen weiteren Gedanken zu verschwenden, verließ Leah das Zimmer, eilte die Treppe hinab und in den Garten. Neben seinem Dienstbotenkostüm besaß Lim auch Kleidung aus seiner Zeit als Kuli. Jeden Abend, nach vollbrachtem Tagwerk, schlüpfte er in die verschlissenen blauen Hosen und Hemden, um die gute Kleidung zu schonen. Leah prüfte den Stoff. Er war noch feucht, aber die Kraft der Sonne würde die Sachen am Körper schnell trocknen. Sie betrat das Küchenhaus. In Lims Verschlag fand sie ein Paar Pantinen und seinen zerrupften, kegelförmigen Strohhut, unter dem sie ihr Gesicht verbergen konnte. Sie brachte Schuhe und Hut nach draußen und legte sie neben der Küchentreppe ab.

Zurück in ihrem Zimmer entfernte sie sämtliche Nadeln und Kämme aus der Frisur und flocht ihre Haare zu einem straffen Zopf. Er war viel zu kurz, reichte ihr gerade bis zur Mitte des Rückens, und auch der Braunton ihres Haares würde bei genauem Hinsehen keinen Chinesen täuschen. Sie setzte jedoch darauf, dass ihr niemand Beachtung schenken würde. Zuletzt tauschte sie ihr Hauskleid gegen Lims Kulikleidung. Die weiten Kleidungsstücke waren eine Offenbarung. Nichts schnürte sie ein, keine Bändchen und Häkchen hinderten sie in ihrer Bewegungsfreiheit. Zwar weigerte sie sich standhaft, ein Korsett zu tragen, doch selbst ihre Hauskleider waren beengend geschnitten. Sie sah prüfend an sich hinunter. Ihre Hände und Füße waren zu hell, dafür empfand sie zum ersten Mal ihren zierlichen Körperbau als Vorteil. So lange sie denken konnte, hatte sie sich gewünscht, so groß zu werden wie Johanna, die sie um mehr als eine Handbreit überragte. Unter den kleinen Chinesen wäre dies nur hinderlich gewesen.

Sie öffnete die Zimmertür und horchte in die Tiefe des Hauses. Es war vollkommen still, Johanna und die Mutter waren wohl vor Erschöpfung eingeschlafen. Leise schloss sie die Tür von innen und legte den Riegel vor, dann schwang sie sich aufs Fensterbrett. Glücklicherweise lag ihr Zimmer zur Rückseite des Bungalows, so dass sie vor der Entdeckung durch Passanten sicher war, als sie sich auf den Ast eines dicht am Haus wachsenden, ausladenden Mangobaums schwang. Sie kletterte zum Boden, schnappte sich Hut und Schuhe und verließ das Grundstück.

Den Strohhut tief ins Gesicht gezogen, schlurfte Leah mit gesenktem Kopf und rundem Rücken an Kaufleuten und Mems, an Dienern, Wäschern und Laufjungen vorbei. Niemand würdigte sie eines zweiten Blicks. Sie war einer von dreißigtausend Kulis, austauschbar, unsichtbar. Als sie in die North Bridge Road bog, prallte sie beinahe gegen Mercy Robinson, die sich laut schwatzend von einer Freundin verabschiedete. Leah sank das Herz, doch alle Sorgen vor Entdeckung waren unnötig. Kulis existierten für Mercy nicht. Wenig später erreichte sie die Thomson's Bridge.
Ihr schwindelte, ob aus Schwäche oder vor Kummer, vermochte sie nicht zu sagen. In ihrem Kopf hallte die Stimme des Vaters, sie schloss die Augen und spürte ihn neben sich. Es war gut, hergekommen zu sein. Sie setzte ihren Fuß auf die Brücke. Der Feiertagstaumel drohte Leah fortzuspülen. Roh bohrte sich das Getöse von Feuerwerk und Trommeln in ihre Ohren, süßlich fetter Rauch füllte Nase und Lungen, und die Farben des festlichen Straßenputzes verhöhnten sie, erschienen ihr billig, ja obszön, wo sie sonst voller Neugierde die Motive ihrer Bilder gesucht hätte. Der Tod des Vaters hatte alles verändert. Mehr als einmal war sie versucht, ihre Wut hinauszuschreien, den Feiernden die Schuld an der schrecklichen Gewalttat zu geben, doch sie hielt sich zurück. Es war nicht billig, diese Menschen zur Rechenschaft zu ziehen, nur weil sie demselben Volk angehörten wie die Mörder ihres Vaters. Ihre Eltern, Johanna, sie selbst, alle hatten um die Risiken gewusst, als sie in die Ferne aufgebrochen waren.
Sie trieb bereits eine Stunde oder länger ziellos durch das chinesische Viertel, als sie von einer Menschenmenge mitgerissen wurde, hineingesogen in ein kreisrundes Tor. Dahinter blieb sie wie angewurzelt stehen, ohne die Flüche und Püffe der Nachrückenden wahrzunehmen.

Der fabelhafte Garten jenseits des Tores schien einem Traum entsprungen zu sein, für den Augenblick vergaß Leah sogar ihren Kummer. Da gab es elegante Pavillons und Löwen aus Marmor, geschnitzte Vogelkäfige und Seidenwimpel; winzige Bäumchen – Wohnstätten der zweifellos hier lebenden Feen – wuchsen in feinen blau und weiß bemalten Porzellantöpfen; Orchideen in allen nur denkbaren Größen, Formen und Farben, pinkfarbene Bougainvillea, kirschroter Hibiskus und Helikonien, Vogelköpfchen ähnlicher als Pflanzen, wetteiferten um die Aufmerksamkeit der Besucher, doch die hatten keinen Sinn für Schönheit. Gierig schlangen die Männer, deren Baumwollhosen und arbeitsrissige Haut vor dem glanzvollen Hintergrund doppelt so elend wirkten, das bereitgestellte Essen in sich hinein, lachten, johlten, wetteten und genossen den Tag.
Auf der Veranda des dem Garten an Pracht nicht nachstehenden Hauses entdeckte Leah einen Chinesen mittleren Alters. In ein seidenes Festtagsgewand gehüllt, eine dunkle Kappe auf dem Kopf, überschaute er würdevoll das Treiben in seinem Garten. Whampoa! Leah erinnerte sich an sein Gesicht. Der Chinese war ihr nie vorgestellt worden, doch sie hatte ihn auf dem Silvesterball gesehen. Er war einer der reichsten Männer Singapurs. Jetzt verstand sie auch die Anwesenheit der Arbeiter – einmal im Jahr öffnete Whampoa die Pforten zu seinem Märchengarten, damit jedermann, ungeachtet seines Standes, sich daran ergötzen konnte.
Leah wanderte tiefer in den Garten hinein und gelangte zu einem Teich. Eine zierliche Steinbrücke spannte sich darüber, mehr Dekoration als zu praktischem Nutzen. Sie konnte nicht widerstehen und betrat die Brücke. Auf dem Scheitelpunkt verharrte sie. Unter ihr tummelten sich Goldfische, Schildkröten paddelten zwischen Lotosblüten oder sonnten

sich auf deren Blättern, die als kreisrunde grüne Inseln auf dem Teich trieben, in den Bäumen aufgehängte Lampions spiegelten sich im Wasser. Deutlicher noch als zuvor spürte Leah die Nähe des Vaters, seine Gegenwart umfing sie tröstend und zart wie ein seidenes Spinnennetz, und langsam, ganz langsam verging die Taubheit in ihrem Körper. Tränen stiegen ihr in die Augen, rannen die Wangen herunter und tropften in den Teich. Die Fische schnellten herbei. Leah weinte stumm, verzweifelt. Nur allmählich versiegten die Tränen. Sie schnäuzte sich in den Hemdsärmel. Noch immer hielt sie die Augen auf den Teich geheftet, froh, von niemandem behelligt zu werden.

Eine dunkle Spiegelung am Rande ihres Sichtfelds erregte ihre Aufmerksamkeit. Sie versteifte sich. Vorsichtig lugte sie unter dem Strohhut hervor – und blickte direkt in die Augen eines jungen Chinesen.

Gelassen lehnte er am Aufgang der Zierbrücke, keine zehn Schritte entfernt, und betrachtete sie. Leahs erster Impuls war Flucht, doch sie fühlte sich außerstande, die Beine zu bewegen, als hätte der junge Mann sie auf den Platz gebannt. Trotz ihrer Angst vor Entdeckung war sie von seiner Erscheinung fasziniert. Er mochte kaum älter sein als sie, aber seine Haltung verriet unerschütterliches Selbstvertrauen, das durch die überaus kostbare Kleidung noch unterstrichen wurde. Über das Vorderteil seiner Seidenjacke wanden sich zwei Drachen in kunstvollem Tanz, umgeben von Flammen in allen Farben des Feuers. Sein Gesicht wirkte aristokratisch; feine Brauenbögen wölbten sich über die für einen Chinesen erstaunlich weit geöffneten Augen, sein Mund war groß und schön geschwungen.

Zögernd machte er einen Schritt auf sie zu. Leah wich zurück, und sofort blieb er stehen. »Wer sind Sie?«

Die Ansprache in Englisch löste den unerklärlichen Bann. Er hatte sie durchschaut! »Wa bue liao gai!«, rief sie ihm auf Hokkien zu, was so viel hieß wie: »Ich verstehe Sie nicht«, dann drehte sie sich um und stob davon. In ihrer wilden Flucht verlor sie eine von Lims Pantinen. Hastig schüttelte sie die zweite ab und rannte weiter, hinaus auf die Straße, nach Norden, zum Fluss. Ein grellfarbiger Löwe, der Pappmaché-Kopf eine Fratze aus Zähnen und Glotzaugen, tanzte durch die Gasse, versperrte ihr den Weg. Schrille Musik begleitete seine Kapriolen, Feuerwerk krachte in den Arkaden. Ein Grausen ergriff Leah, sie musste fort, schnell fort an einen sicheren Ort!

5

März 1857, zwei Monate später

Johanna stand am äußersten Ende des gemauerten Piers, der von der Esplanade aus ins Wasser ragte, und suchte mit wachsender Unruhe das Meer ab. Wie an jedem anderen Tag lagen Dutzende Schiffe aus aller Herren Länder vor Singapur auf Reede, aber sie hatte nur Augen für die auffällig getakelten Briggs. Vier oder fünf Zweimaster ankerten tatsächlich vor der Stadt, doch keiner war die *Albatros,* auf der sich Friedrich vor nunmehr drei Wochen in Hongkong eingeschifft hatte. Johanna gab sich Mühe, ihre Sorgen im Zaum zu halten. Im Gegensatz zu dem dampfbetriebenen Postschiff, das die Strecke zwischen Hongkong und Singapur in nur sieben Tagen bewältigte, musste sich die *Albatros* ganz auf günstigen Wind verlassen. Wenn die Brigg heute nicht kam, dann kam sie eben morgen. Oder übermorgen.

»Puh, ist das heiß.« Mercy stieß einen tiefen Seufzer aus. »Ich schlage vor, wir fahren zurück und nehmen bei mir eine Erfrischung ein.«

»Wie du meinst.« Johanna kämpfte mit den Tränen.

»Ach, Herzchen. Das Leben spielt dir und deinen Lieben wirklich übel mit«, sagte die Freundin leise. »Dein Vater war ein wunderbarer Mann.«

Johannas Hals schnürte sich zu. Nach wie vor war es ihr unmöglich, an den Vater zu denken, ohne von Verzweiflung übermannt zu werden. Nachdem der erste Schock abgeebt war, hatte sie nächtelang schlaflos auf dem Bett gesessen und gegrübelt, wie es ohne das Einkommen des Vaters weitergehen sollte. Da die Mutter erneut einen Schwächeanfall erlitten hatte, lag die Verantwortung für den Uhldorffschen Haushalt vollständig in Johannas Händen. Sie bemühte sich, so umsichtig wie möglich zu wirtschaften, doch bei den hohen Preisen in Singapur schmolz das Vermögen in atemberaubendem Tempo dahin.

Johanna warf einen letzten Blick auf die Schiffe. Es war nur noch eine Frage von Tagen, bis sie einen Teil ihrer Bürde auf Friedrichs starke Schultern laden konnte. Sie versuchte, ihn vor ihrem inneren Auge erstehen zu lassen, aber es gelang ihr nicht. Je konzentrierter sie an ihn dachte, desto mehr verschwamm sein Bild. Mit einem Anflug von Scham wurde ihr bewusst, dass sie sich besser an die Hitze ihres Abschiedskusses erinnerte als an das Gesicht ihres Liebsten.

Hand in Hand gingen die Freundinnen zur Kutsche zurück. Johanna half Mercy hinein, blieb aber selbst draußen stehen.

»Ich laufe«, sagte sie. »Ein wenig Bewegung wird mir guttun.«

»Bei der Hitze?«

»Es ist doch nicht weit. In einer halben Stunde bin ich zurück. Aber lass uns auf unserer Veranda sitzen, vielleicht kann ich Mutter überreden, sich zu uns zu gesellen.«

»Eine gute Idee. Das Überreden übernehme ich.« Mercy lehnte sich zurück und gab dem Kutscher ein Zeichen.

Das Pferd setzte sich in Bewegung. Johanna raffte ihren Rock und trat mit einem langen Schritt über die Kette, die den Rasen des Padang von der Esplanade trennte. In einiger Entfernung trotzte eine Gruppe junger Männer der prallen Sonne und nutzte den weiten Rasenplatz für ein fröhliches Kricketspiel.

Sie hatte den Padang etwa zur Hälfte überquert, als einer der Männer, begleitet von wilden Anfeuerungsrufen und Pfiffen, einem Ball nachjagte, der in hohem Bogen direkt auf sie zuflog. Sie wich aus. Der Mann war so auf den Ball fixiert, dass Johanna Gefahr lief, über den Haufen gerannt zu werden. Als der Ball an Höhe verlor, wagte der Mann einen Tigersprung, rutschte bäuchlings übers Gras und verfehlte ihn nur um wenige Zentimeter. Johanna konnte einen erschreckten Aufschrei nicht unterdrücken.

Der Mann drehte sich irritiert auf die Seite. Sie sah ihre Vermutung bestätigt, dass er sie in seinem Spieleifer nicht bemerkt hatte. Er rappelte sich auf, klopfte Erde und trockenes Gras von der Kleidung und verbeugte sich ungelenk. Dann weiteten sich seine Augen voller Erstaunen.

»Die wohlgeratene Miss Uhldorff!«

»Genau die, Mr Bowie.« Sie hielt ihm den Kricketball hin, der ihr nach seinem missglückten Fangversuch vor die Füße gerollt war. »Sie spielen Kricket? Bitte nehmen Sie es nicht übel, aber irgendwie passt es nicht zu Ihnen. Der Ball ist so klein, und Sie sind …« Die letzten Worte hatte Johanna nur noch gestottert. Wie konnte sie sich nur zu solch peinlichen Äußerungen hinreißen lassen?

Bowie schien ihre Verlegenheit nicht bemerkt zu haben, oder aber er fand nichts Peinliches in ihrem Benehmen. »Es ist ein netter Zeitvertreib am Wochenende. Irgendetwas muss ein Mann ja tun, um nicht einzurosten. Ich würde Rugby zwar vorziehen, aber es fehlt den meisten hier an Kampfbereitschaft. Muss an der ewigen Hitze liegen.« Er unterbrach sich und musterte Johanna mit zunehmender Bestürzung. »Sie sind in Trauer?«

»Mein Vater ist in China ermordet worden«, sagte sie schlicht.

Er starrte sie nur an und blieb auch stumm, als Johanna ihm die Umstände in kurzen Worten erzählte.

»Ich hatte keine Ahnung, da ich erst vorgestern aus Batavia zurückgekehrt bin«, sagte er. Seine sonst so lebhafte, beinahe herrische Stimme wirkte zaghaft. »Der Verlust Ihres Vaters muss Sie furchtbar getroffen haben. Seien Sie sich meines Mitleids versichert.« Er räusperte sich. »Wenn ich Ihnen irgendwie helfen kann …« Er brach ab.

Johanna senkte den Kopf. Ross Bowie zeigte weitaus mehr Einfühlungsvermögen, als sie ihm zugetraut hatte. »Das ist sehr freundlich von Ihnen. Aber ich erwarte täglich die Rückkehr meines Verlobten aus Hongkong. Er hat sich vor drei Wochen auf der *Albatros* eingeschifft.«

»Ihr Verlobter. Natürlich.« Ein Schatten flog über sein Gesicht. Seine Sportkameraden riefen lauthals nach ihm. »Wünschen Sie Begleitung?«

Johanna schüttelte den Kopf. »Haben Sie vielen Dank für das Angebot«, sagte sie. »Aber ich bin hier, weil ich allein spazieren gehen möchte. Außerdem verlangen Ihre Freunde nach Ihnen.«

Er zögerte.

»Gehen Sie ruhig. Ich komme zurecht.«

Er ließ sich überzeugen. Johanna sah den Männern noch einige Minuten bei ihrem Spiel zu, dann machte sie sich auf den Heimweg.

Mercy hatte es tatsächlich geschafft, Alwine Uhldorff auf die Veranda zu locken. Als Johanna ankam, standen Tee und einige aus Klebreis, Sago und Palmzucker gefertigte malaiische Süßigkeiten schon auf dem Tisch. Johanna machte sich frisch und gesellte sich zu den beiden, nachdem sie zuvor Leah über die Schulter geschaut hatte, die sich am anderen Ende der Veranda niedergelassen hatte und mit äußerster Konzentration die Detailzeichnung einer bizarr geformten Blattheuschrecke anfertigte. Ein wenig neidete Johanna der Schwester ihre Beschäftigung, erlaubte sie ihr doch kleine Fluchten aus der Trauer.

Mercy berichtete gerade von dem pikanten Skandal um eine gewisse Mrs Eggerton, die wegen ihres mutmaßlichen eingeborenen Liebhabers die Kolonie demnächst verlassen würde, als Ross Bowie durch die Gartenpforte schritt, um Alwine Uhldorff, Johanna und Leah zu kondolieren. Johanna war überrascht, als die Mutter ihn zum Tee einlud, doch er lehnte höflich ab; er wolle nicht weiter stören und käme gern ein anderes Mal, wenn die Damen Zeit hätten, sich auf einen Besuch einzurichten.

»Ein netter Mann«, sagte Alwine Uhldorff, nachdem er sich verabschiedet hatte. »Einer, auf den sich eine Frau verlassen kann. Er ist ziemlich reich, nicht wahr?« Sie hatte die Frage an Mercy gerichtet, ließ Johanna jedoch nicht aus den Augen.

* * *

Eine frische Brise verfing sich in den Segeln, und die *Albatros* nahm Fahrt auf. Friedrich warf einen letzten Blick zurück auf Manila und die wehrhaften Mauern des Fort Santiago, dann drehte er die Nase wieder in den Wind. Er konnte es kaum erwarten, das offene Meer zu erreichen, nach Süden zu segeln, um Johanna bald in die Arme zu schließen. Schon vor einer Woche hätten sie in Singapur ankommen müssen, doch die Impertinenz der spanischen Hafenmeister, Probleme mit der Warenverladung und tausend ärgerliche Kleinigkeiten mehr hatten ihre Abreise Tag um Tag verzögert, bis sie endlich, mit zweiwöchiger Verspätung, erneut in See stechen konnten.

Der Bootsmann, ein vierschrötiger Amerikaner namens Collister, trat zu Friedrich an die Reling.

»Sie sehen zufrieden aus«, bemerkte er nuschelnd und spuckte einen Pfriem in weitem Bogen ins Meer.

Friedrich hob die Augenbrauen. Selbstredend war das Leben

auf Handelsschiffen rauer als an Bord eines Passagierdampfers, doch das ungehobelte Betragen des Bootsmanns, immerhin ein Mann mit Offiziersrang, grenzte an Unhöflichkeit. Trotzdem verkniff er sich eine scharfe Antwort.

»Ja«, sagte er, »ich bin allerdings sehr froh, den Spaniern den Rücken zu kehren.«

Collister lachte. »Ein seltsames Volk, da haben Sie recht. Mit aller Welt im Streit. Na, sollen Sie. Heda! Habe ich dir nicht gesagt, du sollst die Finger vom Werkzeug lassen?«

Der letzte Satz galt dem Bootsjungen, der erschrocken das Weite suchte, als Collister wutschnaubend auf ihn zueilte. Die nächsten Tage verliefen angenehm, unter strahlendem Himmel machte die *Albatros* gute Fahrt. An Bord herrschte gelöste Stimmung; die Laderäume waren gefüllt, Abnehmer in Singapur sicher. Friedrich verbrachte die Zeit in angeregtem Geplauder mit den Offizieren und einigen Kaufleuten, die ihre Waren begleiteten und mit guten Ratschlägen für seine künftigen Unternehmungen nicht geizten. Niemand maß dem dünnen Wolkenstreifen am Horizont Bedeutung bei, und auch der blutrote Sonnenuntergang am dritten Tag wurde nicht als schlechtes Omen gewertet. Nur wenige Stunden später sollten Passagiere und Mannschaft ihre mangelnde Wachsamkeit bitter bereuen.

Ein fürchterlicher Schlag gegen das Schiff weckte Friedrich kurz vor Mitternacht. Benommen setzte er sich auf. Das Schiff schwankte, wie er es noch nie erlebt hatte, eine riesige Hand schien es gepackt zu halten, schüttelte es, kippte es von einer Seite zur anderen. Ein Toben und Brausen gellte in seinen Ohren, kaum waren die schrillen Schreie der Matrosen in dem Getöse auszumachen. Unfähig, sich zu rühren, verharrte Friedrich in seiner Koje und vergrub wimmernd das Gesicht in den Händen. Er wollte nicht sterben! Jetzt hob sich das

Schiff steil in die Höhe, nur um im nächsten Moment ins Bodenlose zu fallen. Friedrich schrie aus Leibeskräften, klammerte sich an einen Pfosten, einen Haken, vergeblich. Als das Schiff im Wellental landete, schleuderte ihn die Gewalt des Aufpralls aus der Koje auf den Boden. Mühsam zog er sich hoch. Raus hier! Nur raus aus dieser winzigen Kajüte, deren Wände ihm nun vorkamen wie die eines Sarges.
Er machte gar nicht erst den Versuch, ein Licht zu entzünden, tastete blind nach seiner Kleidung und zog sich hastig an. Immer wieder schleuderten ihn die tobenden Urgewalten von einer Wand gegen die andere, doch endlich schaffte er es und trat aus der Kabine. Auf allen vieren kletterte er die steile Stiege hinauf. Er war kaum oben, als ihn das Grausen packte. Eine turmhohe Welle raste auf das Schiff zu und brach übers Deck. Das Wasser erfasste einen der chinesischen Matrosen und zog ihn mit sich in den gierigen Schlund der See.
Wie ein Geist der Dunkelheit tauchte plötzlich der Kapitän neben ihm auf. Der Sturm fegte die Worte von seinen Lippen, bevor sie Friedrich erreichten. Als der Mann ihn bei den Schultern packte und in Richtung des Treppenabgangs zerrte, wehrte sich Friedrich trotz des schwankenden Bodens und der drohenden Gefahr verbissen. Um nichts in der Welt wollte er zurück in den Sarg. Ein gewaltiger Blitz zuckte durch die Wolken und schlug in den Fockmast. Friedrich und der Kapitän erstarrten. Holz zersplitterte, als der Mast auf die Planken krachte. Der nächste Brecher rollte heran, noch riesiger als der erste, Männer rannten um ihr Leben. Ehe Friedrich sichs versah, schubste der Kapitän ihn die Stiege hinab, gerade rechtzeitig, bevor er selbst von den Füßen gerissen wurde. Einen Wimpernschlag später ergoss sich das Wasser mit zerstörerischer Wut ins Innere des Schiffs, spülte Friedrich mit sich fort, er schluckte, rang nach Atem, dann ließ die Wucht endlich nach.

Die nächsten Tage verschmolzen zu einer endlosen, immerwährenden Nacht. Der Sturm schob die manövrierunfähige *Albatros* vor sich her, als wäre sie das Spielzeug eines grausamen Gottes. Die erste, die schrecklichste Nacht hatte zwei europäische und zwei chinesische Matrosen sowie drei indische Laskars das Leben gekostet, und der Kapitän nahm dankbar das Hilfsangebot von zwei jungen Kaufleuten an. Zögernd schloss Friedrich sich den anderen an und riskierte nun Seite an Seite mit den Seeleuten sein Leben im Bemühen, das Schiff leerzupumpen und im heftigen Seegang den Mast zu zerlegen, der drohte, das Schiff weiter zu zerstören. Salzwasser verätzte die offenen Wunden in Friedrichs Handflächen. Mehr als einmal war er kurz davor, aufzugeben, doch fast mehr als den Tod fürchtete er die Verachtung im Blick der Seemänner und der anderen Kaufleute, sollten sie seine Angst erkennen. Und so schuftete er gegen seine Erschöpfung an, fand Hoffnung in jedem Atemschöpfen des Sturms, um bei jedem neuen Aufheulen umso tiefer in die Verzweiflung zu stürzen.

Wieder sprang der Wind sie an. Riss an der zerfetzten Leinwand und trieb sie mit seinem Heulen an den Rand des Wahnsinns. Das Schiff buckelte und warf sich hin und her wie ein rasender Stier. Der neben ihm stehende Matrose packte Friedrich am Arm, wies nach vorn, brüllte. Dort, zwischen den Gischtfetzen kaum zu erkennen, erhob sich ein kegelförmiger dunkler Fleck.

»Ein Berg! Land!« Die Nachricht verbreitete sich wie ein Lauffeuer. Gerettet, sie waren gerettet! Alle rannten zur Steuerbordseite. Mit atemberaubender Geschwindigkeit rasten sie dem dunklen Fleck entgegen.

Ein grauenerregendes Knirschen füllte die Luft. Das Jubeln erstarb Friedrich in der Kehle, in seinem Leib klumpte sich ein harter Ball zusammen und nahm ihm die Luft. Noch immer

peitschte der Wind, doch sie bewegten sich nicht mehr vom Fleck. Das Schiff neigte sich zur Seite, der Mann, der das Land zuerst entdeckt hatte, stürzte, schlitterte auf das todbringende Wasser zu. Vergeblich griffen seine Hände nach Halt, dann rutschte er durch die vom Mast geschlagene Bresche in der Reling und verschwand in der brodelnden Hölle unter ihnen. Friedrich starrte entsetzt auf die Stelle, wo eben noch ein Mensch seine Freude über die nahende Rettung in den Sturm gebrüllt hatte. Ein verzweifelter Aufschrei entrang sich seiner Brust: Ein Riff hatte die *Albatros* mit seinen scharfkantigen Felsenzähnen gepackt und würde sie nicht mehr hergeben.
In der Nacht rückten sie eng zusammen, hingekauert auf dem schiefen Deck unter zerborstenen Wänden und Planken, die ein wenig Schutz vor den Elementen boten. Schon seit Tagen hatte keiner der Männer mehr einen trockenen Faden am Leib, sie froren, und in ihren Eingeweiden wühlte der Hunger.
Friedrich rannen unaufhörlich Tränen die Wangen hinunter, und jetzt schämte er sich nicht mehr. Er war zu Tode erschöpft, doch ebenso wenig wie die anderen Männer wagte er es, die Augen zu schließen, lauschte stattdessen voller Entsetzen dem Todeskampf des Schiffes, konnte doch jeder Knall, jedes Ächzen in der Schiffswand das erste Zeichen für den Untergang und sicheren Tod bedeuten. Der Matrose neben ihm, ein junger Brite, begann, laut zu beten. Friedrich wollte in das Gebet einstimmen, doch dann sah er Johanna vor sich, das Strahlen auf ihrem Gesicht am Tag der Verlobung, und eine unbändige Wut erfasste ihn. Gott kannte keine Gnade. Hatte er nichts Besseres zu tun, als ihm und Johanna die Zukunft zu stehlen? Zornig ballte er seine zerschundenen Hände zu Fäusten. Sollte er diese Tortur lebend überstehen, dann sicher nicht, weil ein gütiger Gott seine Hand über ihn gehalten hatte.

In der zweiten Hälfte der Nacht schwächte der Sturm endlich ab, bis der Wind schließlich ganz einschlief. Der nächste Morgen verhöhnte sie mit wolkenlosem Himmel und einer Meeresoberfläche so glatt wie Glas.
Eine erste Inspektion des Schiffes ließ ihre Lage hoffnungsvoll erscheinen. Die *Albatros* lag mit enormer Schlagseite auf einem einer kleinen Insel vorgelagerten Korallenriff. Obwohl sie leckgeschlagen war, stand sie nicht in Gefahr zu sinken; zu fest hatte sie sich verkeilt. Nur ein weiterer Sturm wäre in der Lage, sie aus ihrem Korallenbett zu heben, doch dann würden sie längst vom Schiff hinunter und in Sicherheit sein. Keine zwei Seemeilen entfernt erhob sich verheißungsvoll ein grünbewaldeter Berg aus dem türkisblauen Wasser. Da eines der Beiboote unwiderruflich zerstört war, würden mindestens drei Fahrten notwendig sein, um alle Männer, Werkzeuge und Waffen und vorsichtshalber auch den restlichen Proviant an Land zu bringen.
Mit neuem Lebensmut packte Friedrich an, als das Boot erstmals ausgerüstet wurde. Der Kapitän führte, begleitet von den stärksten Matrosen, die Expedition an. Sie nahmen die meisten Waffen mit, denn es war nicht auszuschließen, dass die Einwohner, sollten sie auf welche treffen, ihnen feindlich gesinnt waren. Mit angehaltenem Atem verfolgte Friedrich die waghalsigen Manöver des Beiboots durch die um das Riff tobende Gischt, dann kämpfte sich das Boot frei und nahm unter dem Jubel aller Kurs auf die Insel.
Den Tag über sammelten die auf dem Schiff Verbliebenen alles Nützliche zusammen, dann gab es nichts mehr zu tun, als auf die Rückkehr des Kapitäns zu warten. Ein Matrose erklomm den letzten intakten Mast und hielt Ausschau. Bis zum Einbruch der Dunkelheit blieb er stumm, und auch der folgende Tag brachte keinen erlösenden Ausruf. Immer wie-

der suchte Friedrich die Lagune ab, doch nichts regte sich. Unruhe erfasste ihn.
Am zweiten Morgen nach dem Aufbruch des Kapitäns mochte der erste Offizier nicht mehr länger warten und veranlasste den Bau eines Floßes aus Teilen des zersplitterten Deckaufbaus. In niedergedrückter Stimmung machten sich die Männer an die Arbeit. Wenn Friedrich in ihre angespannten Gesichter sah, fand er dort seine eigenen Sorgen widergespiegelt. Schon tuschelten die Matrosen über Piraten und Kannibalen, bis der erste Offizier ihnen den Mund verbot.
Am Nachmittag war das Floß fertiggestellt und zu Wasser gelassen. Der erste Offizier wollte keine Zeit mehr vergeuden, sondern dem Kapitän zu Hilfe eilen, wenn es nicht längst zu spät war. Im Schutz der Dunkelheit sollte es ihnen gelingen, ungesehen anzulanden. Wieder stand Friedrich auf dem schiefen Deck des Schiffs und versuchte, das Floß durch pure Kraft der Gedanken über die gefährliche Riffkante zu lotsen. Es misslang.
Wie aus einer Kehle schrien die etwa zwei Dutzend Männer auf dem Schiffswrack ihr Entsetzen hinaus, als das Floß von einer auflaufenden Welle erfasst und auf das scharfkantige Riff geschmettert wurde. Es zersplitterte in tausend Teile. Friedrich entdeckte mehrere leblose Körper auf dem Riff, lediglich fünf Männer kämpften noch gegen das strudelnde Wasser an. Einer der Laskars packte eine Planke und klammerte sich daran. Mit kraftvollen Beinstößen gelang es ihm, dem Sog des Riffs zu entkommen und auf die *Albatros* zuzuhalten. Friedrich fiel in die Anfeuerungsrufe mit ein, schrie sich heiser, einer, wenigstens einer musste überleben! Schon konnte er die Züge des Mannes erkennen, sein grünes Hemd, als ihm mit einem Mal schier das Herz stehenblieb. Direkt hinter dem Laskar tauchte die Dreiecksflosse eines großen

Hais auf. Voller Grauen sah Friedrich, wie sich das Wasser rot färbte.

Sie verharrten zwei Wochen auf dem Schiffswrack, unsicher, was zu tun sei. Die Tragödie um das Floß hatte selbst die größten Draufgänger nachdenklich gestimmt. Niemand wollte als Haifischfutter enden, lieber vertrauten sie darauf, dass die Vorsehung ihnen ein Handelsschiff sandte. Collister, nun der ranghöchste Mann an Bord, hatte einige dilettantische Berechnungen angestellt und vermutete sie irgendwo in der Sulu-Inselgruppe südlich der großen philippinischen Insel Mindanao. Einer Region also, in der mit Schiffsverkehr aller Art zu rechnen war, denn das Sultanat von Sulu betrieb regen Überseehandel.

Die Piraten fanden sie als Erste. Zwölf Korokoros, die großen, mit Segeln und Rudern versehenen Boote des Balanini-Stammes, rasten über das glatte Wasser der Sulu-See auf sie zu, und ehe sich das verzweifelte Häufchen auf der *Albatros* versah, war das Wrack von beinahe fünfhundert johlenden Eingeborenen umringt. Sofort begannen die braunen Kerle, ihre langschneidigen Kampilan-Schwerter und todbringenden Dolche siegesbewusst schwingend, aufzuentern.

Friedrich ergab sich in sein Schicksal. Während seine Kameraden nach Bootshaken und Messern griffen, fest entschlossen, einen ehrenvollen Tod im Kampf zu finden, verkroch er sich in einen dunklen Winkel des Laderaums, hoffend, man möge ihn nicht entdecken.

Seine Hoffnung war vergeblich. Brutal zerrten sie ihn aufs blutverschmierte Deck. Das Letzte, was er sah, bevor sie über ihn herfielen, war das Blitzen einer scharfen Säbelschneide, dann wurde es schwarz um ihn.

* * *

Das Gartentor klappte hinter Johanna und der Mutter zu, dann war Leah allein. Sie warf das Laken beiseite, zerrte das Kulikostüm aus seinem Versteck unter dem Bett hervor, entledigte sich ihres Schlafhemds und schlüpfte in die bequemen Sachen. Es war schwierig gewesen, an die Kleidung zu kommen. Nach ihrem ersten heimlichen Ausflug nach Chinatown hatte sie mit dem Gedanken gespielt, Lim ins Vertrauen zu ziehen, doch sie unterließ es. Auf der Suche nach seinen Pantinen, jenen, die sie in Whampoas Garten gelassen hatte, hatte er Zeter und Mordio gerufen, und als er dann noch den Schmutz an seinen frischgewaschenen Hosen entdeckte, bedachte er Leah mit misstrauischen Blicken. Sie ahnte, dass er ihre Ausflugspläne nicht gutheißen würde.

Also hatte sie John Littles Botenjungen bestochen, einen flinken, schlauen Chinesen, der ihr prompt das Gewünschte ins Haus schmuggelte. Seitdem wartete sie fieberhaft auf eine Gelegenheit, sich erneut ins chinesische Viertel zu stehlen. Heute endlich war es so weit: Johanna und die Mutter besuchten den neugegründeten Bibelkreis und würden sicher drei Stunden fortbleiben. Lim hatte die Weisung erhalten, Leah nicht zu stören, da sie sich müde und erschöpft fühle und die nicht näher bezeichnete Krankheit durch Schlaf auszukurieren hoffe.

Mit den eigenen Pantinen in der Hand schlich sie leise die Treppe hinunter und durch den Garten. Bevor sie auf die Straße trat, zog sie den Hut ins Gesicht.

Nach dem überwältigenden Trubel zum chinesischen Neujahrsfest hatte Leah einen weiteren Besuch des Viertels ebenso herbeigesehnt wie gefürchtet, doch diesmal herrschte vergleichsweise Ruhe: Die Menschen gingen gelassen ihren Geschäften nach, keine Löwentänzer verstellten ihr den Weg, kein Feuerwerk krachte, und kein hübscher junger Chinese bohrte seine Augen in ihren Kopf. Die Anspannung, die sich ihrer beim Eintauchen in diese fremde Welt bemächtigt hatte, legte sich schnell. Niemand beachtete sie, und solange sie sich unauffällig verhielt und das Gesicht unter dem tiefgezogenen Hut verbarg, war sie vor Entdeckung sicher. Eine halbe Stunde später wurde sie bereits Zeugin eines armseligen Hahnenkampfes irgendwo in den Gassen am Hafen. Nachdem sich die Hähne, zerrupfte Veteranen vieler Kämpfe, gegenseitig blutig gehackt hatten und der Sieger feststand, schlenderte Leah weiter.

Sie hatte kein bestimmtes Ziel, ließ sich einfach treiben und gelangte schließlich auf die Straße an der Telok-Ayer-Bucht. Sie brauchte nicht lange zu suchen, um den Tempel zu finden, der sie vor nunmehr zehn Monaten bei der Ankunft in Singapur so fasziniert hatte. Um nicht aufzufallen, setzte sie sich gegenüber des Tempels in den Staub und gab vor, zu dösen, während sie, verborgen unter dem Hut, die Keramikdrachen auf dem Dachfirst, die grimmigen Wächterfiguren auf den Türen und die glubschäugigen Steinlöwen musterte. Vielstimmiges Lachen lenkte ihre Aufmerksamkeit ab. Nach einem bedauernden Blick auf die Tempeltore – sie wäre gern hineingegangen, wusste aber nicht, wie sie sich drinnen zu verhalten hätte – lenkte sie ihre Schritte zu der Ursache des Gelächters, einem von Kulis umringten Gaukler, der ein Äffchen an einer Kette mit sich führte. Die jungen Männer im inneren Kreis hatten sich im Schneidersitz im Staub niedergelassen, diejenigen weiter außen lehnten gegen Warenballen oder Fässer, und einer hatte gar einen Fahnenmast aus Bambus erklommen, um nur ja nichts zu verpassen. Leah setzte sich etwas abseits auf einen Bretterstapel. Mit ausdrucksstarken, eines Theaterschauspielers würdigen Gesten deklamierte der Mann einen langen Text. Leah staunte über seine kräftige Stimme, die so gar nicht zu dem mageren Körper passen wollte. Bald hatte er sie ebenso in den Bann geschlagen wie den Rest des Publikums, vielleicht fünfzig oder sechzig Männer, die meisten jung, sehr jung, die Münder und Ohren weit aufgesperrt. Sogar einige chinesische Frauen einer gewissen Profession hatten sich eingefunden, doch selbst ihre bemalten Gesichter und engen, hochgeschlitzten Kleider vermochten die Kulis nicht von dem Geschichtenerzähler in ihrer Mitte abzulenken. Allerdings waren auch die Frauen so verzaubert, dass sie ganz und gar vergaßen, den Männern schöne Augen zu machen.

Leah konnte sich nicht sattsehen an der lachenden, weinenden, seufzenden, mitfiebernden Menge; vor ihrem inneren Auge entstanden bereits die Kompositionen zukünftiger Zeichnungen. Am liebsten hätte sie gleich hier skizziert, aber das war unmöglich, binnen Minuten hätte sich die Nachricht von der Anwesenheit einer weißen Mem, die Chinesen malte, wie ein Lauffeuer verbreitet.

Irgendwann hatte auch die längste Geschichte ein Ende. Nach einer kurzen Pause, in der die Zuhörer ein wenig benommen aus der heraufbeschworenen Traumwelt auftauchten, ergriff der Geschichtenerzähler die Kette seines Äffchens und machte die Runde. Niemand zierte sich, selbst die Ärmsten ließen kleine Münzen in die Büchse fallen, die das Äffchen ihnen entgegenstreckte. Leah fischte nach ihrem in den Hosenbund geklemmten Beutel. Ohne hinzusehen, wählte sie eine Münze und warf sie hinein. Einen Moment lang herrschte Stille. Leah spähte in die Büchse und erkannte zu ihrem Schrecken, dass sie einen ganzen Spanischen Silberdollar, eines der vielen Zahlungsmittel in der Handelsstadt Singapur, hineingeworfen hatte – eine Summe, die ein einfacher Kuli niemals entbehren konnte. Sie wagte einen Blick unter dem Strohhut hervor und sah direkt in die schwarzen Augen des Geschichtenerzählers. Er verzog keine Miene, und doch spürte sie, dass er sie entlarvt hatte. Er ging weiter.

Ein Zittern ergriff Leahs Leib, all ihr Mut verließ sie. War sie hier wirklich sicher? Was wäre, wenn der Mann sie preisgab? Sie wagte nicht, es sich auszumalen. Plötzlich erschienen Leah die Mienen der Kulis, die sie noch vor wenigen Minuten so fasziniert hatten, voller Arg und Hinterhältigkeit. Sie wollte sich gerade unauffällig davonstehlen, als das Äffchen ihr den Strohhut vom Kopf riss. Der Geschichtenerzähler war ebenso perplex wie Leah. Stimmen erhoben sich, ein Raunen pflanzte sich fort bis in die letzten Reihen, wurde lauter, aufgeregter, die ersten traten einen Schritt vor, dann noch einen und noch einen. Leahs Puls raste. Hinter ihr schwappte der Ozean, vor ihr flutete ein Meer aus Leibern heran, alle Fluchtmöglichkeiten waren abgeschnitten. Was sollte sie nur tun? Sie öffnete den Mund, brüllte, man möge sie in Ruhe lassen, und tatsächlich kam die Menge ins Stocken. Jemand packte ihr Handgelenk. Sie versuchte, die Hand abzuschütteln, doch der Griff wurde nur noch fester.

»Kommen Sie doch endlich.« Der Geschichtenerzähler! Er zerrte sie hinter sich her, das Äffchen, das längst wieder auf seiner Schulter saß, fletschte die Zähne, und irgendwann hatten sie die jungen Männer hinter sich gelassen. Endlich konnte Leah wieder klar denken. Entschlossen wehrte sie sich gegen den Griff des Mannes. Er ließ sie sofort los.

»Was wollen Sie von mir?«, kreischte sie schrill. Ihre Nerven flatterten, die Angst hielt sie noch immer fest gepackt.

»Ich will überhaupt nichts von Ihnen. Aber die jungen Männer hätten Sie in ihrer Aufregung glatt in Stücke gerissen. Es gibt nicht viele weiße Frauen in Singapur, schon gar nicht in diesem Viertel.« Er musterte sie nachdenklich. »Auch wenn Sie Hokkien sprechen und Ihre Kleidung den Schluss zulässt – ein Kuli sind Sie offensichtlich nicht. Eine Hafendirne aber auch nicht. Was machen Sie hier?« Er trat einen Schritt

auf sie zu und sah ihr voll ins Gesicht. »Ich werde das Gefühl nicht los, Sie schon einmal gesehen zu haben.«
»Ich kenne Sie aber nicht.« Nur langsam beruhigte sich Leahs Herzschlag. »Entschuldigen Sie, ich bin sehr aufgewühlt. Danke für die Rettung.« Sie entwand dem Äffchen ihren Hut, drehte sich auf dem Absatz um und stolperte davon, so schnell es die unbequemen Pantinen zuließen. Noch bevor sie die nächste Straßenkreuzung erreicht hatte, war der Geschichtenerzähler wieder neben ihr.
»Jetzt weiß ich es wieder. Es ist viele Monate her. Sie begleiteten Ihren Vater und waren gekleidet wie eine feine Dame. Ich erinnere mich so gut, weil er sich in den Schmutz kniete, um einem Drachenjäger beizustehen.«
Leahs Neugierde gewann die Oberhand über ihre abflauende Angst. Sie verlangsamte ihre Schritte. »Drachenjäger?«
»Ein Opiumtrinker. Er hat den Drachen gejagt, so nennen wir es. Und ist daran gestorben. Ihr Vater hat viel Mitgefühl gezeigt.«
Überrumpelt blieb Leah stehen. »Ja, so war mein Vater.« Ein Kloß bildete sich in ihrer Kehle, der Schmerz und die Trauer, die sie begleiteten wie bösartige Hunde, machten sich bereit, erneut über sie herzufallen.
»Welcher Teufel hat Sie geritten, allein hierherzukommen? Ihre Eltern werden es Ihnen kaum erlaubt haben.«
Leah versteifte sich. Ihr Trotz kehrte zurück. »Ich brauche kein Kindermädchen.«
»Nicht?« Ein feines Lächeln zog über sein Gesicht, amüsiert, aber nicht herablassend. Der Mann war älter, als sie aufgrund seiner lebendigen Vorführung vermutet hatte, bald so alt wie ihr Vater. Falten umgaben seine Augen wie ein Strahlenkranz, seine Stirn glänzte haarlos, dafür wuchs ihm ein dünner Kinnbart. Sein sehniger, dürrer Hals schien ungeeignet, den Kopf

zu tragen, und als er den Mund öffnete, sah sie vom Betelkauen dunkelrot gefärbte Zähne. Er verzwirbelte die wenigen Haare seines Bartes und kämmte sie mit seinen langen Fingernägeln wieder aus, bevor er weitersprach. »Warum hintergehen Sie Ihren Vater?«

»Mein Vater ist auf dem Perlfluss ermordet worden. Von chinesischen Soldaten«, sagte sie leise.

Der Geschichtenerzähler schwieg lange, ließ sie dabei aber nicht aus den Augen. Sie erwiderte seinen Blick, wollte sich um keinen Preis der Welt einschüchtern lassen.

»Sie fühlen sich allein«, sagte der Mann schließlich. Wärme und Mitgefühl schwangen in seiner Stimme. »Warum suchen Sie Ihren Vater ausgerechnet hier bei uns, bei den Chinesen?«

»Weil er in unserem Haus nicht ist.« Leah hämmerte sich zornig mit den Fäusten auf den Oberschenkel. Sie genoss den Schmerz, lenkte er doch von dem anderen Schmerz ab, der sich seit Wochen durch ihre Eingeweide wühlte.

»Sie wissen, dass Sie nicht wiederkommen dürfen? Jedenfalls nicht allein.«

»Ich werde wiederkommen.«

Er seufzte. »Jede andere Antwort hätte ich Ihnen auch nicht geglaubt«, sagte er. »Folgen Sie mir. Ich zeige Ihnen, wo ich wohne. Sie können sich immer an mich wenden oder nach mir fragen. Mein Name ist Koh Kok.«

»Warum sollte ich Ihnen vertrauen?«

Er lächelte. »Weil Sie es im Grunde Ihres Herzens wollen.«

* * *

Der März ging vorüber, der April, der Mai, der Juni und der Juli. Noch immer lenkte Johanna jeden Morgen ihre Schritte zum Wasser. Über den Verbleib der *Albatros* kursierten Gerüchte; ein Opfer des Sturms, sagten die einen, von Piraten aufgebracht, mutmaßten andere. Gab es Überlebende? Oder hatte das Meer die Brigg verschlungen? Niemand wagte, Johanna in die Augen zu sehen, wenn sie ihre Fragen stellte, zuerst noch laut und wütend, nun leiser und leiser. Es konnte nicht sein, *durfte* nicht sein, dass das Schicksal ihr nach dem Vater auch noch den Verlobten stahl. Ihr Mut sank von Tag zu Tag. Nur ein Wunder konnte ihr Friedrich noch zurückbringen.

Unterdessen ging das Leben unerbittlich weiter. Leah hatte ihr Versprechen aus der Silvesternacht eingelöst und unterrichtete zweimal wöchentlich die Waisenmädchen im Zeichnen. Ansonsten tat sie sich neuerdings durch Fleiß im Haushalt hervor, so dass Johanna der Schwester keine Vorwürfe machen konnte, wenn sie sich viele Stunden lang für ihre eigenen Zeichenstudien zurückzog oder ausgedehnte Streifzüge durchs europäische Viertel und an der Wasserkante entlang unternahm. Soweit Johanna es beurteilen konnte, war Leah einigermaßen über den Tod des Vaters hinweggekommen, allerdings war sie ihr gegenüber verschlossener als je zuvor.

Der Gesundheitszustand der Mutter schwankte. Insgeheim war Johanna froh darüber. Singapur zu verlassen, wäre ihr wie ein Verrat vorgekommen, sowohl an Friedrich als auch an ihrem Vater. Manchmal war Johanna über sich selbst erstaunt. Obwohl der Osten ihr bereits zweifaches Leid gebracht hatte, verspürte sie keinerlei Heimweh nach Hamburg. Während die anderen europäischen Frauen über die Hitze klagten und sich nach Englands Nieselregen sehnten, jagte der Gedanke an die klammen Hamburger Winter Johanna eine Gänsehaut über die Arme. Selbst die Erinnerung an ihre wenigen Freundinnen dort erschien grau und blutleer gegen das pralle Leben in den Tropen. Nein, wenn es irgend möglich war, würde sie hierbleiben. Leah erging es ebenso, und erstaunlicherweise schien auch die Mutter nicht nach Deutschland zurückkehren zu wollen. Wann immer die Sprache auf die schwindenden Geldreserven und eine mögliche Rückreise kam, erlitt sie prompt einen Schwächeanfall. Johanna durchschaute ihr Spiel, ohne einen Ton zu verlieren, ärgerte sich allerdings zunehmend über die Besessenheit der Mutter, was Ross Bowie anging. Sie mochte den Schotten, dennoch war ihr seine Aufmerksamkeit, ja, Fürsorglichkeit unangenehm. Er benahm sich untadelig, doch manchmal, wenn er nicht auf der Hut war, sah sie kaum verhohlene Leidenschaft in seinen Augen lodern, Leidenschaft, die sie nicht erwiderte. Wie hätte sie auch können, wenn noch ein letztes Fünkchen Hoffnung auf Friedrichs Rückkehr in ihr glomm?

Alwine Uhldorff war Ross Bowies Interesse an ihrer älteren Tochter nicht verborgen geblieben, und da er eine ausnehmend gute Partie darstellte, sparte sie seit einigen Monaten nicht mit Bemerkungen, die in eine einzige Richtung zielten: Johanna möge sich Friedrich aus dem Kopf schlagen und Bowie ehelichen. Sie selbst hatte Friedrich längst abgeschrieben, wie eigentlich alle außer Johanna, Mercy und Henry Farnell, der in unregelmäßigen Abständen brieflich über seine Bemühungen berichtete, etwas über den Verbleib Friedrichs und der *Albatros* zu erfahren.

Nach einem letzten suchenden Blick kehrte Johanna dem Meer den Rücken. Zu Hause wartete ein Berg Arbeit auf sie, denn am heutigen Nachmittag waren sie zu einem Fest geladen. Ross Bowie war vor wenigen Tagen aus Makassar zurückgekehrt und feierte seinen siebenundzwanzigsten Geburtstag im großen Rahmen auf seinem Anwesen vor der Stadt. Es war das erste gesellschaftliche Ereignis, an dem die Frauen des Hauses Uhldorff seit dem Tod des Vaters teilnahmen. Eigentlich war es noch zu früh, die Trauerzeit zu beenden, doch die Mutter, die selbst keine Anstalten machte, die Trauerkleidung abzulegen, hatte ihre Töchter gedrängt, wieder Farbe in ihre Garderobe und ihr Leben zu bringen. Johanna sah dem Fest mit gemischten Gefühlen entgegen. Würde sie in der fröhlichen Stimmung die düsteren Gedanken verdrängen können, oder würden sie sich umso schwerer auf ihr Gemüt legen? Sie wusste es nicht.

Ihre Brust schnürte sich zu, als sie an den Silvesterball dachte. War es wirklich erst sieben Monate her, seit sie durch Ross Bowies Salon getanzt war? Seit ihre größten Sorgen der Wahl des richtigen Brautkleides und der Zusammenstellung des Hochzeitsmenüs gegolten hatten? Seit sie übermütig mit Leah dem Sturm getrotzt und sich die heißen Füße im nassen Gras gekühlt hatte?

Johanna setzte sich in Bewegung. Sie erlaubte sich nicht, die Schultern hängen zu lassen, sondern zwang sich zu einer aufrechten Haltung. Sie würde sich nicht unterkriegen lassen. Der Vater sollte stolz auf sie sein und Friedrich ebenso.

Am Nachmittag bestiegen Johanna, Leah, Alwine Uhldorff und Lim eine Mietdroschke. Sie trugen ihre beste Abendgarderobe. Selbst Leah hatte sich ohne Murren herausgeputzt, sich sogar Handschuhe von Johanna geliehen, um die Farbränder unter ihren Fingernägeln zu verbergen. Nach einer kurzen Fahrt erreichten sie die Orchard Road. Obstplantagen und Gemüsegärten säumten den Weg, hin und wieder blitzten weiße Bungalows zwischen den Bäumen hervor. Auf der Höhe von Tanglin bog die Kutsche auf den unbefestigten Weg ab, der zu Ross Bowies schönem Haus auf Oban Hill führte. Auf dem Platz davor standen bereits ein knappes Dutzend Fuhrwerke. Lim sprang als Erster aus der Kutsche und half

den Frauen hinaus, übergab sie der Obhut von Bowies oberstem Hausdiener und verschwand in Richtung des Küchenhauses, um Erfrischungen für seine Herrinnen zu besorgen. Obwohl alle drei, selbst Alwine, im eigenen Heim einen lockeren Umgang mit Lim pflegten, wahrte er in unausgesprochenem Einverständnis auf Gesellschaften den Abstand.
Auf dem Rasen hinterm Haus herrschte bereits gute Stimmung. Die Gäste nippten am importierten Champagner, der, wenn auch lauwarm, dem Fest eine mondäne Note verlieh, unterhielten sich angeregt, tupften sich den Schweiß von der Stirn und kommentierten, zumindest die Damen, die Roben der Neuankömmlinge. Mercy und Andrew Robinson waren bereits eingetroffen. Johanna, Leah und ihre Mutter gesellten sich zu ihnen und begrüßten weitere Gäste. Entgegen Johannas Befürchtungen verging der Nachmittag schnell. Mercy war bester Laune und erzählte allen, ob sie es hören wollten oder nicht, von den gewaltigen Entwicklungssprüngen ihrer Zwillingssöhne. Zum Glück hatte sie die drei Monate alten Jungen in der Obhut der malaiischen Ayah zu Hause gelassen, sonst hätte sich wahrscheinlich selbst Mr Blundell, der ehrenwerte Gouverneur von Singapur, über kurz oder lang mit einem tropfenden und schreienden Bündel auf dem Arm wiedergefunden. Alwine Uhldorff schwatzte angeregt mit Freundinnen aus dem Bibelkreis, Leah schlenderte von Gruppe zu Gruppe, wo sie schweigend zuhörte, und nutzte unbeobachtete Momente, um den einen oder anderen Käfer in ihre Botanisiertrommel zu sperren, ohne die sie niemals das Haus verließ. Zu Johannas Erleichterung war Bowie bisher zu sehr von seinen Gastgeberpflichten eingenommen gewesen, als dass er sich über Gebühr um sie bemühen konnte. Jetzt allerdings stiefelte er zielstrebig auf sie zu, mit einem Strahlen in den Augen, das eine unerwartete Welle der Zuneigung in ihr

auslöste. Hier war einer, der für sie durchs Feuer gehen würde, obwohl er sich keine Chancen ausmalen durfte. Ross Bowie hatte ihren Respekt verdient. Lächelnd hakte sie sich bei ihm unter und ließ sich ins Haus führen, während die anderen Gäste heiter plaudernd folgten.

Wenige Minuten später fand sie sich mit Leah, der Mutter, Bowie, den Robinsons und einigen anderen am Tisch wieder. Der überaus geräumige Salon, in dem sie beim Silvesterball getanzt hatten, diente heute Abend als Speisesaal. Johanna staunte über die üppig eingedeckten Tische; Bowie musste über einen unerschöpflichen Vorrat an Porzellangeschirr verfügen, um die etwa fünfzig Gäste so gediegen bewirten zu können. Lim hatte mit den anderen Bediensteten bereits Aufstellung genommen und rückte erst für Alwine Uhldorff, dann für Johanna den Stuhl ab. Bowie komplimentierte Leah zur gegenüberliegenden Tischseite und bot ihr den Platz neben einem hochgewachsenen, etwa fünfunddreißig Jahre alten Mann an. Johanna hatte ihn noch nie gesehen, und auch Leah musterte ihn mit unverhohlener Neugierde. Ein dunkler Vollbart und eine Metallbrille verbargen seine Züge. Er trug dem Anlass entsprechende Kleidung, war jedoch so hager, dass Weste und Sakko an ihm hingen wie an einer Vogelscheuche. Einer dunkelgebrannten Vogelscheuche, um genau zu sein. Obwohl eindeutig Europäer, war er beinahe so braun wie die malaiischen Eingeborenen. Der Mann stellte sich ihnen als Alfred Russel Wallace vor, verstummte dann jedoch, so dass Johanna nur rätseln konnte, was ihn an diese Tafel geführt hatte. Sie fragte leise den neben ihr sitzenden Bowie, doch der bat sie nur mit einem Augenzwinkern, abzuwarten. Was war hier im Gange? Als Heiratskandidat kam der Bärtige nicht in Frage, er war viel zu alt.

Das Essen verlief unter angeregten Gesprächen, an denen sich

jedoch weder Leah noch Wallace beteiligten. Als Hauptgang wurde vorzüglicher Rostbraten vom einheimischen Wildschwein serviert – auf einem Teller, der Johanna wegen seines Dekors und vor allem eines verräterischen Sprungs bekannt vorkam. Als sie Lim leise darauf hinwies, grinste er und flüsterte, man würde sich eben gegenseitig das Geschirr leihen. Ärgerlich wollte sie ihn anfahren, doch sie bekam sich rechtzeitig in den Griff, und kurz darauf fand sie die Angelegenheit sogar amüsant. Es war gut, dass sich die Haushalte untereinander aushalfen. Sie wäre nur gern gefragt worden.
Die chinesischen Diener räumten gerade die Tische ab, als sich ein großer Käfer in den Saal verirrte und mit lautstarkem Brummen direkt auf die Argand-Lampe über ihrem Tisch zuhielt. Er umkreiste die Lampe mehrmals, flog dann einen Angriff und stürzte in die Sauciere. Nach einer Schrecksekunde griffen Leah und Wallace gleichzeitig zu der Sauciere, die prompt umkippte und ihren Inhalt samt Käfer über die Tischdecke ergoss. Diesmal war Leah einen Wimpernschlag schneller als ihr Nachbar und fischte das Insekt aus der Sauce. Unter dem Gelächter der Anwesenden setzte sie es auf ihren Handteller. Der Käfer hatte das heiße Bad offenbar unbeschadet überstanden, allerdings blieben seine Anstrengungen, die Flügel zu öffnen und sein Heil in der Flucht zu suchen, vergeblich.
»Er muss erst trocknen«, sagte Leah und stupste gegen seine harte Flügeldecke. Sofort klammerte sich der Käfer an ihren Finger, dessen Länge er fast erreichte. Sie hielt ihn Mercy hin, doch die blieb gelassen.
»Diesmal erschreckst du mich nicht.«
Der maulfaule Mr Wallace räusperte sich. »Darf ich einen Blick auf Ihre Beute werfen?«
»Aber bitte.« Leah drehte sich zu ihm um und hielt dem Bärtigen den Käfer unter die Nase. Johanna schnaufte. Auf das

Talent ihrer Schwester, sich unpassend zu benehmen, war wie immer Verlass.

»Wir haben Glück: ein seltener Cetoniidæ«, sagte Leah herausfordernd. »Allerdings viel größer als die bei Linné beschriebenen Arten. Ich nehme an, das hängt mit der Wärme zusammen. In den Tropen finden sich viele Insekten und Pflanzen, die auch in Europa vorkommen, doch hier wird alles riesig.«

Wallace, der Leahs Hand ergriffen hatte, um den schillernden Rosenkäfer genauer betrachten zu können, ließ sie verblüfft los. Johanna musste sich auf die Lippen beißen, um nicht laut herauszuplatzen.

»Sie benutzten die ›Systema Naturæ‹?«

Leah zuckte die Achseln. »Natürlich. Wobei ich allerdings im Gegensatz zu Linné nicht glaube, dass alle Arten schon am Schöpfungstag auf Erden waren. Sie verändern sich, passen sich den Gegebenheiten ihrer Umgebung an.«

»Aber Leah, wie kannst du so etwas sagen«, schaltete sich Alwine Uhldorff ins Gespräch. »Das ist gotteslästerlich. ER hat alle Kreaturen geschaffen.« Das gewichtige Nicken einiger Tischgäste bestätigte ihre Auffassung.

»Jede einzelne Kreatur sicher nicht«, widersprach Leah. »Eher glaube ich, Gott hat den Plan erdacht und die Welt dann sich selbst überlassen. Es funktioniert doch ganz ausgezeichnet.«

»Man meint, Charles Darwin aus Ihrem Mund sprechen zu hören«, sagte Wallace. Er war unübersehbar beeindruckt von der jungen Frau, die den Käfer an ihrem Finger wie einen kostbaren Ring trug. »›Gott schuf, Linné ordnet‹, wie Linné selbst sagte, doch mir geht es wie Ihnen, Miss Leah. Seit langem denke ich über die Transmutation der Arten und andere Fragen nach.«

Leah riss erwartungsvoll die Augen auf. »Kennen Sie Charles Darwin?«

»Nicht persönlich, doch ich stehe im Briefwechsel mit ihm. Er ist ein großer Denker.«

»O ja! Ich hatte das Glück, seine Abhandlungen über die Südamerikareise lesen zu können.«

Johanna lauschte dem Gespräch mit wachsender Verwirrung. Bisher hatte sie Leahs Krabbeltier-Leidenschaft für die Grille eines jungen Mädchens gehalten, doch nun musste sie feststellen, dass es Menschen gab, die sich diesem Feld mit demselben Ernst widmeten wie ihre Schwester. Offensichtlich hatte sich Leah dank der Journale und Bücher, die der Vater und auch Johanna ihr beschafft hatten, ein fundiertes Wissen angeeignet, das sie befähigte, sich mit diesem hageren Gelehrten eine Diskussion zu liefern, der niemand am Tisch folgen konnte und die ganz eindeutig den Ruch der Blasphemie in sich barg.

Mr Wallace' Schweigsamkeit verflog, als er in Leah eine interessierte und vor allem fachkundige Zuhörerin erkannte. Es stellte sich heraus, dass er seit mehreren Jahren die entlegenen und gefährlichen Inseln des malaiischen Archipels bereiste, wobei weder Kannibalen noch Giftschlangen ihn von seinen Forschungen abhalten konnten. Johanna registrierte mit einer Mischung aus Belustigung und Besorgnis das Leuchten in den Augen ihrer Schwester. Sie erkannte sehr wohl die Gefahr, die von diesem Wallace für Leah ausging. Ohne böse Hintergedanken war der Mann auf bestem Wege, Leahs Sehnsucht nach einem unabhängigen Leben weiter zu befeuern. Johanna hätte ihrer Schwester gern die Enttäuschung erspart, die unweigerlich folgen musste, aber es lag außerhalb ihrer Macht.

Mittlerweile war der Käfer an Leahs Finger so weit getrocknet, dass er einen erneuten Fluchtversuch wagte. Leah stülpte ein leeres Wasserglas über ihn.

»Was haben Sie mit ihm vor?«

»Normalerweise würde ich ihn präparieren und zeichnen,

doch sollte er in Ihrer Sammlung fehlen, überlasse ich Ihnen den Käfer gern.«

»Zeichnen können Sie auch?«

Leah nickte.

Und dann sagte Wallace genau das, was Johanna von Anfang an befürchtet hatte.

»Wären Sie ein Mann, Miss Leah, würde ich Sie auf der Stelle bitten, mein Assistent zu werden.«

Leah sackte zusammen, als hätte ihr jemand eine Dolch ins Herz gestoßen. Es tat Johanna in der Seele weh. Einmal mehr war Leah in die Schranken gewiesen worden.

Auch am Morgen nach dem Fest versäumte Johanna ihr Rendezvous mit dem Meer nicht. Sie kämpfte mit den Tränen, und eine dunkle Vorahnung ergriff von ihr Besitz. Das Schicksal hatte eine Tür geöffnet, und sie spürte den daraus hervorwehenden Lufthauch. Er war kalt. Eiskalt.

Als sie sich umdrehte, sank ihr Herz. Am Ufer, im Schatten des alten Banyan-Baums, stand Bowie, und er lächelte nicht. Mit weichen Beinen ging sie über den Steg auf ihn zu.

»Die *Albatros* ist havariert, liebe Miss Uhldorff, vor Monaten schon«, sagte er mit rauer Stimme, als sie endlich vor ihm stand. »Sie ist vor Mindanao in einen Sturm geraten und an einem Riff zerschellt. Die Besatzung einer malaiischen Prau, die heute Nacht hier in den Hafen eingelaufen ist, hat vor einigen Wochen die Überreste gesichtet. Ich habe den Kapitän selbst befragt. Er geht davon aus, dass niemand das Unglück überlebt hat, denn das Riff liegt zu weit entfernt vor der Küste.« Er stockte, vermied den Augenkontakt. »Es gibt dort sehr viele Haie.«

* * *

Henry Farnell zwängte sich zwischen dichtgestellten Warenballen hindurch. Es stank nach Teer und nassen Tauen, nach Guttapercha und Tierhäuten. Obwohl im gut geschützten Hafen von Hongkong kaum Wellengang herrschte, knarrte das Schiff, als müsse es einem Sturm trotzen. Der klangvolle Name des Bombay-Klippers, *Maharani*, verhöhnte seinen abgerissenen Zustand. Henry wusste jedoch, dass das Äußere täuschte: Die *Maharani* war ein gutes und enorm schnelles Schiff, das unter dem Kommando ihres Kapitäns schon manch anderem Segler und vor allem den Piratendschunken den Schneid abgekauft hatte. In wenigen Tagen würde die Mannschaft die auf der Fahrt von Indien erlittenen Schäden repariert und es wieder in einen ansehnlichen Zustand versetzt haben.

»Kommen Sie, kommen Sie.«

Mit einer einladenden Handbewegung bat Kapitän Miller ihn in den hinteren Laderaum. Henry folgte zögernd. Er ahnte, was der riesenhafte Kapitän ihm zeigen wollte. In Gedanken überschlug er den Gewinn, den er mit der bisher begutachteten Ladung aus indischer Baumwolle, philippinischem Zucker und Rattan machen konnte. Das Ergebnis war ernüchternd; seit die Briten mit ihren Kanonenbooten den Perlfluss hinaufgezogen waren und Kanton das Fürchten gelehrt hatten, gestaltete sich der Handel mit den Chinesen noch schwieriger als zuvor. Zwar hatte Henry im letzten Jahr exzellente Kontakte knüpfen können und genoss den Ruf eines integren, zuverlässigen Partners in allen wichtigen Häfen Chinas, Cochinchinas und des malaiischen Archipels, doch all dies nutzte ihm kaum, da er einen Großteil seines Gewinns für die Suche nach Friedrich aufwendete. Ebenso wenig wie Johanna Uhldorff im fernen Singapur mochte er sich mit dem Tod des Freundes abfinden, jenes Mannes, der sich einst hinter ihn gestellt hatte, als es Neidern bei *Medhurst, Jacobsen & Co* beinahe gelungen war, ihn mit übler Nachrede und fingierten Papieren unmöglich zu machen und in die Gosse zu stoßen. Da machte es auch nichts, dass Friedrich und er sich in Hongkong im Unfrieden getrennt hatten. Henry stand unerschütterlich zu Friedrich, auch wenn er nach wie vor verärgert über dessen Lüge bezüglich seiner Asienerfahrung war. Friedrich hatte sich in der ihm eigenen Dreistigkeit der Geschichten anderer, nicht zuletzt seiner eigenen, bemächtigt, um Johanna zu imponieren. Henry seufzte leise. Wie immer, wenn er an die hochgewachsene Hamburgerin dachte, an ihr frisches Gesicht mit den großen, tiefgründigen Augen, überkam ihn ein wehes Ziehen. Sie war eine wunderbare Frau, die wunderbarste, die ihm je begegnet war – nur leider zu spät. Friedrich war ihm zuvorgekommen, und obwohl er seinem Freund das Glück von ganzem Herzen gönnte, war es Henry auf der *Ganges* ungemein schwergefallen, seine Gefühle zu unterdrücken. In plötzlichem Zorn hieb er die Faust gegen einen Warenballen. Es durfte einfach nicht sein, dass Johanna so jung schon ihren Liebsten verlor. Er musste Friedrich finden, koste es, was es wolle.

Doch das war leichter gesagt als getan. Henry stand kurz vor dem Ruin, weil er das einzige Gut, mit dem sich wirklich Gewinn erwirtschaften ließ, ablehnte: Opium. Bei seinen Besuchen in Kanton, vor dem unseligen Zwischenfall mit der *Arrow,* hatte er die erbärmlichen Opiumtrinker vor den Toren der Stadt liegen sehen. Wohl verstand er, dass die Arbeiter sich in Morpheus' Armen aus ihrem irdischen Elend träumten, doch er sah auch, wie sich einst gesunde junge Männer in hohlwangige Geister verwandelten.

Eines der größten Probleme im Chinahandel hatte immer darin bestanden, dass im Reich der Mitte kaum Interesse an den Waren des Westens bestand, während die Europäer Gold und Silber mit vollen Händen nach Osten warfen, um in den Besitz von Seide, Tee und Porzellan zu kommen. Um nicht die staatlichen Geld- und Edelmetallreserven zu erschöpfen, hatte die Britische Ostindien-Gesellschaft schon im vorigen Jahrhundert eine, wie Henry fand, überaus unmoralische Antwort auf dieses Ungleichgewicht gefunden und in großen Mengen Opium nach China gebracht. Als China die Einfuhr von Opium für illegal erklärte, hatte die Gesellschaft nicht gezögert, es einzuschmuggeln. Das Ergebnis waren Millionen von Süchtigen und ein unersättlicher Hunger nach mehr von dem Teufelszeug, der schließlich 1839 zu einem ersten Krieg zwischen China und England geführt hatte. Die Engländer hatten die Oberhand gewonnen und China im Vertrag von Nanking dazu gezwungen, ihnen Hongkong abzutreten sowie zusätzlich zu Kanton die Häfen Schanghai, Amoy, Foochow und Ningpo für den Überseehandel zu öffnen.

Für eine Weile herrschte Ruhe, wenn auch die Einfuhr von Opium nicht offen erfolgen konnte. Die Feindseligkeiten waren im letzten Herbst erneut aufgeflackert, und soweit Henry es beurteilen konnte, würde die britische Regierung einem offen ausgetragenen Krieg nicht aus dem Weg gehen. Die Bombardierung Kantons war nur ein Präludium für Größeres gewesen.

Über seinen unerfreulichen Gedanken hatten sie den dunkelsten Winkel des Schiffes erreicht. Kapitän Miller machte sich an einer großen Kiste zu schaffen und hielt Henry schließlich eine dunkle Kugel entgegen.

»Erstklassiges bengalisches Opium«, sagte er. »Unter Einsatz von Leib und Leben habe ich mich an den chinesischen Piraten vorbeigeschlichen, und ich werde es nicht wieder nach Indien zurückbringen, darauf können sie ihr ramschiges

Kontor verwetten. Ich weiß, dass Sie nichts damit am Hut haben, aber ich mag Sie, Kleiner, sonst hätte ich es Ihnen gar nicht erst angeboten.« Er lachte dröhnend und haute Henry, der wahrlich weder klein noch schwächlich war, die Hand so fest auf die Schulter, dass der ins Taumeln geriet.

»Sie kennen meine Grundsätze, Miller«, sagte Henry schwach.

»Jeder weiß, dass Sie ein Mann von Prinzipien sind. Was es Ihnen umso leichter macht, die Ladung loszuschlagen. Wenn Sie es nicht kaufen, wird es ein anderer tun. Das Zeug landet in jedem Falle in den Pfeifen der Chinesen, da können genauso gut Sie den Reibach machen.«

Henry drehte die ölige Kugel zwischen den Fingern. Er wusste, dass er in den Handel einschlagen musste, um nicht Bankrott zu gehen. Und Miller wusste es auch. Henry kannte den vierschrötigen Kapitän, seit er vor Jahren als Prokurist für *Medhurst, Jacobsen & Co* in Asien tätig gewesen war. Er hätte nicht darauf gewettet, dass der Mann, ganz abgesehen von dem Opiumschmuggel, eine reine Weste hatte. Warum er ausgerechnet an ihm einen Narren gefressen hatte, war Henry nach wie vor unklar, aber die Sympathie beruhte auf Gegenseitigkeit. Miller, der das Südchinesische Meer und den Indischen Ozean besser kannte als manche Dame den Inhalt ihrer Schmuckschatulle, war ein alter Haudegen, der seine wenigen Freunde nicht im Stich ließ.

»Passen Sie auf, mein Freund«, polterte Miller jetzt, »wir beide genehmigen uns einen ordentlichen Schluck in meiner Kajüte. Ich erzähle Ihnen von meinen letzten Abenteuern, und Sie lassen sich die Sache durch den Kopf gehen. Bevor ich mich an Leute mit weniger Skrupeln wende, werde ich die Ware noch bis übermorgen zurückhalten.«

Der Arrak aus Batavia war gut und stark, die Kapitänskajüte stickig. Bevor Henry sich's versah, hatte der Alkohol seinen Kopf umnebelt. Miller schwadronierte unterdessen in einem ununterbrochenen Redestrom über die weiche Haut der käuflichen Mädchen in Batavia, die Pracht Singapurs und über die Unzulänglichkeit der europäischen Kriegsflotten, die chinesischen Piraten in die Schranken zu weisen. Dann ließ er sich lang und breit über seinen letzten Aufenthalt auf den Philippinen aus. Beiläufig erwähnte er eine Begebenheit in einem Küstendorf, wo er einen europäischen Mann gesehen zu haben meinte. Henry horchte auf.

»Wiederholen Sie das«, forderte er, schlagartig nüchtern.

»Na, dieser Häuptling bot mir doch tatsächlich ein Sklavenmädchen im Tausch gegen meine Bordkanone an.« Miller schnaubte verächtlich. »So weit kommt's noch, dass ich ein Weib an Bord nehme. Bringt nur Scherereien. Und ihm eine Kanone überlassen, damit er sie beim nächsten Besuch auf mein Schiff richtet? Ich mag ungebildet sein, aber für blöd verkaufen lasse ich mich nicht.«

»Und dieser Weiße?«

»Ja, das war seltsam. Ich sah ihn nur von Weitem. Ein blonder Mann, mittlere Größe, etwa fünfundzwanzig Jahre alt. Wahrscheinlich ein Sklave, denn als ich nachbohrte, hieß es, es gäbe keinen Weißen im Dorf. Ein paar meiner Männer zogen daraufhin vorsichtig Erkundigungen ein. Da gab es wohl vor einigen Monaten ein Tauschgeschäft, in dem auch ein paar europäische Gefangene den Besitzer gewechselt haben. Mehr bekamen sie nicht heraus, also ließ ich die Sache auf sich beruhen.«

»Warum?«, fragte Henry atemlos.

»Es lag auf der Hand«, erklärte Miller selbstgefällig. »Ein europäischer Gefangener bringt den braunen Schlitzohren nur auf zwei Arten Nutzen. Entweder sie versuchen, Lösegeld für ihn zu erpressen. Oder aber er bringt ihnen bei, wie man mit Feuerwaffen umgeht. Nach der Geschichte mit meiner Kanone tippe ich auf die zweite Variante. Das Geschütz hätte ihnen schließlich nichts genutzt, wenn ihnen niemand zeigen kann, wie man es benutzt.«

»Und wo genau liegt dieses Dorf?«

Miller kniff die Augen zusammen. »Sie denken an Ihren deutschen Freund, nicht wahr?«

Henry nickte. Tausende Männer passten auf Millers Beschreibung, doch er durfte nichts unversucht lassen. Und die *Albatros* war vor ihrem Verschwinden zuletzt in Manila gesehen worden.

»Machen Sie sich besser keine Hoffnung. Normalerweise gibt es im März keine Taifune, doch einige Tage nach dem Auslaufen der *Albatros* aus Manila ist ein heftiger Monsunsturm über die Region gefegt. Ich war auf Höhe der Spratly-Inseln, als er mich erwischte. War kein Spaß, das versichere ich Ihnen. Würde mich nicht wundern, wenn die *Albatros* mit Mann und Maus gesunken ist.« Er machte eine hilflose Handbewegung. »Tut mir leid. Trinken wir noch einen.«

Henry schob das frisch gefüllte Glas von sich. »Ich meine es ernst.«

Miller erhob sich seufzend und entrollte nach kurzem Wühlen eine Seekarte auf dem Tisch. »Hier«, sagte er und legte seinen beringten Zeigefinger auf die Westküste Mindoros, der großen Insel südlich von Luzon. Dann fasste er Henry ins Auge. »Ich sag Ihnen etwas: Wenn Sie mein Opium nehmen, bringe ich Sie nach Mindoro. In wenigen Wochen sollte ich wieder startklar sein, genügend Zeit also für Sie, die Ware in bare Münze zu verwandeln.«

»Ich kann das nicht.«

»Ach, hören Sie doch auf, sich wie eine Nonne zu zieren! Vergessen Sie nur dieses eine Mal Ihre Prinzipien, und Sie verdienen genug, um sich den Luxus zu erlauben, dem Gespenst Ihres Freundes nachzujagen.« Er streckte die Hand aus.

»Warum tun Sie das?«

»Weil der Osten ehrliche Männer wie Sie braucht. Ich kann nicht zulassen, dass Sie in England verkümmern.«

Henry leerte sein Glas mit dem hochprozentigen Palmenschnaps in einem Zug. Dann schlug er ein.

6

November 1857, drei Monate später

Johanna hielt ihre Augen auf Bowies Rücken geheftet. Er erreichte das Gartentor und bog ab, ohne sich noch einmal zur Veranda umzuwenden, wo sie stand, das Geländer so fest umklammert, dass ihre Fingerknöchel weiß hervortraten.

»Hat er dir einen Antrag gemacht?«

Johanna rührte sich nicht. Ihr Kiefer schmerzte, so hart presste sie die Zähne aufeinander.

Die Mutter ließ nicht locker. »Akzeptiere es endlich: Friedrich ist tot!«

»Das glaube ich erst, wenn ich seine Leiche sehe.«

»Sei nicht albern. Es ist schon November. Das Unglück der *Albatros* liegt acht Monate zurück.«

»Henry Farnell hat ihn auch nicht aufgegeben. Er sucht überall nach ihm.«

»Pah! Und während er einem Geist nachjagt, vernachlässigt er seine Geschäfte. Er macht dir nur unnötige Hoffnung. Die Sache mit dem Seemann, den er irgendwo auf den Philippinen aufgestöbert hat, sollte dir eine Lehre sein. Es ist deine Pflicht, in die Zukunft zu sehen.«

»Meine Pflicht?« Johanna spuckte ihrer Mutter das Wort förmlich vor die Füße. »Du meinst wohl, ich habe für dein Auskommen zu sorgen. Warum siehst *du* dich nicht nach einem neuen Mann um? Es laufen genügend Junggesellen und Witwer hier herum. Auch in deinem Alter.« Johanna hasste sich dafür, doch sie musste sich eingestehen, dass sie die Mutter bewusst verletzte, ein Ergebnis der frostigen Stimmung im

Hause Uhldorff. Der Haussegen hing seit Monaten schief, nicht zuletzt, weil Alwine Uhldorff ihre Älteste zunehmend bedrängte, Bowie zu einem Antrag zu ermutigen. Johanna hatte sich dem Wunsch der Mutter verweigert, doch der Antrag war dennoch gekommen, gerade eben auf der Veranda.

»Wieder heiraten?«, fragte Alwine Uhldorff. Bebte die Mutter vor Zorn oder stand sie kurz vor einem Tränenausbruch? »Ich würde niemals das Andenken deines Vaters beschmutzen.«

»Aber von mir verlangst du, Friedrich zu vergessen.« Johannas Wut fiel in sich zusammen. Wie die Mutter so vor ihr stand, in ihrem schwarzen Kleid, das sie kaum ausfüllte, kam sie ihr sehr zerbrechlich vor. Sie schämte sich, Widerworte gegeben zu haben, auch wenn sie sich im Recht wähnte. »Ich habe Bowie um Bedenkzeit gebeten«, sagte sie leise.

Alwine Uhldorffs Augen leuchteten auf. »Das hast du gut gemacht, Liebes. Ein wenig hinhalten musst du ihn natürlich. Und wann gedenkst du zuzustimmen? Ich schlage vor, du lässt ihn noch ein paar Tage zappeln.«

Johanna war fassungslos. Galt ihr eigener Kummer denn tatsächlich so wenig? Sie wollte der Mutter erneut über den Mund fahren, als Leah aus dem Haus trat, einen großen Beutel über die Schulter geworfen, der wohl ihre Zeichenutensilien enthielt.

»Und wohin willst du?«, schnappte sie.

»Zum Unterricht. Danach gehe ich zu Mrs Fergusson, um ihr Portrait zu beenden. Lass mich vorbei.«

Johanna trat beiseite und ließ ihre Schwester passieren. Sie hätte ihr gern noch etwas gesagt, etwas Nettes, etwas Aufmunterndes, doch die seit dem Tod des Vaters zwischen den Schwestern herrschende Sprachlosigkeit ließ jedes Wort auf halbem Wege in der Kehle sterben. Johanna wusste, dass sie irgendwann den Neuanfang wagen, ja, erzwingen musste, doch momentan fehlte ihr die Kraft. Sie reichte kaum, den

Haushalt zu organisieren, die Launen der Mutter zu ertragen und die eigene Fassade aufrechtzuerhalten.
»Leah ist erwachsen geworden«, sagte die Mutter in die unbehagliche Stille hinein. »Sie ist nun achtzehn Jahre alt. Auch sie sollte verheiratet werden.« Johanna starrte auf den Rücken der Schwester wie kurz zuvor auf den von Bowie. Die Mutter hatte recht: Im letzten Jahr hatte Leah durch den Tod des Vaters alles Kindliche verloren; sie war härter geworden. Erwachsener.
»Leah interessiert sich nicht für die Ehe«, sagte Johanna scharf. Es reichte, wenn eine von ihnen auf dem Altar der Vernunft geopfert wurde. »Männer sind ihr ein Greuel.«
»Das interessiert wiederum mich nicht im Geringsten. Sie muss unter die Haube. Allerdings sollten wir nicht ihr die Wahl überlassen, sonst kommt sie uns noch mit solch einem Abenteurer wie diesem Wallace.«
Johanna hielt es nicht mehr aus. »Wallace war ein interessanter Gentleman«, zischte sie. »Manchmal wünschte ich mir wirklich, Leah wäre ein Mann und könnte ihrer Wege ziehen. Und noch etwas: Ich habe mir nicht Bedenkzeit erbeten, um Bowie zappeln zu lassen. Es steht überhaupt noch nicht fest, ob ich seinen Antrag annehme.« Ohne die Antwort der Mutter abzuwarten, rauschte sie ins Haus und rief nach Lim. Während sie mit ihm den Arbeitsplan für die nächsten Tage besprach, musste sie sich zusammenreißen, um nicht zu heulen. Auch wenn sie sich und ihrer Mutter das Gegenteil weiszumachen versuchte, so war ihre Hoffnung doch dünn geworden. Sie hatte es schon vor Monaten gespürt: Friedrich würde nicht mehr kommen, sie nie mehr in seinen Armen halten. Das Südchinesische Meer war zu seinem Grab geworden.
Wenn die Haie ihn nicht zerrissen hatten.

* * *

Der Gestank traf Leah jedes Mal aufs Neue wie ein Keulenschlag. Sie hätte es nie zugegeben, doch die in dem Haus herrschende Geruchsmelange aus Fisch, Fäkalien, Schweiß und Krankheit ließ regelmäßig Übelkeit in ihr aufsteigen. Erfahrungsgemäß gewöhnte sich die Nase schnell an alle Arten von Gerüchen, sei es das von den Europäern so geschätzte Eau de Cologne oder der fauligste Höllenbrodem, doch um diese Gewöhnung zu erlangen, musste man dem Übel lange genug ausgesetzt sein. Je mehr Zeit zwischen ihren Besuchen bei dem Geschichtenerzähler lag, desto schlimmer empfand sie den Gestank beim nächsten Mal.

Ein älterer Chinese schlurfte aus dem Dunkel des schmalen, dafür umso tieferen Hauses und grüßte sie freundlich. »Koh Kok ist zu Hause«, sagte er. »Du warst lange nicht hier, Xue Yan.«

Leah verbeugte sich mit genau abgemessenem Respekt. Die Grußformeln des Orients waren wesentlich komplizierter und elaborierter als die des Westens, aber sie fand sich mittlerweile gut zurecht. Angesichts ihrer Respektbekundung hätten ihre europäischen Nachbarn von der anderen Flussseite mit Sicherheit konsterniert die Nasen gerümpft, doch Leah wusste, was sie dem Älteren schuldig war. Sie vergab sich nichts, und alle waren zufrieden.

»Es ist schwierig, mich herzustehlen, Onkel Tan«, sagte sie auf Hokkien.

»Chinesische Mädchen würden nicht einmal daran denken, das Haus ohne Einwilligung der Eltern zu verlassen. Wärst du meine Tochter, würde es etwas setzen.«

»Dann habe ich wohl großes Glück, nicht deine Tochter zu sein«, sagte sie. »Aber hast du mich nicht selbst gerade ›Xue Yan‹ genannt?«

Er seufzte. »Kleiner Sperling. Ja, der Name, den Koh Kok dir gegeben hat, ist wirklich passend. Doch treibe es nicht zu weit in deinem Drang nach Freiheit.«

Bevor er mit seiner von Besorgnis getriebenen Standpauke fortfahren konnte, huschte Leah an ihm vorbei die Treppe hinauf. Der Gestank verdichtete sich. Auf dem ersten Absatz des engen Stiegenhauses fand sie sich in einem lichtlosen Gang wieder. Acht oder neun Türen führten rechts und links in die kaum zwei Mal zwei Meter großen Holzverschläge, von denen nur die zwei zur Straße führenden und jene am Lichtschacht über ein Fenster und Tageslicht verfügten. Die meisten Türen standen offen. Erfreute Grüße schallten Leah aus den dunklen Höhlen entgegen, und sie grüßte zurück, ohne die Bewohner zu erkennen. Sie wusste, dass sich oft mehrere Menschen eine Kammer teilten; alles in allem mochten etwa zwanzig Personen in diesem Stockwerk hausen. Noch einmal so viele lebten in den Kammern über ihnen, während das Erdgeschoss von Onkel Tans Tischlerei eingenommen wurde, von der er sich eine Kammer abgeteilt hatte, die kaum größer war als die seiner Mieter. Man lebte draußen, soweit einen nicht Krankheit oder das Opium aufs Lager warfen.

Ein kleiner Kobold sprang sie an. Quiekend und schwatzend wühlte er seine Händchen in Leahs Haare und zog an ihren Ohren. Sie hob das Äffchen von ihrer Schulter und herzte es. Das silbergraue Tier hatte im Laufe der letzten Monate einen Narren an ihr gefressen, was sicher auch daher rührte, dass sie immer frische Schlangenbohnen in der Tasche hatte, die es über alles liebte. »Ich bin's, Onkel Koh!«, rief sie. »Komm, ich lade dich zum Essen ein.«

Prompt schob sich aus der vorletzten Kammer das schlaftrunkene Gesicht des Geschichtenerzählers. Seine zerknautschte Miene erhellte sich, sobald er ihrer ansichtig wurde.

Zwei Stunden später saßen Leah und der Geschichtenerzähler

im Schatten eines Tamarindenbaums unten am Meer und fragten sich gegenseitig englische beziehungsweise hokkien-chinesische Vokabeln ab. Schon lange nahm im chinesischen Viertel niemand mehr Anstoß an Leahs Gegenwart. Noch immer trachtete sie, ihre wahre Identität hinter der Kulikleidung und dem Strohhut zu verbergen, doch galt diese Tarnung nicht den chinesischen Arbeitern, sondern hin und wieder durchs Viertel spazierenden europäischen Kaufleuten, von denen sie auf keinen Fall erkannt werden durfte.

Auf Leahs Bitte hin hatte Onkel Koh das Äffchen von seiner Kette gelöst. Es nutzte die Freiheit, in den schwindelnden Höhen der ebenfalls am Strand wachsenden Kokospalmen herumzuturnen. In gleichmäßigem Rhythmus spuckte Onkel Koh erst blutroten Betelsaft vor sich in den Sand und warf dann besorgte Blicke nach oben, bis Leah ihn beruhigte.

»Er kommt wieder, Onkel. Deinem Affen geht es viel zu gut bei dir, als dass er davonlaufen würde.«

»Natürlich kommt er wieder. Es geht mir vielmehr um ...«

Ein triumphierendes Kreischen, gefolgt von dem dumpfen Aufprall einer mehr als kopfgroßen, leuchtend grünen Kokosnuss unterbrach ihn. Er zeigte mit dem Daumen auf die kaum zwei Meter neben ihnen liegende Nuss. »Darüber mache ich mir Sorgen.«

Leah war bleich geworden. »Das war knapp.«

»Ich habe das Äffchen einem Plantagenarbeiter abgekauft, als es schon erwachsen war. Er hatte es zum Kokosnusspflücken abrichten wollen, aber es ist nicht groß genug geworden. Für diese Art von Arbeit brauchst du starke Makakenmännchen, nicht so ein zierliches Geschöpf wie meinen kleinen Languren.« Er stand auf und holte die trotz des Falls aus mindestens zehn Meter Höhe unversehrt gebliebene junge Nuss. Das Langurenäffchen raste den Stamm herunter und sprang auf seinen Arm. Stolz trommelte es auf die grüne Hülle. »Der Mann scheint allerdings ein guter Lehrer gewesen zu sein«, sagte Onkel Koh lachend und tätschelte das graue Köpfchen.

Leah stand auf und lieh sich in einem der nahen Läden ein großes Parang-Messer. Zurück am Strand hieb sie der Nuss mit geübten Schlägen einen Deckel ab.

»Lim hat es mir beigebracht«, bemerkte sie auf Koh Koks erstaunte Miene hin und überließ ihm die Kokosnuss. Er nahm einen tiefen Zug von dem säuerlichen Wasser im Inneren und gab sie Leah zurück. Als sie ausgetrunken hatten, brachte Leah das Messer zurück und half ihrem väterlichen Freund auf die Füße.

»Ich möchte im Tempel Räucherstäbchen für meine Schwester entzünden. Sie braucht dringend ein wenig Glück in ihrem Leben. Das Beten in der Kirche hat bisher nichts gebracht.«

»Dein Gott wird es nicht gern sehen.«

»Warum nicht? Wenn er alles geschaffen hat, dann auch euch Chinesen mit eurem ganzen Aberglauben.«

»Du solltest deinen Glauben ernst nehmen, Xue Yan. Und unseren auch.«

»Keine Sorge, verehrter Onkel, das tue ich sehr wohl, auch wenn es manchmal nicht den Anschein hat. Mein Vater hat mich Toleranz gelehrt, und wer bin ich, zu werten, was gut oder schlecht ist, richtig oder falsch?«

Es war bereits dunkel, als Leah endlich den Heimweg antrat. Nachdem sie ihr Rauchopfer dargebracht hatte, waren sie und Koh Kok noch lange im Tempel geblieben. Leah hatte die Betenden skizziert und zwei schnelle Portraits des Priesters angefertigt, eines für ihn, eines für sich. Onkel Koh und sie hatten sich angeregt über dieses und jenes unterhalten. Ebenso

wie sie an der chinesischen Lebensweise interessiert war, rätselte er über die Eigenarten der Europäer.
Nun hastete Leah auf die Brücke zu. Sie war viel zu spät dran und musste sich dringend eine Ausrede für Johanna und die Mutter einfallen lassen. Wenn alles gut lief, konnte sie sich ungesehen ins Küchenhaus schleichen und mit Lim eine Geschichte zurechtlegen. Nach langem Abwägen hatte sie ihn vor einigen Monaten in ihr Geheimnis eingeweiht, und obwohl er große Bedenken gegen Leahs Ausflüge hatte, hielt er ihr doch den Rücken frei. Er hatte sich sogar schon mit Onkel Koh getroffen, um sich zu vergewissern, dass sich Leah in anständiger Gesellschaft befand. An manchen Tagen ärgerte sie sich schwarz über seine Bevormundung, war er doch kaum zehn Jahre älter als sie. Andererseits mochte sie ihn gern und schätzte ihn als Verbündeten.
Um nichts in der Welt hätte sie die gestohlenen Nachmittage mit dem Geschichtenerzähler missen wollen. Er konnte vieles berichten und erklären, gab allerdings kaum etwas Persönliches preis. Leah hatte immerhin herausgefunden, dass er aus einer kleinen Stadt in der Nähe von Amoy stammte. Wegen eines tragischen Vorkommnisses, über das er nicht sprechen mochte, hatte er China mit zweiundzwanzig Jahren verlassen. Seinen Lebensunterhalt verdiente er sich mit dem Erzählen der alten Geschichten und der chinesischen Klassiker, von denen er zu Leahs Erstaunen viele studiert hatte. Seine Reisen hatten ihn überall dorthin geführt, wo Hokkien sprechende Chinesen lebten: nach Manila und Batavia, nach Makassar und Palembang, nach Sumatra und Penang und Malacca. Selbst nach Terra Australis hatte es ihn verschlagen, wenn auch nur kurz. Obwohl er älter aussah, war er im selben Jahr wie ihr Vater geboren, der in diesem September dreiundfünfzig Jahre alt geworden wäre. Ein Lächeln huschte über Leahs

Gesicht. Sie war überzeugt davon, dass der Vater ihr den Geschichtenerzähler gesandt hatte, damit sie ihre Trauer vergaß. Sie trat auf ihren Rocksaum und kam ins Taumeln. Entgegen ihrer sonstigen Gewohnheit hatte sie sich bereits in Onkel Kohs Kammer umgezogen und kämpfte nun mit ihrem langen Rock. Mit einem Fluch befreite sie den Schuhabsatz aus der Spitze, als sie ein rauhes, nichts Gutes verheißendes Lachen hörte. Alarmiert blickte sie auf, direkt in die höhnische Fratze eines jungen Chinesen. Eine Messerspitze bohrte sich gleich darauf unter ihr Kinn und zwang ihren Kopf in den Nacken. Ein Schwall unverständlicher Worte ergoss sich über sie: Der Mann war Kantonese. Oder Hakka. Jetzt sah sie auch die anderen beiden. Ihre Gesichter waren geschwärzt; breitbeinig hatten sie sich neben ihr aufgestellt und verhinderten jede Flucht.
Alles Denken setzte aus. Leah spürte nur noch das kalte Metall an ihrem Hals, ihre rasende Angst. Der Anführer packte sie am Zopf und schob sie vor sich her in eine dunkle Seitengasse. Es ging alles so schnell, dass die wenigen Passanten nichts bemerkten – oder aber nichts bemerken wollten. Man tat wohl daran, sich nicht mit den Banden anzulegen, die nach Einbruch der Dunkelheit die Straßen unsicher machten.
Ihr Peiniger stieß sie so unvermittelt von sich, dass Leah das Gleichgewicht verlor und stürzte. Beim Aufprall schürfte sie sich die Handballen auf, und der Schmerz löste endlich ihre Erstarrung. Blitzschnell drehte sie sich auf den Rücken und trat in Panik zu. Sie konnte nicht erkennen, wo sie den Mann erwischt hatte. Sein hasserfüllter Schrei entfachte ihren Mut. Sie sprang auf die Füße und schrie jetzt auch auf Deutsch. Todesangst erlaubte keine andere als die Muttersprache. Der Anführer hatte sich wieder gefangen und stürzte sich auf sie. Sie kratzte und biss, sie wand sich wie ein Aal. Stoff riss, sie bekam einen Schlag gegen die Schulter, gegen die Nase, aufs

Auge. Mit wachsender Verzweiflung realisierte sie, dass sie nicht mehr lange durchhalten würde. Eine Faust traf sie an der Schläfe. Sie taumelte nach hinten. Hände griffen nach ihr, packten sie.

Und dann war plötzlich nicht mehr Leah in Bedrängnis, sondern ihre Gegner gerieten in Not. Mindestens fünf Schatten wälzten sich durch die Gasse, lautes Heulen und Keuchen ertönte, ein schriller Schrei, der abrupt erstarb, dann löste sich ein Mensch aus dem Gerangel und flüchtete, und ein zweiter, und dann war alles vorbei. Mit schreckgeweiteten Augen sah Leah den siegreichen Kerl auf sich zukommen, ohne zu wissen, ob es sich um einen der Angreifer handelte oder ob er ihr Retter war. Sie presste sich zitternd gegen die Hauswand.

»Miss? Geht es Ihnen gut?«

Leah stieß erleichtert die Luft aus. Der Mann hatte Englisch gesprochen. Sie nickte. Ein Streichholz wurde angerissen, und im nächsten Moment versank Leah in den Augen jenes schönen Chinesen, dem sie vor vielen Monaten in Whampoas Garten begegnet war.

Sie erlaubte ihm nicht, sie bis vors Haus zu bringen, sondern hieß die Kutsche ein wenig entfernt neben der Kathedrale des Guten Hirten halten. Während der Fahrt hatten sie kein Wort gesprochen und jeden Blickkontakt gemieden, doch Leah war sich der Anwesenheit des Mannes in der dunklen Kutsche nur allzu bewusst. Ihre Haut kribbelte, und ihr Magen zog sich zusammen, wann immer sie in seine Richtung blickte. Erstaunlicherweise fühlte sich beides nicht unangenehm an, eher war das Gegenteil der Fall. Leah schob ihre sonderbare Gefühlslage auf die überstandene Todesangst, wusste aber gleichzeitig, dass dies nur ein Teil der Wahrheit war: Hatte sie in den letzten Wochen und Monaten nicht wieder und wieder ihre Begegnung in Whampoas Garten in ihren Tagträumen durchlebt?

Sobald das Pferd zum Stehen kam, kletterte sie aus der Kutsche. Ihr Retter war ebenso schnell auf der anderen Seite ausgestiegen und stand nun vor ihr. Das weiche Licht einer Kokosöllampe schmeichelte seinen feinen Zügen. Leah räusperte sich, versuchte ein paar Worte des Dankes zu sagen, doch es misslang. Zum ersten Mal in ihrem Leben war sie sprachlos.

»Werde ich Sie wiedersehen?«, fragte er.

Abermals fühlte sie den Boden schwanken. Verwirrt klammerte sie sich an die Kutschentür. Er griff nach ihrem Arm, um sie zu stützen. Leah wich zurück.

»Besuchen Sie jeden Mittwochnachmittag den Tempel der Ma Chu P'oh«, sagte sie. Ihre Stimme klang kratzig. »An einem der Tage wird es mir möglich sein, ebenfalls dorthin zu kommen.«

Ohne seine Antwort abzuwarten, drehte sie sich um und eilte die Bras Basah Road hinauf, bog nach zweihundert Metern rechts ab und hastete auf den Bungalow zu. Mit wild klopfendem Herzen schob sie das Gartentor auf. Die Veranda war leer. Leah schlich mit angehaltenem Atem, die dunklen Schatten der Hibiskusbüsche ausnutzend, zur Ecke des Hauses, hinter der sich Lims Reich und ihr geheimer Einstieg ins Zimmer befanden. Sie hatte es beinahe geschafft, als ein schriller Ruf die Nacht zerschnitt.

»Leah! Komm sofort hierher!«

Leah überlegte kurz, ob sie sich taub stellen und einfach weitergehen sollte, blieb dann aber stehen.

»Wo warst du so lange? Ich habe Mrs Fergusson getroffen. Sie wusste nichts von einem Portraittermin.«

Leah trat in das aus der offenen Tür flutende Licht. Die Mutter schnappte nach Luft, als sie ihrer Tochter ansichtig wurde.

»Was ist passiert?«
»Ich wollte auf dem Government Hill zeichnen und bin auf dem Rückweg gestürzt.« Die Lüge kam ihr wie selbstverständlich über die Lippen. »Ich muss wohl das Bewusstsein verloren haben, denn als ich aufwachte, war es schon dunkel.«
Da die Mutter das Licht im Rücken hatte, konnte Leah ihr Gesicht nicht erkennen, doch sie fühlte, dass sie ihr nicht wohlgesinnt war und die Geschichte wahrscheinlich auch nicht abnahm.
»Rein mit dir. Deine Wunden müssen mit heißem Wasser ausgewaschen werden.«
Leah verkrampfte sich. Ihre Mutter war oft streng, doch heute schien sich ihre Stimme direkt in ihre Haut zu beißen. Es musste etwas vorgefallen sein. Sie dachte an den Nachmittag, als sie das Haus verlassen hatte. Johanna hatte so wütend und gleichzeitig so traurig ausgesehen, während die Mutter von beidem nichts zu bemerken schien. Wahrscheinlich war es wieder um Bowie gegangen. Bisher hatte Leah wenig Verständnis für Johanna aufbringen können. In ihren Augen war der kernige Bowie ein fantastischer Tausch gegen Friedrich, den sie immer für einen rückgratlosen Blender gehalten hatte. Doch jetzt traf die Erkenntnis sie wie ein Schlag. Sie hatte Johanna nicht verstehen können, weil das Wort Liebe für sie bisher nur ein hohles Wort bar jeglicher Bedeutung gewesen war. Das hatte sich nun geändert: Seit heute Abend war auch sie verliebt. Rettungslos verliebt.

* * *

Drei Tage später saß Johanna in ihrem Zimmer und zog zum hundertsten, nein, tausendsten Mal ihren Ring vom Finger und steckte ihn wieder auf. Ihre Augen brannten von den seit dem Morgen vergossenen Tränen. Sie konnte das Kleinod kaum noch erkennen und tastete verzweifelt über die kühle Oberfläche des großen Aquamarins. Friedrich hatte ihr den Ring zur Verlobung geschenkt, mit einem lustigen Zwinkern in den Augen, die von demselben Hellblau waren wie der Stein. Seine Mutter hätte ihm das Erbstück mit den Worten gegeben, er möge ihn eines Tages seiner Liebsten anstecken. Niemals hätte er geahnt, dass er sich schon so bald von dem Ring trennen würde.

Beinahe anderthalb Jahre waren seit ihrem Verlobungsabend vergangen. Anderthalb Jahre, die fast unbemerkt vorübergeflogen waren, angefüllt mit Sehnsucht, Hoffnung, Verzweiflung und zuletzt dem schlimmsten Gemütszustand von allen: Resignation. In einer bitteren Bilanz erkannte sie, dass mit dem Vater und Friedrich auch ihre Lebensfreude gestorben war. Sie fühlte sich ausgezehrt, müde, alt. Hinzu kam der Verlust des Familienvermögens. Nur noch wenige Monate würde es reichen, und sie musste bereits darüber nachdenken, Lim zu entlassen.

Damals, als Southampton, England, Europa hinterm Horizont versanken, war sie von unbändiger Zuversicht erfüllt gewesen. Die Welt gehörte ihr, die Wunder des Orients waren ein vages Versprechen von Abenteuer und Glück, das eingelöst schien, als sie mit Schmetterlingen im Bauch und Friedrich an ihrer Seite die zunehmend lauer werdenden Nächte an Deck der *Ganges* genoss. War sie zu hochmütig gewesen? Hatte sie das ihr so verschwenderisch zugeteilte Glück als zu selbstverständlich hingenommen? Und war es nicht auch Hochmut, die Hand nicht zu ergreifen, die sich ihr nun entgegenstreckte, um ihr und ihrer Familie die Sorgen mit einem Streich zu nehmen?

Johanna stützte die Ellbogen auf den Sekretär und verbarg ihr

Gesicht in den Händen. Offensichtlich sollte sich ihr Schicksal hier, in der Hitze Singapurs, erfüllen. An der Seite von Ross Bowie. Lange saß sie so, taub für alles um sie herum.
Ein Brummen holte sie zurück. Leise nur, dann immer aufdringlicher bohrte es sich in ihre Ohren. Es musste ein Prachtexemplar von Käfer sein, das da seine Kreise in ihrem Zimmer flog. Unwillkürlich musste Johanna lächeln. Ihr war vieles genommen worden, und auch für Leah war der Verlust des Vaters einer Katastrophe gleichgekommen, doch die Tropen hatten ihnen auch einiges gegeben. Käfer zum Beispiel. Käfer in rauen Mengen, die von Leah mit Begeisterung, Akribie und Wissensdurst gefangen, studiert, präpariert, gezeichnet und katalogisiert wurden. Nicht genug damit, es gab Menschen, die sie ernst nahmen. Wie dieser Wallace, mit dem Leah, solange er in Singapur weilte, viele Stunden fachsimpelnd verbracht und der sie zu einigen Exkursionen in der Umgegend mitgenommen hatte. Soweit Johanna wusste, stand Leah nach wie vor in Briefkontakt mit ihm.
Der Käfer hatte die Tore ihrer Wahrnehmung weit aufgestoßen. Ohne das Gesicht aus ihren Händen zu lösen, lauschte Johanna auf Lims melodiöses Summen und das Trillern der Hirtenstare. Vom Nachbargrundstück drang lautes Knacken, gleich darauf setzte mehrstimmiges Gezeter ein. Die Diener jagten eine Affenbande von ihrem Grundstück, direkt in Lims Arme, der nun seinerseits zu schimpfen begann. Johanna hegte eine gesunde Furcht vor den Tieren. Sie waren frech, groß und stark, und sie erinnerte sich mit Schaudern an den Tag, als ein Makakenmännchen seine Familie vor einem chinesischen Gärtner verteidigt hatte. Der Affe hatte den Arm des Mannes regelrecht zerfleischt, und später hörte sie, er sei am Wundbrand gestorben. Trotzdem bereiteten die Tiere Freude, wenn man sie aus sicherem Abstand beobachtete. Ihr Tollen und

Toben hatte etwas Drolliges und, wie Johanna im Stillen dachte, zutiefst Menschliches.
Sie lehnte sich im Stuhl zurück und betrachtete ihre müßig auf der Tischplatte liegenden Hände. Sie atmete mehrmals tief durch, dann zog sie den Aquamarinring vom Finger. In der Schublade ihres Nähtischchens fand sie eine kleine Blechschachtel, in der schon eine getrocknete Orchidee ruhte. Es war jene Blüte aus dem Garten der Goymour-Pension, die Friedrich ihr vor seiner Abreise nach Hongkong ins Haar gesteckt hatte. Sie legte den Ring dazu und verstaute die Schachtel wieder tief in der Schublade. Sie musste nach vorn blicken. Dann tunkte sie die bereitliegende Feder ins Tintenfass und schrieb eine kurze Nachricht an Bowie, deren Sachlichkeit sie selbst erschreckte. Johanna sandte sie trotzdem ab. Bowie wusste von Friedrich und machte sich tunlichst keine Illusionen über die Gefühle seiner Zukünftigen.

* * *

Mit einem lauten Platschen fiel das Ruderblatt aufs Wasser. Friedrich zuckte in Erwartung einer Züchtigung zusammen. Nichts geschah. Beim nächsten Mal war er vorsichtiger, tauchte das Ruder behutsam ein und zog es lautlos durch die Wellen. Seine Nerven waren zum Zerreißen gespannt, als sich das Piratenboot, das erste in ihrer Flotte, leise wie ein Geisterschiff in die Flussmündung schob, einer von vielen Schatten vor dem tiefdunklen Spalier der Mangroven in dieser sternlosen Nacht. Eintauchen, ziehen, eintauchen, ziehen. Friedrich ergab sich dem stumpfen Rhythmus, der sein Leben seit sieben Monaten bestimmte. Sieben? Oder war er gar schon vor acht Monaten zum Rudersklaven der Piraten geworden? Er wusste es nicht, hatte das Zählen längst aufgegeben. Die Tage flossen ineinander zu einem zähen Brei des Elends. Wäre er doch bei der Eroberung der *Albatros* unter den Schlägen der Piraten gestorben, hätten sie ihm doch nur einen Dolch ins Herz gestoßen! Er wehrte sich gegen die Erinnerung, doch abermals stürmten die Bilder mit Macht auf ihn ein.

Nach dem Überfall war er auf einem der Piratenboote erwacht. Sein Kopf hämmerte wie eine Dampfmaschine, sein Körper war wie zerschlagen, doch als er sich vorsichtig abtastete, konnte er keine schwere Verletzung feststellen. Da niemand ihm Beachtung schenkte, setzte er sich langsam auf. Seine Fluchtgedanken fielen in sich zusammen, sobald er über die Bordwand blickte. Von den schnellen Taktschlägen der Ruderer angetrieben, hatte sich die Piratenflotte bereits wieder aufs offene Meer begeben. Nur wenige Meter neben Friedrichs Boot schoss ein zweites in aberwitziger Geschwindigkeit voran. Wie seines hatte es eine Überdachung, unter der sich etwa zwanzig Sklaven über die Ruder krümmten. Auf dem Dach saßen zwei Dutzend furchterregende Männer mit brauner Haut im Schneidersitz und punzten Löcher in ihre Säbel, für jeden Getöteten eines. Einer der Kerle sah herüber, Friedrich direkt in die Augen. Er war ein schöner Mann, mit ebenmäßigen Gesichtszügen und starken Muskeln unter der glatten Haut. Dann wurde Friedrich des Blutes auf seiner mehrfarbigen Tunika gewahr, und er wandte sich schaudernd ab. Welchen seiner Gefährten mochte der ruchlose Kerl auf dem Gewissen haben?

Man hatte Friedrich in den hinteren Teil des Bootes gelegt, direkt neben zwei weitere Verwundete. Er erkannte den jungen Laskar Rashid und Collister, von allen anderen fehlte jede Spur. Weder Rashid noch Collister waren bisher wieder zu sich gekommen, doch beide atmeten gleichmäßig. Zu seinem größten Erstaunen entdeckte Friedrich einen blutigen Verband am Bein des Bootsmanns. Für dieses fürsorgliche Verhalten konnte es nur eine Erklärung geben: Die Piraten wollten in einem der nächsten Häfen ein Lösegeld für sie erpressen. Der Gedanke flößte Friedrich neuen Lebenswillen ein, und als ihm kurz darauf von einem nicht unfreundlichen Mann ein nahrhaftes und durchaus wohlschmeckendes Sagogericht gereicht wurde, blickte er der Zukunft etwas hoffnungsvoller entgegen.

Doch sobald Friedrich, Collister und Rashid wieder bei Kräften waren, bekamen sie Plätze an den Rudern zugewiesen, und fortan bedeuteten ihre Tage eine endlose und eintönige Fron, nur unterbrochen von den Überfällen auf Küstendörfer und Handelsschiffe, aus denen ihre Entführer Sklaven und Silber schleppten, bis die Boote unter der Last kaum noch manövrierfähig waren. Die Sklaven wurden meist in den nächsten Häfen verkauft. Friedrich und Collister fieberten diesen Tagen entgegen, doch nie ergab sich eine Gelegenheit zur Flucht. Auf die Frage, wann die Fahrt beendet sein würde, bekamen sie keine Antwort, und so verschlangen ihre Ruder Seemeile um Seemeile, ihre Muskeln wurden härter und härter, und die Sonne gerbte ihre Haut, bis nur noch die hellen Haare sie als Weiße verrieten.

Über seinem Grübeln war Friedrich unachtsam geworden. Sein Ruder platschte erneut, und diesmal folgte die Strafe sofort. Schmerz zuckte scharf durch seinen Körper, als die stumpfe Schneide des Kampilans ihn traf. Kaum konnte er einen Schrei unterdrücken, der weitere Strafen am nächsten Tag nach sich gezogen hätte. Das zu einer wütenden Fratze verzogene Gesicht seines Peinigers tauchte direkt neben ihm auf, zischend wies er Friedrich zurecht. Friedrich zog den Kopf zwischen die Schultern. Sein Rücken brannte, doch er

musste stumm bleiben. Oh, wie hasste er diesen Kerl, der einem Affen ähnlicher war als einem Menschen, wie hasste er sie alle, diese braunen Wilden!
Unentdeckt erreichten sie das kaum einen Kilometer flussaufwärts gelegene Dorf. Die Bewohner schliefen friedlich in ihren primitiven Hütten. Kaum waren sie angelandet, glitten die Piraten lautlos ans Ufer, mehr als hundert Gestalten schlichen sich zu den Hütten, ein Hund schlug an, und dann erhob sich ein markerschütternder Kampfschrei. Friedrich presste die Hände gegen die Ohren. Obwohl er es schon dutzendfach erlebt hatte, jagte ihm das teuflische Heulen noch immer eine eisige Kälte in die Glieder. Schon gingen die ersten der Bambusbehausungen in Flammen auf, stürzten die überrumpelten Bewohner ins Freie, wo sie mit blankem Eisen empfangen wurden. Ohnmächtig musste Friedrich das Wüten mit ansehen, den Tod der wehrhaften Männer, das Abschlachten der Alten, wurde Zeuge, wie junge Frauen an den Haaren gepackt und niedergerissen und kleine Kinder von den schreienden Müttern getrennt wurden. Niemals würde er gegen das Grauen dieser Nächte abstumpfen, im Gegenteil, jede weitere fachte seinen Hass auf die Peiniger umso heftiger an.
Collister packte seinen Arm. »Los!«, schrie er. »Wir verschwinden.«
Friedrich blickte über die Schulter. Der Platz des Aufsehers, der sie sonst bei Überfällen nicht aus den Augen ließ, war leer. Eine einmalige Gelegenheit, doch er zögerte. Das Boot konnten sie wohl verlassen, aber wohin sich wenden? Unheimlicher Dschungel umklammerte das Dorf, ein Wald so dicht und dunkel, dass ohne einen Parang kein Durchkommen war. Collister war schon von Bord. In einem kurzen Aufblitzen sah Friedrich die langen Monate, vielleicht Jahre vor sich, die er ohne die tröstliche Gegenwart des teuren Kameraden bei

den Piraten würde zubringen müssen. Die Vorstellung war so schrecklich, dass sie alle anderen Bedenken beiseitewischte. Unter den erschrockenen Mienen der asiatischen Sklaven schwang er ebenfalls die Beine über die Kante und ließ sich an der dorfabgewandten Seite ins hüfthohe Wasser gleiten.
»Hast du einen Plan?«
Collister deutete flussaufwärts. »Dort werden sie uns nicht vermuten. Sie werden denken, dass wir mit dem Strom zum Meer geschwommen sind!«, rief er gegen das sich noch immer steigernde Gebrüll an. Ohne es zu sehen, wusste Friedrich, dass die Piraten nun alle als wertlos ausgesonderten Dorfbewohner niedermetzelten. Er duckte sich unwillkürlich, dann watete er in Collisters Kielwasser am Dorf vorbei, jeden Moment darauf wartend, entdeckt zu werden.
Sie schafften es ungesehen bis zum Waldrand und tauchten in den Schutz großblättriger Bäume und Lianen. Ohne sich noch einmal umzuwenden, stürmte Collister voran, Friedrich folgte ihm auf den Fersen. Dornen bohrten sich in seine bloßen Fußsohlen, Äste schlugen ihm gegen Kopf und Glieder, er strauchelte über Wurzeln, gönnte sich jedoch keine Pause. Sie hatten eine Grenze überschritten; die Piraten würden sie ohne Zweifel jagen und, sollten sie ihrer habhaft werden, ein Exempel statuieren, das ihnen und den anderen Sklaven die Fluchtgedanken auf ewig austriebe. Sie mussten entkommen. Oder sterben.
Weiter ging es, Stunde um Stunde, bis sie im hellen Mittagslicht erneut an einem Flussufer standen, wahrscheinlich einem Zufluss des Hauptstroms. Collister stieg umgehend ins schlammbraune Wasser, das gurgelnd an seinen Beinkleidern zog, doch Friedrich blieb stehen und beobachtete ihn. Der Bootsmann hatte etwa ein Drittel der Flussbreite durchwatet, als er den Grund verlor. Mit kräftigen Schwimmzügen durchmaß er die

verbliebene Strecke, kaum mehr als zwanzig oder dreißig Meter, doch für Friedrich war es zu weit. Unschlüssig sah er den Fluss hinauf. Weiter oben gab es vielleicht eine leichter zu bewältigende Furt. Gerade wollte er Collister zurufen, er möge am anderen Ufer ebenfalls flussaufwärts gehen, als kräftige Hände ihn packten. Friedrich sah noch, wie Collister im Dickicht verschwand und zwei der Verfolger sich ins Wasser warfen, dann wurde er zu Boden gerissen. Er wehrte sich verzweifelt, doch die Piraten waren in der Überzahl.

Mit Händen und Füßen an einen starken Ast gebunden wie ein Schwein, schleppten sie ihn zurück in das zerstörte Dorf. Die Fesseln rissen an seinen Gelenken, bis Friedrichs ganzes Sein nur noch um den unerträglichen Schmerz kreiste. Er betete um Erlösung, betete, dass sie ihr Ziel erreichten, obwohl er ahnte, dass seine Strafe mit diesem Transport längst nicht abgegolten war. Die noch schwelenden Hütten kamen in Sicht. Die Piraten warfen Friedrich auf dem Dorfplatz zu Boden und gingen ihrer Wege. Die ganze Nacht lag er zwischen den Leichen der Dorfbewohner. Die gebrochenen Augen eines Kindes waren direkt auf ihn gerichtet, doch als er sich mühsam herumwälzte, kam es noch schlimmer. Einige Ratten fraßen sich bereits durch das Fleisch eines jungen Dayak-Kriegers mit gespaltenem Schädel. Friedrich wurde übel.

Nach einer endlosen Nacht hob noch vor Sonnenaufgang ein Jubelgeschrei im Piratenlager an, das binnen kurzem in wütendes Geheul überging. Friedrichs Herz raste. Dies konnte nur eins bedeuten: Sie hatten Collister ebenfalls erwischt. Lebend. Seine Fantasie preschte mit ihm davon, alle Höllenqualen, die von den Malern je auf Leinwand gebannt wurden, erstanden vor seinem inneren Auge. Er ahnte, dass ihm und Collister Schreckliches blühte.

Sie holten ihn am Vormittag. Obwohl sie seine Fesseln lösten, konnte sich Friedrich vor Schwäche kaum aufrecht halten. Die Baststricke hatten ihm Hände und Füße abgeschnürt, Blut rann in Strömen über den Körper, wo sich die Blutegel in sein Fleisch bohrten. Am Ufer warteten Piraten und Gefangene in einem weiten Kreis sitzend schon auf ihn. Seine Peiniger warfen ihn ohne Vorwarnung auf den Boden und drückten ihn nieder. Gelähmt vor Angst hörte er das entsetzliche Zischen, das einem Schlag mit dem Rattanstock voranging. Der Schmerz war unvorstellbar, als die Haut auf seinem Rücken platzte und der biegsame Ast tief in sein Fleisch schnitt. Friedrich schrie und schrie, und noch einmal sauste der dünne Rattan nieder. Schwindel erfasste ihn, sein Mund füllte sich mit Blut, weil er sich auf die Zunge biss. Nach vier Schlägen ließen sie von ihm ab und schleiften ihn bäuchlings zu den anderen Sklaven, die gezwungen worden waren, der Züchtigung beizuwohnen. Angstvoll rückten sie beiseite. Friedrichs Flucht hatte ihn zum Paria gemacht.

Sein Rücken brannte wie Feuer, doch eine erlösende Ohnmacht war ihm nicht vergönnt, denn nun wurde Collister gebracht. Auch er trug keine Fesseln. Im Gegensatz zu Friedrich wehrte er sich wie ein Besessener, trat um sich, biss sogar, doch am Ende rangen sie ihn zu Boden. Schon sauste der Stock nieder. Collister brüllte, steckte einen zweiten Schlag ein, einen dritten. Nur noch einen, dachte Friedrich, halt aus, mein Freund. Sie lassen dich am Leben!

Es kam anders. Collister hatte noch genug Kraft in sich. Mit einem Schrei, der einen Tiger in die Flucht geschlagen hätte, riss er sich plötzlich von den viel kleineren und schlankeren Balanini los. Mit unglaublicher Schnelligkeit war er auf den Füßen und entriss einem der Henker den Keris. Einen Wimpernschlag später sank der Pirat mit aufgeschlitzter Kehle zu Boden, gefällt von seinem eigenen Dolch. Collister hatte sein

Todesurteil selbst herbeigeführt. Zu Dutzenden stürzten sie sich auf ihn, rangen ihn ein zweites Mal nieder, und diesmal gab es keine Gnade. Unaufhörlich hagelten die Rattanschläge auf ihn ein, seine Schreie wurden dünner, sein Körper verwandelte sich in einen blutigen Klumpen, und dann war es vorbei. Gespenstische Stille lastete auf der Lichtung vor dem Dorf.

Noch bevor es zu Ende ging, schloss Friedrich voller Grauen die Augen, doch seine Ohren konnte er nicht verschließen. Bis zu seinem eigenen Tod würde er Collisters Todesschreie Nacht für Nacht in seinen Träumen hören, würde schweißgebadet aufwachen und sich wieder in jenem Dorf wähnen.

Wochen später trieb die Piratenflotte ziellos über die Celebessee. Die Kapitäne der einzelnen Boote saßen seit Stunden, in eine laute und gestenreiche Diskussion verstrickt, auf dem Hauptboot, sichtlich uneins, ob sie in ihre Heimatdörfer zurückkehren oder einen weiteren Raubzug wagen sollten. Die Rudersklaven genossen die Ruhe, dösten oder unterhielten sich mit ihren Banknachbarn.

Friedrich wurde nach wie vor gemieden. Sein Rücken war verheilt, wulstige Narben überzogen sein Fleisch, doch ihm war es einerlei. Mit Collisters Tod war sein Überlebenswille gebrochen. Immer wieder starrte er sehnsüchtig ins dunkel lockende Meer. Er beugte sich weit über die Bordwand. Niemand schenkte ihm Beachtung. Wenn er jetzt sprang, wäre es vorbei. Schon zog er ein Bein an, langsam, damit niemand sein Tun entdeckte, als ihm plötzlich Johannas Antlitz von der glatten Wasseroberfläche entgegenlächelte wie aus einem Spiegel. Er schloss die Augen, öffnete sie wieder. Das Trugbild war fort, doch sein Entschluss, dem Leben ein Ende zu setzen, wankte und brach schließlich zusammen. Schweißgebadet setzte er sich zurück an seinen Platz. Nicht zum ersten Mal hatte die Erinnerung an Johanna seine Selbstmordpläne

vereitelt, doch er spürte, dass ihre Macht, ihn ans Leben zu binden, mit jedem Tag schwächer wurde.
Ein Ruck ging durch die Piratenschar, aufgeregte Rufe erhoben sich. Aller Blicke richteten sich nach Süden, wo ein großes Schiff am Horizont aufgetaucht war. Kaum eine halbe Stunde später hatten alle Boote die Segel gesetzt, die Kapitäne waren zurück an ihren Plätzen, und die Sklaven legten sich unter dem drohenden Knurren ihrer Herren so stark in die Riemen, dass sich ihre Muskeln in dicken Strängen unter der Haut zeigten. Immer wieder lugte Friedrich nach vorn zu dem Schiff. Er wusste nicht, ob er verzweifeln oder sich über den Angriff freuen sollte. War den Piraten nicht aufgefallen, dass es sich um ein wehrhaftes amerikanisches Dampfschiff handelte? Offensichtlich nicht, denn der Einpeitscher trieb die Sklaven zu einem unmenschlichen Takt an, der die Korokoros regelrecht übers Wasser fliegen ließ.
Die Mannschaft des großen Schiffes musste sie längst gesehen haben, doch anstatt ihr Heil in der Flucht zu suchen, drehte sie in einem überraschenden Manöver bei. Bevor sich die Piraten von ihrem Schrecken erholt hatten, wurden sie von einer Breitseite aus modernen, weittragenden Kanonen bestrichen. Ungläubiges Geheul setzte ein, als schon die erste Salve zwei Treffer verzeichnete und die Korokoros samt Piraten, Sklaven und Beute auf den Meeresgrund sandte.
Friedrich blieb ein Jubelschrei im Hals stecken, als ihm klarwurde, dass ihm das Schiff keine Rettung brachte. Er sackte über seinem Ruder zusammen. Voller Bitterkeit wurde ihm bewusst, dass er selbst jetzt, im Angesicht des Todes, nicht fähig war, sein Schicksal in die eigene Hand zu nehmen.
Ein Geschoss schlug neben ihrem Korokoro ein und brachte es zum Kentern. Friedrichs letzter Gedanke, bevor er von der Last des Boots unter Wasser gedrückt wurde, galt Johanna.

7

Februar 1858, drei Monate später

Johanna strich über die weit aufspringenden Ärmel ihres Hochzeitskleides. Es war wirklich schön, ein perlweißer Traum aus Volants und Spitzen, tief dekolletiert, gerüscht, gerafft und beinahe à la mode. Immer häufiger fanden Pariser Modemagazine ihren Weg in den Osten, und Mercy kaufte alle, derer sie habhaft wurde. Natürlich hatte die Freundin es sich nicht nehmen lassen, Johannas Brautkleid auszusuchen. In einem kaum vier Jahre alten Journal namens *Les Modes Parisiennes* war sie fündig geworden. Johanna hatte zu allem genickt. Es interessierte sie herzlich wenig, wie sie aussehen würde. Die bevorstehende Hochzeit war eine reine Formalität. Ein Geschäftsabschluss.

Mercy steckte den Kopf zur Tür herein. »Nun komm schon mit hinunter. Die Diener haben meinen großen Boudoir-Spiegel gerade in den Salon gestellt. Willst du dich denn gar nicht bewundern?«

»Gib mir bitte noch einen Moment. Ich muss mich gegen den Anblick wappnen.«

Mercy runzelte die Stirn, zog sich aber zurück. Trotz aller Aufregung, die die Hochzeitsvorbereitungen mit sich brachten, wusste sie natürlich, dass ihre Freundin den Gang zum Altar fürchtete. Johanna presste sich die behandschuhten Finger gegen die Stirn und atmete tief durch. Sie tat das Richtige. Mehrmals wiederholte sie die Worte, ein Mantra, das sie durch die letzten drei Monate getragen hatte. Da der Mann, den sie liebte, nicht mehr unter den Lebenden weilte, war ein

Ehemann so gut wie der andere, warum also nicht der begüterte Ross Bowie?

Johanna stieß einen tiefen Seufzer aus, dann verließ sie ihr Zimmer. Ihr letzter Blick, bevor sie die Tür hinter sich zuzog, fiel auf das Bett. Eine Gänsehaut lief über ihre Arme. Bald würde sie nicht mehr allein schlafen und Ross Bowie seine ehelichen Pflichten bei ihr einklagen, was auch immer darunter zu verstehen war. Mercy hatte unaufgefordert mehrere Anläufe unternommen, sie über diese Pflichten in Kenntnis zu setzen, war dabei aber zu Johannas höchstem Erstaunen jedes Mal rot angelaufen und hatte es schließlich aufgegeben. Zumindest hatte die Freundin ihr versichert, dass es nicht schlimm sei.

Im Salon zerrte Mercy sie umgehend in Position. Bisher hatte Johanna die unzähligen Anproben leidenschaftslos über sich ergehen lassen und kaum einmal einen Blick in den Spiegel geworfen. Als sie sich nun so abrupt mit ihrem lebensgroßen Abbild konfrontiert sah, prallte sie zurück. Dort stand wahrhaftig eine Braut. Eine schöne noch dazu, trotz der leichten Bräune und der Sommersprossen, die Johannas Protest gegen die wiederholten Ratschläge der Mutter und Mercys waren, sie möge doch mehr auf sich achtgeben und nicht dauernd den Hut vergessen. So würde sie also aussehen, wenn sie in zwei Wochen in Keasberry's Church zum Altar schritt. Andrew Robinson hatte sich bereit erklärt, sie anstelle des Vaters in die Kirche zu geleiten. Sollte ich anfangen zu heulen, kann ich es immerhin auf die Abwesenheit meines Vater schieben, dachte Johanna bitter. Niemand wird ahnen, dass ich meine Zukunft beweine.

Mercy tätschelte tröstend ihre Wange. »Bowie wird dir ein guter Ehemann sein.«

»Und deinen Kindern ein guter Vater«, fiel Alwine Uhldorff ein.

»Ja, das wird er«, murmelte Johanna. Sie meinte, was sie sagte. Ross Bowie trug sie auf Händen, seit sie seinen Antrag vor nunmehr drei Monaten angenommen hatte. Geldsorgen hatten sie keine mehr, denn er bestand schon jetzt darauf, die Miete für den Bungalow und die Unterhaltskosten sowohl für sie als auch für Leah und die Mutter zu bestreiten. Leah und er verstanden sich prächtig, was Johanna kaum verwunderte. Im Grunde hätte ihre jüngere Schwester eine passendere Ehefrau für ihn abgegeben. Nun, wahrscheinlich hegte er wie die meisten Männer – und Frauen – in der Kolonie seine Zweifel, ob Leah einen Haushalt zu führen imstande war.

Wie auf ein Stichwort stand Leah in der Tür, mit wachsbleichem Gesicht. Johanna fing ihren Blick im Spiegel auf. Alarmiert fuhr sie herum. »Was ist los?«

Die Schwester rang sichtlich um Fassung. »Wir haben Besuch«, sagte sie schließlich tonlos und trat beiseite, um den Gast einzulassen.

Für einen langen Moment hielt die Welt den Atem an. Kein Laut, nicht einmal das Summen eines Moskitos, wagte die Stille zu stören, die sich beim Eintreten des sehnigen, vollbärtigen Besuchers über die kleine Gesellschaft senkte. Johanna fühlte nichts. Ihr Kopf war völlig leer ob der Erscheinung dort in der Tür, am anderen Ende des Raums. So weit entfernt. So nah.

Der Mann räusperte sich. »So ist das also. Ich komme zu spät«, sagte er zu Johanna, unendliche Traurigkeit in seiner Stimme. Dann verließ er den Raum. Johanna fasste sich erst, als sie das Gartentor klappern hörte. Sie raffte die Volants des Reifrocks und stürzte Friedrich nach. Seine Kutsche setzte sich in Bewegung, bevor sie ihn erreichte.

* * *

Der Kutscher schnalzte mit der Peitsche, und das alte Pony trabte an. Es zuckelte so langsam die Waterloo Street hinunter, dass Alwine Uhldorff Schritt halten konnte. Sie hatte die Hand auf den Fensterrahmen gelegt und redete mit schriller Stimme auf Johanna ein, in der Hoffnung, die Tochter umzustimmen. Johanna blickte stur geradeaus auf die zerkratzte Holzwand vor ihr und versuchte, ihre Mutter zu ignorieren.
An der Ecke zur Bras Basah Road riss ihr der Geduldsfaden. Sie klopfte gegen die Wand und hieß den Kutscher anzuhalten. Unwirsch stieg sie aus und stellte sich vor die Mutter, machte sich bewusst größer, als sie ohnehin war, um sie einzuschüchtern.
»Was willst du eigentlich?«, fragte sie scharf. »Vor anderthalb Jahren warst du Feuer und Flamme für Friedrich. Warum lehnst du ihn jetzt ab?«
»Du hast nicht ein einziges Wort mit ihm gewechselt, seit er vorgestern so überraschend aufgetaucht und wieder verschwunden ist. Wer weiß, was er will, wo er war?«
»Er spricht nicht mit mir, weil er mich schonen will. Ich weiß nicht, was ihm widerfahren ist, doch in seinen Augen habe ich Leid gesehen. Leid und zerstörte Hoffnung. Und Liebe. Hast du nicht seinen Schmerz bemerkt, als ihm klarwurde, dass mein Putz einem anderen gilt? Kannst du dir nicht vorstellen, wie ihn das zerreißt, nachdem es ihm Monat um Monat nicht gelungen war, mir eine Nachricht zukommen zu lassen?«, fügte sie leise hinzu.
»Du wirst auch Ross Bowie lieben lernen. Bisher hast du es ja nicht einmal versucht. Jedenfalls ist Bowie ein anständiger Mann.«
»Und wer sagt dir, dass Friedrich nicht anständig ist?«, fragte Johanna mit erhobener Stimme. Es fehlte nicht viel, und sie hätte sich hinreißen lassen, ihre Mutter anzuschreien.

Auch Alwine Uhldorff wurde laut. »Während du in seinen himmelblauen Augen versunken bist, habe ich den Rest gesehen. Ärmliche Kleidung, verbrannte Haut, ungepflegtes Haar. Kein Zoll der Gentleman, der dir ganz Asien zu Füßen legen wollte, sondern ein abgerissener armer Schlucker, der nicht in der Lage ist, eine Familie zu ernähren.«

»Ha! Das ist es also. Das Geld. Genau darum ist es dir die ganze Zeit gegangen. Ich habe es immer geahnt, aber dass du es so unverblümt aussprichst, überrascht mich doch.« Sie warf den Kopf in den Nacken und kletterte wutschäumend wieder in die Kutsche. »Lass mich tun, was mein Herz mir vorschreibt.«

»Und am Ende stehst du ganz ohne Mann da. Wer sagt denn, dass von Trebow dich überhaupt noch will?«

Johanna biss die Zähne aufeinander und signalisierte dem Kutscher, weiterzufahren. Sie wusste tatsächlich nicht, ob Friedrich sie noch wollte. Doch hatte sie wirklich eine Wahl? Johanna lehnte sich mit geschlossenen Augen in der Kutsche zurück. Sie liebte Friedrich stärker denn je. Jede Faser ihres Wesens sehnte sich nach ihm, unsichtbare Spinnenfäden zogen sie zu ihm, der irgendwo in einem Mietzimmer zwischen den schillernden Splittern seiner zerschmetterten Träume hockte. Ross wusste um ihre Gefühle für Friedrich, musste es ihm dann nicht wie Hohn vorkommen, wenn sie ihn trotzdem heiratete, nun, da der Totgeglaubte in Singapur weilte? Sie konnte ihm niemals unbefangen entgegentreten, von Liebe ganz zu schweigen. Sollte sie tatsächlich am Ende dieses Nachmittags ohne Mann dastehen, dann würde sie auch das hinnehmen. Nur Bowie und sich selbst etwas vormachen, das wollte sie nicht mehr.

Als die lieblichen Obstplantagen der Orchard Road am Fenster vorbeizogen, verzagte Johanna erneut vor der Ungeheuerlichkeit ihres Vorhabens. Sie haderte mit dem Schicksal, das zwar Friedrich gesund und kräftig zurückgesandt, sie jedoch in ein entsetzliches Dilemma gestürzt hatte, denn einen der beiden Männer musste sie verletzen. Und keiner der beiden verdiente es.

Mit einem mulmigen Gefühl im Magen stieg sie vor Bowies Haus aus. Nie war ihr ein Gang schwerer erschienen. Sie sah Ross erst, als sie bei der Veranda angekommen war. Er stand in der Tür, seine ernste Miene ließ ihr Herz sinken. Während sie Stufe um Stufe erklomm, verdoppelte sich die Last auf ihren Schultern mit jedem Schritt.

»Es spricht für dich, dass du persönlich gekommen bist«, sagte er leise. »Willst du eintreten, oder bringen wir es gleich hier hinter uns?«

Die Resignation in seiner Stimme versetzte ihr einen Stich. Sie hatte mit Vorwürfen gerechnet, mit Wut und Anschuldigungen, nicht jedoch mit dieser abgrundtiefen Traurigkeit, die seine Augen stumpf machte und die sonst so stolz gestrafften Schultern nach unten sacken ließ. Sie hatte sich Tränen verboten, wollte jedes Drama vermeiden, doch noch bevor sie das erste Wort gesprochen hatte, verschwamm ihr Blick.

»Du weißt es bereits?«

Er nickte. »Der Tratsch reist schnell in dieser Stadt. Ich habe dich schon gestern erwartet.« Er streckte die Hand aus, wie um ihr über die Wange zu streichen. Dann überlegte er es sich anders und ließ den Arm fallen. »Du hast es dir nicht leicht gemacht, nicht wahr?«

»Nein.« Fahrig zog sie ihren Rock glatt, zupfte am Ärmelbesatz, ihre Hände flatterten, ohne je zur Ruhe zu kommen. »Ich wollte dir nie weh tun«, presste sie hervor. »Du musst mir glauben. Aber ich …« Sie wusste nicht mehr weiter. Es gab keine Worte, die das Hässliche beschönigen konnten.

Johanna hatte nie wahrgenommen, wie schön seine Augen waren, graugrün und dunkel wie die Nordsee, an deren wilder Küste er aufgewachsen war. Es lag wohl daran, dass sie ihm meist ausgewichen war, doch jetzt gab es kein Entkommen. Sein Blick hielt ihren fest, bis sie sich vor Verlegenheit räusperte. Eine Ewigkeit verging, bevor er endlich zu sprechen ansetzte. Seine Stimme, ohnehin tief und voll, war um eine weitere Oktave gesunken.

»Meine liebe Johanna. Natürlich wusste ich, dass du mich nicht liebst, aber ich hatte gehofft, deinen Respekt zu erringen.« Er lächelte, dünn zwar, doch Johanna klammerte sich daran. »Auch ich träumte hin und wieder in den Tag hinein, und dann sah ich immer dich und mich und unsere Kinder, mindestens vier oder fünf, die auf dieser wundervollen Insel eine wilde, freie und trotzdem behütete Kindheit genießen sollten, wie sie mir nie vergönnt war.« Er schluckte. »Es soll nicht sein. Ich hätte es wissen müssen.«

Johanna ergriff zaghaft seine Hand, halb fürchtend, er würde sie ihr entziehen. Er ließ es geschehen. »Ich respektiere dich mehr als jeden anderen Menschen, beinahe so sehr, wie ich meinen Vater respektiert habe. Nie werde ich gutmachen können, was ich dir heute antue. Solltest du mich hassen, würde ich es verstehen. Ich bitte dich jedoch inständig, mir zu verzeihen. Sei mir nicht böse.« Ihre Stimme brach.

Bowie drückte ihre Hand so stark, dass es schmerzte. Johanna ließ sich nichts anmerken.

»Böse?«, fragte er. »O Gott, Johanna, wie könnte ich? Kann man jemandem böse sein, der ehrlich ist?«

Tränen wallten mit aller Macht nach oben. Sie schluchzte auf.

»Weinst du um mich oder um dich?«

»Um uns, Ross. Ich weine, weil ich dich doch so mag und trotzdem enttäuschen muss.«

Seine Miene wurde schlagartig hart. »Beleidige mich nicht mit deinem Mitleid. Es reicht, dass du mich verletzt hast, wie es noch keinem Menschen je gelungen ist, aber ich werde es überleben.«
Ein unangenehmes Gefühl beschlich Johanna. Alle Weichheit war aus seinen Zügen gewichen. Bevor sie sichs versah, riss er sie in seine Arme und drückte seine Lippen auf ihre. Sie hätte sich wehren müssen, allein es fehlte ihr die Kraft. Willenlos ließ sie seinen heftigen Kuss über sich ergehen, den letzten, den er je von ihr fordern durfte. Dann schubste er sie von sich.
»Geh«, sagte er rauh. »Geh zu deinem Friedrich.«

* * *

Die Sonne sank in atemberaubender Geschwindigkeit den Hügeln Singapurs entgegen. Noch vor einer Minute, vielleicht zweien, hatte sie sich hinter einer kompakten Wolkenbank versteckt und den Himmel darüber in schillerndes Purpur getaucht, nun berührte ihr unterer Rand bereits die Wedel der Palmen auf dem Government Hill. Fasziniert verfolgte Leah, wie sich der Himmel erst violett und schließlich blau färbte. Ihr wurde das Herz weit. Auch in Hamburg gab es wunderbare Sonnenuntergänge, doch niemals ging die Natur dort derart verschwenderisch mit ihren Farben um.
Oder doch? Sie schloss die Augen und lehnte sich an den Stamm der Palme. Sah sie die Welt vielleicht nur deshalb von ihrer schönsten Seite, weil sie nicht allein war? Sie tastete nach rechts, spürte warmen Sand, trockene Äste und schließlich die weiche Haut einer anderen Hand. Sie verschränkten die Finger ineinander und genossen stumm das Zusammensein.
Doch Leah wäre nicht sie selbst gewesen, wenn sie länger als zehn Minuten hätte stillsitzen können. Sie öffnete die Augen

und stupste den neben ihr sitzenden Mann an. »Komm«, sagte sie. »Lass uns am Strand entlanggehen. In der Dunkelheit erkennt uns niemand.«

Boon Lee erhob sich und klopfte den Sand aus seiner Kleidung. Er trug einen hellen Anzug nach westlichem Schnitt, dazu passend einen runden Strohhut, unter dem sich der lange Zopf verbarg. Leah sah ihn zum ersten Mal in westlicher Kleidung, allerdings wollte das nicht viel heißen. Seit er sie an jenem denkwürdigen Tag im vergangenen November aus den Klauen der Straßenräuber gerettet hatte, war es ihnen nur wenige Male vergönnt gewesen, sich zu treffen. Vier Mal in fünf Monaten, um genau zu sein, und dann auch nur für wenige gestohlene Augenblicke. Es fiel Boon Lee wesentlich schwerer, sich der familiären Kontrolle zu entziehen, als ihr, zumal er häufig kürzere Reisen im Auftrag seines Vaters unternahm. Als Spross der Familie Chee wurde jeder seiner Schritte nicht nur vom strengen Vater, sondern auch von der gesamten Singapurer Gesellschaft beobachtet, während es Leah, auch dank ihrer Verkleidung, immer wieder gelang, unbemerkt im Gewimmel des chinesischen Viertels unterzutauchen und ihren geliebten Geschichtenerzähler zu besuchen.

Heute verfügten sie erstmals über mehr Zeit. Johanna war mit Friedrich bei einem Konzert im Teutonia-Club, die Mutter spielte Whist mit Freundinnen, was sich erfahrungsgemäß bis spät in den Abend hinzog, und Leah hatte sich einmal mehr auf die Ausrede zurückgezogen, an Migräne zu leiden. Mit welchem Trick sich Boon Lee davongestohlen hatte, wusste sie nicht und es interessierte sie auch nicht. Er war hier, nur das zählte. Jetzt streckte er ihr die Hand entgegen, doch sie sprang ohne Hilfe auf die Füße und umarmte ihn stürmisch. Als sie merkte, wie er sich unwillkürlich versteifte, ließ sie ihn lachend frei. Kurz überlegte sie, ob sie ihn küssen sollte, aber das war, zumindest für heute Abend, wahrscheinlich des Guten zu viel. Leah wusste mittlerweile, dass er sehr streng erzogen worden war und auch als erwachsener Mann von immerhin einundzwanzig Jahren seinem Vater absoluten Gehorsam schuldete. Die alteingesessene Familie Chee war stolz auf ihren Stammbaum und ehrte die Traditionen. Sie galt als die reichste der Stadt; kein europäisches Handelshaus konnte mit ihnen mithalten. Und Boon Lee war der einzige Erbe. Leah seufzte unwillkürlich auf. Hätte sie ihr Herz an den ärmsten aller Kulis verloren, eine glückliche Zukunft mit ihm wäre wohl wahrscheinlicher als ausgerechnet mit dem prominentesten Sohn der Stadt, der selbstverständlich eine traditionell erzogene Chinesin heiraten sollte.

Aber es gab Hoffnung. Schon beim ersten Treffen hatte sie instinktiv den hinter Boon Lees korrekter Fassade verborgenen Rebellen gespürt. Alles würde gut ausgehen. Alles *musste* gut ausgehen. Und jetzt galt es, den Moment zu genießen.

»Ich will ins Wasser!«, rief sie fröhlich und streifte schon die Schuhe ab. Sie war mittlerweile dazu übergegangen, ausschließlich leichte Zehensandalen zu tragen, sehr zum Ärger von Alwine, die unter jedem Stein einen Skorpion vermutete und sich außerdem sorgte, dass ihre Tochter Schwielen bekommen könnte. Wenn die Mutter wüsste.

Nachdem sich auch Boon Lee seiner Schuhe entledigt und die Hosenbeine aufgerollt hatte, liefen sie über den Strand zur Wasserkante. Leah raffte den Rock und planschte ins flache Wasser. Nach der Hitze des Tages war es wunderbar erfrischend. Sie grub ihre Zehen in den Sand und blickte übers nächtliche Meer. Wie herrlich musste es sein, ganz hineinzutauchen, darin herumzutollen wie die Kinder der malaiischen Fischer, die hier ihre Tage verbrachten. Leah hatte sie oft beobachtet und Neid auf ihre Schwimmkünste verspürt. Auf die

Zeichnungen, die sie von ihnen angefertigt hatte, war sie besonders stolz – nur selten war es ihr gelungen, Lebendigkeit und Lebensfreude so gut einzufangen. Natürlich hatten die Kleinen sie entdeckt und sich tropfnass um sie geschart. Sie musste bei der Erinnerung lachen. Es war ein unbeschreibliches Durcheinander gewesen, als sie damit begonnen hatte, die Kinder zu portraitieren und die Bilder zu verschenken. Sie wandte sich Boon Lee zu.

»Sollte es uns gelingen, einmal mehr Zeit bei Tageslicht zu verbringen, möchte ich dich zeichnen.«

»Es wird mir eine Ehre sein. Ich habe schon viel von deinen Künsten gehört, doch noch nie etwas gesehen.«

»Das wird schon kommen. Aua!« Etwas hatte Leah äußerst schmerzhaft in den Zeh gezwickt. Vor Schreck verlor sie das Gleichgewicht, stolperte und landete rücklings im flachen Wasser. Sofort war Boon Lee bei ihr und half ihr auf.

Leah sah an sich hinunter. Das Kleid klebte in nassen, schweren Bahnen an ihrem Körper. »Ich kann nur hoffen, vor allen anderen zu Hause zu sein!«

»Wir brechen lieber sofort auf. Komm.«

Widerstrebend folgte sie Boon Lee den Strand hinauf und zum Waldsaum, wo das Gehen weniger beschwerlich war. Schweigend machten sie sich auf den Rückweg.

Vom Strand erklangen Stimmen. Leah und Boon Lee traten sofort zwischen die Büsche und ließen sich fallen, hoffend, dass ihre weiße Kleidung den Spaziergängern nicht ins Auge stach. Ihre Sorgen waren überflüssig. Das Paar hatte nur Augen für den jeweils anderen. Der Kleidung nach zu urteilen waren die beiden, die da so innig umschlungen den Strand hinabspazierten, Europäer. Ein Lachen schwebte zu ihnen herüber, und Leah stieß erstaunt die Luft aus. »Johanna und Friedrich«, flüsterte sie. »Von wegen Konzert!«

»Heimliche Ausflüge scheinen in eurer Familie zum Tagesprogramm zu gehören«, gab Boon Lee amüsiert zurück.

»Ich denke, es ist ein Sonderfall. Immerhin heiraten sie in einer Woche.«

Als das Paar außer Sicht war, rollte sich Leah auf den Rücken und blickte in die Baumkronen. Eine leichte Brise bewegte die Palmwedel und Blätter. Hier und da blitzten die ersten Sterne auf.

»Kannst du tanzen?«, fragte sie.

»Ein wenig. Aber hältst du das wirklich für eine gute Idee?«

»Die Hochzeitsfeier wäre eine Gelegenheit, sich einmal in aller Öffentlichkeit unterhalten zu können. Wir müssen jemanden dazu bringen, uns einander vorzustellen.«

»Da ich Friedrich bereits kennengelernt habe, sollte es kein Problem sein.«

»Du kennst Friedrich?«

»Aber ja. Er hat bei meinem Vater und mir einen Antrittsbesuch gemacht, kurz nachdem er in Singapur ankam. Er hat bereits Stauraum auf zweien unserer Schiffe gebucht. Henry Farnell sendet ihm Waren, damit er wieder ins Geschäft kommt. Sein Vermögen besteht ja noch, da er den Piraten entfliehen und sie kein Geld erpressen konnten.«

»Das erklärt einiges. Ich hatte mich schon gefragt, wie er es sich leisten kann, eine so große Feier auszurichten.«

»Hat er dir denn nichts erzählt?«

»Wenig. Ich verstehe mich nicht sonderlich gut mit ihm, um es diplomatisch auszudrücken. Farnell ist mir lieber. Bowie übrigens auch. Er fehlt mir, seit er so überstürzt nach Indien abgereist ist.«

»Muss ich eifersüchtig sein?«

»Hm.« Leah lachte leise. »Und wenn ja?«

»Dann würde ich dich auf eine einsame Insel bringen.« Er

zeigte aufs Meer. »Die da zum Beispiel. Aber im Ernst, ich bin sehr gespannt auf diesen Farnell. Einen Freund wie ihn suchen die meisten vergeblich. Ist er schon angekommen?«

»Nein, aber wir erwarten sein Schiff täglich.« Sie stand auf. »Nun müssen wir wirklich gehen.«

Wenig später huschte Leah ungesehen zurück ins Haus. Als Johanna und die Mutter zurückkehrten, hatte sie das nasse, sandige Kleid längst unter der anderen für die Wäscher bestimmten Kleidung versteckt und stellte sich schlafend.

* * *

Johannas Herz klopfte so stark, als wolle es die Rüstung ihres Mieders sprengen. Am Ende hatte sich Mercy doch durchgesetzt und ihr ein Korsett aufgeschwatzt, das ihr zu einer atemberaubend schmalen Taille verhalf.

»Mir ist schwindelig.« Johanna suchte nach der Hand der neben ihr sitzenden Mercy.

»Untersteh dich, am Altar in Ohnmacht zu fallen.«

»Ich gebe mir Mühe.«

Die orchideengeschmückte Kutsche fuhr bald darauf vor der Malaiischen Kapelle vor, so genannt, weil Reverend Keasberry dort jeden Dienstag und Sonntag in malaiischer Sprache predigte. Für den heutigen Sonntag hatte er allerdings den normalen Gottesdienst zugunsten von Johannas und Friedrichs Hochzeit abgesagt. Niemand beschwerte sich, im Gegenteil. Die malaiischen, indischen, buginesischen und chinesischen Christen aus Keasberrys Gemeinde waren trotzdem gekommen, neugierig auf die Braut in ihrem mondänen Pariser Kleid, das in ihren Augen an Exotik nicht zu überbieten war. Sie waren allerdings so zuvorkommend gewesen, den geladenen Gästen die Bankreihen zu überlassen, und drängelten sich in gespannter Erwartung unter dem neoklassizistischen Portikus der Kapelle. Es gab so wenige Hochzeiten in Singapur, dass auch die Straße mit festtäglich gestimmten Schaulustigen verstopft war. Sie bildeten ein Ehrenspalier für die Kutsche, und Johanna sah Turbane und Saris, Kappen und Schleier. Etwas weiter die Straße hinunter lärmte sogar eine Kapelle die merkwürdig schrägen Weisen des Fernen Ostens, umtanzt von vergnügten Kindern. Johanna winkte zaghaft und wurde mit einem wahren Regen von guten Wünschen überschüttet. Friedrichs Odyssee hatte sich in der ganzen Stadt herumgesprochen, und da alle Welt es liebte, wenn eine tragische Geschichte gut endete, geriet ihre Hochzeit zu einem spontanen Volksfest.

Die Gäste hatten ihre Plätze bereits eingenommen, lediglich Andrew Robinson wartete zwischen den Säulen am Eingang. Galant bot er Johanna den Arm und betrat mit ihr die Kapelle, während Mercy, Johannas Trauzeugin, in angemessenem Abstand folgte. Raunen und Rascheln erfüllten den Raum, alle Augen richteten sich auf Johanna. Sie hielt den Blick geradeaus gerichtet, wo vorm Altar Friedrich und sein Trauzeuge Henry bereits auf sie warteten. Ihr war entsetzlich beklommen zumute, obwohl es doch der schönste Tag ihres Lebens sein sollte. Andrew Robinson, der sonst immer so steif wirkte, merkte, wie ihr die Knie weich wurden.

»Wird schon gutgehen«, flüsterte er. »Ich weiß aus Erfahrung, dass auch Ihrem Friedrich der Magen rebelliert. Sie brauchen nur ›Ja‹ zu sagen, alles andere erledigt der Reverend.« Dankbar drückte sie seinen Arm. Zwei Wimpernschläge später stand sie neben Friedrich.

Reverend Keasberrys Predigt sei sehr gut gewesen, sagte man ihr hinterher, doch die Worte waren nur an ihr vorbeigerauscht. Sie verpasste sogar beinahe ihren Einsatz. Aber dann waren der Eheschwur geleistet, die Ringe getauscht, und sie bekamen die Erlaubnis, sich zu küssen. Alle Nervosität fiel von Johanna ab, und sie warf sich in Friedrichs Arme.

Als die Hochzeitsgesellschaft zum Bungalow der Uhldorffs zurückkehrte, stand Lim mit einer kleinen Armee dienstbarer chinesischer Geister am Gartentor und verbeugte sich tief. Johanna nahm seine Glückwünsche entgegen, trat in den Garten und blieb wie angewurzelt stehen.

Lim hatte in den wenigen Stunden ihrer Abwesenheit ein Wunder vollbracht. In allen Bäumen hingen bunte Seidenlampions aus Hoi An, die Kapelle hatte ein blumenumkränztes Podest bekommen, und der ganze Garten stand voller üppig gedeckter Tische. Offensichtlich hatte sich Lim diesmal nicht nur das Geschirr fremder Haushalte geliehen, sondern auch das Mobiliar, und die Diener hatte er gleich mit rekrutiert. Sie hatte gut daran getan, ihm und Leah die gesamte Planung zu überlassen, auch wenn Mercy bis zum Schluss geunkt hatte, alles würde schiefgehen, und man könne den Chinesen eine derartige Verantwortung unmöglich überlassen, von Leah ganz zu schweigen.

Die Feier entwickelte sich zu einem umwerfenden Erfolg. Friedrich hatte darauf bestanden, alles einzuladen, was Rang und Namen hatte, und fast alle waren erschienen, sogar der Gouverneur sowie Henry Somerset Mackenzie nebst Gattin, oberster Rat ihres geliebten Singapurs, im Festtagsstaat und mit blendender Laune. Eine Hochzeit wollte sich niemand entgehen lassen. Johanna war heilfroh, dass der Garten des kleinen Bungalows so groß war, sonst hätten sie auch noch auf der Straße feiern müssen. Niemand störte sich an dem eher bescheidenen Ambiente, am wenigsten der Ehrenwerte Gouverneur Blundell, was daran liegen mochte, dass er erst vor wenigen Wochen aus seinem windschiefen, mattengedeckten Holzbungalow auf dem Government Hill in ein gemietetes Haus in der Stadt gezogen war. Seine bisherige Residenz war so baufällig gewesen, dass Johanna und alle anderen Einwohner Singapurs nach jedem Sturm angstvoll zum Hügel hinaufgeblickt hatten, ob es ihren Gouverneur nicht davongeweht hatte.

Nachdem sie alle Hände geschüttelt hatte, zog sich Johanna für einen Moment in ihr Zimmer zurück. Sie erfrischte sich am Waschtisch, trat ans Fenster und ließ zufrieden den Blick über die bunt gemischte Gesellschaft schweifen. Direkt unter ihrem Fenster fachsimpelte Friedensrichter Joseph Rose mit Tan Kim Seng vom Armenhospital, seinem Arztkollegen Robert Little und Leah, die, den interessierten Mienen der Herren nach zu urteilen, Gewichtiges beizusteuern hatte. Johanna schmunzelte, als sie den bewundernden Ausdruck auf Alfons Lehmanns Gesicht sah. Der junge deutsche Kaufmannsassistent hing wie stets an Leahs Lippen, als tropfe von ihnen die Offenbarung, während sie ihn geflissentlich ignorierte. Er tat Johanna ein wenig leid. Alfons war ein netter Kerl, aber er hatte nicht den Hauch einer Chance, ihre Schwester jemals heimzuführen.
Weiter schweifte ihr Blick und sie entdeckte Henry Farnell, der allein etwas abseits stand. Sofort bekam ihre Hochstimmung einen Dämpfer. Farnells Haltung spiegelte die Bedrücktheit wider, die ihn seit seiner Ankunft vor einigen Tagen nicht verlassen hatte, auch wenn er alles daransetzte, sie mit einer fröhlichen Miene zu überspielen. Johanna spürte Ärger in sich aufsteigen. Konnte er sich denn nicht wenigstens an ihrem Hochzeitstag mit ihr freuen? Immerhin war sie es gewesen, die Friedrich dazu gedrängt hatte, ihn einzu-

laden. Nach allem, was der wortkarge Engländer für Friedrich getan hatte, war es ihrer Meinung nach nur recht und billig, dass er der Trauzeuge ihres Mannes wurde. Insgeheim hatte sie gehofft, Farnell hätte sich verändert, doch als er vom Schiff stieg, wusste sie sofort, dass dem nicht so war. Nun, in wenigen Tagen würde der Sauertopf zurück nach Hongkong reisen, wo sein prosperierendes Handelshaus seine Anwesenheit erforderte. Sie musste sich eingestehen, dass sie den Tag herbeisehnte, an dem sie Friedrich endlich für sich allein hatte.

Sie beugte sich weiter vor und suchte nach Friedrich, der von einem Grüppchen zum nächsten ging und sich feiern ließ. Jetzt sah er auf, und ihre Blicke trafen sich. Johanna warf ihm eine Kusshand zu und wollte sich abwenden, um wieder zu den Gästen zu stoßen, als etwas Seltsames geschah. Leah versteifte sich und machte einige unbeherrschte Schritte auf das Gartentor zu. Schon nach dem dritten Schritt überlegte sie es sich aber anders, drehte sich abrupt um und gesellte sich wieder zu den erstaunten Herren. Sie sagte etwas, das Johanna nicht verstand, und der Vorfall endete in Gelächter. Neugierig beugte sich Johanna vor, um zu sehen, welche verspäteten Gäste Leah so offenkundig aus der Fassung gebracht hatten. Auch ihr verschlug es die Sprache.

Die Ankömmlinge entfalteten eine ungeheure Pracht, wobei Johanna nicht klar war, ob die Kleidung ihr zur Ehre getragen wurde oder aber sie brüskieren sollte. Bevor sie voreilige Schlüsse ziehen konnte, eilte sie nach unten und zum Tor. Den reichsten Mann der Stadt ließ man nicht warten.

Der Alte Chee, wie man ihn seit dem Tod seines Vaters gemeinhin nannte, obwohl er die fünfzig noch nicht erreicht hatte, erwies sich als formvollendeter Gentleman. Seine herzliche Begrüßung ließ Johanna jeden bösen Gedanken verges-

sen: Die Brokatgewänder, die Stickborten und schweren Juwelen sollten ihr Fest zieren, nicht beschämen. Dem Alten Chee folgte seine Gattin, eine hübsche, wenn auch etwas plumpe Frau. Sie stammte direkt aus China, im Gegensatz zu ihrem Baba-Gatten, der ein Nachfahre jener chinesischen Händler war, die bereits vor Jahrhunderten in den Häfen Malayas sesshaft geworden waren und sich einheimische Frauen genommen hatten. Man munkelte, im Stammbaum des Alten Chee fänden sich Frauen aus Malaya, Sumatra und sogar eine Dayak-Sklavin aus Borneo.
Gemeinsam mit ihren puppenhaften Töchtern verbeugte sich die Dame vor Johanna und Friedrich. Als Letzter machte der Sohn des Hauses, Chee Boon Lee, ebenfalls in der Baba-Tracht der alteingesessenen Familien und schön wie ein Gemälde, ihnen seine Aufwartung.
Fünf Minuten später krachte der erste Donner und scheuchte die ausgelassene Gesellschaft in den Schutz des ausgeräumten Salons und der Veranda.

Johanna gähnte herzhaft. Mitternacht musste längst vorüber sein. Noch immer wirbelten die Tanzwütigen im Salon, und auch von den Tischen im Garten waren noch viele besetzt. Lim hatte nach dem Gewitter die bunten Lampions entzündet, Champagner, Wein und Whisky flossen reichlich, angeheitertes Lachen schwebte durch die warme Nacht. Mit Friedrich hatte Johanna kaum fünf Sätze wechseln können, doch jedes Mal, wenn sich die Möglichkeit bot, hatten sich ihre Hände kurz gefunden, ihre Blicke, einmal sogar ihre Münder. Sie hatten mit den Gästen geplaudert und gescherzt, und Johanna hatte geahnt, was Friedrich dachte: Ein ganzes gemeinsames Leben lag vor ihnen, was scherte sie dieser eine Tag, der noch dazu so wunderschön war! Sie schloss die Augen und lehnte sich in dem in einer dunklen Ecke der Veranda stehenden Liegestuhl zurück. Kaum eine Minute später schlenderten Mrs Paterson und ein Mann, dessen Stimme sie nicht erkannte, herbei und blieben direkt unter ihrem Ruheplatz stehen. Ein Streichholz wurde angerissen, dann zog der würzige Geruch einer Zigarre herauf.

»Eine schönes Fest«, bemerkte der Mann.

»Ja, und so romantisch. Johanna Uhldorff hat recht daran getan, ihre Verlobung mit diesem ungehobelten Klotz Bowie zu lösen. Der junge von Trebow passt viel besser zu ihr. Und so zielstrebig ist er! Er wird es zu etwas bringen.«

»Das vermute ich auch, vor allem, wenn Farnell ihm Schützenhilfe leistet. Famoser Mann.«

Johanna hörte mit Erleichterung zu. Bis heute war sie sich nicht sicher gewesen, wie die Gesellschaft ihr skandalträchtiges Verhalten Bowie gegenüber bewertete. Allerdings fand sie Mrs Patersons Einschätzung von Ross Bowie unfair.

»Das zweite Mädchen ist allerdings schwer tragbar.«

Johanna horchte auf. Damit konnte nur Leah gemeint sein.

»Sie weiß einfach nicht, was sich gehört«, fuhr Mrs Paterson fort. »Mrs Uhldorff kommt nicht mit ihr zurecht. Man kann nur hoffen, dass von Trebow in Zukunft für Zucht sorgt. Es ist wirklich eine Schande. Das Mädchen hat keinen Anstand. Chinesische Mörder haben ihren Vater auf dem Gewissen, und was tut sie?«

Johanna rückte in ihrem Stuhl nach vorn.

»Sie tanzt den ganzen Abend mit dem jungen Chee«, zeterte Mrs Paterson. »Dabei hat sie so viele geeignete Verehrer.«

Die beiden wurden zu einem Tisch gewunken und entfernten sich. Johanna sah ihnen nachdenklich hinterher. Leah und Chee Boon Lee? Sie hatte Leahs seltsames Verhalten vom Nachmittag auf den prunkvollen Auftritt der Familie geschoben, doch jetzt sah sie es in neuem Licht. Fast hatte es gewirkt, als kenne Leah die Familie – oder zumindest eines ihrer Mitglieder. Boon Lee? Doch woher? Es war unmöglich.

Friedrich riss sie aus ihren Überlegungen. »Meine Frau sitzt hier im Dunkeln? Willst du etwa vor mir flüchten?«

Johanna sprang auf. Ihre Müdigkeit war wie fortgeblasen. »Niemals!«, rief sie. »Ich will mit dir tanzen, bis der Morgen graut.«

TEIL II

1859 bis 1862

8

April 1859, ein Jahr später

Deine Tarnung hat dir nichts genutzt«, murmelte Leah, während sie ihre Hand zwischen die Äste eines dichtbelaubten Busches schob und mit spitzen Fingern zugriff. Das Wandelnde Blatt zappelte, versuchte zu flüchten, aber schon hatte Leah es in einem Glasgefäß verstaut. Nach kurzem Zögern tropfte sie etwas Äther auf ein Tuch, schob es blitzschnell in das Glas und verkorkte es. Dann ließ sie sich trotz ihres Rockes mit gekreuzten Beinen auf dem Waldboden nieder. Der Todeskampf der Gespenstschrecke währte nur kurz, doch Leah wartete noch eine Viertelstunde, um sicherzugehen. Ein wenig dauerte sie das schöne Tier, das sie gerade auf dem Altar ihrer Wissbegierde opferte. Sie tröstete sich damit, dass es wahrscheinlich ohnehin früher oder später einem Vogel oder sonstigen Fressfeind zum Opfer gefallen wäre.

Sie kramte ein kleines Brett, dünne Nadeln und Pinzetten aus ihrer Tasche und steckte das Tier konzentriert fest, peinlich darauf bedacht, die Flügel und Glieder beim Spreizen nicht zu verletzen. Normalerweise hätte sie diese Arbeit in aller Ruhe in ihrem Zimmer verrichtet, doch sie würde erst in ein paar Stunden wieder zu Hause sein. Bis dahin hätte die Totenstarre eingesetzt und eine ordentliche Präparation verhindert. Nach vollendetem Werk saß sie noch lange in die Betrachtung des Tieres versunken da und sinnierte über seine außerordentliche Form. Abdomen, Thorax, Kopf und sogar die Gliedmaßen waren leuchtend grün und ähnlich geformt wie die Blätter jenes Busches, in dem Leah es gerade gefangen hatte. Sie hob vorsichtig eines der Beine an. Die braunen Ränder der blattförmigen Auswüchse lieferten eine überzeugende Imitation der trockenen Ränder von echten Blättern. Der gezackte Umriss diente dazu, dass das Wandelnde Blatt noch besser mit dem Hintergrund verschmelzen konnte.

Zum hundertsten Mal grübelte Leah darüber nach, wie es zu dieser fantastischen Anpassung gekommen war. Dass das Insekt nicht aus eigenem Willen seine Form herbeigeführt hatte, lag auf der Hand, und an Gottes allumfassenden Plan glaubte sie in diesem Fall nicht. Sieben Tage waren selbst für den Allmächtigen zu wenig, sich um jedes klitzekleine Detail zu kümmern. Ihr Puls beschleunigte sich. Ihre Mutter hatte schon weit harmlosere Ideen ihrer Tochter als Blasphemie bezeichnet. Es wurde Zeit, dass Alfred Russel Wallace seine Forschungsreisen im Archipel unterbrach und Singapur einen erneuten Besuch abstattete. Er war der Einzige, mit dem sie über gewagte Thesen diskutieren konnte, ohne dass man ihr über den Mund fuhr. Selbst Boon Lee winkte ab, wenn sie mit ihm über ihre Beobachtungen sprechen wollte. Für ihn waren Insekten nichts anderes als krabbelnde Ärgernisse. Seine Leidenschaft galt den Zahlen; er war ein geborener Händler.

Leah verstaute das präparierte Insekt und die Werkzeuge und machte sich zum Gehen bereit, als ihr geschulter Blick einige dunkelbraune, unregelmäßig geformte Kügelchen auf dem Boden entdeckte: die Eier des Wandelnden Blattes. Akribisch durchsiebte sie die Erde und sammelte etwa zwei Dutzend davon ein. Es würde ihren Gedankenspielen neue Nahrung geben, die Entwicklung dieser Tiere von Anfang an zu beobachten.

Kurz darauf trat sie aus dem Waldstück im Norden des Government Hill auf die River Valley Road und wanderte beschwingten Schrittes stadtauswärts. Nach wenigen Minuten erreichte sie ein überwuchertes Grundstück an einem namen-

losen Seitenweg. Nachdem sie sicher war, von niemandem beobachtet zu werden, schlüpfte sie durch die Hecke. Aufgescheuchtes Getier raschelte davon, als sich Leah auf einem kaum sichtbaren Pfad durch die Büsche zwängte, bis sie schließlich vor einem vergessenen Haus stand. Kletterpflanzen und wilde Orchideen überrankten es, das ehemals regendichte Dach aus den verflochtenen Blättern der Attap-Palme war fadenscheinig und der Boden verrottet, doch noch gab es trockene Winkel. Leah zog drinnen ein Päckchen aus seinem Versteck, wickelte das Wachstuch ab und schüttelte die Kulikleidung aus. Sie sah mittlerweile arg ramponiert aus, doch das machte ihre Maskerade umso glaubwürdiger. Wenig später lief sie mit tief ins Gesicht gezogenem Strohhut und wippendem Zopf in Richtung des chinesischen Viertels. Sie wollte bei Apotheker Ah, jenem uralten Chinesen, den sie damals mit ihrem Vater zum ersten Mal besucht hatte, chinesischen Ginseng für Onkel Koh kaufen. Ihr väterlicher Freund schwor auf die stärkende Kraft der Wurzel, konnte sich die kostspielige Medizin aber nur selten erlauben.
In Gedanken versunken erreichte sie die North Bridge Road, als der Fluch eines Kutschers sie zusammenzucken ließ. Im letzten Moment sprang sie beiseite und ließ das Gefährt passieren. Sie erschrak zutiefst: In der Kutsche saß Johanna, wohl auf dem Weg zu Friedrichs Kontor am Boat Quai. Leahs Blut pochte in ihren Schläfen. Es war noch einmal gutgegangen, doch sie musste in Zukunft wachsamer sein.

* * *

Johannas Herz machte einen Satz, als der Kutscher aufschrie und sein Pferd heftig zurückriss. Beinahe hätten sie einen unachtsamen Kuli überfahren. Aber mehr noch als über den im

letzten Moment vermiedenen Unfall erschrak sie über etwas anderes. Der Kuli war sofort zurückgesprungen und hatte sich abgewandt, aber für einen Wimpernschlag hatte sie seine Züge gesehen. Leah?
Sie streckte den Kopf aus der Kutsche und blickte zurück. Da stand er, wandte ihnen noch immer den Rücken zu. Ein schmächtiger Kerl, kaum zu unterscheiden von Tausenden anderen, und doch war da etwas, das ihr bekannt vorkam. Sie spürte, wie ihr der Schweiß ausbrach. Noch immer fixierte sie mit zusammengekniffenen Augen den Rücken des kleinen Mannes. Nun drehte er sich um und setzte seinen Weg fort, doch er hielt den Kopf gesenkt, so dass der Strohhut sein Gesicht vollständig verbarg. Johanna hielt vor Anspannung den Atem an. Der Kuli krümmte den Rücken, seine ganze Körperhaltung strahlte Demut aus. Erleichtert stieß sie die Luft aus. Sie hatte sich geirrt. Dieser bemitleidenswerte, abgerissene Mensch war nie und nimmer ihre stolze Schwester.
Eine winzig kleine Faust reckte sich ihr entgegen, ein lustiges Gurgeln drang zu ihr herauf. Johanna zog den Kopf zurück. Mit einem glücklichen Lachen widmete sie sich dem Säugling auf ihrem Schoß. Die verstörende Begegnung war vergessen.
Kurz darauf hielt die Kutsche vor einem Godown am Boat Quai. Sie entlohnte den Kutscher, hieß Barsha, die indische Ajah, auf sie zu warten, und betrat das Erdgeschoss des gemauerten Hauses. Lastenträger eilten geschäftig hin und her, kaum dass sie ihr auswichen. Für einen Moment verharrte Johanna neben der Tür, den kleinen Hermann an die Brust gepresst, und beobachtete das Treiben. Drei Jahre lebte sie schon in Singapur, aber der Lärm und das Gewühl am Fluss faszinierten sie noch immer. Friedrich hatte offenbar eine Ladung aus China bekommen, denn der betäubende Geruch von Tee hing in der Luft, so satt und schwer, dass ihr ein wenig übel

wurde. Sie kannte dieses Phänomen; Tee, Gewürze und Hölzer, die in geringen Dosen wunderbar dufteten, waren in großen Mengen kaum zu ertragen.

»Johanna! Was machst du denn hier?« Unbemerkt war Friedrich neben sie getreten. Sein Begrüßungslächeln wirkte angespannt.

»Komme ich ungelegen?«

»Du siehst ja, was hier los ist.«

Johanna zuckte die Schultern. »Eher weniger als sonst. Ich kann aber wieder gehen.«

»Nun bist du schon mal da. Was hat dich hergeführt?«

»Ich hatte Sehnsucht nach dir, außerdem war es zu Hause ein wenig einsam. Leah jagt Käfer, und Mama ist im Convent of the Holy Infant Jesus.«

Friedrich zog die Augenbrauen hoch. »Ich werde nie verstehen, warum sie sich ausgerechnet in einer Papistengemeinde engagiert.«

»Es war Zufall. Mutter Raclot hatte Mama vor langer Zeit gefragt, und nach Papas Tod hat sie dort Ablenkung und eine Aufgabe gefunden. Sie hilft den Schwestern bei der Erziehung der chinesischen Waisenmädchen.«

»Waisen?« Friedrich lachte auf. »Die Mütter sind jedenfalls quicklebendig, wenn sie ihre Brut bei Nacht und Nebel am Babytor ablegen.«

»Die Frauen müssen sehr verzweifelt sein, wenn sie ihre Kinder hergeben«, sagte Johanna. »Wir sollten dankbar sein, dass es uns so gut geht. Willst du Hermann gar nicht begrüßen?« Sie hielt ihm den gerade zwei Monate alten Jungen entgegen. Friedrichs Lächeln wurde weich, als er seinen Sohn sah. Sanft strich er mit den Fingerspitzen über den unter der leichten Baumwollhaube hervorquellenden Haarflaum. Johanna wurde das Herz weit. Friedrich war so voller Zärtlichkeit, so vol-

ler Vorsicht im Umgang mit Hermann, kaum getraute er sich, ihn anzurühren, aus Angst, ihm weh zu tun.
Er zog die Hand fort. »Lass uns in mein Büro gehen. Dies ist kein Aufenthaltsort für dich.«
»Ach was«, widersprach Johanna aufgeräumt. »Ich bin nun wirklich nicht zum ersten Mal hier. Bisher hattest du nichts dagegen, wenn ich dir über die Schulter geschaut habe.«
»Bisher hattest du auch nicht unseren Sohn auf dem Arm.«
Johanna reckte das Kinn. »Hermann kann gar nicht früh genug die Luft des Hafens einatmen. Er ist ein echter Singapurer, vergiss das nicht. Einer, dessen Haut nach Tee und Muskat duftet. Hast du es noch nie gerochen?«
»Unsinn.« Er schüttelte ungehalten den Kopf. Johanna verstummte irritiert. Sie mochte übertrieben haben, aber im Kern war es ihr durchaus ernst. Wer sich in Singapur nicht für die Welt des Handels interessierte, gehörte nicht hierher. Schweigsam folgte sie ihrem Gatten die Treppe in den ersten Stock hinauf. Sie hatte das Gefühl, unerwünscht zu sein.
Sobald sich die Tür hinter ihnen schloss, bettete sie Hermann auf dem großen Schreibtisch, ging zu Friedrich, der in der Mitte des Raumes stehen geblieben war, und legte ihre Hände auf seine Schultern. Prüfend musterte sie sein plötzlich so verschlossenes Gesicht. »Dich bedrückt etwas«, stellte sie fest. »Willst du mir sagen, was los ist?«
Unwirsch machte er sich von ihr los und trat zum Schreibtisch. Er stützte sich schwer auf, den Blick verloren auf Hermann gerichtet, ohne ihn wirklich wahrzunehmen. Johanna strich ihm tröstend über den Rücken. Als ihre Finger die durch das Hemd deutlich fühlbaren Narben streiften, versteifte er sich. Schnell zog sie die Hand zurück. Sie wusste, dass diese Narben ihm seelische Schmerzen bereiteten. Manchmal, in langen und zärtlichen Nächten, erlaubte er ihr,

sie zu berühren, verlor hin und wieder sogar ein Wort über seine Leidenszeit bei den Piraten, doch noch immer wusste sie längst nicht alles über jene schrecklichen Monate. Jedes Mal, wenn sie ihn danach fragte, zog er sich zurück, und so hatte sie es schließlich aufgegeben, hoffend, dass er eines Tages freiwillig seine Last mit ihr teilte. Das Warten fiel schwer. Friedrichs Stimmungsschwankungen, die so plötzlich auftraten wie ein Tropengewitter, leider meist aber länger anhielten, belasteten sie.

Es klopfte, und auf Friedrichs Aufforderung hin betrat sein chinesischer Mittelsmann, der ihm von Henry Farnell aus Hongkong geschickt worden war, den Raum. Die ernste Miene des sonst so fröhlichen jungen Kompradors verhieß nichts Gutes. Johanna nahm Hermann seufzend auf den Arm. Gern hätte sie gewusst, mit welchen Schwierigkeiten *Von Trebow Trading* zu kämpfen hatte, aber Friedrich hatte ihr deutlich zu verstehen gegeben, dass er sie nicht einzuweihen gedachte. Sie musste ihm vertrauen, dass er alle Schwierigkeiten meistern würde, und sie war mehr als gewillt, dies zu tun, zumal sie wusste, dass er regelmäßig mit Henry Farnell korrespondierte. Trotz ihrer Vorbehalte Farnell gegenüber beruhigte sie diese Tatsache; mochte der Engländer ihr auch nicht gewogen sein, so schätzte sie trotzdem seine Zuverlässigkeit. Sie hatte sogar schon überlegt, Farnell heimlich einzuladen, um Friedrich zu überraschen, dann aber doch davon Abstand genommen. Eine Ahnung sagte ihr, dass eine derartige Überraschung unwillkommen war, denn weder hatte Farnell seit der Hochzeit den Weg nach Singapur gefunden, noch hatte Friedrich jemals Reisepläne nach Hongkong geschmiedet.

Den Rest des Nachmittags stöberte sie in John Littles Sortiment, doch ihre Gedanken wanderten immer wieder zurück zu Friedrich. Ohne einen Einkauf zu tätigen, verließ sie kurz vor Sonnenuntergang das Geschäft. In der Tür prallte sie fast mit Ross Bowie zusammen. Sie hatte ihn seit jenem entsetzlichen Tag, an dem sie die Verlobung gelöst hatte, nicht mehr getroffen, da er die meiste Zeit durchs Archipel reiste.

»Ich wähnte dich … Sie in Hongkong«, stotterte Johanna, während er zurücktrat und eine Verbeugung andeutete. So wie die Dinge standen, gehörte es sich nicht, das vertrauliche Du zu gebrauchen, zu dem sie in der Verlobungszeit übergegangen waren. Bowie schien getroffen von der Förmlichkeit.

»Ich bin vor wenigen Tagen zurückgekehrt«, sagte er steif. »Wäre es *Ihnen* lieber gewesen, ich sei noch dort?«

»Das ist doch albern. Ich wusste einfach nicht, dass Sie wieder in der Stadt sind.«

In diesem Moment trat auch Barsha mit Hermann auf den Armen aus der Tür und stellte sich mit fragendem Gesichtsausdruck neben Johanna. Bowie starrte auf den Säugling. Traurigkeit spiegelte sich auf seinem Gesicht. Es tat Johanna in der Seele weh. Sie hatte inständig gehofft, er würde schnell über sie hinwegkommen, doch offenkundig war dem nicht so. Er war sichtlich gealtert, tiefe Linien zogen sich in seinem ohnehin groben Gesicht von den Nasenflügeln zu den Mundwinkeln, und um die Augen hatte sich eine ihr unbekannte Härte eingegraben. Reuig fragte sie sich, ob all dies ihr Verschulden war.

»Das ist Hermann, mein Sohn«, sagte sie, um das Schweigen endlich zu brechen.

Er riss seinen Blick von dem Kind los. »Ich gratuliere dir«, presste er hervor. »Er ist ganz der Papa.«

Die letzte Äußerung war so voller Bitterkeit, dass Johanna unwillkürlich zurückwich. Sie würde die Verletzung, die sie Ross Bowie zugefügt hatte, nie wiedergutmachen können.

Hastig verabschiedete sie sich und flüchtete in eine Mietkutsche; kaum konnte die verdutzte Barsha Schritt halten. Auf halbem Weg zur Waterloo Street reichte die Kinderfrau Johanna ein Taschentuch. Johanna hatte gar nicht gemerkt, dass ihr Tränen die Wangen hinabliefen.
Zu Hause wartete die nächste unangenehme Überraschung auf sie. Schon am Gartentor hörte sie den lautstarken Streit zwischen Leah, der Mutter und Friedrich. Offenbar hatte er das Kontor schon bald, nachdem sie sich von ihm verabschiedet hatte, verlassen. Ihr Herz sank, als sie die Verandatreppe hinaufstieg. Was mochte nun schon wieder geschehen sein? Sie streckte gerade die Hand nach der Tür aus, als sie von innen aufgerissen wurde und ein silbergrauer Affe wild kreischend an ihr vorbeischoss, gefolgt von ihrer zornessprühenden Schwester.

* * *

Zwei Wochen nach jenem Abend, an dem Leah den Affen ins Haus gebracht hatte, stand Johanna unschlüssig vor der Zimmertür ihrer Schwester, den Zweitschlüssel, von dem niemand außer ihr etwas wusste, in der Hand. Sie respektierte Leahs Wunsch nach einem Rückzugsort und hatte ihr Zimmer noch nie ohne Einladung betreten, doch jetzt überwog die Sorge ihre Scheu. Sie war allein im Haus, allein mit Hermann und dem Äffchen, das seit einer halben Stunde lautstark hinter der geschlossenen Tür rumorte. Leah kam ihren Pflichten in Sophie Cookes Schule nach und unterrichtete die Waisenmädchen im Zeichnen und in Naturkunde, Friedrich war im Kontor, die Mutter beim Bibelkreis und Lim auf dem Markt.
Ein lauter Knall wischte Johannas Bedenken beiseite. Sie schloss auf und trat in Leahs Zimmer.

Helle Lichtstreifen fielen durch die Lamellen der geschlossenen Fensterläden und zerschnitten das Dämmerlicht im Inneren. Der Raum war ein einziges Durcheinander. In seiner Unzufriedenheit über das Alleinsein hatte das Langurenäffchen Leahs Regale ausgeräumt und nicht einmal vor ihrem Schrank haltgemacht. Schnell schloss Johanna die Tür hinter sich, damit das Äffchen nicht entweichen konnte, doch die Vorsicht erwies sich als überflüssig. Das Tier beruhigte sich, kletterte an ihr hoch und liebkoste ihr Gesicht. Sie streichelte belustigt über das weiche, silbrig schimmernde Fell. Im Gegensatz zu Friedrich und der Mutter hatte sie den kleinen Gesellen sofort in ihr Herz geschlossen, und es war ihr auch gleichgültig, woher Leah ihn hatte; sie würde es ohnehin nie erfahren. Mit dem zufrieden schnatternden Tier auf der Schulter besah sie das Malheur. Kleidung und Malutensilien lagen kreuz und quer im Zimmer verteilt, doch wirklichen Schaden hatten nur einige kleine Holzkisten genommen, die der handwerklich geschickte Lim für Leahs Insektenpräparate anfertigte. Aus dem zersplitterten Holz ragten grünschimmernde Käferflügel und wie Blätter oder Äste geformte Fangschrecken. Mit fasziniertem Ekel schaute Johanna auf eine handtellergroße Spinne direkt vor ihren Füßen. Das Tier war tot, aber sie machte sich keine Illusionen, dass sie nur ihren eigenen Garten etwas genauer inspizieren musste, um einen quicklebendigen Verwandten des gelb-schwarzen Ungeheuers zu finden.

»Was hast du bloß angestellt?«, schimpfte sie mit dem Äffchen, das mittlerweile in ihren Haaren nach glücklicherweise nicht vorhandenen Läusen suchte. Sie ließ es gewähren und überlegte, ob sie aufräumen sollte. Einerseits würde sie Leah gern den Gefallen tun, scheute aber davor zurück, weil die Schwester sie dafür hassen würde, ihr Zimmer überhaupt betreten zu haben. Resigniert pflückte sie sich den Affen vom

Kopf und setzte ihn auf den Schrank. Es war besser, sie rührte nichts an. Sie wollte gerade das Zimmer verlassen, als ihr Blick auf ein buntbemaltes Stück Papier fiel, das unter dem Bett hervorragte. Johanna interessierte sich sehr für Leahs Zeichnungen, und sie konnte sich nicht erinnern, jemals eine von solcher Farbenpracht gesehen zu haben. Neugierig kniete sie sich neben das Bett und zog das Blatt hervor. Darunter verbarg sich ein ganzer Stapel Zeichnungen. Johanna nahm ihn auf und setzte sich damit aufs Bett.

Mit wachsendem Unbehagen blätterte sie durch den Stapel. Sie verstand genug von Kunst, um die hervorragende Qualität der Aquarelle zu erkennen. Durch beharrliches Üben war Leahs gottgegebenes Talent zu wahrer Meisterschaft gereift. Die Motive jedoch irritierten sie. Wann hatte Leah all jene Chinesen und Inder portraitieren können, wo waren die Szenen mit den Handwerkern, Gauklern, Wasserträgern, ja selbst mit grellgeschminkten leichten Mädchen entstanden? Ihres Wissens nach war Leah nur einmal mit dem Vater im chinesischen Viertel gewesen, doch reichten die damals gesammelten Eindrücke tatsächlich, um Dutzende und Aberdutzende von Zeichnungen aus dem Gedächtnis anzufertigen? Wohl kaum. Der Beinahezusammenstoß mit dem Kuli kam ihr in den Sinn. Sollte es doch ihre verkleidete Schwester gewesen sein? Johanna hielt die Antwort auf die Frage in den Händen, sie begriff, wo sich Leah während ihrer häufigen Ausflüge herumtrieb: mitten unter den Asiaten. Sie schien gut bekannt zu sein, sonst hätten die Menschen jenseits des Flusses ihr nicht so bereitwillig Einblicke in ihr Leben und ihre Häuser gestattet, wären ihre Mienen auf den Zeichnungen nicht so offen und vertrauensvoll.

Johanna lachte auf. Vom nächsten Blatt sprang ihr das Äffchen beinahe entgegen, so kraftvoll hatte Leah Feder und Pinsel geführt. Es saß auf der Schulter eines hageren Chinesen in mittleren Jahren. Seine so lebhaft wiedergegebenen Augen schlugen Johanna in den Bann. Dieser Mann musste Leah viel bedeuten, eine Zuneigung, die auf Gegenseitigkeit beruhte. Hatte er ihr nicht sogar seinen Affen anvertraut? Sie blätterte noch einmal zurück. Ja, auch hier war er abgebildet, stand ausladend gestikulierend vor einer lauschenden Menge, während der Affe Geld in einer Schale sammelte. Der Mann hielt seinen Vortrag irgendwo am Wasser, wahrscheinlich in der Telok-Ayer-Bucht. Johanna hätte viel darum gegeben, ihn kennenzulernen.

Die Uhr im Salon schlug fünf Mal. Leah würde bald nach Hause kommen. Johanna sah hastig den Rest des Papierstapels durch. Mehr Portraits, Tiere, eine ungemein lebensechte Zeichnung vom Beladen einer Dschunke – Leah war auf einem Schiff gewesen, allein zwischen all den dürftig bekleideten Arbeitern! Angesichts der Kühnheit ihrer Schwester schnürte es Johanna die Kehle zu. Sie blätterte zur nächsten Zeichnung. Vor Schreck blieb ihr die Luft weg.

Das Blatt glitt ihr aus den zitternden Fingern und segelte zu Boden. Voller Scham, doch unfähig, die Augen abzuwenden, starrte Johanna auf die Zeichnung. Sie kannte den schönen Chinesen. Er war Gast auf ihrer Hochzeit gewesen, und Leah hatte unschicklich oft mit ihm getanzt.

Leah hatte Chee Boon Lee gezeichnet.

Wie Gott ihn schuf.

9

Mai 1859, drei Tage später

Johanna stand am Schlafzimmerfenster und blickte ihrer Schwester mit zunehmender Verzweiflung nach. Schon wieder verließ sie das Haus, ohne Auskunft über ihr Ziel zu geben, doch diesmal ahnte Johanna, was sie vorhatte. So ging es nicht weiter. Leah war drauf und dran, durch einen handfesten Skandal ihr Leben zu zerstören. Es musste etwas geschehen. Doch was?

Seit Johanna vor drei Tagen die anzüglichen Zeichnungen gefunden hatte, versuchte sie vergeblich, mit Leah zu sprechen. Voller Scham stellte Johanna fest, dass sie über all ihrem Glück das Wohlergehen ihrer Schwester aus den Augen verloren hatte. Schon lange herrschte Sprachlosigkeit zwischen ihnen und ließ nun jede ihrer mitfühlenden Fragen wie eine Farce erscheinen.

Leah trat auf die Straße und strebte mit schnellen Schritten davon. Johanna wollte schreien, sie zur Umkehr bewegen, doch sie blieb stumm. Ihre Füße waren wie angewachsen. Nie und nimmer würde sie sich so weit erniedrigen, der Schwester nachzuspionieren.

»Johanna?« Die Stimme ihrer Mutter erklang hinter ihr. »Hermann weint, er braucht dich.«

Es fiel Johanna unendlich schwer, sich zu ihrer Mutter umzudrehen, die mit vorwurfsvoller Miene, Hermann auf dem Arm schaukelnd, in der Tür stand. Sie nahm ihr den Kleinen ab. Er weinte nur noch mehr, eine Faust in den Mund geschoben.

»Vielleicht zahnt er schon«, murmelte sie. Zum ersten Mal seit seiner Geburt war es ihr nicht möglich, ihm ihre volle Aufmerksamkeit zu schenken. Seit Tagen rang sie mit sich. Es wurde Zeit, eine Entscheidung zu treffen, die schwerste Entscheidung, seit sie ihre Verlobung mit Bowie gelöst hatte. Ihr war bewusst, dass sie erneut Gefahr lief, einen Menschen für immer gegen sich aufzubringen, doch sie durfte nicht egoistisch sein. Sie musste Leah vor weiterem Unglück bewahren.
»Mutter?« Ihre Stimme klang ihr selbst fremd. Sie räusperte sich und nahm einen erneuten Anlauf. »Mutter. Bitte setz dich. Ich muss dir etwas Ernstes mitteilen. Es geht um Leah.« Sie drehte sich wieder zum Fenster. Es war ihr unmöglich zu sprechen, wenn sie die Mutter dabei ansah.

* * *

Ein Sonnenstrahl stahl sich durch das löchrige Dach ihres geheimen Unterschlupfs und tastete über die perfekte, von keinem Muttermal, keiner Unregelmäßigkeit entweihte Haut von Boon Lee.
Leah stützte sich auf und betrachtete ihren Liebhaber. Er hielt die Augen geschlossen, seine Lider flatterten. Schweiß überzog seinen Körper mit einem feinen Film, perlte von seiner Oberlippe und rann aus seinem schwarzen Haarschopf. Seine Brust hob und senkte sich in schnellem Rhythmus. Kaum ein Wort hatten sie gesprochen, seit sie in der Hütte zusammengetroffen waren, hatten sich stattdessen sattgeküsst, während die Hände an Ösen und Knöpfen nestelten, Schleifen lösten und Säume zerrissen. Viel zu selten gelang es ihnen, ihr Versteck aufzusuchen, und in der Zeit dazwischen drohte Leah, an ihrem Hunger auf die Liebe und das Leben irre zu werden.
»Ach, Leah.« Boon Lee streckte die Arme nach ihr aus und

zog sie zu sich, bis sie auf ihm lag. Sein müdes Glied schmiegte sich klebrig an ihren Bauch und ließ sie auflachen. Das Leben konnte so wunderbar sein! Sie senkte ihre Lippen auf seine und verlor sich in einem zärtlichen Kuss.

»Lass uns endlich heiraten«, murmelte sie, nachdem sie wieder zu Atem gekommen war. »Ich bin das Versteckspiel so leid.«

»Ich habe dir doch schon gesagt, dass ich diplomatisch vorgehen muss. Es wird enormes Fingerspitzengefühl erfordern, meinem Vater die Zustimmung abzuringen. Für ihn ist es selbstverständlich, dass ich eine wohlerzogene Chinesin aus gutem Hause heirate, deren Lebensaufgabe es sein wird, mir Söhne zu schenken.«

»Die werde ich dir auch schenken«, sagte Leah trotzig. »Die schönsten Söhne der Stadt.«

Er lachte auf, doch Leah vermeinte, Bitterkeit zu hören. »Davon bin ich überzeugt, mein Sperling. Trotzdem müssen wir uns gedulden.«

Leah stemmte den Oberkörper hoch, um ihm ins Gesicht zu sehen. »Ich gedulde mich schon Monate. Sollen wir etwa warten, bis dein Vater stirbt? Dann bin ich eine alte Frau.«

»Natürlich nicht.« Er drehte den Kopf zur Seite und beobachtete einen kleinen Prachtkäfer, der neben ihm die Wand hinauflief. Mit dem Kinn wies er auf das Kerbtier. »Einer für deine Sammlung.«

»Lenk nicht ab. Wann wirst du es ihm sagen?«

»Zum richtigen Zeitpunkt.«

»Wann?«

Er seufzte. »Bald.«

»Das überzeugt mich nicht. Und wenn wir einfach fortgehen?«

»Dann verliere ich mein Erbe.«

»Wir finden schon eine Möglichkeit, zu Geld zu kommen. Notfalls werden wir Bauern. Hauptsache, wir haben uns.«
»Sei vernünftig, Leah. Wir würden in Armut zugrunde gehen. Ich bin ein Händler, und ich will auch nichts anderes sein. Ohne Kapital könnte ich nichts aufbauen.« Boon Lees Augen verengten sich ärgerlich. Leah hielt seinem Blick stand. Stumm maßen sie ihre Kräfte. Keiner gab nach.
»Du bist ein Feigling«, sagte Leah schließlich. Gespannt musterte sie sein Gesicht. Er war immer so ruhig, so besonnen. Vielleicht lockte eine Beleidigung ihn aus der Reserve.
»So denkst du also von mir? Soll ich besser gehen?«
»Untersteh dich.« Leah zwang sich zu einem leichten Ton. Sie liebte ihn so sehr, dass es beinahe schmerzte, doch kamen seine Liebesbeteuerungen ebenso von Herzen wie ihre? Zweifel schlichen sich in ihre Gedanken und verspritzten ätzende Säure. Unvermittelt stieß er ihre Hände beiseite. Überrumpelt landete sie wieder auf seiner Brust. Er umschlang sie fest und brachte seinen Mund dicht an ihr Ohr. »Wir werden eine Lösung finden«, flüsterte er. »Ich liebe dich, Leah. Nie hätte ich geglaubt, dass mir eine Frau so viel bedeuten kann wie du.«
Sie schmiegte sich an ihn. Nein, es waren nicht nur Worte, dessen war sie sich sicher. Sie würden eine Lösung finden. Sein gleichmäßiger Herzschlag lullte sie ein. Aus weiter Ferne drangen die Geräusche der Stadt zu ihnen, ein fernes Rauschen aus Muezzinrufen, Hufgeklapper und Kirchenglocken, die zur Abendmesse bimmelten. Leah horchte auf. Ein Rascheln drang herein, viel zu nahe. Sie merkte, wie Boon Lee unter ihr erstarrte. Er hatte es ebenfalls gehört. Sofort lösten sie sich voneinander. Boon Lee legte den Finger auf seine Lippen und erhob sich lautlos. Gebückt schlich er zur Fensteröffnung. Die Läden waren längst abgefallen und verrotteten im hohen Gras. Leah folgte ihm mit pochendem Herzen. Ge-

meinsam kauerten sie unter dem Fenster und lauschten nach draußen. Jemand trat auf einen trockenen Ast. Bevor Boon Lee sie daran hindern konnte, streckte Leah den Kopf durchs Fenster und suchte den verwilderten Garten mit den Augen ab. Kein Mensch war zu sehen. Auch auf der Veranda befand sich niemand. Es knackte erneut. Leah riss den Kopf nach links und sah gerade noch die Rückansicht eines großen schwarz-weißen Vierbeiners durchs Gebüsch brechen. Äste flogen, Laub rieselte zu Boden, dann war der Spuk vorbei.

»Ein Schabrackentapir! Was macht der denn hier?«

Boon Lee hob ebenfalls den Kopf und spähte ins Grün der Büsche. »Bist du sicher? In Malaya soll es viele geben, aber auf unserer Insel habe ich noch keinen gesehen.«

Leah ließ sich auf den Boden sinken. »Wir haben Glück gehabt«, sagte sie mit schreckensheiserer Stimme. »Im ersten Moment habe ich befürchtet, es sei meine Schwester.«

»Du verdächtigst deine Schwester, dir zu folgen?«

Leah zuckte die Achseln. »Sie ahnt etwas, allerdings glaube ich eher, dass sie meinen Ausflügen zu Onkel Koh auf der Spur ist. In den letzten Tagen stellt sie mir ständig Fragen, die darauf abzielen.«

»Was wirst du tun?«

»Ich habe darüber nachgedacht, wollte mich aber vorher mit dir absprechen. Selbst wenn sie es noch nicht herausgefunden hat, werden wir früher oder später auffliegen, und dann wäre es besser, eine Verbündete zu haben. Ich möchte Johanna einweihen.«

»Das halte ich für eine schlechte Idee. Sie wird sehr erzürnt sein und es nicht für sich behalten.«

»Oh, sie wird hysterisch herumschreien, mich ohrfeigen, aber am Ende wird sie zu mir halten. Johanna ist treu bis in den Tod.«

Er maß Leah mit einem abschätzenden Blick. »Du bist gefährlich, meine Liebe. Es gelingt dir, Menschen zu manipulieren. Wärst du ein Mann, könntest du Reiche regieren.«
»Wäre ich ein Mann, würde ich Expeditionen leiten.«
»Dann wärst du eben eine Forscherin.«
»Falsch. Ich *bin* eine Forscherin.«
Er prustete los. »Ich habe mich in eine streitbare Tigerin verliebt, nicht in ein sanftes Kätzchen.«
Sein Lachen vertrieb, zumindest fürs Erste, die dunklen Wolken. »Hast du Angst?«, fragte Leah mit einem angriffslustigen Funkeln in den Augen. Sie kratzte langsam über seinen Unterarm.
Boon Lee packte ihre Hand. Auf seiner Haut zeigten sich rote Striemen. »Das sollte ich wohl besser.« Er riss sie an sich. Leah spürte sein Glied hart werden und wand sich, doch er ließ sie nicht los, sondern drängte sie gegen die Wand.
»Lass mich«, keuchte sie halbherzig. Ihr Schoß kribbelte. Sie wollte Boon Lee. Jetzt, sofort.
»Niemals.« Sein Atem ging schneller. Mit einem Ruck hob er sie hoch, sein Glied fand wie von selbst den Weg in sie, pochte in ihr. Nie zuvor hatte er sie so heftig geliebt, hatte so heftig in sie gestoßen. Ineinander verkrallt stürzten sie auf den Boden, rollten übereinander, stöhnten, bissen sich, schrien ihre Lust hinaus.
Erschöpft ließen sie schließlich voneinander ab. Flach auf dem Rücken lagen sie nebeneinander auf dem Boden und beobachteten träge eine Spinne beim Einwickeln ihrer Beute in ihrem Netz unter dem Dach.
»Schade um den schönen Schmetterling«, bemerkte Boon Lee.
»Ach, dem waren ohnehin nur ein paar Tage zugemessen.«
»Du bist grausam. Wenn er nur ein paar Tage hatte, dann ist jede gewonnene Stunde umso kostbarer.« Nach einer Weile

fügte er nachdenklich hinzu: »Und jede verlorene Stunde umso tragischer.«

»Ein weiterer Grund, warum wir so schnell wie möglich heiraten sollten. Jede Stunde ist kostbar.«

»Du hast recht, so geht es nicht weiter. Ich werde in den nächsten Tagen mit meinem Vater sprechen.«

»Das glaube ich erst, wenn du mir einen Antrag machst.« Leah stand auf und begann, sich anzukleiden. Seufzend bohrte sie den Zeigefinger durch einen Riss in der Seitennaht ihrer Bluse. »Keine Ahnung, wie ich das Mama erklären soll.«

»Flicke es selbst.«

»Du ahnst gar nicht, wie unbegabt ich in allem bin, das auch nur entfernt mit Haushalten zu tun hat.«

Kurz darauf standen sie vor dem Haus und begutachteten ihre Kleidung. Boon Lee zupfte etwas trockenes Laub von Leahs Ärmel und richtete den Kragen. »Ein wenig derangiert siehst du tatsächlich aus«, stellte er fest, »aber es wird gehen.« Er nahm sie in den Arm. »Ich werde dich immer lieben.«

»Immer ist ein großes Wort«, sagte Leah ernst. »Sag es nur, wenn du es auch wirklich meinst. So, ich muss mich wirklich sputen. Wir haben Gäste zum Abendessen. Mrs Cuppage, Mrs Duff und noch ein paar Damen von der Ladies Bible and Tract Society. Mama besteht auf meine Anwesenheit, und ich will sie nicht unnötig verärgern.« Sie gab ihm einen letzten, flüchtigen Kuss und eilte davon. Boon Lee würde eine Weile warten, bevor auch er sich auf den Heimweg machte.

* * *

Johanna entfachte einen Sturm, als sie der Mutter von ihrem Verdacht berichtete und ihr die Zeichnungen zeigte. Nichts hatte sie auf das Ausmaß der Wut und Empörung vorbereitet.

Es sei alles Johannas Schuld, hatte die Mutter geschrien. Anstatt, wie es ihre Pflicht gewesen wäre, dem Treiben der Jüngeren einen Riegel vorzuschieben, hätte sie sie zu jeder Gelegenheit in Schutz genommen. Vergeblich hatte Johanna ihre Mutter angefleht, Milde walten zu lassen, und war schließlich verstummt.

Es war bereits dunkel. Johanna saß mit Friedrich und der Mutter im Salon und harrte Leahs Rückkehr. Ihr Mund war ausgedörrt. Ein Klappern im Garten ließ sie aufhorchen, doch es war nur Lim.

Während die Mutter schmallippig auf der Sesselkante hockte, studierte Friedrich mit scheinbarer Ruhe den *Straits Guardian.* Johanna wusste, dass es auch in ihm brodelte. Sobald er aus dem Kontor zurückgekehrt war, hatte ihre Mutter ihm alles erzählt. Er hatte getobt, von Ehrverletzung und Beschmutzung des Familiennamens geredet, bis es Johanna zu viel geworden war und sie ihm Einhalt geboten hatte. Sowohl ihr Mann als auch die Mutter benahmen sich, als hätte Leah einen Mord begangen. Dabei war sie alles andere als eine Verbrecherin, sondern schlicht verliebt. Erinnerte sich Friedrich denn gar nicht mehr an die Zeit ihres Kennenlernens? Hatte er nie unkeusche Gedanken gehegt, wenn sie zusammen über das Deck der *Ganges* spazierten? Oh, Johanna spürte noch immer den ersten Kuss auf den Lippen, jenen Kuss im Garten von Mr Goymours Pension. Erinnerte sich an das süße Ziehen, dessen Ursprung sie damals nur vage ahnte. Sie selbst hätte die Grenzen der Schicklichkeit sicher niemals übertreten, doch es lag in Leahs impulsiver, unbekümmerter Natur, dem Verlangen nachzugeben. Wie sehr musste die Schwester diesen Mann lieben, dass sie ein derart großes Risiko einging! Johanna bereute zutiefst, Leah nicht zu einer Aussprache unter vier Augen gezwungen zu haben. Vielleicht hätte sie die

Schwester zur Vernunft gebracht. Jetzt war es zu spät, und sie konnte nur hoffen, dass sich Leah einsichtig zeigte, um die Mutter und Friedrich nicht noch stärker zu reizen.

Das Gartentor quietschte, einen Moment später flog die Haustür mit Schwung auf. Leah hielt sich nicht im Erdgeschoss auf, sondern hastete die Treppe hinauf, um sich wie immer sofort in ihr Zimmer zurückzuziehen. Friedrich warf die Zeitung auf den Boden und sprang auf.

»Leah!«, donnerte er. »Komm sofort in den Salon!«

»Gleich«, schallte es von oben. »Ich will mich nur frisch machen für die Abendgesellschaft.«

»Keine Widerrede. Komm auf der Stelle herunter!«

Johanna fuhr zusammen. Sie hatte nicht gewusst, wie bestimmend Friedrich sein konnte. Auch ihrer Schwester entging es nicht, denn nur Augenblicke später stand sie mit fragendem Gesicht in der Tür. Johanna stöhnte innerlich auf. Leah wirkte wie das blühende Leben, mit glänzenden Augen und rosigen Wangen. So sah eine glückliche Frau aus. Eine, die die Liebe kannte. Ihre zerzausten Haare und ein Riss in ihrer Bluse sprachen Bände. Beim Anblick des Tribunals erlosch der Glanz in ihrem Gesicht und machte einer Härte Platz, die Johanna erschreckte. Leah trat nicht ein, sondern lehnte sich gegen den Türrahmen und verschränkte die Hände vor der Brust.

»Nun?«, fragte sie.

»Das fragen wir dich.« Alwine Uhldorff erhob sich und ging einen Schritt auf ihre Jüngste zu, hielt dann aber inne. Leahs eisiger Blick bannte sie auf die Stelle. »Wo hast du dich den ganzen Nachmittag herumgetrieben? Antworte mir!« Leah schwieg. »Mit Männern hast du dich herumgewälzt, mit stinkenden Chinesen! Schande, nichts als Schande bringst du uns!« Die Mutter verlor zusehends die Fassung und schrie,

dass man es noch auf der Straße hören mochte. Durch ihre Verwünschungen verlor sie alles Damenhafte. Leah wartete ungerührt, dann schnitt sie ihr mit einer Handbewegung das Wort ab.
»Mit Männern, Mutter? Willst du mich beleidigen?«, fragte sie kühl. Johanna schöpfte Hoffnung. Es war nur ein Missverständnis, die Zeichnungen hatten nichts zu bedeuten. Mit dem nächsten Satz machte Leah alles zunichte.
»Es gibt nur einen Mann für mich. Ich bin schließlich eine anständige Frau.« Die letzten Worte spuckte sie regelrecht aus. »Freut euch auf eine Hochzeit. In einem hattest du allerdings recht: Er ist Chinese.«
Alwine Uhldorff verschlug es die Sprache, Johanna schnappte nach Luft. Mit allem hatte sie gerechnet, nicht jedoch mit einem unverblümten Geständnis. Es musste Leah ernst sein, sehr ernst. Sie sprang auf, um ihre Schwester hinauszuführen, fort von dem Zorn und der Missgunst, die ihre Liebe vergiften würde, doch Friedrich kam ihr zuvor. Weiß vor Wut durchmaß er das Zimmer und verabreichte Leah eine Ohrfeige, so heftig, dass sie zu Boden ging. Johanna starrte fassungslos auf die beiden. Was geschah hier? Friedrich stand breitbeinig über ihrer Schwester. Wie konnte ihr sonst so freundlicher Mann urplötzlich gewalttätig werden?
»Du wirst niemanden ohne meine Einwilligung heiraten, verstanden?«, zischte er. »Ich bin der Herr in diesem Haus.«
Leah gab keinen Laut von sich. Mit zusammengebissenen Zähnen rappelte sie sich hoch und baute sich vor Friedrich auf. »Ein Schwächling wie du hat mir überhaupt nichts vorzuschreiben. Du nicht und niemand sonst.«
Sie war zu weit gegangen. Friedrich hieb auf sie ein wie auf einen tollen Hund, doch anstatt zu flüchten, setzte sich Leah furiengleich zur Wehr. Johanna ahnte, dass sich die lange

schwelende Abneigung der beiden Bahn brach. Die Heftigkeit des Ausbruchs entsetzte sie, aber mehr noch die Wortlosigkeit, in der die beiden Kampfhähne verbissen aufeinander eindroschen. Erst als sie Blut aus Leahs Nase rinnen sah, schüttelte Johanna ihre Lähmung ab. Laut schreiend versuchte sie, ihren Gatten von Leah fortzuziehen, doch Friedrich behielt die Überhand. Rasend vor gekränkter Eitelkeit packte er Leah an den Haaren und stieß sie vor sich her die Treppe hinauf und in ihr Zimmer. Johanna folgte ihnen händeringend.

Er zog den innen steckenden Schlüssel ab und hielt ihn Leah vors Gesicht. »Du wirst so lange in diesem Zimmer bleiben, bis du Vernunft angenommen hast.«

Leah trat nach ihm. »Das werden wir ja sehen.« Dann traf ihr Blick Johanna. »Warst du es, die Mutter und deinem Versager von Ehemann alles verraten hat?«

Es war ein Schuss ins Blaue, aber Johanna nickte. »Ich habe die Zeichnungen unter deinem Bett gefunden«, flüsterte sie. »Was sollte ich denn tun? Du bist mir ausgewichen. Ich wollte doch nur dein Bestes.« Ihre Stimme brach.

»Spar dir die Tränen, Verräterin«, zischte Leah. Sie schmiss die Tür so heftig zu, dass sie Friedrich vor die Stirn traf. Fluchend schloss er sie ein.

Johanna taumelte gegen die Wand. Verräterin. Wie recht Leah hatte.

* * *

Der Kutscher hatte Mühe, sein Pferd durch das Menschenmeer in der Amoy Street zu lenken. Es schien Friedrich, als sei zu dieser frühen Stunde die gesamte chinesische Stadt auf den Beinen. Ein Träger stapfte vorbei, und eine Welle üblen

Gestanks, der selbst die wahrlich nicht angenehmen Ausdünstungen des Singapur-Flusses überlagerte, wogte in die Kutsche. Friedrich würgte. In den Eimern des Mannes schwappte der Inhalt der Nachttöpfe, der wiederum den Weg zu den Obstgärten, Pfeffer-, Muskat- und Katzenkrallen-Plantagen landeinwärts fand. Es war Friedrich unverständlich, warum der reichste Mann der Stadt noch immer in dem verstopften chinesischen Viertel mit seinem Lärm, Elend und Gestank lebte. Andere chinesische Händler hatten sich längst ihre Villen im europäischen Viertel gebaut, selbst ein bengalischer Kaufmann wohnte dort. Dem Alten Chee haftete jedoch der Ruf an, sparsam und äußerst traditionsbewusst zu sein, auch wenn er großen Wert darauf legte, von den Europäern als Königin Victorias treu ergebener »Queens Chinese« angesehen zu werden.

Obwohl Friedrich Stauraum auf Chee-Schiffen charterte, war er dem Alten bisher nicht oft begegnet und entsprechend nervös. Der Alte Chee stand gesellschaftlich einige Stufen über ihm – in keiner anderen Stadt des britischen Empires als Singapur wäre dies möglich gewesen, wo nur das Geld über das Ansehen eines Mannes entschied.

Es kursierten viele Geschichten über die Familie Chee. Sie waren sagenhaft reich, doch als Friedrich der Fassade des Hauses ansichtig wurde, wunderte er sich. Ein Reihenhaus, das sich nur durch die Größe und Pracht des Lampionpaares über dem Eingang von den anderen Häusern der Zeile unterschied. Er wusste, dass die Häuser oft durch Tiefe wettmachten, was ihnen an Breite fehlte, aber trotzdem: Eine Villa wäre dieser Familie mit Sicherheit angemessener gewesen. Ihr Reichtum gründete sich auf den Teehandel, doch mittlerweile kauften und verkauften sie alles, was Profit brachte. Man munkelte sogar, der Alte Chee sei der Patriarch einer Hoey,

einer jener Geheimgesellschaften, die sich gegenseitig befehdeten und deren Mitglieder auch vor Mord nicht zurückschreckten.
Die Frauen der Familie Chee zeigten sich nur zu besonderen Anlässen; Friedrich wusste sehr wohl zu schätzen, dass sie ihn bei seiner Hochzeit beehrt hatten. Wenn man den Gerüchten Glauben schenkte, entstammte Chees Gattin einer hochangesehenen Familie aus Amoy, war vielleicht sogar adelig, was ihre gebundenen Füße erklären würde. Hin und wieder sah man ihre prächtig geschmückte Sänfte in den Straßen der Stadt, selten jedoch ihr Gesicht. Die Töchter wuchsen in der Abgeschiedenheit des Hauses auf. Sie waren hübsch und würden gute Partien abgeben.
Gute Partien – ha! Friedrich ballte die Fäuste. Wie konnte Chee Boon Lee es wagen, sich an seiner Schwägerin zu vergreifen! Da sah man, wozu es führte, wenn die Chinesen ihre Söhne nach England schickten. Kaum hatten sie eine europäische Ausbildung genossen, meinten sie, gut genug für die Töchter der Weißen zu sein. Er würde ein für allemal klarstellen, dass es so nicht ging. Auch wenn Chee Boon Lee reich und gebildet war, so blieb er doch nur ein Chinese und war somit als Ehemann für Leah indiskutabel.
Leah. Seine ungeliebte Schwägerin hatte ihn düpiert und in eine unmögliche Situation gebracht. Er würde sie schnellstmöglich verheiraten. An einen Mann, der so weit fort wie möglich wohnte. Friedrichs Wut flackerte erneut auf, als er sein geschwollenes Lid betastete. Sie hatte ihm gestern Abend tatsächlich ein blaues Auge verpasst und zu allem Überfluss mit ihrem aufsässigen Verhalten für Unfrieden zwischen ihm und seiner Frau gesorgt. Anstatt ihm zur Seite zu stehen, hatte ihm Johanna den ganzen Abend Vorwürfe wegen seines harten Durchgreifens gemacht. Wäre es nach ihr gegangen,

hätte sie Leah umgehend aus ihrem Zimmer befreit und sie zurück zu ihrem Liebhaber gehen lassen.

Endlich zügelte der Kutscher sein Pferd. Bevor Friedrich aus der Kutsche steigen konnte, öffnete sich die Tür des Hauses, und Chee Boon Lee trat heraus. Er war in einen hellen Anzug nach westlichem Schnitt gekleidet und trug Lederschuhe. Selbst einen Spazierstock mit einem Elfenbeinknauf hatte er bei sich, jeder Zoll ein Gentleman. Lediglich seine Gesichtszüge und der dicke schwarze Zopf störten die ansonsten makellose Erscheinung. Friedrich hatte hin und wieder geschäftlich mit Boon Lee zu tun und war bisher gut mit ihm ausgekommen, doch heute versetzte ihm das blendende Aussehen und selbstbewusste Auftreten des anderen einen Stich.

Der Sohn des Alten Chee hatte ihn nicht bemerkt und wandte seine Schritte in die entgegengesetzte Richtung. Friedrich stieg aus und sah ihm hinterher. Wenn es Gerechtigkeit auf dieser Welt gab, musste dieser junge Geck tief fallen.

Sobald Friedrich die Stufen zum Haus hinaufstieg, öffnete sich die Tür wie von Zauberhand. Er hatte noch vor dem Frühstück einen Boten zum Alten Chee gesandt und wurde bereits erwartet. Ein Diener in einfacher chinesischer Tracht verbeugte sich tief und bat ihn herein.

Die Thia Besar, die Empfangshalle, war nicht sonderlich groß, doch prächtig eingerichtet. Schwere, mit Perlmutt-Intarsien verzierte Stühle reihten sich an den mit feinsten Seidenstickereien behängten Wänden, auf dem Hausaltar standen Porzellangötzen und wertvolles Geschirr in den von den Baba-Chinesen so geliebten Pastellfarben. Schränkchen und Lampen in erlesener Qualität vervollständigten das Ensemble, doch Friedrich schenkte dem Ganzen kaum Beachtung. Der Sichtschutz, der den privaten Bereich des Hauses vor neugierigen Blicken schützte, zog ihn magisch an. Der Diener hatte ihn allein gelassen, und so konnte er sich in Ruhe der Betrachtung der zum Teil vergoldeten, ungemein feinen Schnitzereien widmen. Vögel, so lebensecht, als würden sie gleich davonfliegen, tummelten sich auf knorrigen Ästen, ganze Heerscharen von Menschen, Tieren und Göttern marschierten durch stilisierte Berglandschaften.

»Gefällt Ihnen die Schnitzarbeit?«

Friedrich riss sich von der Abbildung einer Tigerin mit ihren Jungen los und streckte dem Alten Chee die Hand entgegen. »Ganz außerordentlich. Ich grüße Sie.«

»Seien Sie willkommen in meinem Haus.« Der Alte Chee deutete eine Verbeugung an und ergriff dann zu Friedrichs Erleichterung dessen Hand. Er hätte nicht gewusst, wie er mit einem Affront umgegangen wäre. Unauffällig musterte er sein Gegenüber. Der Alte Chee sah beileibe nicht aus wie ein Greis. Er war von aufrechter Statur, die Muskeln schienen, soweit es unter der Jacke und dem Seidensarong zu erkennen war, kräftig. Friedrich wusste, dass er die fünfzig gerade überschritten hatte. Er rechnete es dem Chinesen hoch an, dass er sein blaues Auge mit keinem Wort, keiner Geste, nicht einmal einem Stirnrunzeln kommentierte. Vor ihm stand ein Mann der alten Schule, der seinen Unmut teilen würde.

Und so war es auch. Nachdem Friedrich den Alten Chee von Leahs und Boon Lees Fehltritt in Kenntnis gesetzt hatte, verfiel der Chinese in Schweigen. Er bemühte sich um eine gleichmütige Miene, nur der angespannte Kiefer und die verengten Augen zeugten von schwer unterdrücktem Zorn. Friedrich lehnte sich zurück und wartete ab.

»Sie sind ein Ehrenmann, also glaube ich Ihnen diese ungeheuerliche Geschichte«, sagte der Alte Chee schließlich mit ruhiger Stimme. »Es ist natürlich ganz und gar unmöglich, dass mein Sohn eine Europäerin heiratet. Ihre Schwägerin wird einsehen, dass diese Mesalliance ein Ende haben muss. Noch ist kein Tratsch aufgekommen und somit kein Schaden für den guten Ruf unserer Familien entstanden. Ich zähle darauf, dass Sie Fräulein Uhldorff unter Kontrolle halten. Um meinen Sohn kümmere ich mich.«

Friedrich glaubte, sich verhört zu haben. Wie konnte der Mann sich dazu versteigen, Leah als seines Sohnes nicht würdig anzusehen! Eine scharfe Zurechtweisung lag ihm auf der Zunge, doch er zügelte sich und schluckte die bittere Pille. So wie es aussah, war er nicht in der Situation, einen Skandal heraufzubeschwören, indem er einen der am höchsten angesehenen Männer der Stadt gegen sich aufbrachte.

»Gibt es noch etwas zu besprechen?«

Friedrich verneinte.

»Gut.« Der Patriarch erhob sich. Die Audienz war beendet.

»Ich werde dafür Sorge tragen, dass nie ein Wort über die unselige Angelegenheit unser Haus verlässt«, sagte Friedrich.

»Davon gehe ich aus.« Die Kälte in der Stimme des Alten Chee ließ Friedrich frösteln. Er hatte erreicht, was in seinen Augen nötig war, aber Freunde hatte er sich dadurch nicht gemacht. Die Schuld dafür lag bei Leah.

10

August 1859, drei Monate später

So stickig wie in diesem Jahr war es noch nie gewesen, zumindest erschien es den Singapurern so. Kaum hundert Kilometer vom Äquator entfernt herrschte in Singapur jahrein, jahraus ein feuchtheißes Klima, das pünktlich jeden Nachmittag mit einem erfrischenden Regenguss aufwartete. Doch seit Monaten stöhnte die Stadt nun schon unter einer nicht enden wollenden Hitzewelle. Wer Besorgungen zu erledigen hatte, huschte von Schatteninsel zu Schatteninsel, und manche der chinesischen und indischen Hafenarbeiter, von ihren Arbeitspflichten in die glühende Sonne gezwungen, brachen mit Hitzschlag zusammen. Von den Malaien, ohnehin körperlichen Anstrengungen nicht zugetan, war kaum jemand in der Stadt zu sehen, und selbst die Vögel wirkten seltsam matt.

Auch Leah, die im Allgemeinen unempfindlich gegen alle Kapriolen des Wetters war, stand an ihrem Fenster und hoffte auf eine Brise. Seit Johanna sie vor drei Monaten verraten hatte, war sie eine Gefangene. Ein einziges Mal, drei Nächte nach ihrer Entdeckung, war es ihr gelungen, zu entkommen. Auf der Suche nach Boon Lee war sie durch die Stadt geirrt, doch sie hatte ihn nicht gefunden. Die Nacht verbrachte sie in ihrer geheimen Hütte. Als sie am nächsten Morgen wieder über den Fluss gehen wollte, kreuzte unglücklicherweise Friedrich ihren Weg. Er war seit Sonnenaufgang auf der Suche nach ihr und zerrte sie erbost in die Kutsche. Sie trat um sich, biss ihn in die Hand, aber er ließ sie nicht los und schleifte sie wieder in ihr Zimmer. Kaum hatte er die Tür hinter ihr verschlossen, warf sie ein paar Sachen zusammen und riss die Fensterläden auf. Sie wollte schon die Beine übers Sims schwingen, als sie fassungslos in der Bewegung verharrte.

Der Mangobaum, ihre Leiter in die Freiheit, war gefällt worden. Außer sich vor Wut verfluchte sie Lim, der mit eingezogenen Schultern einige Arbeiter beim Zersägen des Baums beaufsichtigte.

Wenige Tage später teilte Friedrich ihr mit, Chee Boon Lee sei bereits auf dem Weg nach China, um sich dort eine Braut zu suchen. Er hatte kaum die Tür wieder hinter sich zugezogen, als sie zusammenbrach. Boon Lee hatte sie verraten wie alle anderen auch.

An die folgenden Tage erinnerte sie sich kaum, alles floss ineinander, bis eines Nachts Lim einen an einen Stein gebundenen Brief durch ihr Fenster warf. Er kam von Onkel Koh. Mit fliegenden Fingern entfaltete Leah das Papier. Von einem Hausdiener der Chees hatte Koh Kok erfahren, dass Boon Lee mit Gewalt auf die Dschunke gezwungen worden war; zuvor hatten Vater und Sohn hinter verschlossenen Türen so erbittert gestritten, dass die Familie und die Diener sich nur auf Zehenspitzen zu bewegen wagten.

Wieder und wieder las Leah den Brief. Onkel Koh, den sie nie eingeweiht hatte, wohl wissend, dass er die heimlichen Treffen nicht gutgeheißen würde, war aus allen Wolken gefallen, als Lim völlig aufgelöst in seiner Kammer erschien. Sie war ihm dankbar, dass er sie nicht für ihr Verhalten verurteilte, doch sein Rat, sie solle sich in die Situation fügen, kam sie hart an.

In den folgenden Wochen und Monaten waren Onkel Kohs Briefe, die Lim ihr heimlich zusteckte, ihr einziger Trost. Seiner Bitte folgend, hatte sie alle Fluchtversuche fürs Erste aufgegeben, allein schon, um den armen Lim, dem Friedrich unter Androhung schrecklicher Konsequenzen aufgetragen hatte, ihre Schritte zu überwachen, nicht in eine missliche Lage zu bringen. Boon Lee zu schreiben hatte sie aufgegeben. Von ihm war bisher keine Zeile gekommen, und sie vermutete, dass seine Briefe ebenso abgefangen wurden wie die ihren. Ein Mann wie der Alte Chee besaß viele Möglichkeiten.

Kein Windhauch brachte Erleichterung. Leah überlegte, ob sie sich wie die anderen zu einem Mittagsschlaf aufs Bett legen sollte. Sie entschied sich dagegen, entkleidete sich, wickelte einen Sarong um ihren Körper und ging zum Bad, einer separaten Hütte neben dem Küchenhaus, ausgestattet mit einem gemauerten Becken, das Lim jeden Morgen mit frischem Wasser aus dem Brunnen füllte. Sie goss sich mehrere Kellen Wasser über den Kopf und seifte sich ein.

Traurigkeit überwältigte sie. Kein Tag verging, an dem sie nicht Boon Lees Hände auf ihrem Körper spürte, an dem sie sich nicht nach seiner Umarmung, seinem Lachen und der Tiefe seiner schwarzen Augen sehnte. Sie krümmte sich über das Bassin, klatschte voller ohnmächtigem Zorn mit den Händen auf die Wasseroberfläche und zerstörte ihr Spiegelbild.

»Das ist es doch, was ihr wollt«, keuchte sie. »Mich brechen, mich verschwinden lassen.« Tränen traten ihr in die Augen, doch sie drängte sie zurück. Sie würde nicht klein beigeben. Niemals! In ihrem Mund breitete sich ein bitterer Geschmack aus, als sie an jene ersten Tage nach der Entdeckung ihres Fehltritts dachte. Fehltritt? Ha! Sie klatschte erneut auf das Wasser, wieder und wieder, hieb ihre Knöchel gegen die Badhauswand und fand Trost in dem körperlichen Schmerz, der so viel leichter zu ertragen war als der Schmerz in ihrem Herzen.

Als sie genug gewütet hatte, wusch sie sich den Seifenschaum

vom Körper. Sie fühlte sich wie jener Tiger, der in ihrem ersten Jahr in Singapur in einer Grube gefangen und in einem viel zu engen Käfig ausgestellt worden war. Energisch rieb sie sich trocken. Bald würde sie ihre Unabhängigkeit zurückerlangen, aber noch musste sie sich gedulden. Es war etwas geschehen, das sie für die nächsten Monate an Singapur fesselte.
Sie hatte die Mutter nicht kommen hören. Leah war noch nackt, als die Tür aufsprang und sich helles Sonnenlicht über ihren Körper ergoss. Sie griff nach ihrem Sarong, doch es war zu spät. Kalkbleich stand Alwine Uhldorff in der Tür und starrte ihre Tochter an. Langsam streckte sie die Hand aus und zog den Wickelrock fort. Leah stemmte die Arme in die Seiten und stellte sich zur Schau. Mit einem Mal fühlte sie unbändigen Stolz. Sie hatten versucht, ihr alles zu nehmen, doch es war ihnen nicht gelungen.
»Du bist schwanger«, flüsterte die Mutter. Sie schlug die Hände vor den Mund. »Schwanger«, jammerte sie. »Gibt es denn keine Schande, die du mir ersparst?«

* * *

Leahs Schreie hallten durchs Haus, so laut, dass sich Johanna am liebsten die Ohren mit Wachs verschlossen hätte. Nur zu gut erinnerte sie sich an ihr eigenes Wochenbett und litt mit ihrer Schwester. Sie hatte ihr beistehen wollen, doch Leah hatte sie wortlos des Zimmers verwiesen. Selbst heute, acht Monate nach dem großen Eklat und fünf Monate nach der Entdeckung der Schwangerschaft, war sie nicht gewillt, Johanna zu verzeihen.
Als die Mutter sie damals im August darüber unterrichtet hatte, Leah sei guter Hoffnung, hatte Johanna neuen Mut geschöpft, die Schwangerschaft möge die Schwester milder

stimmen, doch es war anders gekommen. Leah, die seitdem das Grundstück nicht mehr verlassen durfte, damit niemand von ihrem Zustand erfuhr, hatte nur umso verbissener geschwiegen, während die Mutter und Friedrich hinter Johannas und Leahs Rücken in Erwägung zogen, die Dienste einer malaiischen Engelmacherin, deren Kräuterkunst in der ganzen Stadt berühmt und berüchtigt war, in Anspruch zu nehmen. Mit Schaudern erinnerte sich Johanna an den Streit zwischen ihr und den beiden, als sie von den verwerflichen Plänen hörte. Als Mörder hatte sie sie beschimpft, der Christengemeinde nicht würdig, und gedroht, in der ganzen Stadt herumzuerzählen, was unter dem ehrwürdigen Dach in der Waterloo Street vor sich ging. Ihre Mutter und Friedrich hatten sich erschrocken entschuldigt und beteuert, sie hätten es nur so dahergesagt und natürlich niemals in die Tat umgesetzt, doch Johannas Vertrauen in die ihr am nächsten stehenden Menschen war erschüttert. Sie hegte den Verdacht, dass die beiden auf eine Totgeburt hofften. Sie für ihren Teil schloss Leah und das Ungeborene jeden Abend in ihre Gebete ein.

Auf Johannas Druck hin hatten sich Alwine Uhldorff und Friedrich schließlich dazu durchgerungen, das Kind nicht wegzugeben, sondern im Haus aufzuziehen. In der Hoffnung, dass man dem Baby die gemischte Herkunft nicht ansah, wollte man behaupten, seine chinesische Mutter sei im Kindbett gestorben, und man hätte Lim, dem Vater, aus Großmut erlaubt, es ins Haus zu bringen. Aus Zuneigung zu Leah hatte sich Lim sofort bereit erklärt, die Scharade mitzuspielen. Leah wiederum, vor vollendete Tatsachen gestellt, hatte sie alle nur verächtlich angesehen und sich wortlos wieder in ihr Zimmer zurückgezogen.

Abermals schrie Leah. Hoffentlich war es bald vorbei. Die Geburt, die Heimlichtuerei, einfach alles. Wie gern hätte sich

Johanna jemandem mitgeteilt, doch das war natürlich nicht möglich. Niemand außer dem engsten Kreis, bestehend aus ihr, Friedrich, der Mutter, Lim und der Ajah Barsha, die der Mutter bei der Geburt beistand, durfte je davon erfahren, was heute im Haus vorging. Es traf sich gut, dass Mercy gemeinsam mit ihren Zwillingen Carl und Roy für einige Monate nach Indien gereist war, um einer kranken Verwandten beizustehen. Es war kein Problem gewesen, Leahs Zustand vor dem beruflich stark eingespannten Andrew Robinson zu verbergen, doch Mercy mit ihrem sechsten Sinn für Klatsch, Tratsch und Skandale hätten sie kaum hinters Licht führen können. Sie würde noch genügend unbequeme Fragen stellen, wenn sie in vier Wochen zurückkehrte.

Ein Schnaufen lenkte Johannas Aufmerksamkeit auf ihren eigenen Sohn. Er litt schon den ganzen Tag unter Verdauungsstörungen, und jetzt gesellte sich ein Fieber hinzu. Zärtlich strich sie dem Einjährigen über die verschwitzte Stirn und malte sich aus, wie er und Leahs Kind in wenigen Jahren durch den Garten tollen würden. Eine wunderschöne Vorstellung.

Vorsichtig, um Hermann nicht zu wecken, stieg sie mit ihm die Treppe hinauf und legte ihn in seine Wiege. In Leahs Zimmer war es jetzt still. Sie schlüpfte hinein und stellte sich hinter ihre auf einem Stuhl sitzende Mutter. Die Inderin Barsha kniete neben dem Bett und tupfte Leah den Schweiß von der Stirn. Die Schwester hatte den Kopf zur Wand gedreht und atmete schwer. Sie wirkte entrückt, gefangen in der harten Arbeit, ein Kind zu gebären.

»Brauchst du etwas?«, flüsterte Johanna ihrer Mutter zu.

»Nein.«

»Wie steht es?«

Alwine Uhldorff seufzte. »Barsha sagt, das Kind liegt richtig.

Es wird aber noch eine Weile dauern. Die Wehenabstände sind lang.« Sie wandte den Kopf und lächelte Johanna müde an. »Es wird schon gutgehen.«

Johanna nickte beklommen. Es beunruhigte sie, dass kein Arzt zugegen war, doch in diesem Punkt hatte die Mutter nicht nachgegeben. Leah sei jung, hatte sie Johannas Einwände unwirsch beiseitegewischt, Johanna selbst verstünde einiges von Krankenpflege, und Barsha hätte ihr versichert, schon bei mehreren Geburten im indischen Viertel geholfen zu haben. Sie kämen durchaus ohne Arzt zurecht, der mit Sicherheit den Mund nicht würde halten können.

In den nächsten zwei Stunden geschah kaum etwas, wenn man von Leahs herzzerreißenden Schmerzensschreien absah, die in immer kürzer werdenden Intervallen die abendliche Stille zerschnitten. Friedrich war noch nicht zurück, wahrscheinlich hatte er im Teutonia-Klub Zuflucht gesucht, nachdem seine Schwiegermutter ihm eine Nachricht ins Kontor gesandt hatte, sobald Leah ihre ersten Wehen bekam. Johannas Sohn war mittlerweile nicht mehr zu beruhigen. Sein Fieber stieg stetig, er weinte zum Gotterbarmen. Johanna war so mit Hermann beschäftigt, dass sie erst aufmerkte, als die Mutter ihr eine Hand auf die Schulter legte.

»Fahr mit ihm zu Dr. Thomas«, sagte sie leise.

»Es ist spät. Er schläft sicher schon.«

»Dann wecke ihn. Es ist mir lieber, ich weiß Hermann in guten Händen. Ich möchte mir heute nicht auch noch Sorgen um deinen Sohn machen müssen. Ich bestehe darauf«, fügte sie hinzu, als Johanna den Kopf schüttelte.

Eine halbe Stunde später saß Johanna in Dr. Thomas' Praxiszimmer, während Lim in der Mietkutsche vor der Tür wartete. Der Arzt war glücklicherweise noch nicht zu Bett gegangen und erklärte sich sofort bereit, Hermann zu untersuchen.

Er konnte Johanna letztendlich beruhigen. Hermann litt unter einer einfachen Erkältung, die mit Ruhe, Geduld und Hühnerbrühe auszutreiben sei. Erleichtert machte sie sich eine Stunde später wieder auf den Heimweg.
Unheilvolle Stille lastete über dem Haus. Johanna drückte Lim ihren fiebrigen Sohn in die Arme, hastete auf die Veranda und stieß die Haustür auf. Ihre Mutter wankte ihr entgegen.
»Wie geht es Leah?«, krächzte Johanna angstvoll. »Was ist mit dem Kind?«
Alwine Uhldorffs Augen wirkten stumpf, sie schien binnen Stunden um Jahre gealtert. Die Ereignisse der Nacht hatten tiefe Falten in ihr Gesicht gegraben. »Tot«, sagte sie. Tonlos berichtete sie von dem Entsetzlichen. Kurz nachdem Johanna das Haus verlassen hatte, seien Leahs Wehen in immer schnellerer Folge gekommen, bis sie schließlich in Ohnmacht gefallen sei. Ihr Körper hätte auch ohne ihren Verstand die Geburt vorangetrieben, und wenig später sei das Kind gekommen.
»Ein Mädchen«, murmelte die Mutter. »Viel zu klein und dünn. Es hätte wohl ohnehin keine Überlebenschance gehabt. Vielleicht ist es besser so. Barsha hat den Körper bereits fortgebracht.«
»Fortgebracht? Wohin? Auch wenn es nicht getauft ist, müssen wir es doch christlich begraben!«
Das Leben kehrte in Alwine Uhldorffs Augen zurück. »Über diesen unglückseligen Abend wird kein Wort nach draußen dringen, auch nicht an den Reverend, hörst du? Leah ist nie schwanger gewesen! Nur so werden wir jemals einen Mann für sie finden.«
Ein ungeheuerlicher Verdacht keimte in Johanna auf, doch sie biss sich auf die Zunge. Niemals würde ihre Mutter so weit gehen, ihr eigenes Enkelkind zu töten. So etwas durfte sie nicht einmal denken. Die Mutter hielt ihrem forschenden

Blick stand. Vielleicht ahnte sie, was in Johanna vorging, denn als sie wieder zu sprechen anhob, war ihre Stimme sanft. »Geh bitte hinauf, ich habe keine Kraft mehr. Leah geht es den Umständen entsprechend gut, aber sie darf nicht ohne Aufsicht sein. Die Nachgeburt ist da, die Blutungen sind beinahe versiegt. Sie wird bald das Bewusstsein wiedererlangen und Beistand brauchen. Wenn überhaupt ein Mensch ihr nahekommen kann, dann bist du es.« Ihre Augen füllten sich mit Tränen und zerstreuten Johannas Befürchtungen. »Das arme Kind«, schniefte sie, ohne dass klarwurde, ob sie ihre Tochter oder das tote Neugeborene meinte.

11

Mai 1860, vier Monate später

Der Jubel strömte wie die auflaufende Flut durch die Straßen, floss durch die Gassen und Gänge und erreichte schließlich auch die Sago Street. Tausende Kehlen lachten, riefen Glückwünsche und Zoten, nur Leahs Mund blieb verschlossen. Onkel Koh legte seine Hände zärtlich auf ihre Schultern und brachte seinen Mund an ihr Ohr. Erst beim dritten Anlauf gelang es ihm, den Lärm zu übertönen.

»Sollten wir nicht besser gehen?«

Sie schüttelte den Kopf.

»Warum tust du dir das an?«

Leah antwortete nicht. Er hätte ihre Gründe ohnehin nicht verstanden. Sie musste sich ihre große Liebe ein für allemal aus dem Herzen reißen. Vier fürchterliche Monate waren vergangen, seit ihr kleines Mädchen tot zur Welt gekommen war. Die Trauer um das Kind hatte sie endgültig in einen Abgrund geworfen. Sie magerte ab und verließ ihr Zimmer nur, wenn es unbedingt nötig war. Das Schweigen, mit dem sie Johanna, die Mutter und Friedrich strafte, ließ sich nicht mehr brechen, selbst wenn sie gewollt hätte.

Ohne Onkel Kohs Briefe hätte sie wohl kaum ins Leben zurückgefunden. Ausführlich berichtete er ihr von den kleinen Freuden und dem großen Leid im chinesischen Viertel. Anfang April hatte sie sich mit Lims Hilfe zum ersten Mal wieder aus dem Haus gestohlen und Onkel Koh besucht. Von ihm hatte sie auch von Boon Lees Rückkehr drei Wochen zuvor erfahren. Heute, am Sohjar Tiga Hari, dem dritten Tag seiner zwölf Tage dauernden Hochzeitsfeier, an dem das Brautpaar mit großem Gefolge durch die Straßen zog, würde sie ihn zum ersten Mal seit jenem Unglückstag vor einem Jahr sehen.

Ganz Teluk Ayer war auf den Beinen, um die Hochzeit des reichsten Erben der Stadt mit einer chinesischen Prinzessin zu feiern. Zumindest behaupteten die Gerüchte, sie sei eine Prinzessin, doch Onkel Koh glaubte es nicht. Eine adelige chinesische Familie hätte selbst ihre jüngste Tochter nicht an einen Händler, einen Emporkömmling, verschachert, daran änderte auch die Handelsflotte der Chees nichts.

Am Aufgang der Straße brach ein Tumult aus. Helfer drängten die Menschen auseinander, um eine Gasse zu bilden, ein Gong wurde geschlagen, dann erblickte Leah zwei rote, mit Stickereien und Fransen geschmückte Zeremonienschirme über den Köpfen der Menschen. Sie knirschte mit den Zähnen, bis ihre Kaumuskeln schmerzten. Als ein Helfer sie beiseiteschieben wollte, fuhr sie ihn so harsch an, dass er ihr einen Platz in der vorderen Reihe überließ.

Als Erstes kamen Träger mit der Aussteuer. Ein goldbeschlagener Henkelkorb, Bakul Siah genannt, löste durch seine Pracht einen vielstimmigen Ausruf der Bewunderung aus, und auch einige Schmuckstücke weckten begehrliche Blicke, doch Leahs Augenmerk galt allein der Menschengruppe, die den Trägern gemessenen Schrittes folgte. Zwei Männer von der Insel Boyan in buntbedruckten Baumwolltuniken und mit nach malaiischer Art gewickelten Kopfbedeckungen gingen vorweg. Jeder von ihnen trug an einer langen Stange eine Papierlaterne, auf denen in kunstvoller Kalligraphie die Familiennamen der Brautleute prangten. Ihnen folgten ein kleines Mädchen und ein kleiner Junge in chinesischen Trachten, dann kam das Brautpaar, flankiert von den Schirmträgern.

Über und über mit glücksbringenden Phönixen und Drachen bestickte Seidenbrokatgewänder verhüllten die Brautleute von Kopf bis Fuß, so schwer, dass die zierliche Braut sichtlich Mühe hatte, unter dem Gewicht nicht zusammenzubrechen. Auf ihrem Kopf thronte eine mit Goldornamenten verzierte Haube, die bei jedem ihrer Schrittchen hin- und herschwang. Sie trippelte auf gebundenen Füßen voran, bemüht, jeden Augenkontakt zu vermeiden. Selbst unter ihrem zur Maske geschminkten Gesicht war ihre unglückliche Miene zu erkennen. Leah wollte sie hassen, aber sie verspürte nur Mitleid. Für diese Frau hielt das Schicksal nichts bereit als Dienen, ihre oberste Pflicht würde das Gebären von Söhnen sein. Söhne für einen Mann, der sie nicht liebte, nicht lieben konnte. Boon Lee hatte Leah mehr als einmal beteuert, dass er ihren freien und wachen Geist schätzte, ihre Selbständigkeit und ihren Wissenshunger. Was sollte er mit einem Püppchen wie diesem an seiner Seite?
Sie riss sich von der Braut los und zwang ihren Blick auf den Bräutigam. Sein Gesicht war ebenso leer wie das der jungen Frau neben ihm. In seinen Festtagsgewändern wirkte er fremd und gleichzeitig vertraut. Zärtlich betrachtete Leah seine Züge, erinnerte sich an sein gelöstes Lachen, wenn er neben ihr lag, an die Lust, die sich darin gespiegelt hatte. Würde die Chinesin ihn jemals so erleben? Sollte sie es ihm und ihr wünschen? Leah umklammerte den Griff ihrer schweren Tasche, die sie schon den ganzen Tag mit sich herumtrug, wie einen Rettungsanker. Sie wollte ihn für sich allein, doch das Schicksal hatte in Boon Lees Leben keinen Platz für sie vorgesehen, hatte ihr sogar das gemeinsame Kind genommen. Dann konnte sie ihm ebenso gut alles Glück der Welt wünschen.
Er ließ den Blick über die Menge schweifen. Bevor Leah den Kopf senken konnte, trafen sich ihre Augen. Für einen kur-

zen Moment verlor er die Fassung, dann riss er sich zusammen. Noch zwei, drei Schritte, und er war vorüber, für immer aus ihrem Leben gegangen. Ehrwürdige Nyonyas, Ehefrauen der anderen Baba-Familien und Mütter von vielen Söhnen, bildeten die Nachhut des Zuges, dann schloss sich die Menge hinter ihnen. Benommen starrte Leah den sich entfernenden Schirmen und Laternen nach, bis die Prozession hinter der nächsten Straßenecke verschwand.

»Komm, Kleiner Sperling. Lass uns zum Wasser gehen. Du brauchst ein gutes Char Koay Teow und ein Glas Wein.«

Leah ließ sich von Onkel Koh zu einem kleinen Essensstand an der Kreta Ayer Road führen. Er besorgte zwei Schüsseln mit in einem dicken Sud aus Sojasauce, Eiern, Bohnensprossen, Frühlingszwiebeln und vielen Zutaten mehr schwimmenden Reisnudeln und drückte einem Jungen Geld in die Hand, damit er eine Flasche hochprozentigen Schnaps besorgte. Kurz darauf schenkte er Leah ein kleines Porzellantässchen voll. Sie stürzte es hinunter, schüttelte sich und hielt es ihm wortlos hin. Das dritte und vierte Mal schenkte sie sich selbst nach. Der Alkohol stieg ihr schnell zu Kopf, ein albernes Kichern schüttelte sie. Sie konnte gar nicht mehr aufhören zu lachen, als sie sich die ratlosen Gesichter ihrer Familie vorstellte, wenn sie bemerkten, dass die Gefangene ausgebrochen war. Es geschah ihnen recht. Und bald würden sie erkennen, wie viel Grund sie für ihre Bestürzung hatten. Leahs Stimmung kippte ins Weinerliche. Vielleicht würden sie gar nicht nach ihr suchen. Vielleicht, ja ganz sicher sogar, war es ihnen egal, was aus ihr wurde. Sie griff nach dem Schnaps und wollte sich nachschenken. Der Geschichtenerzähler entwand ihr die Flasche.

»Du hast genug.«

Sie wehrte sich nicht, und bald darauf drängte Onkel Koh zum Aufbruch. Als er anbot, sie zu Thompson's Bridge zu bringen, lehnte sie ab. Sie wolle noch ein wenig allein sein und ihren Gedanken nachhängen. Sie umarmte ihn fest, schnappte ihre Tasche und ging davon, ohne sich noch einmal umzudrehen. Sobald sie sicher war, dass Onkel Koh sie nicht mehr sehen konnte, brachen die Dämme. Tränen rannen ihr in Strömen die Wangen hinunter. Es dauerte lange, bis sie sich so weit gefasst hatte, dass sie ihren Weg fortsetzen konnte. Sie musste sich sputen.

* * *

Johanna schlich bereits zum vierten Mal an Leahs Zimmer vorbei. Sie hatte wie jeden Morgen das Frühstückstablett vor der Tür abgestellt. Normalerweise holte sich ihre Schwester die Mahlzeit, sobald alle anderen im Untergeschoss versammelt waren, trank ihren Tee, aß ein paar Bissen und stellte das Tablett wieder in den Gang. Mit ihrer Mutter und auch Friedrich, die Aushungern für ein probates Mittel hielten, um Leah aus ihrem Zimmer und zurück in den Schoß der Familie zu zwingen, befand sich Johanna deshalb in einem andauernden Streit. Sie kannte Leahs Dickkopf besser als alle anderen, aber mehr noch schien sie die Einzige zu sein, die ihren Kummer und ihre Verzweiflung nachfühlen konnte.
Nachdenklich starrte sie auf das unangetastete Essen zu ihren Füßen. Obwohl es bereits Mittag war, hatte Leah kein Lebenszeichen von sich gegeben. Johannas Unruhe wuchs, doch noch rang sie mit sich, ob sie das Zimmer unaufgefordert betreten sollte. Zu deutlich stand ihr jener Nachmittag vor Augen, als sie die unseligen Zeichnungen gefunden und ihre fehlgeleitete Fürsorge alles Unglück heraufbeschworen hatte. Sie legte ihr Ohr an die Tür. Nichts. Kein Knarren, kein Atmen, kein Husten. Nur tödliche Stille.

Und wenn Leah krank geworden, in Ohnmacht gefallen war? Johannas Herz setzte für einen Schlag aus. Leah lag vielleicht im Sterben, und sie stand unschlüssig herum! Fahrig drückte sie die Klinke herunter, hoffend, dass Leah nicht den Riegel vorgelegt hatte. Einen Augenblick später war sie im Zimmer. Leah war nicht da, das Bett unberührt.

Die Vorhänge bewegten sich leicht. Johanna trat ans Fenster. Seit der Baum fort war, hatte Leah das Haus nicht mehr heimlich verlassen – zumindest glaubten das alle. Aber mit einem Mal war sich Johanna nicht mehr so sicher. Die Aufmerksamkeit Friedrichs und der Mutter war allmählich erlahmt, zumal Leah in ihrer Apathie nicht den Eindruck gemacht hatte, als interessiere sie die Welt jenseits des Gartentores noch. Sie hätte jederzeit davonspazieren können, es wäre erst Stunden später aufgefallen. Oder eben am nächsten Morgen.

Johannas Hände krampften sich um das Fenstersims, als ihr siedend heiß einfiel, dass Boon Lee wieder in der Stadt war. In diesen Tagen feierte er Hochzeit; anstandshalber waren sie und Friedrich sogar eingeladen worden, doch sie hatten sich in fadenscheinige Ausreden geflüchtet. War Leah dort? Falls ja, wollte sie einen Eklat herbeiführen oder sich lediglich überzeugen, dass der Mann ihr für immer genommen war? Johanna drehte sich so heftig um, dass eine kleine chinesische Schale ins Taumeln geriet und auf dem Fußboden zerschellte. Sie wollte sich bücken und die Scherben auflesen, doch dann hielt sie inne.

Irgendetwas stimmte hier ganz und gar nicht. Im Gegensatz zu sonst wartete Leahs Zimmer mit peinlicher Ordnung auf. Ihre Bücher reihten sich alphabetisch sortiert auf dem Regal, der Tisch, normalerweise übersät mit Stiften, Skizzen und getrockneten Spezimen, war leer. Ihre Käfer stapelten sich in Boxen verstaut neben dem Schrank. Johanna öffnete ihn zö-

gernd. Leah hatte ihre Kleidung sogar nach Farben sortiert. Nach und nach, mit wachsender Unruhe, zog Johanna jede Schublade auf und blickte sogar unters Bett. Nichts Auffälliges, außer ebenjener ungewöhnlichen Sauberkeit und Ordnung. Es wirkte, als hätte Leah reinen Tisch gemacht.
Hektisch durchsuchte Johanna das Zimmer ein zweites Mal. Die wenigen fehlenden Dinge erhärteten ihren Verdacht: Die Aquarellfarben und Pinsel waren fort, ihr Vergrößerungsglas, sämtlicher Schmuck und ihre Börse, dazu einige persönliche Unterlagen und Schriftstücke. Eine Spange legte sich um Johannas Brust, als es ihr dämmerte: Leah war fortgegangen. Für immer.
Die Kleidung schien bis auf ein einfaches Hauskleid vollständig zu sein, doch Johanna vermutete schon lange, dass Leah einen Fundus einheimischer Trachten besaß. Mit zunehmender Unruhe durchsuchte sie auch den Rest des Hauses. Leah hatte weder Johannas Schmuck noch den der Mutter angerührt, jedoch einiges Tafelsilber sowie das komplette Haushaltsgeld für die nächsten Wochen mitgenommen. Johanna stöhnte auf. Die Mutter und Friedrich würden toben.
Zurück in Leahs Zimmer setzte sie sich auf die Bettkante. Vornübergesunken presste sie die Fäuste an die Schläfen. Was hatte Leah vor? Bei wem würde sie Zuflucht suchen? Einer Eingebung folgend riss sie die Schranktür auf und nahm einen dicken Packen Zeichnungen heraus. Schnell blätterte sie den Stapel durch, bis sie das gesuchte Bild gefunden hatte. Nachdenklich studierte sie das Portrait des älteren Chinesen, das sie schon vor vielen Monaten so beeindruckt hatte.
Johanna sprang auf. Um das Schlimmste zu verhindern, musste sie schnell handeln. Friedrich arbeitete im Kontor, und ihre Mutter verbrachte wie üblich den Donnerstagvormittag im Convent of the Holy Infant Jesus. Wenn alles gutlief, konnte

sie Leah zurückbringen, bevor die anderen von ihrer Abwesenheit erfuhren. Leider war auch Lim heute nicht da, denn mit ihrem und Friedrichs Segen hatte er einige Tage freibekommen, um Freunden beim Bau eines Hauses irgendwo am Stadtrand zu helfen. Wie sie vermutete, hatte er Leahs Alleingänge gedeckt, wahrscheinlich wusste er sogar, wo sie sich aufhielt.

Sie rollte das Portrait des Chinesen zusammen und ging nach unten. Im Schatten des Tamarindenbaumes saß Ping, die neue Kinderfrau. Johanna hatte die freundliche Chinesin als Ersatz für Barsha eingestellt, die kurz nach Leahs Totgeburt davongelaufen war. Gerührt beobachtete sie vom Salonfenster aus, wie Hermann versuchte, sich am Arm der geduldigen Ping hochzuziehen. Seit er krabbeln konnte, war er mit Feuereifer dabei, die Welt zu erobern, und jetzt hatte er entdeckt, dass er auf zwei Beinen noch schneller alles würde erreichen können. Es war nur noch eine Frage von Wochen, vielleicht Tagen, bis er selbständig laufen konnte. Ping und sie sahen dem Tag mit einer Mischung aus Vorfreude und Schrecken entgegen. Sie würden ihn nicht mehr aus den Augen lassen können.

Kaum eine halbe Stunde später stand Johanna unschlüssig unter den Arkaden am Eingang der Temple Street. Das Viertel der Chinesen, in dem auch viele Inder lebten, war das mit Abstand größte und am dichtesten bevölkerte Singapurs. Es würde einer göttlichen Fügung bedürfen, den Portraitierten in diesem Ameisenhaufen zu finden. Eine Gruppe Tamilen trat aus ihrem Tempel und beäugte sie interessiert. Im Zurückweichen stolperte Johanna über einen indischen Blumenverkäufer, der hinter ihr auf dem Boden hockte und Girlanden aus orangefarbenen Tagetes und süßduftendem Jasmin auffädelte. Ein aufmerksamer Passant sprang hinzu und fing sie auf, bevor sie zu Fall kam. Sie stammelte einen Dank, woraufhin sich der Bärtige verneigte und zu der auf der anderen Straßenseite gelegenen Moschee eilte. Ein Schwall ärgerlicher Worte nötigte sie, sich umzudrehen. Der Blumenverkäufer hatte sich aufgerichtet und hielt ihr mit vorwurfsvoller Miene einen zerdrückten Blumenkranz entgegen. Hastig nestelte sie eine Münze aus dem Beutel, drückte sie ihm in die Hand und eilte weiter.

Bald hatte sie sich hoffnungslos in den Gassen jenseits der Southbridge Road verirrt. Beklommen marschierte sie weiter, während Kulis und Wäscher, chinesische Blumenmädchen in grellfarbigen Cheongsams, anstößig hochgeschlitzten, enganliegenden Kleidern und uralte Männer mit den Fingern auf sie zeigten und tuschelten. Sie verstand kaum ein Wort, doch der spöttische Unterton der Bemerkungen entging ihr nicht. Nervös umklammerte sie Leahs Zeichnung. Anders als die Schwester, die sich den Bildern nach zu schließen mit großer Gelassenheit und Selbstverständlichkeit durch das Viertel bewegt hatte, erkannte sie keinen Reiz in ihrer Umgebung, sah nur fürchterliche Armut, Krankheit und Hoffnungslosigkeit. Als ein Leprakranker mit einer Hand, die mehr einer Vogelklaue als den Gliedmaßen eines Menschen glich, nach ihrem Arm griff, verlor sie die Nerven. Mit einem Schrei schüttelte sie ihn ab und stürzte in die nächste Gasse. Eine Gruppe finster blickender Männer kam geradewegs auf sie zu. Johanna kehrte auf dem Absatz um und rannte davon, während hinter ihr das rauhe, anzügliche Lachen der Männer von den Hauswänden zurückgeworfen wurde.

Sie wusste nicht, wie lange sie gelaufen war, als sie endlich, völlig außer Atem und mit zerfetztem Rocksaum, auf die weite, lichterfüllte Southbridge Road traf. Erleichtert winkte sie einen leeren Palanquin heran. Ihr Herz klopfte noch immer bis zum Hals, als sie die Tür hinter sich zuzog. Die Straße war so verstopft, dass sie nur im Schritttempo vorankamen. Johanna ließ den Blick über die gekrümmten Rücken der Kulis, über konisch geformte Strohhüte, Warenstapel und Suppenküchen gleiten. Für sie hatte Singapur bisher hauptsächlich aus dem europäischen Viertel, den Prachtbauten am Nordufer des Flusses und dem Geschäftsviertel auf der gegenüberliegenden Seite bestanden. Die meisten Inder, Chinesen und Malaien, die sie kannte, waren Dienstboten. Schweigsame Geister, die zu ihr, in ihre begrenzte Welt kamen. Heute war sie zum ersten Mal zu ihnen gegangen, hatte zum ersten Mal mit eigenen Augen die beengten Verhältnisse wahrgenommen, in denen die erdrückende Mehrheit der Bevölkerung lebte.

Ein muffiger Gestank drang in die Kutsche. Johanna hielt sich die Hand vor die Nase und beugte sich aus dem Fenster. Die Kutsche passierte einen von großen Glasgefäßen voll in Alkohol schwimmender Schlangen flankierten Ladeneingang. Johanna erkannte den Laden sofort: Unter Leahs Zeichnungen hatte sich eine Abbildung dieser Häuserfront befunden, komplett mit den Gläsern und Schlangen. Und mit einem verhutzelten alten Mann davor.

Aufgeregt hieß sie den Kutscher halten und trat durch die Tür. Hinter der Theke stand ein alter Chinese, der bei ihrem Eintreten leicht den Kopf senkte. Johanna gruselte der Anblick all der toten Tiere, dann riss sie sich zusammen und grüßte ihn ihrerseits.

»Sprechen Sie Malaiisch?«, fragte sie.

»Ja. Sie wünschen?«

Johanna strich die mitgebrachte Zeichnung auf dem Tresen glatt. »Ich suche diesen Mann«, erklärte sie. Gespannt beobachtete sie den Alten, während er das Blatt studierte.

Endlich richtete er sich auf. »Den habe ich nie gesehen.«

»Sind Sie sicher?«

»Natürlich.«
»Aber meine Schwester, die müssen Sie kennen. Leah Uhldorff. Sie sieht mir nicht ähnlich, ist klein und dunkelhaarig.« Johannas Stimme wurde immer schriller, doch ihr Gegenüber zuckte nicht mit der Wimper. Ihre Freude über die Entdeckung der Apotheke schlug in verzweifelte Wut um. »Sagen Sie mir die Wahrheit!«, rief sie. »Leah hat Sie doch gezeichnet. Das sind Sie auf dem Bild.«
»Ich kenne keine reichen Mems. Hier kaufen nur Chinesen ein.« Der scharfe Unterton ließ Johanna aufhorchen. Es war unverkennbar, dass der Mann sie loswerden wollte. Noch einmal drang sie in ihn, beschrieb Leah bis ins Detail, erwähnte ihre Sprachkenntnisse, doch er blieb bei seiner Behauptung. Unverrichteter Dinge verließ sie schließlich den Laden und stieg in die wartende Kutsche. Sie kochte innerlich. Es war offensichtlich, dass der Alte Leah und ihren Chinesenfreund kannte. Sie würde den verstockten Kerl so lange traktieren, bis er mit der Sprache herausrückte. Notfalls kam sie jeden Tag wieder.

* * *

Seit der alte Frachtsegler im Morgengrauen den Hafen von Singapur verlassen hatte, rollte er leise und gleichmäßig in einer leichten Dünung. Leah hatte sich, gut verborgen hinter einer Wand aus Kisten und Kaffeesäcken, ein Lager hergerichtet. Hier wollte sie ausharren, bis sie in wenigen Wochen Hongkong erreichten, wo sie von Bord schleichen, das Grab des Vaters besuchen und dann in den großen Weiten Chinas für immer verschwinden konnte. Noch hatte sie keine Vorstellung davon, wie sie sich dort ihren Lebensunterhalt verdienen sollte, aber sie vertraute darauf, dass ihr Vater seine schützende Hand über sie hielt.

Und wenn nicht? Trotzig zerrte sie an der Decke jenes englischen Matrosen, der sie gegen gute Bezahlung an Bord geschmuggelt hatte. Wenn alles schieflief, dann ging sie eben in China zugrunde.
Ihre Gedanken sprangen unvermittelt zu Onkel Koh. Ihn würde sie vermissen, vermisste ihn schon jetzt. Beinahe hätte sie es sich anders überlegt am gestrigen Abend, sich in seinen Armen den Schmerz von der Seele geweint. Doch die Erleichterung wäre nur von kurzer Dauer gewesen, und danach hätten die Geister Boon Lees und ihrer toten Tochter sie umso heftiger bedrängt. Sie musste fort, um nicht von ihnen erstickt zu werden.
Leises Scheppern riss Leah aus ihrem Grübeln. Ein grauer Schein durchdrang die Finsternis im Bauch des großen Segelfrachters, als die Luke geöffnet wurde. Vorsichtig richtete sie sich auf und spähte über die Kisten, die ihr Versteck tarnten. Mit angehaltenem Atem beobachtete sie die katzenhaften Bewegungen des Mannes, der den Niedergang herabkletterte. Er erreichte den Boden und verschwand außer Sicht zwischen der Ladung. Leah lauschte, doch das Knarzen der Schiffsplanken übertönte seine Schritte. Ihre Anspannung nahm zu. Wenn es ihr Helfer, William Copper, war, warum gab er sich nicht zu erkennen? Noch immer drang kein Laut zu ihr. Leah brach der kalte Schweiß aus. Fahrig tastete sie nach einem Gegenstand, mit dem sie sich verteidigen konnte, aber vergebens. Dann ein Scharren in nächster Nähe. Eine Hand ergriff ihren Arm. Sie schrie auf.
»Pst! Willst du, dass sie dich hören?«
»Copper?« Ihre Stimme zitterte. Kraftlos vor Schreck sank sie auf ihr Lager zurück.
»Wer sonst? Ich bringe dir Wasser wie abgesprochen. Essen habe ich keines, aber du hast ja noch die Vorräte da drin, die

sollten zwei Wochen reichen.« Zur Bestätigung klopfte er mit der flachen Hand auf eine kleinere Kiste. Dann schlängelte sich der Seemann durch eine winzige Lücke in das Versteck und ging neben ihr in die Knie. Ihre Höhle war so klein, dass er sich gegen sie pressen musste. Sie rückte ab, so weit es ging, brachte aber kaum eine Handspanne zwischen ihre Körper. Sofort kam er wieder näher, sein Atem streifte ihre Wangen. Leah verkrampfte sich. Als sie vor zwei Wochen im Hafen mit diesem Mann handelseinig geworden war, hatte sein offenes Gesicht sie für ihn eingenommen, er war ihr harmlos und vertrauenswürdig erschienen. Doch jetzt strichen seine Finger suchend über ihren bloßen Unterarm.

»Lass das.« Sie stieß ihn fort, gleichzeitig bemüht, einen heiteren Ton anzuschlagen. Sie durfte ihn keinesfalls verärgern. »Ich bin eine ehrbare Frau.«

Er lachte. »Ehrbare Frauen reisen nicht als blinde Passagiere. Außerdem tragen sie weiße Kleider mit Spitzen und Rüschen, keine Kulihosen.« Immer noch lachend erhob er sich und quetschte sich wieder zurück in den schmalen Durchgang. »Überleg es dir mit der Ehrbarkeit. Hier unten wird dir die Zeit lang werden.«

Wenige Augenblicke später krachte die Luke herunter. Erleichterung durchflutete kurz Leahs Körper. Doch sofort füllte sich die Dunkelheit mit Leben; Ratten trippelten auf der Suche nach Essbarem über Kisten und Säcke, und von allen Seiten schlichen Leahs Geister auf ihr Versteck zu. Sie umschlang die Beine mit den Armen und legte ihre Stirn auf die Knie. Die Überfahrt würde ihr viel Kraft abverlangen. Im schlimmsten Fall mehr.

* * *

Als Friedrich und ihre Mutter am Nachmittag zurückkehrten, hatte sich Johanna bereits eine Geschichte zurechtgelegt. Sie würde den beiden Leahs Flucht verheimlichen und alles daransetzen, die Schwester vor dem Zorn der Familie zu bewahren. Sobald sie Leah gefunden hatte, wollte sie gemeinsam mit ihr nach einer Lösung suchen, um ihr Leben wieder erträglich zu gestalten.

Daher behauptete sie, Leah sei bei einer kranken Freundin und würde auf deren Bitte hin dort übernachten. Da sich Leah in der Vergangenheit hin und wieder mit einer gleichaltrigen Engländerin getroffen hatte und diese aus guter Familie stammte, stellten weder Friedrich noch die Mutter Fragen, zumal Johanna ein kurzes Billett vorlegen konnte, das sie mit verstellter Schrift selbst geschrieben hatte.

Den ganzen Abend saß Johanna wie auf heißen Kohlen. Ein, zwei Tage noch würde sie Leahs Abwesenheit erklären und ohne Friedrichs Wissen und das ihrer Mutter nach ihr suchen können, notfalls auch in den dunkelsten Hinterhöfen der Armenviertel. Dies war vielleicht die letzte Gelegenheit zur Wiedergutmachung, und sie würde sie nutzen.

In der Nacht warf sie sich ruhelos von einer Seite zur anderen. Sie fand keinen Schlaf, lauschte stattdessen in die Dunkelheit. Mehrmals sprang sie auf und eilte zum Fenster, weil sie meinte, das Klappen des Gartentors und Schritte vernommen zu haben, doch niemand kam.

Endlich graute der Morgen, waren Morgentoilette und Friedrichs Verabschiedung überstanden. Johanna vertraute Hermann erneut Pings Obhut an und gab gegenüber ihrer Mutter vor, sie wolle mit Mercy eine Spazierfahrt unternehmen. Kurz überlegte sie, ob sie Mercy einweihen sollte, verwarf den Gedanken aber wieder. Einen Fußmarsch durchs chinesische Viertel würde diese trotz aller Freundschaft ablehnen und Johanna nur drängen, die Männer mit der Suche zu beauftragen.

Im Laden mit den getrockneten Tieren angekommen, hielt sich Johanna gar nicht erst mit Höflichkeiten auf. Sie knallte ein Selbstportrait ihrer Schwester und die Zeichnung, auf der auch der Alte abgebildet war, auf den Tresen.

»Behaupten Sie immer noch, meine Schwester ist Ihnen nicht bekannt?«, herrschte sie den Alten an, der angesichts der zornigen Mem einiges von seinem Gleichmut verlor. Sein Blick flackerte zwischen Johanna und den Zeichnungen hin und her, dann bellte er etwas auf Chinesisch in den hinter dem Laden liegenden Raum. Ein Junge erschien.

»Der Mann, den Sie suchen, heißt Koh Kok«, sagte der Alte. »Folgen Sie dem Jungen!« Er nickte knapp und wandte sich demonstrativ einem neuen Kunden zu. Der Junge stand schon auf der Straße, und Johanna musste weit ausschreiten, um mit ihm Schritt zu halten. Kurz darauf blieb er in einer schmalen Gasse vor einer Tischlerwerkstatt stehen und rief etwas hinein. Ein Chinese mittleren Alters kam heraus, erblickte Johanna und hieß sie in der Werkstatt zu warten. Johannas Nervosität kehrte zurück. Sie hoffte inständig, die Schwester würde gemeinsam mit Herrn Koh die Stiege herunterkommen, doch stattdessen sauste ein kleiner Schatten auf sie zu und kletterte laut schnatternd an ihr hoch.

»Äffchen!« Sie kraulte den kleinen Gesellen unterm Kinn. Das Tier war sichtlich erfreut, sie zu sehen. Einen derart überschwenglichen Freudenausbruch durfte sie von Leah nicht erwarten. Ein Räuspern lenkte sie von dem aufgeregten Äffchen ab. Am Fuß der Treppe stand Herr Koh. Er wirkte ausgezehrter, als sein Portrait erwarten ließ, doch ansonsten hatte Leah ihn gut getroffen.

»Koh Kok?« Johanna setzte den Affen auf den Boden und ging auf den Mann zu. Sie überragte ihn um mindestens eine Handbreit. »Guten Tag.«
»Guten Tag, Mrs von Trebow.«
»Sie haben mich erwartet?«
Er zuckte die Achseln. »Apotheker Ah hat mir von Ihrem gestrigen Auftritt berichtet und mich gefragt, ob ich Sie treffen wolle.«
Johanna merkte auf. »Er wusste von Anfang an, wer ich bin?«, hakte sie nach.
»Natürlich.« Koh Kok wies auf die Papierrollen in ihrer Hand. »Ihre Schwester hat uns Bilder von Ihnen und Ihrem Sohn gezeigt.«
»Sie sind über unsere Familienverhältnisse offenbar gut im Bilde«, sagte Johanna schnippisch, während die Wut erneut in ihr aufstieg. »Dann dürfte Ihnen auch klar sein, dass wir Leahs Verhalten nicht tolerieren können. Der gute Ruf meiner Schwester hat Schaden genug genommen. Diese Eskapaden müssen aufhören.«
Er hob die Augenbrauen. »Eskapaden? Warum, glauben Sie, kommt Ihre Schwester hierher? Sie ist sehr unglücklich, doch in ihren schwersten Stunden ließen Sie sie allein.«
»Was erlauben Sie sich!« Seine Worte trafen Johanna im Innersten, doch so durfte er nicht mit ihr sprechen. Sie setzte zu einer scharfen Antwort an. Er unterbrach sie mit einer Handbewegung.
»Mir ist sehr wohl bewusst, dass Leahs Verhalten gesellschaftlich untragbar ist«, sagte er kühl, »doch ich werde ihr zur Seite stehen, solange sie mich braucht. Ihre Schwester ist anders als die meisten Frauen, Mrs von Trebow. Finden Sie es wirklich erstrebenswert, sie zu brechen?«
»Genug jetzt. Offensichtlich haben Sie mehr Einfluss auf

Leah als ich. Machen Sie ihr klar, dass ihr Platz bei uns ist. Ich erwarte sie noch an diesem Nachmittag zurück in der Waterloo Street.«

Johannas Worte ließen den Mann verstummen. Seine Gesichtszüge erwachten endlich zum Leben. Mit zunehmender Verunsicherung sah Johanna erst Verwunderung, dann regelrechtes Entsetzen in seinen Augen wachsen.

»Sie ist nicht bei Ihnen?«, fragte sie unsicher.

Er schüttelte den Kopf. »Seit wann vermissen Sie sie?« Seine Stimme klang jetzt rauh.

»Sie ist seit zwei Nächten nicht nach Hause gekommen.«

Er stöhnte auf.

Viel fehlte nicht, und Johanna hätte ihn am Kragen gepackt und geschüttelt. »Was wissen Sie?«, fuhr sie ihn an.

»Sie war hier«, antwortete er, um Fassung ringend. »Wir haben den Hochzeitsumzug angesehen. Ihre Schwester war sehr aufgewühlt.« Er fuhr sich mit dem Handrücken über die Stirn. »Ich hätte es ahnen müssen. Sie nahm mich zum Abschied in den Arm, was sie sonst nie tat. Und sie hatte eine große Tasche bei sich. Ich wollte sie zu Thompson's Bridge begleiten, doch sie lehnte ab. Sie wollte allein sein, also ließ ich sie ziehen. Ich dachte, sie geht zurück in die Waterloo Street.«

Johanna war fassungslos. »Sie haben meine Schwester ohne Schutz gelassen?«

Seine Schultern sackten nach unten. »Es war noch eine Stunde bis Sonnenuntergang. Leah kennt hier jede Gasse, jede Abkürzung.«

»Sie haben unverantwortlich gehandelt«, zischte Johanna. »Als ich das erste Mal Ihr Bild sah, hoffte ich, dass meine Schwester in Ihnen einen Freund gefunden hat, einen, der ihr den Vater ersetzt. Ich habe mich geirrt.«

Er ließ Johannas Ausbruch stumm über sich ergehen, fragte nur, was sie nun tun wolle.
»Zur Polizei gehen, natürlich. Jedes erbärmliche Haus wird durchsucht. Jeder Hinterhof.«
»Ich bitte den Kapitan Cina, den Viertelvorsteher, um Hilfe«, sagte er. Seine Stimme war nur noch ein Flüstern. »Und die Hoey-Patriarchen. Wenn jemand Leah finden kann, dann die Männer der Hoeys.«
Johanna sah voller Abscheu auf den gebeugten Nacken des Mannes herab. »Gnade Ihnen Gott, wenn ihr etwas passiert ist«, sagte sie kalt, dann verließ sie ohne ein weiteres Wort das Haus.

12

Juni 1860, einige Tage später

Leah hielt es nicht mehr aus. Zwischen der Ladung herumzulaufen, hatte sich in der Dunkelheit als äußerst schwierig erwiesen; mehrfach war sie gegen Kisten gestoßen und gestolpert, wenn das Schiff krängte, und hatte am Ende ihre Höhle kaum wiedergefunden. Die Stunden flossen ineinander, dehnten sich ins Endlose, einzig unterbrochen von Coppers täglichen Besuchen, bei denen er ihr Wasser brachte und den Eimer für ihre Notdurft austauschte. Bisher war es Leah gelungen, ihn auf Abstand zu halten, doch seine Avancen wurden immer dreister, so dass sie am gestrigen Tag keinen anderen Ausweg gewusst hatte, als sich zwischen anderen Kisten zu verbergen, sobald die Luke aufging. Copper hatte ihre Taktik mit einem Lachen quittiert, doch er würde ihre Weigerung, ihm zu Willen zu sein, auf Dauer nicht akzeptieren. Auf ihre Frage, wann sie Hongkong erreichten, bekam sie keine Antwort. Leah befürchtete, mindestens eine weitere Woche in ihrem selbstgewählten Gefängnis ausharren zu müssen. Sieben Tage, acht, vielleicht zehn oder zwölf. Genug Zeit, um dem Wahnsinn gefährlich nahe zu kommen. Sie musste hier raus, und wäre es nur für ein paar Minuten. Frische Luft atmen, die Muskeln dehnen, die Sterne sehen.

Da sie sich nach all den Tagen in der Dunkelheit nicht mehr auf ihr Zeitgefühl verlassen konnte, lauschte Leah angestrengt. Anfangs waren noch Schritte zu hören, hier und da ein hitziger Streit oder laut gebrüllte Befehle, doch nach und nach verstummten die Geräusche. Das gleichmäßige Rollen

ließ auf eine stetige Brise schließen, die die Matrosen einlullen würde.
Leah tastete sich zum Einstieg des Laderaums vor, kletterte den Niedergang hinauf, drückte gegen die Luke und spähte durch den Spalt. Auch im Zwischendeck stapelten sich Kisten und Ballen, dunkle Blöcke in der grauen Dunkelheit. Schnarchen drang an ihr Ohr. Leah wartete, bis sich ihre Augen an das herrschende Zwielicht gewöhnt hatten. Kaum drei oder vier Meter entfernt baumelten einige Hängematten von der Decke. Sie behielt die Männer darin im Auge, doch nichts regte sich. Mit neuem Mut hob sie den Lukendeckel weiter an, die Kante fest umklammert, damit er ihr nicht aus der Hand rutschte. Alles ging gut. Unendlich vorsichtig schob sich Leah aus der Öffnung und huschte zur nächsten Treppe. Ein Windzug schlug ihr entgegen. Schnell eilte sie hinauf und versteckte sich sofort im Schatten weiterer Ladungsteile. Sie lehnte sich gegen eine Kiste, sog dankbar die unverbrauchte Luft in die Lungen und blickte in den Himmel. Leichter Dunst hing in der Luft und verlieh der Mondsichel eine fedrige Aureole. Weit entfernt am Horizont, dort, wo sie die riesige, langgestreckte Insel Palawan vermutete, türmten sich Gewitterwolken. Blitze schossen hin und her und erleuchteten die Wolkenungetüme von innen. Leah beobachtete das Spektakel gebannt. Den Mann, der seinen schweren Körper aufs Deck wuchtete und schlaftrunken, am Hosenbund zerrend, auf die Reling zusteuerte, bemerkte sie nicht.
Ein Fuß stieß gegen Leahs ausgestrecktes Bein. Sie fuhr auf, konnte einen Schreckensschrei nicht zurückhalten. Ein Fluch erschallte, dann stürzte der Mann krachend zu Boden. Leah sprang auf und schoss blind davon, verfolgt von seinen verwirrten Rufen. Keines klaren Gedankens fähig rannte sie ziellos zwischen den Kistenstapeln hin und her, verfing sich in

einer Wäscheleine, riss sich los, hetzte weiter und presste sich schließlich in eine Lücke zwischen dem hinteren Deckaufbau und weiterer Ladung. Der Spalt war kaum breit genug für sie, doch die einzige Möglichkeit, sich zu verbergen. Sie versuchte, ihren keuchenden Atem zu beruhigen, sprach sich selbst Mut zu: Sie brauchte nur in ihrem Versteck auszuharren und auf eine günstige Gelegenheit zu warten, wieder in den untersten Laderaum zu schlüpfen.
Doch der Matrose, der über sie gestolpert war, stapfte zur Einstiegsluke, und nur wenig später erklang das Getrappel vieler Füße. Offensichtlich hatte der Mann ihren Schreckensschrei als den einer Frau erkannt.
Angstvoll lauschte Leah, doch die Matrosen senkten ihre Stimmen zu einem unverständlichen Flüstern. Geistergleich schob sich schließlich der Umriss eines einzelnen Mannes in ihr Sichtfeld, leise und vorsichtig setzte er einen Fuß vor den anderen, spähte hinter Kisten und Säcke, kam immer näher. Auch die anderen Matrosen gaben kaum einen Laut von sich, glitten in unheimlicher Stille übers Deck. Siedend heiß fuhr es Leah durch die Glieder, als die Erkenntnis sie mit voller Wucht traf: Der Kapitän sollte nichts merken! Die Männer wollten die blinde Passagierin für sich allein haben! Sie krümmte sich innerlich vor Angst und presste sich verzweifelt noch tiefer in den Spalt. Der Matrose kam unaufhaltsam näher. Sie hielt die Luft an. Kurz verdeckte sein Körper das Mondlicht, als er an ihrem Versteck vorbeischlich. Leah presste ihre Fingernägel so fest in die Handflächen, dass es schmerzte. Sie wagte nicht zu atmen. Er schlich weiter, hatte den Spalt offenbar nicht bemerkt. Sie zählte bis zehn. Langsam und unhörbar ließ sie die Luft aus den Lungen entweichen. Sie glaubte schon, davongekommen zu sein, da zerrte der Matrose sie mit eisernem Griff aus ihrem Versteck. Leah

schlug um sich, trat und kratzte, aber es nutzte nichts. Ein letzter Ruck, und sie fiel auf die Planken. Sofort war er über ihr und presste die Hand auf ihren Mund. Leise Stimmen erhoben sich, das Getrappel schwoll an. Schon packten die ersten nach ihren Armen und Beinen und wollten sie fortschleifen. Leah biss zu, so fest sie konnte. Der Mann riss mit einem Fluch seine Hand fort. Sie schrie und schrie, bis ein grober Faustschlag direkt auf den Mund sie zum Verstummen brachte. Greller Schmerz durchzuckte sie, sie schmeckte Blut. Würgend spuckte sie einen ausgeschlagenen Backenzahn aus. Der Druck der Männerhände auf ihre Glieder verstärkte sich, obwohl sie um sich trat wie eine Besessene.

Das unwirsche Bellen einer autoritätsgewohnten Stimme fuhr wie ein Schwertstreich in den Tumult. Alle Bewegung, alles Geschrei erstarb augenblicklich. Im nächsten Moment stand der wutschnaubende Kapitän vor Leah und ihren Peinigern. Die Matrosen ließen einer nach dem anderen von ihr ab und traten kleinmütig einen Schritt zurück. Der riesenhafte Kapitän wartete, während sich Leah mühsam erhob, fasste sie dann unterm Kinn und zwang ihren Kopf in den Nacken.

»Eine englische Dirne in Kulikleidung«, knurrte er. »Man lernt nie aus.«

»Ich bin keine Dirne«, flüsterte Leah, wohl wissend, dass ihr niemand Glauben schenkte. In den asiatischen Häfen wimmelte es von Frauen aller Nationalitäten, die dem schmutzigen Gewerbe nachgingen.

»Keine Dirne? Nur eine Ausreißerin?« Er lachte rauh. »Nun, der Weg in die Bordelle ist auch für dich nicht mehr lang. Früher oder später landet ihr alle dort. Da kannst du auch gleich hier an Bord mit deinem neuen Geschäft beginnen, um die Passage zu bezahlen.«

»Ich habe Geld!«

Ein amüsiertes Lachen erklang. »Das finden wir schon. So groß ist das Schiff auch wieder nicht.«
Leah wurde eiskalt. Als der Kapitän sie hart am Arm packte und in Richtung seiner Kajüte zog, ging sie widerstandslos mit. Wohin hätte sie auch fliehen sollen?

* * *

Johanna erwachte mit einem Ruck. Verwirrt flackerte ihr Blick durch die Dunkelheit des Zimmers. Noch hielt der fürchterliche Traum sie in seinen Fängen, wirbelten die Stimmen gesichtsloser Männer und die Schreie ihrer Schwester durch ihren pochenden Schädel. Erst als sich Friedrich im Schlaf herumwälzte, zogen sich die Spukgestalten aus der Traumwelt zurück.
Johanna setzte sich auf und schwang die Beine auf den Boden. Das Laken lag als heller, knittriger Haufen neben dem Bett, ihr Nachthemd klebte schweißgetränkt am Körper. Leise erhob sie sich, verließ das Zimmer und tappte die Treppe hinunter. Die Uhr im Salon zeigte zwei Uhr an, die stillste und kühlste Stunde der Nacht. Sie trat auf die Veranda. Noch immer klopfte ihr Herz heftig gegen ihre Rippen, während sie sich immer und immer wieder sagte, es sei nur ein Traum gewesen, nur der Widerhall ihrer eigenen Ängste.
Es half nichts. Wieder und wieder schrillte Leahs Hilferuf in Johannas Ohren, wieder und wieder schoben sich die furchterregenden Schatten vor die Schwester, verbargen ihr weißes Gesicht und die flehend erhobenen Hände. Johanna lehnte sich an die Hauswand und ließ sich langsam zu Boden gleiten. Blicklos starrte sie auf den mächtigen Tamarindenbaum im Zentrum des Gartens. Vor ihrem inneren Auge sah sie plötzlich sich selbst. Ausgelassen tanzte sie mit Leah im strömen-

den Regen, die bloßen Füße klatschten ins nasse Gras. Leah drehte sich um die eigene Achse, die Arme weit ausgebreitet, als wollte sie sich in die Lüfte erheben.
Nun war die Schwester fort, vielleicht tot. Der Traum konnte nur ein schlechtes Omen sein, beinahe körperlich hatte sie die Gefahr gespürt, in der sich Leah befand, und sie wurde irre an ihrer eigenen Ohnmacht. Johanna presste die Handballen auf ihre Augen, zwang sich, noch einmal in die Abgründe ihres Alptraumes zurückzukehren in der Hoffnung, einen Hinweis auf Leahs Aufenthaltsort zu finden, doch alles blieb unklar, verschwommen, selbst Leahs Gesicht nur ein heller Fleck, der schnell vergraute und sich schließlich im Schwarz auflöste.
»Was tust du hier?«
Johanna nahm die Hände herunter. Sie hatte Friedrich nicht kommen hören, und nun stand er direkt vor ihr, barfüßig und im Schlafhemd. Mit einer Mischung aus Besorgnis und Ärger blickte er auf sie herab.
»Ich habe geträumt«, murmelte sie. »Von Leah. Es war fürchterlich.« Hilflos sah sie zu ihrem Gatten auf. »Nimm mich in den Arm«, bat sie.
Er reagierte nicht. »Du musst damit aufhören«, sagte er. »Leah ist auf und davon. Unser Leben geht auch ohne sie weiter.«
Johanna hoffte, sich verhört zu haben, doch in Friedrichs Augen las sie die Ablehnung, die sein Verhältnis zu seiner Schwägerin immer geprägt hatte, deutlicher denn je. »Wie kannst du so etwas verlangen?«, fragte sie heftig. »Leah ist kaum zwei Wochen fort. Wenn sie nun ermordet wurde?«
»Dann hätte man ihre Leiche gefunden.« Der sachliche Ton seiner Stimme ließ Johanna frösteln. »Aber weder die Polizei noch die Leute des Kapitan Cina haben eine Spur von ihr entdeckt. Und auch nicht die Hoey-Kumpane ihres sogenannten

Freundes.« Das letzte Wort spuckte er regelrecht aus. »Sie war immer undankbar, aber du wolltest es ja nie wahrhaben.«
»Sie war nicht undankbar. Nur anders.« Johanna dachte an die Worte des Geschichtenerzählers. »Und unglücklich. Sie hat ihren Geliebten und ihr Kind verloren. Wer wäre da nicht am Boden zerstört?«
»Ach ja?« Sein Ton wurde beißend. »Sie verdient dein Mitleid nicht, Herrgott noch mal. Wir alle haben das Menschenmögliche getan, um ihren Ruf zu retten, es gab sogar Heiratskandidaten. Und was tut sie? Verschwindet ohne ein Wort, ohne eine Zeile. Willst du wissen, was ich denke?« Er wartete Johannas Erwiderung nicht ab. »Sie will, dass du dich quälst. Sie weiß genau, dass du nie aufhören wirst, dich ihretwegen zu sorgen.«
»Das ist eine ungeheuerliche Unterstellung. Sie ist meine Schwester.«
»Eine schöne Schwester«, sagte er. »Kannst du dich überhaupt noch erinnern, wann sie das letzte Mal ein Wort an dich gerichtet hat? Vergiss sie, Johanna, so schnell wie möglich!«
»Das kann ich nicht.«
»Verdammt!« Johanna sah, wie sich seine Fäuste in schnellem Rhythmus öffneten und schlossen. »Leah bekommt nur, was sie verdient.«
Das war zu viel. Johanna schoss hoch. »Was sie verdient?«, schrie sie zornig. »Dass ihr Gewalt angetan werden könnte, sie vielleicht getötet wird – das hat sie verdient?«
»Sie hat die Gefahr ohne Not herausgefordert.«
»Du willst sie nicht verstehen!« Blind vor Zorn stürzte sie sich auf ihren Mann, trommelte mit den Fäusten auf seine Brust, bis er sie heftig an sich zog und sie ihre Arme nicht mehr bewegen konnte. Sie spürte seine Lippen an ihrem Ohr.
»Siehst du?«, flüsterte er. »Die Saat geht schon auf. Wir müs-

sen zusammenhalten. Wir dürfen nicht zulassen, dass Leah einen Keil zwischen uns treibt.« Er zögerte kurz. »Ich liebe dich doch.« Es war wie ein Aufschrei, und er umklammerte sie umso fester. Johanna wurde die Luft knapp. Heftig stemmte sie sich gegen seine gewaltsame Umarmung, und endlich gab er nach. Mit hängenden Schultern stand er vor ihr.
»Entschuldige meine harschen Worte«, sagte er müde. »Ich weiß doch, wie viel sie dir bedeutet. Aber ich bin am Ende meines Lateins. Wir sollten nicht mehr darüber sprechen, wir müssen vergessen, Johanna. Es ist das Beste.«
Nein, dachte Johanna, nur weil man etwas nicht ausspricht, ist es nicht vergessen. Deine Erlebnisse bei den Piraten nicht, die du in dir verschließt, und ebenso wenig die Sache mit Leah. Wortlos strich sie ihrem Ehemann über Haar und Wangen, wie sie es bei ihrem Sohn so oft tat. Von einem Moment zum anderen war sie es, die Trost spendete. Es wunderte sie nicht. Ihr war seit langem bewusst, dass sie die Stärkere von ihnen war.

* * *

Seit über einer Stunde stand Leah am Fenster ihres winzigen Zimmers. Die billige Absteige befand sich in einer schlecht beleumundeten Gegend von Intramuros, jener von mächtigen Mauern umschlossenen spanischen Stadt, die den Kern Manilas bildete. Folgerichtig schob sich eine bunte Menge von Spaniern, Philippinos, Chinesen und Mulatten durch die Gasse, auf der Suche nach Zerstreuung, die sie bei den in den Hauseingängen wartenden Mädchen fanden. Hier und da teilte sich die Menge unwillig für einige spanische Soldaten, hin und wieder bahnte sich eine in fröhlichen Farben bemalte Calesa, den Kutschen Singapurs nicht unähnlich, ihren Weg.

Hunderte Stimmen drangen zu Leah herauf, webten einen Teppich aus Lauten, dem sie keinen Sinn entnehmen konnte, denn die meisten Sprachen der spanischen Kolonie waren ihr unbekannt.
Bald zwei Wochen war sie nun schon hier, und noch immer wusste sie nicht, wie es weitergehen sollte. Tag für Tag hockte sie in ihrem schäbigen Zimmer und wartete vergeblich auf eine Eingebung. Die Vorfälle auf der Dschunke hatten ihren Glauben an die eigene Unverwundbarkeit ins Wanken gebracht; es fiel ihr ungemein schwer, sich auf die nächsten Schritte zu konzentrieren. Dabei konnte sie sich glücklich schätzen, überhaupt hier zu sitzen.

Nachdem der vierschrötige Kapitän sie in seine Kajüte gestoßen und die Tür hinter sich zugeknallt hatte, war sie aufs Schlimmste gefasst gewesen. Drohend pflanzte er sich vor ihr auf und musterte sie wie ein seltenes und überaus unangenehmes Insekt. Dann trat er einen Schritt auf sie zu. Wie paralysiert starrte Leah auf seine großen Hände, wartete darauf, dass er sie packte, um ihr seinen Willen aufzuzwingen.
»Wer hat dich an Bord geschmuggelt?«
»Niemand.«
Seine Hände sanken schwer auf ihre Schultern. »Lüg mich nicht an!«
»Ich hatte keine Hilfe.«
Die Ohrfeige traf sie unerwartet. Wimmernd hielt sie sich die Wange. Das Pochen in ihrem Kiefer, dort, wo der Zahn herausgeschlagen war, steigerte sich ins Unerträgliche. Trotzdem schüttelte sie den Kopf. »Ich bin allein.«
In seinen Augen flackerte Bewunderung auf. »Ich glaube dir kein Wort, aber gut. Wo sind deine Sachen?«
Sie beschrieb ihm das Versteck. Er öffnete die Tür, brüllte ei-

nen Befehl, und kurz darauf brachte einer der Matrosen ihre Tasche. Der Kapitän warf sie ihr vor die Füße.
»Sieh nach, ob nichts fehlt.«
Leah ging in die Knie und durchwühlte hastig ihre wenigen Habseligkeiten. Erleichtert ertastete sie Schmuck und Münzen. Sie zog die Börse heraus und hielt sie ihm hin. »Ist das genug, damit Sie nicht …« Zitternd verblieb sie in ihrer halb kauernden Position.
Er nahm den Beutel, wog ihn in der Hand. »Ist das alles?«
»Ich besitze etwas Schmuck«, gab sie angstvoll zu.
»Dann pass gut auf ihn auf.« Zu ihrer Überraschung warf er ihr den Beutel wieder zu. »Und darauf auch.« Abrupt drehte er sich um und riss die Tür auf. »Du bleibst hier. Solltest du dich draußen zeigen, überlege ich es mir vielleicht anders und überlasse dich meinen Männern, verstanden?«
Leah nickte mechanisch. Noch war die Erkenntnis nicht in ihr Bewusstsein gedrungen, dass sie ungeschoren davongekommen war.
»Übermorgen erreichen wir Manila«, knurrte er. »Dann verschwindest du.«

Leah trat vom Fenster zurück und setzte sich auf das schmale Bett. Ihre Zungenspitze tastete in die Zahnlücke; eine bleibende Warnung vor zukünftigen Dummheiten.
Nachdem Leah klargeworden war, dass der Kapitän sie schützte, hatte sie ihn angefleht, er möge sie gegen Bezahlung bis Hongkong mitreisen lassen, doch er war hart geblieben: Eine Frau an Bord bedeutete Ärger. Leah hatte sich fügen müssen, war in Manila an Land gegangen und hatte sich nach langem Suchen für diese Pension entschieden. Frauen unterschiedlicher Herkunft gingen in dem Haus ihren Geschäften nach; niemand hatte Fragen gestellt, als sie einzog. Man be-

fasste sich nicht miteinander. Hier hatte jede Frau bis hin zur Wirtin eine Geschichte, die man nicht dem Nächstbesten anvertraute.
Leah erschauderte. Der Schmuggler-Kapitän hatte recht behalten, ihr Weg hatte sie direkt ins Bordell geführt, und wenn sie nicht bald eine Anstellung fand, würde auch sie in absehbarer Zeit ihre Tür den Männern öffnen müssen. Wie zur Bestätigung drangen die Laute eines Liebesgerangels durch die papierdünnen Wände und klatschten Leah wie Ohrfeigen ins Gesicht. Sie schüttelte sich. Nein, niemals durfte sie sich so weit erniedrigen! Es musste endlich etwas geschehen.
Mit plötzlichem Eifer wühlte sie ein einfaches helles Kleid nach europäischem Schnitt aus der Tasche. Es hatte gelitten, doch ein paar Häuser weiter gab es ein umtriebiges chinesisches Ehepaar, das seinen Lebensunterhalt mit dem Waschen und Plätten der Hurenkleidung verdiente. Kurz entschlossen legte sie sich das Kleid über den Arm und besuchte den Laden der beiden. Am nächsten Morgen holte sie es noch vor dem Frühstück wieder ab, zog sich um und steckte die Haare zu einem züchtigen Knoten zusammen. Einen Hut und anständige Schuhe besaß sie nicht mehr. Ersteres ließ sich nicht ändern, aber ihre einfachen Sandalen konnte sie hoffentlich mit dem bodenlangen Rock kaschieren. Den ganzen restlichen Tag verbrachte sie damit, an die Türen der Wohlhabenden zu klopfen. Irgendjemand musste einfach Bedarf an einem Portrait oder einer vielsprachigen Gouvernante haben.
Es bestand kein Bedarf, weder am einen noch am anderen. Als Leah am späten Nachmittag in ihr Zimmer zurückkehrte, war sie der Verzweiflung nahe. Wo auch immer sie vorstellig geworden war, hatten die spanischen Señores und Señoras sie nur naserümpfend gemustert. Gerade noch, dass man sie nicht mit Tritten fortgejagt hatte. In Manila konnte und woll-

te sie nicht bleiben, und diese Erkenntnis riss sie endgültig aus ihrer Lethargie.
Sie legte ihr europäisches Kleid ab und zog ihre beste Kleidung an, eine grünseidene chinesische Frauenhose und ein passendes, seitlich geknöpftes Hemd. Wehmütig strich sie über den glatten Stoff und den kunstfertig gestickten Phönix, der sich über die gesamte Vorderfront ergoss. Vor langer Zeit, in einem anderen Leben, hatte Boon Lee ihr die Tracht geschenkt. Sie verdrängte die aufwallende Traurigkeit, stopfte einen Teil ihres Schmucks in einen Beutel und verließ das Haus. Hastig eilte sie zur Brücke über den Pasig-Fluss und in die chinesische Siedlung am anderen Ufer.
Es dauerte nicht lange, bis sie einen chinesischen Geldwechsler gefunden hatte, der ihr einen guten Preis für den Schmuck machte. Der Mann, selbst Hokkien, war so entzückt über die Europäerin, die seine Sprache fließend sprach, dass er ihr sofort seine Hilfe anbot, als sie erwähnte, eine günstige Passage nach China zu suchen. Sie verabredeten sich für den Abend des übernächsten Tages; bis dahin hoffte er, die richtigen Leute ausfindig gemacht zu haben. Beschwingten Schrittes machte Leah sich auf den Rückweg, glücklich, endlich einen Verbündeten in der ihr feindlich gesinnten Stadt gefunden zu haben. Die Dunkelheit war bereits hereingebrochen, doch in den überfüllten Straßen fühlte sie sich sicher. Leah ließ sich von dem Menschenstrom mitreißen und fand sich unversehens vor der Puerta de Parian, dem östlichen Stadttor, wieder. Gerade wollte sie an den spanischen Wachen vorbeischlüpfen, als sie unsanft an der Schulter gepackt und zurückgerissen wurde.
»¡Hola! ¿A quién tenemos aquí?« Der Soldatenhauptmann grinste sie breit an. Weitere Soldaten kamen hinzu und bildeten einen Ring um sie. Hektisch sah sich Leah um. Menschen

drängten in beide Richtungen durch das Tor, doch jedes Mal, wenn sie den Blick eines Passanten festzuhalten suchte, schlug er die Augen nieder. Mit den Soldaten legte man sich besser nicht an. Diesmal würde ihr niemand helfen.

»Lo sentimos, no hablo español«, sagte sie und bemühte sich um eine feste Stimme, gleichzeitig fingerte sie unter ihrem Hemd nach dem kurzen Dolch, den sie nach ihrer Ankunft in Manila erstanden hatte. Der Soldatenhauptmann packte sie an der Schulter. In Panik riss Leah den Dolch heraus und stach auf den Arm des Mannes ein. Er ließ sie mit einem schmerzerfüllten Aufschrei fahren. Leah wirbelte herum, stieß einen der perplexen Soldaten beiseite und suchte ihr Heil in der Flucht.

Sie kam nur ein paar Schritte weit. Zu eng war der Durchlass, zu dicht drängten sich die Menschen. Wutentbrannt befahl der Hauptmann, sie zu fesseln und fortzubringen. Der kräftigste der Soldaten warf sie über die Schulter wie einen Sack Reis. Leahs letzter Blick fiel auf den blutgetränkten Ärmel des Hauptmanns. Wenigstens hatte sie sich nicht kampflos ergeben.

Die Soldaten schleppten sie quer durch die Stadt zur Fuerza de Santiago, der Festung am südöstlichen Zipfel von Intramuros. Man warf sie in eine nach menschlichen Ausdünstungen stinkende Zelle und schloss die Tür hinter ihr. Es war stockdunkel, doch Leah hörte das Schnaufen und Atmen mehrerer Menschen. Sie tastete ihre Umgebung ab und stieß auf magere Gliedmaßen und Lumpen. Rascheln und Scharren erklang, dann schob eine schmale Hand sie gegen eine Wand. Es fiel kein Wort, doch sie verstand: Die Menschen in der Zelle waren zusammengerückt, um ihr einen Schlafplatz zu schaffen.

Die Nacht war endlos. Leah stellte Fragen, doch niemand war des Malaiischen, Chinesischen oder gar Englischen oder Deutschen mächtig. Der Triumph, den sie beim Anblick des verletzten Hauptmanns empfunden hatte, wich nach und nach der vernichtenden Erkenntnis, dass sie schon wieder eine Dummheit gemacht hatte. Und diesmal würde es nicht gut ausgehen.

Im Morgengrauen öffnete sich die Tür. Wasser und dünne Suppe wurden hereingereicht. Leah erschrak, als das Dämmerlicht ihr den jammervollen Zustand ihrer Kerkergenossen offenbarte. Sollte man sie hier vergessen, so wurde ihr schlagartig bewusst, wäre es ihr sicheres Ende. Sie stürzte sich auf den Soldaten mit dem Suppentopf, zwang ihn schreiend, ihr ins Gesicht zu sehen, und tatsächlich schnellten seine Brauen erstaunt nach oben, als er in ihr eine Europäerin erkannte. Ein Stakkato unverständlicher Fragen ergoss sich über sie, während Leah immer wieder den einzigen spanischen Satz wiederholte, den sie bisher gelernt hatte: »No hablo español.« Ich spreche kein Spanisch. Irgendwann wurde es dem Soldaten zu viel. Er stieß Leah zurück in den Kerker und verriegelte die Tür. Die Schritte mehrerer Männer entfernten sich, es wurde still. Leah stand erst verloren in der Dunkelheit, dann tastete sie sich zurück zu ihrem Platz und rollte sich zusammen wie ein kranker Hund. Erinnerungen an die vergangenen Jahre stürmten auf sie ein. Der Tod des Vaters. Die glücklichen Stunden mit Boon Lee. Johannas Verrat. Die Schwangerschaft und ihre Freude auf das Kind. Die entsetzliche Leere nach der Geburt. Ihr totes Mädchen. Sie schluchzte auf. Sie würde verrecken. In einem stinkenden, dampfenden Loch in einer Stadt, die sie nie hatte betreten wollen.

Jemand strich ihr vorsichtig über Haar und Rücken. Leah ließ es geschehen. Ihre Kraft war aufgezehrt. Wenn es Gottes Wille war, sie schon jetzt mit ihrem Kind zu vereinen, dann sollte es so sein.

* * *

Nie hatte Koh Kok seinen Vermieter aufgeregter gesehen. Noch bevor er den Fuß in die Werkstatt setzte, kam ihm der Mann, einen hellen Umschlag schwenkend, entgegen.
»Für dich!«, rief er. »Aber ich kann nicht lesen, von wem.«
Koh Koks Magen verkrampfte sich. Ohne ein Wort riss er dem Tischler den Brief aus der Hand und warf einen Blick auf die Adresszeile. Seine Hände begannen zu zittern.
»Nun sag schon. Stammt der Brief von ihr?«
Koh Kok nickte. »Es ist ihre Schrift. Warte.« Er riss den Umschlag auf, entfaltete den Brief und überflog ihn, während der Tischler ungeduldig neben ihm von einem Fuß auf den anderen trippelte.
Koh Kok ließ das Blatt sinken.
»Du weinst?«, flüsterte der Tischler. »Ist etwas Schlimmes passiert? Nun rede schon!«
»Sie schreibt, es ginge ihr gut. Von Singapur aus sei sie nach Manila gesegelt und hätte dort eine Passage nach Kalifornien gebucht.« Erneut studierte er das Blatt. »Sie ist bereits seit einer Woche unterwegs.«
Die beiden Männer sahen sich an. Erleichtert über das Lebenszeichen, aber auch ratlos, was den Inhalt des Briefs betraf.
»Kalifornien?«, fasste der Tischler seine Zweifel in Worte. »Was will sie dort?«
»Ein besseres Leben. Unser Kleiner Sperling wollte immer fliegen.« Koh Kok stieß einen Seufzer aus. »Ich würde gern glauben, was hier steht.«
Wieder schwiegen sie, und abermals sprach der Tischler zuerst. »Es wird uns nichts anderes übrigbleiben«, sagte er.

Kaum eine Stunde später stand Koh Kok vor dem Haus in der Waterloo Street. Er war überrascht, wie heimelig und einladend es wirkte, hatte er es sich doch aufgrund von Leahs Schilderungen immer als einen kalten, unpersönlichen Ort vorgestellt. Kinderlachen erklang von jenseits der üppig blühenden Hibiskushecke, das Klopfen eines Hammers, Frauenstimmen. Er nahm seinen Mut zusammen und trat im Bewusstsein, nicht willkommen zu sein, durch das Tor.

Johanna von Trebow stand mit ihrer Mutter auf der Veranda. Koh Kok ging zögerlich auf die Frauen zu. Als Alwine Uhldorff ihn entdeckte, machte er eine tiefe Verbeugung und grüßte höflich. Alwine Uhldorff versteinerte, auf Johanna von Trebows Stirn zeigte sich eine Zornesfalte.

»Sie wünschen?«, fragte sie knapp.

Er räusperte sich, suchte nach Worten. Ihre Augen irritierten ihn, nicht nur die Farbe, ein dunkles Grau, wie er es noch nie gesehen hatte, sondern vor allem deren Beredtheit. Johanna von Trebows harsche Frage konnte nicht die Hoffnung kaschieren, die sein unvermutetes Auftauchen in ihr entfachte. Noch immer stumm, hielt er ihr den Brief entgegen.

Sie verstand sofort. Wie er zuvor dem Tischler das Papier aus der Hand gerissen hatte, nahm sie es nun hastig an sich und überflog die Zeilen. Rote Flecken bildeten sich auf ihren Wangen, und auch ihre Hände zitterten. Koh Kok war, als spiegelten sich seine eigenen Empfindungen in ihrer Person. Johanna von Trebow litt ebenso wie er.

Leah hatte oft abwertend über ihre Schwester gesprochen, ein fügsames Lamm sei sie, langweilig und am Ende aus Feigheit zur Verräterin geworden, aber er hatte immer gewusst, dass dies nur ein Zerrbild war.

»Sie haben keinen Brief erhalten?«, fragte er, nachdem sie Leahs Zeilen ein drittes Mal gelesen hatte, langsam und mit sich stumm bewegenden Lippen, als wolle sie sich jedes Wort für immer ins Herz schreiben.

Sie sah ihn an wie eine Ertrinkende. Betäubt schüttelte sie den Kopf, dann gab sie ihm den Brief zurück. »Danke, dass Sie ihn mir gezeigt haben.«

Er wollte gerade zu einer Antwort ansetzen, als Alwine Uhldorffs Stimme wie ein Messer zwischen sie schnitt. »Johanna!«, rief sie. »Ist das etwa dieser Märchenerzähler?«

»Ja.« Johanna von Trebow drehte sich nicht um, sondern hielt weiter seinen Blick gefangen.

»Er soll verschwinden. Ich will ihn hier niemals wiedersehen.« Die Stimme der Älteren überschlug sich vor Empörung. »Hat er uns nicht schon genug angetan?«

Koh Kok zog den Kopf zwischen die Schultern. Alwine Uhldorffs verletzende Worte erreichten ihr Ziel, obwohl sein Verstand ihm sagte, dass sie aus Ohnmacht und Verzweiflung geboren waren. Er fühlte dasselbe, und das wiederum machte ihn angreifbar.

»Sie haben es gehört«, sagte Johanna von Trebow matt. »Gehen Sie. Und kommen Sie nicht wieder.«

»Ist das Ihr letztes Wort?«

Sie nickte.

»Dann leben Sie wohl.« Koh Kok ging schleppenden Schritts auf das Tor zu. Wie gern hätte er dieser Frau seine Freundschaft angeboten, ihr geholfen, den Schmerz und die nagenden Schuldgefühle zu meistern, doch dies war nicht der richtige Zeitpunkt, und vielleicht würde er nie kommen. Es gab Dinge, über die man niemals sprechen konnte.

»Wir müssen abwarten«, sagte er leise. »Vielleicht führt ein günstiger Wind Leah eines Tages zu uns zurück.«

Johanna rührte sich nicht.

13

Dezember 1860, sechs Monate später

Johanna konnte an diesem vierten Weihnachtsfest in ihrer neuen Heimat keine Freude empfinden. Wie sehr hatte sie in Hamburg die Weihnachtszeit geliebt, das gemeinsame Singen, den Duft nach Gebäck, den Kirchgang und die Lichter, doch seit sie in Singapur weilte, schien ihr kein vergnügtes Fest beschieden zu sein. Dabei gab sie sich alle Mühe, sich nichts anmerken zu lassen, um Hermann den Zauber der Weihnacht nahezubringen. Mit großen Augen saß er neben ihr auf der Kirchbank. Im letzten Jahr war er noch zu klein gewesen, heute, mit seinen beinahe zwei Jahren, war ihm die Welt jeden Tag aufs Neue ein Wunder. Lange hatte er Johanna Anlass zur Sorge gegeben, weil er den Mund nicht aufbekam, doch seit zwei Monaten plapperte er ununterbrochen in einem Kauderwelsch aus Deutsch, Englisch, Hokkien und Malaiisch, das mal zu der einen Sprache tendierte, mal zur anderen. Johanna war überzeugt, dass er bald alle Sprachen beherrschen würde. Sie war sehr stolz auf ihren aufgeweckten Sohn.

Während sie ohne großen Eifer mit den anderen Messebesuchern Weihnachtslieder sang, wanderte ihr Blick zu Friedrich, der es geschafft hatte, nicht nur Hermann, sondern auch ihre Mutter und die gesamte Familie Robinson zwischen sie beide zu bringen. Sein Mund war zu einem festen Strich zusammengekniffen; er gab nicht einmal vor, zu singen.

Was war nur geschehen? An jenem verfluchten Tag, als Friedrich die Hand gegen Leah erhoben hatte, war etwas kaputtgegangen. Nach Leahs Weggang hatten sie sich jedoch beide bemüht, den Riss in ihrer Ehe zu kitten. Es schien zunächst zu gelingen. Trotz aller Differenzen kümmerte sich Friedrich aufmerksam um sie, blieb ganze Tage dem Kontor fern, um mit ihr und Hermann Ausflüge zu unternehmen, und ihre Nächte waren voller Zärtlichkeit und Leidenschaft. Leider entsprang ihren Vereinigungen kein zweites Kind, sosehr sie es sich auch wünschten.

Im Laufe der Monate verlor der Schmerz über den Verlust der Schwester seine Schärfe, und seit Johanna erfahren hatte, dass Leah lebte und sich in Amerika ein neues Leben aufbaute, war sie ruhiger geworden. Immer öfter erwachte sie mit Freude auf den neuen Tag, bis vor etwa drei Monaten abermals Wolken Friedrichs Gemüt zu verdunkeln begannen. Sie hatte ihn gefragt, ja angefleht, seine Sorgen mit ihr zu teilen, doch er wurde immer schroffer, je mehr sie in ihn drang. Schließlich traute sie sich kaum noch, ihn direkt anzusprechen, um keinen Wutausbruch zu provozieren. Von einem Tag auf den anderen verlor er das Interesse an ihr und sogar an seinem Sohn, reagierte ungeduldig, beinahe jähzornig auf jede Störung. Sie waren sich so fremd geworden, dass Johanna meinte, ihren Mann, die große Liebe ihres Lebens, nicht mehr zu kennen. Ein Fluch lastete auf ihr, dessen war sie sicher. Das Unglück folgte ihr auf Schritt und Tritt und riss nicht nur sie, sondern auch alle um sie herum in einen Abgrund.

Mercy fing ihren Blick auf. Sie beugte sich über die Zwillinge und tätschelte ihre Wange. »Stimmt etwas nicht?«, raunte sie.

Johanna schüttelte den Kopf und biss sich auf die Lippen. Niemand, selbst Mercy nicht, sollte wissen, wie es um sie stand.

Später standen sie mit den Robinsons vor der Kirche und tauschten Glückwünsche mit den anderen Gemeindemitgliedern aus, als Ross Bowie zu ihnen trat. Johanna hielt den Atem an. Friedrich und Ross waren sich ihrer Kenntnis nach immer aus dem Weg gegangen. Auch die anderen erstarrten. Umso überraschter waren alle, als Bowie ihnen in aufgeräumter Laune ein schönes Weihnachtsfest wünschte und freundliche Kommentare zu den properen Robinson-Zwillingen und Hermann machte. Als er dann auch noch Friedrich jovial auf den Rücken klopfte und sich mit den Worten verabschiedete, ihn in den nächsten Tagen zu einer geschäftlichen Besprechung in seinem Kontor zu erwarten, kannte die Verblüffung keine Grenzen mehr. Sobald Bowie außer Hörweite war, wandte sich Johanna an ihren Mann.

»Du machst Geschäfte mit Ross Bowie? Seit wann?«

»Seit ein paar Monaten. Was interessiert es dich?«

Eine Menge, dachte Johanna, verkniff sich die Worte jedoch. Sie sah, dass Mercy vor Neugierde beinahe platzte. Auch Andrew Robinson und ihrer Mutter standen tausend Fragen ins Gesicht geschrieben, doch Friedrichs düsterer Gesichtsausdruck verbot jedes weitere Ausbreiten des Themas.

Auf dem Heimweg richtete Mercy es so ein, dass sie und Johanna ein wenig hinter den anderen zurückfielen.

»Was hältst du davon?«, fragte sie.

»Wovon?«, fragte Johanna, obwohl sie genau wusste, worauf ihre Freundin hinauswollte.

»Na, dein Mann und Ross. Natürlich ist es begrüßenswert, dass sie zivilisiert miteinander verkehren, aber gleich so? Geschäfte erfordern Vertrauen.«

»Warum sollten sie einander nicht vertrauen? Friedrich und ich sind seit beinahe drei Jahren verheiratet. Bowie ist längst darüber hinweg. Außerdem hat er keinen Grund, Friedrich zu zürnen. Ich bin diejenige, die sich gegen ihn entschieden hat, ich allein.«

»Ross hat sich verändert, seit du ihm den Laufpass gegeben hast. Für einen guten Handel geht er über Leichen. Nicht umsonst wird er immer wohlhabender. Er handelt mit allem, was es unter der Sonne gibt.«

»Was willst du andeuten?«

»Opium, Sklaven, Mädchen, was weiß ich?«

Johanna blieb stehen. »Du meinst, Ross Bowie ist ein Menschenhändler? Und Friedrich ebenfalls?«

»Gerüchte, liebste Johanna. Es sind nur Gerüchte. Aber an deiner Stelle würde ich ein Auge darauf haben, was Friedrich so treibt. Er gefällt mir schon seit einiger Zeit nicht mehr. Ist dir denn gar nicht aufgefallen, wie fahrig er oft ist, wie glasig sein Blick?«

Johanna verschlug es die Sprache. Mercys Andeutungen waren unerhört, doch sie verkniff sich eine scharfe Antwort. Gehörte es nicht zu den Pflichten wahrer Freunde, dem anderen die Augen auch für das Unangenehme zu öffnen?

* * *

Leah streckte sich müde auf dem schmalen Bett in ihrer stickig heißen Dienstbotenkammer aus. Nur eine Stunde Ruhe war ihr vergönnt, bevor sie wieder ihren Pflichten als Gouvernante der beiden Mädchen der van Vollenhofens nachkommen musste. In den Tagen vor Weihnachten war sie zu Putz- und Küchendiensten herangezogen und am heutigen ersten Weihnachtstag schon um vier Uhr morgens aus dem Schlaf gerissen worden. Gern hätte sie für einen Moment die Augen geschlossen, doch die Sorge, nicht rechtzeitig wieder aufzuwachen, hielt sie davon ab. Sie konnte es sich nicht erlauben, die Dame des Hauses zu erzürnen. Wenn sie die Stelle wegen auflehnenden Verhaltens verlor, würde sie in der holländischen Enklave von Makassar, wo jeder jeden kannte, keine Anstellung mehr finden. Sie wollte die Stadt jedoch nicht verlassen, bevor sie genügend Geld für einen erneuten Schritt in die Freiheit angespart hatte.

Leah wälzte sich auf die Seite und starrte auf die stockfleckige Wand. Der Kerker in Manila kam ihr in den Sinn, die endlosen bangen Tage im Dunkeln, bis eines Morgens ein Offizier erschienen war und sie mit der Warnung, sie möge niemals mehr einen Fuß in die Stadt setzen, auf ein Schiff verfrachtet hatte. Kein Flehen und Betteln, sie wenigstens so lange zu dulden, bis sich eine Passage nach China fand, hatte den Mann erweichen können, und so war sie in Makassar, der niederländischen Siedlung auf Celebes, gestrandet, mit kaum mehr Besitz als ihrem smaragdgrünen Seidenanzug und den letzten Schmuckstücken, die glücklicherweise der Aufmerksamkeit des spanischen Offiziers entgangen waren. Ihr Geld hatte man ihr noch im Gefängnis in Manila abgenommen, um damit die Schiffspassage zu bezahlen.

Sie durfte nicht undankbar sein. Obwohl sie keine Referenzen außer ihren Sprach- und Naturkundekenntnissen vorweisen konnte, hatten die van Vollenhofens ihr eine Anstellung gegeben. Das steife holländische Ehepaar hielt sie für die junge Witwe eines deutschen Kaufmannsassistenten, die durch eine Verkettung unglücklicher Umstände Heim und Vermögen verloren hatte und sich nun irgendwie durchschlagen musste. Dies allein hätte sicher nicht genügt, doch Leah hatte inzwischen von dem javanischen Hausdiener erfahren, dass den van Vollenhofens innerhalb von zwei Jahren bereits drei Gouvernanten davongelaufen waren – was mit Sicherheit daran lag, dass der nach außen hin so korrekte Hausherr innerhalb der Wände seines Hauses keine Gelegenheit ausließ, seine weiblichen Bediensteten schamlos anzustieren und gelegentlich sogar zu betatschen. Leah hatte sich seinen Annäherungsversuchen bisher entziehen können, ohne unfreundlich zu werden, doch sie fragte sich an manchem Abend, wenn sie vorsichtshalber die Tür hinter sich verriegelte, wie lange dieser unselige Tanz noch gutging.

Wütend knirschte sie mit den Zähnen. Seit sie Singapur verlassen hatte, war sie von einer Demütigung, von einer Abhängigkeit in die nächste gestolpert. Mehr als einmal war sie kurz davor gewesen, in die Waterloo Street zurückzukehren, doch sie setzte ihren Vorsatz nie in die Tat um. Sie wusste, dass es Friedrich hämische Freude bereiten würde, sie mit dem unangenehmsten aller Bewerber zu vermählen. Das blaue Auge, das sie ihm an jenem schrecklichen Abend geschlagen hatte, konnte er ihr nie verzeihen. Genauso wenig, wie sie selbst Johanna ihren Verrat verzeihen konnte.

Sie hatte gewusst, dass man es ihr schwermachen würde, ein unabhängiges Leben zu führen. Die Knüppel, die ihr in den Weg geworfen wurden, waren sogar noch größer, als sie es sich vorgestellt hatte, doch so schnell gab sie nicht klein bei; sie würde alles daransetzen, ihren Traum eines Tages wahr werden zu lassen. Hier, in China oder vielleicht sogar in Amerika, wie sie es dem Geschichtenerzähler geschrieben hatte, um seine Sorgen zu zerstreuen. Wenn es zu ihrem Kampf gehörte, noch ein Jahr oder länger in Makassar auszuharren, dann musste sie eben die Zähne zusammenbeißen. Dass ihr kein leichtes Leben beschieden war, hatte sie spätestens begriffen, als sie erst ihre Liebe und dann ihr Kind verlor.

Leah setzte sich auf und lauschte in die Tiefen des Hauses. Noch war alles ruhig; wie jeden Tag hatten sich sämtliche Bewohner für die heißen Mittagsstunden in ihre Räume zurückgezogen. Die Gelegenheit war günstig für ein schnelles Bad im Mandi der einheimischen Diener, ohne sich vor der Dame des Hauses dafür rechtfertigen zu müssen. Die van Vollenhofens hielten an der gängigen europäischen Meinung fest, häufiges Baden sei ungesund. Einen Zusammenhang zu den überaus unangenehmen, juckenden Hitzebläschen, die durch übermäßiges Schwitzen und zu seltenes Waschen verursacht wurden, stellten sie nicht her. Als Leah anregte, alle Mitglieder des Hauses sollten sich mehrmals täglich kaltes Brunnenwasser über den Körper gießen, hatte man ihr rundheraus den Mund verboten. Sie hatte das Thema nie wieder angeschnitten. Es war nicht ihr Problem, wenn ihre Arbeitgeber es vorzogen, sich den lieben langen Tag zu kratzen.

Leah nahm einen Baumwollsarong und blickte an sich hinab. Sie trug nur ein leichtes, ärmelloses Unterkleid, aber für den kurzen Weg zum Mandi sollte es genügen. Sie entriegelte die Tür, trat in den Gang – und prallte direkt gegen den Hausherrn.

Erschrocken wich sie zurück und stieß schmerzhaft mit dem Rücken gegen den Türrahmen. »Entschuldigung«, stammelte sie.

Er schien ebenfalls überrascht, sammelte sich aber schnell. Interessiert glitt sein Blick über ihren Körper und blieb schließlich auf ihren nur von dünnem Stoff verhüllten Brüsten hängen. Leah raffte ihren Sarong schützend vor sich.

»Ich bin auf dem Weg zum Bad«, sagte sie, um einen freundlichen Ton ringend. »Bitte geben Sie mir den Weg frei.«

»Na, na, was denken Sie denn von mir?« Sein rosiges Gesicht mit dem blonden Schnauzbart verzog sich zu einem unangenehmen Grinsen, aber er rührte sich nicht und starrte sie weiter an.

Ärger wallte in ihr auf. »Was soll ich denn denken?«, zischte

sie, alle Vorsicht außer Acht lassend. »Ich kann mich des Eindrucks nicht erwehren, dass Sie mir nachschleichen.«
Er trat auf sie zu und ließ ihr nur die Möglichkeit, einen Schritt ins Zimmer zurückzuweichen. Sofort folgte er ihr.
»Ich werde Sie anzeigen!«
»Wer hört schon auf eine Abenteuerin von zweifelhafter Herkunft?« Mit einem Ruck riss er den Sarong fort. Sein schwerer Körper schob sie in Richtung des Bettes, während er seine Lippen nahe an ihr Ohr brachte. »Ich habe deine Witwengeschichte nie geglaubt, also zier dich nicht. Wenn du hierbleiben willst, wirst du jetzt Ruhe geben, verstanden? Es soll dein Schaden nicht sein.«
Leah schrie, so laut sie konnte. Mijnheer van Vollenhofen versuchte noch, ihr den Mund zuzuhalten, aber da näherten sich schon eilige Schritte der Kammer. Er ließ umgehend von ihr ab und sprang zurück in den Flur, gerade rechtzeitig, um nicht von seiner um die Ecke stürzenden Frau in kompromittierender Situation gesehen zu werden. Bevor Leah zu ihrer Verteidigung ansetzen konnte, zeigte er mit dem Finger auf sie. »Ich dulde diese verderbte Person nicht mehr unter meinem Dach«, donnerte er. »Mit ihrer Schamlosigkeit bringt sie uns noch in Verruf!«
Leah war fassungslos. Mit wenigen Worten war es dem ekelhaften Kerl gelungen, alle Schuld auf sie zu wälzen; jede Erklärung ihrerseits würde fruchtlos bleiben, zumal er nicht einmal ausgesprochen hatte, was er ihr eigentlich vorwarf. Mittlerweile hatte Mevrouw van Vollenhofen die Kammer erreicht. Mehr denn je wirkte sie wie eine beladene Dschunke unter vollen Segeln. Stoff blähte sich um den üppigen Körper, Rüschen und Volants bauschten das Kleid. Mit einem Blick erfasste sie Leahs unziemlich verrutschten Ausschnitt, ihre wirren Haare und den hochroten Kopf. Wenn sie Zweifel an

ihrem Gatten hegte, so ließ sie es sich nicht anmerken. Stattdessen entlud sie ihre ganze Wut über den Eklat, der vom eilig herbeigelaufenen Personal bereits sensationslüstern verfolgt wurde, auf Leah. Drohend baute sie sich vor der Tür auf.

»Sie verlassen sofort mein Haus!«, keifte sie. »Ich hätte wissen müssen, dass es ein Fehler war, Marijke und Geertje Ihrer Obhut anzuvertrauen.«

»Gar nichts wissen Sie!«, schrie Leah. Nun, da ihr Urteil ohnehin gesprochen war, drängten alle Widerworte, die sie in den letzten Monaten hatte schlucken müssen, mit Macht ihre Kehle empor. »Gar nichts! Ihr Gatte hat sich mir unsittlich genähert!«

Beide Ehegatten wollten die Kammer betreten, doch es gelang Leah, die Tür zuzuschlagen. Während von draußen Fäuste aufs Holz prasselten, ließ sie sich auf ihre Bettstatt fallen. Wie von ferne drang Mevrouw van Vollenhofens Gezeter zu ihr herein, sie möge in einer halben Stunde das Haus verlassen haben, sonst würde man sich genötigt sehen, offizielle Stellen einzuschalten.

Leah spürte Übelkeit aufsteigen. Auch wenn sie im Recht war, würde niemand ihr glauben. Sie musste gehen. Ihre Ersparnisse reichten gerade für ein Ticket dritter Klasse in einen der nähergelegenen Häfen des Archipels und dann? Eine neue Anstellung, eine neue Abhängigkeit? So, wie es aussah, musste ihr Traum noch eine lange Weile auf Erfüllung warten. Erneut klopfte Mevrouw van Vollenhofen gegen die Kammertür. Leah seufzte tief auf.

Innerhalb weniger Minuten hatte sie ihr altes Kleid übergestreift und ihre wenigen Habseligkeiten in der sackartigen Tasche verstaut, die sie schon seit Singapur begleitete. Sie nahm ihr Gepäck auf, streckte den Rücken durch und marschierte aus der Tür, den Gang hinunter und durch die Dienstbotentür in den hinteren Garten. Noch war ihr niemand begegnet, doch als sie um die Hausecke bog, um zur Straße zu gelangen, verstellte Mijnheer van Vollenhofen ihr erneut den Weg. Mit finsterer Miene reichte er ihr einen kleinen Beutel. Verdutzt griff Leah danach.

»Sie werden niemals über diesen Vorfall reden, haben wir uns verstanden? Verlassen Sie Makassar, verlassen Sie Sulawesi, sonst werde ich dafür Sorge tragen, dass Sie in ganz Niederländisch-Ostindien keine Anstellung mehr bekommen«, sagte er kalt. »Fort mit Ihnen!«

Es war Schweigegeld. Im ersten Moment wollte Leah es ihm an den Kopf werfen, doch dann besann sie sich und schloss die Hand um den Beutel. Er war schwer. Sie schob Mijnheer van Vollenhofen ohne ein weiteres Wort zur Seite und stolzierte hocherhobenen Hauptes durch den Garten. Sie hatte sich nichts zuschulden kommen lassen.

Sobald sie auf die Straße trat, war ihr, als löse sich eine eiserne Spange von ihrer Brust, die ihr in den vergangenen sechs Monaten die Luft abgeschnürt hatte. Leah schritt aus, um möglichst schnell das holländische Viertel mit seinen weißgetünchten Häusern zu verlassen. Bevor ein großer Rambutan-Baum ihr die Sicht versperrte, drehte sie sich noch einmal um. Und richtig, aus einem der oberen Fenster beugten sich die beiden Mädchen der van Vollenhofens und winkten ihr nach. Sie winkte zurück. Sie hatte die Kinder gemocht, und es tat ihr gut zu wissen, dass wenigstens diese beiden sich mit Wohlwollen an sie erinnern würden.

Ein letztes Mal salutierte der wachhabende Soldat, als Leah an ihm vorbei durch das Tor in der Mauer trat, die das holländische Viertel vor den Einheimischen abschirmte. Kaum fünfzig Meter vor ihr schwappte der Ozean gegen das Ufer, eine leichte Brise verfing sich in ihrem Rock und presste ihn gegen

ihre Beine. Vor dem Hintergrund der dicht an dicht an der Kaimauer vertäuten Schiffe aus allen Teilen des Archipels entfaltete sich der ganze Trubel einer orientalischen Hafenstadt. Leah sog die salzige, fischige, teerige Luft ein. Ein unverhofftes Glücksgefühl durchflutete sie. So roch das Leben.
Sie fing den neugierigen Blick einer rundgesichtigen Matrone mit mandelförmigen Augen und hellbrauner Haut auf, die in ihrer Jugend eine umwerfende Schönheit gewesen sein musste. Die Frau kauerte vor einem kleinen Kohlebecken und briet Pisang Epe, in Palmzucker gewendete Bananen. Leah lächelte ihr zu und erntete ihrerseits ein breites, schwarzrot verfärbtes Betel-Lachen. Leahs Stimmung hob sich schlagartig. Sie überlegte kurz, ob sie sich ein Zimmer im einzigen für Europäer schicklichen Hotel der Stadt nehmen sollte, entschied sich aber dagegen, um unangenehmen Fragen aus dem Weg zu gehen. Im chinesischen Viertel fand sich mit Sicherheit eine günstige Unterkunft.
Und so war es. Zwar ließ die Sauberkeit ein wenig zu wünschen übrig, doch der Preis war lächerlich gering und würde Leahs Ersparnisse kaum angreifen, selbst wenn sie mehrere Wochen blieb. Sie dachte an das Geld von Mijnheer van Vollenhofen. Noch hatte sie nicht überprüft, wie viel ihm ihr Schweigen wert war, und als sie nun den Beutelinhalt auf das Bett schüttete, gingen ihr die Augen über. Ihr eigentliches Ziel, Hongkong, rückte endlich wieder in greifbare Nähe.
Es klopfte an der Tür. Leah breitete hastig das Laken über ihren plötzlichen Reichtum und öffnete zögernd. Vor der Tür warteten der betagte Hotelbesitzer und eine Frau in seinem Alter. Die beiden standen sehr nahe beieinander, was darauf schließen ließ, dass sie ein Ehepaar waren, obwohl die Frau dem Aussehen nach aus Sulawesi oder Borneo stammte.
»Sie wünschen?«

»Wir bitten vielmals um Entschuldigung«, sagte der Mann, »es liegt ganz und gar nicht in unserer Absicht, Sie zu stören, aber …« Er wusste offensichtlich nicht weiter und sah seine Frau hilfesuchend an.

»Es ist doch Weihnachten«, sagte diese eifrig. »Wir sind Christen, und da wollten wir Sie fragen, ob Sie uns zum Gottesdienst begleiten. In einer Stunde brechen wir auf.«

Die Freundlichkeit der beiden umfing Leah wie eine Umarmung. In all den Monaten ihres Umherirrens, selbst im modrigen Verlies der Spanier, waren ihre Augen trocken geblieben, doch nun trübten Tränen ihren Blick.

»Ich komme gern mit«, antwortete sie gerührt. »Ich mache mich nur schnell frisch.«

Leahs Gastgeber hatten darauf bestanden, die Hauptkirche zu besuchen, und natürlich waren auch die van Vollenhofens zugegen. Ein Raunen ging durch die versammelte holländische Gemeinde, als Leah in Begleitung eines Chinesen und einer Dayak-Frau – mittlerweile hatte sie erfahren, dass die Gattin des Hotelbesitzers eine ehemalige Sklavin aus Borneo war – das Kirchenschiff betrat und sich gemeinsam mit ihnen in eine der letzten, den asiatischen Christen vorbehaltenen Bänke quetschte. Marijke und Geertje, die nicht damit gerechnet hatten, ihre eigenwillige Gouvernante jemals wiederzusehen, drehten während des gesamten Gottesdienstes immer wieder die Köpfe und ließen sich auch von ihrer empörten Mutter nicht davon abhalten. Leahs Anwesenheit in der vermeintlich falschen Bank brachte auch den Pastor durcheinander. Mehrmals verhaspelte er sich, und seine sonst so tadellose Singstimme wirkte etwas angekratzt.

Leah dagegen fühlte sich zum ersten Mal seit langer Zeit am richtigen Platz. Warum hatte sie es nicht früher begriffen? Alles Unbill der letzten Monate war von Europäern ausgegangen, während die Asiaten ihr stets mit Achtung und Zuneigung begegneten. Zu ihnen gehörte sie, hatte sie immer gehört.

Sie versuchte, sich auf die Predigt zu konzentrieren, doch ihre Gedanken schweiften ständig ab. Jetzt, da sie es sich endlich leisten konnte, nach Hongkong zu reisen, drängte sich ein anderer Wunsch mit Macht in den Vordergrund. In letzter Zeit hatte sie häufig an Alfred Russel Wallace gedacht, jenen interessanten Wissenschaftler, in dem dasselbe Feuer brannte wie in ihr selbst. Zwar war er Europäer, aber in gewisser Weise stand auch er neben der Gesellschaft; er verbrachte seine Zeit in der Wildnis ausschließlich mit Einheimischen und war sich, wie sie aus seinen Erzählungen wusste, nicht zu fein für Freundschaften mit Asiaten. Ihm konnte sie vertrauen. Auch hatte er Verwendung für ihre Fähigkeiten: Sammeln, zeichnen, beschreiben, katalogisieren – darin hatte sie es zu akzeptablem Wissen und Können gebracht, hinzu kam ihr Sprachtalent. Durch gelegentliche kurze Meldungen in der Zeitung wusste sie, dass Wallace noch immer im Archipel unterwegs war, aber nicht, wo er sich aufhielt.

Sie schloss die Augen. Um sie herum brandete »Er is een roos ontsprongen« auf. Leah summte leise mit. Während das Lied ihr Herz hob, festigte sich eine vage Idee zu einem Entschluss: Sie würde sich auf die Suche nach Wallace machen. Dass er seinen Forschungen überall zwischen Papua und Penang nachgehen konnte, schreckte sie nicht. Wenn Gott wollte, dass sie ihn fand, würde er es fügen. Natürlich hatte sie keine Gewissheit, dass Wallace sie tatsächlich in seine Dienste nahm, aber darüber konnte sie sich noch Gedanken machen, wenn sie ihn aufgespürt hatte.

Im Kopf addierte Leah ihre Ersparnisse und das Vollen-

hofsche Schweigegeld. Wenn sie vorsichtig wirtschaftete, vermochte sie davon mindestens ein Jahr zu überleben. Hinzu kamen eventuelle Erlöse aus Portraitzeichnungen. Auch unter den Asiaten fanden sich stolze Familienväter, die ihre Frauen und Erben gegen einen angemessenen Obolus oder auch nur ein warmes Mahl zeichnen ließen.
Leah verließ die Kirche als Erste. Mittlerweile war es dunkel geworden. Sie stellte sich etwas abseits, um eine Begegnung mit den van Vollenhofens zu vermeiden. Im Grunde war schon der Kirchgang ein unnötiger Affront gewesen, aber es ließ sich nicht mehr ändern. Die van Vollenhofens mussten sich ohnehin eine Geschichte überlegen, warum sie schon wieder ohne Gouvernante waren. Während Leah auf ihre Begleiter wartete, legte sie den Kopf in den Nacken und betrachtete den südlichen Sternenhimmel. Sie war nicht imstande, die Sternbilder zu benennen, nur eines erkannte sie: das Kreuz des Südens. In Singapur war es bereits zu sehen gewesen, doch hier, südlich des Äquators, dominierte es in seiner klaren Geometrie das Firmament.
Ihre Erinnerung brachte Leah nach Hamburg, auf die Schultern ihres Vaters. Ein wehmütiges Ziehen ließ sie trotz der Wärme erschauern. Sie war fünf Jahre alt, vielleicht sechs. Nach dem Kirchgang waren sie von St. Michaelis zurück in die Caffamacherreihe gelaufen. Schnee hatte unter den Schuhen des Vaters geknirscht. Er hatte ihr den großen Wagen gezeigt, den Skorpion und die Waage. Und dann waren sie gegen eine Mauer gelaufen und hingefallen. Was hatte die Mutter geschimpft! Was hatten sie gelacht!
Zum zweiten Mal an diesem Tag rann eine Träne ihre Wange hinab. Siehst du mich?, fragte sie in Gedanken ihren Vater. Hältst du die Hände über deine Tochter?
Eine schüchterne Berührung am Arm holte sie zurück in die

Wärme der tropischen Weihnacht. Leah wischte sich die Tränen aus den Augen und schlenderte mit dem Wirtsehepaar zurück zum Hotel. Als sie an einem einladend aussehenden moslemischen Fischrestaurant mit angeschlossenem Garten vorbeikamen, steuerte Leah ihre überraschten Gastgeber hinein. Die Makassaresen waren Meister in der Zubereitung von frischem Fisch, den sie mit einer dicken Soße aus Gemüse, Kräutern und Gewürzen reichten. Sie wollte gern in Ruhe mit dem Ehepaar sprechen, und hier war sie vor den missbilligenden Blicken der Holländer sicher. Kurz darauf zerlegte sie mit Appetit die auf Bananenblättern servierten Schnapperfische, während sie ihren verdutzten Gastgebern ihre Absichten auseinandersetzte.

Schon vier Tage später, am 29. Dezember des Jahres 1860, stand Leah in praktischer chinesischer Männerkleidung an Bord der Dschunke *Li Rong*, während die weißen Häuser von Makassar immer kleiner wurden. Der Nordost-Monsun hatte in den letzten Wochen an Stärke zugenommen und schrieb ihnen eine südliche Route vor. Nach Flores und Timor sollte es gehen, um Sandelholz zu kaufen, und dann, wenn der Wind im Frühjahr erlahmte, zurück nach Norden. Leah war es gleich. Sie würde so lange an Bord bleiben, bis sie Wallace gefunden hatte. Wallace oder eine andere Bestimmung.

Schaumige Gischt spritzte bis zum Deck. Leah duckte sich nicht fort, beugte sich stattdessen weit über die Reling hinaus. Ihr Haar klebte feucht an ihrem Kopf, die Kleidung war durchnässt. Mit einem wilden Schrei nahm sie die Taufe entgegen. Voller Dankbarkeit schickte sie ein kurzes Gebet gen Himmel. Alles hatte sich so wunderbar gefügt, dass Leah davon überzeugt war, das Schicksal honoriere endlich ihren Mut und ihre Unverzagtheit. Tatsächlich hatte ihr chinesischer Gastgeber sie noch am zweiten Weihnachtstag einem vertrauenswürdigen chinesischen Kapitän vorgestellt, und nachdem der Mann seine anfängliche Verblüffung über Leahs Bitte verdaut hatte, erklärte er sich nach langem Diskutieren dazu bereit, sie an Bord zu nehmen, und zwar, wie sie es wollte, nicht als Passagierin, sondern als Teil der Mannschaft. Hätte der Mann sofort zugesagt, wäre Leah wohl zurückgeschreckt, zu deutlich stand ihr die Nacht auf dem englischen Schmugglerschiff vor Augen, als sie sich schon geschändet und sogar tot gesehen hatte. Doch der Chinese wog ernsthaft alles Für und Wider gegeneinander ab, und letztendlich gab wohl der Reiz des Außergewöhnlichen für ihn den Ausschlag.

Und so war sie am gestrigen Abend der ebenso misstrauischen wie neugierigen Mannschaft als die neue Köchin vorgestellt worden. Der Kapitän hatte unmissverständlich klargestellt, dass jeder, der Leah Schwierigkeiten machte, mit empfindlicher Bestrafung zu rechnen hatte.

Mochte die Zukunft ungewiss sein, mochten an den jenseitigen Ufern Schwierigkeiten auf sie lauern, deren Ausmaß sie nicht überblickte – für den Moment erlaubte sich Leah keine Sorgen.

* * *

Der Nachmittag in Singapur verstrich in träger Faulheit, wie man sie nur in den Tropen erlebt, wenn die Luft schwer ist von Düften und Fäulnis zugleich, wenn sie zum Greifen dick scheint und den Menschen bei jeder Bewegung den Schweiß aus allen Poren brechen lässt. Johanna hatte sich in ihren Korbstuhl zurückgelehnt, eine Näharbeit auf dem Schoß, die wohl noch Wochen auf ihre Vollendung warten musste. Mercy und Alwine waren eingenickt, und Friedrich las bereits zum zehnten Mal dieselbe Seite seiner Zeitung. Ping und Siti, Mercys malaiische Ayah, hatten sich mit untergeschlagenen Beinen im Schatten der Hauswand niedergelassen und zerlegten leise schwatzend eine riesige Jackfrucht, die jedem deutschen Preiskürbis den Rang streitig gemacht hätte.

Lediglich Hermann und die Robinson-Zwillinge tobten unbeeindruckt von der Hitze durch den Garten und schlugen eine Schneise der Verwüstung durch Johannas Orchideenzucht. Carl und Roy, die kurz vor ihrem vierten Geburtstag standen, gerieten in ihrer Lebendigkeit und Verschmitztheit ganz nach ihrer Mutter. Manchmal fragte sich Johanna, ob die robusten Zwillinge der richtige Umgang für den beinahe zwei Jahre jüngeren und erheblich zarteren Hermann waren. Doch ihr Sohn liebte es, mit Carl und Roy zusammen zu sein, und so hatte Johanna sich mit seinen ständig aufgeschlagenen Knien und den Beulen auf der Stirn abgefunden.

Johannas Lider wurden schwer, doch zu viel ging ihr durch den Kopf, als dass sie hätte schlafen können. Unauffällig musterte sie Friedrich. Er hatte sich am gestrigen Tag mit Bowie getroffen und war mit düsterer Miene zurückgekehrt. Als Johanna ihn nach der Unterredung fragte, hatte er sie brüsk mit den Worten zurückgewiesen, sie würde von Geschäften ohnehin nichts verstehen. Seitdem war er in Schweigen versunken. Johanna hätte seine Sorgen gern mit ihm geteilt. Aus Gesprächen mit anderen Kaufleuten beim letzten gesellschaftlichen Diner wusste sie, dass er sich nicht als Einziger Gedanken über die Zukunft machte. Der Arrow-Krieg in China, zu dessen ersten Opfern Johannas Vater zählte, war zugunsten der Briten und ihrer Verbündeten entschieden, und die endlich ratifizierten Verträge von Tientsin öffneten weitere Häfen des Riesenreichs dem internationalen Handel, was einerseits be-

grüßenswert war, andererseits die Stellung Singapurs als wichtigstem Umschlaghafen der Region gefährdete. Friedrich hatte Johanna immer im Glauben gelassen, seine Geschäfte liefen gut, doch mittlerweile zweifelte sie an seinen Aussagen. Jedermann in Singapur hatte Einbußen zu verzeichnen, warum sollte ausgerechnet das kleine, junge Handelshaus *Von Trebow Trading* nicht davon betroffen sein? Unbehaglich registrierte sie, wie Friedrich gedankenverloren am bereits dritten Whisky des Tages nippte.
Ohne Vorwarnung schlug das Johlen und Lachen der Kinder in Gezeter und Wutgeheul um und riss Johanna aus ihren Gedanken. Diesmal schien es um mehr zu gehen als nur ein paar Kratzer. Sitis Stimme drang an ihr Ohr. Die Malaiin sprach mit großer Dringlichkeit auf die Jungen ein, und tatsächlich erstarb das Geschrei, nur um im nächsten Moment umso schriller wieder anzusteigen. Alarmiert sprang Johanna auf und rannte in den Garten. Sie fand die heulenden Kinder fest aneinandergeklammert hinter dem Haus. Siti stand mit in die Seiten gestemmten Händen vor ihnen.
»Was ist hier los?«
»Sie waren ungezogen!«, rief Siti. »Ich habe ihnen gesagt, wenn sie sich nicht bessern, kommt die Hantu Kopek und holt sie.«
Johanna explodierte. »Lass die Kinder mit deinen Geistergeschichten in Ruhe! Meinst du, sie gehorchen besser, wenn sie von nun an Angst vor jeder alten Frau haben?«
»Nicht vor jeder«, verteidigte sich Siti. »Aber mit der Hantu Kopek ist nicht zu spaßen.«
»Das stimmt.«
Johanna fuhr herum. Angelockt von dem Gezeter hatte sich mittlerweile auch Ping eingefunden, Alwine, Mercy und als letzter Friedrich folgten langsamer um die Hausecke.

»Du nicht auch noch, Ping.« Johanna war ernsthaft verärgert. »Dies ist ein christlicher Haushalt, also hütet euch davor, die Kinder mit eurem Aberglauben einzuschüchtern.« Johanna strich den Jungen beruhigend über die Köpfe. Vergeblich.
Plötzlich erschallte lautes Lachen. Sofort verstummten Heulen und Streit, während sich aller Augen auf den Neuankömmling richteten.
Es dauerte einige Herzschläge, bis Johanna den Mann erkannte; der ehemals volle, dunkelbraune Bart war einem markanten Schnauzer gewichen, der sein Gesicht längst nicht mehr so düster wirken ließ wie noch bei ihrer Hochzeit, als sie ihn zum letzten Mal gesehen hatte. Der Gast war Henry Farnell. Und er war so gut gelaunt, wie sie ihn nie zuvor erlebt hatte.
Fröhlich begrüßte er alle Anwesenden, die Kinderfrauen und Lim eingeschlossen, verspätete Weihnachtswünsche wurden ausgetauscht, und im Handumdrehen war ein Tisch im Schatten des Tamarindenbaums aufgebaut. Siti wurde nach drüben geschickt, um Andrew Robinson zu der spontanen Gesellschaft zu laden, während Lim und Ping auf die Schnelle gezauberte Erfrischungen heranschleppten.
Sobald alle saßen, konnte Mercy ihre Neugierde nicht mehr unterdrücken und bat Farnell, über Hongkong und seine Reisen zu berichten.
»Das mache ich gern«, sagte er. »Aber wo ist eigentlich Fräulein Leah? Sie war ja immer sehr interessiert an allem Fremden. Wir sollten auf sie warten. Oder ist sie womöglich verheiratet und lebt woanders? Ich bin so gar nicht auf dem Laufenden, denn seit beinahe zwei Jahren hat sie mir nicht mehr geschrieben.«
Nichts, dachte Johanna, er weiß gar nichts. »Leah weilt nicht mehr in Singapur«, erklärte sie schnell. »Friedrich wird Ihnen

später alles Wichtige berichten.« Seine unverhohlene Enttäuschung stimmte sie nachdenklich. War er wegen Leah hier? Die beiden mochten sich, und er war noch immer unverheiratet. Wollte er um ihre Hand anhalten?

Ein unbehagliches Schweigen senkte sich über die Gesellschaft, das erst von der Ankunft des jungen Inders unterbrochen wurde, dem es oblag, die Post zuzustellen. Nur ein Brief war für sie bestimmt, und Friedrich lachte etwas gezwungen, als er den Absender erkannte. »Ich nehme an, dies ist der Brief, in dem du uns deinen Besuch ankündigst«, sagte er zu Henry gewandt.

Bis auf Friedrich brachen alle in Gelächter aus, zu komisch war die Vorstellung, dass Farnell auf demselben Schiff gereist war wie sein Brief. Johanna musterte Farnell erstaunt. Sie hatte nicht gewusst, dass er zu lautem, unbeschwertem Lachen fähig war. Es stand ihm gut.

Das Gespräch wurde lebhaft, auch wenn sich Friedrich zu Johannas Verwunderung kaum beteiligte. Sie sprachen über den beendeten Krieg, den schrecklichen Taiping-Aufstand in China, der bereits Millionen Menschenleben gefordert hatte, über die Preise von Waren und die kleinen Anekdoten des Alltags, bis Johanna ihre Neugierde nicht mehr bezähmen konnte.

»Nun haben Sie so viel erzählt«, wandte sie sich an Henry Farnell. »Doch wir wissen immer noch nicht, was Sie nach so langer Zeit wieder nach Singapur geführt hat. Friedrich hat Sie vermisst, wollte sogar schon nach Hongkong reisen, doch nach Hermanns Geburt hatte ich Angst, allein zu bleiben.«

Johanna staunte insgeheim, wie selbstverständlich ihr die Lügen über die Lippen gingen. Friedrich, der den gesamten Nachmittag steif, beinahe reserviert gewirkt hatte, warf ihr einen dankbaren Blick zu.

»Ich habe dich auch vermisst, mein Freund«, antwortete Farnell, der den Blickwechsel zwischen den Eheleuten nicht bemerkt hatte. »Aber bald wird sich vieles ändern. *Farnell Trading Company* hat sich prächtig entwickelt, und ich möchte expandieren. Ich habe die Leitung meiner Geschäfte in Hongkong einem überaus fähigen Mann in die Hände gelegt, den ich nach meiner Rückkehr zu meinem Gesellschafter zu machen gedenke.« Er warf einen kurzen, forschenden Blick auf Friedrich. Als der keine Regung zeigte, fuhr er fort: »Durch den regelmäßigen Dampfschiffverkehr ist die Reisezeit zwischen Singapur und Hongkong auf eine Woche geschrumpft, es wäre mir also möglich, mich auf Dauer in Singapur niederzulassen und trotzdem in regelmäßigen Abständen in Hongkong nach dem Rechten zu sehen. Ich möchte hier eine Dependance aufbauen.« Er machte eine Pause. Seine Augen fanden Johannas, hielten sie fest, und sie überlief eine Gänsehaut. So dunkel waren sie, so unergründlich. Sie erschauerte. Was ging hier vor sich? Sie war immer davon ausgegangen, dass Farnell sie nicht sonderlich mochte, doch an diesem Nachmittag benahm er sich ihr gegenüber aufmerksam und beinahe liebevoll.

Er riss sich von ihr los und holte tief Luft. »Außerdem möchte ich einer Ehefrau das ungesunde Klima in Hongkong nicht zumuten.«

»Ehefrau?« Mercy fiel beinahe vom Stuhl vor Begeisterung. »Und Sie haben keinen Ton gesagt! Wo ist sie? Wer ist sie?«

»Noch habe ich sie nicht gefunden«, erklärte Farnell. »Ich bin nur kurz in Singapur und reise am 18. Februar nach England. Dort werde ich mich meinen Kunden und Handelspartnern persönlich empfehlen und außerdem auf Brautschau gehen.«

Gesprächsfetzen flogen hin und her. Insbesondere Mercy, die sich bei den Reden über Politik und Geschäfte gelangweilt hatte, befand sich jetzt auf vertrautem Terrain. Der arme Farnell konnte sich kaum retten vor gutgemeinten Ratschlägen und die Grenzen der Schicklichkeit strapazierenden Andeutungen. Niemand bemerkte, dass Johanna verstummte. Sie sollte sich für Farnell freuen und ihm Glück bei der Wahl seiner Braut wünschen, stattdessen fühlte sie sich, als hätte man ihr den Boden unter den Füßen fortgezogen. Und sie hatte keine Ahnung, warum.

Henry Farnell verabschiedete sich erst am späten Nachmittag. Wie schon bei seinen früheren Besuchen hatte er ein Zimmer in Mr Goymours Pension genommen. Der Zufall wollte es, dass sich Johanna bei der Verabschiedung für einen Moment allein mit ihm neben der Kutsche wiederfand; lediglich Hermann klammerte sich an ihre Hand.

»Es ist mir eine große Freude, Sie wiederzusehen«, sagte Farnell. »Sie und Friedrich natürlich. Und den kleinen von Trebow.« Eine verlegene Pause entstand. »Es wundert mich, dass Sie noch immer den Bungalow von damals bewohnen. Ich hatte vermutet, Friedrich würde sich nach etwas Repräsentativerem umsehen.«

Johanna drehte sich um und nahm die abblätternde hellrosa Farbe der Holzwände in Augenschein. »Es ist klein, das stimmt, und es benötigt dringend einen Anstrich, aber ich liebe dieses Haus. Ich habe es gemeinsam mit Vater eingerichtet, wissen Sie?«, sagte sie leise. Just in diesem Moment ließ die untergehende Sonne die Krone des Tamarindenbaums aufleuchten. Eine Gänsehaut überlief sie. Unter dem Baum hatten sie am letzten Abend vor der Abreise mit dem Vater getafelt. »Als es mit *Von Trebow Trading* bergaufging, wollte Friedrich ein größeres Haus weiter im Inland kaufen, doch ich bringe es nicht übers Herz. Hier leben meine Erinnerungen. Wir sind ja nur noch zu viert und brauchen keine Dienerschar, nur Ping und Lim und den Punkah-Boy. Zur Tee trinkenden Mem tauge ich nicht, ich kümmere mich lieber um den Haushalt und anderes mehr. Seit Leah verschwunden ist …«

»Verschwunden?«, unterbrach er sie. »Sie hat nicht geheiratet?«

Johanna schüttelte den Kopf. Der Kloß in ihrem Hals erdrückte jedes Wort. Wie so oft hörte sie ihr eigenes und Leahs Lachen im rauschenden Regen, als sie barfuß im Sturm getanzt hatten.

Er fasste sie sanft am Arm. »Ist es so schlimm?«

»Friedrich wird es Ihnen erzählen. Urteilen Sie nicht zu hart. Leah wollte fliegen.«

14

Januar 1861, wenige Tage später

Ganz Singapur war auf den Beinen. Wie immer zu dieser Gelegenheit verwandelte sich die Stadt auch am Neujahrstag des Jahres 1861 in einen riesigen Festplatz. Die Einwohner maßen sich im Kricket, Tauziehen und Laufen und vielem mehr. Angesteckt von der allgemeinen guten Laune genoss auch Johanna den Tag. Der Morgen hatte mit einem schnellen Frühstück begonnen, denn Hermann hielt es kaum auf seinem Stuhl, als spürte er, dass etwas Außerordentliches vor sich ging. Auch im Robinsonschen Haus hatte man sich den quengelnden Kindern gebeugt, alle Etikette fahrenlassen, ein Reis-Congee heruntergestürzt und sich hastig ausgehfertig gemacht.

Den Vormittag verbrachten die von Trebows, Alwine Uhldorff, Henry Farnell und die Robinsons am Padang, dem weiten Rasengrund an der Esplanade, begrüßten Freunde und Bekannte und jubelten ihrem favorisierten Kricketteam zu. Die Stimmung war ausgelassen, und es machte nichts aus, dass die Mannschaft aus Handelsagenten und Assistenten ihren Gegnern, vor jugendlicher Kraft strotzenden Matrosen und Soldaten, haushoch unterlag. Friedrich, Henry und Andrew Robinson hatten jeder einen der Jungen auf den Schultern, die ihnen die Haare mit ihren vom Süßgebäck klebrigen Fingern zerzausten. Auf Johannas Drängen entbanden sie und Mercy die Kinderfrauen für diesen Tag ihrer Aufsichtspflichten. Freudestrahlend und mit einem Taschengeld versehen verloren sich Ping und Siti in der Menge. Lim war schon nach dem Frühstück in die Stadt gelaufen.

Gegen Mittag verließen sie den Padang und schlossen sich den Hunderten, vielleicht Tausenden Schaulustigen an, die sich in Richtung Meer bewegten. Bald war die Beach Road voller Menschen, die um die besten Plätze rangelten; manch junge Heißsporne erklommen gar die Bäume, so dass diese aussahen, als hätten sich bunte Vogelschwärme darin niedergelassen.

Andrew, Henry und Friedrich gelang es, einen Platz ganz vorn auf einem Steg zu sichern. Gespannt harrten sie des aufregendsten Spektakels, das der Kalender der Stadt zu bieten hatte: die Neujahrsregatta, wenn die Yachten der Europäer gegen die Prauen der Malaien antraten, die Bugis ihre Segelkünste unter Beweis stellten und selbst die chinesischen und indischen Leichterarbeiter es sich nicht nehmen ließen, um Preis und Ehre zu segeln.

»Sie sind ja ganz aufgeregt. Haben Sie einen Favoriten?«

Johanna sah auf. Wegen des Gedränges auf dem Steg stand Farnell so dicht neben ihr, dass sich ihre Arme berührten. Ihre Anspannung musste sich auf ihn übertragen haben, denn seine Augen glänzten voller Erwartung. Selbst Carl auf seinen Schultern zappelte nicht, sondern hatte seinen Blick fest auf die Boote geheftet, die sich für den Start aufreihten.

»Allerdings«, sagte sie lachend. »Sehen Sie die wunderbare Yacht mit dem Klipper-Bug? Sie gehört Ross Bowie. Er hat sie ganz unbescheiden *Singapore Queen* getauft. Aber verraten Sie Friedrich nicht, dass ich Bowie die Daumen drücke. Er würde es nicht verstehen.« Sie nickte in Friedrichs Richtung, der einige Meter entfernt stand. Gerade hob er Hermann von seinen Schultern und stellte ihn vor sich an den Stegrand. Liebevoll legte er die Hände auf die Schultern des Jungen. Johanna fühlte sich seltsam erleichtert. Hermann hatte die Zuneigung seines Vaters in den letzten Monaten bitterlich vermisst und sonnte sich heute in dessen Aufmerksamkeit. Endlich hatte er den Vater wieder. Hoffentlich blieb es so. Sie räusperte sich und wandte sich an Farnell. »Wahrscheinlich wird Bowie es trotzdem nicht schaffen. Es gehört schon fast zur Regel, dass ein malaiisches Boot gewinnt.«

»Sie wirken nicht traurig über diese Tatsache.«

»Um Himmels willen, nein! Warten Sie es ab, am Ende der Regatta werden auch Sie ihnen den Sieg von Herzen wünschen. Aber hören Sie, es geht los!«

Ein Pistolenschuss erklang, und im selben Moment brandete ein ungeheurer Jubel auf. Die Bootsmannschaften stellten ihre Segel in den Wind, und die Schiffe schossen nach vorn. Wie Johanna prophezeit hatte, lagen bereits nach wenigen Minuten zwei große, sicher vierzig Fuß lange malaiische Prauen vorn, die dreieckigen Lateinersegel aufgebläht.

»Sehen Sie nur!« In ihrer Aufregung legte Johanna Farnell ihre Hand auf den Arm, um seine Aufmerksamkeit auf die *Singapore Queen* zu lenken, die sich nach einem schlechten Start nun zügig Platz um Platz nach vorn kämpfte. Ihr scharfer Bug zerschnitt das Wasser wie ein Messer, kaum ließ sich eine weiße Bugwelle erkennen. Doch statt zu den Booten zu sehen, blickte Farnell auf ihre Hand. Peinlich berührt zog Johanna sie fort, kurz kreuzten sich ihre Blicke. In seinen Augen lag etwas, das sie nicht deuten konnte. Erstaunen, Wärme. Traurigkeit? Irritiert erkannte sie, dass Farnell, den sie bisher als distanziert, oft sogar abweisend empfunden hatte, eine Saite in ihr zum Klingen brachte, die eigentlich Friedrich vorbehalten sein sollte.

Die Anfeuerungsrufe aus tausend Kehlen brachten sie zurück zur Regatta. Mittlerweile hatten beide Prauen und die *Singapore Queen* die Boje erreicht und halsten mit atemberaubender Krängung. Die Mannschaften der Prauen griffen nach den am Masttop befestigten Leinen und lehnten sich weit über die Bootskante, um ein Gegengewicht zum Segel zu schaffen. In dem Moment geschah es: Zu waghalsig war die Mannschaft der einen Prau vorgegangen, zu eng hatte sie ihre Kurve und den anderen Booten den Wind nehmen wollen. Das Boot bekam Übergewicht und kenterte.

Farnell schrie überrascht auf.

»Warten Sie ab!«, rief Johanna ihm über den Lärm der außer Rand und Band geratenen Menge zu, und tatsächlich war es nicht das Ende des Rennens für die gekenterte Prau. Schnell hatten die Malaien die beiden nur mit Rattanseilen befestigten Masten gelöst und das Boot gedreht. Zwei Männer schöpften, während die anderen die Masten wieder aufrichteten und Segel setzten. Das ganze Manöver ging so schnell vor sich, dass die Prau nur von vier, fünf anderen Booten eingeholt wurde, während das Hauptfeld noch auf die Boje zusegelte. Geschlossen hielten die Zuschauer den Atem an, als die Segel wieder Wind fassten, und geschlossen stießen sie ihn aus, als die Prau erneut davonschoss.

Es gab kein Halten mehr. Hatte Johanna zuvor noch mit der *Singapore Queen* gefiebert, so wünschte sie nun den Draufgängern der Prau den wohlverdienten Sieg und schrie sich ganz undamenhaft die Kehle heiser.

Eine Gruppe betrunkener australischer Seeleute nutzte die Aufregung und erkämpfte sich unter Einsatz ihrer Ellbogen und lautstarken Flüchen einen besseren Platz am vorderen Ende des Stegs. Die Menge geriet in Bewegung, Johanna spürte den Druck von Leibern in ihrem Rücken, die sie unaufhaltsam zum Stegrand drückten. Hilfesuchend klammerte sie sich an Mercy und Farnell, die ihrerseits Schwierigkeiten hatten, das Gleichgewicht zu wahren. Ihr Blick irrlichterte hin und her, bis er an Friedrich hängenblieb. Stocksteif stand

ihr Mann an der Stegkante und starrte ins Wasser. Hermann war nirgends zu sehen.
Johanna begriff in der Spanne eines Lidschlags. Sie stürzte nach vorn und sprang, ohne auch nur einen Moment zu zögern. Beim Aufklatschen sah sie Hermann kaum zwei Meter neben sich strampeln. Verzweifelt hielt er den Kopf hoch, die Augen voller Todesangst. Das Wasser schlug über ihr zusammen, unaufhaltsam zogen ihre vollgesogenen Röcke sie nach unten. Dann spürte sie Boden unter den Füßen und stieß sich kräftig ab. Sie durchstieß die Oberfläche, schnappte nach Luft. Hermann! Wo war er? Sie kämpfte gegen ihre Röcke, schluckte einen Mund voll Wasser, sank erneut, stieß sich wieder vom Meeresgrund ab, spuckte, strampelte, und dann sah sie Henry Farnell mit ihrem Kind. Hoch hielt er den Jungen über den Kopf, hilfreiche Arme streckten sich Hermann entgegen, er zappelte und schrie, er lebte! Johanna wurde schwarz vor Augen.

»Sie kommt zu sich!«
»Dreht sie auf die Seite, die Arme über den Kopf!«
Ein Hustenanfall zwang Johanna zurück ins Leben. Sie riss die Augen auf und starrte in Farnells und Friedrichs besorgte Gesichter. »Wo ist mein Kind?« Ein erneuter Hustenanfall schüttelte sie. Erst jetzt begriff sie, dass sie lang ausgestreckt auf dem Steg lag, die nassen Kleider klebten ihr am Körper. Die Menge hielt Abstand und beäugte sie mit einer Mischung aus Neugierde und Hochachtung. »Hermann? Bitte, sagt mir, wo er ist.« Eiskalte Angst ließ sie zittern, bis endlich Mercy mit dem weinenden Hermann auf dem Arm neben Friedrich trat.
»Es geht ihm gut, Liebes. Er hat sich fürchterlich erschrocken, aber Farnell war schnell genug bei ihm, um das Schlimmste zu verhindern.«

Farnell. Johanna schickte ihm einen stummen Dank und rappelte sich zum Sitzen auf. Friedrich stützte sie, und plötzlich war ihr seine Berührung unangenehm.

»Warum hast du ihn überhaupt losgelassen? Warum bist du ihm nicht nachgesprungen?«

Friedrich mied ihren Blick. »Ich wurde angerempelt«, murmelte er zerknirscht. »Und außerdem kann ich nicht schwimmen.«

Johanna verhärtete sich innerlich. »Ich auch nicht«, sagte sie bitter.

* * *

Leah wischte sich mit dem Hemdsärmel den Schweiß von der Stirn. Bereits seit dem Morgengrauen war sie damit beschäftigt, Süßkartoffeln zu putzen. Sie streckte ihren schmerzenden Rücken und beugte sich dann wieder über die Knollen. Da sie sich die Arbeit selbst eingebrockt hatte, durfte sie wohl nicht klagen. Außerdem versprachen all die an ihrem letzten Ankerplatz gekauften Lebensmittel endlich eine Abwechslung von der eintönigen Kost aus Reis und Fisch, die sie mangels Alternativen auf der Überfahrt von Makassar nach Flores tagtäglich für die gut zwanzigköpfige Besatzung zubereitet hatte. Die Männer, ein zäher, bedürfnisloser Haufen, hatten sich nicht beschwert, kannten sie es doch nicht anders. Umso erstaunter war der Kapitän gewesen, als Leah ihn in Maumere um die Erlaubnis bat, den Markt besuchen zu dürfen, um Vorräte an Kokosnüssen, Gewürzen, lebenden Hühnern, Gemüse, Obst, Essig und vielen anderen Dingen anzulegen. Leah gab nicht viel auf ihre Kochkünste, und Ping und Lim hätten dem mit Sicherheit zugestimmt, doch jetzt war sie froh über all die mit den beiden in der Küche verbrachten Stunden.

Wie viel Arbeit sie sich mit ihrem ehrgeizigen Einfall, die Kost auf dem Schiff zu verbessern, aufgebürdet hatte, ging ihr allerdings erst auf, als die Matrosen einen Korb nach dem anderen auf dem Deck stapelten.

»Koch?«

Leah sah auf. Teng Ah Tee, einer der älteren Matrosen, steckte seinen Kopf zur Türöffnung herein. Schon wenige Stunden nach dem Auslaufen aus Makassar war die Mannschaft dazu übergegangen, sie einfach »Koch« zu rufen. So fiel es allen leichter, die Tatsache zu ignorieren, dass sie eine Frau war und eine weiße noch dazu. Kaum einen Tag später hatte ihr neuer Name auch den Kapitän erreicht, der die Bezeichnung mit einer Mischung aus Spott und Erleichterung übernahm.

»Hallo, Ah Tee«, begrüßte sie den Mann. »Falls du hungrig bist, muss ich dich enttäuschen. Das Curry ist noch nicht fertig.«

»Du kochst uns ein Curry?« Begeistert schnupperte er. »Das riecht wunderbar.« Er schob sich ganz herein. »Brauchst du Hilfe?«

Leah lachte. »Scher dich fort, das ist meine Aufgabe. Kapitän Goh wird dir eins überziehen, wenn er dich nicht auf deinem Posten vorfindet.«

»Ich habe frei. Komm, reich mir ein Messer.«

Im Laufe der nächsten Stunde fanden noch zwei weitere Matrosen den Weg in die Kombüse. Die Männer suchten oft Leahs Nähe, um sie über das Leben der Weißen auszufragen. Als sich auch noch herausstellte, dass ihre seltsame Köchin viele chinesische und malaiische Sagen und Mythen kannte, war ihr ein Platz in der rauen Gemeinschaft sicher.

Leah ließ ihre Augen über die Matrosen wandern. Es war eine wilde Schar, unter die sie sich gewagt hatte, lauter Kerle mit schwieligen Händen, harten Körpern und losem Mundwerk.

Die meisten von ihnen hatte das Leben mitleidslos gebeutelt, und vielleicht war das der Grund, warum die Männer sie akzeptierten – aus dem wenigen, das Leah von sich preisgab, schlossen sie, dass auch ihre Bürde nicht leicht war.
Ah Tee hob den Kopf; ihre Blicke trafen sich. Er lächelte, freundlich und ohne Hintergedanken. Leah lächelte zurück. Das Schicksal schlug wahrlich seltsame Kapriolen. Ausgerechnet diesen Männern fühlte sie sich das erste Mal seit der Abreise des Vaters nach China wirklich zugehörig.
In dem Moment schallte ein aufgeregter Ruf über das Schiff. »Piraten!«
Alarmiert ließen Leah und die Männer ihre Arbeit sinken. Wieder rief der Ausguck, dringlicher nun: »Piraten! Halb steuerbord!«
Umgehend hasteten sie auf Deck. Leah schob sich zwischen zwei Matrosen an die Reling. Etwa drei Dutzend helle Segel leuchteten in großer Entfernung auf der tiefblauen Wasseroberfläche. Weit zu ihrer Linken brach sich die See an der Küste Sumbawas. Leah warf einen Blick zum Achterdeck, wo Kapitän Goh breitbeinig auf seinem Kajütendach stand, das Fernglas am Auge. Leahs Mund wurde trocken vor Anspannung. Waren die sich schnell nähernden Segler wirklich Piraten? Und wenn dem so war, würde es zu einem Kampf kommen? Ihre Finger krallten sich in aufwallender Panik um die Reling.
Der Kapitän nahm das Fernglas herunter und wandte sich an die Mannschaft. »Kriegskanus!«, brüllte er. »Mindestens zweihundert Mann. Wir versuchen, sie auszusegeln. Los, an die Arbeit, wenn euch euer Leben lieb ist!«
Die Männer hasteten zu ihren Plätzen, bald knatterte jeder verfügbare Fetzen Segeltuch im Wind. Die tiefliegende Dschunke drehte sich schwerfällig und nahm Fahrt auf. Leah

sah zurück. Die Kriegskanus waren erheblich näher gekommen, schon konnte sie mit bloßem Auge die Rudersklaven und die Krieger erkennen. Und wenn es ihnen nicht gelang zu entkommen? Wild entschlossen sah sie sich nach etwas um, das sie zu ihrer Verteidigung einsetzen konnte.

»Koch, komm her!«

Sie fuhr herum und hastete zum Achterdeck.

»Kapitän?«

»Ich möchte, dass du dich versteckst, sollten die Piraten aufentern.«

»Aber ich …«

Eine Unmutsfalte zeigte sich auf seiner Stirn. »Ich mag dich, Xue Yan. Du bist eine ungeheuer mutige Frau. Es würde mir verdammt viel Kummer bereiten, solltest du zu Schaden kommen.«

Seine deutlichen Worte verfehlten ihre Wirkung nicht. Kleinlaut verzog sich Leah in ihre Kombüse. Die Matrosen würden heute ein schmackhaftes Essen besonders zu schätzen wissen.

Die *Li Rong* machte gute Fahrt, doch die Kriegskanus holten auf. Bis zum Einbruch der Nacht hielten sie sich in gleichbleibendem Abstand zu der Dschunke, abwartend, lauernd. Leah stand, zur Tatenlosigkeit verdammt, den Männern im Weg, bis sie sich schließlich neben die Kapitänskajüte hockte, die Segel der Piraten immer im Blick. Der Kapitän ließ die Bordkanone klarmachen und verteilte die wenigen Gewehre und Pistolen an die Mannschaft, der Rest bewaffnete sich mit Dolchen, Schwertern, Knüppeln und Bootshaken. Leah hatte sich das längste und schärfste Küchenmesser in den Gürtel geschoben. Gegen die übermächtige Kraft eines Mannes oder gar eine Kugel würde das Messer nichts ausrichten, doch sie fühlte sich damit besser.

Immer schneller sank die Sonne dem Horizont entgegen. Mit zusammengebissenen Zähnen verfolgte Leah das rotglühende Gestirn. Unfassbares Grauen packte sie, als ihr bewusst wurde, dass sie die Sonne vielleicht zum letzten Mal in ihrem Leben gesehen hatte. Sie umklammerte ihr Messer. Notfalls würde sie es gegen sich selbst richten, denn der Tod wäre allemal besser, als den Piraten in die Hände zu fallen.
Ah Tee setzte sich neben sie. Mit dem letzten Sonnenstrahl war auch der Wind erlahmt. Unheilschwangere Stille legte sich über das Schiff. Von den Kanus drang kein Laut, wo vorher wildes Geschrei und aufpeitschende Trommelklänge ihr das Blut zum Stocken gebracht hatte. Es war die Ruhe vor dem Sturm.

* * *

»Eine schöne Aussicht«, bemerkte Henry und stützte sich auf das Fenstersims. Die sinkende Sonne hatte den Himmel über der Stadt in pudrigen Pastellschattierungen eingefärbt. Am gegenüberliegenden Ufer näherte sich das zukünftige Rathaus seiner Vollendung. Henry gefiel der strenge klassizistische Stil mit seinen Säulen, Rundbögen und dreieckigen Giebelfeldern, der so erstaunlich gut mit der üppigen tropischen Vegetation harmonisierte.
Er drehte sich um und ließ den Blick über die wenigen, aber geschmackvollen Möbel aus dunklem Tropenholz schweifen. Eine Punkah, ein per Seilzug von einem vor der Tür sitzenden Jungen betriebener großer Fächer, sorgte für einen erfrischenden Luftzug. »Und ein repräsentatives Kontor hast du ebenfalls«, knüpfte er übergangslos an seine erste Bemerkung an. Er griff wahllos ein ledergebundenes Kassenbuch von einem Bord und blätterte angelegentlich darin herum. Friedrich beobachtete unsicher sein Tun. Henry klappte das Buch zu und

setzte sich auf einen Besucherstuhl. Er wartete, bis auch Friedrich auf seinem gepolsterten Sessel hinter dem wuchtigen Schreibtisch Platz genommen hatte.
»Da du mich nicht eingeladen hast, musste ich von selbst vorbeikommen«, eröffnete Henry das Gespräch. »Es ist mir nicht entgangen, dass du wenig erfreut über meinen Besuch bist, und ich frage mich seit Tagen, woran es liegen mag. Wir haben uns immerhin beinahe drei Jahre nicht gesehen.« Er machte eine Pause, forschte im Gesicht des Freundes. Friedrich wich ihm aus, schob stattdessen seine Schreibutensilien hin und her und schichtete fahrig das Durcheinander auf dem Schreibtisch zu sauberen Papierstapeln. Henry klopfte auf das Kassenbuch. »Ich vermute, die Lösung ist hier zu finden. Soll ich danach suchen, oder erzählst du mir, was los ist?«
»Du darfst nicht …«
Henry unterbrach ihn. »Doch, ich darf. Als stiller Teilhaber von *Von Trebow Trading*, so klein die Anteile auch sein mögen, bin ich ermächtigt, jederzeit Einsicht in die Bücher zu nehmen.«
Friedrich schien zu schrumpfen. Mit hängenden Schultern saß er in seinem viel zu großen Sessel. Henry vermutete seit geraumer Zeit, dass Friedrich in Schwierigkeiten war; seit über einem Jahr hatte er keinerlei Post von ihm erhalten, geschweige denn einen Rechenschaftsbericht. Doch der Grad der Verzweiflung in den Zügen seines Freundes entsetzte ihn. Die Situation war offensichtlich sehr ernst. Johannas Antlitz flammte unvermutet vor seinem inneren Auge auf. Sie hatte seit der Heirat viel von ihrer Unbefangenheit verloren; in unbeobachteten Momenten zeichnete sich Enttäuschung und Bitterkeit, aber auch Ratlosigkeit auf ihrem Gesicht ab. Ob sie von Friedrichs Problemen wusste? Eine warme Welle der Zuneigung wallte in ihm auf, sowohl für Johanna, die alles

Glück dieser Welt verdient hatte, als auch für das zusammengesunkene Häufchen Elend vor ihm. Mit seinen blonden Locken, den himmelblauen Augen und der schlanken Gestalt kam ihm Friedrich plötzlich wie ein Kind vor.

»Friedrich, ich bin dein Freund«, sagte Henry mit fester Stimme. »In dieser Eigenschaft bitte ich dich, mir alles, wirklich alles zu sagen, was das Wohlergehen deiner Firma und deiner Familie gefährdet. Was auch passiert ist, ich werde dir helfen, dein Leben wieder auf Kurs zu bringen.«

Friedrichs Augen flackerten, und endlich wagte er es, Henry ins Gesicht zu sehen. »Ich bin froh, dass du hier bist«, flüsterte er. »Ich hatte Angst vor dem Moment, doch nun …« Es gelang ihm nicht, den Satz zu beenden. Schluchzen schüttelte ihn, Tränen liefen ihm die Wangen hinunter. Er barg das Gesicht in den Händen. Henry sprang auf und strich Friedrich hilflos über die Schulter. Er fand es befremdlich, einen Mann weinen zu sehen, andererseits war er wohl der einzige Mensch auf der Welt, in dessen Gegenwart sich der Freund Tränen erlauben konnte.

Der Ausbruch dauerte nur kurz. Friedrich wischte sich über die Augen und setzte sich steif und aufrecht auf die Sesselkante. Emotionslos, so als spräche nicht er selbst, leierte er die Unglücksserie des letzten Jahres herunter. Mit zunehmender Bestürzung erfuhr Henry von Chartern auf Schiffen, die havariert oder von Piraten aufgebracht worden waren, von einer Ladung verschimmeltem Kaffee, von minderwertiger Seide und zerbrochenem Porzellan. Ihm war klar, dass schon die Hälfte jener Unglücksfälle ausgereicht hätten, ein wesentlich größeres Handelshaus in die Knie zu zwingen. Henry wusste in etwa, wie hoch das Startkapital seines Freundes gewesen war, hinzu kamen seine eigenen Einlagen. Die Summe nahm sich kläglich aus gegen die immensen Verluste. Friedrich musste seine gesamten Rücklagen aufgebraucht haben – und mehr. Dass er selbst Geld verloren hatte, interessierte Henry dabei nur mäßig; er hatte seine Einlage damals, nach Friedrichs glücklicher Flucht von den Piraten, im Grunde als Geschenk angesehen. Ein Geschenk, das ihn nie gereut hatte, und eines, das er sich schon damals leisten konnte, hatte doch das Geschäft mit dem Opium, das ihm von Kapitän Miller regelrecht aufgezwungen worden war, ihm das nötige Kapital für lukrative Transaktionen beschert.

Er widerstand dem Drang, aufzustehen und im Zimmer auf und ab zu gehen. »Du bist bankrott«, stellte er sachlich fest. Zu seiner Überraschung schüttelte Friedrich den Kopf. »Nicht? Wie ist das möglich?«

»Ich habe Kredit für eine neue Ladung bekommen. Übrigens nicht zum ersten Mal.«

»Welche Bank geht derartige Risiken ein?«

»Keine Bank«, sagte Friedrich. Seine Apathie wich urplötzlich einer Streitlust, die Henry an seinem Freund nie zuvor erlebt hatte. Wahrscheinlich versuchte er, seinen peinlichen Tränenausbruch vergessen zu machen. »Es ist ein Privatdarlehen. Ob du es glaubst oder nicht, es gibt Männer, die mir viel zutrauen«, sagte er heftig. »Männer, die mich unterstützen, die mir Ratschläge geben und auf deren Handelsagenten und Kompradors ich zurückgreifen kann.«

»Habe ich jemals deine Fähigkeiten in Abrede gestellt?« Henry fühlte sich durch den giftigen Tonfall ernsthaft verletzt, aber er riss sich zusammen. Friedrich stand auch so schon unter enormem Druck. Er beugte sich vor. »Du weißt, dass du dich jederzeit an mich wenden kannst. Unsere Meinungsverschiedenheiten damals in Hongkong haben unsere Freundschaft nicht in Frage gestellt.« Er zögerte. »Oder doch?«

Friedrich schüttelte den Kopf. Als er nichts erwiderte, fuhr

Henry fort: »Ich kann verstehen, dass du deine Probleme lieber im Stillen lösen willst, andererseits bin ich ein wenig enttäuscht, dass du dich lieber an einen Fremden wendest.« Er lehnte sich zurück und ließ seine Worte wirken.

Friedrich knetete seine Finger. »Ich habe mich geschämt«, sagte er. »Alles, was ich anfasse, zerrinnt mir unter den Händen, während du langsam, aber sicher steinreich wirst.«

»Ein Grund mehr, mich in die Pflicht zu nehmen.«

Friedrich versuchte ein Lächeln. »Das ist nicht so einfach.«

»Wahrscheinlich hast du recht. Weiß deine Frau von eurer finanziellen Misere?«

»Nein. Ich konnte ihr mein Versagen nicht eingestehen.«

»Du hast nicht versagt, du hattest Pech. Sehr viel Pech. Sie hätte dich unterstützt, das weißt du, oder?«

»Ja, das hätte sie wohl.«

»Deine Frau hat ein Recht zu erfahren, was in der Firma vor sich geht.«

Friedrich hob den Kopf. »Seit wann werden Frauen von geschäftlichen Dingen unterrichtet? Abgesehen davon, dass es Johanna nicht interessiert, ist ihr Platz im Haus. An Leahs Beispiel sieht man ja, wohin es führt, wenn sich Frauen nicht um Frauendinge kümmern.« Friedrich holte tief Luft. »Ich möchte auch in Zukunft nicht, dass Johanna etwas über diesen … diesen Engpass erfährt.«

»Engpass?«

»Jawohl! Du brauchst mich gar nicht so herablassend zu behandeln. Wer hat denn bei den Piraten gelitten, beinahe ein Jahr in Todesangst verbracht, während du dir den Magen mit Leckereien vollgeschlagen und dich mit chinesischen Huren vergnügt hast?«

Henry ballte die Fäuste. Friedrich schien nicht bei Sinnen. »Mäßige dich«, zischte er. »Du weißt nicht, was du sagst.«

»Um Gottes willen.« Friedrich starrte Henry mit großen Augen an. »Entschuldige«, flüsterte er.
Friedrichs unbeherrschtes Gebaren erinnerte Henry erneut an ein Kind. Langsam kamen ihm Zweifel, ob das geschäftliche Scheitern der einzige Grund für die wechselnden Stimmungen seines Freundes war. Es kostete ihn einiges an Kraft, seinen aufkeimenden Widerwillen zu unterdrücken, stattdessen kam er direkt zur Sache. »Ich werde deine Schulden übernehmen«, sagte er in einem Ton, der keinen Widerspruch zuließ.
»Das würdest du tun?«, fragte Friedrich kleinlaut. Seine Streitlust hatte sich in Luft aufgelöst. »Es ist eine erhebliche Summe. Es könnte lange dauern, bis ich sie dir zurückzahlen kann.«
»Darüber bin ich mir im Klaren. Deshalb biete ich dir auch keinen Kredit an.«
»Sondern?«, fragte Friedrich, misstrauisch geworden. Er war Geschäftsmann genug zu erkennen, worauf der Handel hinauslief.
»Sondern als Gegenwert für zusätzliche dreißig Prozent Anteile an *Von Trebow Trading*.«
»Dreißig Prozent?« Friedrich fuhr auf. »Damit hältst du insgesamt vierzig Prozent! Willst du mich rauskaufen?«
»Ich vermute, dass dies eher der Plan deines generösen Gläubigers ist«, sagte Henry kühl. »Meine Intention hingegen ist es, *Von Trebow Trading* wieder Leben einzuhauchen, denn erst dann mache ich Gewinn.«
Friedrich nickte erschöpft, aber Henry gönnte ihm keine Erholung.
»Dies ist deine Chance, im Geschäft zu bleiben. Nimmst du mein Angebot nicht an, wird sich dein Schuldner deine neunzig Prozent früher oder später zum Spottpreis einverleiben, ohne dass ich etwas dagegen tun kann. Wer ist es eigentlich?«

Friedrich rutschte unbehaglich auf der Sesselkante herum. Endlich presste er den Namen hervor.
»Bowie. Ross Bowie.«

* * *

Irgendwann in der Nacht frischte der Wind wieder auf. In aller Stille fierten die Matrosen die Segel, in der Hoffnung, die *Li Rong* könne sich davonstehlen. Tatsächlich rührte sich nichts auf den Kriegskanus, und bald war die Piratenflotte außer Sicht. Die Männer und Leah atmeten auf, doch sie hatten sich zu früh gefreut: Als die Sonne über den Horizont stieg, glich das Bild dem des gestrigen Abends. Die Kanus hatten sie erneut eingeholt und segelten in gleichbleibendem Abstand parallel zu ihrem Kurs nach Westen. Und dann ging auf einmal alles ganz schnell. Von Steuerbord erklangen Schreie und Schüsse, fünf Kanus lösten sich aus der Formation und rasten, angetrieben von den RuderskIaven, auf die *Li Rong* zu. Der Kapitän befahl einen Schuss aus der Kanone, der einzigen, über die sie verfügten. Leah sah die Fontäne aufspritzen, als die Kugel wirkungslos ins Meer fiel, weit entfernt von den Angreifern. Es hätte eines erfahrenen Kanoniers bedurft, die flinken Ziele zu treffen, und selbst dann hätten die Chancen nicht gut gestanden. Gelähmt vor Angst stand sie mittschiffs, als das Johlen der Angreifer immer lauter wurde. Immer näher kamen die Kanus, schon waren braune Gesichter zu erkennen, die aufgerissenen Münder, die Speere und Schwerter, die Kerise und Pistolen. Voller Entsetzen sah Leah die ersten Kanus längsseits gehen, die ersten Enterhaken herauffliegen. Es war ein ungleicher Kampf. Noch gelang es den Matrosen, die Piraten zurückzuwerfen, doch wie lange würden sie der Übermacht standhalten? Wütende Schreie erfüllten die Luft.

Der erste der Angreifer überwand seinen Gegner und sprang aufs Deck, der zweite, der dritte, und Leah rührte sich noch immer nicht; die Angst hatte in ihrem Kopf eine todesschwarze Leere entstehen lassen. Ein Pirat rannte auf sie zu, schon holte er aus, die Klinge seines Schwerts reflektierte grell die Sonne.

Weder sie noch der Pirat hatte Teng Ah Tee bemerkt. Mit einem gewaltigen Satz warf er sich zwischen Leah und den Mann und fing den Hieb auf.

Blut, überall Blut! Teng Ah Tee schrie, wand sich in Todeskrämpfen, während hellrotes Blut aus einer klaffenden Wunde an seinem Hals sprudelte. Schnell breitete sich die Lache aus, leckte an Leahs Füßen, und in diesem Moment erwachte sie aus ihrer Starre. Sie bückte sich und wand Teng Ah Tee die Pistole aus der erschlaffenden Hand. Bevor der Pirat noch die Überraschung über das plötzliche Auftauchen des Chinesen überwunden hatte, zielte sie bereits auf seine Brust. Er wich einen Schritt zurück, noch einen, und Leah folgte ihm. Um sie herum tobte der Kampf, Schreie, Schüsse und das Sirren der gebogenen Schwerter erschütterten die Luft. Plötzlich verzerrte ein höhnisches Grinsen das Gesicht des Piraten: Er hatte erkannt, dass eine Frau ihn bedrohte. Blitzschnell schoss er vor, um Leah die Pistole zu entwinden. Sie drückte ab. Der Rückstoß schlug ihr die Waffe aus den Händen, der Knall fraß sich wie Nägel in ihre Ohren. Der Mann taumelte zurück, brach zusammen, seine Brust ein blutiger Brei.

Leahs Kehle entrang sich ein schier unmenschliches Geheul. Wilder Lebenswille durchströmte sie, als sie zur Reling rannte, um ihren Teil zur Verteidigung des Schiffes beizutragen. Direkt vor ihr stemmte sich ein Pirat empor. Sie hob ihr Messer und stieß zu, irgendwohin. Sie spürte Widerstand, stach erneut auf ihn ein, sah die schmerzverzerrte Grimasse des

Mannes, doch er gab nicht auf. Schon schwang er ein Bein über die Reling. In aller Klarheit begriff Leah, dass sie nur eine Möglichkeit hatte, ihn außer Gefecht zu setzen: Sie musste seine Augen treffen. Mit voller Wucht rammte sie ihm das Messer ins Gesicht. Er schrie auf, schlug die Hände vor die Augen und stürzte über Bord. Berauscht von dem Sieg stürzte sich Leah auf den nächsten Piraten. Ein Messer schlitzte ihren linken Oberarm auf, sie merkte es kaum. Seite an Seite mit den Matrosen hielt sie der nächsten Angreiferwelle stand, aufgepeitscht von dem irrsinnigen Wüten spürte sie keinen Schmerz und keine Müdigkeit.

Kanonendonner bellte übers Wasser. Für einen Moment erstarb jedes Geschrei, selbst die Verletzten und Sterbenden horchten auf. Im nächsten Moment spritzten Gischtfontänen, Holzsplitter und menschliche Gliedmaßen flogen durch die Luft. Und dann sahen sie es: Eine holländische Kriegsfregatte näherte sich, drohend schoben sich die Mäuler der Kanonen aus den Luken. Wieder spuckten sie Rauch, wieder trafen zwei Kugeln die Kanus. Beiboote wurden zu Wasser gelassen. Der Anblick der gut bewaffneten Soldaten verunsicherte die Piraten. Hatten sie noch Minuten zuvor ihre Beute sicher geglaubt, wendete sich nun das Blatt. Mit neuem Mut stürzten sich die wenigen überlebenden Seeleute der *Li Rong* auf ihre Angreifer, die sich scharenweise ins Wasser fallen ließen und zu den noch intakten Kanus schwammen. Schon kreisten die ersten Haie, angelockt vom Blut der Verwundeten und Toten. Leah starrte auf das grausige Schauspiel. Die Gefahr mochte gebannt sein, doch in plötzlicher Ernüchterung erkannte sie, welch hohen Preis der Sieg von ihr gefordert hatte: Ihre Unschuld war ein für allemal dahin. Sie hatte getötet.

* * *

»Das Essen war wie immer köstlich«, sagte Henry. »Sobald ich aus England zurück bin, müsst ihr Ping doppelt bewachen, weil ich sie sonst abwerbe.«
»Ich werde mit ihr sprechen«, antwortete Johanna. »Vielleicht kann ich sie überreden, Ihre zukünftige Köchin zu unterrichten.«
»Das hört sich gut an.« Er verabschiedete sich von Johanna mit einem Handkuss, drückte Friedrich fest die Hand und sprang die Verandastufen hinunter ins Dunkel der Tropennacht. Bevor er aus dem Gartentor trat, drehte er sich noch einmal um und lüpfte den Hut. »Ich hole euch morgen um neun Uhr ab wie verabredet.« Und fort war er.
Johanna stützte sich aufs Geländer und sah in den Garten. Langsam gewöhnten sich ihre Augen an die Dunkelheit, die Silhouetten der Palmen und Hausdächer hoben sich deutlich vom schwarzblauen Firmament ab. Friedrich trat hinter sie und legte warm und beschützend seine Hände auf ihre Schultern. Sie stieß sich vom Geländer ab und ließ sich rücklings gegen seine Brust sinken. Überrascht ließ er los, nur um sie einen Augenblick später umso fester zu umarmen. Lange standen sie so, lauschten schweigend den Zikaden. Wie früher. Seit etwa zwei Wochen gab sich Friedrich die allergrößte Mühe, die letzten furchtbaren Monate vergessen zu machen, doch es fiel Johanna schwer, sich auf seine Friedensangebote einzulassen. Zu deutlich standen ihr seine Zornesausbrüche vor Augen, zu sehr hatte er sie am Tag der Neujahrsregatta enttäuscht.
Als könne er ihre Gedanken lesen, presste er sie noch ein wenig stärker an sich und hauchte ihr einen Kuss in den Nacken. »Ich habe dich und Hermann vernachlässigt, Liebste«, flüsterte er ihr ins Ohr, »und ich war nicht immer gerecht. Aber jetzt wird alles besser.«

»Das hoffe ich sehr«, sagte Johanna. »Willst du mir nicht erzählen, was der Grund für dein schroffes Verhalten war? Habe ich einen Fehler gemacht?« Die Worte waren kaum ausgesprochen, als Johanna sie schon bereute. Friedrich versteifte sich. Sie erwartete eine scharfe Antwort, doch er atmete nur mehrmals tief ein und aus und entspannte sich wieder. Sanft umfasste er ihre Oberarme und drehte sie zu sich herum. Die Faust, die sich seit Monaten um ihr Herz krallte, lockerte sich ein wenig, als sie ihrem Mann in die Augen sah. So offen, so warm blickte er sie an. »Mein Täubchen, hast du wirklich gedacht, du wärest der Grund für die brummigen Launen deines Ehemannes? Um Himmels willen, nein!«

»Was war es dann?«

»Ich hatte ein Problem mit einer Ladung.«

»Und darüber wolltest du nicht mit mir sprechen? Warum denn nicht?«

Er lachte ein wenig gekünstelt. »So schlimm war's ja nicht.« Als sie nur nickte, schob er sie von sich. »Herrgott, Johanna! Das Problem hat sich in Luft aufgelöst, alles läuft bestens. Ich erwarte von dir Vertrauen in meine Fähigkeit, meiner Familie ein standesgemäßes Leben zu bieten.«

Johanna senkte den Kopf. »Natürlich vertraue ich dir«, sagte sie und wusste im selben Moment, dass es nicht stimmte. Nicht mehr.

»Gut«, sagte er nur und wechselte das Thema. »Da ist noch etwas, ich wollte es während des Essens nicht zur Sprache bringen. Ich muss den morgigen Ausflug leider absagen. Dringende Geschäfte …« Er ließ den Satz unvollendet.

»Wie schade! Dabei hatte ich mich so auf den Bootsausflug gefreut. Es ist Monate her, seit ich auf dem Wasser war.«

»Ich habe ja auch nur von mir gesprochen. Du wirst selbstverständlich mit Henry nach St. John's hinübersegeln.«

»Aber ich kann den Tag unmöglich mit ihm allein auf einem Boot verbringen.«

»Soweit man mit drei Mann Besatzung allein ist. Aber wenn es dir unangenehm ist, nimm doch deine Mutter mit.«

»Du weißt genau, dass sie nie wieder ein Schiff betreten wird. Die Überfahrt von Europa hat ihr das Wasser ein für allemal verleidet.«

»Wohl wahr«, brummte er. Mit den Fingerspitzen strich er ihr sanft über die Wange. »Ihr solltet trotzdem nicht auf die Bootspartie verzichten.«

»Die Leute werden sich die Mäuler zerreißen.«

»Das werden sie nicht, denn ich liefere euch am Hafen ab.« Er beugte den Kopf und suchte ihre Lippen. Erst zögernd, dann immer drängender küsste er sie, und schließlich gab sie nach.

»Lass uns nach oben gehen«, flüsterte er heiser. »Ich habe Sehnsucht nach dir.«

Johanna folgte ihm mit gemischten Gefühlen die Treppe hinauf. Lange Monate war es her, und ihr Körper verlangte nach der Vereinigung, doch die warnenden Stimmen in ihrem Kopf wollten nicht verstummen.

Die Yacht, die Friedrich von einem Bekannten geliehen hatte, gehörte nicht zu den schnittigsten, doch Johanna genoss den Törn in vollen Zügen. Es tat ihr gut, einmal nicht auf Hermann achtgeben zu müssen, und selbst Friedrich fehlte ihr nicht, obwohl die letzte Nacht sie wieder näher zusammengeführt hatte. Henry schien ihr Bedürfnis nach Ruhe und Schweigen zu spüren. Schon beim Ablegen fügte er sich ganz selbstverständlich in die Mannschaft ein und half bei allen Segelmanövern. Bald schob sich die Insel St. John's näher. Der Bootsführer ließ die Segel einholen. Langsam trieb die Yacht in Richtung Ufer.

Johanna war schon häufiger hier gewesen und spähte voller Freude über den Bootsrand. Das Wasser war so klar, dass sie die Fische und Korallen am Meeresgrund betrachten konnte. Sie holte den Picknickkorb aus der Kajüte.
»Wollen wir nicht warten, bis wir am Strand sind?« Henry kletterte von seinem Platz neben dem Steuermann zu ihr aufs Vorderdeck und wies fragend auf den Korb.
»Wir warten, die Fische aber nicht. Passen Sie auf!« Johanna förderte einen klebrigen Reisklumpen vom Vortag hervor und krümelte ein wenig davon ins Wasser. Sofort schossen Dutzende bunte Korallenfische zur Wasseroberfläche und balgten sich um die Reiskörner. Johanna warf eine weitere Handvoll ins Meer und löste damit eine regelrechte Hysterie unter den Wasserbewohnern aus.
»Ich wusste gar nicht, dass Fische Reis mögen«, bemerkte Henry erstaunt.
»Brot finden sie noch besser, aber ich hatte keines übrig.«
In diesem Moment sprang eines der malaiischen Besatzungsmitglieder neben ihnen ins Wasser, in der einen Hand eine primitive Harpune, in der anderen ein Messer. Der Mann mochte sich wohl nicht auf die Angel verlassen, die Henry mit an Bord gebracht hatte.
Eine Stunde später saßen sie an einem Lagerfeuer am Strand und verspeisten gegrillte Rochenflügel und einen der bunten Fische. Johanna hatte sich ihrer Schuhe und Strümpfe entledigt und grub zufrieden die nackten Zehen in den Sand. Sie fühlte sich lebendig wie lange nicht mehr, was sicher auch an dem Champagner lag, den Ping neben Gemüseröllchen und mit Schweinefleisch gefüllten Teigtaschen, Hühnercurry, Obstsalat und vielen anderen Leckereien in den Korb gepackt hatte.
Nachdem das Mahl beendet war, zog sich die Mannschaft

zum Boot zurück, um ein Verdauungsschläfchen zu halten. Johanna und Henry hatten den Strand für sich allein.
»Wie Robinson und Freitag«, sagte Johanna und prostete Henry zu. »Wer von den beiden wollen Sie sein?«
»Robinson? Ach nein, dann müsste ich ein Fort bauen, Felder umgraben und Ziegen züchten.« Er hob sein Glas. »Lieber bin ich Freitag. Dann trete ich auf, wenn die ganze Arbeit bereits getan ist, und kann mich Ihnen zu Füßen werfen.«
Seine Unbekümmertheit brachte Johanna kurz aus der Fassung. Um ihre Verlegenheit zu überspielen, schenkte sie Champagner nach. Nachdem sie ihre Gläser geleert hatten, stand sie auf. »Was meinen Sie, wollen wir nach den Überresten der Kannibalenfeier suchen?«
»Nichts lieber als das.« Galant bot er ihr den Arm, und sie schlenderten, fröhlich plaudernd, den Strand hinunter. Bald bogen sie um eine Landzunge und verloren das Boot aus den Augen. In der letzten Stunde war es merklich drückender geworden; ein Gewitter kündigte sich an. Johanna löste ihre Hand von Henrys Arm und wischte sich den Schweiß vom Gesicht. Nach kurzem Zögern ließ sie alle Bedenken hinsichtlich des Anstands außer Acht, hob den Saum ihres Kleides und lief ins Meer. Sie hatte ein altes, leicht verschlissenes Kleid für den Ausflug gewählt, da machte es nichts, wenn sie es mit Salzwasser verdarb. Übermütig planschte sie durchs knöcheltiefe Wasser und sah sehnsüchtig hinaus. Wie wunderbar musste es sein, elegant zwischen den Fischen zu tauchen, so wie es der junge Malaie vorgemacht hatte.
»Was ist los? Sie wirken plötzlich so melancholisch.«
Johanna drehte sich um. Henry kam mit aufgekrempelten Hosenbeinen auf sie zu.
»Bringen Sie mir das Schwimmen bei?«, rief sie.
»Ich soll *was?*«

Johanna konnte ein Kichern nicht unterdrücken. Er gab ein zu köstliches Bild ab, wie er da mit aufgerollten Hosenbeinen verblüfft und um Worte verlegen vor ihr stand. Sie fing seinen Blick auf, und das Lachen verging ihr. Zum ersten Mal, seit sie Henry kannte, bemerkte sie, dass er ungemein schöne Augen hatte, die Iris ein warmes Braun, überschattet von dichten, für einen Mann ungewöhnlich langen Wimpern. Sie verlor sich in diesen Augen, die ihr plötzlich so beredt erschienen, von Leidenschaft und Geborgenheit zugleich erzählten. Unwillkürlich machte sie einen Schritt auf ihn zu und noch einen.

Ein gewaltiger Knall zerstörte den zerbrechlichen Zauber des Augenblicks; es donnerte in der Ferne. Johanna wich erschrocken zurück, während Henry noch immer seinen Blick auf sie geheftet hielt, bedauernd, wie ihr schien. Ein Schauer durchlief ihren Körper, nicht unähnlich jenen Schauern, die ihr Friedrichs Küsse und Berührungen in der letzten Nacht beschert hatten, ein Sehnen, das eigentlich ihrem Mann vorbehalten sein musste. Johanna drehte sich um und hastete aufs Trockene. Wie konnte sie sich nur so gehenlassen?

»Johanna?«

Sie fuhr herum. Henry hatte sie mit wenigen Schritten eingeholt und ergriff ihren Arm. »Es tut mir leid«, stammelte er.

»Ich wüsste nicht, was Ihnen leidtun sollte.« Johanna betete, dass Henry das Zittern in ihrer Stimme nicht hörte. Nichts war geschehen. Gar nichts. »Ein Gewitter zieht auf. Wir müssen rechtzeitig Schutz finden.«

»Ja, das sollten wir wohl.« Endlich löste sich sein Blick von ihr, wanderte unstet zum Waldsaum, zum sich verdunkelnden Himmel, den Strand entlang. »Dort hinten winkt schon ein Matrose nach uns.«

Das Gewitter tobte fast den gesamten Nachmittag. Johanna, Henry und die Mannschaft fanden Unterschlupf am Waldrand, wo vorherige Ausflügler oder Fischer bereits einige von Grasmattendächern geschützte Bambusplattformen errichtet hatten. Der Regen prasselte so laut, dass sie sich nur schreiend unterhalten konnten. Johanna fühlte sich befangen, sobald Henry das Wort an sie richtete, antwortete einsilbig, und am Ende erstarb jedes Gespräch. Als es am späten Nachmittag aufklarte, setzten sie die Segel. Henry flüchtete sich umgehend in seine vermeintlichen Matrosenpflichten und ersparte ihnen jeden weiteren Wortwechsel. Erst kurz vor Einbruch der Dunkelheit hielt die Yacht auf die Mündung des Singapur-Flusses zu. Johanna stellte sich so weit nach vorn wie möglich, während der Kapitän sie geschickt durch die Menge der Leichter und Sampans steuerte. So wunderbar der Ausflug am Morgen begonnen hatte, so froh war sie nun, wieder in Singapur zu sein. Ihr Herz klopfte bis zum Hals, als sie das hübsch gemalte Firmenschild über Friedrichs Godown erblickte. Hoffentlich sah Friedrich ihr das schlechte Gewissen nicht an.

Sie warf einen Blick über die Schulter. Henry stand neben dem Kapitän und blickte in ihre Richtung. Schnell drehte er ihr den Rücken zu, täuschte Geschäftigkeit vor, wo es nichts zu tun gab. Nachdenklich maß Johanna sein breites Kreuz, erkannte die kraftvolle Geschmeidigkeit seiner Bewegungen. Wann hatte sich ihre Sicht auf ihn geändert? Wann war aus Farnell, dem unnahbaren Freund Friedrichs, dem ernsten Trauzeugen der heitere Henry geworden, ein Mann, in dessen Gegenwart sie sich wohler fühlte als in der ihres Ehemannes und der auch noch ihr Kind gerettet hatte?

Wie es wohl wäre, an seiner Seite durchs Leben zu gehen? Johanna merkte, wie ihr das Blut in die Wangen schoss. Beinahe vermeinte sie Leah neben sich stehen zu sehen, ihre Stimme zu hören wie damals auf der *Ganges,* als sie erklärte, Farnell sei dem Gecken Friedrich eindeutig vorzuziehen. Sollte ihre Schwester bessere Menschenkenntnis bewiesen haben als sie? Die Erkenntnis traf sie aus heiterem Himmel. Leah hatte gesehen, was sie nicht zu sehen imstande gewesen war, während all ihre Aufmerksamkeit auf Friedrich gerichtet war: Farnell liebte sie, hatte sie geliebt von dem Moment an, als sie einander vorgestellt wurden. Plötzlich ergab alles einen Sinn. Aus Loyalität zu Friedrich war er zurückgetreten, hatte sich in Schweigen gehüllt, um Johanna nicht zu nahe an sich herankommen zu lassen. Sie dachte an seine Abwesenheit während der Verlobungsfeier, als er kopflos in den Regen geflüchtet war, und an seine bedrückte Stimmung bei der Hochzeit. Er musste gelitten haben wie ein Hund, und sie hatte es nicht bemerkt, sich sogar insgeheim über sein unangemessenes Verhalten geärgert. Aufstöhnend verbarg sie das Gesicht in den Händen. Plötzlich konnte sie seine nahende Abreise kaum noch erwarten.

Friedrich und Alwine erwarteten sie bereits mit dem Abendessen, hatten sich allerdings keine Sorgen gemacht. In Singapur gewöhnte man sich schnell daran, seine Pläne von Gewittern durchkreuzt zu sehen. Wer überrascht wurde, musste eben ausharren, bis sich der Himmel ausgetobt hatte, gleichgültig, ob in einem Laden auf dem Commercial Square, beim Picknick im botanischen Garten oder eben auf einer unbewohnten Insel. Friedrich war bestens gelaunt und bemerkte die Einsilbigkeit von Johanna und Henry nicht; fröhlich schwadronierte er über den Widerstand der Singapurer Händler gegen die von der Verwaltung in Kalkutta geforderte Einführung von Hafensteuern. Johanna lauschte seinen Ausführungen nur mit einem Ohr; mechanisch aß sie, was Ping ihr servierte, und versuchte vergeblich, Ordnung in ihrem Kopf zu schaffen. Es machte sie verrückt, Friedrich und Henry nebeneinandersitzen zu sehen, und noch bevor das Dessert aufgetragen wurde, entschuldigte sie sich mit Kopfschmerzen. Erst am Bett ihres schlafenden Sohnes konnte sie wieder klare Gedanken fassen. Ihr Platz war hier, an Hermanns Seite. Und an der seines Vaters.

15

Juni 1861, vier Monate später

Feierlich entzündete Leah ein Bündel Räucherstäbchen, führte es zur Stirn und verbeugte sich vor der Statue der Ma Chu P'oh, der Beschützerin der Seefahrer, im qualmsatten Innenraum des Kong-Hock-Keang-Tempels. In ihrem Herzen sprach sie ein Gebet für Teng Ah Tee, Kapitän Goh und all die anderen, die den Piratenüberfall nicht überlebt hatten. Der chinesische Priester, in dessen Gemeinde sie jeden Sonntag dem christlichen Gottesdienst beiwohnte, hatte ihr wegen ihrer heidnischen Umtriebe bereits ins Gewissen geredet, doch sie ließ nicht von ihrem Ritual ab. Die Matrosen hatten an die bunten Götter geglaubt, und genau vor deren Altar wollte sie ihren toten Kameraden die Ehre erweisen und Dankbarkeit bezeugen. Neugierige Seitenblicke bekümmerten Leah nicht. Nachdem sie ein paar Mandarin-Orangen und eine Schnapsflasche auf dem Altar arrangiert hatte, bahnte sie sich einen Weg durch die von Menschen verstopfte Halle nach draußen. Obwohl ihre Augen vom beißenden Rauch tränten, bemerkte sie den hochgewachsenen rothaarigen Europäer unter dem heiligen Banyan-Baum sofort. Er sah in ihre Richtung, schien zu stutzen. Sofort drehte sie ihm den Rücken zu und bückte sich mit übertriebener Umständlichkeit nach ihren Flechtsandalen. Hatte er trotz ihrer smaragdgrünen chinesischen Tracht bemerkt, dass sie keine Chinesin war?

Das Gesicht unter ihrem Strohhut gut verborgen, wagte sie einen verstohlenen Blick. Der Mann stand noch immer dort, doch sie hätte nicht sagen können, ob er spezielles Interesse an ihr hatte oder nur einer der immer häufiger auftauchenden Vergnügungsreisenden war, den die Exotik des Tempels mit seinen drachenverzierten Giebeln in Bann schlug. So war es wohl, trotzdem ließ Leah Vorsicht walten. Seit sie in Penang an Land gegangen war, mied sie jeglichen Kontakt mit Europäern. In Manila und Makassar war die Gefahr, über alte Bekannte zu stolpern, äußerst gering gewesen, doch Penang lag gerade mal vierhundert Seemeilen von Singapur entfernt, zudem bildete es zusammen mit Singapur und Malacca die Verwaltungseinheit der Straits Settlements. Der regelmäßige Schiffsverkehr machte es Geschäftsreisenden und Verwaltungsbeamten leicht, zwischen den Städten zu pendeln.

Der Duft von würzigen Nudeln stieg Leah in die Nase. Ihr Magen knurrte, und sie beschloss, etwas Geld für eine Portion Char Koay Teow zu opfern. Kurz darauf saß sie neben der Garküche auf einem niedrigen Hocker, eine dampfende Schüssel mit dicken Nudeln vor sich, während sie über ihre Situation nachdachte. Fünf Monate waren seit dem Piratenüberfall vergangen, schlimme Monate, in denen die verbliebene Mannschaft die beschädigte *Li Rong* nur mit Mühe nach Bali gebracht hatte. Dort angekommen, hatte sich die Mannschaft in zwei Lager gespalten; die einen plädierten dafür, Kapitän Gohs Familie, die rechtmäßigen Eigentümer der *Li Rong,* von dem Unglück zu unterrichten, die anderen, weit in der Überzahl, wollten das Schiff übernehmen und die Ladung auf eigene Kosten verkaufen. Bevor die Gemeinschaft endgültig auseinanderbrach, nutzte Leah die erstbeste Gelegenheit, Bali in Richtung Java zu verlassen. Sie war entsetzlich müde. Ihre Odyssee durchs Archipel hatte sich zu einem endlosen Alptraum entwickelt, und sie sehnte sich nach Ruhe. Ein paar Wochen blieb sie in Batavia, dann lief ein Schiff mit dem Ziel Singapur und Penang in den Hafen der niederländi-

schen Niederlassung ein. Leah gab ihrer Erschöpfung nach und kaufte sich ein Billett. Während der einwöchigen Überfahrt wuchs ihre Sehnsucht nach Onkel Koh ins Unermessliche, selbst der Gedanke an die Mutter und Johanna hatte an Bitterkeit eingebüßt. Als sich jedoch die Silhouette Singapurs über den Horizont erhob, ergriff der Zorn über den Verrat sie heftiger denn je. Niemals würde sie zurückkehren, niemals! Sie blieb an Bord und verließ das Schiff erst in Penang.
Seit zwei Monaten weilte sie inzwischen hier. Die Stadt war der perfekte Ort, um wieder Boden unter die Füße zu bekommen. Wie in Singapur stellten auch in Penang die Chinesen einen großen Teil der Bevölkerung, und es fiel Leah nicht schwer, günstige Logis und von wohlhabenden Chinesen Aufträge für Portraitzeichnungen zu bekommen. Sie kam über die Runden, und für den Notfall besaß sie noch einen guten Teil des Geldes von Mijnheer van Vollenhofen.

Da war er wieder, auf der anderen Straßenseite. Seine Größe und sein roter Schopf machten es ihm unmöglich, in der Menge schwarzbezopfter Chinesen unterzutauchen – wenn er es überhaupt darauf angelegt hatte. Gerade bot ein Händler ihm eine Durian an. Leah beobachtete gespannt seine Reaktion. Sie war sich sicher, er würde sich ob des käsigen Geruchs angewidert abwenden, aber zu ihrem Erstaunen ließ er sich die stachelige Schale aufhacken und kostete von dem weißen Fruchtfleisch. Seine ganze Haltung vermittelte eine entspannte Selbstsicherheit, die nur jemand an den Tag legte, der den Orient kannte und liebte.
Leah nutzte die Tatsache, dass der große Europäer abgelenkt war, drückte der Suppenköchin eine kleine Münze in die Hand und schlüpfte davon. Während sie auf ihrem Heimweg einige Haken durch rückwärtige Gassen und Höfe schlug,

wurde sie immer wütender auf den Rothaarigen. Niemand hatte das Recht, sie zu verfolgen, sie wollte in Ruhe gelassen werden.

Eine Stunde später verließ sie mit ihren Malutensilien unterm Arm ihr Zimmer. Sie hatte vor einigen Tagen begonnen, eines der reichverzierten Klanhäuser zu zeichnen, und wollte das Bild gern zum Abschluss bringen. Das Haus befand sich auf einem verhältnismäßig ruhigen, nur über enge Torgänge zu erreichenden Platz. Sie bat eine der Anwohnerinnen um einen Hocker, suchte sich einen schattigen Platz und vertiefte sich in ihre Arbeit. Schon bald bildeten einige Kinder und Erwachsene einen Kreis um sie und bestaunten ehrfürchtig ihre Kunst. Leah ließ sich nicht stören. Erfahrungsgemäß erlahmte die Aufmerksamkeit der Schaulustigen bald wieder, und die Menge verlief sich.

So auch am heutigen Tag, allerdings mit einer Ausnahme. Ein besonders Neugieriger hatte direkt hinter ihr Aufstellung genommen und spähte ihr über die Schulter. Er verhielt sich so ruhig, dass Leah ihn schon vergessen hatte, als sie die Zeichnung nach einer Stunde oder mehr mit einem schwungvollen Strich beendete. Zufrieden mit ihrem Werk verstaute sie Feder, Tusche und Stifte in ihrer Tasche und rollte das Papier zusammen.

»Warten Sie!«

Leah fuhr herum. Der Rothaarige! Sie war so verblüfft, dass sie sogar ihren Zorn vergaß. »Was tun Sie denn hier?«

»Ich bewundere Ihre Kunst.« Mit nach Verzeihung suchender Miene lächelte er sie an. Er musste Ende zwanzig sein und war von bemerkenswerter Hässlichkeit. Sein Gesicht, hager und von einer enormen, obendrein gebrochenen Nase dominiert, wirkte beinahe wie eine Karikatur, doch all dieser Mängel zum Trotz fühlte sich Leah auf Anhieb von seiner jungenhaften Dreistigkeit und den fröhlichen hellblauen Augen eingenommen. Sie stemmte sich gegen die aufkeimende Sympathie. Der Umgang mit Europäern zog nur Ärger nach sich.

»Sie folgen mir schon seit dem Morgen«, sagte sie scharf. »Glauben Sie, ich hätte es nicht bemerkt? Und glauben Sie, ich könnte dieses Verhalten entschuldigen?«

Wenn es irgend ging, wurde seine Miene noch schuldbewusster, doch in seinen Augen blitzte der Schalk.

»Sie haben mich fasziniert«, sagte er. »Anfangs dachte ich, Sie seien Chinesin.«

Leah ergriff ihre Tasche und wandte sich zum Gehen. »Dann betrachten Sie mich auch weiterhin als Chinesin. Außerdem würde ich es begrüßen, wenn Sie sich Ihrer guten Kinderstube besännen und davon abließen, einer Dame, sei sie Europäerin oder Asiatin, nachzusteigen. Guten Tag.« Sie ließ den Mann stehen und schritt, ohne sich noch einmal umzudrehen, zum Ausgang des Hofs. Sie wusste, dass der Rothaarige ihr nachging. Es würde nicht einfach sein, ihn abzuschütteln. Wenn er nicht ohnehin schon herausbekommen hatte, wo sie wohnte.

* * *

Leah spähte vorsichtig aus dem angelehnten Fensterladen ihres Zimmers. Halb belustigt, halb verärgert schüttelte sie den Kopf, als sie den impertinenten Engländer unter den Arkaden gegenüber entdeckte. Er bewachte den Eingang des Hauses seit geschlagenen drei Tagen, obwohl sie ihm deutlich zu verstehen gegeben hatte, dass sie seine Bekanntschaft nicht wünschte. Sollte er sich doch weiterhin die Beine in den Bauch stehen! Ihm war glücklicherweise bisher entgangen,

dass das Haus über einen zweiten Ausgang zur rückwärtigen Gasse verfügte, die den Bewohnern als Kinderspielplatz, zum Geschirrspülen und Wäschetrocknen diente.
Leah schnappte sich die Tasche mit den Zeichenutensilien. Sie war spät dran und musste sich beeilen, den Termin mit einem reichen chinesischen Händler und seiner Konkubine einzuhalten, die sich von ihr portraitieren lassen wollten. Sie schaffte es gerade rechtzeitig und wurde mit ausgesuchter Höflichkeit in einen prächtig eingerichteten Salon geführt. Die Portraitsitzung verlief zu allseitiger Zufriedenheit. Nach zwei Stunden versprach Leah, in drei Tagen wiederzukommen und die Zeichnungen fertigzustellen. Der Chinese stellte ihr in Aussicht, auch seine Hauptfrau und Kinder zeichnen zu lassen. Gut gelaunt trat sie wieder auf die Straße – und rannte dem rothaarigen Engländer direkt in die Arme.
»Versuchen Sie gar nicht erst, vor mir davonzulaufen.«
»Ich schreie!«
»Ich habe nichts anderes erwartet und werde behaupten, Sie seien meine Schwester, die vor einiger Zeit ausgerissen ist und zu ihrer besorgten Familie zurückgeführt werden soll.«
Sein Grinsen entwaffnete sie. »In Ordnung«, seufzte sie. »Sie haben drei Minuten Zeit, Ihr Anliegen vorzutragen.«
»Vielen Dank. Allerdings hoffe ich auf mehr als drei Minuten. Ich würde Sie gern zum Essen einladen. Etwas Chinesisches wäre mir recht.«
Leah musterte ihn mit zusammengekniffenen Augen. Trotz seiner Aufdringlichkeit ging keinerlei Bedrohung von ihm aus. Wider Willen musste sie sich eingestehen, dass er sie zu interessieren begann. Außerdem gefiel ihr, wie wenig wert er auf sein Äußeres legte. Sein Sakko, ohnehin überflüssig in der Hitze, hatte er leger über die Schulter geworfen, die weißen Hosen waren zwar frisch gewaschen, jedoch ungeplättet. Als

sie mit ihrer Begutachtung bei seinen Füßen ankam, stutzte sie.
»Sie tragen asiatische Sandalen?«
»Ich bin Ihrem Beispiel gefolgt«, sagte er nonchalant. »Natürlich kann ich mich im Hotel so nicht blicken lassen, daher ziehe ich mich heimlich im Hotelgarten um.« Wieder lachte er dieses jungenhafte Lachen, das seine hässlichen Züge auf magische Weise anziehend machte. »An einen chinesischen Anzug oder einen malaiischen Sarong habe ich mich allerdings noch nicht herangewagt.«
»Ich kenne einen guten Schneider.« Leah gab sich alle Mühe, ein Lachen zu unterdrücken, doch die Heiterkeit platzte einfach aus ihr heraus und blies für einen winzigen Moment die schweren Wolken beiseite, die ihr Leben nun schon so lange überschatteten und ihre Träume verdunkelten.
»Darf ich Ihr Lachen als Zustimmung werten?«, fragte er.
Leah nickte. »Kommen Sie. Ich kenne ein hervorragendes Dim-Sum-Restaurant. Wenn Sie sich trauen, können Sie auch gesottene Qualle probieren.«
»Na dann.« Er verbeugte sich. »Gestatten: Bertrand Burdett. Ich freue mich, Ihre Bekanntschaft zu machen.« Er sah sie erwartungsvoll an. »Verraten Sie mir Ihren Namen?«
»Nein.«
Sobald sie saßen, feuerte Burdett eine Frage nach der anderen auf sie ab. Leah beantwortete nur jede zehnte, was ihm nichts auszumachen schien. Seine gute Laune blieb ungebrochen, desgleichen seine Neugierde. Leah atmete auf, als endlich das Essen kam; der Gebrauch der ungewohnten Essstäbchen würde Burdetts ganze Aufmerksamkeit erfordern und ihr eine Verschnaufpause geben. Wenn er zwischen seinen Fragen von sich erzählte, offenbarte er sich ihr als ein aufgeschlossener, gebildeter und überaus amüsanter Mann. Sie vermutete,

dass er, obwohl er jegliche aristokratische Steifheit missen ließ, aus den besseren Kreisen Englands stammte.
Burdett blieb hartnäckig, und in den folgenden Wochen ließ sich Leah mehrmals von ihm zum Essen einladen. Ohne Murren begleitete er sie in moslemische Garküchen, indische Curry-Restaurants und chinesische Teebuden, probierte alles, mochte das meiste und hatte erfreulich wenig Vorbehalte gegenüber den Asiaten und ihren Eigenarten. Für seine englischen Landsleute in Penang hatte er nur spöttische Bemerkungen übrig und akzeptierte Leahs Weigerung, ihn zu gesellschaftlichen Anlässen in der europäischen Gemeinde zu begleiten, kommentarlos. Er hatte es aufgegeben, sie auszufragen, und gab sich mit den ihm zugeteilten Mosaiksteinchen an Information zufrieden. Mittlerweile wusste er von Leahs Reisen im Archipel, von ihrem Interesse an den Zusammenhängen in der Natur und ihrer vergeblichen Suche nach Alfred Russel Wallace, von dem auch er schon gehört hatte. Über Singapur verlor sie kein Wort und gedachte auch nicht, es in Zukunft zu tun. Sie erfuhr auch einiges über Burdett. So wie sie ihn verstanden hatte, wollte er nicht in Fernost sesshaft werden und besaß auch keine Ambitionen, ein Handelshaus oder eine Plantage aufzubauen. Geld schien keine Rolle zu spielen; er leistete sich die lange Reise aus purer Neugierde.
Es kam so weit, dass Leah eines Morgens mit einem Lachen erwachte, was seit einer halben Ewigkeit nicht mehr passiert war. Vor sich hin summend fegte sie ihr Zimmer aus und sortierte ihre Habseligkeiten neu. Müßig blätterte sie durch einen Stapel Zeichnungen, bis ihr Blick an einem Portrait von Boon Lee hängenblieb, das sie vor einigen Monaten aus dem Gedächtnis angefertigt hatte.
Schlagartig verdüsterte sich ihr Gemüt. An jenem Tag, als ihr

Geliebter von ihrer Seite gerissen worden war, hatte sie einen Schutzwall um sich errichtet, der mit jedem Schicksalsschlag höher und fester wurde. Lediglich Onkel Koh sowie Teng Ah Tee von der *Li Rong* hatte sie seither erlaubt, ihn zu übersteigen. Nun war es auch dem rothaarigen Engländer gelungen, eine Bresche in den Wall zu schlagen, durch die Licht, Lachen und Lebenslust hereinfluteten. Leah ballte die Fäuste. Hatte sie sich nicht geschworen, Abstand zu den Menschen zu halten? Nähe bedeutete Verletzbarkeit. Burdett würde ohnehin bald abreisen und sich für immer aus ihrem Leben verabschieden, da konnte sie ihm die Freundschaft auch gleich aufkündigen.

Sie hatte gerade ihr Schreibzeug hervorgekramt und in Gedanken einen Brief formuliert, in dem sie Burdett in nachdrücklichen Worten mitteilte, er möge sie in Ruhe lassen, als es an der Zimmertür klopfte und ihre Vermieterin eintrat. Mit vielsagendem Augenrollen drückte sie Leah ein hübsch in Seidenpapier eingeschlagenes Päckchen in die Hand. Die beiliegende Karte wies Burdett als Absender aus.

> *Verehrte Miss Namenlos,* stand dort, *gestatten Sie mir, Ihnen ein Geschenk zu überreichen. Doch seien Sie gewarnt, das Öffnen desselben ist an eine Bedingung geknüpft. In dem Päckchen finden Sie eine weitere Karte, in der ich Ihnen einen interessanten und ganz und gar unmöglichen Vorschlag unterbreite. Bitte äußern Sie sich zu ebendiesem Vorschlag erst nach reiflicher Überlegung; ich übe mich solange in Geduld. Dabei vertraue ich ganz auf Ihre Neugierde, die es Ihnen nicht erlauben wird, mir das Geschenk ungeöffnet zurückzusenden, und verbleibe mit bewundernden Grüßen, Ihr Bertrand Burdett.*

Leah sprang auf und lief in ihrem Zimmer hin und her. Schon wieder war es ihm gelungen, sie aus dem Gleichgewicht zu bringen. Burdett kannte sie bereits besser, als ihr lieb war; natürlich wollte sie wissen, was er ihr geschickt hatte. Und seinen Vorschlag wollte sie auch hören.
Sie konnte nicht länger an sich halten und befühlte das Päckchen von allen Seiten, bis sie zu dem Schluss kam, dass es sich um ein Buch handeln musste. Ein lauter Pfiff ließ sie innehalten. Sie ahnte, was es damit auf sich hatte, und tatsächlich stand Burdett unten auf der Straße und tippte grüßend an seine Hutkrempe, als sie die Läden aufstieß.
»Ich lasse mich nicht kaufen!« Leah steigerte sich in eine selbstgerechte Wut. Sie stürmte zurück ins Zimmer, packte das Geschenk und war drauf und dran, es ihm an den Kopf zu werfen.
»Tun Sie das nicht!«, rief er. »Dieses Buch in der Gosse liegen zu sehen, würde mir das Herz brechen.« Damit lüpfte er seinen Hut und ging davon.
Leah starrte ihm sprachlos nach. Eine Weile lang stand sie unschlüssig mit dem Päckchen in der Hand am Fenster, dann riss sie das Seidenpapier auf und hielt kurz darauf ein in grünes Leder gebundenes Buch in den Händen. Ehrfurchtsvoll las sie den Goldaufdruck des Buchrückens:

On the Origins of Species

Darwin

Eine Woche später saß Leah in einem lärmerfüllten Kopitiam, einem einfachen chinesischen Restaurant, eine Teeschale und mehrere Bälle aus zerknülltem Papier vor sich. Mit gerunzelter Stirn las sie das zuletzt Geschriebene und zerknüllte dann auch dieses Blatt. Niemals hätte sie sich träumen lassen, dass ihr die Ablehnung von Burdetts Vorschlag so schwerfallen würde. Sie hatte ihn seit dem Tag, an dem er ihr das Buch geschenkt hatte, nicht mehr gesehen; offensichtlich hielt er sich von ihr fern, um ihre Entscheidung nicht zu beeinflussen.

Leah nahm einen Schluck Tee. Er war kalt geworden über ihren Versuchen, endlich ihre Entscheidung zu formulieren. Eine Woche Grübeln, und sie war noch immer hin- und hergerissen zwischen ihrem Drang, sich ihre hart erkämpfte Unabhängigkeit zu erhalten, und dem Wunsch, Burdetts Angebot anzunehmen. Unbewusst fuhr ihre Zunge zu der Zahnlücke, die ihr an Bord des Schmuggelschiffs geschlagen worden war. Eine deutliche Warnung, nicht zu vertrauensselig zu sein. Aber genau das war der springende Punkt: Sie vertraute Burdett. Sie ahnte, dass sein Interesse weiter ging als das, was er ihr vorschlug, aber gleichzeitig wusste sie, dass er die ihm gesetzten Grenzen niemals überschreiten würde.

Boon Lees Gesicht zog vor ihrem inneren Auge auf. Sie versuchte, es festzuhalten, doch vergeblich. Schon seit einiger Zeit hatte sie voller Wehmut erkannt, dass ihre Erinnerung immer unschärfer wurde; zu viel war geschehen, seit sie einen letzten glücklichen Nachmittag mit dem geliebten Mann verbracht hatte. Zwei Jahre und einen Monat war das nun her. Ob er manchmal an sie dachte?

Leah pustete in die Schale mit frischem Tee, die ein Kellner ihr ungefragt gebracht hatte, und verfolgte das Wirbeln und Strudeln des heißen Dampfes. Sie schuldete Boon Lee nichts, im Gegenteil. Er war mit seinem Leben vorangeschritten, und das musste sie auch tun.

Sie lachte bitter auf. Sie wollte sich ihre Unabhängigkeit bewahren? Damit war es nicht weit her. Sie hatte am eigenen

Leib erfahren müssen, wie sehr sie auf den Schutz und das Wohlwollen anderer, insbesondere der Männer angewiesen war. Auch hier in Penang musste sie ständig ihren Stolz herunterschlucken und reichen Leuten schmeicheln, um Essen und Zimmer bezahlen zu können. Wie es weitergehen sollte, wusste sie bis heute nicht.
Und nun kam Burdett mit seinem verlockenden Angebot. Leah hob den Kopf. Sie hatte sich eine ganze Woche mit der Entscheidung herumgequält? Wie dumm von ihr. Es gab nur eine Antwort. Sie breitete ein neues Blatt Papier vor sich aus, tunkte die Feder in die Tusche und schrieb, ohne abzusetzen, einige Sätze. Sobald die Tusche getrocknet war, faltete sie das Blatt zusammen und bat den Kellner, jemanden zu holen, der das Schreiben ins *Eastern & Oriental* brachte.

* * *

Penang am 4. Juli 1861

Bertrand Burdett,
wie können Sie es wagen, mir ein gebrauchtes Buch zu schenken, noch dazu eines, das von seinem Vorbesitzer offenbar über alle Maßen geschätzt wurde und dementsprechend zerlesen und zerfleddert ist? Sie haben obendrein die interessanten Stellen am Rand kommentiert, so dass ich keinen Platz für eigene Anmerkungen finde.
In weiser Voraussicht hatten Sie Ihr Anliegen schon im Vorfeld als unmöglich bezeichnet, und genauso schätze auch ich es ein. Eine Dame soll Sie auf Ihre Expeditionen in den Urwald begleiten, zu den Wilden, und all diese haarsträubenden Abenteuer zeichnerisch dokumentieren? Was sollen die Leute denken?

Sie werden Verständnis dafür haben, dass ich Ihnen auf einen solch unzumutbaren Vorschlag nur eine Antwort geben kann:

Ich bin dabei.

Auf eine gute Zusammenarbeit,
Leah Namenlos

16

Dezember 1861, fünf Monate später

Johanna hielt es im Haus nicht mehr aus. Sie streifte bequeme Schuhe über, brachte Hermann zu Mercy und marschierte in Richtung Rochor davon, einer hübschen Wohngegend der wohlhabenden Europäer und Asiaten. Ein Droschkenkutscher rief sie an, doch sie winkte ab. Ihr stand der Sinn nach einem Spaziergang, und zwar allein. Allein mit ihren Befürchtungen und Enttäuschungen. Schon seit Monaten dominierten Berichte über den Amerikanischen Sezessionskrieg die Zeitungen, und sie verging vor Sorge um ihre Schwester. Zwar hieß es, Kalifornien sei nicht involviert, doch wer konnte sagen, ob sich Leah überhaupt dort aufhielt? Vielleicht war sie längst weitergezogen, nach Osten und mitten hinein in den Irrsinn des Bruderkrieges?

Seit Leahs chinesischer Freund ihr vor bald anderthalb Jahren Leahs Brief gezeigt hatte, ließ Johanna nichts unversucht, ihren Aufenthaltsort herauszufinden, doch keiner der Amerika-Kapitäne, mit denen Friedrich sie auf ihr Drängen hin bekannt machte, kehrte mit guten Nachrichten aus der Neuen Welt zurück. Schon seit geraumer Zeit rang Johanna daher mit sich, die Suche einzustellen. Das Warten auf Nachrichten und die daraus resultierenden Streitereien mit Friedrich zermürbten sie. Sie musste loslassen, wollte sie ihr eigenes Leben je wieder in den Griff bekommen.

Ziellos wanderte sie durch die Straßen. Bald hatte sie das ordentliche Viertel hinter sich gelassen und fand sich in einer Straße voller Tavernen und Spelunken wieder, von deren

Existenz sie bisher nichts geahnt hatte. Vor einem Etablissement namens *Jolly Chow* stand eine Gruppe lärmender australischer Matrosen. Grellgeschminkte Mischlingsmädchen, aber auch käufliche Europäerinnen scharten sich um die zu dieser frühen Stunde bereits angetrunkenen Männer. Pfiffe und anzügliche Bemerkungen begleiteten Johanna, als sie die Gruppe passierte. Sie beschleunigte ihre Schritte. Der Hohn der Matrosen und leichten Mädchen machte ihr Angst. Sie wollte das unheimliche Viertel so schnell wie möglich hinter sich lassen.

Stolz hob sie das Kinn als Zeichen, dass sie sich nicht einschüchtern ließ, doch der Gang durch die üble Gegend entwickelte sich zum Spießrutenlauf. Erleichtert sah sie einen Palanquin am anderen Ende der Straße einbiegen. Er hielt vor einem der schmierigen Etablissements, ein europäischer Mann entstieg der Kutsche und wurde von den vor dem Haus wartenden Mädchen mit freudigen Rufen empfangen. Johanna, die in einen undamenhaften Laufschritt verfallen war, damit niemand ihr die Kutsche streitig machte, hielt wie vom Donner gerührt inne. Sie war zu weit entfernt, um das Gesicht des Mannes erkennen zu können, und auch die Kleidung ließ keinen Schluss zu, trug er doch einen weißen Anzug wie die meisten Männer in Singapur. Trotzdem kam ihr der Mann bekannt vor. Die schlenkernde Bewegung seiner langen Arme, der lässige, leicht wippende Schritt mit den nach außen gedrehten Füßen, die etwas zu aufrechte Haltung, all dies erinnerte sie schmerzhaft an Friedrich. Ein Zittern durchlief sie, ihre Augen verschleierten sich mit Tränen. Ihr wurde schwindelig.

Jemand sprach sie an. Vor Johanna stand eine Eurasierin in einem tiefdekolletierten Kleid und redete auf sie ein. Es dauerte einen Moment, bis die Worte der Frau zu ihr durchdran-

gen. Ob es ihr gutginge? Ob sie sich zutraue, allein in der Kutsche nach Hause zu fahren, oder Begleitung wünsche? Johanna schüttelte den Kopf. Langsam nahm die Umgebung wieder Gestalt an, und sie erinnerte sich, wo sie war. Mit einem Mal kam sie sich albern vor. Natürlich war es nicht Friedrich. Es musste einer der Handelsassistenten gewesen sein, ein junger Mann ohne Aussicht auf eine baldige Heirat, der sich dort in dem Haus mit käuflichen Frauen vergnügte. Die Eurasierin hatte den Palanquin gerufen und half ihr unter den neugierigen Blicken der Umstehenden hinein.
»Soll ich wirklich nicht mitfahren?«
Johanna verneinte.
»Dann erholen Sie sich von Ihrem Schreck. Viel Glück!« Mit diesen Worten trat die Frau zurück und gab dem Kutscher das Zeichen zur Abfahrt. Johanna beugte sich aus dem Fenster, um noch einen letzten Blick auf die Frau zu werfen. Sie erinnerte sich einer lange vergessenen Begebenheit. Es war ein regnerischer und windiger Hamburger Herbsttag; sie mochte etwa zwölf oder dreizehn Jahre alt gewesen sein und hatte gemeinsam mit dem Vater eine Erledigung gemacht. Die Köpfe tief in Kragen und Schals vergraben, waren der Vater und sie über den Gänsemarkt geeilt, als ein Warnschrei erklang. Hufgetrappel und panisches Wiehern erklangen. Johanna spürte einen festen Griff um ihren Arm, einen Ruck, und sie lag am Boden. In diesem Moment stürmten die durchgegangenen Pferde eines schweren Fuhrwerks an ihr vorbei, kaum eine halbe Mannslänge entfernt.
Erst als das Fuhrwerk weiter vorn in der Straße umkippte, registrierte Johanna den sauren und alkoholschwangeren Gestank der Armut, der sie wie eine erstickende Decke umhüllte. Sie blickte zur Seite, direkt in das von Entsetzen verzerrte Gesicht eines verwahrlosten Mannes mittleren Alters, der ne-

ben ihr im Schmutz kauerte und mechanisch über ihren Arm strich.
»Sind Sie verletzt?«, fragte er.
Johanna schüttelte den Kopf. Dann stand der Vater vor ihr, stellte dieselbe Frage. Als sie wiederum den Kopf schüttelte, kümmerte er sich um den Bettler, der ebenfalls unversehrt geblieben war. Hermann-Otto Uhldorff half erst dem Mann hoch, dann Johanna. Sie sah, wie der Vater ihrem Retter eine große Hand voll Münzen in die Tasche stopfte. Immer und immer wieder bedankte er sich, mit Tränen der Erleichterung in den Augen.
Später, als sie nach Hause gingen, hatte der Vater sie fest an sich gezogen. Freundlichkeit und Hilfsbereitschaft, hatte er gesagt, seien meist dort zu finden, wo man als Letztes danach suchte.

* * *

Leah fror und schwitzte gleichzeitig, das Laken sandte bei jeder Berührung ihrer fieberwunden Haut neue Schauer durch ihre Glieder. Wo war sie? Ein dämmriger Raum, die Stimmen vieler Menschen. Jemand sprach beruhigend auf sie ein, legte einen kühlen Lappen auf ihre Stirn. Sie wollte sich aufsetzen und versank stattdessen in tiefe Dunkelheit.
Die Schwärze war voller Bewegung. Stimmen raunten in ihren Ohren, hallten hohl in ihrem schmerzenden Schädel wider. Eine Gestalt torkelte auf sie zu, sie wollte zurückweichen, doch schon schob sich die Fratze des Piraten mit der blutigen Augenhöhle dicht vor ihr Gesicht. Dann kamen auch die anderen Männer hervorgekrochen, die sie getötet hatte, und griffen mit langen Dämonenfingern nach ihr.
Weitere Wesen schälten sich aus den grauen Schlieren. Teng Ah Tee, ihr Lebensretter. Und da, der Vater! Leah wollte auf

ihn zurennen, doch ihre Beine waren in einem Sumpf gefangen, kaum konnte sie einen Fuß vor den anderen setzen. Sie kämpfte, um dem klebrigen Untergrund zu entfliehen, während sich der Vater wieder von ihr fortbewegte. Erst jetzt sah sie das Kind an seiner Seite. »Bleibt! Wartet auf mich!« Leah zog und zerrte, doch das Mädchen, ihre tote Tochter, verschwand mit allen anderen im diffusen Nebel.

Licht. Stimmen. Leah schlug die Augen auf. Mühsam drehte sie den Kopf und studierte ihre Umgebung. Ein schmuckloses Zimmer: schiefe Wände aus jungem Bambus, darüber ein Dach aus kunstvoll verwebten Wedeln der Kokospalme. Ihrem Lager gegenüber prangte der Altar einer grob geschnitzten Naturgottheit, deren Antlitz Leah an die Dämonen ihres Fiebertraums erinnerte. Erschöpft strich sie sich eine Haarsträhne aus dem Gesicht. So greifbar wie im letzten Traum war die Prozession ihrer Toten bisher nie gewesen. Niemals würden die getöteten Piraten von ihr ablassen. Sie musste mit ihrer Schuld leben.

Die Hütte schwankte, und im nächsten Moment drängte Burdetts schlaksige Gestalt durch die Türöffnung herein. Er musste sich regelrecht zusammenfalten, so niedrig war die Decke. Sofort ließ er sich neben ihrem Lager nieder. »Ich habe Ihren Schrei gehört.« Besorgt musterte er sie, während seine Hände fahrig durch die Luft schnitten, so als wüsste er nicht, wohin damit. Endlich fasste er sich ein Herz und strich ihr über die Wange. Es war das erste Mal, dass er sich eine derartige Vertraulichkeit erlaubte. Leah ließ es wider besseres Wissen geschehen. Sie hatte den Trost bitter nötig.

»Was ist mit mir?«, fragte sie. Ihr Mund war ausgedörrt. Burdett musste damit gerechnet haben, denn bevor er antwortete, reichte er ihr eine Kalebasse mit frischem Wasser. Leah trank in langen, tiefen Zügen.

»Sie waren sehr krank«, sagte er, sobald sie das Gefäß absetz-

te. Er zögerte merklich. »Wenn mich der Heiler des Dorfes nicht beruhigt hätte, wäre ich durchgedreht. Ich habe zugelassen, dass man Ihnen seltsame Medizin einflößte, weil ich solche Angst um Sie hatte, Leah.«
Sie lehnte den Kopf zurück auf die Matte, ohne ihn aus den Augen zu lassen. Leah?, dachte sie, nicht Miss Namenlos? Die Krankheit hatte offenbar eine weitere Barriere zwischen ihnen niedergerissen.
»Wie lange liege ich schon hier?«, fragte sie.
»Drei Tage. Die längsten Tage meines Lebens.«
»Wissen Sie, was es war?«
Er schüttelte den Kopf. »Der Heiler sagt, diese Krankheit hätten alle hier hin und wieder. Er hat Ihnen übrigens nicht nur Medizin gegeben, sondern auch eine ziemlich interessante Zeremonie abgehalten.« Ein Lächeln stahl sich auf sein Gesicht. »Sie hätten bestimmt zwei Dutzend Zeichnungen davon angefertigt. Ich werde dafür sorgen, dass beim nächsten Mal ich das Bett hüte.«
Spontan nahm sie seine Hand und drückte sie. »Ich danke Ihnen, Bertrand.«
Das freudige Aufleuchten seiner Augen zeigte Leah, dass er die Nennung seines Vornamens sehr wohl bemerkte. Sie entzog ihm die Hand wieder. Keine Dummheiten, mahnte sie sich. Eine enorme Mattigkeit überwältigte sie. Der Kampf gegen das Fieber hatte sie alle Kraft gekostet, doch sie riss sich zusammen. Schon die ganze Zeit lag etwas in seinem Blick, das sie beim besten Willen nicht deuten konnte.
»Sie wollen noch mehr bereden?«, fragte sie.
Er wand sich. »Ja«, sagte er. »Im Fieberdelirium haben Sie viel gesprochen.«
Leah versteifte sich. »Worum ging es?«, fragte sie gepresst.
»Um einen Überfall. Piraten?«

Leah nickte.

»Sie haben jemanden getötet?«

Wieder nickte sie. »Ich wünschte, es wäre nie geschehen, aber ich musste es tun.« Sie zögerte. »Verachten Sie mich nicht dafür.«

»Wir bewegen uns in einer gefährlichen Welt«, sagte er nur. Leah ahnte, dass ihn etwas ganz anderes bedrückte. »Ich habe noch mehr gesagt, oder?«, flüsterte sie. »Was?«

»Sie haben von einem Mädchen gesprochen.« Es fiel ihm sichtlich schwer, es auszusprechen. »Und von einem Mann.«

Lange sahen sie sich an. »Das Kind ist tot«, sagte Leah schließlich. »Der Mann nicht.«

Kurz darauf ließ er sie allein. Sie schloss die Augen, aber der Schlaf wollte sich nicht einstellen. Ihre Gedanken kreisten um Burdett. Das Schicksal hatte sie vor sechs Monaten zusammengeführt, und seitdem hatten sie beinahe jeden Tag gemeinsam verbracht. Sie hatten drei Monate auf Java gelebt, auf Flores vergeblich versucht, eine Expedition ins Landesinnere zu arrangieren, hatten miteinander gelacht, Pläne geschmiedet, Pflanzen und Tiere gesammelt und an abendlichen Lagerfeuern ihre Funde diskutiert. Er trug es mit Humor, dass er ihr weder fachlich noch im Feld das Wasser reichen konnte, und nannte sie seine Lehrerin. Sie verstanden sich so ausgezeichnet, dass es Leah zunehmend schwerer fiel, in ihm nur ihren Arbeitgeber zu sehen. Um Distanz aufzubauen, beschwor sie immer wieder ihre Zeit mit Boon Lee herauf, die glücklichen Stunden ebenso wie die einsame Zeit danach. Die vergangenen Jahre hatten dem Schmerz über den Verlust von Boon Lee und den Tod ihrer gemeinsamen Tochter die Schärfe genommen, doch obwohl sie nicht mehr täglich an ihren Geliebten dachte, vermisste sie ihn.

Manchmal, in schwachen Momenten, hatte sich Leah ver-

sucht gefühlt, Burdett, *Bertrand*, ihr Herz auszuschütten, doch sie war immer davor zurückgeschreckt, hätte es doch bedeutet, eine Freundschaft aufs Spiel zu setzen, an der ihr sehr viel lag.
Er hatte nichts von den Gespenstern gewusst, die sie Nacht für Nacht heimsuchten. Bisher.

Leah erholte sich schnell. Schon drei Tage später traten sie und Bertrand gemeinsam mit den Trägern den Rückweg zum Meer an, wo in einer Bucht eine kleine Prau auf sie wartete. Die meiste Zeit marschierten sie schweigend. Bertrand hatte sichtlich an den neuen Erkenntnissen über seine Begleiterin – nein, seine Angestellte – zu kauen und war nun seinerseits um Abstand bemüht. Obwohl es Leah weh tat, war sie doch erleichtert, dass er endlich um den Mann in ihrem Leben wusste. Schon seit geraumer Zeit hatte sie gespürt, dass Bertrands Gefühle für sie über reine Freundschaft hinausgingen, doch für Bertrand Burdett, Baron of Talbury, zukünftiger Earl of Arliss, und Leah Namenlos, Abenteurerin mit zweifelhafter Vergangenheit, gab es keine gemeinsame Zukunft.

* * *

Das war sie also.
Ihre neue Heimat.
Singapur.
Eine Stadt hatte er ihr versprochen, eine richtige Stadt, doch davon war vorerst nichts zu sehen. Stattdessen schob sich der Dampfer durch eine schmale, von grün überwucherten Hügeln gesäumte Meeresenge auf einige flache Bauten zu. Ein unangenehmer Geruch von Fäulnis, Fisch und einem Übermaß an Gewürzen wehte ihr entgegen. Die freudige Auf-

regung der anderen Passagiere rechts und links von ihr an der Reling war ihr unverständlich. Natürlich konnte auch sie es kaum erwarten, nach den langen Wochen endlich der Enge des Schiffes zu entkommen, aber diese kümmerliche Ansammlung von Lagerhäusern ließ ihr Herz wahrlich nicht höher schlagen.
Jemand stellte sich neben sie. Amelia sah auf, direkt in die schönen braunen Augen ihres Mannes. Auch ihn hatte die allgemeine Euphorie erfasst; selten hatte sie ein so strahlendes Lachen seine Züge erhellen sehen. Selbst bei ihrer Hochzeit war er ernst und gefasst geblieben.
»Entschuldige, dass ich dich allein gelassen habe«, sagte er. »Ich musste mich noch mit dem Steward wegen des Gepäcks auseinandersetzen. Er sorgt dafür, dass es ins Hotel geliefert wird.«
Verstohlen fasste sie nach seiner Hand. Er drückte sie leicht. »Jetzt bist du ja da«, sagte sie leise. Der Gestank vom Ufer intensivierte sich. Mit der freien Hand hielt sich Amelia ein spitzenbesetztes Taschentuch vor die Nase, was ihren Mann zu einem Stirnrunzeln veranlasste.
»Es riecht schlecht«, sagte sie trotzig. Wie sie dieses Stirnrunzeln hasste! Jedes Mal, wenn sie sich über die Unbequemlichkeiten der Reise – und derer hatte es viele gegeben – beschwerte, bedachte er sie mit diesem leicht ärgerlichen, leicht nachsichtigen Ausdruck, als wäre sie ein Kind. Seufzend ließ sie das Taschentuch sinken, versuchte, sich ihre Enttäuschung nicht anmerken zu lassen. Irgendwo hinter den grässlichen Dschungelhügeln musste die versprochene Stadt ja liegen.
Unter ihrem Hut hervor musterte sie ihren stattlichen Mann, der in seiner Freude über die Ankunft jene Ernsthaftigkeit und Zurückhaltung vermissen ließ, die sie in London vom ersten Moment an fasziniert hatten. Die Erinnerung an das

erste Treffen hellte ihre Stimmung auf. Auf dem gesellschaftlichen Parkett hatte er sich so unsicher bewegt, dass sie gar nicht anders konnte, als ihn bei der Hand zu nehmen. Er war offensichtlich von ihr eingenommen, und es hatte nicht lange gedauert, bis seine Erzählungen über den exotischen Osten ihre Fantasie entzündeten. Bald war es abgemachte Sache, dass sie heirateten. Sie hatte Widerstand von Seiten ihrer Eltern erwartet, doch die Zeiten hatten sich geändert: Henry Farnell, der aufstrebende, schon jetzt äußerst wohlhabende Kaufmann, war eine gute Partie für die jüngste Tochter einer Familie des niederen englischen Adels, der es nicht an Kindern, dafür umso mehr an Geld mangelte. Sie konnte sich glücklich schätzen.

Der Dampfer legte an, und die nächste Stunde verging in einem Wirbel von Geschäftigkeit. Amelia atmete auf, als sie endlich wieder festen Boden unter den Füßen spürte, doch schon stürmte ein Pulk mangelhaft bekleideter brauner und schwarzer Männer auf die Reisenden zu. Beklommen hakte sich Amelia bei Henry unter, der sie mit nonchalanter Gleichgültigkeit durch die johlenden und schreienden Menschen hindurchführte und sich schließlich auf eine in einer fremden Sprache geführte Verhandlung mit einem Kutscher einließ.

Jetzt war es an ihr, die Stirn zu runzeln. Henrys anbiedernde Freundlichkeit dem Eingeborenen gegenüber war völlig unangebracht, aber sie hielt sich mit einer Äußerung zurück. Vorerst. Wohl hatte sie noch einiges über die neue Welt zu lernen, doch auch Henry würde auf sie hören müssen. Nach wie vor mangelte es ihm an gesellschaftlichem Schliff, den sie ihm so schnell wie möglich zu vermitteln gedachte.

Als sie endlich in der Kutsche saß, einem unansehnlichen schwarzen Kasten, waren ihre Gedanken schon in die Zukunft gerichtet. Sie wusste, dass die meisten Frauen der Kolo-

nie Bürgerliche waren, unkultivierte Frauen, in deren Leben sie ein wenig Londoner Glanz bringen wollte. Ihre Villa sollte zum eleganten Mittelpunkt der Stadt werden.
Ein gewaltiges Donnern riss sie aus ihren Tagträumen. Angstvoll klammerte sie sich an Henry, aber der lachte nur und zeigte nach draußen.
Amelia hatte das aufziehende Gewitter nicht bemerkt. Sprachlos starrte sie auf die schwarzen Wolkentürme, die sich in rasender Eile auf sie zuwälzten. Blitze zuckten, Donner krachte, ein Windstoß beugte die Palmen rechts und links des durch einen sumpfigen Urwald führenden Erddamms, auf dem sie sich mittlerweile befanden. Der Kutscher zügelte sein Pony und rannte um die Kutsche herum, Henry nestelte hektisch von innen an den Jalousien, doch zu spät. Der Regen setzte mit einer Wucht ein, die Amelia nie für möglich gehalten hätte. Wasser sprühte zu den Fenstern hinein und durchtränkte ihr Kleid.
»Singapur heißt dich willkommen, meine Liebe!«, brüllte Henry gegen das Unwetter an. Er war glänzender Laune.
Amelia presste die Lippen zusammen. Den Rest des Weges legten sie schweigend zurück. Der Regen ließ in seiner Heftigkeit kaum nach, so dass die Blenden geschlossen und ihr erste Eindrücke von der eigentlichen Stadt verwehrt blieben. Im Hotel de l'Esperanza, das sich trotz Henrys Versicherung, es handle sich um eines der besten Etablissements der Stadt, als eher armselige Unterkunft entpuppte, schloss sie sich umgehend in ihrem Zimmer ein und warf sich weinend aufs Bett. Worauf hatte sie sich bloß eingelassen?
Später am Abend versöhnte sie sich ein wenig mit den Gegebenheiten. Das auf der Terrasse servierte Roastbeef, ein Gläschen Port und eine laue Brise vom Meer ließen die Möglichkeiten erahnen, die dieser Außenposten der zivilisierten Welt

ihr bot. Henry überschüttete sie mit Aufmerksamkeit, erklärte ihr dies und das, aber sie hörte kaum zu. In Gedanken wählte sie bereits eine Garderobe für den anstehenden Besuch bei seinen Freunden.

In gelöster Stimmung zogen sie sich schließlich in ihr Zimmer zurück. Kaum schloss sich die Tür, nahm Henry sie in die Arme. »Gib Singapur ein wenig Zeit«, sagte er. »Du wirst sehen, bald willst du nie wieder fort von hier.« Er zog sie noch fester an sich und küsste sie. Durch all die Stofflagen hindurch spürte sie jenes Ding zwischen seinen Beinen erwachen, das ihr noch immer Unbehagen und sogar ein wenig Angst einflößte. Natürlich hatte sie sich allerlei über gewisse unaussprechliche eheliche Pflichten zusammengereimt, aber nicht einmal ihre verheiratete älteste Schwester hatte sie darauf vorbereitet, wie hochnotpeinlich diese Angelegenheit war. Henry schien es allerdings zu genießen, und so gab sie seinen Gelüsten nach. Immerhin wollte sie Kinder. So viele wie möglich.

»Du siehst wunderschön aus.« Henry war unbemerkt hinter sie getreten und suchte ihren Blick im Ankleidespiegel. Ihre hellblonden Locken, die sie glänzend gebürstet und mit Hilfe einer der Hotelzofen zu einer modischen Frisur aufgesteckt hatte, unterstrichen ihren ebenmäßigen, porzellanweißen Teint. Ihre Züge waren exquisit, der Hals geschwungen und ihr Körper grazil, ohne mager zu sein.

Sie gab sein Lächeln zurück.

Henry trat einen Schritt zurück. »Wirklich wunderschön«, wiederholte er, »aber findest du das Kleid nicht ein wenig prätentiös? Wir gehen doch auf keinen Ball, sondern besuchen Freunde.«

»Prätentiös?« Amelia betrachtete ein letztes Mal prüfend ihr Spiegelbild. Die Saphire der Ohrhänger, Henrys Verlobungs-

geschenk, strahlten mit ihren tiefblauen Augen um die Wette.
»Aber nein, mein Liebster. Immerhin ist dein Freund Aristokrat.«
»Wenn du meinst.«
Sie drehte sich um und funkelte ihn an. »Und ob ich das meine.«
»Kein Grund zu schmollen. Wir werden uns an einem solch schönen Tag doch nicht über Belanglosigkeiten streiten.«
Amelia lenkte ein. Während der kurzen Fahrt registrierte sie mit Befriedigung repräsentative Verwaltungsgebäude und Villen, gestutzte Rasenflächen, ansprechende Kirchen und lustwandelnde europäische Damen in weißen Kleidern, die ihre Gesichter mit zierlichen Schirmen vor der Sonne schützten. Weniger begeistert war sie von den allgegenwärtigen braunen und schwarzen Menschen, die geschäftig hin und her eilten. Einmal sah sie zu ihrer Überraschung sogar eine überaus prächtige Kutsche, die einen in westlicher Manier gekleideten Chinesen beherbergte.
Gespannt blickte sie aus dem Fenster, als Henry ihr bedeutete, ihr Ziel sei gleich erreicht. Mit Befremden musterte sie die karierten Röcke einiger indischer Männer, die auf einen Götzentempel zustrebten, und einen europäischen Herrn in weißem Tropenanzug, der sich angeregt mit einem braunen Mann unterhielt. Immerhin signalisierten dessen Turban und geschmackvoll bestickte Weste einen akzeptablen Stand. Trotzdem, eine rechte Ordnung schien in dieser Stadt nicht zu herrschen. Sie dachte an Henrys Gespräch mit dem zerlumpten Fuhrmann am Vortag. Alles durchmischte sich, jeder sprach und scherzte mit jedem. Nun, mochte es auch Sitte in Singapur sein, sie würde sich nicht dazu herablassen. Das konnte Henry nicht von ihr verlangen.
Die Kutsche hielt vor einem eher bescheidenen Haus mit Strohdach, das sich hinter einer Hecke aus blühenden Sträu-

chern verbarg. Henry sprang auf und half ihr galant hinaus. Neugierig sah sie sich um. Auf der gegenüberliegenden Straßenseite erhob sich eine schöne Villa hinter einer ähnlichen Hecke. Sie wollte schon darauf zugehen, als Henry auf das kleine Haus zeigte.

Amelias Verblüffung ließ sie wie angewurzelt stehen bleiben.

»Dein Freund wohnt *hier?*«

»Aber ja. Johanna, also, Frau von Trebow, hält es für ausreichend für ihren übersichtlichen Haushalt. Ich mag es auch. Du wirst sehen, es hat viel Charme.«

In diesem Moment stürmten drei europäische Jungen aus dem Gartentor. Ehe Henry sichs versah, hatten sie ihn umringt und schwatzten lautstark auf ihn ein. Lachend strich er ihnen über die Köpfe. Eine Chinesin erschien. Mit ein paar scharfen, in einer abstoßenden Sprache geäußerten Worten rief sie die Kinder zur Ordnung, die umgehend in den Garten zurückliefen. Ein breites Grinsen, das ihre ohnehin hässlichen Augen in schmale Schlitze verwandelte, erschien auf dem Gesicht der Frau.

»Master Farnell! Herzlich willkommen.«

Amelia war fassungslos, als Henry die Hände der Frau ergriff und überschwenglich drückte. »Und ich freue mich, dich zu sehen.« Die Hände der Chinesin noch immer umfasst, wandte er sich Amelia zu. »Dies, meine Liebe, ist Yip Ping, die beste Köchin der ganzen Stadt. Ich werde alles tun, sie Johanna abspenstig zu machen.«

Sobald sie Amelias ansichtig wurde, entwand sich die Frau mit dem unmöglichen Namen Henrys Griff und verbeugte sich tief. »Auch Ihnen ein herzliches Willkommen in Singapur, Mrs Farnell. Seit uns die Nachricht Ihres Mannes erreicht hat, ist das ganze Haus in Aufruhr vor Freude. Bitte folgen Sie mir.«

Amelia wusste nicht, wie ihr geschah. Das Verhalten dieser Dienerin war absolut unmöglich, doch Henry strahlte übers ganze Gesicht. Wie konnte er sich nur so gemeinmachen? Leider bemerkte er ihren Unmut nicht, sondern hakte sie unter und schob sie mit sanftem Druck durch das Tor in den von einer mächtigen Baumkrone beschatteten Garten.

Vier Erwachsene bildeten das Begrüßungskomitee: eine zarte, hagere Dame in den späten Vierzigern, in dunkle Trauerfarben gehüllt und das Gesicht von Sorgenfalten durchzogen. Es musste sich um die Witwe Alwine Uhldorff handeln. Neben ihr stand eine unscheinbar gekleidete, hochgewachsene Frau von etwa fünfundzwanzig Jahren. Das aschblonde Haar hatte sie zu einem einfachen Knoten geschlungen und auf einen Hut ganz verzichtet, was ihren leicht gebräunten Teint erklärte. Amelia vermutete in ihr die Gouvernante des Von-Trebow-Jungen und schenkte ihr keine weitere Beachtung, sondern richtete ihre Aufmerksamkeit auf die verbliebenen Personen, bei denen es sich zweifelsohne um das Ehepaar von Trebow handelte. Frau von Trebow erwies sich als überaus korpulente Dame in einem Kleid, das der Mode der vorletzten Saison entsprach, es aber beinahe mit der Eleganz ihrer eigenen Robe aufnehmen konnte. Wie bei einer zu plötzlichem Wohlstand gekommenen Bürgerlichen zu erwarten, wirkte sie ein wenig vulgär, dafür war der Mann neben ihr jeder Zoll ein Aristokrat; schlank und hochgewachsen, die markanten Gesichtszüge von einem elegant gezwirbelten Schnurrbart unterstrichen, strahlte er die lässige Souveränität seiner Klasse aus.

Zu Amelias Überraschung ließen die von Trebows der Gouvernante den Vortritt. Mit einem einnehmenden Lächeln kam die Frau auf sie zu und drückte ihr die Hände. Nur langsam dämmerte es Amelia: Die unscheinbare Frau war die Hausherrin, das vornehme Paar bewohnte die schöne Villa gegenüber und war mitnichten von Stand, sondern gehörte zu jener Klasse von Aufsteigern, mit denen sie sich nun für den Rest ihres Lebens abgeben musste. In ihrem Kopf ging alles durcheinander. Hilfesuchend wandte sie sich an Henry, der gerade von Johanna von Trebow darüber unterrichtet wurde, dass ihr Mann Friedrich seit ein paar Tagen auf Tigerjagd und nicht erreichbar sei. Amelia stand wie vom Donner gerührt.

In den Augen ihres Mannes lag eine ungekannte Zärtlichkeit.

Eine Zärtlichkeit, die nicht ihr galt.

Sondern Johanna von Trebow.

* * *

Verbissen umklammerte Friedrich sein Gewehr, während er sich mühte, mit den von Bowie für die Jagdgesellschaft ausgeliehenen indischen Strafgefangenen Schritt zu halten. Der Schweiß rann ihm in Bächen übers Gesicht und brannte in seinen Augen. Dass ihm die Tigerjagd keine Freude bereiten würde, hatte er geahnt, doch sie stellte sich als noch schlimmer heraus als erwartet. Wieder hob einer der Inder den Arm, und sie erstarrten in ihrer Bewegung. Friedrich lauschte angespannt, versuchte das dunkle Grün zu durchdringen. Nichts. Oder doch? War da nicht ein Schatten? Ein orange-schwarz gestreifter Schatten? Er schrie auf.

»Ich fasse es nicht.« Bowie fuhr herum und bedachte ihn mit einem vernichtenden Blick. »Wir sind hier, um das Biest zu finden, nicht, es zu verscheuchen.«

»Es tut mir leid.« Ärger wallte in Friedrich auf. »Sie haben schließlich darauf bestanden, dass ich mitkomme«, giftete er. »Ich hätte eine Segelpartie vorgezogen.«

»Schwächling.« Bowie wandte sich ab und brach durch einen dichten Vorhang aus Lianen und großen Blättern. Die ande-

ren folgten ihm zu einem schmalen Wasserlauf. Mehrere Abdrücke bestätigten ihre Vermutung: Ein Tiger trieb sich hier herum.
Im Laufe des Tages stießen sie noch mehrmals auf frische Spuren, doch die Raubkatze selbst bekamen sie nicht zu Gesicht.
Am späten Nachmittag folgten sie einem nur wenige Armlängen breiten Bach stromabwärts und stießen kurz vor der Küste auf ein Fischerdorf. Die unbeholfen gezimmerten Pfahlhäuser standen im Schlick der Flussmündung, einige waren sogar in den schmalen Mangrovengürtel gebaut, der das Dorf vom offenen Meer abschirmte. Die Erinnerung an seine Zeit bei den Piraten traf Friedrich wie ein Keulenschlag. Wie oft hatten sie die Kriegskanus in die Mangroven rudern müssen, hatten stundenlang, tagelang unter dem dichten Blätterdach verbracht, während die Gezeiten sie zwischen den an Spinnenbeine erinnernden Stelzwurzeln anhoben und absenkten! Noch immer hatte er den modrigen Gestank rottender Pflanzen und Tiere in der Nase, sah die Heerscharen von Krabben bei Ebbe über den Schlick rennen und spürte das Jucken der Myriaden Stechmücken, die in den Wasserwäldern ihr Paradies gefunden hatten. Seit seiner Rettung und Rückkehr nach Singapur hatte Friedrich die ungezähmte Natur ebenso gemieden wie die Dörfer der Malaien. Wenn es nach ihm ginge, verbrächte er den Rest seines Lebens in den sicheren Straßen der Stadt, in der beruhigenden Gegenwart zivilisierter Europäer.
Bowie führte seine Gesellschaft aus dem Wald hinaus und auf die gerodete Fläche vor dem Dorf. Ein schriller Kinderschrei bezeugte, dass sie entdeckt worden waren, und bald waren sie von aufgeregt umherspringenden Jungen und einigen wenigen Mädchen umringt. Mit gewichtigen Schritten kamen ihnen der Kepala Desa, der Dorfvorsteher, und sein Gefolge

entgegen. Wenig später bezogen Friedrich und Bowie sein Haus; die Familienmitglieder verteilten sich auf die Hütten ihrer Verwandten. Frauen brachten eine einfache Mahlzeit aus Sago und gebratenem Fisch, statt Tellern benutzten sie Bananenblätter. Ein Halbwüchsiger schleppte ein Gefäß mit Wasser heran und entzündete einige Kokosöllampen. Als sie gegessen hatten, gesellte sich der Kepala Desa zu ihnen, in der Hand einen Krug Palmwein. In Ermangelung von Stühlen saßen sie mit gekreuzten Beinen auf dem leicht schwingenden Boden der kleinen Plattform vor dem Haus. Friedrich konnte sich nicht enthalten, zu grinsen, als er bemerkte, wie Bowie in der ungewohnten Position litt. Er selbst hatte keine Probleme. Irgendetwas Gutes musste seine Gefangenschaft ja mit sich gebracht haben.
Gesang erklang, leises Lachen wehte durch die samtige Nacht. Sobald der Krug Palmwein geleert war, erschien wie durch Zauberei ein neuer und dann noch einer. Friedrich betrank sich. Schon lange hatte er sich aus dem ohnehin belanglosen Gespräch herausgehalten. Er legte sich zurück, die Arme unterm Kopf verschränkt, bewunderte die atemberaubenden Kapriolen der Fledermäuse und lauschte den sanften Stimmen der Malaien und dem Plätschern der Fische im Wasser unter ihnen. Zufriedenheit überkam ihn. Vielleicht hatten die Malaien doch das bessere Los gezogen. Sie waren wie die Vögel, die nicht säten. Sie fischten ein wenig, sie zogen ein paar Nutzpflanzen, und der Herr ernährte sie doch.

Heftiges Rütteln riss ihn aus dem Schlaf. Bevor er einen Laut von sich geben konnte, legte sich eine Hand auf seinen Mund. Er kämpfte dagegen an, doch der Mann verstärkte nur seinen Griff. Jetzt drehte er den Kopf, so dass der bleiche Halbmond sein Gesicht beschien.

»Schhh!« Bowie lockerte den Griff ein wenig. »Keinen Laut. Der Tiger schleicht ums Dorf. Kommen Sie, wir machen ihm den Garaus.«

Friedrich rappelte sich auf. Kurz darauf ging er leise mit Bowie durch das schlafende Dorf. Er wünschte, die Inder wären bei ihnen, doch weder er noch Bowie wussten, wo die Männer untergekommen waren. Hinter einem auf der Seite liegenden Bootsrumpf fanden sie ein Versteck. Aus ihrer Deckung heraus hatten sie einen guten Blick über die in Mondlicht getauchte Brachfläche und einen kleinen eingezäunten Pferch, in dem sich einige Ziegen unruhig aneinanderpressten. Die Gewehre im Anschlag lehnten sie gegen das Boot. Der Mond sank hinter die Wipfel hoher Kokospalmen, der Tag war nicht mehr fern. Schon kehrten die Flughunde zu ihren Schlafbäumen zurück, die riesigen Fledermausflügel majestätisch ausgebreitet. Ein Rascheln ließ Friedrich aufmerken, doch es war nur ein großer Waran auf dem Weg zum Fluss.

Ein mächtiger Schatten tauchte am Waldsaum auf, war einen Moment deutlich auszumachen, zerfloss, verschwand. Friedrich spürte, wie sich Bowie anspannte, und auch ihm schoss die Aufregung in die Glieder. Eine Ziege meckerte ängstlich. Nichts geschah. Hatten sie sich getäuscht? Friedrich wollte gerade den Finger vom Abzug nehmen, als die Bestie mit gewaltigen Sätzen die freie Fläche überquerte, direkt auf den Pferch zu, in dem die Ziegen dem Unheil mit panischen Ausbruchsversuchen zu entgehen versuchten. Friedrich versteinerte angesichts der geballten Kraft des Tigers. Die Nacht war hell genug, so dass man das Spiel der Muskeln erkennen konnte, die Wucht und Schwere seines Angriffs. Ein Schuss knallte, noch einer und noch einer, der Tiger fauchte und brüllte, dann brach er zusammen, langsam, unendlich langsam, und es war vorbei.

Nach einem Moment absoluter Stille quollen Menschen aus allen Hütten und stürmten mit gezückten Messern auf die tote Raubkatze zu. Bowie hatte Mühe, ihnen klarzumachen, dass er auf dem Fell als Trophäe bestand; den Rest des Kadavers, das Fleisch, die Zähne, Klauen, Ohren, Barthaare und nicht zu vergessen den Penis und die Hoden würde er ihnen überlassen, wohl wissend, dass daraus von Chinesen hochgeschätzte Medizin gegen Mutlosigkeit und schwindende Manneskraft hergestellt wurde. Friedrich wandte der barbarischen Szene den Rücken zu und ging zur Hütte zurück. Er zitterte am ganzen Körper.

Bowie folgte ihm kurze Zeit später und hockte sich neben ihn auf die Veranda. Schon setzte der sich ankündigende Sonnenaufgang den Himmel in Brand, mit jedem Wimpernschlag wurde es heller.

»Und? Hatten Sie Spaß?«

Friedrich presste vor ohnmächtiger Wut die Zähne zusammen. Er war mittlerweile davon überzeugt, dass Bowie nur auf seiner Begleitung bestanden hatte, um ihn vorzuführen. Er war nicht sein Freund, war es nie gewesen. Friedrich hätte sich ohrfeigen können, dass er sich von Bowie hatte einlullen lassen. Hass auf den großen, groben Mann bemächtigte sich seiner. Warum hatten sich jemals ihre Wege kreuzen müssen?

Bowie griff Friedrichs Gedanken auf, als hätte er in seinem Kopf gelesen.

»Sie wissen, wie viel Sie mir schulden?«, fragte er beiläufig.

»Eine Menge«, sagte Friedrich widerwillig. »Die genaue Summe kenne ich nicht.«

»Ich schon.« Bowie beschirmte seine Augen und verfolgte den Flug eines Nashornvogels. Bald erschienen ein zweiter und ein dritter. »Sie befinden sich im selben Sumpf wie vor

einem Jahr, mein Lieber«, fuhr er fort. »Ihre Firma gehört mir, Ihr Haus, alles, was Sie besitzen. Mich wundert, dass Ihr stiller Teilhaber sich nicht rührt.«
Friedrich wand sich unter seinem prüfenden Blick.
»Ich verstehe«, sagte Bowie seelenruhig. »Sie haben Farnell gefälschte Geschäftsberichte geschickt. Er denkt, das Handelshaus wächst und gedeiht unter Ihrer kundigen Führung.«
Friedrich sackte noch mehr in sich zusammen. »Woher wissen Sie von Henrys Teilhaberschaft?«
Bowie winkte ab. »Ich weiß vieles.«
»Es sind schwierige Zeiten«, sagte Friedrich und hasste sich selbst für den kläglichen Ton seiner Stimme. »Seit Ende des Krieges mit den Chinesen nutzen viele Schiffe die neuen Häfen dort. Und der Krieg in Amerika macht alle vorsichtig.«
»Blödsinn. Die Amerikaner, die Union wie die Konföderierten, werden bald um Rohstoffe und Produktionswaren betteln. Nein, mein Lieber, die Zeiten sind nicht schwierig, wenn man die Augen und Ohren offenhält und im richtigen Moment die richtigen Waren liefern kann. Leider scheinen Sie blind und taub zu sein.«
»Warum wollen Sie meine Existenz zerstören? Tragen Sie mir nach, dass ich Johanna geheiratet habe?«
Bowie lachte trocken auf. »Das ist so ziemlich das Einzige, das ich Ihnen nicht nachtrage. Der Mann, der diese Frau verschmäht hätte, wäre ein Idiot.« Seine Züge verhärteten sich. »Schon als ich um sie geworben habe, wusste ich von ihren Gefühlen für Sie. Ich war davon ausgegangen, Johanna hätte ihr Herz an einen würdigen Mann verschenkt, doch dann sah ich Sie. Selten war ich so enttäuscht. Wie konnte sie einem rückgratlosen Weichling den Vorzug geben? Liebe macht wohl wirklich blind.«

Friedrich sprang auf. »Ich brauche mich von Ihnen nicht beleidigen zu lassen. Ich gehe!«
»Ach ja? Wohin denn? Im Wald lauern die Tiger. Setzen Sie sich gefälligst wieder.«
Friedrich gehorchte. Bowie hatte ihn in der Hand, und er würde keine Ruhe geben, bis sich Friedrich im Schlamm vor ihm wand.
»Sie sind Johannas nicht würdig«, fuhr Bowie fort. »Sie haben die beste Frau der Insel geheiratet, und was tun Sie? Treiben sich in Hurenhäusern herum. Woher ich das weiß? Die Spatzen pfeifen es von den Dächern.« Er beugte sich so plötzlich vor, dass Friedrich zurückzuckte. »Meine Güte, ich beiße Sie schon nicht«, sagte Bowie verächtlich und trieb damit einen weiteren Dorn in Friedrichs Selbstwertgefühl. »Ich bin nicht mehr bereit, Ihre Schulden zu stunden, aber ich bin kein Unmensch. Schreiben Sie Farnell. Vielleicht hilft er Ihnen ein weiteres Mal aus der Patsche, obwohl ich es mir kaum vorstellen kann. Sie strapazieren seine Freundschaft enorm.«
»Und wenn er nicht einspringt?«
»Dann gehören Ihre Anteile mir.«
»Aber wovon soll ich leben? Johanna, das Kind?«
»Gehen Sie zurück nach Pommern. Vielleicht machen Sie als Landjunker eine bessere Figur.«
»Johanna wird nicht zurückgehen wollen.«
Bowies Blick traf Friedrich ins Mark. Sein Mund wurde trocken. Mit einem Mal verstand er. »Ist es das, was Sie wollen?«, krächzte er. »Johanna? Sie soll sich von mir abwenden?«
Bowie zuckte die Achseln. »Es liegt bei Ihnen.«

* * *

Etwa eine Stunde nach Sonnenaufgang erreichten Leah, Bertrand und die Träger ihrer Expedition eine brandgerodete Hügelkuppe im Norden der riesigen Insel Borneo. Seit dem Aufbruch vom letzten Lager hatte dichter Wald sie umfangen, doch jetzt bot sich ihnen endlich ein unverstellter Blick auf die schroffen, an eine steinerne Krone erinnernden Bergspitzen des Gunung Kinabalu.

Leah bekam beinahe Angst vor dem eigenen Mut. Hugh Low, Botaniker und Polizeichef der britischen Kronkolonie Labuan vor der Küste Britisch-Borneos, hatte sie bei einem gemeinsamen Dinner vor den enormen Strapazen des neuntägigen Aufstiegs gewarnt, doch Leah war seinen Ausführungen skeptisch begegnet. Nun, angesichts der steilen Granitspitzen, die in schwindelnder Höhe aus dem üppig wuchernden Grün in den Himmel stachen, bekam sie eher den Eindruck, dass Low seine Abenteuer noch verharmlost hatte. Der Berg war steil und hoch, der Dschungel beinahe undurchdringlich.

»Das sieht nach einem harten Stück Arbeit aus«, sagte sie.

Bertrand nickte. »Wir versuchen es trotzdem, oder?«

»Selbstverständlich.«

»Ich hätte keine andere Antwort gelten lassen. Wie sieht es aus, inspiriert Sie der Berg zu einer Zeichnung?«

»Sie sind mein Arbeitgeber. Wollen Sie, dass ich ihn zeichne?«

Statt einer Antwort rief Bertrand Langa, den Anführer ihrer Träger von der Stammesgemeinschaft der Kadazan-Dusun, herbei, einen zähen kleinen Mann von ungefähr vierzig Jahren, dessen natürliche Autorität auch von seinem einfachen, kaum den Körper verhüllenden Wickelrock aus Rindenbast nicht gemindert wurde. Leah und Bertrand hatten sich vom ersten Treffen an ohne Murren seinen Anweisungen gefügt; von ihm hing das Gelingen der Expedition ab.

»Wir würden gern eine halbstündige Pause zum Zeichnen einlegen. Ist das möglich?«
Langa biss nachdenklich einer gerösteten Käferlarve den Kopf ab. »Sie haben von vornherein gesagt, dass es auf ein paar Tage mehr oder weniger nicht ankommt«, stellte er kauend fest. »Morgen gegen Abend erreichen wir ein Dorf am Fuß des Berges und können unseren Proviant aufstocken.« Er pfiff nach dem Jungen, der Leahs Sachen trug. Sie nahm ihm ihre Zeichenutensilien und einen selbstgezimmerten Feldstuhl ab, suchte sich einen guten Aussichtspunkt und begann zu arbeiten. Bertrand verschränkte die Hände hinter dem Rücken und beobachtete sie eine Weile lang wortlos, dann drehte er sich abrupt um und marschierte zum Waldrand.
Leah sah ihm nachdenklich hinterher. Nachdem sie im Fieberwahn unfreiwillig einige ihrer Geheimnisse gelüftet und später, bei klarem Verstand, all seine Illusionen über sie endgültig zerstört hatte, war sie davon überzeugt gewesen, er werde ihr Engagement im nächsten großen Hafen lösen. Mit einer gefallenen Frau durfte er sich nicht abgeben.
Sie hatte ihn unterschätzt. Eine Kündigung erwähnte er mit keinem Wort, stattdessen begegnete er ihr mit ausgesuchter Höflichkeit, ohne jemals wieder die delikate Angelegenheit anzusprechen. Ihre Gespräche drehten sich nur noch um ihre Funde und Beobachtungen, ansonsten mied er sie, soweit es möglich war. Leah seufzte. Die gewünschte Distanz war hergestellt, und dennoch war sie nicht glücklich mit der Situation. Ihrem Umgang miteinander war die Leichtigkeit abhandengekommen. Bertrand schien jedes seiner Worte auf die Goldwaage zu legen. Immer wieder ertappte sie ihn dabei, wie er sie stumm, beinahe ärgerlich betrachtete, doch was hinter seiner Stirn vorging, vermochte sie nicht zu sagen. Sie musste sich mit dem zufriedengeben, was sie hatte. Und das

war, bei Licht betrachtet, enorm viel: Sie bekam Geld dafür, nach Herzenslust zu reisen, zu beobachten, zu zeichnen, zu sammeln, zu forschen, zu denken und zu diskutieren.
»Ist das Motiv doch nicht nach Ihrem Geschmack?«
Über ihrem Grübeln hatte Leah weder bemerkt, dass Bertrand von seinem Spaziergang zurückgekehrt war, noch, dass sie bisher kaum drei Striche aufs Papier gebracht hatte. Sie erschrak, als sie seine ernste Miene sah. Was erregte bloß derartig seinen Unmut? Wohl kaum die nicht beendete Zeichnung. Er ließ sich neben ihr auf dem Boden nieder und tat so, als verlöre er sich in der spektakulären Aussicht. Doch seine Kiefermuskeln mahlten. Etwas lastete auf seiner Seele. Leah wartete. Unkonzentriert schmierte sie einige Striche aufs Papier und zerriss es am Ende. Erstaunt sah er sie an.
»Unzufrieden?«
Leah fegte ihre Stifte zu Boden. »Allerdings. Seit Tagen, ach, seit Wochen richten Sie kaum noch das Wort an mich. Vergessen Sie nicht, dass es Ihre Idee war, mich zu engagieren. Sie haben mich geradezu gedrängt, obwohl Ihnen klar gewesen sein musste, dass ich eine Frau mit Vergangenheit bin. Sie haben kein Recht, mich dies nun spüren zu lassen!« Leah sprang auf, stemmte die Hände in die Hüften und blickte auf ihn hinunter. Es war ihr gleichgültig, dass sie wie eine Furie wirkte. »Wenn ich Ihnen so zuwider bin, sollten sich unsere Wege hier trennen.«
So. Es war heraus. Dummer Hitzkopf, zischte eine Stimme in ihrem Kopf. Sie ignorierte sie. Zornbebend erwartete sie seine Antwort.
Er erhob sich, klopfte sorgfältig Erde und Blätter von seiner leichten Baumwollkleidung. »Ich habe Sie für diese Expedition bezahlt. Sie bleiben.« Mit diesen Worten drehte er sich um und ließ sie stehen.

Den Rest des Tages stellte Bertrand die Nachhut, während Leah an der Spitze des kleinen Zuges voranstürmte, sich gar Langas Parang schnappte und auf Lianen und stacheligen Rattan einhieb. Sie war erschöpft, als Langa eine Stunde vor der Dunkelheit einen Platz für das Nachtlager bestimmte. Kaum hatten die Träger die kleine Lichtung von totem Laub freigefegt, in dem es von Ameisen, Egeln und Skorpionen bis hin zu Schlangen nur so wimmelte, streckte sie sich, schmutzig und verschwitzt, wie sie war, auf einer Matte aus und war binnen Minuten eingeschlafen; sie verpasste sogar Bertrands verspätete Ankunft im Lager.

Drei Tage später kämpften sie sich noch immer durch dichten Wald. Es ging steil bergauf über vom Regen rutschige Hänge und trügerische Pfade, die von Tieren, nicht von Menschen stammten. Immer wieder stöberte Langa interessante Pflanzen und Tiere auf, und Leahs Zeichenmappe füllte sich mit Bildern von insektenfressenden Kannenpflanzen, endemischen Orchideenarten, Bartflechten und vielem mehr. Einmal verriet ihnen ein unangenehmer Aasgeruch sogar den Standort einer Rafflesia, der größten Blume der Welt.
Seit sie vor zwei Tagen das Dorf verlassen hatten, war ihnen keine Menschenseele begegnet; den in den Hügeln rings um den Kinabalu lebenden Stämmen galt der Berg als Sitz ihrer Götter. Nur wenn ihnen gebührend geopfert wurde, durfte man ihn ersteigen, weshalb einer der Träger sieben weiße Hühner und sieben Eier auf dem Rücken trug, die nicht für den Verzehr der Expeditionsteilnehmer bestimmt waren. Außerdem hatte sich ihnen ein Babalian angeschlossen. Zu gegebener Zeit würde dieser Zauberer die Opferzeremonie leiten, von deren Erfolg das Wohl und Wehe Leahs und der Männer abhing. Mit gesenkter Stimme verriet Langa ihnen, dass weiter

oben, in dem von dem Geisterhund bewachten Reich der Steine, eine entsetzliche Kälte herrschte. Alle Menschen würden von einer Krankheit heimgesucht, die ihnen Schauer über den Körper jagte und sie mit den Zähnen klappern ließe. Es war tatsächlich schon merklich kühler geworden, doch Leah bezweifelte, dass die Temperaturen selbst auf dem Gipfel auch nur annähernd mit der Kälte eines Hamburger Wintertages konkurrieren konnten. Erstaunt stellte sie fest, dass sie sich nicht daran erinnerte, wie es sich anfühlte, ernsthaft zu frieren.

Schon am frühen Nachmittag richteten sie ihr Lager ein. Leah war erleichtert. Ihre Wadenmuskeln schmerzten von der ungewohnten Belastung, und es beunruhigte sie, dass sie immer häufiger auf Langas Unterstützung angewiesen war. Allein hätte sie manchen Anstieg nicht bewältigt. Auch Bertrand keuchte und schnaufte, als hätte er sich nie zuvor in seinem Leben bewegt. Er erholte sich allerdings erstaunlich schnell und verschwand schon nach kurzer Zeit mit Langa im dichten Wald, ohne sich mit Leah abzusprechen.

Mit dem bitteren Gefühl, ausgeschlossen zu sein, suchte sie sich einen Platz abseits des Lagers und beschäftigte sich mit der Ausbeute des Tages – unzählige von den Ästen und aus dem Laub gepflückte Käfer, Schmetterlinge, Schrecken, Spinnen und andere Gliederfüßer harrten einer Begutachtung und, wenn sie interessant waren, einem Schicksal als Präparat in Bertrands ständig wachsender Sammlung. Während sie ihrer Arbeit nachging, wuchs Leahs Ärger. Auf Bertrand, der sie schroffer denn je behandelte, aber mehr noch auf sich selbst. Warum nur lag ihr so viel daran, dass der hässliche Engländer sie mochte?

Nur noch ein Käfer war übrig, ein rotbrauner, glänzender Blatthornkäfer von ungeheuren Ausmaßen. Er war so schwer, dass sie sein Gewicht spürte, als sie ihn auf ihren Handteller setzte, den er fast ausfüllte. Sie strich über den glatten Flügelpanzer. Sammler in Europa hätten einen hohen Preis für einen solchen Riesen gezahlt. Mit einem Mal erschien es ihr frevelhaft, den Prachtkerl zu töten.

»Darf ich mich setzen?« Bertrand wartete die Antwort nicht ab und ließ sich neben ihr auf dem umgestürzten Baumstamm nieder. Der Käfer fiel auf den Boden und krabbelte davon, so schnell es seine für den massigen Körper viel zu zerbrechlich scheinenden Beinchen erlaubten.

»Fort ist er«, sagte sie leichthin, doch ihr pochendes Herz strafte ihre äußere Ruhe Lügen. Das erste Mal seit langer Zeit lächelte Bertrand sie an, und die Wärme in seinem Blick ließ sie vor Erleichterung zittern. So sah niemand aus, der einen verachtete. Plötzlich schwammen ihre Augen in Tränen. Sie gab sich alle Mühe, sie zurückzupressen. Leider hatte Bertrand ihre Schwäche schon entdeckt.

»Um Himmels willen, was ist mit Ihnen?«

»Nichts.«

»Sind Sie sicher?«

Sie kehrte ihm den Rücken zu und wischte sich über die Wangen. Als sie sich wieder umdrehte, weiteten sich ihre Augen vor Verblüffung. Bertrand hatte sich auf ein Knie niedergelassen und streckte ihr einen kuriosen Strauß aus Orchideen, Farnen, einer Kannenpflanze und allerlei anderen Gewächsen entgegen, den er zuvor hinter seinem Rücken verborgen gehalten haben musste.

»Leah Namenlos«, sagte er einfach. »Es ist mein dringlichster Wunsch, dass Sie meine Frau werden.«

»Wie … wie bitte?«, stotterte sie. Mit allem hatte sie gerechnet, einem klärenden Gespräch, vielleicht einer Entschuldigung, aber ganz sicher nicht mit einem Heiratsantrag.

»Heiraten Sie mich. Wenn sie nein sagen, frage ich Sie in ein paar Tagen erneut. Sie werden mich nicht mehr los.«
»Aber das geht doch nicht.«
»Warum denn nicht?«
»Weil ...« Sie suchte nach Worten. »Ach, Sie wissen es doch: weil ich mit einem Mann zusammen war«, sagte sie schließlich trotzig.
»Haben Sie ihn geliebt?«
Leah nickte.
»Das reicht mir als Erklärung. Ich werde Sie nie wieder danach fragen.«
»Macht es Ihnen denn nichts aus?«
Er nahm ihre Hände. Sanft strich er mit den Daumen über ihre Haut. Es tat so gut.
»Ich würde lügen, wenn ich behauptete, es sei mir egal. Andererseits liebe und schätze ich Sie, weil Sie so sind, wie Sie sind. Und dieser Mann gehört zu Ihrem Leben. Im Übrigen müssen Sie ja auch akzeptieren, dass ich meine Erfahrungen gesammelt habe. Leah, sehen Sie mich an.« Er hob ihr Kinn. »Ich habe mir nie etwas aus den Mädchen gemacht, die in London an mir vorbeidefilierten, eine hübscher herausgeputzt als die andere, in den Augen ein Glimmen, das meinem Geld und Titel, aber ganz sicher nicht meiner krummen Nase galt. Langweilig waren sie alle, auch die Klugen, und ich hatte mich bereits auf eine lauwarme Ehe eingestellt, sobald ich nach England zurückgekehrt wäre. Und dann traf ich Sie. Die einzige Frau, die ich an meiner Seite haben möchte.« Er hob die Hand, als sie ihn unterbrechen wollte. »Was glauben Sie denn, warum ich so maulfaul und grüblerisch war? Als Sie krank daniederlagen, schwor ich mir, Sie sofort nach Ihrer Genesung um Ihre Hand zu bitten. Doch dann ... tja, Sie haben es mir nicht leicht gemacht.« Er lächelte ein wenig schief.

»Ich gestehe, dass mein Stolz im ersten Moment verletzt war, aber das hat sich gelegt. Vor ein paar Tagen haben Sie mir Vorhaltungen gemacht, ich hätte kein Recht, Sie wegen Ihres Vorlebens zu verdammen. Nun, das habe ich tatsächlich nicht.«
»Was werden Ihre Eltern sagen. Die Gesellschaft?« Verzweifelt suchte sie nach immer neuen Gründen, die eine Heirat unmöglich machten. Er wischte ihre Einwände einfach beiseite.
»Meine Eltern stellen wir vor vollendete Tatsachen. Sie werden toben, aber der Sturm zieht vorüber. Immerhin bin ich ihr einziger Sohn. Wir werden ja noch lange in den Tropen bleiben, Zeit genug also, uns eine passende Lebensgeschichte für Sie auszudenken.« Er legte die Stirn in nachdenkliche Falten. »Wie wäre es damit: Sie sind die Tochter eines deutschen Missionars, der in den Tropen einem Fieber erlegen ist. Gegen eine solche Schwiegertochter können sie schwerlich etwas einzuwenden haben. Vielleicht dichten wir Ihnen noch einen Adelstitel aus dem tiefsten Sachsen an. Den kann niemand nachprüfen.« Er stutzte. »Leah!«, rief er, und dann umfingen seine Arme ihren Körper, während sie haltlos schluchzte.
»Bin ich der Wahrheit zu nahe gekommen?«, fragte er leise.
Sie erwiderte nichts. Als sie sich einigermaßen beruhigt hatte, befreite sie sich sanft aus seiner Umarmung und stand auf.
»Ich brauche Zeit. Ihr Antrag kommt so überraschend. Ich sah unsere Freundschaft gefährdet und nun dies.«
»Ich kann warten. Solange wir auf diesem Berg unterwegs sind, können Sie mir sowieso nicht davonlaufen.«
»Nein«, sagte sie nachdenklich. »Davonlaufen werde ich nicht. Ich laufe nie mehr davon.«

* * *

Schon zum fünften Mal an diesem Abend schlenderte Johanna zum Gartentor und spähte die Straße hinunter. Es mochte auf Mitternacht zugehen, doch von Friedrich war noch immer nichts zu sehen. Johanna zog sich wieder in die Dunkelheit des Gartens zurück. Friedrich würde schon nichts geschehen sein, sicherlich hatten er und Henry Farnell im Club Teutonia oder dem neugegründeten Singapore Club über einem Drink die Zeit vergessen. Sie sollte aufhören, sich Sorgen zu machen.
Das war nicht so einfach. Friedrich und Henry hatten sich bereits am Nachmittag getroffen, eine Zusammenkunft, der Friedrich mit offenkundigem Unwillen entgegengesehen hatte. Johanna hatte es nicht gewagt, ihn auf seine verbissene Miene anzusprechen, und erging sich in Spekulationen. Das lange Ausbleiben konnte eigentlich nur bedeuten, dass die beiden sich endlich aussprachen, den über ihrer Freundschaft liegenden Schatten vertrieben. Andererseits würde Henry seine verwöhnte junge Frau niemals so lange allein im Hotelzimmer sitzen lassen. Wo also war Friedrich?
Eine halbe Stunde später gab sie auf. Sie ging ins Haus und machte sich für die Nacht zurecht. Gerade als sie ihren sorgenschweren Kopf aufs Kissen bettete, hörte sie schwere Schritte auf der Veranda. Mit gespitzten Ohren folgte sie Friedrichs Weg in den Salon, lauschte dem Gläserklirren, als er sich einen Drink einschenkte, dem Knarren eines Rattanstuhls. Sie warf das Laken beiseite, huschte nach unten und trat zu ihm auf die dunkle Veranda.
»Ich bin froh, dass dir nichts geschehen ist«, sagte sie und nahm ihm gegenüber Platz.
Er schrak hoch. »Was schleichst du hier herum?«, herrschte er sie an.
»Ich schleiche nicht. Du warst in Gedanken.« Obwohl sein

abweisender Ton sie verletzte, versuchte sie einzulenken. »Ich sagte, ich bin froh, dass du wohlbehalten zurück bist.«

»Ach ja?«

»Ja. Des Nachts sind die Straßen voller Gefahren. Wie war euer Abend? Wart ihr im Club?«, wechselte sie das Thema. Ein Fehler, wie sich herausstellte. Friedrich fuhr auf.

»Was geht dich das an?«, fauchte er.

Im ersten Moment war Johanna sprachlos, dann kochte die Wut auch in ihr hoch. Sie hatte sich nicht den ganzen Abend mit Sorgen über das Wohlergehen ihres Mannes gequält, um sich nun von ihm beschimpfen zu lassen. Sie war ein langmütiger Mensch, sie verzieh vieles, doch jetzt lief das Fass über.

»Es geht mich sogar eine Menge an!«, rief sie. »Oder hast du vergessen, dass du die Verantwortung für eine Frau und ein Kind trägst?«

»Wie könnte ich es vergessen«, sagte er bitter. »Ich denke ja den ganzen Tag an nichts anderes. Ein Klotz am Bein ist nicht leicht zu ignorieren.«

»Ein Klotz am Bein?«, flüsterte Johanna fassungslos. »Mehr sind wir dir nicht?«

Friedrich war aufgesprungen. Instinktiv drückte sich Johanna in den Stuhl, um so viel Abstand wie möglich zwischen sich und seine drohende Gestalt zu bringen. Er stank nach Alkohol, doch da war noch etwas anderes. Johanna sog die Luft ein. Parfüm. Der Duft eines Frauenparfüms hing in seiner Kleidung. Die Bestätigung ihrer langgehegten Befürchtung ließ ihr übel werden. Sie unterdrückte den Brechreiz.

»Wie solltet ihr mir mehr sein?« Er spuckte die Wörter geradezu aus. »Ich schleppe eine frömmelnde Schwiegermutter durch, mein Sohn ist mir dank deiner Einflüsterungen fremd. Und meine Frau?« Er lachte auf. »Wann bist du eigentlich das letzte Mal deinen ehelichen Pflichten nachgekommen?«

»Merkst du nicht, wie sehr du die Tatsachen verdrehst? Dein Sohn hat Angst vor dir, weil du ihn zurückstößt. Und was mich anbelangt ...« Sie holte tief Luft. »Hast du eigentlich eine Ahnung, wie sehr mir deine Berührungen fehlen? Wie ungeliebt ich mich seit langer Zeit fühle, während du dich mit einer Geliebten vergnügst?« Die Erinnerung zuckte erneut durch ihren Kopf. Drei Monate war es her, seit sich Johanna in das zwielichtige Viertel verirrt hatte. Sie hatte sich eingeredet, dass es nicht Friedrich war, den sie aus dem Hurenhaus hatte gehen sehen.

»Eine Geliebte ist es wohl kaum«, ergänzte sie jetzt verächtlich. »Jemand wie du muss bezahlen, damit eine Frau sich ihm hingibt. Ich war so blind! Du widerst mich an.« Sie erhob sich, um ins Haus zu gehen. Friedrich verstellte ihr den Weg.

»Ich widere dich also an«, sagte er. Die plötzliche Ruhe in seiner Stimme machte Johanna mehr Angst, als wenn er sie angeschrien hätte. »Dich bezahle ich auch, vergiss das nicht. Oder glaubst du, dein Essen, dein Haus, die Diener sind himmlisches Manna?« Er zerrte sie ins Haus und die Treppe hinauf. Johanna kämpfte stumm. Was auch immer geschah, Hermann durfte auf keinen Fall etwas davon mitbekommen. Schon jetzt hatte Friedrich unwiderruflich zerstört, was Johanna jemals mit ihm verband, doch ihrem Sohn zuliebe würde sie noch viel mehr ertragen, ohne einen Laut von sich zu geben.

Friedrich stieß sie so heftig ins Schlafzimmer, dass sie strauchelte. Er schloss die Tür hinter sich und legte den Riegel vor.

»Nun, meine liebe Johanna«, sagte er in neutralem Ton, während er sein Hemd aufknöpfte, »heute Nacht wirst du Gelegenheit haben, einen Teil deiner Schulden einzulösen.«

TEIL III

1867 bis 1883

17

März 1867, fünf Jahre später

Bist du sicher, dass ich dich allein lassen kann?« Johanna streichelte über Alwines Wange. So zerbrechlich war sie, so durchsichtig die Haut. Seit die schreckliche Brustkrebskrankheit ihre immer schon zierliche Mutter im Würgegriff hielt, wurde sie täglich weniger. Johanna hatte mehrere Ärzte konsultiert, doch da Alwine eine Amputation strikt ablehnte, war guter Rat teuer. Die Kranke klagte über Schmerzen im Bauch, im Rücken, überall.

Alwines Lider zitterten. Mühsam öffnete sie die Augen. »Wohin willst du denn?«, fragte sie mit dünner Stimme.

Johanna hatte es ihr mehrfach gesagt, doch das Morphium vernebelte Alwines Geist. »Zum Empfang im Ballsaal des Rathauses. In einer Woche wird Singapur nicht mehr von Kalkutta aus verwaltet, sondern als Kronkolonie direkt der britischen Krone unterstellt. Wir bekommen auch einen neuen Gouverneur, und nun wollen alle wichtigen Einwohner der Stadt seinem Vorgänger Colonel Cavenagh einen ehrenvollen Abschied ausrichten.«

»Sind wir denn wichtig?« Alwine rang sich ein Lächeln ab.

»Eher nicht. Aber Friedrich gehört zur Kaufmannschaft, da mussten sie ihn wohl einladen.«

»Friedrich.« Alwine seufzte. »Wie konnte ich mich nur so in ihm täuschen? Es tut mir unendlich leid, Kind.«

»Warum solltе es dir leidtun, Mama? Ich wollte doch keinen anderen.«

»Ich hätte ihn dir ausreden müssen. Niemals hätte ich zulas-

sen dürfen, dass du die Verlobung mit Bowie löst.« Sie murmelte etwas Unverständliches und sank wieder zurück. Johanna stopfte fürsorglich eine Kissenrolle neben den dünnen Körper ihrer Mutter. Niemand konnte sagen, wie ihr Leben an Bowies Seite verlaufen wäre, darüber nachzudenken war müßig. Sie erhob sich. Das Rascheln ihres Kleides brachte die Mutter wieder zu sich.
»Du siehst wunderhübsch aus, Johanna. Es ist wirklich schade, dass du so selten auf Bälle gehst. Deine Hauskleider sind so unansehnlich.«
»Ach, Mama. Du lässt dich nicht unterkriegen, nicht wahr?«
»Nein. Ich will schließlich meinen fünfzigsten Geburtstag feiern.«
»Und deinen sechzigsten auch«, erwiderte Johanna. »Rufe nach Ping, wenn du etwas brauchst.«
Als sie die Tür hinter sich zuzog, kämpfte sie mit den Tränen. Alwine würde ihren fünfzigsten Geburtstag wohl nicht erleben. Johanna faltete die Hände und bat Gott um Aufschub. Trotz aller Querelen liebte sie ihre Mutter und war noch nicht bereit, sie gehen zu lassen.
»Johanna!« Mercys Ruf entlockte Johanna ein Lächeln. In all den Jahren war die Freundin ihr eine Stütze gewesen, brachte mit ihrer unverwüstlichen Fröhlichkeit auch in die schwärzesten Tage ein wenig Licht. »Kommst du freiwillig herunter, oder muss ich dich holen?«
Johanna ging zum Fenster. Mercy winkte ihr mit einem kleinen, perfekt auf ihr Kleid abgestimmten Seidenfächer zu. Das Kleid war neu, ein orange-gelb gestreifter Traum aus Seide mit aufwendigen Raffungen und Besätzen. Andrew musste einen nicht unerheblichen Teil seines Gehalts in den Putz seiner Frau investieren. Auch er sah in seinem schwarzen Frack und den hellen Hosen aus wie aus dem Ei gepellt, doch was

ihn eigentlich für Johanna einnahm, war der stolze und liebevolle Blick, mit dem er seine mollige, farbenfrohe, laute Frau bedachte. Ganz anders Friedrich, der ein paar Schritte abseits mit seinem Spazierstock auf einen Hibiskusstrauch eindrosch. Sein mürrischer Ausdruck erinnerte Johanna einmal mehr an einen trotzigen kleinen Jungen. Seufzend ging sie nach unten.

Andrew hatte zwei Palanquins geordert, denn die ausladenden Kleider der Frauen verlangten nach Platz. Trotzdem quetschte sich Mercy zu Johanna in die Kutsche und überließ die andere den Männern. Als sich die Pferde in Bewegung setzten, nahm sie Johannas Hand in ihre. »Wie geht es deiner Mutter heute?«

»Es wird schlimmer. Sie leidet fürchterliche Schmerzen, aber sie erträgt sie tapfer.«

»Es ist so traurig.« Mercy schwieg kurz, dann ergriff sie erneut das Wort. »Ich wollte mit dir über Dinah sprechen.«

»Hat sie etwas angestellt?«

»Etwas angestellt? Deine Tochter? Das glaubst du doch selbst nicht.« Mercy schüttelte den Kopf. »Nein, natürlich nicht. Und genau darüber möchte ich mit dir reden. Obwohl sie gerade erst vier Jahre alt geworden ist, habe ich manchmal das Gefühl, eine alte Frau vor mir zu haben. Dinah lacht fast nie. Sie leidet, worunter auch immer.«

»Es freut mich, dass du dir Sorgen machst, aber glaube mir, sie sind unbegründet. Dinah ist schlicht ein in sich gekehrtes Kind.« Johanna versuchte, einen leichten Ton anzuschlagen, doch innerlich verkrampfte sie. Unwissentlich bohrte Mercy in einer schwärenden Wunde, denn natürlich machte auch sie sich Sorgen über die Schweigsamkeit der Tochter. Schon oft hatte sie sich bang gefragt, ob die Umstände seiner Empfängnis auf das Kind abgefärbt hatten, und ebenso oft hatte sie den

Gedanken als Unsinn verworfen. Und doch blieben Zweifel. Dinah war die Frucht der Gewalt, die Friedrich ihr vor fünf Jahren immer wieder angetan hatte. Erst als ihre Schwangerschaft unübersehbar wurde, hatte er nicht mehr auf seinen ehelichen Rechten bestanden – und sie danach nicht wieder eingefordert. Johanna war damals mit dem Säugling aus dem gemeinsamen Schlafzimmer in Leahs altes Zimmer umgezogen und nie wieder ins Ehebett zurückgekehrt.
Sie strengte sich wirklich an. Überschüttete das kleine Mädchen mit Liebe, nähte ihm die schönsten Kleider, ließ ihm alle Freiheiten, allein das Kind blieb ernst, beinahe freudlos. Sicherlich litt es unter der Ablehnung seitens des Vaters. Wie gern hätte Johanna Mercy ihr Herz ausgeschüttet, über Dinah, über ihre kalt und schal gewordene Ehe, doch das war unmöglich. Über derart intime Probleme sprach man nicht.
Mercy musterte sie mit ungewohntem Ernst. Es war naiv, anzunehmen, sie sei ahnungslos. Eine einzelne Träne rollte Johannas Wange hinab. Mercy beugte sich vor und tupfte sie mit einem behandschuhten Finger fort. Die Freundinnen schwiegen, während der Palanquin am Convent of the Holy Infant Jesus vorbeirollte. Gerade verließ eine Gruppe Mädchen unter Aufsicht einer Nonne das Gelände. Die kleinen Chinesinnen und Mischlingsmädchen waren Waisen oder aber von ihren verzweifelten Müttern in aller Heimlichkeit an einer versteckten Pforte abgelegt worden, die bei den Einwohnern Singapurs das »Tor der Hoffnung« oder einfach nur das »Babytor« genannt wurde. Lange Jahre hatte sich Alwine um diese Kinder gekümmert, doch ihre Hinfälligkeit schob der ehrenamtlichen Tätigkeit einen Riegel vor. Johanna schickte ein Stoßgebet zu Gott. Er musste ihrer Mutter erlauben, wieder zu den Mädchen zurückzukehren.
Wenig später lenkte der Kutscher in die High Street, und bald

darauf fanden sie sich mitten im Durcheinander von Palanquins, Dogcarts und Droschken vor der imposanten Town Hall wieder. Andrew entlohnte die Kutscher und ging mit Mercy voraus. Johanna und Friedrich folgten den beiden. Friedrich verzichtete darauf, Johanna den Arm anzubieten; sie hätte ihn auch nicht genommen.

Die meisten Gäste waren bereits eingetroffen. Grüße und Gespräche flogen hin und her. An der Stirnseite des prächtigen Saals spielte eine Kapelle tapfer gegen das Rauschen Hunderter Stimmen an.

Nachdem sie sich einen ersten Überblick über das festliche Getümmel verschafft hatten, zog es Mercy unweigerlich zum Buffet, während sich Johanna zu einer Gruppe ihr seit langem bekannter Kaufleute gesellte. Friedrich hatte sie längst aus den Augen verloren.

Das Gespräch der Männer kreiste, wie nicht anders zu erwarten, um den neuen Gouverneur, der in den nächsten Wochen seinen Posten antreten würde. Niemand kannte den Mann, der ihnen von der Kolonialverwaltung in London vor die Nase gesetzt wurde, doch Gerüchte gab es reichlich: Ein neuer Besen sei er, einer, der gründlich reinemachen und, wie zu befürchten stünde, wohl als erste Amtshandlung die Hafensteuer und vielleicht sogar eine Einkommenssteuer erneut aufs Tableau bringen wolle.

»Auch dieser prächtige Gouverneur wird sich an uns die Zähne ausbeißen wie noch jeder zuvor, ob wir nun Kalkutta oder dem Kolonialbüro in London unterstehen.« Beifälliges Nicken unterstrich Thomas Scotts selbstsichere Aussage. Als Partner von *Guthrie & Co.* war er ein Urgestein Singapurs und hatte, mit unterschiedlichem Erfolg, mehr als eine Schlacht gegen Zölle, Steuern und sonstiges bürokratisches Unheil geschlagen.

Johanna, die den Gesprächen der Händler bisher schweigend gelauscht hatte, fühlte Widerspruch in sich aufsteigen. »Ich glaube kaum, dass uns eine Einkommenssteuer schaden würde«, sagte sie. Augenblicklich drehten sich alle Köpfe zu ihr. Es kam nicht oft vor, dass sich eine Frau zu Wort meldete, wenn die Männer die Probleme des Welthandels diskutierten.
»Es hat seine Berechtigung, dass Frauen in den Clubs keinen Zutritt haben«, zischte einer der Männer seinem Nachbarn zu. Obwohl nicht für ihre Ohren bestimmt, hatte Johanna den abfälligen Kommentar gehört. Sie schoss dem Sprecher, einem kleinen, fetten Mann, den sie nie zuvor gesehen hatte, einen vernichtenden Blick zu. In Situationen wie dieser erinnerte sie sich stets an Leahs Empörung. Sie holte tief Luft. »Von den Hafengebühren könnte man endlich eine anständige Kanalisation bezahlen. Den Fluss säubern. Wasserleitungen verlegen. Polizisten einstellen. Ein zweites Armenhospital bauen. Soll ich fortfahren?«
Thomas Scott lachte. »Sie haben selbstverständlich recht. Diese Projekte sind dringlicher denn je. Doch glauben Sie mir, Hafengebühren würden die Schiffe fernhalten. Singapur ist einer der größten Umschlagsplätze der Welt, eben weil es die Händler nichts kostet. Sitzt Ihnen, verehrte Mrs von Trebow, nicht auch noch der Schreck über den Bankrott von *D'Almeida & Sons* und vielen anderen in den Gliedern? Ich befürchte, noch viele Handelshäuser mehr hätten in den letzten Jahren aufgeben müssen, wären wir gezwungen worden, eine Hafengebühr zu erheben. Und die kleinen Häuser, wie das Ihres Mannes, sind in solchen Zeiten natürlich als Erste betroffen.« Er lächelte so gönnerhaft, dass Johanna am liebsten trotzig mit dem Fuß aufgestampft hätte. Sie schätzte Scott, doch heute war sie offensichtlich zu dünnhäutig, um sich mit den Männern zu messen.

»Selbstverständlich lese ich die Zeitung, deshalb kenne ich auch die Zahlen und Statistiken. Singapur ist heute einer der am stärksten florierenden Häfen des gesamten Empires. Unsere Insel ist zu günstig gelegen, als dass die Schiffe sie ignorieren könnten. Stamford Raffles hat den Platz nicht umsonst gewählt.«

»Touché.« Thomas Scott verbeugte sich leicht vor Johanna. »Ich bitte um Vergebung, sollte ich den Anschein erweckt haben, Ihre Meinung nicht ernst zu nehmen.« Mit diesen Worten fasste Scott den dicken Rüpel ins Auge, der sich unter seinem Blick wand und schließlich in ungeordnetem Rückzug davonstolperte.

»Der wird hier jedenfalls keinen Erfolg haben«, murmelte Scott. »Viel zu dumm.«

Die Verbliebenen brachen in Gelächter aus.

Mercy, mittlerweile vom Buffet zurückgekehrt, zwickte Johanna in den Arm. »Sieh nur, dort schwebt unser sauertöpfischer Engel heran. Ich frage mich wirklich, womit Henry diese Xanthippe verdient hat.«

»Mercy! Zügle deine Zunge. Oder sei wenigstens etwas leiser.«

»Ist doch wahr.«

Bevor Amelia und Henry das Grüppchen um Johanna erreichten, wurden sie von Abu Bakar ibni Daing Ibrahim, dem malaiischen Herrscher des Sultanats Johor, und seiner aus Malaien und Chinesen bestehenden Entourage aufgehalten, was Johanna die Muße gab, die beiden eingehend zu betrachten. Sie hatte die Farnells länger nicht gesehen; Henry war erst vor wenigen Tagen aus Hongkong zurückgekehrt. Und Amelia? Entgegen aller Beteuerungen bei ihrer Ankunft waren Johanna und sie nie Freundinnen geworden. Amelia verhielt sich ihr gegenüber so feindselig, dass Johanna es aufgegeben hatte, ihre Nähe zu suchen.

Amelia sah betörend aus. Obwohl sie bereits zwei Kinder geboren hatte und, so munkelte man, ein drittes unterwegs war, wirkte ihr schlanker Körper noch immer jugendlich. Sie hatte ein maigrünes Kleid mit tiefem Ausschnitt gewählt, der die Grenzen der Schicklichkeit arg strapazierte, doch wenn sie damit Eindruck bei den Männern schinden wollte, misslang ihr dies gründlich. Zwar machten sie Amelia ihre Reverenzen, wandten sich dann aber schnell Henry zu. Mit ihrer herablassenden Art hatte sie sich in ihren fünf Jahren in der Stadt nicht viele Freunde gemacht. Henry dagegen war schnell zu einem wohlgelittenen und geachteten Mitglied der Gesellschaft aufgestiegen.

Amelia sah sich gelangweilt um. Als sie Johanna entdeckte, schoss sie ihr einen abfälligen Blick zu und legte besitzergreifend ihre Hand auf Henrys Arm. Johanna wandte sich ab. Amelia hatte die Schwingungen zwischen ihr und Henry damals sofort gespürt. Obwohl sich Johanna und Henry nie etwas hatten zuschulden kommen lassen, besaß Amelia jedes Recht, sie abzulehnen.

Johanna fasste Mercy am Arm. »Komm, lass uns ein wenig umhergehen.«

»Willst du Henry nicht begrüßen?«

»Vielleicht ergibt sich später eine Gelegenheit.«

Als der Tanz begann, ließen sie und Mercy sich nicht zweimal bitten. Johanna fühlte sich dank des Champagners gelöster als am Nachmittag und genoss die Ablenkung.

Nur einmal kehrte die Traurigkeit zurück, als sie Chee Boon Lee entdeckte. Seit Leahs Flucht hatte sie jedes Zusammentreffen mit ihm gemieden, und auch er schien nicht daran interessiert, ihre kurze Bekanntschaft von der Hochzeitsfeier aufzufrischen. Trotzdem wusste Johanna vieles über ihn. Chee Boon Lee war ein hochangesehener Bürger der Stadt, der nach dem überraschenden Tod seines Vaters das Handelshaus und alle dazugehörigen Besitzungen geerbt hatte. Er war Vater einer Tochter und eines Sohns, im selben Monat geboren wie ihre Tochter Dinah und Henrys ältester Sohn Wilson. Johanna drehte nachdenklich ihr Glas in der Hand. Ob er manchmal an Leah dachte? Ob er ebenso wie Leah sie, Johanna, für eine Verräterin hielt? Seufzend beugte sie sich vor und stellte das Glas auf ein kleines Tischchen. Als sie wieder aufblickte, stand Ross Bowie direkt vor ihr. Hektisch sah sich Johanna nach Mercy um, ihrer Retterin aus prekären Situationen.

»Suchen Sie Ihren Mann?«, fragte er in seinem unverkennbaren Bass.

»Natürlich nicht.« Johanna hätte sich ohrfeigen können. Die Bemerkung war ihr einfach herausgerutscht. »Ich vermisse Mercy«, fügte sie eilig hinzu.

»Oh, Mercy Robinson hat ihren ganzen Charme eingesetzt, um unseren scheidenden Gouverneur auf die Tanzfläche zu bugsieren.«

Johanna reckte den Hals, und tatsächlich, dort wirbelte Mercy mit dem etwas steifen Colonel Cavenagh vorbei. »Ich habe ihn nie tanzen sehen.«

»Ich würde jede Wette eingehen, dass Mercy selbst einen Tapir zum Tanz überreden könnte«, bemerkte Bowie trocken, dann bot er Johanna den Arm. »Würden Sie mir ebenfalls die Ehre erweisen?«, fragte er beinahe schüchtern. »Es ist lange her, seit wir zum letzten Mal getanzt haben.«

Seine graugrünen Augen umwölkten sich kurz, doch er hatte sich sofort wieder im Griff und lächelte Johanna gewinnend an. Sie erhob sich und legte ihre Hand auf seinen Unterarm. »Sie haben recht«, sagte sie. »Es ist lange her. Haben Sie das Tanzen inzwischen gelernt?«

»Würden Sie mir glauben, wenn ich bejahte?«
Johanna schüttelte lachend den Kopf. Es tat gut, eine derart leichte Konversation mit Ross Bowie zu führen. Sie schämte sich noch immer beim Gedanken an den Tag, an dem sie die Verlobung gelöst hatte, und freute sich deshalb umso mehr, dass Bowie ihr gegenüber in letzter Zeit aufgeräumt und vergnügt wirkte.
Die Kapelle spielte eine Polka, dann folgte ein langsamer Walzer. Bowie tanzte tatsächlich besser als vor zehn Jahren, und Johanna gab sich seiner Führung hin. Für einen kurzen Moment fühlte sie sich in seiner Umarmung ungemein geborgen, rief sich jedoch sofort zur Raison. So etwas durfte sie nicht einmal denken.
Bowie spürte ihren Gefühlstumult. Er zog sie ein wenig näher zu sich. »Zusammen wären wir unschlagbar gewesen«, murmelte er.
»Hören Sie auf.«
Sein Griff verstärkte sich. »Ihr Mann ist ein Nichtsnutz. Niemand weiß, warum es *Von Trebow Trading* überhaupt noch gibt, so wenig, wie er sich darum kümmert. Ist er überhaupt jemals im Kontor?«
»Das geht Sie nichts an.«
»Es ist Farnell, nicht wahr? Er führt die Geschäfte Ihres Mannes. Vielleicht auch noch mehr?«
»Was wollen Sie damit sagen?«, fragte sie scharf.
»Nun, man hört allerlei über Sie und Farnell.«
Johanna verpasste vor lauter Empörung den Takt. »Führen Sie mich von der Tanzfläche!«
Bowie gehorchte und dirigierte sie in eine leere Fensternische. Wütend entriss Johanna ihm den Arm. »Was zum Teufel haben Sie über Farnell und mich gehört?«
»Ich habe Sie noch nie fluchen hören«, sagte er leichthin.

»Warum regen Sie sich wegen dummer Gerüchte so auf? Oder ist etwas daran?«

»Natürlich nicht! Farnell und ich …« Sie stockte. »Wir sind befreundet. Nicht mehr und nicht weniger.«

Bowie wollte etwas erwidern, als nicht weit von ihnen ein lautstarker Disput ausbrach. Die Musik verstummte, alle Aufmerksamkeit wandte sich den Streithähnen zu. Johanna schlug entsetzt die Hand vor den Mund, als sie Friedrich entdeckte. Mit rotem Gesicht brüllte er den ehrenwerten Mr Phillips an. Er war offensichtlich schwer betrunken und hatte damit das Missfallen des Präsidenten der Total Abstinence Society erregt.

Sie bahnte sich einen Weg durch den dichter werdenden Ring der Schaulustigen. Bowie folgte ihr auf dem Fuß. »Johanna, Sie haben damals weiß Gott keine gute Entscheidung getroffen«, raunte er ihr zu, bevor er zwischen die beiden Männer trat, Friedrich packte und ihn vor sich her in Richtung des Ausgangs stieß. Johanna hatte Schwierigkeiten, Schritt zu halten. Vor der Tür presste Bowie Friedrich gegen einen der Pfeiler im Eingangsbereich und brachte sein Gesicht so dicht an das des anderen, dass sich ihre Nasen beinahe berührten. Johanna konnte nicht hören, was Bowie ihrem Gatten sagte, doch Friedrich schrumpfte regelrecht zusammen. Wie ein geprügelter Hund stolperte er schließlich davon. Johanna wollte ihm nacheilen, als Mercy ihr den Weg vertrat.

»Bleib«, sagte sie mit wutbebender Stimme. »Soll er doch seinen Rausch in irgendeinem dunklen Winkel ausschlafen.«

»Aber er ist mein Mann! Ich muss zu ihm.«

»Du musst gar nichts. Er behandelt dich schlecht, nun lass es ihn allein ausbaden.«

»Allerdings.« Bowies Bass ließ Johanna herumfahren.

»Warum sind Sie ihn so hart angegangen?«

»Weil er es nicht anders verdient.« Ohne ein weiteres Wort strebte er zurück in den Saal und scheuchte dabei die sensationslüsternen Damen der Gesellschaft vor sich her. Johanna sah ihm sprachlos nach. Ihr fröstelte trotz der tropischen Temperaturen angesichts der Kälte, die in Bowies Blick gelegen hatte. Unschlüssig spähte sie Friedrich nach, dessen schwankender Schatten sich in Richtung der hölzernen Fußgängerbrücke nahe der Town Hall bewegte. Ihr Platz war an seiner Seite, doch als Mercy sie unterhakte und wieder in den Saal führte, war sie froh darum. Sie wollte noch ein Glas Champagner trinken und wenigstens für ein paar Stunden ihr Elend vergessen.

Als Johanna, Mercy und Andrew drei Stunden später in der Waterloo Street vorfuhren, stand eine Droschke vor dem Bungalow der von Trebows. Sämtliche Gaslampen im Haus waren aufgedreht. Voller böser Vorahnungen sprang Johanna auf die Straße und hastete durch den dunklen Garten. Bevor sie die Veranda erreicht hatte, riss Ping schon die Tür auf.
»Ich habe Doktor Ferguson holen lassen. Mrs Uhldorff ist ohnmächtig geworden.«
Johanna stürmte die Treppe hinauf. Gerade verpackte der Arzt seine Utensilien in eine Ledertasche.
»Sie lebt«, sagte er.
Johannas Herz schlug bis zum Hals, als sie neben das Bett trat. Die Mutter sah entsetzlich aus. Kalkweiß und eingefallen das Gesicht, ihr Brustkorb hob und senkte sich nur langsam, der Atem rasselte.
Der Arzt schüttelte leicht den Kopf. »Sie wird es nicht schaffen, Mrs von Trebow. Der Krebs ist eine sehr heimtückische Krankheit der Zellen. Zwar ist die Wissenschaft den Ursachen auf der Spur, aber eine andere Behandlungsmöglichkeit

als das chirurgische Entfernen der Geschwülste hat sie noch nicht zu bieten.« Er hob die Hand, um Johanna am Reden zu hindern. »Für eine Operation ist es zu spät. Wenn ich die Symptome richtig deute, sind ihre inneren Organe befallen. Uns bleibt nur noch, ihr Leiden durch Morphium zu lindern. Es tut mir furchtbar leid.«

Johanna starrte den Mann an. »Was soll ich tun?« Ihre Stimme glich einem kläglichen Krächzen. Warum nur hatte sie ihre sterbende Mutter allein gelassen?

Doktor Ferguson fasste sie sanft bei den Schultern. »Sie machen sich Vorwürfe, auf den Ball gegangen zu sein, nicht wahr?«

»Ja.«

»Das dürfen Sie nicht. Es war ja nicht vorauszusehen, dass sich der Zustand Ihrer Mutter so rapide verschlechtert. Ruhen Sie sich ein paar Stunden aus, vertrauen Sie auf Ihre Haushälterin. Sie ist eine patente Person und wird Sie wecken, sobald es nötig ist.« Er reichte ihr die Hand und verabschiedete sich.

Ausruhen? Wie sollte sie Schlaf finden? Stattdessen bat Johanna Andrew, der mit Mercy in der Tür stand, ihr einen Sessel aus dem Salon zu bringen. Sie würde bei ihrer Mutter ausharren, so lange Gott sie noch auf der Erde weilen ließ.

* * *

Das laute Trappeln von Vögeln auf dem Dach weckte Johanna aus einem traumschweren Dämmerschlaf. Mit einem Ruck setzte sie sich auf. Im Osten färbte sich der Himmel violett. In wenigen Minuten würde die Sonne über den Horizont schnellen und die Nacht vergessen machen.

»Johanna?«

»Mama! Du bist wach?«

»Schon eine ganze Weile, aber ich wollte dich nicht wecken. Die Schmerzen sind sehr stark.«
»Warte, ich gebe dir etwas Morphium.«
»Nein danke. Ich will es nicht, zumindest noch nicht. Jetzt brauche ich einen klaren Kopf.« Sie keuchte.
Der Anblick von Alwines schmerzverzerrtem Gesicht schnürte Johanna die Kehle zu. »Möchtest du wirklich nichts?«
»Nein. Setz dich aufs Bett und hör mir zu. Ich habe kaum noch Zeit.«
Johanna gehorchte. Vorsichtig nahm sie die kalten Hände der Mutter in ihre.
Alwine versuchte, ihren Atem zu beruhigen. »Ich habe schwer gesündigt, Tochter«, sagte sie. »Auf meiner Seele lastet mehr, als ein guter Mensch wie du sich vorstellen kann. Es widerstrebt mir, dich damit zu belasten, doch es ist nicht zu ändern. Ich habe mich an deiner Schwester versündigt, Johanna. Und ich bereue es unendlich.« Tränen traten ihr in die Augen, doch sie zwinkerte sie fort. »Ich habe mir nichts mehr gewünscht, als dass Leah zu uns zurückkehrt, dabei weiß ich nicht einmal, ob sie noch lebt.«
Johanna senkte den Kopf. Auch ihre Hoffnung, dass Leah irgendwo auf dieser Welt ein glückliches Leben führen mochte, war nie erloschen.
»Es geht ihr gut«, presste sie hervor. »So muss es einfach sein.«
Alwine hielt die Lider geschlossen; das helle Licht blendete sie. Johanna zog die Vorhänge zu. »Besser?«
Statt einer Antwort begann die Mutter zu würgen. Johanna half ihr, sich aufzusetzen, und hielt ihr eine Schüssel vor den Mund. Keine der beiden kommentierte das schwarze Blut, das Alwine erbrach.
»Johanna, wenn ich tot bin, musst du in den Convent gehen«,

flüsterte Alwine. Johanna sah ihr an, welche Anstrengung sie das Sprechen kostete. »Frag dort nach Lily.«
»Lily ist das kleine Mädchen, das du ganz besonders ins Herz geschlossen hast, nicht wahr? Soll ich sie holen lassen?«
»Nein.« Plötzlich krallte die Mutter ihre Finger in Johannas Arm und versuchte sich aufzurichten. »Hattest du denn nie einen Verdacht?«
»Wovon sprichst du, Mama?«
»Lily. Ich spreche von Lily.«
Schweigen senkte sich über Mutter und Tochter, während ihre Blicke ineinander versanken. Ein Schauer lief Johannas Rückgrat hinunter, als sie urplötzlich die monströse Lüge erfasste, die Alwine seit mehr als sieben Jahren aufrechterhielt.
»Nun weißt du es«, sagte Alwine mit fester Stimme.
»Sag es. Ich will es aus deinem eigenen Mund hören.« Johannas Stimme wurde schrill. Viel fehlte nicht, und sie hätte die Sterbende geschüttelt. »Wie konntest du damit leben?«
Alwine versuchte ein schwaches Lächeln. »Gottes Gerechtigkeit mag lange auf sich warten lassen, aber eines Tages ereilt sie jeden Sünder.« Sie stöhnte auf, Schweißperlen bildeten sich auf ihrer Stirn. Trotzdem zwang sie sich zu sprechen. »Du willst es hören? Also gut: Lily ist Leahs Tochter.«
»Aber wie ist das möglich?« Johanna beschwor die Erinnerung an jene schreckliche Nacht herauf. »Die indische Amah, die kurz darauf fortgelaufen ist … Hat sie den Säugling weggebracht?«
»Ja, Barsha. Ich habe ihr Schweigegeld gegeben.« Hilflos musste Johanna mit ansehen, wie ihre Mutter stöhnte und sich vor Schmerzen wand. Es dauerte lange, bis sie wieder sprechen konnte. »Es ist bald so weit«, flüsterte sie. »Bitte hole Reverend Keasberry. Ich möchte meinen Frieden mit Gott machen.«

Johanna nickte unter Tränen. Als sie sich erhob, strauchelte sie und konnte sich nur mit Mühe vor einem Sturz bewahren.

»Ich bereue so vieles«, sagte Alwine Uhldorff leise. »Ich wollte euch eine gute Mutter sein, doch jedes Mal, wenn ich mich in euer Leben eingemischt habe, gingen nur Kummer und Leid daraus hervor. Trotzdem musst du mir glauben, dass ich euch liebe, alle beide.«

»Ich glaube dir, Mama.« Tränen strömten Johannas Wangen hinunter. Sie ahnte, dass dies die letzten Worte waren, die sie mit ihrer Mutter wechselte.

* * *

Während im fernen Singapur die Nachmittagssonne alle Schatten fortbrannte und Johanna hilflos neben dem Bett der mit dem Tode ringenden Mutter ausharrte, kündigte sich im Westen der Britischen Insel der Anbruch des Tages erst zaghaft an. Nur eine einzelne Amsel erspähte die zarte Aufhellung des dunkelgrauen Nachthimmels fern im Osten und mahnte die Sonne mit virtuosem Gesang zur Eile.

Leah lauschte dem Morgenboten mit Erleichterung. Sie fühlte sich zerschlagen nach einer Nacht voller Alpträume, in der die Prozession ihrer Toten sie wieder und wieder heimgesucht hatte. Lange Monate war sie von den Geistern der Vergangenheit verschont geblieben, doch heute war der Traum bedrohlicher gewesen denn je. Am Ende des Zuges, noch hinter dem Vater, der ihr Mädchen fest an der Hand hielt, zeigte sich ein neuer Schatten. Angestrengt hatte Leah versucht, die Züge der Gestalt zu erkennen, doch jedes Mal, wenn sie sich ihr nähern wollte, zerfloss sie. Voller böser Vorahnungen war Leah mehrfach in der Nacht aufgesprungen und ins Zimmer ihres dreijährigen Sohnes Thomas geeilt, der, Gott sei es gedankt, friedlich schlief, ebenso wie Bertrand neben ihr im Ehebett.

Leah schlug die schwere Daunendecke beiseite und ging zum Fenster. Der Boden war trotz einer dicken Lage kostbarer persischer Teppiche eiskalt, und sie dachte wehmütig an das Gefühl warmer, weichpolierter Holzplanken unter den bloßen Füßen, an die laue Luft und die mannigfaltigen Geräusche eines Tropenmorgens. Ein Morgen, der vor Leben nur so strotzte, während die Sonne in England kaum die Kraft besaß, die ewigen Wolken zu durchdringen, und alle Farben der Natur seltsam grau wirkten.

Leah überlegte, ob sie versuchen sollte, noch ein wenig Schlaf zu finden, entschied sich jedoch aus Angst, erneut den Toten ausgeliefert zu sein, dagegen. Eine Gänsehaut überlief ihren Körper. Wer mochte diese neue Gestalt gewesen sein? Onkel Koh? Die Mutter?

Ohne Bertrand zu wecken, stahl sie sich ins Ankleidezimmer. Sie entzündete das Gaslicht, putzte sich hastig die Zähne und nahm das von der Zofe sorgfältig ausgebürstete Reitkostüm aus dem Schrank. Nichts eignete sich besser, die Dämonen der Nacht abzuschütteln, als ein morgendlicher Ausritt. Rasch zog sie sich an, schlüpfte in den Gang und in das dem ehelichen Schlafgemach gegenüberliegende Kinderzimmer. Thomas war bereits wach und lachte ihr unternehmungslustig entgegen. Ihr Herz wurde weit. Sie schloss den Jungen in die Arme, doch er zappelte sich frei, wollte sie begleiten. Leah nagte an ihrer Unterlippe, dann traf sie eine Entscheidung. Während sie ihrem Sohn warme Kleidung überstreifte, gebot sie ihm, ganz leise zu sein. Mit unterdrücktem Kichern ging er darauf ein.

Gemeinsam huschten Mutter und Sohn in den Stall. Leah sattelte ihre Stute, hob Thomas vor sich in den Sattel, und schon stoben sie über Feldwege in Richtung der Berge davon. Ein scharfer Wind fegte die Hügel des Lake District hinab und zerzauste Thomas' rotgoldene Locken. Mutter und Sohn spürten kaum etwas davon, viel zu sehr genossen sie ihre gestohlene Freiheit. Über zwei Stunden tobten sie sich aus, bis der Hunger sie zurückzwang.

Sie wurden bereits erwartet. Leah hatte die Stute kaum vor den Stall gelenkt und Thomas auf die sichere Erde hinuntergelassen, als sich die Countess of Arliss auf der Vordertreppe zeigte. Leah ließ sich seufzend aus dem Sattel gleiten. Es bestand keine Hoffnung, dass ihre Schwiegermutter den Ausflug gutheißen würde; selbst auf die Entfernung strahlte die Haltung der Countess Missbilligung und Empörung aus. Thomas schob seine kleine Hand in die seiner Mutter. Als Leah sein Zittern bemerkte, stieg Wut in ihr auf. Das Kind an der Hand, die Schultern gereckt, ging sie auf ihre Schwiegermutter zu. Thomas war *ihr* Sohn, *sie* hatte zu entscheiden, was das Beste für ihn war. Trotzdem traf die Kälte im Blick der anderen sie bis ins Mark. Gemessenen Schrittes stieg sie die Treppe hinauf. Die Schwiegermutter hatte Leah, entgegen Bertrands Versicherungen, nie akzeptiert. Sie sah in ihr eine Erbschleicherin, die das Vertrauen ihres Sohnes missbrauchte. Selbst Thomas, der auf den Molukken in der Hütte einer Heilerin das Licht der Welt erblickt hatte und bereits anderthalb Jahre alt gewesen war, als sie nach England zurückkehrten, hatte die Countess nicht weicher gestimmt. Sie ließ keine Gelegenheit aus, ihre ungeliebte Schwiegertochter zu maßregeln. Weder passte ihr Leahs nachlässige Kleidung noch ihr Drang, sich in der freien Natur zu bewegen. Leahs Angewohnheit, sich in die Diskussionen der Männer einzumischen, empfand sie als schlicht skandalös. All dies hatte Leah achselzuckend ertragen, doch seit Monaten verschärften sich die Differenzen zwischen ihr und der Countess dramatisch. Kaum verging ein Tag, an dem Leah nicht mit ihrer Schwiegermutter aneinandergeriet, und immer drehte sich der Streit um Thomas. Thomas, der, ginge es nach der Countess, den lieben langen Tag still sitzen, Klavier und erste Buchstaben üben, manierlich essen und sich auf keinen Fall mit seiner Mutter draußen herumtreiben sollte.

»Das Frühstück ist abgeräumt«, sagte die Countess scharf. »Thomas, du kannst dich bei deiner Mutter dafür bedanken, dass du nun bis zum Lunch hungrig bleiben musst.«

Das Maß war voll. »Sie haben nicht darüber zu entscheiden, ob und wann mein Kind isst«, zischte Leah. Wutentbrannt, den verwirrten Jungen hinter sich herzerrend, stürmte sie in die große Eingangshalle und die Freitreppe hinauf. Bertrand, der oben auf der Treppe Zeuge der Szene geworden war, hielt sie auf. Er schob Leah in ihr Zimmer und übergab den Jungen der Obhut des Kindermädchens. Tröstend nahm er Leah in den Arm, doch sosehr sie auch in ihn drang, gegen seine Mutter wollte er sich nicht stellen, erklärte sich lediglich dazu bereit, als Vermittler aufzutreten.

Als er sich schließlich für den Tag verabschiedete, war Leah kaum besänftigt. Trotz seines oftmals jungenhaften Charmes war Bertrand ein besonnener Mann, und normalerweise schätzte sie ihn dafür. Heute allerdings kam sie nicht umhin, ihm genau diese Zurückhaltung als Schwäche auszulegen. Warum beugte er sich seiner Mutter, ohne das Wohlergehen seiner Frau und seines Sohnes im Auge zu behalten?

Kurz entschlossen ging sie in Thomas' Zimmer, wo er gerade von der Kinderfrau auf gute Tischmanieren gedrillt wurde. Sie befahl der Frau brüsk, sie allein zu lassen, und kniete sich vor ihren Sohn.

»Heute habe ich den ganzen Tag Zeit für dich. Was sollen wir tun?«

»Malen!« In seiner Miene spiegelten sich Freude und Erleichterung so deutlich, dass Leahs Wut erneut hochkochte. Was taten sie diesem kleinen Kerl mit ihrer überzogenen Disziplin nur an?

»Und was möchtest du malen?«

»Krabb… Krabb…« Seine noch ungelenke Zunge mühte sich vergeblich an dem Wort ab.

»Krabbelkäfer?«

»Genau! Im schönen Zimmer!«

Leah lachte befreit auf. Mit dem schönen Zimmer meinte Thomas ihr Studierzimmer, einen von oben bis unten mit Präparaten, Zeichnungen und Büchern vollgestopften Raum, dessen bloße Existenz ein weiterer Stachel im Fleisch der Countess war. Bei jeder passenden und unpassenden Gelegenheit echauffierte sie sich über die in ihren Augen ekelhafte Insektensammlung und Leahs Bemühungen, Darwins gotteslästerliche Thesen durch eigene Erkenntnisse zu stärken.

Für den Rest des Tages schloss sich Leah mit Thomas in diesem Wunderraum ein, zeigte ihm die Schaukästen mit den buntschillernden Käfern, ließ ihn durchs Mikroskop sehen und erzählte ihm Geschichten über die Wunder der Tropen, bis ihr vor Sehnsucht schier das Herz brach.

* * *

Kurz nachdem Alwine mit dem eilig herbeigeholten Reverend Keasberry unter vier Augen gesprochen hatte, fiel sie in Bewusstlosigkeit. Johanna und der Reverend wachten zwei Tage und zwei Nächte an ihrem Bett, aber sie kam nicht wieder zu sich. Am frühen Morgen des 28. März 1867 tat Alwine Uhldorff, geborene Kowald, ihren letzten mühsamen Atemzug.

Johanna und der Reverend rührten sich nicht. Mit gefalteten Händen saßen sie neben dem Bett und sprachen stumme Gebete. Nichts störte die Stille, kein Rascheln, Trippeln oder Scharren drang aus Dach oder Wänden, als würden auch die Cicaks und Tokays, die Schlangen, Vögel und Affen den Schatten des Todes spüren und Alwine ihre Ehre bekunden.

Erst zwei Stunden nach Alwines Hinscheiden schob sich Hermann schüchtern ins Zimmer, die blonden Haare noch strubbelig vom Schlaf. Mit der ihm eigenen Bedächtigkeit trat der Achtjährige ans Bett seiner geliebten Großmutter und nahm still Abschied. Er erkannte den Tod ohne Erklärungen. Johanna zog ihn auf ihren Schoß. Gemeinsam setzten Mutter und Sohn die Totenwache fort, nachdem sich Reverend Keasberry zurückgezogen hatte.

Dank des Beistandes von Mercy und Henry verliefen die Vorbereitungen für die Beerdigung reibungslos und in der für die Tropen gebotenen Eile. Friedrich war meist außer Haus gewesen, es interessierte Johanna längst nicht mehr, wo und mit wem er seine Zeit verbrachte. Schon zwei Tage später versammelte sich die große Trauergemeinde auf der evangelischen Seite des Bukit-Timah-Friedhofs. Johanna stand steif neben dem Grab und nahm mit unbewegter Miene die Beileidsbekundungen entgegen. Sie fühlte sich leer und allein. Zu viert waren sie vor elf Jahren aufgebrochen, aufgeregt und voller Vorfreude, und nur sie war übrig geblieben.

Gegen Ende des langen Zuges, die heiße Sonne hatte die meisten Trauernden bereits vertrieben, schob eine katholische Nonne ein in Tränen aufgelöstes Mädchen von etwa sieben Jahren vor Johanna. Jeder Uneingeweihte musste das Kind mit seinen jetschwarzen Haaren und der Porzellanhaut für eine Chinesin halten, doch Johanna wusste es besser. Der Anblick des untröstlichen Mädchens bewegte etwas in ihr. Die gläserne Glocke, unter der sie sich seit Tagen bewegte, zersprang. Ungeachtet des schmutzigen Bodens kniete sie sich nieder und nahm die Kleine in die Arme. Endlich konnte auch sie weinen.

»Lily«, flüsterte sie, »möchtest du meine Tochter sein?«

18

August 1867, fünf Monate später

Es war nur ein Streit über eine Kleinigkeit, doch Amelias Zorn auf Henry loderte noch immer, als sie mit den beiden Jungen und ihren Amahs durch die Botanischen Gärten spazierte. Wohl steckte die Agri-Horticultural-Society viel Geld und Mühe in die Anlage der Zier- und Schulgärten, doch Amelia empfand viele der üppig wuchernden Pflanzen als hässlich, manch eine Orchideensorte mit ihren fleischigen Blättern und viel zu grellen Blüten beinahe als vulgär. Außerdem war es heiß, unglaublich heiß. Mit keinem Wort hatte Henry damals in London die alles erdrückende Hitze erwähnt, weder Mücken noch anderes Getier, das einem den Alltag zur Hölle machte. Er hatte ihr ein Leben in Muße und gesellschaftliche Abwechslung versprochen, aber Himmel, woraus bestand die? Bridge-Runden, Segeltörns, bei denen man sich die Haut verbrannte, Theaterabende mit drittklassigen Schauspielern, Konzerte, die auch nicht besser waren – kein angesehener Musiker würde ausgerechnet nach Singapur kommen! Wenigstens war das versprochene große Haus kurz vor Oscars Geburt endlich fertiggestellt, und sie hatte ohne Bedauern die stinkende Stadt gegen die noble Gegend rings um die Scotts Road eingetauscht. Hier waren die Reichen unter sich, man stolperte nicht dauernd über zerlumpte Eingeborene und europäische Habenichtse.
Obwohl sie die Aufsicht über die Jungen den Kindermädchen überlassen hatte, war Amelia bald erschöpft. Ihre fortgeschrittene Schwangerschaft machte ihr täglich mehr zu schaf-

fen, doch Doktor Ferguson hatte ihr zu Bewegung geraten, da ihre Beine zu Schwellungen neigten. Ein Stück voraus erspähte sie im Schatten eines Flammenbaums eine Bank und ließ sich schwerfällig darauf nieder. Nur noch vier Wochen, vielleicht fünf, dann war es überstanden. Sie instruierte die Amahs, mit den Jungen in Sichtweite zu bleiben, lehnte sich zurück und grüßte vorbeiflanierende Bekannte, während sie ihre spielenden Kinder beobachtete.
Der vierjährige Wilson und der beinahe zweijährige Oscar waren ihr ganzer Stolz und Trost. Sie liebte die Kinder abgöttisch und setzte alles daran, sie Henrys Einfluss zu entziehen. Bitterkeit stieg in ihr auf. Einst hatte sie Henry aus vollem Herzen das Jawort gegeben. Mochten ihre Eltern über die finanzielle Absicherung ihrer Tochter erfreut gewesen sein, sie hatte sich von der Liebe leiten lassen. Einer Liebe, die Henry nie erwidert hatte.
Dabei konnte sie ihm nichts vorwerfen. Er behandelte sie mit Respekt, selbst bei ihren Auseinandersetzungen blieb er ruhig und höflich, während ihr oft das Temperament durchging. All dies konnte sie jedoch nicht darüber hinwegtäuschen, dass er nach wie vor die unscheinbare Johanna von Trebow anhimmelte. Wenn es nach Amelia gegangen wäre, hätte er den Kontakt zu den von Trebows völlig abbrechen sollen, doch er hatte ihr immer wieder auseinandergesetzt, dass das nicht möglich war. Zu eng seien die Geschäfte der beiden Handelshäuser miteinander verflochten, außerdem sei die europäische Gemeinde der Stadt wahrlich zu klein, als dass man sich aus dem Weg gehen könnte. Amelia argwöhnte, dass er Johanna von Trebow heimlich traf, allerdings hatte sie dafür keinerlei Beweise. Weder der Kutscher noch andere Dienstboten konnten von derartigen Zusammenkünften berichten, oder aber ihre Münder blieben verschlossen.

Amelia war sich durchaus bewusst, unter den Dienern gefürchtet statt beliebt zu sein.
Das Kind unter ihrem Herzen trat gegen die Bauchdecke. Ein Lächeln stahl sich auf Amelias Gesicht; zärtlich strich sie über die pralle Wölbung, ihre Gedanken wurden weicher. Im Grunde konnte es ihr gleichgültig sein, wie Johanna und Henry zueinander standen. Er war *ihr* Mann, *sie* gebar seine Söhne, während sich die von Trebow nach Henry verzehrte, ohne ihn jemals haben zu können. Stattdessen musste sich die Rivalin mit ihrem kränklichen, geisterhaften Mann zufriedengeben.
Zwei junge Offiziere der 17. Brigade von Singapur, die sie vor einigen Monaten kennengelernt hatte, schlenderten heran. Insbesondere der ältere, der dritte Sohn eines unbedeutenden Barons aus Cornwall, hatte ihr damals einen langweiligen Nachmittag am Rande des Kricketfelds erträglich gemacht. Sie winkte die beiden zu sich herüber, und bald entspann sich ein kurzweiliges Geplauder über gemeinsame Bekannte aus London. Die Blicke, mit denen die jungen Männer sie bedachten, taten ihr gut. Sie hatte völlig die Zeit vergessen, als ein schriller Schrei, gefolgt von Gezeter und Geschnatter, ihr Gespräch jäh störte.
Die Offiziere sprangen auf und spähten wild in alle Richtungen, um herauszufinden, woher der Lärm kam. Das Gebrüll steigerte sich zu einem entsetzlichen Heulen, und dann sah Amelia in einiger Entfernung eine der Amahs laut schreiend hinter einem Busch hervorstürzen. Den kleinen Oscar an die Brust gepresst rannte sie, als ginge es um ihr Leben. Amelia stemmte sich hoch und lief, so schnell ihre Leibesfülle es ihr erlaubte, auf die Frau zu, die weiterhin schrie und immer wieder hinter sich zeigte. Die Offiziere hasteten in die angewiesene Richtung. Amelia folgte ihnen mit klopfendem Herzen.

Ein Schuss ertönte, ein zweiter, gefolgt von einem ohrenbetäubenden Kreischen, als seien alle Teufel der Hölle auf die Erde gelassen worden. Als sie endlich die Büsche umrundete, sah Amelia eine Horde Affen in wilder Flucht davonstieben. Die Amah lag um sich schlagend am Boden, während der ältere Offizier sich über ein blau-weißes Bündel beugte, das Amelia als Wilsons Anzug erkannte. Außer sich vor Sorge stieß sie den jungen Offizier beiseite und fiel neben ihrem leblosen Sohn auf die Knie. Ein Makakenmännchen lag kaum zwei Fuß neben ihm in seinem Blut, die furchterregenden gelben Zähne noch im Tod gebleckt. Amelia schrie gellend auf.

Die Offiziere übernahmen das Kommando. Einer der Spaziergänger, die beim ersten Schrei ebenfalls zum Unglücksort geeilt waren, wurde gebeten, einen Arzt aufzutreiben und zum Anwesen der Farnells zu senden. Dann nahm der ältere Offizier den blutenden, von vielen Bisswunden übersäten Jungen auf den Arm und hastete zum Parkausgang, um die nächstbeste Kutsche zu rekrutieren.

»Sie sollen warten!«, rief Amelia. »Ich darf doch meinen Jungen nicht alleinlassen!«

»Je schneller er Hilfe erhält, desto besser«, sagte der jüngere Offizier, der bei Amelia geblieben war. »Aber kommen Sie.«

»Wo ist Oscar?«

»Hier.« Oscars Amah trat neben sie. Das Entsetzen stand ihr ins Gesicht geschrieben, ebenso wie Wilsons Amah, die mühsam neben der Gruppe herhumpelte. Auch sie hatte tiefe Biss- und Kratzwunden in Armen und Beinen, eine sogar an der Schulter, wo ihr Kleid in Fetzen hing, und eine grässliche Fleischwunde in der Wange. Sie hätte vor Schmerzen schreien müssen, doch der Schock machte sie unempfindlich. Immer wieder schlug sie sich vor die Brust und stieß rohe Verzweiflungslaute aus, bis Amelia es nicht mehr aushielt.

»Sei endlich still«, zischte sie. »Es ist alles deine Schuld.«
»Mrs Farnell«, wagte der Offizier einzuwerfen, »als wir um die Ecke bogen, lieferte sich Ihre Amah einen todesmutigen Kampf mit dem Affen. Sicher wäre sie zerfleischt worden, hätte mein Kamerad das Biest nicht erschossen. Sie ist eine sehr mutige Frau, sich mit Makaken anzulegen.«
»Mischen Sie sich nicht ein! Sie soll sich nie wieder in der Nähe meiner Kinder blicken lassen.«
Der brüskierte Mann verstummte. Am Ausgang schob er Amelia in die wartende Kutsche der Farnells, die Amah mit Oscar hinterdrein, und schloss den Schlag. Im Abfahren sah Amelia noch, wie er Wilsons strauchelnde Amah auffing und aufgeregt nach einer weiteren Kutsche rief. Vielleicht war sie der Chinesin gegenüber, die sie bisher als durchaus zuverlässig kannte, ungerecht gewesen, doch es war nicht mehr zu ändern. Ihr Sohn! Nur ihr Sohn zählte!

* * *

Johanna fand Henry, mit seinem Komprador Mr Ferguson debattierend, vor seinem Kontor. Sie raffte ihre Röcke und eilte zu den Männern. Das Aufleuchten in Henrys Augen, als er sie bemerkte, versetzte Johanna einen Stich. Was hatte sie erst vor einigen Monaten zu Ross Bowie gesagt, bei der Feier zu Colonel Cavenaghs Verabschiedung? Henry und sie seien nur Freunde? Es war Unsinn, und Bowie wusste es. Sie liebte Henry. Ihre Freundschaft war nur ein Ersatz für etwas, das ihnen für immer verwehrt blieb.
Heute beschäftigte sie allerdings etwas anderes. Friedrich war, wieder einmal, abwesend, während bei *Von Trebow Trading* alles drunter und drüber ging. Es war so weit gekommen, dass Franklin Cameron, Friedrichs junger Assis-

tent, nach ihr geschickt hatte, damit sie dringend fällige Entscheidungen traf – was ihr unmöglich war, zu wenig wusste sie über die Abläufe und Fallstricke des Geschäfts. Nun rächte sich, dass sie sich nicht stärker um die Belange der Firma gekümmert hatte. Zu Anfang ihrer Ehe hatte sie Friedrich mehrfach gebeten, ihr das Geschäft zu erklären, sich aber immer wieder von ihm einlullen lassen, wenn er behauptete, er habe alles im Griff, sie solle doch froh sein, sich nicht mit den oft ruppigen Gepflogenheiten der Händler auseinandersetzen zu müssen. Später, in den Jahren des Schweigens, war sie froh gewesen, so wenig wie möglich mit ihm zu tun zu haben.

Sie entschuldigte sich bei den Männern für die Störung. Mr Ferguson, ein hochgewachsener Eurasier, zog sich daraufhin höflich zurück.

»Du wirkst aufgebracht«, stellte Henry fest.

»Das bin ich auch.« In kurzen Worten setzte sie ihm das Problem auseinander. Er erklärte sich bereit, sie zu *Von Trebow Trading* zu begleiten. Über Friedrichs Verbleib wusste er nichts, zumindest behauptete er es. Seine ärgerlich zusammengepressten Kiefer verrieten Johanna das Gegenteil, doch sie drang in der Annahme, er wolle sie vor der Wahrheit verschonen, nicht weiter in ihn.

Sie machten sich gerade zu Fuß auf den Weg, als die Kutsche der Farnells auf den nördlichen Abschnitt des Boat Quays bog. Entrüstete Rufe begleiteten den Weg des tamilischen Kutschers, doch er trieb sein Pferd weiter an.

»Ja, ist der denn von Sinnen? Vaamalan!«, donnerte Henry.

Der Kutscher zog die Zügel scharf an, das Gefährt kam zum Halt. Die eigentlich schwarze Haut des Tamilen war grau, und er rang nach Luft, die Augen vor Entsetzen weit aufgerissen. Es bedurfte keiner Worte, zu erkennen, dass etwas

Schreckliches geschehen war. Henry sprang zu ihm, packte ihn bei den Schultern. »Sprich, Vaamalan. Was ist los?«
»Wilson«, keuchte er. »Ein Unfall!«
Ohne einen Moment zu zögern, kletterte Johanna gemeinsam mit Henry in die Kutsche. Sie saßen noch nicht, als Vaamalan bereits die Peitsche schwang. In halsbrecherischem Tempo rasten sie durch die Stadt, schneller, immer schneller, bis die Pferde in vollem Galopp die Orchard Road hinaufjagten, hinein in die Scotts Road und die Auffahrt zu Henrys Anwesen hinauf. Dr. Fergusons Kutsche stand bereits vor dem Portiko. Henry sprang aus dem Wagen und raste ins Haus. Johanna folgte ihm langsamer. War sie bisher von dem Gedanken beherrscht, irgendwie helfen zu können, beschlichen sie nun Zweifel, ob ihre Hilfe überhaupt erwünscht sein würde. Zögernd trat sie in die Halle, bereit, wieder umzukehren, sollte Amelia auch nur eine Augenbraue heben. Kaum war sie jedoch im Haus, wusste sie, dass sie gebraucht wurde. Die zahlreiche Dienerschaft, Männer wie Frauen, rangen die Hände und heulten; einen klaren Kopf hatte niemand mehr.
Johanna nahm eine etwas gefasster wirkende Chinesin beiseite und instruierte sie, für Ruhe zu sorgen, dann ging sie eilig die Treppe zum Obergeschoss hinauf. Sie war nur einmal, zur Einweihungsfeier, in der Villa gewesen, doch ihre Erinnerung an das weitläufige Anwesen war präsent genug, um Wilsons Schlafzimmer auf Anhieb zu finden. Unbemerkt trat sie ein und lehnte sich gegen die Wand neben der Tür. Henry stand leichenblass neben dem Bett und verfolgte die Arbeit des schweigsamen Arztes und seines Assistenten. Sie konnte sehen, wie seine Hände zitterten. Es kostete sie alle Kraft, nicht zu ihm zu gehen. Minuten verrannen. Sie hatte noch keinen Blick auf das Kind auf dem Bett werfen können, doch die blutigen Binden, die Wattebäusche und chirurgischen Werkzeu-

ge ließen auf das Schlimmste schließen. Der Geruch von Äther hing in der Luft. Offensichtlich hatte der Arzt keine andere Wahl gehabt, als den Jungen zu betäuben.
Die Tür ging auf. Amelia stürmte zum Bett, ohne Johanna zu bemerken. Johanna war erfüllt von Mitleid für sie. Auch Henry trat auf sie zu, wollte seine Arme um sie legen, doch sie wich ihm aus. Johanna überlegte noch, ob sie den Raum besser verlassen sollte, als Amelia sie entdeckte.
»Was wollen Sie hier?«, schrie sie und trat einen Schritt auf Johanna zu. Angesichts des ihr entgegenschlagenden Hasses presste sich Johanna gegen die Wand. »Ich möchte meine Hilfe anbieten«, stammelte sie. »Wenn Sie wollen, kümmere ich mich um Oscar.«
»Niemals lasse ich Sie in die Nähe meiner Kinder. Gehen Sie. Sofort!«
»Mäßige dich!« Obwohl Henrys Befehl an Amelia gerichtet war, zuckte Johanna zusammen. Noch nie hatte sie Henry derart zornig und bestimmend erlebt. »Johanna bleibt. Im Gegensatz zu dir versteht sie einiges von Krankenpflege.«
»Ich will sie aber nicht hierhaben«, beharrte Amelia, wenn auch schon weitaus kleinlauter.
»Sind Sie denn alle wahnsinnig?«, bellte Dr. Ferguson. »Seien Sie still oder verlassen Sie den Raum. Ohne Ausnahme!«
»Niemals!« Amelia wollte sich an ihm vorbei zum Bett drängen, doch er verstellte ihr den Weg. Plötzlich krümmte sie sich zusammen. Ein hohles Stöhnen entrang sich ihrer Brust. Für einen Moment herrschte Stille, dann begriff Johanna.
»Großer Gott! Das Kind kommt!«

Mit Henrys Hilfe brachte sie Amelia in ihr Schlafzimmer. Eine Dienerin rannte nach kochendem Wasser und beauftragte den Kutscher, die Hebamme zu holen. Sobald Amelia, von ihrem Kleid befreit, auf dem Bett lag, eilte Henry zurück in Wilsons Zimmer. Amelia bekam die nächste Wehe. Wimmernd krallte sie ihre Finger ins Laken. Als der Schmerz verebbte, war sie schweißgebadet. Johanna wollte ihr die feuchten Haare aus der Stirn streichen, doch Amelia stieß ihre Hand beiseite und machte Anstalten, sich zu erheben.

»Bleiben Sie besser liegen.«

»Ich will zu meinem Sohn.« Amelia schluchzte auf. »Ich muss doch wissen, ob es ihm gutgeht.«

»Ihr Mann ist bei ihm. Sie müssen jetzt an das Baby denken.« Sanft drückte Johanna sie zurück in die Kissen. Der Hass war aus Amelias Augen gewichen und hatte einer so tiefen Verzweiflung Platz gemacht, dass sich Johanna schämte, jemals schlecht über diese Frau gedacht zu haben. Ein Schrei zerschnitt die Luft, als eine neue Wehe Amelias Körper schüttelte. Die dritte Wehe hatte viel zu schnell eingesetzt. Wenn es so weiterging, würde das Kind bald auf der Welt sein. In einem Stoßgebet bat Johanna um eine leichte Geburt.

Wenn doch die Hebamme schon da wäre! Die Wehen kamen in regelmäßigen, nur wenige Minuten dauernden Abständen. Amelia machte keine Anstalten mehr, nach Wilson zu sehen. Die Geburtsschmerzen verdrängten alle anderen Gedanken, und auch Johanna hatte kaum noch Zeit, sich Sorgen um den Jungen zu machen.

Endlich öffnete sich die Tür. Eine dunkelhäutige Inderin von etwa fünfzig Jahren, die grauen Haare zu einem strengen Knoten am Hinterkopf zusammengefasst und angetan mit dem weißen Sari der Witwen, trat in den Raum und füllte ihn mit ihrer Autorität bis in den letzten Winkel. Die Diener schleppten ausgekochte Tücher heran, die Fenster wurden aufgerissen, um frische, belebende Luft hereinzulassen. Amelia kreischte und stöhnte, und schließlich, nach einer Stunde, es mochten auch zwei sein, hievten die Frauen sie aus dem Bett und stützten sie, so dass sie breitbeinig vor dem Bett stand und ihr Kind im Stehen gebar. Die Hebamme fing es auf. Einige endlose Herzschläge lang hielt die Welt den Atem an, dann brüllte das Baby, umarmte das Leben, gesund und heil.

Johanna kauerte auf der obersten Treppenstufe, das Gesicht in den Händen vergraben, als Henry sich neben sie setzte. Sie blickte auf. Tränen rannen ihm über die Wangen, Krämpfe schüttelten seinen Körper, ohne dass er einen Laut von sich gab. Johanna verstand. Wilson hatte es nicht geschafft.
»Geh«, sagte sie heiser. »Geh und begrüße deine Tochter.«
Wankend verließ sie das Haus, taub an Körper und Geist.

19

Dezember 1867, vier Monate später

Henry verzog angewidert das Gesicht, als er das Bugis-Schiff betrat. Der Kapitän an seiner Seite lächelte nachsichtig. Er selbst roch es nicht mehr, ahnte aber, dass der Gestank selbst gestandenen Ostasienhändlern wie Henry Farnell zusetzte. Die Laderäume waren bis unter den Rand mit den Erzeugnissen der Region beladen: Schwalbennester aus Siam, Nelken von den Molukken, die er in einer waghalsigen Operation an den Holländern vorbeigeschmuggelt hatte, Schildkrötenpanzer von der Insel Bali, Vogelfedern und Muskat. Getrocknete Haifischflossen machten einen großen Teil der Ladung aus und leisteten einen nicht unerheblichen Beitrag zu der stechenden Geruchsmelange, die das Schiff umwaberte. Zwei weitere Handelsagenten erkletterten die Jakobsleiter und sprangen auf Deck. Unwillkürlich hielten sie sich die Hände vor die Nase, dann sahen sie Henry und nickten ihm ernst zu.

Die Inspektion der Waren zog sich hin. Seit Monaten kämpfte Henry mit Verunsicherung. Wilsons grausamer Tod hatte ihn tief erschüttert; noch heute, vier Monate später, musste er sich jeden Schritt zurück in die vertrauten Bahnen seines Lebens mühsam erarbeiten. Anfangs hatte er es geschätzt, dass ihm und seiner Familie mit Rücksicht und Geduld begegnet wurde. Doch noch immer verstummten Gespräche und Lachen, wenn er einen Raum betrat, senkten Freunde und Geschäftspartner, ja selbst die einfachen Kulis die Stimmen, wenn er zugegen war. Manchmal hätte er schreien mögen. Er sehnte sich nach Normalität außerhalb seines Hauses, denn hinter den Mauern der schönen Villa in der Scotts Road, hinter den Vorhängen und Fensterläden, die nie mehr geöffnet wurden, fühlte er sich oft dem Wahnsinn nahe.

Damals in England hatte er es kaum fassen können, dass sich ein liebreizendes Geschöpf wie Amelia für ihn erwärmte. Schon bei ihrer ersten Begegnung hatte die junge Frau ihn fasziniert. Sie sprühte vor Lebenslust, ihre Schlagfertigkeit gepaart mit einem, wie er glaubte, ungeheuchelten Interesse an seinem Beruf und der exotischen Welt des Fernen Ostens blendete ihn ebenso wie ihre Schönheit. Bald war er davon überzeugt, mit Amelia an seiner Seite seine unglückliche Liebe zu Johanna überwinden zu können, und am Tag der Hochzeit wähnte er sich im siebten Himmel.

Dass sich Amelia ihm in der Hochzeitsnacht nur zögernd und ohne Feuer hingegeben hatte, schob er auf ihre gute Erziehung. Die ersten Zweifel kamen ihm auf der langen Schiffsreise. Sie langweilte sich bald und begann über die Mitreisenden zu spotten, nörgelte über das Essen und litt unter dem zunehmend heißeren Klima. Seine Hoffnung, sie möge sich nach der Ankunft mit Johanna und Mercy anfreunden, zersprang schon am ersten Tag. Erst nach Wilsons Geburt wurde sie sanfter. Sie arrangierten sich in ihrer immer gefühlloseren Ehe. Wilson wurde zu Amelias Lebensmittelpunkt, und als Oscar kam, riss sie auch seine Erziehung an sich. Henry akzeptierte das Arrangement schweigend. Sie war den Jungen eine fürsorgliche Mutter und schien sich damit abgefunden zu haben, noch viele Jahre in den Tropen zu verbringen, auch wenn sie nie müde wurde, ihn nach dem Zeitpunkt ihrer Rückkehr nach England zu fragen. Das neue Haus, viel zu groß für seinen Geschmack, entsprach ihren Ansprüchen. Sie stellte ein Heer von Dienern ein, kaufte teure Möbel und beschäftigte rund um die Uhr ei-

nen Schneider, obwohl sie kaum ausging, da sie den Umgang mit den meisten Singapurern für unter ihrer Würde hielt. Henry zahlte ihre Extravaganzen, ohne mit der Wimper zu zucken. Er war mittlerweile reich. Sehr reich.
Dann starb Wilson. Über Wochen führte sich Amelia auf wie eine Rasende, gab Henry die Schuld an dem Unglück, ließ nicht mit sich reden, ließ sich nicht trösten. Selbst die kleine Milicent strafte sie mit Missachtung, doch wenn Henry es wagte, sich um den Säugling zu bemühen, entriss sie ihm das Mädchen und überschüttete es mit Zärtlichkeit. Amelia hatte sich erst im letzten Monat ein wenig beruhigt und kümmerte sich wieder um Oscar und Milicent. Ihre Forderung, zurück nach England zu gehen, wurde täglich lauter, und längst erschien Henry der Gedanke nicht mehr abwegig. Sie hatte recht, wenn sie sagte, seine Anwesenheit in Singapur sei nicht mehr vonnöten. Er wäre beileibe nicht der erste Besitzer eines Handelshauses, der einen Geschäftsführer einsetzte, um nach Europa zurückzukehren. Und es gab noch einen Grund, zu gehen: Johanna. Er hatte sie seit Wilsons Tod nur zweimal getroffen, doch allein die Tatsache, sie in der Nähe zu wissen, reichte aus, ihm den Weg zurück zu seiner Frau unmöglich zu machen. So wie sie fest zu Friedrich hielt, hatte das Schicksal ihn an Amelia gekettet. Gott verlangte Treue von den Menschen, und Henry gedachte, sich seines Eheversprechens würdig zu erweisen.
Er rieb sich die pochende Stirn. Nichts war ihm jemals schwerer gefallen, doch er musste sich entscheiden. Bald.
»Mister?« Die Stimme des Kapitäns schreckte Henry auf. Er musste darauf achten, seine Geschäfte mit geschärften Sinnen zu tätigen. Schon drei Mal war er in den letzten Wochen übers Ohr gehauen worden. Das durfte nicht mehr passieren, sein guter Ruf stand auf dem Spiel.

»Ich gebe Ihnen die Schildkrötenpanzer zu einem guten Preis«, lockte der Mann.
Die genannte Summe war durchaus fair, trotzdem zwang sich Henry zum Feilschen, weil es in diesem Teil der Welt dazugehörte. Er nahm dem Mann einen guten Teil seiner Waren ab, während er sie in Gedanken bereits verschob. Die Schwalbennester und Haifischflossen konnten in wenigen Tagen ihre Reise nach China antreten, die Schildkrötenpanzer verschiffte er nach England, wo sie zu Kämmen und ähnlichem Tand verarbeitet wurden, und auch die anderen Produkte würden schnell den Weg zu den Häfen finden, in denen sie die höchsten Preise erzielten. Das Leben ging weiter.
Nachdem alles erledigt war, setzte er wieder zum Land über. In seinem Kontor wartete Friedrich auf ihn. Henry erschrak über sein ungesundes Aussehen. Die fahlgelbe Haut und die unruhig flackernden Augen verrieten, dass er die Opiumhöhlen inzwischen häufiger aufsuchte, als ihm guttat. Henry wusste, dass auch andere europäische Männer hin und wieder einem Rausch nicht abgeneigt waren, doch Friedrich hatte längst eine Grenze überschritten. Wie oft hatte er ihm ins Gewissen geredet und war nur auf taube Ohren gestoßen? Unzählige Male. Er hasste es, Zeuge des Niedergangs seines Freundes zu sein.
Seines Freundes? Während er das zusammengesunkene Häufchen Elend musterte, wurde ihm schamvoll bewusst, dass er Friedrich schon lange nicht mehr als Freund betrachtete. Er war ihm zur Last geworden. Eine weitere Last, die er zu tragen hatte.
Henry legte seinen Hut auf die Ablage und setzte sich Friedrich gegenüber. Erst jetzt fielen ihm die Kratzer an dessen Wange auf, und auch sonst wirkte Friedrich noch fahriger und derangierter als sonst. Er hatte noch keinen Ton von sich

gegeben, krallte sich stattdessen in die Stuhllehnen, als wären sie der letzte Halt in einer Welt, die ihm schon lange entglitten war.
»Was führt dich her?« Die Worte hatten kaum Henrys Mund verlassen, als er es auch schon wusste. Angst. Aus Friedrich schwitzte die pure, ungefilterte Angst. »Was ist geschehen?«
»Henry, bitte!« Es klang wie das Heulen eines Hundes. »Du darfst mich nicht verurteilen. Ich habe …« – Friedrich zögerte, seine Stimme senkte sich zu einem Flüstern – »ich habe jemanden totgeschlagen.«

* * *

Mit gerunzelter Stirn betrachtete Johanna ihr Werk, bevor sie den feinen Pinsel erneut in die Farbe tunkte und der Puppe ein Lachen ins Gesicht malte. Lim schaute ihr über die Schulter und nickte zustimmend.
»So ist sie richtig«, sagte er. »Weihnachten kann kommen.«
Johanna legte den Holzkopf neben den bereits fertiggestellten Körper. Lim hatte sich beim Schnitzen der Gelenkpuppe selbst übertroffen. Seit er vor langer Zeit von Johanna den Auftrag erhalten hatte, ihr beim Fertigen eines Steckenpferds für Hermann zur Hand zu gehen, war es ihr und ihrem Diener zur lieben Tradition geworden, die Weihnachtsgeschenke für die Kinder selbst zu machen. In fröhlicher Gemeinschaftsarbeit hatten sie über die Jahre hinweg einen ganzen Tierpark geschnitzt und bemalt, eine von Hermann heiß und innig geliebte Miniatur-Dschunke samt Besatzung hergestellt und sich schon vor Monaten ihrem neuesten Projekt, einer Puppenstube für Dinah, verschrieben.
Johanna streckte sich. »Zum Glück sind es noch zwei Wo-

chen bis zum Fest«, sagte sie und erhob sich. »Ich muss noch Kleider für unsere Holzdame nähen.« Sie verließ den Schuppen, der auf ihre Anregung hin hinter dem Küchenhaus errichtet worden war, und ging hinüber zum Haupthaus. Sobald die Kinder ihrer ansichtig wurden, ließen sie von ihrem Spiel ab und tobten mit verschwitzten Gesichtern und verstrubbelten Haaren auf sie zu.

»Tante Johanna, weißt du was?«, brüllte Carl. Vor lauter Aufregung stolperte er über sein Spielzeugschwert.

Johanna fing ihn auf. »Nein, du musst es mir schon sagen.«

»Hermann, also Hermann, der hat gesagt, die Lily …« Carl japste und holte tief Luft. »Er will nämlich Lily heiraten. Aber das geht doch nicht. Sie ist eine Chinesin und muss einen Chinesen heiraten, oder?«

Johanna sah zu ihrem achtjährigen Sohn hinüber. Verlegen grinsend stand er neben der verärgerten Lily. Johanna lachte nervös auf. »Da hast du recht. Lily wird später einen feinen Chinesen heiraten. Sie sieht ohnehin nicht so aus, als wäre sie mit Hermanns Plänen einverstanden.«

»Bin ich auch nicht. Ich heirate nie!«

»Frauen brauchen einen Mann.« Der Einwand, im Brustton der Überzeugung vorgetragen, kam von Roy. Erstaunt bemerkte Johanna, wie er seinen Arm in Beschützermanier um die Schultern der kleinen Dinah gelegt hatte. Noch erstaunter war sie über die Tatsache, dass ihre Tochter, die sonst ungern Nähe zuließ, sich nicht dagegen wehrte.

»Na«, sagte Johanna leichthin. »Du hast dir deine Braut ja schon ausgesucht.«

»Jawohl.«

»Also, ich finde, das ist eine ganz wunderbare Idee.«

Johanna fuhr herum. Mercy war unbemerkt in den Garten getreten, um ihre Söhne einzusammeln. Sie bedachte Johanna mit einem nachdenklichen Blick, der dieser eine Gänsehaut verschaffte. Hatte sie alles mitgehört? Ahnte sie etwas über Lilys Herkunft?

* * *

Sobald Henry alles Wichtige aus Friedrich herausgeschüttelt hatte, verfrachtete er ihn in seine Kutsche und wies Vamalaan an, ihn in die Scotts Road zu bringen; er würde so schnell wie möglich nachkommen. Dann hastete er davon, tief ins Herz des chinesischen Viertels, und erreichte bald eine unratübersäte Gasse, in der jeder Ladeneingang zu einer Opiumhöhle, einem illegalen Spielsalon oder einem Bordell führte. Verlebte asiatische Huren bedrängten ihn, ließen jedoch von ihm ab, sobald sie seine finstere Miene sahen. Bereitwillig wiesen sie ihm das richtige Haus, und wenig später stand er einer vor Empörung bebenden chinesischen Mamasan gegenüber. Das ganze Etablissement war in Aufruhr.

»Ist sie wirklich tot?«, keuchte er. Einen Teil des Weges hatte er rennend zurückgelegt.

Die Mamasan verstand sofort. »Nein«, sagte sie langsam. »Aber er hat sie übel zugerichtet.«

Henrys Erleichterung war grenzenlos. Friedrich zufolge hatte er das Mädchen so lange geprügelt, bis es sich nicht mehr rührte, dann war er panisch aus dem Haus geflüchtet. Das gierige Glitzern in den Augen der Bordellbesitzerin bestätigte ihm, dass er sich ihr Schweigen auch hätte erkaufen können, wäre das Mädchen gestorben. Ob er es gewollt hätte, stand auf einem anderen Blatt. Niemand, auch ein Freund nicht, durfte ungestraft einen Mord verüben.

»Wie viel?«, fragte er.

Die Mamasan nannte eine unverschämt hohe Summe. »Wir

mussten einen Arzt holen«, zählte sie auf, »das Schweigen der Mädchen kostet ebenfalls und nicht zuletzt das dieser Herren.« Mit einem maliziösen Lächeln wies sie über Henrys Schulter, wo zwei einschüchternd große Chinesen Aufstellung genommen hatten. Hoey-Schläger.

Achselzuckend wandte er sich wieder der Mamasan zu. »Natürlich wird auch der Patriarch bekommen, was ihm zusteht, allerdings würde ich das gern direkt mit ihm oder einem seiner Vertrauten regeln.« Er fischte eine Karte aus seiner Börse und übergab sie der Frau. »Ich stehe ihm jederzeit zur Verfügung. Im Übrigen verlasse ich mich darauf, dass Sie dem Mädchen bestmögliche Pflege angedeihen lassen.«

Statt einer Antwort streckte sie ihm die Hand entgegen. Er zählte das verlangte Geld hinein und legte noch einiges dazu. Die Mamasan deutete eine Verbeugung an. »Beehren Sie uns bald wieder. Das betreffende Mädchen wird Ihnen gern zu Diensten sein.«

Henry musste sich zurückhalten, der Mamasan nicht ins Gesicht zu schlagen. Die Frau widerte ihn an.

»Ich werde mich davon überzeugen«, sagte er kalt.

Die beiden Schläger eskortierten ihn aus der Gasse, ohne eine Miene zu verziehen. Die Entgegenkommenden wichen ihnen aus, die Augen zu Boden geschlagen, und selbst die Huren wandten sich ab.

Zu Hause angekommen eilte Henry sofort in sein Rauchzimmer, wo Friedrich auf ihn wartete. Er setzte sich in einen der bequemen Sessel, die in lockerer Gruppe vor einem wohlbestückten Bücherregal standen.

»Du hast Glück«, sagte er. »Das Mädchen lebt.« In knappen Worten setzte er Friedrich von den Vorkommnissen im Bordell in Kenntnis.

Friedrich sah nicht auf, stierte nur in sein Saftglas. »Ich werde dir das Geld zurückzahlen«, sagte er, als Henry geendet hatte.
»Ach ja?« Henry spürte Ärger in sich aufsteigen. Jahrelang hatte er den Fehler gemacht, Friedrich mit Samthandschuhen anzufassen, wo ein kräftiger Tritt in den Allerwertesten angebrachter gewesen wäre. »Und woher willst du es nehmen?«
»Du müsstest mir noch etwas mehr vorschießen«, murmelte Friedrich. »Mir ist eine Beteiligung an einer Lieferung Sandelholz aus Timor angeboten worden. Völlig risikolos.«
»Es gibt immer Risiken. Stürme, Piraten, Schimmel. Ich werde die Sache prüfen. Das Geld bekommst du nicht, aber die Transaktion kann gegebenenfalls unter deinem Namen erfolgen.«
»Traust du mir nicht zu, einen guten Handel zu erkennen?«
»Ganz ehrlich? Ich traue es dir tatsächlich nicht mehr zu. Komm endlich deinen Pflichten nach, kümmere dich richtig ums Geschäft, lerne. Ich stehe dir jederzeit mit meinem Rat zur Seite.«
»Du stehst mir zur Seite? Ha! Du meinst wohl eher, du kontrollierst mich. Ich komme mir manchmal vor wie ein Lehrjunge.«
Henry zählte im Stillen bis zehn. War Friedrich der Ernst seiner Lage nicht bewusst? In der europäischen Gemeinde war man durchaus bereit, angesichts der Fehltritte der Männer ein Auge zuzudrücken, solange sie sich diskret verhielten, doch alles hatte seine Grenzen. Sollte die Kaufmannschaft jemals Kenntnis von den Vorgängen des heutigen Abends erhalten, war Friedrich – und mit ihm sein Handelshaus, seine Existenz, seine Familie, Johanna – erledigt.
»Wenn du es Kontrolle nennen willst, bitte«, sagte Henry mit erzwungener Ruhe. »Ich erwarte keinen Dank, aber du solltest realisieren, dass ich dir seit Jahren immer wieder aus der

Bredouille helfe. Ohne meine finanziellen Hilfen wärst du längst bankrott. Ja, ich kontrolliere, was du machst. Immerhin stecke ich mit achtzig Prozent im Geschäft.«
»Danke, dass du es mir unter die Nase reibst. Du hast mich damals erpresst. Sicher stünde ich ohne deine ständigen Vetos besser da.« Friedrich rieb sich die rotentzündeten Augen.
Er hat jeglichen Bezug zur Realität verloren, dachte Henry. Friedrich verdreht die Tatsachen, wie es ihm passt.
»Du bist mit der besten Frau verheiratet, die sich ein Mann wünschen kann, und was machst du? Rennst zu den Huren, betäubst dich mit Opium, verschleuderst das Geld. Und was ist mit deinen Kindern?« Henry redete sich in Rage. »Kümmert dich überhaupt, was aus ihnen wird? Machst du dir jemals Gedanken, wie sie zurechtkommen sollen?«
»Sie kommen ja zurecht«, sagte Friedrich trotzig. »Meine Firma wirft noch immer genug ab.«
»Es ist nicht deine Firma, Friedrich, begreife das endlich. *Von Trebow Trading* wirft genug ab, weil ich über die Firma Geschäfte abwickle, die ich genauso gut über mein eigenes Haus laufen lassen könnte. Wir hatten uns damals geeinigt, dass du *Von Trebow Trading* als Geschäftsführer eigenständig lenken solltest, um deine Anteile möglichst bald wieder zurückzukaufen, doch was ist passiert? Nichts! Du ruhst dich auf dem Geld aus, das ich dir erwirtschafte. Manchmal frage ich mich, ob ich nicht doch Johanna davon in Kenntnis setzen sollte, dass *Von Trebow Trading* de facto mir gehört, um dieser Farce endlich ein Ende zu machen.«
Je länger Henry sprach, desto blasser wurde Friedrich. »Mein sauberer Freund Henry ist also hinter dem Rock meiner Frau her. Du bist es, der gegen mich intrigiert, du!« Seine Stimme überschlug sich, er hustete. »Du wirst mich nicht kleinkriegen, o nein. Und eines verspreche ich dir: Bevor du deine dre-

ckigen Hände auf Johanna legst, bringe ich sie um. Sie und die Kinder.«

»Du bist von Sinnen!«, brüllte Henry.

»Gib es doch zu! Du willst Johanna, wolltest sie immer.« Friedrich sprang auf, Speichel spritzte aus seinem Mund.

Henry starrte ihn sprachlos an. Ein Rascheln ließ ihn aufhorchen. In der Tür stand Amelia, einen triumphierenden Ausdruck im Gesicht.

»Was für eine aufschlussreiche Unterhaltung«, sagte sie, drehte auf dem Absatz um und verschwand in den Tiefen des dämmrigen Hauses.

Eine böse Vorahnung bemächtigte sich Henrys. Früher oder später würde Amelia ihr Wissen ausspielen, und nicht zum Guten.

* * *

Amelia verlor keine Zeit. Gleich am nächsten Tag stand sie im Garten von Friedrichs Bungalow. Überrascht eilte Johanna auf die Veranda und bat die seltene Besucherin zum Tee.

»Keinen Tee. Ich bleibe nur kurz«, sagte Amelia, setzte sich jedoch auf einen der Rattanstühle.

Johanna nahm ihr gegenüber Platz, ohne auf den Affront einzugehen. Allein die Tatsache, dass Amelia sie aufsuchte, machte sie wachsam. Sie hatte Henrys Frau seit jener dramatischen Nacht im August nicht mehr gesehen. Amelia wirkte dürr, beinahe ausgezehrt, und unter ihren Augen lagen tiefe Schatten. Die Augen selbst glänzten jedoch angriffslustig.

»Was führt Sie her? Sind Oscar und Milicent gesund?«

»Natürlich sind sie gesund. Aber wissen Sie das nicht längst von meinem Mann?« Amelia beugte sich vor. »Viel zu lange habe ich Ihr Treiben geduldet, doch damit ist nun Schluss.«

Johanna wurde eiskalt. »Mein Treiben? Amelia, Henry und ich sind einander freundschaftlich verbunden, das ist alles.« Halt, dachte sie. Verteidige dich nicht. »Henry liebt meinen Mann wie einen Bruder. Selbst als ich schon dachte, Friedrich sei tot, und mich mit Bowie verlobte, hat er noch nach ihm gesucht. Sieht so Betrug aus? Henry hat Friedrich geholfen, seine Firma aufzubauen.«
»Den Zahn muss ich Ihnen leider ziehen, werte Frau von Trebow. Ihnen gehört nichts, gar nichts. Ihr Friedrich«, sagte Amelia genüsslich, »ist arm wie eine Kirchenmaus. Sie leben von Henrys Almosen.«
»Wie kommen Sie denn auf so etwas?«
»Mein Mann hält achtzig Prozent der Anteile von *Von Trebow Trading*. Aber das ist noch nicht alles: Gestern hat Ihr Mann eine chinesische Dirne totgeschlagen, und nur der Intervention meines Mannes verdanken Sie es, dass diese unselige Geschichte keine Kreise ziehen wird.«
Johannas Magen krampfte sich zusammen. Sie wusste um Friedrichs schlimmen Lebenswandel, aber diese Nachrichten brachten den Boden unter ihren Füßen zum Schwanken. »Warum erzählen Sie mir das?«, flüsterte sie, obwohl sie den Grund ahnte.
Amelia lehnte sich zurück. Sie war die Ruhe selbst. »Ich werde Henry ein Ultimatum stellen: Entweder er geht mit mir und den Kindern zurück nach England, oder ich mache die Geschichte publik. Was dies nach sich zöge, brauche ich Ihnen nicht zu erklären.«
»So weit würden Sie gehen?«
Amelia musterte sie nur kalt. Dann erhob sie sich. »Ich schulde Ihnen nichts. Aber Sie schulden mir meinen Mann. Überlegen Sie sich Ihre nächsten Schritte gut.«
Nachdem Amelia gegangen war, saß Johanna wie betäubt auf

der Veranda. Ihre Gedanken überschlugen sich. Friedrich, ein Mörder? Es war schwer zu glauben, doch kannte sie ihren Mann noch? Sollte sie Angst vor ihm haben? Sie musste herausfinden, was tatsächlich vorgefallen war.

Dann war da noch die Sache um die Besitzverhältnisse von *Von Trebow Trading.* Es machte sie zornig, dass Henry sie im Dunkeln gelassen hatte. Die Vorstellung, jahrelang von seinem Geld gelebt zu haben, verletzte ihren Stolz. Sie machte sich keine Illusionen: Friedrichs zwanzig Prozent hätten niemals für den Unterhalt der Familie ausgereicht, auch wenn sie relativ bescheiden lebten. Nur allmählich verrauchte der Zorn und ließ freundlichere Gedanken zu. Henry hielt seine schützende Hand über sie, und dafür musste sie ihm dankbar sein. Sollte Amelia allerdings ihre Drohung wahrmachen, konnte auch er nicht mehr helfen. Johanna krümmte sich zusammen, als sie das Ausmaß der Bedrohung erfasste. Hier ging es um das Wohlergehen ihrer Kinder. Wenn sie, um Hermann und Dinah zu schützen, Henry niemals wiedersehen durfte, ließ es sich nicht ändern. Dass er deshalb ins ungeliebte England zurückreisen musste, würde sie allerdings nicht akzeptieren. Es gab eine Möglichkeit, die Amelia nicht in Betracht gezogen hatte.

* * *

Leah nahm den kleinen Thomas fest bei der Hand und verließ das Büro der *Ocean Steamship Company Ltd.* Sie hatte gehofft, in den nächsten Tagen eine Passage in den Osten zu bekommen, aber das erwies sich als schwierig. Liverpool, das vor lauter Auswanderern, die in die Neue Welt drängten, schier aus den Nähten platzte, verfügte zwar über Dutzende Reedereien, doch so wie Southampton und London traditio-

nell Häfen für Reisen nach Indien, Malaya und China waren, hatten sich die Schiffseigner in Liverpool auf den Amerika-Handel spezialisiert. In den nächsten Wochen gab es einfach kein Schiff, das sie und Thomas zum Ziel ihrer Sehnsucht bringen konnte. In Liverpool auszuharren kam nicht in Frage. Um Geld zu sparen, hatte sie sich gestern nach der Ankunft in einer der unzähligen Auswanderer-Herbergen in der Nähe der Docks einquartiert, die mühelos mit den übelsten Absteigen Asiens konkurrieren konnte. Sie selbst vermochte sich mit den Umständen zu arrangieren, doch sie wollte Thomas der Enge, dem Schmutz und dem rachitischen Husten der Gäste nicht länger als nötig aussetzen.
Als sie vor die Tür traten, schlug ihnen eiskalter Regen ins Gesicht, eine Böe drohte Thomas umzuwerfen. Leah kniete sich neben den Kleinen und zog seinen Schal dichter um den Hals. In seinen Augen standen Verwirrung und Angst. Zum ersten Mal seit ihrer hastigen Flucht aus Arliss Hall beschlichen Leah Zweifel an der Richtigkeit ihres Tuns. Durfte sie sich mit einem Jungen, dessen vierter Geburtstag noch bevorstand, in ein Abenteuer mit ungewissem Ausgang stürzen? Durfte sie ihn dem geliebten Vater entreißen? Sie spürte einen Stich. Bertrand hatte ihr Freiheiten zugestanden, wie sie im ganzen Empire wohl kaum eine Frau genoss, er hatte Nachsicht geübt und Gerede in Kauf genommen, weil er sie liebte, so wie sie war. Sie ahnte, dass sie diesmal zu weit gegangen war.
»Möchtest du einen heißen Kakao trinken?«
Thomas nickte ohne Begeisterung. Leah hob ihn hoch. Neugierige Blicke streiften ihren teuren Umhang und das feine Wollkleid. Sie ahnte, was in den Köpfen der größtenteils ärmlich gekleideten Passanten vorging: Es war unerhört, dass eine Dame von Stand ihr Kind selbst trug.

Eine Viertelstunde später betrat sie das noble Restaurant des Hotels *Adelphi* und bestellte Kuchen und Kakao für sich und ihren Sohn. Beflissene Kellner eilten, die Wünsche der Dame zu erfüllen. Thomas taute zusehends auf. Selbstvergessen matschte er in seinem Apple Pie, während Leah ihre nächsten Schritte überlegte. Sollte sie nach London oder Southampton weiterreisen? Sollte sie umkehren und Bertrand um Verzeihung bitten? Sie wusste es nicht.

»Mama?«

»Ja, mein Liebling?«

»Wann kommt Papa? Trinkt er einen Kakao mit uns?«

»Ich weiß nicht, wann er kommt.«

»Warum nicht? Ich will, dass er bald da ist. Ich muss ihm doch das lustige Zimmer zeigen. Schläft er auch da?«

Sein unschuldiger Blick drehte Leah das Herz um. Ihr erster Impuls drängte sie, das Kind zu nehmen und in den nächsten Zug zurück nach Hause zu springen. Aber wo war es denn, dieses Zuhause? Sie spähte durchs Fenster. Graue Wolken verschluckten alle Farbe, die Menschen hatten die Kragen gegen den peitschenden Regen hochgestellt. Leah vermisste ihr Leben im malaiischen Archipel unendlich. Die schillernden Farben von Bougainvillea und exotischen Eidechsen, den Duft von Frangipani, Mango und Bananen, den Geschmack von Chili, Muskat und Kardamom. Und die Wärme, diese wunderbare, feuchte, lebendige Wärme der Tropen, die den Menschen so leicht ein Lächeln ins Gesicht zauberte. Mit Wehmut erinnerte sie sich der heimlichen Treffen mit Onkel Koh, der Fachsimpeleien mit Apotheker Ah, ihrer Streifzüge durch den Wald.

»Bald ist Weihnachten. Werden wir einen Christbaum haben? Bekomme ich ein Geschenk? Wann kommt Papa?«, unterbrach Thomas ihre Erinnerungen.

»Ich weiß es nicht«, stöhnte Leah.

Thomas legte den Kopf schief und sah sie konzentriert an. »Ist er nicht hier, weil ihr euch gestritten habt? Ist Papa böse auf uns?«
O Gott! Die kindlichen Fragen brachten Leah aus dem Konzept. Thomas verstand mehr, als ihr lieb war. Irgendwann in den letzten Monaten hatte er den Schritt vom stammelnden Kleinkind zu einem immer noch kleinen, aber erschreckend aufmerksamen Kind gemacht. In Zukunft würden sie und Bertrand sich in Thomas' Gegenwart vorsehen müssen.
Sie und Bertrand? Hatte sie ihren Mann nicht gerade verlassen? Ihrer Flucht war ein heftiger Streit mit der Schwiegermutter vorausgegangen, der sich, wieder einmal, um Thomas' Erziehung drehte. Als Bertrand dann auch noch die Partei seiner Mutter ergriff, anstatt sich hinter seine Frau zu stellen, war das Fass übergelaufen. Am Ende hatte sie ihrem Mann nur noch Vorwürfe an den Kopf geschmettert, und schon am nächsten Tag, Bertrand war mit seinen Eltern bei irgendwelchen langweiligen Nachbarn zu Besuch, war sie mit Thomas Hals über Kopf nach Liverpool gereist.
Die Zweifel nagten immer stärker an ihr. Hitzkopf, so hatte man sie genannt, seit sie denken konnte. Ungestüm sei sie, aufbrausend und verantwortungslos. Sie hatte nie etwas darauf gegeben, doch heute fragte sie sich zum ersten Mal, ob sie nicht gut daran täte, sich hin und wieder zu mäßigen.
»Was machen wir jetzt, Mama?«
»Erst mal wische ich dir den Mund sauber. Beug dich zu mir.«
Liebevoll strich sie über Thomas' Rotschopf. Er hatte die gleichen Haare wie sein Vater.
Plötzlich war alles klar.
Leah stand abrupt auf. »Komm«, sagte sie zu ihrem Sohn. »Wir gehen zum Telegrafenamt und kabeln Papa eine Nachricht.«

Thomas drückte sich die Nase am Fenster platt, als die Eisenbahn in die Bassenthwaite Lake Station einfuhr. Wie bei jedem Halt, wenn die Dampflok fauchte und schnaufte wie der Drachen des heiligen Georg, musste Leah seine Hand halten, doch die Faszination, sich in einem rollenden Haus zu befinden, überwog bei weitem seine Angst. Er ist wie seine Eltern, dachte Leah. Ein geborener Entdecker.

Ihr krampfte sich der Magen zusammen. In wenigen Minuten musste sie sich Bertrands Zorn stellen. Sie hatte einen Riesenfehler gemacht und konnte nur hoffen, dass er sie nicht verstieß und von ihrem Kind trennte. Sie schluckte den aufwallenden Trotz hinunter.

»Da ist Papa!«

Leah war noch mit ihren Röcken beschäftigt, die sich prompt in den Eisenstufen des Waggons verheddert hatten, als Thomas schon auf seinen Vater zurannte. Bertrand schwenkte den kleinen Jungen überglücklich herum. Die Sonne stand tief und brachte die roten Schöpfe der beiden zum Lodern. Leah musste sich an dem Waggon abstützen. Wie hatte sie dieses Glück nur aufs Spiel setzen können? Sobald ihr Zittern verebbte, ging sie schüchtern auf ihre jauchzenden Männer zu, den großen und den kleinen.

Bertrand setzte Thomas ab. »Lauf«, sagte er zu ihm. »Joseph wartet dort drüben mit der Kutsche. Siehst du ihn winken?«

»Du und Mami, ihr streitet euch aber nicht mehr, bitte!«

»Wir streiten uns nicht. Großes Ehrenwort.«

»Dann ist es ja gut.«

Leah sah dem davonstiebenden Jungen mit gemischten Gefühlen nach. In Erwartung einer Standpauke neigte sie den Kopf. Sie schaffte es einfach nicht, Bertrand in die Augen zu sehen.

»Tu das nie wieder.«

Leah nickte, den Blick noch immer auf seine Schuhe geheftet.

Er griff ihr unters Kinn und zwang sie, ihm ins Gesicht zu sehen. »Sag es.«

»Ich werde nie wieder weglaufen«, sagte sie kläglich. Verzweifelt kämpfte sie gegen die Tränen an. Sie wollte nicht weinen und zwang sich zu einer aufrechten Haltung. »Ich bitte dich um Entschuldigung, und ich werde es akzeptieren, wenn du mich fortjagst. Nur gestehe mir bitte einen regelmäßigen Umgang mit Thomas zu. Ich könnte es nicht ertragen, ohne ihn zu sein.« Noch immer erschien keine Zornesfalte auf seiner Stirn. Eher wirkte Bertrand verblüfft.

»Hast du wirklich eine so schlechte Meinung von mir?«, sagte er nach einer Pause. »Du hättest nicht fortlaufen dürfen, schon gar nicht mit Thomas, und ja, ich bin dir deswegen böse. Aber dich verstoßen? Ich liebe dich mehr als mein Leben.«

Er legte beide Hände an ihre Wangen, und endlich erlaubte sich Leah zu weinen. »Ich verdiene dich nicht«, schniefte sie.

»Das ist Ansichtssache.« Er beugte sich vor und küsste sie. Lange standen sie in inniger Umarmung auf dem Bahnsteig, bemerkten kaum das Pfeifen und Stampfen des ausfahrenden Zugs.

»Kannst du dich noch ein oder zwei Jahre gedulden?«, fragte er, als sie endlich voneinander abließen.

»Wie meinst du das?«

»Wir reisen nach Java, nach Singapur, wohin immer du willst, sobald Thomas ein wenig älter ist. Abgemacht?«

Leah wischte sich mit dem Kleiderärmel die Tränen von der Wange. »Ich habe gestern eine wunderbare Feststellung gemacht«, sagte sie.

Er hob fragend die Brauen.

»Ich liebe dich, Bertrand. Schon lange, aber ich habe es jetzt erst begriffen.«

* * *

Es fiel Johanna unendlich schwer, sich nicht umzudrehen, zurückzurennen und sich in Henrys Arme zu werfen. Ihm zu beteuern, dass alles ein Irrtum war, dass sie zusammengehörten, dass er sie nicht allein in Singapur lassen durfte. Allein mit Friedrich, für den sie nur noch Verachtung empfand und an den sie doch gebunden war, nun erst recht.
Sie zog den Kopf zwischen die Schultern, doch gegen Henrys Blicke, die sich durch ihren Rücken direkt in ihr wundes Herz brannten, gab es keinen Schutzschild. Dabei hatte sie ihn gebeten, er solle gleich nach Hause zurückgehen und mit den Vorbereitungen für die Abreise beginnen, um die qualvolle Zeit, in der sie sich noch in der Nähe, in ein und derselben Stadt, auf ein und demselben Kontinent wussten und doch nicht treffen durften, zu verkürzen. Sie fühlte sich hohl, all ihrer Kraft und Lebensfreude beraubt.
Amelias Drohung war nur der letzte Impuls gewesen, den Henry für seine Entscheidung brauchte. Schon lange habe er sich mit dem Gedanken an eine Rückkehr nach England getragen, sagte er, und Johanna glaubte ihm. War sie nicht zu demselben Schluss gekommen? Sie hatte ihm angeboten, er solle in Singapur bleiben, während sie mit ihrer Familie die Stadt verließ, aber davon wollte er nichts hören. Es sei Amelias sehnlichster Wunsch, die Tropen zu verlassen, und er wollte ihn ihr erfüllen. Um ihretwillen, der Kinder willen, aber auch für seinen Seelenfrieden. Sie sprachen es nicht aus, doch Johanna wusste, dass er ebenso dachte wie sie: Friedrich und Amelia waren Bürden, die sie sich freiwillig, ja, voller Freude aufgehalst hatten, und nun mussten sie sie bis zum Ende tragen, auch wenn es ihnen das Herz brach.
Sie hatten dann noch kurz über die banalen, aber nicht minder wichtigen Aspekte seiner Abreise gesprochen. Henry wollte Franklin Cameron, der bisher als Assistent fungierte,

als Geschäftsführer bei *Von Trebow Trading* einsetzen. Cameron sollte Johanna die Anteile direkt auszahlen – ohne den Umweg über Friedrichs Taschen. Ob sie sich zutraue, die Familienfinanzen zu verwalten? Johanna hatte genickt. Andrew Robinson würde ihr sicher zur Seite stehen. Sie wolle auch gern Einsicht in die Bücher nehmen, ob Henry Cameron anweisen könne, ihr zumindest die Grundkenntnisse des Geschäfts zu vermitteln?

Geplänkel, nichts, was sie nicht in Briefen hätten klären können. Irgendwann hatte Johanna es nicht mehr ertragen, war aufgestanden und gegangen. Nun näherte sie sich der nächsten Straßenkreuzung, musste sich an einer der Säulen unter den Arkaden abstützen, während Menschenleiber sie umspülten wie Wasser. Lange stand sie so, dann richtete sie sich wieder auf. Bevor sie in der Sicherheit ihres Zimmers ihren Kummer hinausweinen konnte, gab es noch etwas zu tun, das keinen Aufschub duldete.

Sie fand das Haus des Geschichtenerzählers auf Anhieb. Er saß müßig vor der Werkstatt und kraulte das altersstumpfe Fell seines Äffchens. Johanna war noch nicht ganz heran, als er sie bemerkte und sich erhob. Sie begrüßten sich reserviert.

»Ich dachte, ich sehe Sie nie wieder«, sagte er. »Wie lange ist es her? Sieben Jahre?«

»Siebeneinhalb«, sagte Johanna. Sie hatte niemals aufgehört, die Monate zu zählen seit jenem Sommer, in dem Leah verschwand.

»Haben Sie etwas von ihr gehört?«

Sie schüttelte den Kopf. »Ich bin nicht wegen Leah hier. Ich brauche Ihre Hilfe. Kennen Sie den *Garten der Frühlingsblumen*?«

Er riss verblüfft die Augen auf. »Was wollen Sie dort?«

»Sie kennen das Haus also. Führen Sie mich bitte hin.« Johanna kramte eine Münze hervor und wollte sie ihm geben. Er wehrte ab.

»Sie wissen, um was für ein Etablissement es sich handelt?«

»Allerdings.«

Er schwieg für eine Weile, rang mit sich. Schließlich holte er tief Luft. »Es steht mir nicht zu, aber ich muss Sie fragen: Suchen Sie Ihren Mann?«

Johanna schwieg. Was wusste er?

»Er ist hin und wieder dort gesehen worden«, beantwortete Koh Kok ihre unausgesprochene Frage. Es war ihm sichtlich unangenehm. »Ein reicher Europäer fällt in dieser Gegend auf. Aber seien Sie versichert, dieses Geheimnis wird die Grenzen des chinesischen Viertels nie überschreiten«, fügte er hastig hinzu.

»Dafür ist es längst zu spät«, murmelte Johanna. »Bitte, bringen Sie mich hin.«

Johanna war entsetzt. Nur ein einziges Mal, auf der Suche nach Leah, hatte sie sich in die verborgenen Winkel der Stadt verirrt und war kopflos wieder geflüchtet. Jetzt kamen die Eindrücke von damals mit Macht zurück. Stocksteif folgte sie dem Geschichtenerzähler durch Gassen und Wege, gegen die sich seine Wohngegend beinahe luxuriös ausnahm. In allen Hauseingängen standen und lagerten in großen Trauben Menschen, hauptsächlich junge Chinesen. Manche starrten mit glasigen Opiumaugen durch sie hindurch, andere musterten sie mit unverhohlener, beinahe kindlicher Neugierde.

»Sinkehs«, sagte Koh Kok. »Neuankömmlinge. Sie haben noch nie eine weiße Mem gesehen, jedenfalls nicht aus dieser Nähe.«

Dichter wurde das Gewühl, zerrissene Papierlaternen

schmückten jeden Eingang. Eine Tür ging auf, heraus kam ein torkelnder Mann, je einen Arm um die Schultern blutjunger Chinesenmädchen gelegt, deren Augen dieselbe Leere aufwiesen wie die der Opiumtrinker. Zwei Türen weiter wurde Johanna Zeugin, wie ein Mann eine Dirne so heftig ohrfeigte, dass ihr das Blut aus der Nase lief. Sie hielt an. Koh Kok zupfte sie am Ärmel.

»Sehen Sie die Leute besser nicht direkt an«, sagte er. »Wollen Sie wirklich noch weiter?«

Die grässlichen Bilder erzwangen sich brutal Eingang in Johannas Kopf und verdrängten ihren Abschiedsschmerz. Hier hatte sich Friedrich herumgetrieben? Sich im Schmutz gewälzt? Ekel erfasste sie, doch nicht vor den Mädchen und Frauen, sondern vor den Männern, vor ihrem Mann. Sie riss sich aus ihren Gedanken und wandte sich an Koh Kok.

»Weiter!«, forderte sie.

»Sie sind mutig. Mutiger als Leah.«

Johanna lachte bitter auf. »Wohl kaum. Ich wäre niemals allein fortgegangen.«

»Manchmal erfordert es mehr Mut, zu bleiben, als zu gehen. Mutig ist nur der, der seine Angst überwindet. Leah kannte keine Angst. Sie schon.«

Mutig? Johanna runzelte die Stirn. Sie hielt sich für feige, weil sie nicht um Henry kämpfte und stattdessen bei Friedrich blieb. War es in Wirklichkeit Mut, der sie antrieb, der sie ihr eigenes Glück hintanstellen ließ?

Das Elend der Straße setzte sich im *Garten der Frühlingsblumen* fort. Schon beim Eintreten musste sich Johanna zwingen, die Contenance zu wahren, so schwer standen die menschlichen Ausdünstungen, kaum überdeckt vom Qualm unzähliger Räucherstäbchen, in dem kleinen Empfangsraum. Eine stämmige Chinesin mit hellgeschminktem Gesicht trat ihr entgegen. Die Frau mochte etwa vierzig Jahre alt sein und strahlte aggressive Autorität aus. Sie streifte Johanna mit einem abschätzenden Seitenblick und wandte sich sogleich an Koh Kok.

»Er hat mich nur hergeführt«, sagte Johanna rasch auf Malaiisch. Es drängte sie, das elende Haus umgehend zu verlassen, doch ihr Stolz erlaubte es nicht. Der Geschichtenerzähler bescheinigte ihr Mut, nun wollte sie es auch zu Ende bringen. »Ich bin hier, um mich nach dem Befinden eines Ihrer Mädchen zu erkundigen. Ich will sie sehen.«

Die Mamasan benötigte keine weiteren Erklärungen. Es ginge dem Mädchen gut, wiegelte sie ab, aber Johanna beharrte auf ihrer Forderung. Unter den Augen der erstaunten Huren, von denen manche das fünfzehnte Lebensjahr kaum erreicht haben durften, andere wiederum ihr wahres Alter ungeachtet ihrer faulenden Zähne unter dicken Puderschichten zu verbergen suchten, führte die Mamasan Johanna und Koh Kok tief in den Bauch des verwinkelten Gebäudes. Unzählige Kammern, Tierverschlägen ähnlicher als menschlichen Behausungen, gingen von den langen Fluren ab. Johanna versuchte vergeblich, das allgegenwärtige Stöhnen der Männer und das Quieken der Frauen auszublenden. Als Koh Kok ihr den Arm bot, nahm sie ihn dankbar an. Noch ein Gang, dann standen sie im Hinterhof, in dem sich Küche und Abort den Platz streitig machten. Eine Treppe führte ins Krankenzimmer im ersten Stockwerk.

In dem Moment, als Johanna das zugeschwollene Gesicht der Frau sah, ihre Wunden und Blessuren, ergab alles einen Sinn, offenbarte sich ihr ihre wahre Bestimmung. Mitleid gepaart mit Tatendrang spülte alle Zweifel beiseite.

Sie kaufte das Mädchen. Ohne mit der Wimper zu zucken, zählte Johanna das Geld in die nimmersatten Hände der Mamasan, während der Geschichtenerzähler, der sich mittlerweile zusammengereimt hatte, was Johanna von Trebow in den *Garten der Frühlingsblumen* trieb, einen Palanquin besorgte. Als die Kranke verladen war und Johanna in die Kutsche steigen wollte, hielt er sie zurück.

»Wollen Sie das Mädchen wirklich in Ihrem Haus gesundpflegen? Es wird Gerede geben.«

»Ich werde behaupten, sie sei von meiner Kutsche überfahren worden. Mein Gatte wird im eigenen Interesse den Mund halten.« Spontan ergriff Johanna die Hand des Geschichtenerzählers. »Haben Sie Dank für Ihre Hilfe. Ich werde Sie in Zukunft häufiger benötigen.«

»Sie sind mir jederzeit willkommen, Mrs von Trebow. Ich werde Sie unterstützen, wo ich kann.« Er zögerte kurz. »Erlauben Sie mir eine letzte Frage: Warum ich? Warum haben Sie ausgerechnet mich um Begleitung gebeten?«

»Weil niemand sonst mich verstanden hätte.«

20

April 1869, 16 Monate später

»Mama, Papa, seht nur! Die Pferde haben Buckel!«
Leahs Blick folgte Thomas' ausgestrecktem Arm. Tatsächlich, gerade schwankte eine lange Reihe buckliger Tiere auf den Pier von Port Said.
»Das sind keine Pferde, Liebling. Man nennt sie Kamele. Auf ihnen kann man durch die Wüste reiten, weil sie nur ganz wenig Wasser zu trinken brauchen.«
»Aha.« Leah sah ihrem Sohn regelrecht an, wie er diese neue Erkenntnis in seinem kleinen Kopf hin und her bewegte. Seit die *Ajax* den Hafen von Liverpool verlassen hatte, war eine Unmenge neuer Eindrücke auf den Fünfjährigen eingestürmt. Eine widerspenstige Locke ringelte sich über seine Stirn. Leah wollte sie zurückstreichen, doch Bertrand kam ihr zuvor. Ihre Hände blieben auf dem Kopf des Sohnes liegen, ihre Blicke trafen sich.
»Bist du glücklich?«
Sie nickte. »Ich könnte nicht glücklicher sein: Auf großer Fahrt mit den beiden wichtigsten Menschen meines Lebens.«
Ein tiefes Tuten unterbrach sie. »Es geht los!«
Mit Thomas in der Mitte beugten sich Leah und Bertrand über die Reling. Weit unter ihnen hastete ein letzter der unzähligen Lastenträger, die in den vergangenen Stunden in einem endlosen Strom neue Kohle an Bord geschleppt hatten, über eine Planke auf den Kai zurück. Er hatte kaum festen Boden unter den Füßen, als die Planke auch schon zurückgezogen wurde. Die Gangway für die Passagiere war längst ein-

geholt, die starke Maschine brachte das Schiff zum Erzittern, dicker Rauch quoll aus dem blauen Schornstein, und endlich wurde ein stetig breiter werdender Streifen Wasser zwischen Kai und Rumpf sichtbar.

»Es ist schade, dass wir die Pyramiden nicht besuchen konnten!«, rief Bertrand über den Lärm hinweg.

»Dafür sehen wir gleich ein neues Weltwunder«, gab Leah zurück. »Ich bin so gespannt auf den Kanal!« Obwohl sie Thomas die Pyramiden gern gezeigt hätte, war sie froh, dass durch den erst seit zwei Monaten geöffneten Suezkanal ein Besuch nicht nötig war. Zu sehr fürchtete sie sich vor der Konfrontation mit der Vergangenheit. Es war schon schlimm genug, dass sie gezwungen sein würden, einige Tage in Singapur zu verbringen, bevor von dort ein Dampfer nach Batavia ging.

Stunde um Stunde glitt das Schiff durch die Wüste. Die meisten der Passagiere waren vor der Hitze, die schon im April auf Ägypten lastete, unter Deck geflüchtet, doch Leah genoss den warmen Wind, die Sonne, einfach alles. Sie hatte es verdient. Tapfer hatte sie sich seit ihrer übereilten Flucht vor fast anderthalb Jahren alle Klagen verboten und sich mit der Situation arrangiert, doch wirklich aufgelebt war sie erst, als Bertrand ihr beim letzten Weihnachtsfest die Fahrkarten für eine Außenkabine nach Singapur überreicht hatte. Natürlich war es zum Streit gekommen, doch diesmal hatten sowohl Bertrand als auch der Earl ihre Schwiegermutter in die Schranken gewiesen.

Hoch an Deck der *Ajax* spürte Leah ein wenig Wehmut, als sie an ihren Schwiegervater dachte. Er war nicht begeistert gewesen von der Aussicht, seinen Sohn, seinen Enkel und auch sie ein ganzes Jahr lang nicht zu sehen, allerdings wurde Leah den Verdacht nicht los, dass er, anstatt sie in England festzuhalten, liebend gern mit ihnen auf Reisen gegangen wäre.

Am 7. Juni 1869, genau acht Wochen und einen Tag nach ihrer Abreise aus Liverpool, umschiffte die *Ajax* die Ostspitze von Singapur und suchte sich ihren Kurs durch die Untiefen. Endlich kam Pulau Blakang Mati in Sicht, jene kleine Insel, die bis zum Schluss die Sicht auf die Stadt an der Mündung des Singapur-Flusses verstellte. Leah umklammerte angespannt die Reling. Vor dreizehn Jahren hatte sie neben Henry Farnell auf dem Deck der *Ganges* gestanden und ihrem neuen Leben entgegengefiebert, vier Jahre später hatte sie der Stadt den Rücken gekehrt, mit dem festen Vorsatz, nie wieder einen Fuß auf die Insel zu setzen. Allein ihrem geliebten Mann verdankte sie heute die Kraft, ihren Schwur zu brechen.
Pulau Blakang Mati rückte näher und näher. Irritiert registrierte Leah, dass der Kapitän einen nordöstlichen Kurs hielt, anstatt das Inselchen südlich zu umrunden. Mit stiller Verwunderung ging sie im Neuen Hafen von Bord. Während der unbequemen Fahrt über den durch den Sumpf führenden Damm, der den Neuen Hafen mit Raffles Place am Fluss verband, bereitete sie sich auf neue Überraschungen vor, und sie kamen: Vom Telok-Ayer-Markt bis zum Johnston Pier war der Strand einer befestigten Straße gewichen, dem Collyer Quay, wie der Kutscher stolz verlauten ließ. Prächtige Kontore, die nichts mehr mit den schmucklosen Godowns am Fluss gemein hatten, an die sich Leah erinnerte, säumten die neue Straße; jedes der Häuser verfügte im ersten Stock über eine tiefe, mit Fähnchen und roten Laternen geschmückte Veranda. Assistenten mit langen Teleskopen standen dort aufgereiht und vermeldeten die Ankunft der Schiffe. Sie kam aus dem Staunen nicht mehr heraus. Eine neue Eisenbrücke verband das Süd- und das Nordufer des Flusses, ein imposantes Konzert- und Theaterhaus und ein nicht minder beeindruckendes Rathaus waren auf der Landspitze am Nordufer ent-

standen. Die blendend weiße St.-Andrew's-Kathedrale reckte ihren Turm in den Himmel, und unter der noch immer lustig flatternden Fahne auf Government Hill dräute ein Fort anstelle der alten Bruchbude, die so vielen Gouverneuren der Stadt als Residenz hatte genügen müssen. Leah schwirrte der Kopf von all den neuen Eindrücken. Sie war erleichtert, als die Kutsche vor dem *Hotel d'Europe* an der Esplanade hielt.
Wenig später, ihr Gepäck war bereits im Zimmer verstaut, saß sie mit Bertrand und Thomas auf der dem Meer zugewandten Terrasse des Hotels und aß Mangosteen und Papaya. Nur langsam legte sich der Tumult in ihrem Kopf.
Bertrand strich über ihren Handrücken. »Wie fühlst du dich?«
»Verwirrt. Neun Jahre sind eine lange Zeit. Die Stadt ist kaum wiederzuerkennen.«
»Sie ist schön.«
Leah nickte. Thomas, der bisher friedlich seinen Mangosaft getrunken hatte, sprang plötzlich auf und tauchte kopfüber in einen rotblühenden Hibiskusstrauch. Leah und Bertrand wollten ihm nach, hielten aber mitten in der Bewegung inne und lachten.
»So war ich auch«, sagte Bertrand grinsend.
»Ich auch. Meine Mutter hat wegen der schmutzigen Kleidchen immer mit mir geschimpft.«
»Lebt sie in Singapur?«
Leahs Lachen erstarb. »Du hast mir versprochen, nie zu fragen.«
»Du hast es selbst gesagt: Neun Jahre sind eine lange Zeit. Jetzt hast du die Gelegenheit, den Felsen, der deine Seele beschwert, endlich abzutragen.«
»Ich weiß nicht einmal, ob sie noch hier wohnen«, murmelte Leah mehr zu sich als zu ihm. »Ob sie überhaupt noch leben.«
»Dann finde es heraus. Es wird dir bessergehen, wenn du dich aussprichst.«

»Du hörst dich an wie Reverend Honeycomb.«
»Tue ich das? Nun, ich mag unseren Pastor in Keswick. Er hat vielleicht nicht die Weisheit gepachtet, aber er ist ein aufrechter Mensch. Die Entscheidung kann ich dir sowieso nicht abnehmen, aber zu sagen, was ich denke, musst du mir zugestehen.«
»Ich weiß, dass du es gut meinst. Es ist nur …« Leah brach ab. Mit jedem Augenblick wurde es aussichtsloser, den Ansturm der Bilder zurückzudrängen. Sie sah sich und Johanna barfuß im Regen tanzen, damals nach ihrem ersten Silvesterball. Sie sah die Mutter, den Vater, Onkel Koh. Und dann traten sie alle aus dem Schatten, in den Leah sie vor Jahren verbannt hatte, Boon Lee, ihr wunderschöner Geliebter, Bowie, Friedrich, Mercy und ihre Zwillinge, Ping und Lim, der kleine Hermann. O Gott, Hermann, er musste schon ein großer Junge sein! Und schließlich wagte sich ein etwa neunjähriges, schwarzhaariges Mädchen für die Spanne eines Wimpernschlags ins helle Licht. Ihr Mädchen, das niemals gelebt hatte.
»Mami, warum weinst du?«
»Es ist nichts, mein Schatz. Mir ist etwas ins Auge geflogen.«
»Ach so. Dann sieh mal, was ich gefunden habe.« Voller Stolz öffnete Thomas seine zu einer hohlen Kugel geformten Hände. Eine grasgrüne, ziemlich benommene Gottesanbeterin stakste von seiner Handfläche auf den Tisch.

* * *

Der Geschichtenerzähler beendete seine Vorstellung mit einer leichten Verbeugung und sprang von seinem Podest in der Nähe der eisernen Elgin Bridge, die seit einigen Jahren die hölzerne Thomson's Bridge ersetzte. Er drückte einem der Zuhörer seine Blechkiste in die Hand und bat ihn, Geld einzusammeln und später vorbeizubringen. Das Äffchen war vor einem Jahr in einem gesegneten Alter gestorben. Ohne weitere Erklärung ließ er den verdatterten Mann stehen und hastete durch den Kreis der Zuhörer, die wie immer noch ein wenig verweilten und schwatzten – bis auf einen, der sich sofort nach dem letzten Satz davonmachte. Der Kuli war erst zum Publikum gestoßen, als Koh Kok die heutige Geschichte schon halb erzählt hatte, suchte sich einen Platz etwas abseits und lauschte regungslos. Er hatte den Hut tief ins Gesicht gezogen, so dass Koh Kok ihn nicht erkennen konnte, aber etwas an der Gestalt fesselte seine Aufmerksamkeit und brachte ihn mehrfach aus dem Erzählfluss. Nun drängelte er sich rücksichtslos durch die Träger und Schreiber und Händler am Flussufer und schloss zu dem Kuli auf, die Augen fest auf den braunen Zopf geheftet. Seine Zweifel schwanden mit jedem Schritt, den er sich näherte.

»Xue Yan?«, rief er. »Kleiner Sperling?«

Sie blieb stehen. Langsam drehte sie sich um und schob den Hut in den Nacken. Sie sagte kein Wort, doch ihr Blick war beredt genug. Unsicherheit stand darin, die Bitte um Entschuldigung, dass sie niemals wieder geschrieben, ihn im Unklaren gelassen hatte, ob sie noch lebte. Die Frage, ob sie ihm willkommen war.

Ein Kribbeln überlief Koh Koks Körper. Sie war es, seine kleine Leah. Das Leben hatte Zeichen in ihrem Gesicht hinterlassen, feine Fältchen, Kanten, wo vorher alles rund und kindlich gewesen war. Was mochte sie erlebt haben? Er breitete die Arme aus, machte einen kleinen Schritt in ihre Richtung und endlich flog sie auf ihn zu, schmiegte sich an ihn wie damals.

Nach langer Zeit nahm er sie bei der Hand und zog sie hinein in die Gassen, immer tiefer, bis er ein kleines Restaurant fand, das jenem ähnelte, in dem sie ihren letzten gemeinsamen

Abend verbracht hatten. Er drückte sie auf einen Hocker und bestellte Tee und Schnaps. Wortlos betrachteten sie sich.
Koh Kok brach das Schweigen als Erster. »Hättest du dich mir irgendwann zu erkennen gegeben?«
»Ich weiß es nicht. Ich habe dich furchtbar enttäuscht.«
Ihre Stimme. Ihr flüssiges Hokkien mit dem drolligen Akzent, den sie nie ablegen würde. Er hätte singen können vor Glück und Dankbarkeit, sie wohlauf vor sich zu sehen.
Er griff über den Tisch und nahm ihre Hand. »Das hast du nicht, Leah. Als du an Bord der Dschunke gegangen bist, musstest du alle Fäden zerschneiden, die dich mit deinem alten Leben verbanden. Andernfalls hätte die Sehnsucht dich zerstört. Ich weiß, wovon ich spreche.«
»Danke«, sagte sie.
»Seit wann bist du zurück?«
»Wir sind vorgestern angekommen.«
»Wir?«
Sie nahm den Hut ab und lehnte ihn gegen die Wand. Mit einer müden Geste wischte sie eine Haarsträhne aus der schweißnassen Stirn. »Ich hatte vergessen, wie heiß es in Singapur ist.« Sie fuhr mit den Fingern durch eine Teepfütze. »Ja, wir«, sagte sie. »Mein Mann, mein Sohn und ich.«
Freude durchzuckte ihn. Sie war verheiratet. »Liebst du ihn?«
Sie runzelte die Stirn. »Ja, ich liebe ihn sehr. Bist du zufrieden?«
»Mehr als das.«
Endlich lächelte sie. Mit klopfendem Herzen verfolgte Koh Kok die Veränderung in Leahs Zügen, wie sie weicher wurden, offener und voller Vertrauen. Er konnte kaum fassen, dass sie wirklich vor ihm saß.
»Magst du mir von dir erzählen?«, fragte er leise.
Und sie erzählte. Berichtete von Sulawesi und Sumatra, von

den Paradiesvögeln in Neuguinea und der abenteuerlichen Besteigung des Gunung Kinabalu. Der Geschichtenerzähler erfuhr von Bertrand und Thomas, vom Schloss ihrer Schwiegereltern im kalten England, selbst von ihrer kopflosen Flucht mit dem kleinen Thomas. Mit Erleichterung registrierte er das Leuchten in ihren Augen, wenn sie von Mann und Kind sprach. Sie schien es gut getroffen zu haben.
Sie bat ihn nicht, von sich zu berichten. Es war wohl offensichtlich, dass sich in seinem Leben nichts verändert hatte.
»Hast du deine Schwester schon besucht?«
Sie schüttelte den Kopf. »Ich habe es auch nicht vor. Ich will sie nicht sehen.«
Er stieß einen tiefen Seufzer aus. »Hat dein neues Leben dich nicht nachsichtiger gestimmt?«
»Nein.« Jetzt zögerte sie doch.
»Spring endlich über deinen Schatten«, hakte er nach. »Johanna sehnt sich nach dir. Sie hat nie aufgehört, sich Vorwürfe zu machen. Und Sorgen.«
»Du nennst sie Johanna?« Leah hob die Augenbrauen. Täuschte er sich, oder schwang Eifersucht in ihrer Stimme?
»Deine Schwester kümmert sich um kranke Frauen hier im Viertel. Ich begleite sie oft. Ihr Chinesisch ist nie so gut geworden wie deins.«
Leah ließ seine Rede unkommentiert, doch er sah, wie es in ihr arbeitete. Die Saat war gelegt, nun musste sie nur noch aufgehen.
»Wie lange werdet ihr in Singapur bleiben?«
»Nur noch drei Tage.«
Er schwieg. Wie gern hätte er ihr von Lily erzählt, aber er durfte Johanna nicht vorgreifen. Ja, er wusste alles. Im Laufe des letzten Jahres hatten er und Johanna von Trebow sich einander langsam angenähert. Er bewunderte ihr selbstloses

Engagement, ihre Unerschrockenheit, wenn es darum ging, schwärende Wunden zu verbinden, Sterbenden Trost zu spenden, sich, wenn es nottat, sogar mit Hoey-Mitgliedern und Mamasans anzulegen. Und dann, vor wenigen Monaten, hatte er sie heulend auf seiner Türschwelle gefunden. Er hatte immer geahnt, dass ihre Arbeitswut nicht nur reiner Nächstenliebe entsprang, sondern auch einen Kummer betäubte, der nicht allein auf den Verlust der Schwester zurückzuführen war. Er dachte, sie litte unter dem Lebenswandel ihres Mannes, doch was dann aus ihr herausgebrochen war, hatte ihm die Sprache verschlagen.

Leah erhob sich zögernd. »Ich muss gehen. Mein Mann erwartet mich.«

»Ich hoffe, es vergehen nicht wieder so viele Jahre, bis wir uns wiedersehen. Ich bin ein alter Mann.«

»Ich kann es nicht versprechen, lieber Onkel Koh.«

»Leah?«

Sie drehte sich noch einmal um.

»Ich bitte dich, geh zu Johanna. Es ist wichtig. Sehr wichtig.«

»Ich denke darüber nach. Aber es ist nicht leicht, eine Entscheidung zu treffen. Bitte erzähle ihr nichts von meinem Besuch.«

Dann war sie fort. Koh Kok kippte Leahs unangetasteten Schnaps hinunter. Er hatte nicht einmal die Gelegenheit gefunden, sie vom Tod der Mutter zu unterrichten.

* * *

»So, wir sollten alles eingepackt haben, was wir brauchen.« Ping inspizierte ein letztes Mal den Inhalt der Körbe und Taschen, die sich in ihrer Küche aufreihten. »Kehren wir bei Apotheker Ah ein?«

»Unbedingt«, antwortete Johanna. »Zwar hat der Doktor mir einige Medikamente gegeben, aber du weißt ja, wie misstrauisch deine Landsleute sind, wenn es um die weißen Teufel geht.«
»Mag sein. Aber Sie sind ein Engel«, sagte Ping und brach unvermittelt in Tränen aus.
Johanna fasste sie erschrocken bei den Schultern. Nie hatte sie Ping weinen sehen.
»Habe ich etwas falsch gemacht? Um Himmels willen, habe ich dich mit einer Äußerung verletzt?«
»Nein, nein.« Erneut wurde Ping von einem Schluchzen geschüttelt, doch erstaunlicherweise lachte sie dabei. Verwirrt fasste Johanna die Chinesin, die ihr im Laufe der Jahre so viel mehr geworden war als eine Dienerin, unterm Arm und führte sie hinaus zu dem Tisch unter der Tamarinde. Pings Weinen verebbte.
»Ja, also«, druckste sie herum, »ich weiß nicht so recht, wie ich anfangen soll.«
Johanna wartete geduldig.
»Ich war beim Astrologen«, platzte Ping heraus.
»Und was haben die Sterne dir verraten?«
»O Mem! Ich war mit Lim dort.«
Johanna blieb vor Verblüffung der Mund offen stehen. Sie begriff, was Ping ihr mitzuteilen versuchte. »Wann?«, fragte sie nur.
»Im November.«
»Und wann habt ihr … ich meine, seid ihr denn verliebt?«
»Liebe ist etwas für Träumerinnen, die bereit sind, unendliches Leid zu ertragen. Chinesen sind da pragmatischer. Wir mögen uns. Wir wissen, dass wir uns aufeinander verlassen können.«
Johanna zuckte zusammen. Ping wusste selbstredend nichts

von ihren Gefühlen für Henry, andererseits verbrachte Johanna mit niemandem mehr Zeit als mit ihr. Hatte sich Ping ihren Teil gedacht? Sie drängte die unangenehmen Gedanken beiseite.

»Was habt ihr vor?«, fragte sie. »Bleibt ihr bei uns?«

»Wir hatten eigentlich schon vor längerer Zeit geplant zu heiraten, doch es ging Ihnen so schlecht. Es war keine gute Zeit, Sie alleinzulassen.«

»Ihr habt mit dem Heiraten gewartet, weil es mir nicht gutging?«

Ping zuckte die Achseln. »Natürlich. Lim und ich, wir lieben Sie.«

Ein schrecklicher Gedanke durchzuckte Johanna. »Geht ihr zurück nach China?«

»Nein. Wir hätten zwar genug gespart, aber wir haben uns entschieden, hierzubleiben. Die britischen Gesetze sind viel gerechter als die chinesischen. Wenn wir uns in Singapur etwas aufbauen, gehört es wirklich uns.«

»Da bin ich aber erleichtert. Wollt ihr ein Restaurant eröffnen?«

»Nein.«

»Eine Tischlerei?«

»Das war unsere erste Idee.«

»Was dann?«

»Apotheker Ah verkauft uns sein Geschäft, im Gegenzug kümmern wir uns um ihn, da er keine Familie hat. Eigentlich hatte er die Apotheke an seinen Assistenten abgeben wollen, aber der ist ja vor drei Jahren gestorben.«

»Endlich verstehe ich, warum deine Besorgungen in Telok Ayer immer so lange gedauert haben. Ach, Ping! Ich freue mich für euch!«

In diesem Moment wirbelte Lily um die Hausecke und rief

freudestrahlend, Miss Ryan habe sich nicht wohl gefühlt und alle Schülerinnen für heute nach Hause geschickt. Dann bemerkte sie, dass Johanna und Ping ausgehfertig waren. Sofort war alles andere vergessen.

»Fahrt ihr zu Onkel Koh?«, fragte sie erwartungsvoll.

»Ja. Wir wollen nach einigen kranken Frauen sehen.«

»Wartet, ich ziehe nur schnell die Schuluniform aus.« Und fort war sie.

Johanna und Ping lauschten ihren Schritten auf der Treppe, dann rumorte es in dem Zimmer über ihnen.

»Wir können sie nicht mitnehmen«, sagte Johanna. »Sie ist noch zu klein, um mit den Freudenmädchen in Kontakt zu kommen.«

»Lily ist ein ungemein verständnisvolles und hilfsbereites Kind. Ich denke, sie kann damit umgehen. Sie wissen doch, dass sie die Lady mit der Lampe glühend verehrt, wie heißt sie noch?«

»Florence Nightingale.«

»Ja, die meine ich. Sie sollten ihr erlauben, uns zu begleiten.«

Ping erhob sich. »Ich laufe zur Middle Road und besorge uns eine Mietdroschke.«

Wenig später traten Johanna und Lily, beladen mit den vorbereiteten Körben und Taschen, aus dem Gartentor. Schon kam ein Palanquin mit heruntergelassenen Jalousien vorgefahren. Der Kutscher zügelte sein Pferd, ließ es dann aber doch an ihnen vorbeizockeln und hielt vor dem Nachbarhaus, ohne dass der Fahrgast ausstieg. Es war also nicht Ping. Johanna und Lily wandten ihre Aufmerksamkeit wieder in die Richtung, aus der ihre Kutsche kommen musste.

* * *

Seit sie in den Indischen Ozean eingefahren waren, hatte Leah unter Alpträumen gelitten. Nach dem Besuch bei Onkel Koh nahmen die Bilder der Vergangenheit an Intensität zu und raubten ihr endgültig den Schlaf. Am Morgen des sechsten Tages in Singapur, dem letzten vor der Abreise nach Batavia, fasste sie den Entschluss, zumindest einen Blick auf den Bungalow in der Waterloo Street zu werfen. Auch wenn sich ihre Haltung der Mutter und Johanna gegenüber nicht verändert hatte, sie noch immer vor allem der Schwester den Verrat nachtrug, stimmten Bertrands und Onkel Kohs Worte sie doch nachdenklich: Nur im Verzeihen läge wahre Größe. Eine Größe, die Leah nicht besaß, zumindest glaubte sie nicht daran.

Sie bat Bertrand, sich für den Rest des Tages allein um Thomas zu kümmern, und bestellte sich gleich nach dem Frühstück einen Palanquin. Bertrand drückte ihr aufmunternd die Hände. »Ich bin stolz auf dich«, sagte er. »Du wirst nicht bereuen, was du vorhast.«

Die Kutsche setzte sich in Bewegung. Trotz des Geruckels konnte Leah nicht stillsitzen. Gebannt spähte sie aus dem Wagen, registrierte alle Veränderungen auf dem kurzen Weg zur Waterloo Street. Noch in der Middle Road bat sie den Kutscher anzuhalten. Sie benötigte ein paar Augenblicke Aufschub, hoffte, in letzter Minute Klarheit über ihre Gefühle zu erlangen. Plötzlich packte sie Sehnsucht nach den ihren, nach Johannas Zärtlichkeit und Alwines Strenge. Hatten die beiden am Ende doch alles richtig gemacht, waren sie hellsichtiger als sie selbst gewesen? Wäre sie denn mit Boon Lee glücklich geworden? Leah ahnte, dass dies nicht unbedingt der Fall gewesen wäre, stattdessen hätte sie sich den strengen Konventionen der Baba-Gesellschaft beugen müssen – und wäre über kurz oder lang daran zerbrochen. Wieder spürte sie den Geist ihres totgeborenen Mädchens friedlich neben sich sitzen. Es war an der Zeit, reinen Tisch zu machen. Das Leben schritt voran, sie konnte nicht ewig hadern. Sie befahl dem indischen Kutscher, den Weg fortzusetzen.

Eine Chinesin winkte der Kutsche, in der Hoffnung, sie sei frei, drehte sich aber sofort wieder um. Leah vermeinte, Ping erkannt zu haben, doch sie konnte sich nicht mehr versichern, denn der Palanquin bog in die Waterloo Street. Leah bat den Kutscher, erst anzuhalten, wenn sie ihm ein Zeichen gab. Langsam rollten sie an bekannten und neuen Häusern und Villen vorbei. Leah wollte den Kopf aus dem Fenster strecken, als sie zurückprallte: Gerade in diesem Moment trat Johanna aus der Gartenpforte, bepackt wie ein Lastenesel. Hinter ihr ging ein chinesisches Kind in traditioneller Jacke und Hose aus einfacher Baumwolle, das nicht minder unter seiner Last schwitzte. Leah presste sich in den Sitz, überwältigt von Johannas plötzlichem Erscheinen. Ihr Herz pochte bis zum Hals, Panik bemächtigte sich ihrer. Und jetzt? Sie konnte doch nicht einfach aussteigen! Was sollte sie bloß tun? Anhalten, erst einmal anhalten. Sie klopfte gegen die Wand. Der Kutscher zügelte sein Pferd, kaum vierzig Schritte von Johanna und dem Kind entfernt. Die beiden wandten Leah den Rücken zu und blickten die Straße hinunter. Leah wagte es, den Kopf ein wenig vorzuschieben und die beiden zu beobachten. Sie wirkten sehr vertraut. Das Kind, ein Mädchen, hatte seine Taschen abgesetzt und erzählte der Schwester gestenreich etwas, was sehr lustig sein musste, denn Johanna wollte sich vor Lachen schier ausschütten.

Leah erstarrte. Da war etwas an den unbändigen Gesten und dem ungeduldigen Trippeln des Mädchens, das ihr sehr vertraut vorkam. Die Brust wurde ihr eng, ihr schwindelte. Unmöglich, es war unmöglich! Sie sah sich selbst in der Kleinen! Das Mädchen drehte sich zu Johanna, so dass Leah sein Profil betrachten konnte. Es war etwa zehn Jahre alt, vielleicht ein wenig jünger. Und mochte die Welt auch getäuscht werden, Leah erkannte ihre Tochter. Das Mädchen hatte kaum etwas von ihr, doch Boon Lees Erbe war unleugbar. Leah keuchte. Ihr Kind lebte! Dort drüben strich Johanna ihrer Tochter mit mütterlicher Fürsorge übers Haar. Ohne über die Folgen nachzudenken, sprang sie aus der Kutsche.

»Johanna!«

Die Schwester drehte sich um, erbleichte. In diesem Moment fuhr eine weitere Kutsche vor und nahm Leah die Sicht, gleichzeitig hemmte eine Gruppe schwatzender und rangelnder dunkelhäutiger Jungen aus der nahegelegenen tamilischen Schule ihren Lauf. Bevor sie verstand, was vor sich ging, setzte sich das Pferd schon wieder in Bewegung. Ein verwirrtes Kindergesicht erschien im Fenster, dunkelbraune Augen ruhten neugierig auf Leah, dann war die Kutsche außer Reichweite.

Johanna hatte die Stimme ihrer Schwester sofort erkannt. Es fühlte sich an, als schieße ein Blitz durch ihren Körper. Sie wirbelte herum. Leah! Sie war zurück, nach so vielen Jahren des bangen Wartens! Schon wollte sie über die Straße stürzen, die Schwester in die Arme schließen, als die Mietkutsche vorfuhr. Johanna handelte, ohne groß nachzudenken. Sie schob die verdutzte Lily in den Palanquin und hieß Ping, einen großen Bogen zu fahren, bevor sie in die Waterloo Street zurückkehrten. Dann eilte sie zu ihrer Schwester, die wie vom Donner gerührt der sich entfernenden Kutsche nachsah.

Johanna durchlief es siedend heiß. Leah hatte die Situation

richtig eingeschätzt. Sie hatte in Lily ihre Tochter erkannt. Zitternd trat sie neben die Schwester.
»Leah. Ich bin so froh.« Tränen stiegen ihr in die Augen. »Du lebst«, flüsterte sie. »Ich habe jeden Abend für dich gebetet.«
Leah erwachte aus ihrer Starre. Ihr Gesicht verriet den Aufruhr in ihrem Inneren.
»Verräterin«, zischte sie. »Du bist noch schlimmer, als ich dachte.«
Johannas Magen ballte sich zusammen. Mit aller Macht brachen die Schuldgefühle, die sie ohnehin nur mühsam in Schach gehalten hatte, wieder durch. Verzweifelt suchte sie nach Worten. Warum nur hatte das Schicksal Leah just in dem Moment hergeführt, als sie mit Lily vor die Tür trat? Warum ihr nicht die Möglichkeit gegeben, in Ruhe mit der Schwester zu sprechen und sie auf alles vorzubereiten, bevor sie ihr von Lily erzählte?
»Lass mich erklären …«
Leah schnitt ihr das Wort ab. »Erklären? Du hast mir mein Kind genommen, was gibt es da zu erklären?«
»Leah, bitte, es ist ganz anders.« Johanna legte beruhigend die Hand auf die Schulter ihrer Schwester, erreichte aber das Gegenteil. Rasend vor Zorn versetzte Leah ihr eine Ohrfeige. Johanna nahm den Schlag hin, bereit für den nächsten. Sie würde alles tun, um Leah zu besänftigen, sie würde sich sogar vor sie knien, wenn sie ihr nur zuhörte. Doch Leah gab ihr keine Möglichkeit der Rechtfertigung.
»Ganz anders? Ich bin gekommen, um dir zu verzeihen, aber ich hatte keine Ahnung, was für eine Schlange du bist.«
»Leah, bitte …«
Sie konnte ihren Satz nicht beenden, denn nun erschallte Mercys Stimme von ihrer Gartenpforte.

»Leah! Bist du es wirklich?« Mit einem freudigen Lachen eilte die Freundin auf sie zu.
»Du hast mir gerade noch gefehlt!«, brüllte Leah, außer sich vor Zorn. »Verflucht sollt ihr sein. Ihr alle! Ihr habt mir mein Kind gestohlen!«
Bevor Johanna sichs versah, kehrte Leah auf dem Absatz um, stürmte zu ihrer Kutsche und sprang hinein. Johanna starrte ihr sprachlos nach, so wie kurz zuvor die Schwester der Kutsche mit Lily und Ping hinterhergeblickt hatte. Alle Kraft wich aus ihrem Körper. Hätte Mercy sie nicht unter den Armen gepackt, sie wäre einfach in den Staub gestürzt.
Ein neuer Schreck durchfuhr sie. Hatte ihre Freundin Leahs letzte Worte verstanden? Angstvoll suchte Johanna in Mercys Gesicht nach einer Antwort. Die Freundin nickte langsam.
»Ich habe schon lange vermutet, dass es mit Lily eine besondere Bewandtnis hat«, sagte sie leise.
Johanna ließ sich in Mercys Umarmung fallen. »Ich hätte es dir längst erzählen sollen«, flüsterte sie. »Sei mir bitte nicht böse.«
»Um mich gegen dich aufzubringen, musst du dir mehr einfallen lassen.« Mercy trat einen Schritt zurück. Unter ihrem liebevollen Blick strömte das Leben zurück in Johannas Glieder. Entschlossen richtete sie sich auf. Noch war nichts verloren. Sie musste die Schwester zwingen, ihr zuzuhören. Sie musste handeln.
»Mercy, wir müssen ihr nach. Sie darf nicht mit Lily sprechen, bevor ich es getan habe.«
»Ich befürchte, wir erwischen sie nicht mehr. Was hast du Ping gesagt?«
»Sie soll erst in einer halben Stunde zurückkehren.«
»Weiß sie Bescheid?«
»Nein. Aber vielleicht macht sie sich auch ihre Gedanken.«

»Wundern würde es mich nicht«, murmelte Mercy. »Warte hier, ich bin gleich zurück.«
Kurz darauf lenkte Krishna die leichte Droschke der Robinsons auf die Straße. Johanna und Mercy wollten gerade einsteigen, als ein Palanquin neben ihnen hielt. Ping und Lily sprangen heraus. Alle redeten aufeinander ein, bis Lily sich schließlich zu Wort meldete: »Wer war die Dame?«
Die Frauen verstummten. Hilflose Blicke huschten hin und her. Johanna gab sich einen Ruck. »Das war meine Schwester. Wir haben uns immer viel gestritten. Offensichtlich hat sich nichts daran geändert«, fügte sie resigniert hinzu.
Lily riss die Augen auf. »Du hast eine Schwester? Darf ich sie dann Tante nennen?«
Statt einer Antwort nahm Johanna sie in den Arm. Lange stand sie so, dann löste sie sich von dem Kind und richtete sich auf. »Ping, lass Lily nicht allein. Wir machen uns auf die Suche.« Augenblicke später rollten Mercy und sie davon.
»Und wo beginnen wir? Wenn sie in einer der Unterkünfte nördlich des Flusses wohnt, dauert es Tage, bis wir sie finden.« Johanna war der Verzweiflung nahe.
Mercy überlegte kurz, dann schüttelte sie vehement den Kopf. »Sie ist nicht in einer billigen Absteige. Hast du ihre Kleidung bemerkt? Ihr Kleid war nach der neuesten Mode geschnitten und aus kostbarem Stoff. Sie muss es aus Europa mitgebracht haben. Ich glaube, sie hat sich gut verheiratet und reist mit ihrem Mann. Wir sollten zuerst in den besseren Hotels nach ihr fragen.«
»Leah in Europa? Ich kann es nicht glauben.«
»Es ist nur eine Vermutung. Wenn sie nicht in einem der guten Häuser ist, können wir immer noch die Pensionen und gemeinen Etablissements abklappern.« Mercy lehnte sich zurück. »Du wirst Lily die Wahrheit sagen?«

»Das kommt darauf an. Vielleicht ist Leah wirklich verheiratet, hat Kinder. Was glaubst du, wie ihr Mann reagiert, wenn sie ein uneheliches Mischlingskind aus dem Hut zaubert? Ich werde Lily erst dann aufklären, wenn ich weiß, dass Leah zu ihr steht. Nichts wäre schlimmer, als wenn Lily erführe, wer ihre Mutter ist, und diese sie dann verleugnet.«

Die beiden begannen ihre Suche im *Hotel del la Paix*, doch weder dort noch im *Pavillion*, im *Union Hotel*, im *Adelphi* oder im *Clarendon* befand sich unter den Gästen eine Dame, die Leah Uhlendorff hieß oder auf die ihre Beschreibung passte. Das nächste Ziel war das erste Haus am Platz. Johanna hätte es dort gar nicht erst probiert, kannte sie doch Leahs Abneigung gegen alles, was auch nur einen Hauch von Steifheit und gesellschaftlichem Zwang hatte, aber Mercy bestand darauf.

»Es tut mir leid, eine Leah Uhldorff wohnt nicht bei uns. Aber wir haben die Ehre, die Baroness of Talbury bei uns zu beherbergen.«

»Baroness?«, fragten Johanna und Mercy wie aus einem Mund.

»Ja.« Mrs Hjelmstrom, die Besitzerin des *Hotel d'Europe*, war sichtlich stolz auf ihre illustren Gäste. »Leah Burdett Baroness of Talbury, um genau zu sein. Klein, zierlich, dunkelbraune Haare, etwa achtundzwanzig oder neunundzwanzig Jahre alt, kennt Singapur offenbar ausgezeichnet. Einer der Diener berichtete mir, dass sie Hokkien spricht. Leider sind die Herrschaften unterwegs. Ich weiß nicht, wann sie zurückkommen. Wollen Sie eine Nachricht hinterlassen?«

In Johannas Kopf drehte sich alles. »Ja, ich würde der Baroness gerne einen Brief hinterlegen. Haben Sie Papier und Feder?«

»Selbstverständlich.«

Johanna und Mercy zogen sich auf die Terrasse zurück und orderten Tee. Während Mercy die Empfangshalle mit Argusaugen beobachtete, um Leah oder den geheimnisvollen Baron nicht zu verpassen, kritzelte Johanna Seite um Seite voll, versuchte Leah die ungeheure Tat der Mutter in schonenden Worten nahezubringen, versagte, strich aus, schrieb neu. Tränen tropften auf das Papier und ließen die Tinte verlaufen, aber das war gleichgültig. Selbst wenn sie Wochen Zeit gehabt hätte, wäre es ihr nicht gelungen, die richtigen Worte zu finden. Die Schwester musste mit dem Gestammel vorliebnehmen, das so perfekt den Aufruhr in Johannas Seele widerspiegelte. Endlich hatte sie alles gesagt. Sie faltete den Brief, ohne ihn noch einmal zu lesen, verschloss ihn in einem Umschlag und gab ihn der Hotelbesitzerin mit der Bitte um Weiterleitung.

* * *

Bestimmt eine Stunde oder länger hatte Leah den Kutscher hierhin und dorthin gescheucht, doch von dem Palanquin, der ihre Tochter entführt hatte, war keine Spur zu sehen. Sie hatte gar nicht erst versucht, sich zu beruhigen, sondern ihrer Wut die Zügel schießen lassen. Ihre Enttäuschung war grenzenlos, als ihr bewusst wurde, dass selbst Onkel Koh zu den Verschwörern gehörte. Warum sonst hätte er so dringlich darauf bestehen sollen, dass sie mit Johanna sprach?

Irgendwann gerieten sie in das Gewühl rund um Raffles Place. Leah gab auf. Es war aussichtslos, das Kind zu finden, zu groß war die Stadt geworden. Dann musste sie eben am Abend vor dem Bungalow warten. Sie entlohnte den Kutscher und stand eine Weile lang ratlos im Schatten der Bäume, die im Park in der Mitte des Platzes gen Himmel wuchsen, als ein Firmenschild ihre Aufmerksamkeit erregte. Sie betrachtete es eingehend, holte tief Luft und ging dann auf den Eingang des Kontors zu. Aufwühlender konnte der Tag ohnehin nicht mehr werden.

»Lassen Sie mich durch.« Leah schob den chinesischen Diener, der ihr den Zugang zu Boon Lees Haus verwehren wollte, rabiat beiseite und trat ein. Im Kontor hatte man ihr gesagt, er sei abwesend, und deshalb versuchte sie es nun hier. Unbeeindruckt erfasste sie die Pracht der Besuchern vorbehaltenen Eingangshalle. Sie hatte Häuser wie diese in Penang zuhauf besucht. Wohl wissend, dass es ungehörig war, marschierte sie auf den mit reichhaltigen Schnitzereien verzierten Raumteiler zu, der den offiziellen vom privaten Teil des Hauses abtrennte.

»Mem, ich muss Sie doch bitten!« Der Diener schwitzte vor Angst, ob vor ihr oder vor Boon Lees gerechtem Zorn, blieb dahingestellt. Wahrscheinlich vor beidem.

Leah blieb abrupt stehen. »Gut, dann hol deinen Herrn.«

»Wen soll ich melden?«, fragte der Mann, sichtlich erleichtert über das Einlenken der aufgebrachten europäischen Dame.

»Die Baroness of Talbury.« Leah holte tief Luft. »Nein«, korrigierte sie sich, »melde ihm Leah Uhldorff.«

Der Diener verschwand. Ungeduldig durchmaß Leah die Eingangshalle. Hinter der Wand war ein Rascheln zu vernehmen. Sie trat zur Türöffnung, blickte um die Ecke und sah gerade noch, wie sich eine buntgekleidete Gestalt in die Tiefen des Hauses zurückzog. Neugierig musterte sie die Welt hinter dem Paravent. Bei dem sich der Halle anschließenden Raum handelte es sich um einen Innenhof, dessen Boden in der Mitte etwa einen Fuß abgesenkt war, um das bei Regen hereinfallende Wasser aufzunehmen und unterirdisch abzuleiten. Riesige Pflanztöpfe aus luxuriösem Chinaporzellan gruppierten sich um die Vertiefung, Palmen und sogar eine Bougainvillea reckten sich dem Himmel entgegen. Leah gegenüber öffnete sich ein langgestreckter Flur, der, wie sie ahnte, zu weiteren Innenhöfen führte, ehe schließlich der Küchentrakt und Hinterhof am anderen Ende des Gebäudes erreicht waren. Bis auf ein gedämpftes Murmeln irgendwo im ersten Stock war es im Haus gespenstisch still. Obwohl Leah die Ohren spitzte, konnte sie kein Wort verstehen, glaubte allerdings Erregung aus den Männerstimmen herauszuhören. Eine Tür klappte. Sie zog sich hastig in die Mitte des Empfangsraums zurück, die Hände auf dem Rücken verschränkt. Wie würde Boon Lee auf ihr plötzliches Auftauchen reagieren?

Schritte auf der Treppe. Sie wich noch weiter zurück. Noch konnte sie flüchten, alles auf sich beruhen lassen.

In diesem Moment trat ein Mann in den Raum.

Es war nur der Diener. Der Herr lasse ihr ausrichten, dass er momentan unabkömmlich sei. Sie möge in ihrem Hotel auf seine Nachricht warten. Ob sie ihm bitte mitteilen könne, in welchem Etablissement sie abgestiegen sei?

Zum zweiten Mal an diesem Tag packte Leah unbändiger Zorn. Er wagte es, sie wegzuschicken wie eine Bittstellerin? Wenn er Angst hatte, sich zu kompromittieren, sollte er es ihr gefälligst ins Gesicht sagen. Sie ließ sich von dem protestierenden Diener nicht länger aufhalten, stürmte in den Innenhof und die Treppe hinauf auf die Galerie, dorthin, wo vor wenigen Augenblicken das Murmeln seinen Ursprung gehabt hatte. Sie stieß die erste Tür auf, die zweite.

»Leah?«

Sie drehte sich um. Da stand er, eine Hand haltsuchend auf dem Geländer der Galerie, die Gestalt von der schräg einfallenden Sonne erhellt. Leah blieb wie angewurzelt stehen. Sein Anblick überwältigte sie, spülte den bittersüßen Schmerz von damals in ihr sich zusammenkrampfendes Herz. Er war älter geworden, doch die Jahre hatten seiner Schönheit keinen Abbruch getan. Sein feines Gesicht war ein wenig kantiger geworden, erwachsener, und ein fester Zug um den Mund verriet, dass man gut daran tat, ihn ernst zu nehmen. Ein halb ärgerliches, halb unsicheres Lächeln zeigte sich auf seinem Gesicht.

»Willst du mich vor meiner Familie bloßstellen?«

Seine Worte brachten Leah noch mehr in Rage.

»Du hast kein Recht, mich fortzuschicken.«

»Und du hast kein Recht, in mein Haus einzudringen. Denkst du denn immer nur an dich?« Er trat zu einer der Türen und bat sie mit einer knappen Geste, einzutreten. Seine Worte hatten Leah so getroffen, dass sie seiner Aufforderung umgehend Folge leistete. War sie wirklich so selbstsüchtig, wie er es darstellte?

Der Raum war klein; lediglich ein europäischer Ledersessel mit passendem Hocker, ein Tischchen und ein Regal mit mehreren Dutzend Büchern fanden darin Platz. Auf dem Tisch lag zu Leahs Überraschung ein ins Englische übersetzter Roman von Jules Verne: *From the Earth to the Moon.* Eine seltsame Lektüre für einen gestandenen Geschäftsmann, dachte sie und ließ sich in dem Sessel nieder. Boon Lee setzte sich auf den Hocker. Schweigend sahen sie sich an.

»Du hinterlässt noch immer Scherben«, stellte er schließlich fest. Er stand wieder auf, trat an das Fenster zum Innenhof, sah kurz hinaus, drehte sich wieder um und lehnte sich gegen den Rahmen. Leah ließ ihn nicht aus den Augen. Ihre Kehle war wie zugeschnürt.

»Ich bin davon ausgegangen, dich nie wiederzusehen«, fuhr

er fort. »Deine Augen haben es mir gesagt, damals bei meiner Hochzeitsprozession.«
Leah räusperte sich, zwang sich zu sprechen. »Du hast mich richtig verstanden. Es hat mich fast umgebracht, dich dort zu sehen. An der Seite dieses Mädchens. Ich bin noch in derselben Nacht an Bord eines Schiffes gegangen. Ich wollte nie nach Singapur zurückkehren. Diesen Schwur habe ich vor ein paar Tagen gebrochen.«
»Und da dachtest du, du könntest den zweiten Schwur auch gleich brechen und bist hergekommen?« Plötzlich war nichts mehr von seiner Härte zu spüren. In seinen Augen schimmerte dieselbe Wehmut, die sie empfand.
Leah wusste nicht, wo sie hinschauen, was sie sagen sollte. Mit einem Mal fühlte sich alles falsch an. Sie hätte auf ihren Instinkt hören und gehen sollen. Was erwartete sie? Dass er noch immer seiner verlorenen Liebe nachtrauerte? Ihr anbot, seine Familie zu verlassen und neu anzufangen? Sie schloss die Augen, horchte tief in sich hinein. In diesem Moment wurde ihr bewusst, dass sie ihn nicht mehr liebte. Sie hatte die Erinnerung an ihre große Liebe all die Jahre bewahren können, nicht jedoch die Liebe selbst. Sie gehörte zu Bertrand, so wie sich Boon Lee seiner Gemahlin verpflichtet fühlte. Vielleicht hegte er mittlerweile ebenso tiefe Gefühle für seine chinesische Prinzessin wie sie für Bertrand?
Leah schlug die Augen wieder auf und erhob sich aus dem Sessel. Sie wollte Boon Lee auf Augenhöhe begegnen. »Ich hatte tatsächlich nicht vor, dich aufzusuchen«, sagte sie. »Doch es gibt da etwas, das ich mit dir besprechen muss.« Sie suchte in seinem Gesicht nach einem Hinweis, doch er sah sie offen und neugierig an. Er wusste es nicht. Johanna hatte auch ihn betrogen.
Sie holte tief Luft. »Du hast eine Tochter«, sagte sie.

»Nun, ich habe sogar zwei. Zwei Töchter und zwei Söhne.« Er runzelte in leichter Verärgerung die Stirn. »Damit musstest du gerechnet haben, Leah. Hast du auch Kinder?«
»Ja, einen Sohn. Einen Sohn und eine Tochter. Das Mädchen ist neuneinhalb Jahre alt.«
»Dann ist sie sogar älter als Soo, meine Erste.« Er stutzte. Leah sah es in seinem Gesicht arbeiten, er rechnete wohl, und dann erbleichte er. Schwer sank er gegen die Stuhllehne. »Warum hast du es mir nicht erzählt?«
»Weil ich eben erst erfahren habe, dass sie noch lebt!« In abgehackten Sätzen erzählte sie ihm von der vermeintlichen Totgeburt, von ihrer Trauer und von den Geschehnissen des heutigen Tages. Als sie geendet hatte, wurde es so still, dass Leah das leise Flattern eines Falters zu hören glaubte, der zum Fenster hereingeschwebt kam und den Weg in die Freiheit nicht mehr fand. Boon Lee brach das Schweigen als Erster. »Was hast du jetzt vor?«
»Sie zu mir nehmen, natürlich.«
»Natürlich? Und die Konsequenzen?« Er beugte sich vor. Der harte Zug um seinen Mund kehrte zurück. »Über eines musst du dir im Klaren sein: Ich werde das Kind nicht anerkennen. Es ist zu spät. Ich muss an meine Familie denken, an die anderen Kinder.« Er hob die Hand, um ihren Einwand zu unterbinden. »Hör mich an, dann kannst du immer noch toben und wüten. Du hast einen Sohn, sagtest du. Gibt es auch einen passenden Ehemann?«
Leah nickte, verblüfft über Boon Lees Autorität. Diese Seite von ihm kannte sie nicht. Vielleicht war sie erst zum Vorschein gekommen, nachdem der Schatten seines übermächtigen Vaters von ihm gewichen war.
»Dann unternimm nichts Unüberlegtes. Ich gehe davon aus, dass dein Mann nie von mir gehört hat, und das sollte auch so

bleiben. Wahrscheinlich lässt er dir viele Freiheiten, aber wie viel Toleranz darfst du erwarten, wenn er erfährt, dass seine Frau die Mutter eines chinesischen Bastards ist?«

Die Worte trafen Leah wie Schläge. Boon Lee sprach aus, was sie nicht zu denken gewagt hatte. Lily zu gewinnen bedeutete, Bertrand zu verlieren. Bertrand und Thomas. Ihr Mann konnte in diesem Fall nicht zu ihr stehen, selbst wenn er wollte. Die Verantwortung für den guten Ruf der Familie, für Thomas durfte er nicht in den Wind schlagen. Boon Lee beobachtete schweigend ihren inneren Kampf. Irgendwann legte er seine Hand an ihre Wange. Sie war kühl. Oder empfand sie es nur so, weil sie selbst glühte? Leah fühlte sich fiebrig, matt und krank.

»Lass es, wie es ist«, sagte er überraschend sanft. »Manchmal begegne ich deiner Schwester und den Kindern, wenn sie bei John Little einkaufen, manchmal bei einer sonntäglichen Ausfahrt. Ich habe sie sogar schon alle gemeinsam in einer der chinesischen Garküchen essen sehen. Dein alter Freund, Koh Kok – er begleitet sie oft. Lily wächst so auf, wie du es dir für sie gewünscht hättest. Soweit ich es beurteilen kann, ist sie ein fröhliches Kind, es könnte ihr nicht besser gehen. Ich vermute übrigens, dass Johanna geahnt hat, ich würde Lily nicht anerkennen, sonst hätte sie mich längst in Kenntnis gesetzt.«

Sie sprachen nicht mehr viel. Bald erhob sich Leah zum Gehen. Boon Lee wollte sie nach unten begleiten, doch sie hinderte ihn daran. »Halte deine Hand über unsere Tochter«, sagte sie. »Ich vertraue auf dich.«

»Werde ich dich jemals wiedersehen?«

»Das glaube ich kaum. Leb wohl.« Sie eilte die Treppe hinunter und auf die Trennwand zu. Aus den Augenwinkeln nahm sie eine Bewegung wahr. Im Dämmerlicht unter der Galerie stand eine kostbar gekleidete, zierliche Chinesin. Ihre Hände

ruhten auf den Schultern eines Jungen in Thomas' Alter. Leah verlangsamte ihren Schritt, ihr Blick traf den der Frau, aus dem unerwartete Stärke sprach.
Die Frau neigte leicht den Kopf. Dann nahm sie den Jungen an der Hand und trippelte auf ihren gebundenen Füßen davon. Leah fuhr sich über die Augen, unsicher, ob ihre Wahrnehmung ihr einen Streich spielte. Die Frau hatte kein Wort gesprochen, und doch klang ihre Stimme in ihrem Kopf nach. »Toh siah«, hörte sie. »Danke.«
Völlig durcheinander hastete Leah aus dem Haus und bestieg eine freie Mietdroschke. Sie wies den Fahrer an, sie zur Esplanade zu fahren. Zu ihrer Familie.

* * *

Das Gepäck war in den Kisten und Koffern verstaut und abgeholt worden, Bertrand und Thomas waren auf ihren Wunsch schon zum Neuen Hafen vorgefahren. Zwei Stunden blieben Leah noch, bis auch sie an Bord der *Flores* gehen musste. Sie saß auf der Terrasse des Hotels, unschlüssig, was sie mit dieser Zeit anfangen sollte. Erneut las sie Johannas Brief. Die wirren Sätze, die verschmierten Stellen, die Ausstreichungen, all dies zeigte ihr, wie aufgewühlt die Schwester gewesen sein musste. Und dass sie die Wahrheit schrieb.
Die Mutter also. Leah seufzte. Johanna berichtete, dass Alwine ihr Tun bereut und sich von Anfang an um Lilys Wohlergehen gesorgt hätte, doch sprach sie dies wirklich von aller Schuld frei? Das lag in Gottes Hand.
Leah hatte die ganze Nacht wachgelegen, während ihre Gedanken einander jagten. Mehr als einmal hatte sie aufspringen, in die Waterloo Street fahren und die Tochter zurückfordern wollen, doch Boon Lees warnende Worte hallten in ihr

nach, und auch Johannas Brief hielt sie zurück. Hätte Johanna sie gebeten, Lily in Ruhe zu lassen, wäre sicher ihr Widerspruchsgeist erwacht. Die Schwester aber flehte sie lediglich an, behutsam vorzugehen, um das Kind zu schützen. Aus jeder Zeile des Briefes atmete Johannas Liebe für Lily. Boon Lee hatte es richtig eingeschätzt: Es war besser, Lily bei Johanna zu belassen. Sie würde abreisen, auch um Lilys willen. Nur einmal wollte sie ihre Tochter noch sehen, von weitem, bevor sie Singapur für immer verließ.

Und Johanna? Leah wurde eng ums Herz, es zog sie zur Schwester, doch sie entschied sich dagegen, ihr einen Abschiedsbesuch abzustatten. Stattdessen tunkte sie die Feder in die Tinte, warf, ohne abzusetzen, einige Worte auf das bereitliegende Briefpapier und übergab der Hotelbesitzerin den verschlossenen Umschlag mit der Bitte, den Brief Mrs von Trebow zukommen zu lassen.

Eine halbe Stunde später stand sie im Schatten eines Baumes vor Mrs Cookes Schule. Ihr Gefühl trog sie nicht: Lily gehörte tatsächlich zu den Schülerinnen der ehrenwerten Dame. Gerade vergnügten sie und einige andere Mädchen sich mit einem Ballspiel. Zöpfe flogen, Gelächter drang herüber. Obwohl Leah die Wehmut packte, hielt sie sich zurück.

Jetzt holte eines der Mädchen weit aus, der Ball flog über die niedrige Mauer, hüpfte über den Bürgersteig und blieb nur wenige Schritte von Leah entfernt liegen. Bevor sie sich zurückziehen konnte, flitzte schon ein kleines Mädchen aus dem Tor und auf den Ball zu. Sobald das Kind Leah entdeckte, blieb es wie angewurzelt stehen. Seine Augen weiteten sich vor Schreck, dann gewann die Neugierde überhand.

»Du bist Johannas Schwester.« Unwillkürlich trat Lily einen Schritt zurück.

»Warte«, bat Leah. »Ich weiß, mein gestriger Auftritt muss

zum Fürchten gewesen sein. Aber eigentlich bin ich nicht so.«
Nicht?, fragte eine gemeine kleine Stimme in ihrem Kopf. Du hast schon so vieles kaputt gemacht mit deinem unbeherrschten Auftreten.
»Warum habt ihr denn gestritten?«, unterbrach Lily Leahs innere Zwiesprache.
»Ach, nur über alte Geschichten«, murmelte sie und ging in die Hocke. »Du heißt Lily?«
»Ja.« Die Kleine kam einen Schritt näher. »Du siehst Mama gar nicht ähnlich.«
»Mama?«
»Sie ist natürlich nicht meine richtige Mama. Die war nämlich eine wunderschöne Chinesin und ist bei meiner Geburt gestorben, und mein Papa, ein englischer Kapitän, der hat bei einem Brand auf einem Schiff ganz vielen Leuten das Leben gerettet. Er ist auch tot.« Sie sagte es ohne Bedauern. Wie sollte sie Menschen nachtrauern, die sie nie gekannt hatte?
»Geht es dir denn gut bei Johanna?«
»O ja. Ich mochte das Waisenhaus, aber die Nonnen waren oft streng zu uns. Ganz besonders traurig war ich, als Tante Alwine gestorben ist.« Die Kleine biss auf ihre Unterlippe. »Aber dann kam Ma…, ich meine, Tante Johanna. Sie hatte schon zwei Kinder. Hermann ist mein bester Freund. Er geht auf die Jungenschule unten an der Beach Road. Und dann ist da noch Dinah. Sie ist ein bisschen maulfaul und langweilig, aber ich spiele trotzdem mit ihr. Sie ist erst sechs, weißt du?«
Leah saugte jedes Wort ihrer Tochter in sich auf. Das Mädchen hatte Zutrauen gefasst und plapperte lustig weiter, erzählte von Onkel Koh, von Lim und Ping und dem Ehemann von Johanna, den sie aber kaum sehen würden, weil er oft woanders schlief, und den sie auch nicht Papa nennen würde, weil er ihr ein wenig unheimlich sei. Ein lauter Ruf unter-

brach Lilys Redefluss. »Oh«, sagte sie. »Ich muss zurück zum Unterricht. Kommst du uns bald besuchen?«
Leah schüttelte den Kopf. »Ich reise heute ab. Vielleicht in ein paar Jahren. Lebe wohl, liebe Lily.« Impulsiv zog sie das Mädchen in die Arme. Lily versteifte sich, fühlte sich wohl überrumpelt. »Ich liebe dich«, krächzte Leah.
»Ich mag dich auch, Tante.«
Lily löste sich von ihr. Bevor sie weglaufen konnte, nahm Leah einen Jadeanhänger von ihrem Hals, ein Geschenk von Onkel Koh. Er hatte ihr den kleinen grünen Phoenix geschickt, als sie im Haus eingesperrt gewesen war, und sie hatte ihn seither niemals abgenommen. Zärtlich legte sie Lily die Kette um den Hals.
»Der ist zu kostbar«, sagte Lily verwundert.
»Für dich ist nichts zu kostbar. Und nun lauf. Deine Lehrerin wartet.« Tatsächlich war eine junge Frau am Tor erschienen und musterte die im Staub kniende Leah misstrauisch. Lily wirbelte davon. Im Hineingehen drehte sie sich noch einmal um.
»Wie heißt du eigentlich, Tante?«
»Leah. Ich heiße Leah!« Tränen erstickten ihre Stimme.
Und dann war Lily fort.

* * *

»Beeilen Sie sich!«
»Mem, es geht nicht weiter. Sie sehen doch, da vorn hat ein Ochsenkarren seine Ladung verloren.«
Johanna lag eine scharfe Antwort auf der Zunge, aber den Kutscher traf nun wirklich keine Schuld an der Verzögerung. Sie stieg aus, drückte dem Mann eine Münze in die Hand und eilte mit geschürztem Rock davon. Rempelte empörte Las-

tenträger beiseite, wand sich an der Unfallstelle vorbei und hastete weiter. Sie musste es einfach rechtzeitig schaffen. Warum war sie bloß nicht früher zum *Hotel d'Europe* gefahren? Doch woher hätte sie wissen sollen, dass Leah schon heute die Stadt verließ? In ihrer Hand knüllte sie den Brief zusammen, den die Schwester ihr hinterlassen hatte.

Der Weg zum Neuen Hafen zog sich endlos. Schweiß lief Johanna in Bächen übers Gesicht. Sie achtete nicht darauf, auch nicht auf die überraschten Ausrufe der Hafenarbeiter. Hastig bog sie um ein letztes Lagerhaus und rannte direkt in eine Gruppe Kulis hinein.

»Die *Flores*«, keuchte sie auf Malaiisch. »Wo liegt sie?«

»Hat gerade abgelegt. Dort.« Einer der Männer wies auf einen Dampfer, kaum zwanzig Meter vom Ufer entfernt. Johanna hetzte weiter, den Kai entlang, winkend und rufend, bis sie schließlich an der Kante zum Stehenbleiben gezwungen war. Keuchend hielt sie sich die Seiten, während sie gleichzeitig die Menschen an der Reling des Schiffs zu erkennen suchte. Ein hochgewachsener rothaariger Mann, der einen kleinen Jungen hochhob, erregte ihre Aufmerksamkeit. Jetzt sah er sie und wandte sich an jemanden hinter ihm. Eine zierliche Frau in einem hellen Kleid trat neben ihn und spähte hinunter zum Kai. Leah! Warum rührte sie sich nicht? Hatte sie Johanna nicht gesehen? Johanna winkte immer hektischer. Und dann hob Leah den Arm, winkte ebenfalls, langsam, zögernd.

Johanna stand noch am Kai, als die *Flores* längst hinter Pulau Blakang Mati verschwunden war. Ein Gewitter zog auf und schob einen Sturmwind vor sich her, der heftig an den hohen Palmen rüttelte und Johanna Leahs Brief aus der Hand riss. Erschrocken wollte sie ihn fassen, doch schon wirbelte die Böe ihn über die Kaikante hinaus. Das Papier vollführte eine kapriziöse Pirouette, noch eine und noch eine, und trudelte dann auf die Wasseroberfläche. Johanna starrte auf den weißen Fleck, bis er versank. Ein winziges Lächeln erschien auf ihrem Gesicht. Sie brauchte das Papier nicht, Leahs Worte standen in ihrem Herzen.

Ich verzeihe dir. Sei Lily eine gute Mutter.
Lebe wohl, für immer,
Deine Schwester Leah

21

April 1870, ein Jahr später

Johanna hörte Pings Schimpfen und Lilys ärgerliche Stimme schon, bevor die beiden mit Dinah den Garten betraten. Sie klappte das Kassenbuch zu, in dem sie gerade die letzten Ausgaben der Krankenstation vermerkt hatte, und ging nach draußen. Der Anblick der Kinder ließ ihren Herzschlag für einen Moment aussetzen. Dinahs zartes Gesicht war vom Weinen regelrecht aufgedunsen, die Nase leuchtete rot. Mit hängenden Schultern stolperte sie neben der wütenden Ping her, die wiederum Lily am Ärmel gepackt hielt.

Johanna unterdrückte einen Ausruf. Obwohl äußerlich kaum Ähnlichkeit vorhanden war, vermeinte sie, Leahs Ebenbild vor sich zu sehen. Die zerzauste Frisur, ein aufgeschlagenes Knie und ein langer Riss in Lilys Schuluniform ließen darauf schließen, dass sich die Zehnjährige geprügelt hatte. Aus ihrer Miene sprach keinerlei Schuldbewusstsein, sondern nichts als Zorn. Sobald sie Johanna bemerkte, riss sie sich ungeduldig von Ping los.

»Ich habe nicht angefangen.« Sie stemmte die Arme in die Hüften, um ihrer Aussage Nachdruck zu verleihen. »Die dumme Alice Harrington hat Dinah geärgert, und dann hat Dinah angefangen zu heulen, und da habe ich Alice die Meinung gesagt, und sie hat mich geschubst und ich sie auch und dann …«

Johanna verbiss sich ein Lachen. »Halt ein«, sagte sie mit gespielter Strenge. »Habe ich dich richtig verstanden: Du hast Alice geschubst?«

»Alice und Rosie und Pearl. Denen habe ich gezeigt, dass sie Dinah nicht ärgern dürfen.«
»Das bedeutet noch lange nicht, dass du die anderen Mädchen schubsen und schlagen darfst. Eine feine Dame tut so etwas nicht.«
»Die anderen sind auch nicht fein.« Lily verzog schmollend das Gesicht.
»Genug jetzt. Wasch dich. Für den Rest des Tages bleibst du in deinem Zimmer.«
Lily maß sie mit einem Blick, der Johanna durch Mark und Bein ging. Schweigend marschierte sie an ihr vorbei ins Haus, um die ihrer Meinung nach unverdiente Strafe anzutreten. Gut, dass der Mangobaum vor Leahs ehemaligem Zimmer schon lange nicht mehr steht, dachte Johanna, dann schloss sie Dinah tröstend in die Arme.

Eine halbe Stunde später lief Johanna unruhig im Salon auf und ab. Wie so oft in letzter Zeit litt sie unter Kopfschmerzen, doch sie ignorierte sie. Was Dinah ihr unter Weinen berichtet hatte, beunruhigte sie zutiefst.
Ihre Tochter, die mittlerweile die zweite Klasse von Sophie Cookes Schule besuchte, hatte sich zu Beginn des ersten Schuljahrs mit der jüngeren Harrington-Tochter angefreundet. In regelmäßigen Abständen hatte die kleine Georgia in Begleitung ihrer Amah das Haus in der Waterloo Street besucht, und die Gegeneinladung für Dinah ließ nie lange auf sich warten – bis vor etwa einem halben Jahr. Es war Johanna wohl aufgefallen, dass Dinah kaum noch von ihrer Freundin sprach, doch sie tat es als typische Kinderlaune ab. Verwunderlich war höchstens, dass in Dinahs kleiner Welt keine neue Freundin Georgias Platz eingenommen hatte. Wie sich nun herausstellte, hatte kein kindlicher Zank über ein Spielzeug

die beiden Mädchen entzweit, sondern Mrs Harrington höchstpersönlich.
Wütend hieb Johanna auf eine Stuhllehne. Sie kannte Victoria Harrington, eine oberflächliche und nicht sonderlich gebildete Frau, die sich, wie so viele Ehefrauen in den Kolonien, in England einen Kaufmannsassistenten auf Brautschau geangelt hatte. Victoria Harrington hatte es gut getroffen; ihr Gatte gründete bald nach der Geburt der ersten Tochter mit Freunden eine Handelsniederlassung. Das Geschäft florierte, doch leider war Mrs Harrington der ungewohnte Wohlstand zu Kopf gestiegen. In ihrer Dünkelhaftigkeit nahm sie es mit jeder Dame von Adel auf. Oder mit Amelia, dachte Johanna grimmig, schob den unwillkommenen Gedanken aber beiseite.
Offenbar war Victoria Harrington und ihren Freundinnen Johannas Krankenstation ein Dorn im Auge. Es passte ihnen nicht, dass sich Johanna insbesondere um arme und gefallene Frauen kümmerte. Ein solches Haus wollten sie nicht in ihrer Nähe wissen. Johanna massierte ihre schmerzende Stirn. Sie wurde das Gefühl nicht los, alles und jeder hätte sich gegen sie verschworen.
Dabei hatte alles so gut begonnen.
Schon am Tag nach Leahs Abreise hatte Chee Boon Lee Johanna um eine Unterredung in seinem Kontor ersucht. Johanna war darauf vorbereitet gewesen; natürlich hatte Leah ihn über Lily in Kenntnis gesetzt. Sie hatte mit Vorwürfen gerechnet, vielleicht sogar offenem Hass, als sie sein gediegen ausgestattetes Kontor betrat, aber er reagierte anders.
Chee Boon Lee empfing sie zwar kühl, doch er blieb sachlich. Ruhig, beinahe emotionslos ließ er sich von Johanna alles berichten. Sie beschönigte nichts, beichtete ihm die unrühmliche Rolle, die ihre Mutter in der ganzen Affäre gespielt hatte, und harrte am Ende ergeben auf seine Entscheidung. Lily war

sein Kind, er hatte alles Recht, sie zu sich zu nehmen. Allein der Gedanke sandte Johanna eine Gänsehaut über den Rücken. Chee Boon Lee schwieg lange. Wieder ergriff sie das Wort, bat ihn, es sich gut zu überlegen. Wenn Lily den Status einer illegitimen und somit wertlosen Tochter in seinem Haus einnehmen müsse, könne sie doch genauso gut in der Waterloo Street bleiben.

Ja, antwortete er, Lily könne bei ihr bleiben. Mrs von Trebow würde sicher verstehen, dass er das Geheimnis ihrer Herkunft im Interesse seiner Familie gewahrt wünsche.

Johanna lächelte, als sie sich ihrer Erleichterung erinnerte. Finanzielle Unterstützung hatte sie zunächst abgelehnt, was er natürlich nicht zulassen konnte. Die bescheidenen Verhältnisse der Familie von Trebow waren niemandem in der Stadt verborgen geblieben. Am Ende einigten sie sich darauf, dass Chee Boon Lee für die Ausbildung seiner klugen Tochter aufkommen und ihr eine Mitgift nach seinem Ermessen bereitstellen würde.

Danach hatte Johanna ihren ganzen Mut zusammengenommen und ihn um Geld für den Aufbau einer Krankenstation gebeten. Er hatte sich Bedenkzeit ausbedungen; zwar unterstützte auch Chee Boon Lee bereits diverse gemeinnützige Unternehmungen, doch etwas Derartiges hatte er nie in Betracht gezogen, zumal der bereits verstorbene Tan Tock Seng, Gründer einer überaus wohlhabenden Kaufmannsdynastie, der Stadt schon vor langer Zeit ein Krankenhaus gestiftet hatte. Briefe waren hin und her gegangen, sie trafen sich wohl ein halbes Dutzend Mal, bis Johanna den reichen Kaufmann davon überzeugt hatte, wie sinnvoll eine Klinik nur für Frauen sei, die selten den Weg in das Armenkrankenhaus der Stadt wagten. Gemeinsam suchten sie nach einem passenden Haus und fanden es in Rochor: eine hübsche Villa inmitten eines

Gartens voller Blumen, an denen sich die Kranken und Genesenden erfreuen konnten. Es folgten anstrengende Monate. Umbauarbeiten mussten vorgenommen, Ärzte gewonnen, Frauen in der Krankenpflege geschult sowie Instrumente, Möbel, Medikamente und Impfstoffe bestellt werden. Johanna widmete sich mit ganzer Kraft diesen neuen Aufgaben, misstrauisch beäugt von ihren Nachbarn, allesamt Angehörige der betuchten Gesellschaftsschicht von Singapur. Mit Chee Boon Lees Hilfe meisterte sie die Tücken der Buchführung, die weit über die Belange einer einfachen Haushaltsführung hinausgingen, las bis tief in die Nacht die Schriften von Florence Nightingale und bestellte alle Bücher und Abhandlungen über Krankenpflege, Hygiene und Medizin, die sie für wichtig erachtete. Mercy, die zwar die Krankenstation weitestgehend mied – »Ich tauge nicht zum Engel der Armen, Liebste« –, hielt ihr den Rücken frei, indem sie sich verstärkt um die Kinder kümmerte.

Ahnend, dass einer offiziellen Einladung kaum jemand Folge leisten würde, eröffnete Johanna die Station in aller Stille. Frisch bezogene Betten warteten auf Patientinnen, doch die kamen nur zögerlich, obwohl Johanna mit Koh Kok als Begleiter und Übersetzer weiterhin Krankenbesuche im chinesischen Viertel unternahm und für die kleine Klinik warb. Heute, ein gutes halbes Jahr nachdem sie den Betrieb aufgenommen hatte, war meist die Hälfte der zwanzig Betten im großen Saal belegt. Sie hatten Erfahrungen in der Geburtshilfe gesammelt, einen Raum für die von ansteckenden Krankheiten wie den Blattern heimgesuchten Patientinnen eingerichtet und sogar Erfolge bei operativen Eingriffen zu verzeichnen. Zwei der in Singapur ansässigen europäischen Ärzte hielten regelmäßig Visite und stritten sich ebenso regelmäßig mit ihren chinesischen und indischen Kollegen, deren Heilmethoden ihnen suspekt waren – und umgekehrt. Johanna rechnete es sich als einen ihrer größten Siege an, die Männer, die sich anfangs gegenseitig der Quacksalberei bezichtigt hatten, zu einem einigermaßen friedlichen Miteinander bewegt zu haben.

Über der Arbeit, die sie oft zwölf und mehr Stunden von ihrem Haus fernhielt, hatte Johanna kaum bemerkt, dass sie kaum noch Einladungen zu nachmittäglichen Bridgerunden, zum Tee und anderen Zerstreuungen bekam, mit denen die Damen der Singapurer Gesellschaft die Langeweile bekämpften. Im Grunde war sie froh darüber, enthob es sie doch dem lästigen Schreiben wohlformulierter Absagen. Mercy war immer wieder in sie gedrungen, sie möge sich nicht so absondern, doch sie hatte den Warnungen der Freundin keine Bedeutung beigemessen. Bis heute.

Solange es nur um ihre Person gegangen war, hatte sie die unterschwelligen Anfeindungen mit einem Achselzucken abgetan, doch nun wurden ihre Kinder in Mitleidenschaft gezogen. Johanna fasste einen Entschluss. Auch wenn es einem Gang nach Canossa gleichkäme, musste sie sich bei Mrs Harrington für Lilys Betragen entschuldigen und gleichzeitig um Verständnis für ihre Sache werben. Immerhin engagierten sich auch die anderen Damen in karitativen Projekten, wenn auch nur durch die Ausrichtung von Wohltätigkeitsbällen und Ähnlichem. Selbst anzupacken hielten die meisten für unter ihrer Würde; der Umgang mit Krankheit, Tod und nicht zuletzt mit den Gestrauchelten der Stadt erschreckte sie.

Victoria Harrington erwartete sie in ihrem Salon. Im Gegensatz zu Johanna, die ihre Polstermöbel schon vor Jahren gegen luftiges Rattanmobiliar ausgetauscht hatte, mochten die Harringtons, ungeachtet des von ihnen ausgehenden, durch die feuchte Tropenluft hervorgerufenen sauren Schimmelgeruchs, nicht auf ihre Kanapees und Sessel verzichten. Sobald Johanna Platz genommen hatte, entschuldigte sie sich in aller Form für das Verhalten ihrer kämpferischen Ziehtochter, was von Victoria Harrington mit einem herablassenden Kopfnicken quittiert wurde. Johanna knirschte mit den Zähnen. Es fiel ihr unendlich schwer, die Contenance zu wahren, aber hier ging es nur am Rande um sie.

»Ich würde mich freuen, Georgia wieder einmal bei uns begrüßen zu dürfen. Alice natürlich auch. Unsere Töchter haben sich doch immer gut verstanden, und sicherlich würde ein Nachmittag mit lustigen Spielen die Kinder ihren kleinen Zwist vergessen lassen.«

Victoria Harrington hob die Brauen. Sie musste lange vor dem Spiegel geübt haben, bis sie eine derart blasierte Miene beherrschte, dachte Johanna gehässig.

»Den kleinen Zwist? Nun, das sehe ich anders, Mrs von Trebow. Meine Töchter haben mir zu verstehen gegeben, sich nicht mehr mit Dinah und Lily treffen zu *wollen.* Es haftet ihnen zu sehr der Ruch nach … wie soll ich es nennen? … Straßenschmutz an.«

Johanna fuhr auf. »Was erlauben Sie sich!«

Ihre Gastgeberin hob abwehrend die Hände. Dabei lächelte sie maliziös. »Kein Grund zur Aufregung, Verehrteste. Natürlich ist mir bewusst, dass Ihre Kinder über alle Zweifel erhaben sind. Missverstehen Sie mich nicht, sowohl ich als auch die anderen Damen hegen die größte Bewunderung für Sie.« Ihr Lächeln wurde noch falscher, falls das überhaupt möglich war. »Natürlich habe ich meinen Mädchen ins Gewissen geredet, versucht, ihnen klarzumachen, wie wertvoll Ihr Engagement für den Abschaum …« – sie verbesserte sich, bevor Johanna erneut auffahren konnte – »… für die Armen ist, aber was soll ich tun? Ich kann sie nicht zur Freundschaft mit Ihrer Tochter zwingen, noch weniger mit Lily, deren Herkunft gänzlich im Dunkeln liegt.« Sie senkte die Stimme zu einem vertraulichen Flüstern und schaffte es, einen affektierten Seufzer in ihre Rede einzubauen. »Wissen Sie, was Alice mich kürzlich fragte? Ob denn Lily die Tochter einer dieser buntbemalten Chinesinnen sei. Nun frage ich Sie, ob es richtig ist, dass das Kind überhaupt von der Existenz dieser losen Frauen weiß, wenn es auch, Gott bewahre, nichts vom eigentlichen Charakter des Gewerbes ahnt? Leider sehen wir diese Frauen ja jetzt häufiger hier in der Gegend, seit Sie Ihre Klinik betreiben.«

Johanna verschlug es vorübergehend die Sprache. Sie musste mehrmals tief Luft holen, bevor sie antworten konnte: »Warum sagen Sie mir nicht ins Gesicht, dass Sie meine Kinder für schlechten Umgang halten? Dass meine Familie Ihnen nicht fein genug ist?«

Victoria Harringtons freundliche Maske löste sich in Luft auf. »Das haben Sie gesagt«, sagte sie kalt. »Ich würde mich niemals zu einer derartigen Unhöflichkeit versteigen. Aber da Sie offensichtlich eine Freundin klarer Worte sind, bitte sehr: Veranlassen Sie, dass sich Ihre Kinder von meinen Töchtern fernhalten. Sollte das Chinesenmädchen jemals wieder Hand an Alice legen, werde ich ihren Schulausschluss veranlassen. Wozu gibt es Erziehungsanstalten für ihresgleichen?«

* * *

Es war keine große Hochzeit, doch mehr als üppig für ein ehemaliges Dienerehepaar. Johanna hatte Ping und Lim bekniet, einen Teil zu den Kosten beitragen zu dürfen, aber sie wollten nichts davon hören. Johanna hoffte, dass die Ang

Pao, glücksbringende rote Umschläge, von den Gästen ordentlich mit Geld gefüllt worden waren, damit die beiden sorgenfrei in ihr neues Leben starten konnten.
Die Feier fand in der Apotheke statt. Die in Alkohol eingelegten Schlangen, getrockneten Echsen und alles andere, was den Gästen auf den Appetit schlagen konnte, hatten ins Hinterzimmer ziehen müssen, wo gerade noch Raum genug für Apotheker Ahs Lager geblieben war. Es machte ihm nichts aus; frohgemut residierte er neben dem Brautpaar und sparte nicht mit guten, wegen seiner Schwerhörigkeit in enormer Lautstärke vorgetragenen Ratschlägen.
Ping und Lim hatten in der Nachbarschaft Stühle und Tische geliehen, Johannas Geschirrschrank und den Inhalt von Dinahs Aussteuertruhe mit Beschlag belegt, Berge von siamesischem Reis gekocht, weiches weißes Brot und Nudeltaschen bestellt. Ping hatte sich bei der Zubereitung der raffinierten Nyonya-Gerichte selbst übertroffen. Der Duft von Schweinebauch mit Bambus und Koriander, Babi Chin genannt, Ngoh-Hiang-Röllchen, chilischarfem Huhn in Limettensaft, würziger Fischsuppe, Krabbentörtchen und Poh Piah überlagerte sogar den muffigen Geruch, der sich trotz intensiven Schrubbens nicht ganz aus der Apotheke hatte vertreiben lassen. Johanna ließ den Blick über die versammelten Gäste wandern. Ganz besonders freute sie sich über Mercys und Andrews Anwesenheit. Andrew pflegte seit jeher einen gelassenen und überaus höflichen Umgang mit Menschen aller Klassen, doch Mercy war ein anderer Fall. In Indien zu starrem Klassenbewusstsein erzogen, hatte sie sich lange Zeit schwergetan, in den sie umgebenden Asiaten mehr als Diener zu sehen, und auch nicht mit spitzen Bemerkungen gespart, wenn Johanna allzu freundschaftlich mit Ping und Lim verkehrte. Doch durch die Jahre engen Zusammenlebens sowohl

mit Johanna als auch mit ihren eigenen Dienern hatte sie begonnen, den Asiaten gegenüber Vertrauen und, im Falle von Ping, sogar Zuneigung zu entwickeln. Zu Johannas Freude hatte sie die Freundin vor einiger Zeit, den Kochlöffel schwingend und angeregt mit dem Koch über die Verbesserung eines Rezeptes diskutierend, in der Küche ertappt. Johanna lachte, als sie an Mercys Gesicht dachte, die ihr heilige Schwüre abgenommen hatte, diese gesellschaftliche Entgleisung nicht herumzutratschen.

Heute sprang Mercy endgültig über ihren Schatten. Aufgeräumt plauderte sie mit einem indischen Ehepaar, das, wie Ping Johanna zuflüsterte, seinen Lebensunterhalt mit Waschen verdiente und sich nur langsam von dem Schock erholte, mit den Sahibs an einem Tisch zu speisen.

Natürlich hatte Ping auch Onkel Koh eingeladen, und selbst Friedrich war gekommen, wenn es auch massiven Druck von Johanna gebraucht hatte. An einem gesonderten Tisch neben dem Eingang saß die Kinderschar: Hermann, Dinah und Lily, Carl und Roy Robinson, ein indisches Mädchen und zwei chinesische Jungen von etwa acht und zehn Jahren, die Johanna nicht kannte. Laut ging es dort zu, selbst Dinahs sprödes Lachen ließ sich hin und wieder vernehmen.

Angesichts der fröhlichen Kinder dachte Johanna an die unangenehme Unterredung mit Victoria Harrington zwei Monate zuvor. Mit Tränen in den Augen hatte sie den Mädchen und Hermann eingeschärft, nichts auf das Gerede der anderen Kinder zu geben. Die drei waren ihren Ausführungen stumm und, in Lilys Fall, mit kaum verhohlenem Widerspruchsgeist gefolgt, hatten aber versprochen, sich in Zukunft gesittet und wohlerzogen zu benehmen. Glücklicherweise stellte sich heraus, dass es durchaus Kinder gab, deren Gedanken nicht von ihren Eltern vergiftet worden waren, so dass Lily und Dinah

nicht isoliert blieben. Hermann hatte, nach wie vor unter dem Schutz der streitbaren Robinson-Zwillinge stehend, ohnehin nicht viel auszustehen. Mercy hatte gefaucht wie ein chinesischer Drache, als sie von dem Affront erfuhr, und Victoria Harrington samt ihrem Zirkel von aufgeblasenen Claqueuren, wie sie es unfein ausdrückte, den Krieg erklärt. Johanna hatte große Mühe gehabt, die Freundin davon abzuhalten, den Harringtons ihrerseits einen Besuch abzustatten und die Meinung zu sagen.
Die Hochzeit, so bescheiden sie auch sein mochte, lockte Gaffer an, die ihre Gesichter durch Tür und Fenster reckten, um einen Blick auf die illustren Mems und auf Pings rotes Hochzeitsgewand zu werfen. Plötzlich ging ein Raunen durch die Menge, die Kulis gaben den Weg für einen neuen Gast frei. Für einen Moment erstarb jedes Geräusch, Essstäbchen blieben auf halbem Weg zum Mund in der Luft hängen, Bissen im Hals stecken. Der Neuankömmling grüßte freundlich in die Runde und schritt auf Lim zu, der vor Verblüffung alle Regeln der Höflichkeit vergaß. Ping nicht minder. Johanna konnte es ihnen nicht verdenken. Die Anwesenheit von Chee Boon Lee adelte jedes Fest der Stadt. Dieser Hochzeit aber verlieh sie märchenhaften Glanz.
Johanna eilte Ping und Lim zur Seite. Eine Einladung zum Essen lehnte Chee Boon Lee ab, das wäre wohl auch zu viel gewesen, und hob stattdessen sein Glas, das Johanna ihm geistesgegenwärtig in die Hand gedrückt hatte. »Ich wünsche unseren neuen Apothekern Glück. Mögen sie es zu Reichtum bringen, der meinem in nichts nachsteht. Der erste Schritt ist getan. Ho say!«
Er hat recht, dachte Johanna, als sie ihr Glas leerte. Mit dem Erwerb der Apotheke und dem Eintrag ins Handelsregister hatten Ping und Lim einen großen Schritt die gesellschaftliche

Leiter hinauf getan. Sie waren keine Dienstboten mehr, sondern Unternehmer. Singapur liebte Menschen, die aus dem Nichts etwas erschafften, Singapur liebte Ping und Lim. Boon Lee hatte durch seinen Besuch ein weithin sichtbares Zeichen gesetzt, und dafür dankte sie ihm im Stillen.
Interessiert lauschte Chee Boon Lee Lims Ausführungen über dessen Pläne bezüglich der Apotheke, wünschte den beiden noch einmal alles Glück und verabschiedete sich dann. Johanna geleitete ihn gerade zur Tür, als sich draußen Unruhe bemerkbar machte. Ein weiterer unangekündigter Gast? Eine zierliche Gestalt drängelte sich durch die Gaffer und stolperte herein. Johanna schrie auf, als sie eine ihrer Krankenschwestern erkannte. Der sonst stets ruhigen und umsichtigen Eurasierin stand das Entsetzen ins Gesicht geschrieben. »Es brennt«, keuchte sie. »Die Klinik brennt lichterloh!«

Sie erreichten das Gebäude kurz nach den ersten Polizisten und Marinesoldaten, die umgehend Löschketten organisierten. Johanna sprang aus Chee Boon Lees Kutsche, mit der sie zum Unglücksort gejagt waren, und rannte aufs Grundstück. Das Küchenhaus, in dem sich der Brand offensichtlich entzündet hatte, lag bereits in Schutt und Asche, aus den oberen Fenstern des Haupthauses schlugen grellorange die Flammen in den Nachthimmel. In sicherem Abstand vom Haus wurde ein gutes Dutzend Patientinnen und zwei Krankenschwestern von den herbeigeeilten Dienern der Nachbarn versorgt. Johanna zählte bang die Köpfe. Zu wenige, es waren zu wenige! Sie hetzte weiter. Ein Soldat hastete mit einem Bündel im Arm aus dem Eingangsportal. Er machte ein paar Schritte vom Haus fort, legte die Ohnmächtige ab und verschwand wieder. Johanna folgte ihm bis zur Tür. Rauch nahm ihr die Sicht. Glühende Holzteile stürzten vom Dach, eines verfehlte sie nur knapp. Sie wich zurück, wollte sich schon zurückziehen, doch dann vernahm sie trotz des Lärms einen Schrei. Es waren noch bettlägerige Frauen im hinteren Saal! Die Sorge um ihre Schutzbefohlenen verdrängte ihre Angst. Ein Polizist stürmte auf sie zu, Wassereimer in den Händen. Kurz entschlossen riss Johanna ihr Schnupftuch heraus und tränkte es in dem Eimer. Bevor der Mann sie von ihrem Vorhaben abhalten konnte, warf sie sich mit dem vor den Mund gepressten Tuch in den immer stärker quellenden Rauch.

Aus dem ersten Stock strahlte Gluthitze, doch das Erdgeschoss schien noch intakt. Johanna schwindelte, mühsam kämpfte sie sich weiter vor bis zum Krankensaal. Die Tür stand offen, gerade kam ihr der Soldat erneut entgegen, ein zweiter folgte. »Es sind noch drei drinnen!«, schrie er gegen das Brausen des im Obergeschoss wütenden Feuers an. »Machen Sie schnell!« Er warf einen zweifelnden Blick nach oben, und jetzt sah Johanna es auch: Flammenzungen fraßen sich durch die Zimmerdecke, das ganze Haus knirschte und ächzte. Sie hastete weiter, hinein in den Saal, wo sie mit Wehklagen und flehentlich ausgestreckten Armen empfangen wurde. Johanna fasste der Patientin im nächstliegenden Bett unter die Achseln und wuchtete sie hoch. Im ersten Moment vermeinte sie, unter der Last des sich an sie krallenden jungen Mädchens zusammenzubrechen, doch die Panik verlieh ihr ungeahnte Kräfte. Torkelnd verließ sie den Saal, begleitet vom schaurigen Wimmern der Zurückgelassenen. Der Rauch biss in ihre tränenden Augen, das Knacken über ihr wurde immer lauter und bedrohlicher. Ein brennendes Deckenstück sauste herab und traf sie am Arm. Scharfer Schmerz durchzuckte sie, doch sie hielt nicht an. Hustend stolperte sie ins Freie. Ein Soldat zerrte sie vom Haus fort, ein anderer nahm ihr die Frau ab, ein dritter erstickte die Flammen an ihrem Kleiderärmel. Jo-

hanna wollte noch einmal hineinstürzen, als sie zurückgerissen wurde. »Warten Sie!«, brüllte Chee Boon Lee. »Da!«
Ein ohrenbetäubendes Krachen ertönte, Funkengarben zischten nach allen Seiten durch die Luft. Mit schreckgeweiteten Augen musste Johanna mit ansehen, wie die Stützbalken barsten, Wände zersplitterten und das Dach einbrach. Alle zum Löschen Herbeigeeilten zogen sich in einem weiten Kreis zurück, ohnmächtig ob der Urgewalt des Feuers.
Als Johanna begriff, dass ihre Klinik zum Grab für mindestens zwei Menschen geworden war, begann sie zu schreien. Kaum bemerkte sie, wie Chee Boon Lee sie zur Kutsche zurückführte und nach Hause brachte, wie sich Ping und Mercy um sie bemühten, wie Doktor Ward ihr einen Löffel Laudanum einflößte, um dann ihre Verbrennungen zu versorgen. Umsonst, dachte sie, bevor sie in opiumschweren Schlaf glitt. Alle ihre Anstrengungen waren umsonst gewesen.

* * *

Die Wochen nach dem Brand verbrachte Johanna in einem Taumel aus Schmerz und Selbstvorwürfen. Obwohl ihre Verbrennungen nicht lebensbedrohlich waren, raubten die Schmerzen ihr den Schlaf. Doktor Ward legte ihr nahe, Morphium einzunehmen, doch sie weigerte sich standhaft. Während alle Welt inklusive des Pastors sie von jeglicher Schuld am Tod der beiden Patientinnen freisprach, betrachtete sie selbst das höllische Brennen als Strafe. Die Frauen hatten sich vertrauensvoll in ihre Obhut begeben, doch sie hatte gefeiert, während das grausame Feuer in der Küche seinen Anfang nahm.
Chee Boon Lee besuchte sie. Er war sichtlich erschüttert und konnte seinen Blick kaum von dem rohen, nur langsam hei-

lenden Fleisch an ihrem Arm und ihrem Hals nehmen. Über einen Wiederaufbau der Klinik sprachen sie nicht. Johanna war es recht. Sie würde nie wieder genügend Kraft aufbringen können, um einen zweiten Versuch zu wagen.

»Die Köchin der Klinik schwört, alle Lampen und auch das Küchenfeuer gelöscht zu haben, bevor sie ging.«

Johanna schrak auf. Was hatte Boon Lee gesagt?

Er wiederholte den Satz. Johanna starrte ihn an, nur langsam sickerte die Bedeutung des Gesagten in ihren Kopf.

»Glauben Sie ihr?«, fragte sie alarmiert.

Er zuckte die Schultern. »Sie ist eine vertrauenswürdige Person, doch auch dem sorgfältigsten Menschen kann ein glimmender Holzscheit entgehen.«

Der Stachel des Zweifels bohrte sich in Johannas Fleisch. »Das mag sein«, sagte sie gedehnt. »Aber der Herd ist aus Stein und Eisen, die Klappe geschlossen. Die Wahrscheinlichkeit ist gering, nicht wahr?«

Er stand auf und ging zum Fenster. Lange sah er in den Garten hinaus, dann drehte er sich um. »Nicht jeder hat die Klinik gutgeheißen«, stellte er fest.

Johanna schüttelte den Kopf. Ein Fehler. Sofort schoss es glutheiß in die Wunden. Sie biss die Zähne zusammen, bis der Schmerz auf ein erträgliches Maß abebbte. »Brandstiftung?«, fragte sie keuchend.

Chee Boon Lee nickte ernst. »Es ist nicht auszuschließen. Beweisen werden wir es allerdings nie.«

Die Wunden an Hals, Schulter und Arm verheilten zu narbigen, entstellenden Wülsten. Johanna war es gleichgültig. Die Narben auf ihrer Seele hingegen machten ihr zu schaffen. Zaghaft war sie geworden, des Lebens müde. Selbst die Beschäftigung mit den Kindern erschöpfte sie.

Sie verließ das Grundstück nicht mehr, saß ganze Tage im Schatten des Tamarindenbaums und hing ihren Erinnerungen nach. Nicht den schönen, nein. Sie kasteite sich mit den Abschieden, den Verlusten, die sie im Laufe ihres Lebens bereits erlitten hatte: die Ermordung des Vaters, Leahs Flucht und Henrys Abreise, die Leidenszeit der Mutter. Vor allem ein Bild hatte sich jedoch in ihr Gedächtnis gebrannt. Sobald sie die Augen schloss, griffen die hilfesuchend ausgestreckten Hände der todgeweihten Frauen im Krankensaal nach ihr, verfolgten sie bis in ihre Träume, aus denen sie schweißgebadet erwachte. Oft entzündete sie dann eine Lampe und stellte sich unbekleidet vor den Spiegel. Die Narben warfen harte Schatten. Der Brand hatte sie fürs Leben gezeichnet und machte jedes Vergessen unmöglich. Gut so. Sie wollte nicht vergessen, durfte nicht vergessen.

Etwas mehr als vier Monate waren vergangen. Nur am Rande nahm Johanna wahr, wie die neue Amah, die sie nach Pings und Lims Weggang eingestellt hatte, die Kinder zur Ordnung rief. Sie waren schon den ganzen Nachmittag außergewöhnlich zappelig. Trappeln und Flüstern erfüllte die Luft. Johanna suchte die Unruhe zu ignorieren, was sich als schwierig erwies. Als dann eine Kutsche vor dem Haus hielt, ließ sie sich widerwillig auf die wirkliche Welt ein. Sie erhob sich, um den Überraschungsgast zu begrüßen.
Es war Chee Boon Lee. In seinem Gefolge traten Koh Kok, Mercy und Andrew in den Garten. Alle trugen ein geheimnisvolles, erwartungsfrohes Lächeln zur Schau.
Chee Boon Lee kam Johanna entgegen. An seiner Seite tauchte Lily auf. Ihre strahlenden Augen huschten hin und her, kaum wusste sie, wohin mit ihren Händen, bis Hermann ihr etwas ins Ohr flüsterte. Sofort beherrschte sie sich.

Johanna räusperte sich. »Herzlich willkommen.« Sie verstummte. Was wollten sie alle von ihr?
Chee Boon Lee deutete eine Verbeugung an. »Verehrte Mrs von Trebow«, setzte er mit ungewohnter Förmlichkeit an. »Im Namen aller Anwesenden, auch Ihrer Kinder, möchte ich Sie ersuchen, uns zu einer Ausfahrt zu begleiten.«
Niemand beachtete ihre Proteste. Mercy schaffte Hut und Straßenschuhe herbei und zwang Johanna hinein. Binnen Minuten waren sie in zwei Kutschen unterwegs zum Fluss. Als Johanna auf die Frage, was denn los sei, nur fröhliches Augenzwinkern zur Antwort bekam, versank sie wieder in Schweigen. Müde ließ sie den Blick nach draußen wandern und stellte fest, dass sich nichts verändert hatte. Die Welt drehte sich weiter, ohne dass der Brand in Rochor auf das Leben in der Stadt Einfluss nahm.
Johanna beugte sich vor. Sie spürte eine warme Hand in ihrer. Mit seltener Schüchternheit lächelte Lily ihr zu. Johanna lächelte mühsam zurück. Sie überquerten die Elgin Bridge, das Gewühl der Lastenträger, Kutschen und Kulis wurde dichter. Lang vermisste Gerüche strömten in Johannas geblähte Nasenflügel, selbst der Gestank war ihr willkommen, ebenso die grellbunten chinesischen Ladenschilder und der Lärm aus tausend Kehlen.
»Du willst mir immer noch nicht verraten, wohin wir fahren?«
Lily schüttelte den Kopf, ihr Lächeln verwandelte sich in ein lautes Lachen. Mercy und selbst Dinah schlossen sich an.
Weiter ging es, um Straßenecken und durch Gassen. In einer belebten Straße im Herzen des chinesischen Viertels zügelte der Kutscher sein Pferd. Johanna folgte Mercy und den Mädchen zögernd auf die Straße. Verwundert sah sie sich um. Klanhäuser und Teestuben reihten sich aneinander, doch

nicht diese zogen ihre Aufmerksamkeit auf sich: Direkt vor ihr fügte sich ein breites, zweistöckiges Haus in die Straßenzeile. Aus stuckverzierten Fenstern blickten chinesische Arbeiter erwartungsvoll auf sie herunter, und eine Frau winkte ihr aus dem oberen Stockwerk zu. Johanna kniff die Augen zusammen. Überrascht erkannte sie Mary, jene eurasische Krankenschwester, die am Tag des Brandes mit der Hiobsbotschaft in die Hochzeitsgesellschaft geplatzt war.
Ihre Begleiter bildeten einen Halbkreis um sie. Aller Augen ruhten auf ihr. Bevor Johanna etwas sagen oder fragen konnte, gab Chee Boon Lee ein Zeichen. Zwei der Arbeiter rissen an einem von Leinen über dem Eingangsportal gehaltenen Tuch. Es sank zu Boden und gab das darunterliegende Schild frei. Johanna blieb vor Verblüffung der Mund offen stehen.
In großen goldenen Lettern prangten dort auf tiefrotem Grund chinesische Zeichen und ein gleichlautender englischer Schriftzug:

THE ORCHID HOSPITAL

Johanna schlug die Hand vor den Mund, Freudentränen rannen ihr die Wangen hinab. Mit plötzlicher Klarheit erkannte sie, dass nicht ihre vermeintliche Schuld sie in den letzten Monaten gelähmt hatte, sondern Selbstmitleid. Dankbarkeit flutete ihr Herz. Mit gefalteten Händen, das Haupt erhoben, sandte sie ein tiefempfundenes Gebet zu ihrem Schöpfer, der ihre wunderbaren Kinder und Freunde als Werkzeuge benutzt hatte, um ihr einen Weg aus der Traurigkeit zu weisen.
»Die Orchideen-Klinik. Lily hat den Namen ausgesucht«, sagte Chee Boon Lee nach einer langen Weile, die sie benötigte, um dem Durcheinander ihrer Gefühle Herr zu werden. Er schob das Mädchen vor Johanna. »Und sie war es auch, die

aus eigenem Antrieb zu mir kam und um den Aufbau einer neuen Station bat.« Er lachte fröhlich auf. »Sie nahm mich regelrecht in die Pflicht. Sie können sehr stolz auf Ihre Ziehtochter sein, Mrs von Trebow.«

Johanna sah ihn an. In seinem Gesicht leuchtete der Stolz, den er von ihr einforderte. Meine Ziehtochter?, dachte sie. Ihre Tochter, verehrter Freund. Ich hoffe inständig, dass Sie ihr eines Tages die Wahrheit eröffnen.

22

Juli 1874, vier Jahre später

Die Abschiedsfeier für Carl und Roy war in vollem Gange. Mit der Einwilligung ihrer Eltern richteten die Siebzehnjährigen ein rauschendes Gartenfest aus. Selbstverständlich kamen ihre Freunde in Begleitung ihrer Eltern und Geschwister, und auch die von Trebows fehlten nicht. Johanna hatte sich ein wenig abseits unter einen Baum gesetzt und beobachtete das fröhliche Treiben. Gerade beugte einer der Robinson-Zwillinge galant seinen Kopf über die Hand einer schamhaft kichernden jungen Dame von vielleicht fünfzehn Jahren. Johanna staunte. Hatte sie sich nicht erst kürzlich über einen der Streiche von Mercys Söhnen geärgert? Über ihre Arbeit in der Klinik und seit einigen Monaten auch im Kontor, wo sie sich von Franklin Cameron in regelmäßigen Abständen die Bücher vorlegen ließ, hatte sie den Zeitpunkt verpasst, an dem aus den wilden Jungen charmante junge Männer geworden waren.

Sie entdeckte Mercy auf der Veranda. Wehmütig betrachtete ihre Freundin die Söhne. Schon am morgigen Abend würden die Zwillinge an Bord eines Schiffes nach Kalkutta gehen, das sie zu den dortigen Colleges und Universitäten brachte. Johanna wusste, dass Mercy der Abreise der beiden mit Bangen entgegensah, doch es gab keine Alternative. Singapurs Schulen waren eine Schande für die Stadt. In der Regel verließen die Familien, wenn ihre Kinder der Grundschule entwachsen waren, die Kolonien und gingen zurück nach Europa, eine Lösung, die von den Robinsons zwar diskutiert, jedoch verworfen worden war. Ebenso wie Johanna hatten sie hier starke Wurzeln geschlagen und gedachten, ihr weiteres Leben in Singapur zu verbringen. Die Jungen sahen der Trennung gelassen entgegen und trösteten ihre Mutter damit, dass man sich doch einmal im Jahr besuchen könne.

Johanna fröstelte, als ihr bewusst wurde, dass auch ihr nur eine Gnadenfrist gewährt wurde. Hermann, mit seinen fünfzehn Jahren zwar noch mehr Kind als Mann, veränderte sich in rasantem Tempo, beinahe vermeinte sie zuschauen zu können, wie er wuchs, während seine Stimme seit einigen Monaten Kapriolen schlug. Noch zwei Jahre, vielleicht drei, dann musste auch er die Insel verlassen und für viele Jahre in der Ferne leben. Im Gegensatz zu den Robinsons würde sie ihn nicht besuchen können, denn dazu fehlten ihr schlicht die Mittel.

Helles Mädchenlachen ließ sie aufhorchen. Gerade forderte der andere Zwilling ihre Tochter zum Tanz auf, um dann unbeholfen mit ihr über den Rasen zu hüpfen. Es war Roy, Dinahs selbsternannter Ritter. Das Lied klang aus, und die Kapelle zog sich zu einer Pause zurück. Die Kinder blieben beieinander stehen, erzählten sich lachend etwas. Es tat gut, sie so zu sehen. Über Jahre waren Lily und Dinah Anfeindungen ausgesetzt gewesen, und es war nur Lilys Stärke sowie der unerschütterlichen Treue der Robinson-Zwillinge zu verdanken, dass sie nicht daran zerbrochen waren. Erst als Mrs Harrington samt Familie im letzten Jahr die Rückreise nach England angetreten hatte, besserte sich die Lage.

Friedrich trat auf die Veranda. Selbst aus der Ferne wirkte er erbarmungswürdig. Seine Kleidung schlotterte um seinen vor der Zeit gekrümmten Körper, der Kopf pendelte fahrig hin und her. Für einen Moment stand er dort im Licht, die Hände auf die Balustrade gestützt, dann ging er zielstrebig zu der

Kindergruppe hinüber. Zu Johannas und auch der Kinder Verwunderung drückte er nacheinander Hermann, Dinah und sogar Lily an sich, bevor er sich abrupt umdrehte und zum Gartentor eilte.
Johanna verspürte plötzlich das dringende Bedürfnis, mit ihm zu reden, doch sie war zu weit entfernt, um ihn einzuholen. Als sie auf die Straße trat, entschwand seine hagere Gestalt gerade in der Dunkelheit. Trotz der Wärme lief ihr ein Schauder über den Rücken. Lange blieb sie am Tor stehen, dann zuckte sie mit den Schultern und mischte sich wieder unter die festliche Gesellschaft. Friedrich war es nicht wert, sich seinetwegen die Stimmung verderben zu lassen.

Friedrich kam weder in der Nacht nach Hause noch ließ er sich zur Verabschiedung der Zwillinge am Hafen blicken. Als man auch am dritten Tag nichts von ihm hörte, schlug Johannas Ärger in Sorge um. Immer wieder gelobte sie, sich seinetwegen nicht mehr den Schlaf rauben zu lassen, aber das war leichter gesagt als getan. Erneut beschlich sie das unheimliche Gefühl, das sein seltsames Verhalten bei dem Fest in ihr ausgelöst hatte. Mechanisch ging sie den Tag über ihren Pflichten nach, sah im Orchid Hospital nach dem Rechten, besprach mit Franklin Cameron das Angebot zur Übernahme eines Postens Kaffeebohnen aus Java und half Dinah bei ihren Schulaufgaben. Ihre Unruhe wuchs jedoch stündlich, auch wenn sich Johanna innerlich dafür schalt.
Am Abend, als die Kinder bereits schliefen, ging sie zu den Robinsons hinüber. Mercy und Andrew gaben sich Mühe, ihre bösen Vorahnungen zu zerstreuen, jedoch vergeblich. Bei jedem Hufgetrappel, jedem Türenschlag hastete Johanna zum Gartentor und spähte zu ihrem Bungalow hinüber. Der Abend war weit fortgeschritten, als tatsächlich jemand vor ih-

rer Gartenpforte sein Pferd zügelte. Im Licht der neuen Gaslampen, die seit einigen Jahren die Straßen von Singapur statt der früheren Ölfunzeln beleuchteten, erkannte sie den Reiter als Edward Hayward, Oberinspektor der Polizei. Sie stürzte auf die Straße. Mercy und Andrew, alarmiert von ihrem Aufschrei, folgten ihr auf dem Fuße.

»Was ist geschehen? Meinem Mann ist etwas zugestoßen, nicht wahr?«

Hayward stieg vom Pferd und rückte seine Jacke zurecht. Seine betretene Miene verriet nichts Gutes. Mercy stellte sich neben Johanna und zog sie an sich.

»Reden Sie schon, Hayward«, blaffte sie.

»Ihr Mann ist gefunden worden, Mrs von Trebow«, sagte Hayward und fixierte dabei seine Schuhspitzen.

Nur langsam begriff Johanna, was der Inspektor berichtete: Indische Erntearbeiter hätten am Morgen in einem der Obstgärten an der Orchard Road einen weißen Mann gefunden. Entsetzt wären sie geflüchtet und hätten sich erst am Nachmittag getraut, Meldung zu machen. Man habe Friedrich vom Ast eines Rambutanbaums geschnitten, jede Hilfe kam zu spät.

Johannas Augen blieben trocken. Sosehr sie in ihrem Herzen danach suchte, sie empfand keinerlei Trauer. Natürlich erschütterte sie Friedrichs Freitod, doch ein Satz geisterte ihr durch den Kopf, noch Stunden nachdem der Polizist gegangen und sie Mercy und Andrew verabschiedet hatte, unaufhörlich wie ein Mantra: So unwürdig, wie Friedrich gelebt hatte, so unwürdig war er gestorben.

* * *

FRIEDRICH FREITOD 18. JULI 1874 ++ ALLE ANDEREN WOHLAUF ++ BRIEF FOLGT ++ JOHANNA

Henry ließ das Telegramm auf seinen Schreibtisch sinken. Mit zwei kargen Wörtern drückte Johanna das Unfassbare aus. Er stützte das Gesicht in die zitternden Hände. Seine Gedanken überschlugen sich. So viele Fragen blieben offen, und es würde Wochen dauern, bis Johannas Brief den langen Weg nach London fand. Ging es ihr wirklich gut? Was war Friedrichs Selbstmord vorausgegangen? Gab es einen Auslöser? Im Grunde wusste er kaum noch etwas über Johannas Leben. In den Briefen, die sie ihm in großen Abständen schrieb, ging es hauptsächlich um Geschäftliches, bevor ein kurzer Abriss der Begebenheiten in Singapur folgte. Sie vermied es, ihm Einblicke in ihre Seele zu gewähren, und er hielt es ebenso.

Sein Magen ballte sich zusammen wie nach einem Faustschlag. Tränen traten ihm in die Augen und schwemmten alle bösen Gedanken fort, die er je über Friedrich gehegt hatte. Hätte er den einstigen Freund retten können, wenn er nicht nach England geflohen wäre? Hatte er damals eine falsche Entscheidung getroffen?

Lange saß Henry an seinem Schreibtisch, taub für die Geräusche aus dem Lager, für die Flüche der Fuhrkutscher, das Lachen und die Scherze der Dockarbeiter, die von der sonnenglühenden Straße durch sein geöffnetes Fenster wehten. Erst ein Tumult im Gang ließ ihn aufhorchen. Oscars helle Kinderstimme war zu vernehmen, schrill und aufgebracht, unterbrochen von einem tiefen Männerbass. Henry stand auf. Im selben Moment sprang die Tür auf, und sein zehnjähriger Sohn stürmte herein, Mr Ferguson, sein eurasischer Assistent, unmittelbar hinter ihm. Ferguson legte beruhigend eine Hand auf Oscars Schulter. Sofort schüttelte der Junge sie mit einer so angewiderten Miene ab, dass Henry innerlich zusammenzuckte. Ferguson zog die Hand zurück, als hätte er sich verbrannt.

»Nimm deine schmutzigen Hände von mir!«, brüllte der Knabe. Rote, der Aufregung geschuldete Flecken überzogen sein helles Gesicht.

Henry erstarrte.

»Du hast mir gar nichts zu sagen, Chinesenbastard!«, schrie Oscar mit sich überschlagender Stimme.

Henry rang um Fassung. Endlich fand er seine Stimme wieder. »Wie kannst du es wagen?« Mit zwei schnellen Schritten war er bei seinem Sohn und versetzte ihm eine schallende Ohrfeige. Oscar, der körperliche Züchtigungen nicht gewohnt war, verstummte. »Ich dulde nicht, dass du meine Mitarbeiter beleidigst, egal, welche Hautfarbe sie haben. Hast du mich verstanden?«, zischte Henry. Er stieß den Jungen in Richtung seines ehemaligen Kompradors. Ferguson war Henry, der große Stücke auf ihn hielt und ihm voll und ganz vertraute, schon vor Jahren nach Europa gefolgt und hatte als Eurasier in London auch ohne die Beleidigungen seines Sohnes einen schweren Stand.

»Er darf mir nichts verbieten.« Wütend trat Oscar mit dem Fuß auf. »Niemand darf mir etwas verbieten. Das ist meine Firma.«

»Bis es so weit ist, fließt noch viel Wasser die Themse hinunter«, sagte Henry gefährlich ruhig. »Und jetzt entschuldigst du dich.«

»Ich entschuldige mich nicht bei Lakaien.« Auch die zweite Ohrfeige traf den Jungen unvorbereitet. Seine Augen verengten sich zu Schlitzen. Henry prallte vor dem Hass zurück, der daraus hervorschoss. Wie konnte ein so junger Mensch zu derart abgründigen Gefühlsregungen fähig sein?

Mühsam presste sich Oscar schließlich eine Entschuldigung ab. Ferguson zog sich zurück. Henry wies seinen Sohn an, in einem der Sessel Platz zu nehmen und den Mund zu halten. Er selbst ließ sich wieder hinter dem Schreibtisch nieder und täuschte Arbeit an seinen Papieren vor, während er Oscar unauffällig musterte. Der Junge beruhigte sich langsam, bis sein Gesicht den üblichen verdrießlichen Ausdruck annahm. Henry seufzte. Amelia hatte ganze Arbeit geleistet.
Zum hundertsten Mal fragte sich Henry, ob es eine gute Idee gewesen war, den Landsitz vor den Toren von London zu kaufen. Amelia liebte das Anwesen, zumal sich zu ihrem grenzenlosen Entzücken herausgestellt hatte, dass sich unter ihren Nachbarn einige Baronets und sogar ein Earl befanden. Sie kam nur selten in die Londoner Stadtwohnung, ging stattdessen völlig darin auf, Teeveranstaltungen mit Freundinnen und große Diners auszurichten. Da Henry unter der Woche in London arbeitete und auch an den Wochenenden oft in der Stadt festgehalten wurde, sahen sich die Eheleute nur selten; ein Arrangement, mit dem beide zufrieden waren – bis Henry vor einiger Zeit mit Entsetzen bemerkt hatte, welche Früchte Amelias Erziehung hervorbrachte: Aus Oscar, in jungen Jahren ein weinerliches Kind, war ein missgünstiger und überheblicher Junge geworden, dem Henry, so schmerzhaft es auch war, schon jetzt jede Niedertracht zutraute. Gegen Amelias vehementen Widerstand hatte er Oscar zu sich genommen und in einer Schule in der Stadt angemeldet. Er betete jeden Abend, dass es nicht zu spät war, dem Jungen Anstand und Respekt zu vermitteln.
Erst eine Stunde später erlöste er Oscar von dem erzwungenen Stillsitzen. Es wurde Zeit, nach Hause zu fahren und sich für den Nachmittag umzuziehen. Zwar stand ihm der Sinn nicht nach Zerstreuung, doch es hatte ihn derart viel Mühe

gekostet, Plätze für sich und den Jungen im Vortragssaal der Royal Society zu ergattern, dass er die Eintrittskarten nicht verfallen lassen wollte. Skeptisch zauste er dem neben ihm gehenden Jungen durchs Haar. Hätte man ihm selbst als Kind ein derartiges Erlebnis ermöglicht, über Wochen hätte er kein Auge zutun können vor Aufregung. Anders sein Sohn: Oscar zeigte keinerlei Interesse oder gar Freude. Henry konnte nur hoffen, dass Alfred Russel Wallace, der am heutigen Nachmittag über seine abenteuerlichen Reisen im malaiischen Archipel berichten würde, bessere Worte fand als er selbst, um in seinem Sohn einen Funken zu entzünden.

Der Saal in Burlington House war bis auf den letzten Platz besetzt. Die meisten Zuhörer waren Männer, doch hier und da taten sich Frauenkleider und -hüte wie bunte Vögel in einer Schar von Krähen hervor. Es befanden sich nur zwei oder drei Kinder unter den Besuchern, was Henry nicht wunderte, waren sie doch im Kreis der Erwachsenen nicht gern gesehen. Auf den Zuhörerrängen ging es zu wie in einem Theater, bevor der Vorhang aufgezogen wurde. Lorgnons wurden gezückt, Papier raschelte, Gesprächsfetzen flogen hin und her, bis endlich der Präsident der Royal Society, Joseph Dalton Hooker, den Vortragenden ankündigte. In gespannter Erwartung beugte sich Henry vor. Er hatte Russels vor wenigen Jahren erschienenes Werk *The Malay Archipelago* voller Begeisterung gelesen und brannte darauf, den weitgereisten Autor referieren zu hören.

Er wurde nicht enttäuscht. Russel verlor am Rednerpult schnell seine Zurückhaltung, wortgewandt und voller Feuer berichtete er von exotischen Eingeborenenriten, riskanten Exkursionen und allerlei schillernden Abenteuern mehr, wobei er hier und da seine wissenschaftlichen Erkenntnisse einflocht – wohldosiert, da sich dieser Vortrag an interessierte Laien richtete, nicht an Wissenschaftler. Am Ende des Vortrags brandete rauschender Applaus auf. Russel verbeugte sich knapp. Henry registrierte belustigt, dass der Mann sofort wieder in seine Schüchternheit zurückfiel. Er beugte sich zu Oscar.

»Hat es dir gefallen?«

Oscar presste die Lippen zu einem Strich zusammen. Das war Antwort genug. Ebenso wie Amelia war auch ihr Sohn nur schwer zufriedenzustellen. Wenn er daran dachte, dass Oscar eines Tages das Handelshaus übernehmen würde, grauste es Henry. Er nahm den Jungen bei der Hand und schloss sich der Menge an, die sich in einen Vorraum ergoss. Schon bildeten sich erste Gruppen, Freunde begrüßten sich überschwänglich, Diskussionen über das Gehörte flackerten auf. Henry hatte Mühe, durchzukommen, dabei wollte er zügig nach Hause und einen Brief an Johanna verfassen. Heute Abend würde er sich keine Zügel anlegen, sondern frei von der Seele schreiben.

Sie waren kaum halb durch den Raum, als ein Bekannter Henry in ein Gespräch verwickelte. Auch der dezente Hinweis, Oscar sei müde, hielt den Mann nicht von seinem Redebedürfnis ab. Henry verharrte ergeben, ohne wirklich mitzubekommen, was ihm berichtet wurde.

Ein Ruck ging durch die Menge, als sich plötzlich eine weibliche Stimme erhob. Die Frau war äußerst erzürnt. Alle anderen Gespräche erstarben, Hälse wurden gereckt, um nichts von dem sich anbahnenden Skandal zu verpassen.

»Es ist nur Ihrer Borniertheit zuzuschreiben, dass sich hier nichts ändert«, ereiferte sich die Frau. »Merken Sie sich meine Worte: Eines Tages werden auch Frauen an diesem Rednerpult stehen. Und ich wage noch eine Prognose: Sie werden den Männern in keiner Weise nachstehen.«

Henry war wie elektrisiert. Diese Stimme kannte er! Ohne sich von seinem Bekannten zu verabschieden und ungeachtet Oscars und der von allen Seiten auf ihn einhagelnden Proteste drängelte er sich zum Zentrum der Aufregung vor.
Sie war es tatsächlich. Mit vor der Brust verschränkten Armen stand Leah im Kreise einiger distinguierter Herren, die sich ebenso echauffierten wie sie. Ein Wort gab das andere, aber Henry hörte nicht hin, zu sehr war er vom Anblick der verschollen Geglaubten eingenommen. Leah war zu einer ausnehmend schönen Frau gereift, die sich noch immer nicht um Modediktate bekümmerte. Unbändige dunkle Locken umtanzten ihr feines Gesicht, und auf einen Hut hatte sie verzichtet. Am bemerkenswertesten war jedoch ihre Kleidung, eine kuriose Mischung aus arabisch anmutenden Pumphosen und einem langen Kaftan. Henry gefiel es, und ebenso gefiel ihm, dass sie ihre kämpferische Ader nicht verloren hatte. Wobei sie wie immer übers Ziel hinausschoss. Schon fasste ein schlaksiger rothaariger Mann sie unterm Arm und schob sie mit sanftem Druck zum Ausgang. Henry hastete ihnen nach. Als er sie zu verlieren drohte, rief er lautstark Leahs Namen.
Sie hörte ihn. Sofort stemmte sie sich gegen den Griff des Mannes und drehte sich um. Als sie Henrys gewahr wurde, erbleichte sie. Ihr Mund öffnete sich, aber es kam kein Laut heraus. Henry nickte dem Rothaarigen zu und verbeugte sich leicht vor Leah.
»Ich habe Ihre Briefe vermisst«, äußerte er den ersten Gedanken, der ihm in den Sinn kam.
»Henry Farnell.« Sie war so perplex, dass sie am Arm ihres Begleiters Halt suchte. Ihr Mann, schlussfolgerte Henry. Eine interessante Wahl. Er hätte Leah eher einen exotischen Prinzen zugetraut, nicht einen blassen und unbestreitbar hässlichen Engländer.

Henry verbeugte sich erneut und überreichte Leah eine Karte. »Melden Sie sich doch einmal bei mir. Ich würde mich freuen.« Sie stand noch immer wie vom Donner gerührt. »Es tut mir leid, ich wollte Sie nicht überrumpeln.«
»Es ist Ihnen trotzdem gelungen. Ich … bitte, Henry, ich muss gehen. Sie hören von mir.« Abrupt drehte sie sich um und war binnen Augenblicken in der Menge untergetaucht. Der Rothaarige sah ihr mit gerunzelter Stirn nach, dann wandte er sich an Henry.
»Sehr erfreut, Mr Farnell«, sagte er. »Ich bin übrigens der Ehemann dieser Dame. Bertrand Burdett, Baron of Talbury. Ich würde mich gern länger mit Ihnen unterhalten, aber Sie sehen ja, Ihre alte Freundin lässt man besser nicht allzu lange aus den Augen.« Interessiert blickte er Henry an. »Sie kennen Leah schon lange?«
Henry nickte. »Wir sind gemeinsam nach Singapur gereist. Damals war sie noch ein ungestümes junges Mädchen.«
Ein jungenhaftes Grinsen zeigte sich auf dem hageren Antlitz des Mannes, das Henry für ihn einnahm. »Ungestüm ist sie noch immer«, sagte er. »Aber ich muss jetzt wirklich los. Bitte, beehren Sie uns bald. Ich brenne darauf, Sie kennenzulernen.«
Er war kaum fünf Schritte entfernt, als Henry etwas einfiel. »Friedrich ist tot!«, rief er Burdett nach. »Ich habe es heute erfahren. Bitte sagen Sie es Leah.«
Burdett signalisierte mit erhobener Hand, dass er verstanden hatte, dann verschwand auch er.

Sommerliches Zwielicht senkte sich über die Stadt, als Henry und Oscar ihre Wohnung betraten. Oscar rannte in sein Zimmer und schlug die Tür mit einem Knall hinter sich zu. Eigentlich durfte er dem Knaben ein derartiges Verhalten nicht

durchgehen lassen, doch Henry schwirrte der Kopf nach den Vorfällen und schlechten Nachrichten der letzten Stunden.
Er hatte sich kaum in sein Lesezimmer zurückgezogen, als jemand wie ein Besessener an die Wohnungstür hämmerte. Henry und der Diener erreichten die Tür gleichzeitig. Henry öffnete. Zu seinem Erstaunen stürmte Amelias Kammerzofe herein.
»Ich soll Sie holen, Master Farnell. Milicent geht es nicht gut. Der Arzt sagt, es sei die Schwindsucht.«

* * *

Sie legten den Weg zum Hotel schweigend zurück. Leah war froh, dass Bertrand den Eklat nicht ansprach, sondern lediglich ein unergründliches Lächeln zur Schau trug. Sie war noch immer aufgebracht über die Bemerkung eines der Wissenschaftler, der sich zu der leider allgemein akzeptierten Meinung bekannte, das weibliche Gehirn tauge nicht zu wissenschaftlicher Arbeit. Seit Jahren bot Leah den Londoner Verlegern vergeblich ein Manuskript an, in dem sie die Ergebnisse ihrer jahrelangen Arbeit zusammengefasst hatte, doch niemanden interessierte die Meinung einer Frau. Dabei stützten ihre Beobachtungen und Thesen die von Wallace und Darwin – Männer, die Leah aus tiefstem Herzen verehrte, wenn auch Wallace ein wenig mehr. Es ärgerte sie noch immer, dass Charles Darwin ihrem alten Bekannten zuvorgekommen war und nun allein den Ruhm einheimste. Nach ihrer Auffassung gebührte er beiden Männern zu gleichen Teilen.
Als sei das alles noch nicht genug, war plötzlich Henry aufgetaucht. Sie zog seine Karte hervor und studierte sie mit gerunzelter Stirn. Sein Auftreten in Burlington House, seine feine Kleidung und nun die geschmackvolle Karte verrieten ihr,

dass er es weit gebracht hatte, was sie nicht verwunderte. Henry hatte es nie an Zielstrebigkeit, Intelligenz und Durchsetzungsvermögen gefehlt. Johannas Antlitz tauchte vor ihr auf. Hätte die Schwester doch nur Henry Farnell geheiratet! Alles wäre anders gekommen.

Bertrand räusperte sich. »Mr Farnell bat mich, dir mitzuteilen, Friedrich sei gestorben. Er habe es heute erfahren.«

»O nein!«

»Stand dir dieser Friedrich nahe?«

»Ganz im Gegenteil. Hat Henry … Mr Farnell berichtet, wie Friedrich zu Tode gekommen ist?«

Bertrand schüttelte den Kopf. »Nein, es blieb keine Zeit. Ich hoffe aber, dass er meine Einladung annimmt. Dann kannst du ihn fragen.«

»Du hast ihn eingeladen?«

»Ich dachte, du freust dich darüber.«

Leah zerknüllte die Karte. Freute sie sich? Er war zu unvermittelt aufgetaucht, ein Bote aus der Vergangenheit, die sie abgestreift zu haben glaubte.

»Vielleicht kommt er nicht«, murmelte sie und versank in Schweigen. Auch Bertrand verstummte, doch sie spürte seinen fragenden Blick auf sich ruhen.

Später im Hotelzimmer, Leah hatte sich unter ihre Decke gekuschelt, setzte sich Bertrand neben sie auf die Bettkante.

»War er es?«

»Wer war was?«, fragte sie schläfrig.

»Farnell natürlich.«

»Ich verstehe immer noch nicht.« Obwohl sie müde war, setzte sich Leah auf und lehnte sich gegen das Kissen. Bertrand mied ihren Blick, offensichtlich um Worte verlegen. Leah wurde unruhig. »Also?«

»War Farnell der Mann, den du geliebt hast?«

Leah lachte auf. »Nein, nicht Henry.«
»Ich hatte versprochen, dich nie zu fragen, aber du warst so durcheinander, als er heute Nachmittag erschien …« Er brach ab.
Leah streckte den Arm aus und strich ihm über die Wange. Zärtlichkeit für ihren fürsorglichen, verständnisvollen und ein wenig verrückten Mann überwältigte sie. Ihre tiefe Liebe zu Bertrand hatte mit der wahnsinnigen Leidenschaft, die Boon Lee in ihr entfacht hatte, nichts gemein, doch um nichts in der Welt würde sie tauschen wollen.
»Es war nicht Farnell«, wiederholte sie. »Bitte sorge dich nicht wegen dieses anderen Mannes. Es ist so lange her, ich denke gar nicht mehr an ihn.« Leah sah keine Veranlassung, Bertrand zu verletzen. Natürlich dachte sie manchmal an ihren chinesischen Liebhaber, aber die Erinnerung an ihn war im Laufe der Jahre verblasst. Das einzige Band, das noch zwischen ihnen bestand, war Lily, die verleugnete Tochter. Leah schluckte hart. Besser nicht an Lily denken.
»Ich liebe dich«, sagte sie ruhig. »Du bist das große Glück meines Lebens. Du und Thomas.«
»Farnell war mir spontan sympathisch. Ich hätte ihn akzeptieren können.«
»Du bist wirklich unmöglich.«
»Hättest du mich sonst geheiratet?«
»Auf keinen Fall.«
Sie beugte sich vor und schlang ihre Arme um seinen Hals. »Komm zu mir«, flüsterte sie und schickte ihre Hände auf die Reise. Streichelte die helle, unbehaarte Brust unter seinem weiten Schlafhemd, tastete sich tiefer. Spielerisch erst, dann forsch umfasste sie sein hartes Glied, bis er keuchte. Schnell entledigte sie ihn seiner Wäsche und zog auch ihr eigenes Hemd über den Kopf. Im hellen Licht der Gaslampe, nackt

und ohne Scham, liebkosten sie ihre Körper, Zärtlichkeit schlug in Lust um, und endlich ließ Leah sich auf ihn sinken, nahm ihn ganz in sich auf.

* * *

Johanna zupfte eine verwelkte Hibiskusblüte von dem Strauch, den sie und die Kinder neben Spinnenlilien und Orchideen auf Friedrichs Grab gepflanzt hatten. Der Strauch war in den anderthalb Jahren seit der Beerdigung ordentlich gewachsen; wenn sie das nächste Mal kam, musste sie unbedingt eine Schere oder besser gleich eine kleine Säge mitbringen, um den Wildwuchs einzudämmen. Sie hatte um diesen Bestattungsplatz direkt neben ihrer Mutter kämpfen müssen, selbst der großherzige Reverend Keasberry hatte Bedenken geäußert, einen Selbstmörder auf dem Gottesacker zu begraben. Erst durch die Fürsprache gewichtiger Mitglieder der christlichen Gemeinde von Singapur hatte Johanna ihren Willen durchsetzen können.
Nachdenklich betrachtete sie den schlichten Stein. Lediglich Friedrichs Name sowie Geburts- und Sterbedatum waren darauf vermerkt, ein tröstender Spruch fehlte. Sie hatte damals keine guten Worte finden können für den Mann, der nicht nur sein eigenes Leben ruiniert, sondern auch sie und die Kinder unter seiner Schwäche und Feigheit hatte leiden lassen. Die Zeit hatte sie milder gestimmt, sie hatte ihren Frieden mit ihm gemacht. Seine Gefangenschaft bei den Piraten, das war ihr im Nachhinein klargeworden, hatte ihn nicht nur äußerlich gezeichnet, auch seine Seele hatte für immer Schaden genommen. Hätte sie es nur früher begriffen, vielleicht hätte sie ihn noch auf den rechten Pfad bringen können. »Verantwortlich ist man nicht nur für das, was man tut«, hatte Onkel Koh den alten chi-

nesischen Weisen Laotse zitiert, lange vor Friedrichs Freitod, »sondern auch für das, was man nicht tut.«
Johanna wischte den unerquicklichen Gedanken beiseite. Sie hatte sich nichts vorzuwerfen. Wie oft hatte sie versucht, Friedrich ins Gewissen zu reden, doch er hatte sie wieder und wieder zurückgestoßen. Ihm war nicht zu helfen gewesen.
Ein letztes Mal strich sie über den Stein. Es war noch Platz für freundliche Worte. Sie sollte sich mit dem Steinmetz beraten.
Rasch ging sie Richtung Orchard Road davon, wo eine Mietkutsche auf sie wartete, sie hatte einen Termin in der Stadt. Das Leben ging weiter, und es fiel ihr erstaunlich leicht, sich seinen mannigfaltigen Anforderungen zu stellen. Vielleicht, weil sie Friedrichs Abwesenheit im Alltäglichen gar nicht bemerkte – wenn überhaupt, nur durch ihr neuerdings prall gefülltes Bankkonto. Seit seine Eskapaden nicht mehr finanziert werden mussten, flog ihr das Geld förmlich zu. Ihr Selbstvertrauen, was das Geschäftliche anbelangte, war gestiegen. Immer häufiger geschah es, dass Franklin Cameron ihre Anregungen beherzigte. Im Laufe des letzten Jahres hatte sie ein gutes Gefühl für Waren, Preise und Absatzmärkte bekommen. Auch wenn sie die Entscheidungen letztendlich ihrem Geschäftsführer überließ, machte es ihr Freude, mit Gewürzen und Zinn, mit Tropenhölzern und Seide und Tee zu jonglieren.

Ross Bowie erwartete sie in dem von ihm vorgeschlagenen Café. Da er gerade dem indischen Kellner seine Bestellung mitteilte, bemerkte er ihr Kommen nicht. Johanna blieb in der Tür stehen und beobachtete ihn. Sie wusste nicht recht, was sie von diesem Treffen halten sollte. Zwar liefen Bowie und sie sich immer wieder zufällig über den Weg, doch eine offizielle Einladung hatte keiner von ihnen jemals ausgesprochen. Umso überraschter war sie gewesen, als er ihr in der letzten

Woche schrieb. Sie hatte nur kurz gezögert und die Einladung dann angenommen.

Der Kellner zog sich zurück. Johanna gab sich einen Ruck und ging zu Bowies Tisch. Er sprang sofort auf und rückte ihr den Stuhl zurecht.

»Ich habe Kaffee und Torte bestellt. Das ist doch in Ihrem Sinne?«, fragte er.

Johanna nickte erstaunt. Derartige Beflissenheit passte nicht zu ihrem Verhältnis in den letzten Jahren. Eine verlegene Pause entstand, die Johanna unterbrach, indem sie Bowie nach seiner Meinung zu den Perspektiven des Amerikahandels befragte. Er ging dankbar darauf ein, und bald entspann sich eine lebhafte Diskussion. Johanna freute sich, mittlerweile genügend Sachverstand zu besitzen, um seinen Ausführungen folgen zu können.

Der Inder erschien und deckte ihren Tisch ein. Johanna konnte ein Lächeln nicht unterdrücken, als Bowie die Kaffeetasse ergriff. Das delikate Porzellan wirkte in seinen klobigen Händen ebenso fehl am Platze wie er selbst in dem eleganten Etablissement mit den zierlichen Möbeln, Spitzendecken und Blumenarrangements.

»Sie schulden mir noch eine Erklärung für die Einladung«, sagte sie.

Er antwortete nicht, sondern stellte behutsam seine Tasse auf die Untertasse, als versuchte er um jeden Preis, ein Geräusch zu vermeiden. Oder um Zeit zu schinden. Dann zog er eine Urkunde aus der neben ihm stehenden Tasche und überreichte sie Johanna mit einem feierlichen Ausdruck. Irritiert nahm sie das Papier entgegen.

»Lesen Sie«, forderte er sie auf.

Sie tat wie geheißen. Eine heiße Welle durchfuhr sie. Sie überflog das Papier ein zweites und ein drittes Mal. Der Wortlaut änderte sich nicht. Ihr Mund fühlte sich wie ausgedörrt an. Mit einer heftigen Bewegung hielt sie ihm das Dokument hin. »Das kann ich nicht annehmen.«

Er lachte. »Zu spät. Da ich Ihre Reaktion vorausahnte, hielt ich es für nötig, alles hieb- und stichfest zu machen. Das Haus neben dem Orchid Hospital gehört Ihnen, machen Sie damit, was Sie wollen. Zum Beispiel einen Durchbruch, um die Klinik zu vergrößern.« Es fehlte nicht viel, dass er sich die Hände rieb. »Ich stelle Ihnen gern ein paar Arbeiter für die Umbaumaßnahmen zur Verfügung.«

»Ich brauche es nicht.«

»Das stimmt nicht. Sie haben nicht genügend Platz für alle Patientinnen.«

Johannas Gedanken rasten. Woher wusste er von ihren Plänen? Es stimmte, das Orchid Hospital platzte aus allen Nähten, und als Johanna vor etwa zwei Monaten erfahren hatte, dass der Besitzer des Nachbarhauses nach China zurückkehren wollte, war sie sofort zu Chee Boon Lee geeilt. Es hatte sie einiges an Überzeugungskraft gekostet, doch am Ende hatte er eingewilligt, das Haus zu kaufen. Voller Freude war Johanna bei ihrem Nachbarn vorstellig geworden, der ihr mit einem hintergründigen Grinsen eine Kaufsumme genannt hatte, die den wahren Wert des Hauses um ein Zehnfaches überstieg. Da er sich nicht aufs Handeln einließ, war Johanna am Ende wutschnaubend aus der Tür gerannt. Seitdem ruhte die Angelegenheit. Bis heute.

»Sie wussten, dass ich kaufen wollte«, stellte sie mit belegter Stimme fest.

Er schüttelte den Kopf. »Nein«, sagte er bestimmt. »Sie waren lediglich zu langsam. Ich kenne den Hausbesitzer seit langem, und als er mir von seinem Plan erzählte, machte ich ihm sofort ein Angebot.« Er hob entschuldigend seine schweren,

breiten Hände. »Ich bewundere Ihre Arbeit, Johanna. Sie würden mir die größte Freude machen, wenn Sie diese Urkunde einfach in Ihrer Tasche verschwinden ließen.«
»Ich will es nicht.« Warum musste ausgerechnet er der Käufer sein? Von jedem anderen hätte sie das Geschenk mit Freuden entgegengenommen, doch nicht von Bowie. Bei ihm würde sie immer das Gefühl haben, in seiner Schuld zu stehen.
»Und ich will keinen Dank«, ergänzte er, als läse er ihre Gedanken. »Geben Sie mir die Möglichkeit, etwas Gutes zu tun.« Sein Lächeln war so entwaffnend, dass Johanna aufseufzte.
»Sie nehmen es nicht zurück?«
»Niemals.«
»Dann bedanke ich mich im Namen aller kranken und geschundenen Frauen dieser Stadt.« Sie schüttelte ihm über den Tisch hinweg die Hand. Dann ließ sie das Dokument in ihre Tasche gleiten.
»Die Handwerker stehen auf Abruf bereit.« Mit diesen Worten zog Bowie ein weiteres Papier aus seiner Tasche. Verlegen breitete er es auf dem mittlerweile abgeräumten Tisch aus. »Ich habe bereits einige Ideen aufgezeichnet. Wollen Sie sie sehen? Natürlich steht es Ihnen frei, mit dem Haus zu verfahren, wie Sie es für richtig halten«, beeilte er sich hinzuzufügen.
Eine Tasse Kaffee und zwei Gläser Wein später rollte Bowie die Zeichnungen wieder zusammen. Johanna spürte ihre Wangen vom ungewohnten Alkohol und der Aufregung glühen. Mit Elan und überraschender Fachkenntnis war es Bowie gelungen, ihre Vorbehalte zu zerstreuen. Er ließ durchblicken, dass er gern weiterhin involviert bliebe, und sie stimmte zu, freute sich sogar auf eine Zusammenarbeit. Seit langer Zeit hatte sie sich nicht so gelöst gefühlt wie an diesem denkwürdigen Vormittag.
»Möchten Sie noch ein Glas Wein?«

»Nein danke.«
»Dann einen Saft?«
»Gern. Aber danach muss ich los. Ich habe Dinah versprochen, mir den Nachmittag für sie freizuhalten.«
»Das geht natürlich vor.« Bowie rollte den Stil seines leeren Weinglases zwischen den Fingern. »Johanna, ich möchte noch etwas mit Ihnen besprechen.«
Sein dringlicher Ton ernüchterte Johanna mit einem Schlag. Eine Ahnung beschlich sie.
»Sie wissen, dass ich nie viel von Friedrich gehalten habe«, fuhr er fort. Sein Blick bohrte sich in ihren. »Wahrscheinlich wissen Sie auch, dass ich vor vielen Jahren drauf und dran war, seine Firma zu kaufen. Henry Farnell hat es verhindert, Friedrich bekam dank ihm eine zweite, eine dritte, eine vierte Chance, nur hat er keine davon genutzt. Ich will nichts beschönigen: Der Niedergang Ihres Mannes hielt die Hoffnung in mir am Leben, er würde nach Europa zurückgehen und Sie freigeben. Ich habe Sie unterschätzt. Sie haben immer zu ihm gehalten. Doch jetzt sind Sie frei.«
»Ross, nein! Fragen Sie nicht. Ich werde niemals einwilligen, Ihre Frau zu werden.«
Das Glas zersprang in seiner Hand. Blut tropfte auf die blütenweiße Spitzentischdecke. Er merkte es nicht. »Sie haben schon einmal eingewilligt.«
Johanna bekam eine Gänsehaut. Ihre Verlobungszeit lag beinahe zwanzig Jahre zurück. Wütend riss sie die Besitzurkunde aus ihrer Tasche, zerknüllte sie und warf sie zwischen die Glasscherben.
»War das der Grund dafür?«, sagte sie, mühsam darum bemüht, die Stimme zu dämpfen. »Wollten Sie mich kaufen?«
»Natürlich nicht. Das eine hat mit dem anderen nichts zu tun.«

»Es ist sinnlos, Ross. Ich achte Ihre Gefühle für mich, aber achten Sie Ihrerseits, dass ich sie nicht erwidere.«
»Ist das Ihr letztes Wort?«
»Ja.«
Johanna schauderte unter seinem plötzlich stumpf gewordenen Blick. Sie sah seinen Kiefer mahlen.
»Dann gehe ich jetzt. Leben Sie wohl, Frau von Trebow.« Bowie erhob sich abrupt, drückte dem herbeieilenden Kellner ein paar Münzen in die Hand und ging zum Ausgang, die Schultern gebeugt, die Arme hängend. Johannas Herz krampfte sich zusammen. Warum nur musste die Liebe so zerstörerisch sein? Hätte sie einwilligen sollen? Ross Bowie würde sie auf Händen tragen, dessen war sie gewiss. Sie stand ebenfalls auf, tat einen Schritt in seine Richtung, noch einen und noch einen. Und hielt inne. Es genügte einfach nicht, wenn nur einer liebte.
Bevor sie das Café verließ, klaubte sie die zerknüllte Urkunde aus den Scherben und strich sie glatt. Was sollte sie bloß mit diesem ungewollten Geschenk anfangen?

23

Oktober 1882, sechs Jahre später

Ich fasse es nicht.« Johanna brach eine dritte und vierte Kiste auf, wühlte durch den Inhalt und förderte schließlich eine Handvoll Tee zutage. Sie zerkrümelte die Blätter und schnupperte daran.

»Verdorben, völlig verdorben.«

Franklin Cameron hob entschuldigend die Hände. »Ich weiß nicht, warum. Als ich die Ladung in Hongkong übernahm, war alles in Ordnung.«

Johanna ließ sich auf einer der Kisten nieder, die den Lagerraum fast vollständig ausfüllten. In ihr stritten Verzweiflung und Wut. Als Cameron ihr aus Amoy gekabelt und zum Kauf des großen Postens erstklassigen Tees geraten hatte, hatte sie nur kurz gezögert und dann alles auf eine Karte gesetzt – nur um einmal mehr auf die Nase zu fallen. Seit etwa drei Jahren geschah es immer wieder, dass ihre Agenten minderwertige Ware ankauften, schuldlos, wie sie beteuerten, doch an Johanna nagten Zweifel. Natürlich konnte so etwas passieren, aber nicht ständig. Dabei hatte sie jahrelang ein gutes Urteilsvermögen bewiesen. *Von Trebow Trading* hatte sich langsam, aber sicher erholt; sie hatte Anteile von Henry zurückgekauft und stand kurz davor, zur Haupteignerin der Firma zu werden. Nun machte ihr dieser unbrauchbare Tee einen Strich durch die Rechnung.

»Mr Cameron, die Ware kann nicht in Ordnung gewesen sein. Sie waren nur zehn Tage unterwegs. In der kurzen Zeit verschimmelt keine komplette Teeladung. Ganz davon abgesehen, dass er auch vorher nicht die Qualität gehabt haben kann, die Sie in Ihrem Kabel angekündigt hatten.«

»Ich habe mich wohl geirrt«, murmelte er.

»Geirrt?« Die Wut nahm überhand. Sie sprang auf und baute sich vor ihm auf. Cameron trat einen Schritt zurück und stieß gegen eine Kiste. Johanna musterte ihn. Als Henry vor über vierzehn Jahren Singapur verlassen hatte, war Cameron ein hoffnungsvoller junger Mann gewesen, zwei, drei Jahre jünger als sie, drahtig, gutaussehend und voller Energie. Die Zeit in den Tropen hatte ihm zugesetzt. Noch immer Junggeselle, kümmerte sich niemand um seinen Lebenswandel. Er war fett geworden. Fett und träge im Geist. Trotzdem galt er als ausgefuchster Händler, der loyal zu Henry und ihr stand. Weshalb sie natürlich auf seinen Rat gehört hatte, schließlich hatte er die Ware selbst in Augenschein genommen. Oder etwa nicht?

»Sie haben den Tee überhaupt nicht begutachtet, stimmt's? Wer waren die Zwischenhändler? Ich kann mir nicht vorstellen, dass die Familie Chee mit falsch gelagerter Ware handelt.«

»Es war nicht die Familie Chee.«

»Wer dann?«

»Ich weiß es nicht. Der Tee ist mir halt angeboten worden.«

»Er ist Ihnen halt angeboten worden?« Ihr blieb die Spucke weg. Man kaufte nichts, was man nicht selbst gesehen hatte. Oder ein vertrauenswürdiger Agent. Genau deshalb war Cameron in Amoy gewesen: Er sollte sich nach einem neuen Agenten umsehen, nachdem der bisherige an einer Lebensmittelvergiftung verstorben war.

»Was machen wir jetzt?« Cameron flüsterte nur noch. Johanna konnte ihm ansehen, wie das schlechte Gewissen ihn plagte. Ein schlimmer Verdacht durchzuckte sie. Hatte er die verdorbene Ware bewusst gekauft? Unsinn, warum sollte er ihr Schaden zufügen wollen?

»Der Tee ist wertlos. Kippen Sie ihn ins Meer.« Sie rauschte aus dem Lager und stieg die Treppe zu ihrem Büro hinauf. Ein Verdacht formte sich, sie hatte etwas übersehen, konnte es aber nicht greifen. Sie stieß die Läden auf und lehnte sich gegen die Fensteröffnung. Unten drängelten sich wie jeden Tag Menschen und Waren auf der Uferstraße. Jetzt trat Cameron auf die Straße. Er rückte seinen hellen Strohhut zurecht und eilte in Richtung des Raffles Place. Kurz bevor er um die Ecke bog, drehte er sich noch einmal um, als wolle er sich versichern, dass ihm niemand folgte. Er entdeckte Johanna im Fenster. Sie konnte sein Gesicht nicht erkennen, doch ihr Instinkt sagte ihr, dass er nicht erfreut darüber war, beobachtet zu werden. Was hatte er zu verbergen? Ein Gang zum Raffles Place, wo die Banken, Geschäfte und Kontore ansässig waren, war an sich alles andere als auffällig. Doch irgendetwas stimmte nicht mit Cameron. Johanna kamen die Gerüchte über seinen unseligen Hang zu Wettspielen in den Sinn. Sie hatte nie etwas darauf gegeben, aber zumeist hatte Geschwätz einen wahren Kern. Hatte Cameron Spielschulden?

Laute Rufe rissen sie aus ihrem Gedankengang. Drei Jinrickshaws bahnten sich einen Weg durch die Menge. Johanna beugte sich aus dem Fenster und winkte Dinah, Lily und Mercy zu. Der Chinese, der Mercys Jinrickshaw zog, musste sich mächtig ins Zeug legen, so füllig war Mercy geworden. Trotzdem war sie noch immer so lebhaft wie vor einem Vierteljahrhundert, als sie in Johannas Leben gewirbelt war. Und immer noch so modebewusst: Ihr zitronengelbes Kleid hätte in jedem europäischen Hause die Blicke auf sich gezogen.

Johanna wunderte sich, dass die Frauen nicht mit der Kutsche kamen, dann erinnerte sie sich, dass das Pferd der Robinsons lahmte. Wahrscheinlich hatten sie keine Mietdroschke gefunden und waren auf die Jinrickshaws ausgewichen. Seit die ersten im letzten Jahr in Gebrauch genommen worden waren, hatten sie sich zum beliebten Transportmittel insbesondere für die ärmeren Bewohner der Stadt entwickelt. Johanna schätzte sie ebenfalls, auch wenn die Jinrickshaw-Kulis sie oft dauerten. Ihre schweißglänzenden sehnigen Rücken sprachen Bände über die Anstrengungen, und sie zahlte ihnen meist den doppelten Preis, was dazu führte, dass immer ein paar Jinrickshaw-Kulis in Sichtweite ihres Bungalows ausharrten, um ihre Dienste anzubieten.

Lily sah sie als Erste und winkte aufgeregt zum Fenster hinauf. »Das Schiff läuft ein!«, rief sie. Ihre Augen blitzten vor Begeisterung. Auch Dinah lachte glücklich.

»Aber es soll doch erst morgen kommen«, rief Johanna zurück. »Woher wisst ihr es?«

»Ich habe einen Assistenten am Collyer Quay gebeten, mir einen Boten zu schicken, sobald die *Rajpootana* auftaucht. Vor kaum einer halben Stunde war er da.«

Mittlerweile hielten alle drei Jinrickshaws direkt vor dem Kontor. Johannas Blick fiel auf Dinah. Die Neunzehnjährige war bei weitem das hübscheste junge Mädchen in Singapur, und das fand nicht nur sie als Mutter. Sie hatte Friedrichs hellblonde Haare und strahlend blaue Augen geerbt, während ihre noch jugendliche Figur bereits erahnen ließ, dass sie später einmal ähnliche Rundungen wie Johanna entwickeln würde.

»Mama, träum nicht!«, rief sie jetzt nach oben. »Wir müssen uns beeilen, sonst gehen die Passagiere von Bord, bevor wir am Hafen sind.«

»Ich komme ja schon.« Johanna schloss die Fensterläden und hastete hinunter. Die Vorfreude verdrängte alle Gedanken an

den verdorbenen Tee und Camerons seltsames Verhalten. Damit würde sie sich in den nächsten Tagen beschäftigen. Johanna kletterte neben Dinah auf die Bank der Jinrickshaw, und die kleine Karawane setzte sich in Bewegung.
»Ich bin so aufgeregt!«
»Meinst du, ich nicht?« Tatsächlich klopfte Johanna das Herz bis zum Hals. Endlich würde sie ihn wiedersehen. Zu lange schon war er fort aus Singapur. Dinah griff ihre Hand und drückte sie, dass es weh tat. Johanna ließ es geschehen, war sie doch froh darüber, dass das sonst so ruhige Mädchen einmal aus sich herausging. Impulsiv umarmte sie die Tochter. »Ich bin so froh, dass es dich gibt«, flüsterte sie.
Im ersten Moment versteifte sich Dinah; noch immer tat sie sich mit Berührungen schwer. Doch dann stahl sich ein Lächeln auf ihr Gesicht.
»Deine Tochter zu sein, ist nicht immer einfach«, sagte sie. »Aber ich möchte keine andere Mutter haben.«
Die Straße zum Hafen war verstopft wie immer, doch mit den wendigen Jinrickshaws kamen sie schnell voran. Gerade warfen Matrosen der *Rajpootana* die dicken Taue zum Pier, wo die Hafenarbeiter bereitstanden, das eiserne Schiff zu vertäuen. Die Frauen kämpften sich so nahe zum Wasser vor wie möglich. Die Nachricht von der vorzeitigen Ankunft des Schiffes hatte sich in Windeseile verbreitet und Menschen aus der ganzen Stadt herbeigelockt, die Waren, Freunde oder Verwandte erwarteten. Bald hundert Augenpaare hefteten sich auf das Oberdeck, wo die Reisenden aus Europa und Indien an der Reling aufgereiht standen und ihrerseits die Menge auf dem Pier nach vertrauten Gesichtern absuchten.
Lily erspähte ihn als Erste. »Dort ist er, ziemlich in der Mitte.« Mit den Armen rudernd hüpfte sie auf und ab, um den Mann auf sich aufmerksam zu machen. Auch die anderen ent-

deckten ihn. »Hermann!«, riefen sie wie aus einem Mund, immer wieder, und hörten auch nicht auf, als er zurückwinkte.

Spät in der Nacht, als alle Willkommensgäste gegangen waren und Lily und Dinah bereits schliefen, bat Johanna ihren erwachsenen Sohn auf die Veranda. Eine Öllampe verbreitete weiches Licht, aus dem Garten drangen die Geräusche der Nacht.
Hermann lehnte sich gegen das Geländer und stieß einen zufriedenen Seufzer aus. »Das habe ich vermisst. Danke, Mama.«
Er nahm ihr ein Glas Wein ab und probierte. »Der ist gut.«
»*John Little & Co.* importiert neuerdings französischen Wein«, sagte Johanna und stellte sich neben ihn. Noch immer kam sie aus dem Staunen über seine Verwandlung nicht hinaus. Statt des mageren Achtzehnjährigen mit dem hellen Flaum im kindlichen Gesicht stand ein breitschultriger, blondbärtiger Kerl neben ihr, aus dessen grauen Augen die Ruhe eines Erwachsenen strahlte. Vor fünf Jahren hatte sie einen Jungen ziehen lassen, ein Mann war zurückgekehrt.
Im Tamarindenbaum raschelte es, lautes Gezeter ertönte.
»Flughunde?«
Johanna nickte. »Du solltest sie erst mal am Morgen hören. Wir stehen früh auf, seit die Kalongs in unseren Garten gezogen sind.«
»Warum habt ihr sie nicht verjagt?«
»Warum? Sie sind so drollig.«
»O Mama.« Hermann stellte sein Glas ab und drückte seine Mutter fest an sich. »Flughunde.« Er lachte leise. »Im College haben sie mich oft aufgezogen, ich sei hinterwäldlerisch und ungeschliffen. Dabei sind die meisten nie über die akkurat gestutzten Hecken ihrer Anwesen hinausgekommen.«
»Hast du gelitten?«, fragte Johanna erschrocken.
»Nein. Es waren eher freundliche Hänseleien. Ich habe ge-

lernt zu parieren. Es war schön in England, interessant und lehrreich, aber für immer könnte ich nicht dort leben.«
Johanna hatte tausend Fragen, und Hermann berichtete unermüdlich von seiner Londoner Zeit. Nach dem College hatte er sich gegen ein Studium entschieden und war stattdessen bei Henry Farnell vorstellig geworden, der ihn mit Freuden in die Lehre genommen hatte. Johanna blieb nicht verborgen, dass Hermann große Stücke auf Henry hielt – im Gegensatz zu dessen siebzehnjährigen Sohn Oscar, den er regelrecht verabscheute. Intrigant sei er, faul und auch nicht sonderlich klug. Sicherlich sei er der Grund, warum Farnell oft traurig wirke. Wegen Oscar und natürlich auch wegen des Todes von Milicent, die nach Jahren des Leidens in einem Schweizer Sanatorium ihrer Schwindsucht erlegen war. Im Übrigen sei es sicher kein Vergnügen, mit Amelia verheiratet zu sein, meinte Hermann beiläufig. Er habe sie schon als Kind nicht gemocht, aber nun sei sie völlig verbittert.
Die beiden versanken in Schweigen. Keine der Nachrichten über die Familie Farnell überraschte Johanna. Henry und Amelia waren nicht füreinander bestimmt, genauso wenig, wie sie und Friedrich füreinander bestimmt gewesen waren. Die Liebe mache blind, behaupteten die Dichter, und wie recht sie hatten. Dennoch wollte Johanna an die Liebe glauben, wollte ihre eigenen Kinder an der Seite von Partnern glücklich sehen, die es wert waren.
Sie griff den Gedanken auf. »Dinah und Roy sind ein wunderschönes Paar«, sagte sie. »Sie haben deine Ankunft kaum erwarten können.«
»Ich habe Dinah geschrieben, dass sie ihre Hochzeit auch ohne mich feiern könne, aber davon wollte sie nichts hören. Zum Glück«, fügte er hinzu. »Ich hätte mir den großen Tag nicht gern entgehen lassen. Steht der Termin schon fest?«

Johanna nickte. »Im März.«
»So lange müssen die Armen noch warten?«
»Sie werden es überstehen«, antwortete Johanna amüsiert. »Wie sieht es mit deinen Plänen aus?«
»Welche Pläne meinst du?«
Johanna wand sich. Es war seltsam, ihren nunmehr erwachsenen Sohn so etwas zu fragen, aber schließlich war sie seine Mutter. »Ich wüsste gern, ob du vielleicht auch schon jemanden gefunden hast. Ich meine, in London gibt es doch viele hübsche Mädchen …«
»Aber das weißt du doch.«
»Was soll ich wissen?«, fragte Johanna alarmiert.
»Ich habe meine Frau längst gefunden. Sie muss nur noch zustimmen.«
Das Blut wich aus Johannas Gesicht, eine Ahnung beschlich sie. »Hast du sie denn schon gefragt?«, fragte sie wachsam.
Er bemerkte ihren plötzlichen Stimmungswechsel nicht. »Aber natürlich«, erwiderte er fröhlich. »Da waren wir noch Kinder. Roy hatte beschlossen, Dinah zu heiraten, und ich habe Lily gefragt.« Er zuckte die Schultern. »Damals hat sie behauptet, sie wolle nie heiraten, aber vielleicht kann ich sie heute dazu bringen, ihre Meinung zu ändern.«
Johanna erinnerte sich überdeutlich an jenen weit zurückliegenden Nachmittag. Vermutlich hätte sie besser daran getan, den Vorfall nicht als Kinderei abzutun.
»Willst du ihr einen Antrag machen?«
Er nickte. »Ja, aber erst muss ich mich um die Firma kümmern und ihr beweisen, dass ein Ehemann nicht so schlimm ist, wie sie es gern darstellt.«
»Sie wird die Krankenpflege nie aufgeben«, meinte Johanna, erleichtert über den Aufschub. Sie musste mit Chee Boon Lee sprechen. Die Zeit war gekommen, das Schweigen ungeachtet

der Konsequenzen zu brechen. Unglücklicherweise weilte er in Amoy, und sie wusste nicht, wann er zurückkam.

»Ich würde es nie wagen, sie davon abzuhalten.«

»Das ist gut.« Die Welt geriet ins Taumeln. Johanna griff nach den Stuhllehnen.

Hermann beugte sich erschrocken zu ihr. »Ist dir nicht gut, Mama? Soll ich dir ein Glas Wasser bringen?«

Sie zwang sich zu einem Lächeln. »Mach dir keine Sorgen, es stürmt gerade nur etwas viel auf mich ein. Wenn es dir nichts ausmacht, möchte ich jetzt gern allein sein.«

Johanna erwachte vor Sonnenaufgang vom Gezänk der ersten Flughunde, die von ihren Futterbäumen auf einer der vorgelagerten Inseln zurückkehrten. Alle Knochen taten ihr weh, steif stemmte sie sich aus dem Gartensessel. Auf dem Tisch entdeckte sie die leere Weinflasche, die eine Erklärung sowohl für ihren schweren Kopf lieferte als auch für die Tatsache, dass sie trotz der Mücken auf der Veranda eingeschlafen war. Sie umrundete das stille Haus und wusch sich im Mandi das Gesicht. Zwar hatte sie mittlerweile Badezimmer im Bungalow installieren lassen, doch sie und die Mädchen zogen das alte Badhaus vor, selbst wenn die Diener den Kopf darüber schüttelten.

Als sie wieder vor die Tür trat, verfärbte sich der Himmel bereits violett. Die Flughunde kamen jetzt in großen Scharen und drängelten sich in der Tamarinde. Johanna ging ins Haus, kritzelte eine kurze Nachricht und war draußen auf der Straße, als sich ihre Kinder noch den Schlaf aus den Augen rieben. Was sie brauchte, war ein Gespräch mit Onkel Koh. Ein langes Gespräch und eine heiße Suppe mit frischem Tofu, um ihr Gleichgewicht wiederzufinden.

* * *

»Dein Verdacht hat sich bestätigt, Mama.« Hermann stützte sich schwer auf den Schreibtisch.
Wie ähnlich er seinem Vater sieht, dachte Johanna, und doch wieder nicht. In Hermanns Zügen erkannte sie eine Reife, die Friedrich nie erlangt hatte. Auch vom Wesen her waren sie grundverschieden: Wo Friedrich gezaudert hatte, packte Hermann an, wo der Vater verunsichert gewesen war, vertraute der Sohn auf sein Urteilsvermögen. Schon in den ersten zwei Wochen ihrer Zusammenarbeit hatte Johanna festgestellt, dass die Jahre in England ihren Sohn zu einem talentierten und umsichtigen Kaufmann gemacht hatten, der sich nicht zu schade war, die Assistenten nach ihrer Meinung zu fragen. Bald würde sie ihm die Firmenleitung anvertrauen, und sie würde es voller Überzeugung tun. Sie mochte die Arbeit im Kontor, doch ihr Herz schlug für die Klinik. Sie sehnte sich danach, ihre Zeit wieder verstärkt der Krankenstation zu widmen. Ein wenig um sich selbst kümmern wollte sie sich auch. Mit Hermann als Familienoberhaupt konnte sie sich zurücklehnen und auf die Aufregung warten, die ein Enkelkind in ihr Leben bringen würde.
»Wie ich schon sagte«, wiederholte Hermann, »du hattest recht: Franklin Cameron wettet auf Hahnenkämpfe, auf Schiffsankünfte, aufs Wetter, auf was immer du willst. Und er verliert, selbst beim Wetter. Die chinesischen Buchmacher hatten ihn am Schlafittchen, aber dann hat er vor etwa drei Jahren alle seine Schulden auf einen Schlag bezahlt. Nur um neue zu machen, die er auf ebenso wundersame Weise beglich, als er wieder mit dem Rücken zur Wand stand.«
»Wer ist sein Schuldner?«
»Das weiß niemand außer Cameron selbst, aber den habe ich noch nicht befragt. Hast du einen Verdacht?«
»Ja. Erinnerst du dich an Ross Bowie?«

»Natürlich.«
»Dein Vater war ebenfalls bei ihm verschuldet, allerdings hat Bowie meines Wissens nach bei Friedrichs unglücklichen Einkäufen nie seine Finger im Spiel gehabt.« Nachdenklich ging Johanna im Büro auf und ab. »Ich habe Bowie lange nicht gesehen. Er war in den letzten Jahren ständig unterwegs und verbringt viel Zeit in seiner Firmenniederlassung in Hongkong.«
»Das heißt nichts«, gab Hermann zu bedenken. »Andererseits hat auch Onkel Henry in letzter Zeit immer wieder Verluste im Ostasienhandel hinnehmen müssen.«
»Was ebenfalls auf eine Intrige von Bowie hindeutet. Allerdings werde ich ihn nicht ohne Beweise beschuldigen.« Sie öffnete die Tür und wies einen der Schreiber an, Franklin Cameron zu suchen. Wenig später klopfte es zaghaft, und der feiste Mann trat ein. Nie hatte Johanna ihn so linkisch gesehen.
Sie war sicher gewesen, dass Cameron alles zugeben würde, doch sie hatte ihn unterschätzt. Obwohl sie ihm auf den Kopf zu sagte, er sei gekauft worden, beharrte er störrisch auf seiner Version der Geschichte: Die verdorbenen Ladungen seien ihm von namenlosen Zwischenhändlern untergeschoben worden, er sei immer loyal gewesen. Ross Bowie erwähnte er mit keinem Wort, und Johanna hütete sich, den Namen von sich aus ins Spiel zu bringen. Selbst seine Spielleidenschaft gab Cameron erst zu, nachdem Hermann ihm die Personen nannte, von denen er seine Informationen bekommen hatte. Johanna reichte es.
»Mein lieber Cameron«, sagte sie, und es kostete sie enorme Beherrschung, freundlich zu bleiben. »Wir sind alte Weggefährten, und das meiste, was ich über Waren und den Handel weiß, habe ich von Ihnen gelernt. Aber ich weiß auch, wie

schnell Schulden einen Mann korrumpieren können. Ich hoffe, Sie werden verstehen, dass ich Ihnen die Prokura für *Von Trebow Trading* entziehen muss, bis Licht in diese Affäre gebracht ist.« Sie machte eine Pause. »Ich sehe mich außerdem gezwungen, Mr Farnell zu kabeln und ihm Gleiches zu raten.«

Cameron prallte zurück. Alle Farbe verließ seine Wangen. »Das wagen Sie nicht.«

»Warum nicht?« Johanna hob die Augenbrauen. »Natürlich werden mein Sohn und ich Stillschweigen bewahren, da ich nach wie vor glauben möchte, dass ich Sie zu Unrecht verdächtige. Sobald Ihre Unschuld bewiesen ist, werde ich mich offiziell bei Ihnen entschuldigen.«

»Aber wovon soll ich leben?«

»Ihr Gehalt wird selbstverständlich weiter ausgezahlt. Gönnen Sie sich eine Vergnügungsreise nach Kalkutta, segeln Sie nach Europa, und wenn Sie zurückkehren, hat sich alles in Wohlgefallen aufgelöst.« Sie fasste ihn scharf ins Auge. »So ist es doch, nicht wahr?«

Er nickte verdattert, dann verabschiedete er sich hastig und verließ das Büro. Sie konnten ihn die Treppe hinunterpoltern und auf der Straße nach einer Jinrickshaw rufen hören.

»Puh.« Hermann maß seine Mutter mit einer Mischung aus Staunen und Bewunderung. »Diese Seite von dir kannte ich noch nicht.«

»Das Geschäftsleben ist hart.«

»Was hättest du getan, wenn er alles zugegeben hätte?«

»Ihm eine zweite Chance gegeben, unter Aufsicht natürlich. Das würde ich jetzt noch tun, er muss nur den Mut haben, zu mir zu kommen.« Sie seufzte. »Ich befürchte, dass er den nicht hat.«

»Und Bowie? Was meinst du?«

Sie zuckte die Schultern. »Mein Verlust ist der Gewinn eines anderen«, sagte sie.

»Du meinst, es kommen alle Händler der Stadt in Frage?«

»Es liegt in der Natur unseres Geschäfts, dass jeder Einzelne versucht, seinen Vorteil herauszuschlagen. Wir jagen uns gegenseitig die besten Posten ab, treiben die Preise in die Höhe oder hinunter, wie es gerade von Vorteil ist, aber all dies geschieht mit offenem Visier. Bis jetzt jedenfalls. Ich weiß es wirklich nicht, Hermann. Ich möchte weder an Camerons Verrat glauben, noch traue ich Bowie eine derartige Hintertriebenheit zu.« Sie ergriff ihren Sonnenschirm. »Komm«, sagte sie. »Auf dem Spaziergang zum Postamt können wir uns den Wortlaut des Telegramms an Henry Farnell überlegen.«

24

Februar 1883, vier Monate später

Der Teller zersprang klirrend auf dem Boden, ein zweiter folgte, ein dritter. Wütend holte Johanna mit einem vierten aus, dann ließ sie den Arm sinken und stellte den Teller auf dem Tisch ab. Ihr Geschirr konnte nichts für die Überheblichkeit europäischer Gelehrter. Stattdessen knüllte sie den eben erhaltenen Brief zusammen und schleuderte ihn aus dem Fenster. Sie wollte ihn nicht noch einmal lesen, zumal der Inhalt fast identisch mit dem aller Briefe aus den letzten Wochen war. Lily von Trebow könne nicht Medizin studieren, hieß es dort. Frauen seien generell nicht zum Studium zugelassen, einmal aus moralischen Gründen, zum anderen aber, und dies wiege womöglich noch schwerer, weil das weibliche Geschlecht nicht in der Lage sei, die komplexen Anforderungen der Medizin zu begreifen. Die Absender konnten von Glück reden, dass sie ein ganzer Kontinent von Johanna trennte. Sie war so weit, dem nächstbesten der anmaßenden Kerle an die Kehle zu gehen. Mit jeder Absage verstand Johanna ihre rebellische Schwester besser: Es war, als wolle man mit bloßer Hand Mauern zertrümmern.

Lily nicht klug genug? Ha! Johanna vermutete, dass Lily schon jetzt jede theoretische Prüfung im Bereich der Medizin bestehen würde, und auch die praktischen Seiten des Berufs waren ihr nicht fremd, da sie Doktor Welsh oft bei Operationen assistierte. Sie hatte sich all ihr Wissen aus eigenem Antrieb angeeignet und nicht eher Ruhe gegeben, bis sich sämtliche Schriften Florence Nightingales in ihrem Besitz befanden, von all den Fachbüchern und Artikeln über Krankheiten, Behandlungsmethoden, Hygiene und Chirurgie gar nicht zu sprechen. Zum Glück wusste Lily nichts von Johannas Bemühungen; ihre Enttäuschung wäre grenzenlos gewesen.

Johanna holte einen Besen und fegte die Scherben zusammen. Sie hatte sich große Hoffnungen gemacht. Hermann leitete seit Camerons Abreise kommissarisch das Singapurer Haus von *Farnell & Co.* und hatte nach einer gründlichen Einarbeitungszeit auch Johannas Platz bei *Von Trebow Trading* übernommen. Seit Monaten konnte sie sich ganz der Krankenstation widmen und war nicht mehr auf Lilys Anwesenheit angewiesen. Deshalb hatte sie noch im letzten November bei diversen medizinischen Fakultäten und Einrichtungen in Europa und Amerika angefragt, ob sie weibliche Studenten der Medizin akzeptierten. Hätte Lily irgendwo Medizin studieren können, es wäre ein Segen gewesen, auch für die Station. Leider weigerten sich viele Patientinnen, Doktor Welsh in ihre Nähe zu lassen. Die meisten Frauen, sowohl Europäerinnen wie Asiatinnen, besaßen eine verständliche Scheu, sich von einem Mann untersuchen zu lassen. Viele kamen gar nicht erst, weil ihre Eltern, Ehemänner oder Brüder es ihnen nicht erlaubten. Eine Ärztin würde vieles ändern.

Daneben gab es noch einen anderen Grund: Hermann. Ginge Lily für einige Jahre nach Europa, würde er sich seine Heiratspläne vielleicht aus dem Kopf schlagen. Chee Boon Lee und sie hatten sich noch immer nicht dazu durchringen können, Lily über ihre Herkunft aufzuklären, und mit jedem verstrichenen Tag wurde es schwieriger. Glücklicherweise hatte Lily während der turbulenten Vorbereitungen für Dinahs und Roys Hochzeit mehr als einmal lautstark bekräftigt, dass sie niemals heiraten würde. Zumal, hatte sie spöttisch hinzugefügt, sie mit ihren dreiundzwanzig Jahren ohnehin eine alte

Jungfer sei, die keiner mehr haben wolle. Dass Hermanns Bemühungen um sie einem anderen Quell als brüderlicher Zuneigung entsprangen, kam ihr nicht in den Sinn.
Johanna trug die Scherben nach draußen und ließ sie mit leisem Bedauern in den Abfallkorb fallen. Viel war nicht mehr übrig von dem hübschen Service, das vor über fünfundzwanzig Jahren die lange Reise von Hamburg in den Fernen Osten angetreten hatte.

Zwei Stunden später, die Dunkelheit war bereits hereingebrochen, drückte sie die Tür zum Orchid Hospital auf, um ihre abendliche Runde durch die Räume zu machen. Im ersten Stock stieß sie auf Varsha, eine indische Witwe, die als Einzige ständig im Haus lebte, weil sie sonst keinen Platz auf der Welt hatte. Gerade beäugte sie kritisch einen Vitrinenschrank, in dem säuberlich aufgereiht Heilsalben und Kräuter, Jodtinktur, Karbol und Äther und andere Mittel auf ihren Einsatz warteten. Die Inderin hatte einen Fleck auf dem blitzblanken Schrank entdeckt und wischte ihn sorgfältig fort. Johanna lächelte in sich hinein. Die Krankenstation war von Anfang an ein Muster an Sauberkeit gewesen, doch seit Lily Robert Kochs Ausführungen über Bakterien sowie Joseph Listers Schriften zur antiseptischen Wundbehandlung gelesen hatte, wurden selbst die Aborte täglich mehrfach gereinigt, und das regelmäßige Händewaschen mit Karbollösung gehörte zur Pflicht aller im Haus Arbeitenden. Johanna hielt die Krankenstation für den saubersten Ort im Umkreis von Tausenden Kilometern. Selbst die Kakerlaken mieden das Haus. Die Schrecken neumodischer Hygienevorstellungen mussten sich in ihren Kreisen herumgesprochen haben.
Nachdem sich Johanna vergewissert hatte, dass es den Patientinnen im Schlafsaal an nichts mangelte, wechselte sie einige

Worte mit der Nachtschwester und begab sich wieder ins Erdgeschoss. Leise schob sie die Tür zum Unterrichtsraum auf, aus dem schon bei ihrem Eintreffen ein Murmeln gedrungen war. Da der Abend ruhig verlief, nutzte Lily die Gelegenheit, die beiden neuen Schwesternschülerinnen, eine Chinesin und eine Eurasierin, zu unterrichten. Die jungen Mädchen hingen gebannt an Lilys Lippen, die ihnen die Anatomie des weiblichen Körpers anhand einer großen Schautafel erklärte. Lily hatte das zeichnerische Talent ihrer Mutter geerbt und fertigte die Schautafeln selbst an, wohl wissend, dass sie sich damit hart am Rand der Schicklichkeit bewegte. Glücklicherweise hatten bisher alle Krankenschwestern Stillschweigen über die skandalösen Bilder bewahrt, die den Fortbestand der Station gefährden konnten.

Lily nickte Johanna zu, fuhr aber in ihren Erläuterungen fort. Johanna setzte sich auf einen freien Stuhl und musterte Lily. Trotz des einfachen Kleides mit der blendend weißen Schürze und den streng zurückgenommenen Haaren war ihre Ziehtochter bezaubernd, doch brauchte es ein unvoreingenommenes Auge, um ihre Schönheit zu würdigen. Lilys gemischte Herkunft war unverkennbar. Johanna empfand den Kontrast zwischen ihrer schmalen europäischen Nase und dem chinesischen Schnitt der Augen sowie dem vollen Mund als überaus apart, doch leider stand sie damit recht allein da. Die meisten Chinesen und Europäer fanden neben Vertrautem in Lilys Gesicht auch genügend Fremdes, das sie zurückschrecken ließ. Trotzdem hätten sich früher oder später Bewerber in der chinesischen christlichen Gemeinde gefunden, wäre da nicht Lilys Klugheit gewesen, ihre Intelligenz und der unbedingte Wille, ihr Leben selbstbestimmt zu führen.

Das Scheppern der Türglocke riss Johanna aus ihren Überlegungen. Sie machte Lily ein Zeichen, sich nicht stören zu

lassen, und eilte in der Erwartung eines Notfalls zur Tür. Varsha war jedoch schneller gewesen, hatte den Riegel beiseitegeschoben und die Tür einen Spalt aufgezogen. Im schummrigen Licht der Straßenbeleuchtung stand ein Mann. Johanna trat einen Schritt zurück und verbarg sich halb hinter einem Schrank. Sie hatte ihn sofort erkannt.
Er bemerkte sie nicht, sondern wechselte einige Worte mit Varsha, die nicht bereit war, ihn einzulassen. Nur wenigen Männern wurde der Zutritt in die Klinik gestattet. Als Johanna sah, dass Varsha ihn abwimmeln wollte, fasste sie sich ein Herz und trat näher.
»Lass gut sein, meine Liebe«, sagte sie und öffnete die Tür ganz. »Herzlich willkommen, Henry.«

Wenig später saßen sie in einer Teebude, deren ausnahmslos chinesische Gäste sich nicht an Johannas und Henrys Anwesenheit störten und lautstark stritten, lachten, schlürften und sogar sangen. Johanna und Henry hatten noch kein Wort gewechselt, zu verlegen waren sie, doch in der duftsatten, lebensfrohen Bude entspannte sich Henry zusehends. Johanna musterte ihn. Im Gegensatz zu ihr hatte sich kein graues Haar auf seinen Kopf verirrt, sein Schopf war noch immer dicht und dunkel. Die Zeit hatte andere Spuren hinterlassen.
Wie viel älter war er als sie? Sechs Jahre? Nein, nur fünf, jetzt fiel es ihr wieder ein. Neunundvierzig also. Kein alter Mann, aber auch kein junger. Die leicht gebeugten Schultern zeugten von Erschöpfung, die nicht nur von der Reise herrührte. Tiefe Linien hatten sich von den Nasenflügeln zu den Mundwinkeln gegraben, Sorgenfalten in die Stirn. Schön war er nicht, war es nie gewesen, und doch schien ihr Henry der anziehendste Mann der Welt.
»Du bist also wieder da«, begann sie. Eine wenig geistreiche

Eröffnung, nachdem sie sich fünfzehn Jahre nicht gesehen hatten, aber einer von ihnen musste schließlich den Anfang machen.

Er lächelte, die Falten verloren ein wenig an Tragik. »Ja«, sagte er. »Endlich.«

»Wann bist du angekommen?«

»Vor wenigen Stunden. Mercy und Andrew saßen auf ihrer Veranda und schickten mich her. Mercy ist ganz die Alte, nicht wahr?« Seine Stimme verlor sich, seine Augen hefteten sich auf ihr Gesicht. Johanna fühlte einen altvertrauten Klumpen in der Kehle. Hatte sich denn nichts geändert? In ihrer Brust wirbelten Gefühle empor, die sie längst zu Staub zerfallen geglaubt hatte. Sie spürte die alte Liebe heftig aufflackern und flüchtete sich in Allgemeinplätze, um das Feuer im Keim zu ersticken. Sie berichtete über Cameron und erfuhr, dass ihr Telegramm Henry bewogen hatte, den langgehegten Traum wahr werden zu lassen und in die Tropen zurückzukehren. Erzählte ihm vom Stand der Hochzeitsvorbereitungen, von den kleinen und großen Ereignissen ihres Alltags. Es erschien ihr furchtbar banal, doch er lauschte mit großem Interesse. Erst als sie bei Lily anlangte, ergriff er das Wort.

»Mit deiner Klinik hast du Großes geleistet.«

»Allein hätte ich es nie schaffen können. Wie ich dir geschrieben habe, trägt Chee Boon Lee die Kosten. Das zweite Haus hat Bowie beigesteuert.«

»Mich wundert, dass ihr nicht eine ruhigere Gegend gewählt habt.« Er wies auf die belebte, hellerleuchtete Straße, wo sich zwei malaiische Polizisten lautstark mit dem Führer eines Ochsenkarrens stritten; ein stattlicher Sikh mit rotem Turban mischte sich ein, es folgten drei britische Soldaten und eine bunte Schar Schaulustiger, die das Geschehen kommentierten.

»Nach dem Brand in Rochor ist uns klargeworden, dass wir

dort sein müssen, wo unsere Patientinnen sind. Aus gutem Grund hatte sich kaum eine in das feine Viertel gewagt. Wir waren dort nicht willkommen.«

Henry brummte etwas Unverständliches, dann hob er den Kopf. »Auf Londoner Bällen und Empfängen habe ich oft Frauen getroffen, die mit ihren Männern einige Jahre in den Kolonien gelebt haben. Alle, ohne Ausnahme, waren froh, der Langeweile, der Hitze, dem Schmutz und was weiß ich noch entkommen zu sein. Du beklagst dich nie.«

»Natürlich nicht.« Johanna war ehrlich verwundert. »Ich gehöre hierher.«

»Ich habe mich oft gefragt, warum dir gelungen ist, was den anderen Damen verwehrt blieb: heimisch zu werden.«

»Weißt du es wirklich nicht?«

Er schüttelte den Kopf.

»Weil ich es wollte, Henry, einzig deshalb. Es ist eine Geisteshaltung, die Leah und ich von unserem Vater übernommen haben. Wir haben uns nicht für etwas Besseres gehalten als die Asiaten, haben ihre Kulturen als ebenbürtig angesehen und Freunde gewonnen. Wer das nicht tut, wird immer fremd bleiben.« Johanna zögerte. »Du hast das Thema nicht grundlos angeschnitten«, stellte sie fest.

Er schüttelte den Kopf. Seine Züge veränderten sich; die Falten wurden wieder tiefer, und der Glanz seiner Augen erlosch. Johannas Hände zitterten.

»Amelia und Oscar sind mit dir gekommen?« Sie hörte sich selbst kaum, so klein war ihre Stimme. Gleichzeitig schalt sie sich, etwas anderes gehofft zu haben.

»Sie sind im Hotel. Eigentlich wollte ich nur mit Oscar reisen. Der Junge soll das Ostasiengeschäft vor Ort kennenlernen. Amelia hat sich jedoch auf keine Diskussion eingelassen. Seit auch Milicent gestorben ist, weicht sie ihm kaum von der Seite.« Er lachte bitter. »Amelia würde schäumen, wenn sie uns hier sehen könnte. Sie ist noch immer eifersüchtig auf dich.« Er beugte sich vor und nahm ihre zitternden Hände. »Sie hat einen guten Instinkt. Seit einer Stunde weiß ich wieder, dass sie Grund dazu hat.«

So nahe war er. Und gleichzeitig so unerreichbar. Johanna zog die Hände fort.

»Sei still. Ich möchte nichts davon hören.«

»Aber …«

»Es hat sich nichts geändert: Du bist an deine Familie gebunden.«

»So viele Jahre habe ich deine Briefe nach einem persönlichen Wort, nach einer versteckten Botschaft durchforstet. Immer vergebens. Trotzdem will ich nicht glauben, dass du nichts für mich empfindest. Deine Augen verraten dich.«

»Ebenso wenig, wie ich dir fünfzehn Jahre nachgetrauert habe, hast du dich in all der Zeit nach mir verzehrt. So ist die Liebe nicht. Sie kommt, sie geht, sie nutzt sich ab. Sie ist keine Schicksalsmacht, das glauben nur die Jungen. Wir Alten sollten es besser wissen. Du stehst meinem Herzen nahe, aber als Freund. Mehr darf nicht sein.«

»Wir werden uns allein schon wegen der Firma nicht aus dem Weg gehen können.«

»Ich vertraue darauf, dass wir zivilisiert miteinander umgehen.« Sie drückte dem Teeausschenker eine Münze in die Hand und erhob sich. »Ich fahre nach Hause. In den nächsten Tagen werdet ihr eine Einladung zu Dinahs und Roys Hochzeit erhalten.«

»Johanna.«

Sie drehte sich noch einmal um. »Ja?«

»Ich habe alles verdorben. Sogar unser Wiedersehen nach beinahe anderthalb Jahrzehnten.«

»Du hättest mich nicht so überrumpeln dürfen«, sagte sie leise. »Vielleicht hätte ich dann fröhlichere Worte gefunden.«

* * *

Johanna und Mercy winkten noch, als die Kutsche schon außer Sicht war. Schulter an Schulter standen sie in der Mitte der zu dieser vorgerückten Stunde menschenleeren Straße, waren sich Halt und Stütze. Irgendwann nahm Mercy die Hand herunter und schneuzte ausgiebig in das Tuch, das eben noch zum Winken gedient hatte.

»Meine Güte«, sagte sie. »Warum tun wir eigentlich so, als führen die beiden ins Unglück?«

Johanna lachte unter Tränen. »Es ist eben nicht leicht, die Kinder ziehen zu lassen. Und sei es nur in ein anderes Stadtviertel.«

»Da hast du recht.« Ein verschmitztes Grinsen zeigte sich auf Mercys Gesicht. Fröhlich stieß sie Johanna in die Seite. »Ich freue mich schon darauf, meine Enkelkinder zu verwöhnen.«

Lächelnd legte Johanna einen Arm um Mercys weiche Schultern. »Nun sind wir sogar miteinander verwandt. Wer hätte das gedacht.«

»Hier seid ihr.« Carl trat zu ihnen. »Sobald ihr euch gefangen habt, solltet ihr zurück zum Fest kommen. Ich fürchte, Mrs Farnell hat es darauf abgesehen, Lily zu brüskieren. Deine scharfe Zunge ist gefragt, Mama.«

Und fort war er.

»Weiß sie etwas?«, fragte Mercy alarmiert.

»Das kann ich mir nicht vorstellen. Außer uns beiden, Onkel Koh und Boon Lee ist niemand eingeweiht.« Johanna stieß das Gartentor auf und trat eilig in den von Fackeln erleuchteten Garten.

»Da sind sie.« Mercy wies auf einen etwas abseits stehenden Tisch, an dem Amelia und einige europäische Damen saßen, allesamt Frauen, die nicht zu Mercys oder Johannas Freundeskreis gehörten, die man aber nicht verprellen durfte. Vor allem ihre Ehemänner nicht, Kolonialbeamte, Bankdirektoren, Händler. Lily hockte verloren zwischen ihnen, ohne zu wissen, wie sie sich der Aufmerksamkeit entziehen sollte.
Johanna folgte in Mercys Windschatten zu dem Tisch, wo sie sich ungefragt dazusetzten.
»Oh, die Gastgeberinnen persönlich«, sagte Amelia. »Wir befürchteten schon, an diesem Abend ganz auf Ihre Gesellschaft verzichten zu müssen. Es sind ja durchaus Leute geladen, die darauf angewiesen sind, an die Hand genommen zu werden. Feine Manieren sind nicht jedem in die Wiege gelegt.«
»Da haben Sie wohl recht, liebe Mrs Farnell«, sagte Mercy zuckersüß. »Es ist wirklich unverzeihlich, dass ich bisher so wenig Zeit für Sie gefunden habe.«
Das saß. Am Tisch machte sich gespannte Stille breit, während Amelia um Fassung rang.
»Ah«, sagte sie schließlich gedehnt, »es ist natürlich jedem überlassen, mit wem er Umgang pflegt. Man gesellt sich eben gern zu Gleichen, nicht wahr?« Johanna erschrak über die Eiseskälte in Amelias Stimme.
»Lass es gut sein«, zischte sie der Freundin zu, doch Mercy war zu sehr in Rage.
»Ja, allerdings«, sagte sie schneidend. »Meine Freunde zeichnen sich durch Charakterstärke, Herzensgüte und Klugheit aus.« Sie holte tief Luft. »Und natürlich müssen sie aus guten Familien stammen.«
»Ah, die große Kultur der Gelben, ich vergaß.«
»Kultur, meine Liebe?«, fragte Mercy lauernd, während Johanna den Schlagabtausch mit zunehmender Besorgnis

verfolgte. »Mich würde wirklich interessieren, was Sie davon verstehen.«

Amelia explodierte. »Sie wagen es, mir Kulturlosigkeit zu unterstellen? In meinen Kreisen sucht man sich jedenfalls untadelige Freunde.« Sie wies auf Lily und öffnete den Mund, um eine giftige Bemerkung zu machen, wurde jedoch unterbrochen.

»Es reicht, Mrs Farnell.« Der tiefe Bass ließ alle herumfahren. Ross Bowie trat in den Lichtkreis ihres Tisches und legte die Hände auf Lilys Schultern.

»Dieser Dame werden Sie, Mrs Farnell, niemals das Wasser reichen können«, sagte er gefährlich ruhig. Er nickte Mercy und Johanna zu. »Und auch diesen beiden nicht. In Ihrer hochmütigen Ignoranz übersehen Sie, welch große Dienste die Damen von Trebow dieser Stadt leisten.« Sein Blick wanderte über die indigniert dreinschauenden Frauen. »Miss von Trebow, Sie haben es nicht nötig, sich mit diesen nichtsnutzigen Damen abzugeben.« Widerstandslos ließ sich Lily von Bowie aus dem Stuhl helfen. Die beiden waren schon einige Schritte entfernt, als sich Bowie noch einmal umdrehte.

»Johanna, Mercy, nun kommen Sie schon. Lassen Sie sich nicht das Fest verderben.«

* * *

Obwohl am nachtschwarzen Himmel noch Sterne standen, war Leah bereits hellwach. Sie setzte sich leise auf, um Bertrand nicht zu wecken, der den frühen Morgenstunden im Gegensatz zu ihr nichts abgewinnen konnte. Leah hätte Angst, etwas zu verpassen, pflegte er zu scherzen. Wie recht er hatte.

Bevor sie das Bett verließ, hauchte sie einen Kuss auf seine

Stirn. Wie nicht anders zu erwarten, rührte er sich nicht. Sie stand auf und klaubte die achtlos auf den Boden geworfene Kleidung zusammen. Die Tropen haben verjüngende Wirkung auf uns, dachte sie, als sie sich den Sarong umband und eine lockerfallende, mit ornamentalen Stickereien verzierte Kebaya-Bluse überstreifte. Seit langem hatten sie und Bertrand nicht mehr solch eine leidenschaftliche Nacht verbracht wie die letzte. Barfuß tappte sie zur Tür und die Treppe hinunter. Bei jedem Kontakt ihrer Fußsohlen mit den glatten, warmen Holzdielen hätte sie jubeln mögen. Es waren Kleinigkeiten wie diese, nach denen sie sich gesehnt hatte.

Nach einem erfrischenden Guss aus dem Mandi schlüpfte sie in die Küche, aß eine Banane und eine Handvoll kalten Reis und beschloss, die Zeit, bevor ihre Lieben aufwachten, für einen Spaziergang zu nutzen.

Sie durchquerte gerade den Wohnraum im Erdgeschoss, als ein Knarren der Treppe sie innehalten ließ. Im Zwielicht erkannte sie die schlaksige Gestalt ihres Sohns. Bereits angekleidet sprang er ungestüm die letzten Stufen hinunter.

»Ist alles in Ordnung, Mutter?«

Leah legte den Finger an die Lippen. »Leise. Dein Vater schläft noch.« Sie nahm ihn in den Arm. Er überragte sie um Haupteslänge. »Herzlichen Glückwunsch zum neunzehnten Geburtstag. Ich wollte gerade zum Strand. Die Fischer müssten bald heimkehren, und ich möchte bei ihnen etwas für das Festmahl zu deinem Ehrentag erstehen. Willst du mich begleiten?«

»Natürlich.« Selbst im Dunkeln meinte sie, seine Augen vor Abenteuerlust funkeln zu sehen.

»Dann komm.«

Sie gingen langsam; Thomas hatte sich in den drei Tagen, die sie in Anjer weilten, noch nicht an seine neuen Sandalen gewöhnt und stolperte mehrfach auf dem steilen Weg hinab zum Ortskern. Ihr gemietetes Haus stand hoch am Hang des Hügels, der das Städtchen zur Landseite hin abschirmte. Leah war erst enttäuscht gewesen, keinen Bungalow am Meer zu bekommen, doch der Ausblick von der Veranda im ersten Stock über die hübschen, von sattgrünen Mangobäumen beschirmten Holzhäuser der niederländischen Enklave bis hin zur Sundastraße hatte sie schnell versöhnt. Weit war es nicht; gerade eine Viertelstunde Fußmarsch trennte sie von Markt und Küste. Sie erreichten den Strand in dem Moment, als in ihrem Rücken die Sonne aufging. Der sichtbare der drei Vulkane auf der etwa sechzig Kilometer entfernten Insel Krakatau wurde vom Sonnenlicht übergossen. Von allen Seiten strebten Fischerboote auf die javanische Küste zu. Leah und Thomas setzten sich in den Sand und genossen das Schauspiel, bis plötzlich etwas Seltsames geschah.
»Was ist das?« Ein schriller Unterton schlich sich in Thomas' Stimme.
Leah bemerkte es ebenfalls. Sie legte die Hände flach auf den Sand. Ein letztes Zittern, dann war der Boden wieder ruhig. »Ein leichtes Erdbeben.« Sie wies auf den weit entfernten Vulkan. »So etwas kommt oft vor in Regionen mit vulkanischer Aktivität. Kein Grund zur Beunruhigung.«
Lange vor Thomas' Geburt hatten Bertrand und sie mehrere Vulkane bestiegen: den heiligen Bromo, den Kelimutu mit seinen drei verschiedenfarbigen Kraterseen und sogar den Ijen an der äußersten Ostspitze Javas, eine Hölle aus Schwefel. Leah war fasziniert gewesen von den Feuerbergen und der Flora und Fauna an ihren fruchtbaren Hängen. Nirgends auf der Welt waren Tod und überbordendes Leben so eng mitein-

ander verknüpft. Und schon in wenigen Wochen würde sie zum Toba-See reisen, dem größten Kratersee der Welt.

»Gefällt es dir hier?« Verstohlen musterte Leah ihren Sohn. Noch haftete ihm das Ungelenke der Jugend an. Ein rötlicher Flaum überzog Wangen und Kinn. Es würde eine Weile dauern, bis daraus ein anständiger Bart wurde.

»Ich muss mich noch an die Hitze und die Luftfeuchtigkeit gewöhnen«, sagte er. »Und die Geräusche. Das Rascheln im Dach und die Schreie der Nachttiere sind unheimlich.«

»Willst du dich denn daran gewöhnen?«, fragte Leah mit einem Anflug von Bangigkeit. Thomas mochte dreimal ihr Sohn sein, wenn ihn die Faszination nicht packte, würde er in der Fremde leiden.

»Du machst Scherze. Es ist fantastisch hier. Ich bin dir und Vater richtig böse, dass ihr mir diese Wunder so lange vorenthalten habt.«

»Du warst doch schon in Ostindien.«

»Da war ich erst fünf. Ich kann mich kaum erinnern.«

»Dafür erinnere ich mich umso besser: Wir waren kaum einen Tag von Bord, als du bereits deine erste Gottesanbeterin gefangen hast. Mit der bloßen Hand.« Bilder von ihrem Singapur-Aufenthalt vor dreizehn Jahren durchzuckten sie. Johanna, Boon Lee. Lily. Ihre Tochter war inzwischen eine erwachsene Frau. Sicher hatte Johanna für einen guten Ehemann gesorgt. Wahrscheinlich war Lily schon Mutter. Leah biss sich auf die Lippen. Das würde bedeuten, dass sie Großmutter war. Ein seltsamer Gedanke.

Singapur. Ob sie es diesmal schaffte, über ihren Schatten zu springen und mit Johanna Frieden zu schließen? Oder hatte sie das schon mit dem Brief getan, den sie der Schwester damals hinterlassen hatte? Leah schloss die Augen. Nein, der Brief reichte nicht aus. Statt mit Johanna zu sprechen, hatte sie feige die Flucht ergriffen. Feigheit, die sie sich als gerechten Stolz schöngeredet hatte, aber dieser Selbstbetrug gelang ihr nicht mehr. Zwei Jahre wollten sie, Bertrand und Thomas mindestens im Osten bleiben. Zeit genug, um endlich den Mut zu finden und nach Singapur zu fahren.

Sobald die Fischer den Strand erreichten, war es mit der Ruhe vorbei. Noch bevor der Fang an Land war, drängelten sich javanische Frauen um die Boote. Lautstark brüllten sie auf die müden Männer ein, rissen ihnen regelrecht die Körbe aus den Händen. Leah sprang auf. Bevor Thomas protestieren konnte, zog sie ihn mitten hinein ins Getümmel. Bald stand sie hüfttief im Wasser und feilschte um einen prächtigen Barrakuda. Nachdem der Fischer seine Verblüffung über die europäische Dame in javanischer Tracht überwunden hatte, wurden sie schnell handelseinig. Schwungvoll drückte Leah ihrem sprachlosen Sohn den Fisch in die Arme. »Und jetzt zum Markt!«, rief sie.

25

Juli 1883, fünf Monate später

Johanna überprüfte den Inhalt des Picknickkorbes. Alles war bereit. In wenigen Minuten würde Henry sie zu einer Ausfahrt abholen. Sie fuhren allein, ohne Kinder, ohne Freunde. Johanna hatte tagelang gezögert, ob sie Henrys Einladung überhaupt annehmen sollte. Vernünftig wie sie war, mied sie seine Gegenwart so weit wie möglich; aber natürlich liefen sie sich immer wieder über den Weg, und wenn dies nicht von allein geschah, fand sich oft genug ein fadenscheiniger Vorwand, sich aus geschäftlichen Gründen zu treffen. In Wahrheit hatte sie die Zügel von *Von Trebow Trading* endgültig an Hermann übergeben, der seine Sache ausgezeichnet machte.
All diese halboffiziellen Zusammenkünfte, immer im Kontor oder an belebten Plätzen, stillten weder ihre noch Henrys Sehnsucht. Er hatte sich gewünscht, einmal ungezwungen mit ihr sprechen zu können, und so war es zu der Idee mit dem Ausflug gekommen. Johanna hatte zugesagt, obwohl es ihr nicht behagte, Amelia zu hintergehen. Wie oft hatte sie das Schicksal verflucht, das es ihr und Henry nicht erlaubte, ihre Liebe zu leben, aber besaß Amelia nicht viel stärkere Gründe, an Gottes Güte zu zweifeln? Nicht nur, dass ihr Mann eine andere liebte, Amelia hatte auch zwei Kinder verloren.
Johanna straffte sich. Amelia war und blieb eine unangenehme Person, die es schaffte, jedes Mitgefühl im Keim zu ersticken. Sie wollte kein schlechtes Gewissen pflegen, sondern den harmlosen Ausflug genießen. Schließlich konnte sie Amelia nicht wegnehmen, was sie ohnehin nicht besaß.

Die Standuhr schlug zwei Mal. Es war so weit. Henry fuhr jeden Moment vor. Johanna nahm den Picknickkorb und stellte sich ans Gartentor.

Es tat gut, die Stadt hinter sich zu lassen. Henry kutschierte seinen aus London mitgebrachten Phaeton selbst; in Singapur hatte er, nachdem er mehrfach von heftigen Regengüssen überrascht worden war, eigens ein kurioses Klappverdeck konstruieren und anbringen lassen. Er hatte vorgeschlagen, in Richtung der Plantagen rund um Bukit Timah zu fahren und sich einen schönen Platz für ein Picknick zu suchen, und nun saßen sie auf einer Decke an einem schmalen, durch einen Kokoshain plätschernden Bachlauf. Nur wenige Schritte entfernt auf einem holprigen Seitenweg wartete geduldig das an einen mächtigen Teakbaum gebundene Pferd.
Johanna holte in Bananenblätter gewickelte Päckchen mit Klebreis und Ayam goreng aus ihrem Korb, schenkte kalten Tee in die mitgebrachten Gläser, arrangierte Obst und Gebäckstückchen. Viel zu schnell lag alles an seinem Platz, und sie wusste nicht, wohin mit ihren Händen. Henry ging es ebenso, ein ums andere Mal sprang er auf, um nach dem Pferd zu sehen oder um eine Kokosnuss aufzusammeln, an der er sich nun abmühte.
»Du hast in London viel verlernt«, bemerkte sie.
»Ich habe es nie gekonnt.«
»Du musst deine ganze Kraft in den Hieb legen. Gib her.« Als sie ihm das große Messer aus der Hand nahm, traf sie die Berührung wie ein Blitz. Schnell wandte sie sich der Kokosnuss zu, war aber viel zu nervös, um die nötige Konzentration aufzubringen. Immer verzweifelter bearbeitete sie die große grüne Frucht, bis sie schließlich aufgab. Eine Träne rann ihre Wange hinunter, und sie verbarg das Gesicht in den Händen.

»Johanna.« Weich legten sich seine Hände auf ihre, strichen über ihr Haar, wanderten zu der Narbe an ihrem Hals. Sie ließ es geschehen, dass er sie an sich zog. »Bitte weine nicht. Ich habe die ganze Nacht nicht schlafen können, so sehr habe ich mich auf unseren Ausflug gefreut.« Er stockte. »Ich weiß doch auch nicht, was wir tun sollen. Seit ich wieder in Singapur bin, kennt meine Sehnsucht keine Grenzen. Ich habe sogar schon überlegt, nach London zurückzukehren.«

»Nein!« Hatte sie es nicht selbst für das Beste gehalten? Trotzdem durfte er nicht gehen. Die Worte, so lange zurückgehalten, drängten aus ihr heraus: »Ich liebe dich, Henry. Ich liebe dich so sehr, dass es schmerzt. Hätte ich es doch schon damals auf der Überfahrt gemerkt, hätte ich bloß begriffen, dass du mein Glück warst, nicht Friedrich.« Sie weinte hemmungslos, warf sich an Henrys Brust, beweinte all die vergeudeten Jahre. Henry hielt sie so fest, dass sie sich kaum bewegen konnte. Sie fühlte sich beschützt. Zum ersten Mal, seit der Vater zu seiner verfluchten Chinareise aufgebrochen war, brauchte sie nicht stark zu sein.

»Du darfst nicht bitter sein«, sagte er, als sie sich wieder beruhigte. »Lass dir die schönen Erinnerungen an Friedrich nicht vergällen. Er ist Hermanns und Dinahs Vater, vergiss das nie.«

»Natürlich nicht. Trotzdem fühle ich mich um ein glückliches Leben betrogen. Ein Leben an deiner Seite.«

Er hob ihr Kinn an. »Wer weiß, vielleicht hätten wir uns auseinandergelebt? Würden uns längst hassen?«

»Das glaubst du doch selbst nicht.«

»Nein, das glaube ich nicht.« Seine dunklen Augen überschatteten sich und dann, mit einem Vierteljahrhundert Verspätung, lagen seine Lippen auf ihren, sanft und fordernd zugleich. Sie gab sich seinem Kuss hin, erwiderte ihn. Schnell verlor sie ihre Zurückhaltung, ihre Hände schoben sich unter

sein Hemd und ertasteten seine Haut, so wie seine ihren Körper in Besitz nahmen, zögernd erst, dann immer forscher.
Viel später, die Kokospalmen warfen bereits lange Schatten, lagen sie auf der Decke und fütterten sich gegenseitig mit den zerdrückten Reispäckchen. Schuldgefühle umschlichen sie wie sprungbereite Tiger, doch es gelang ihnen, sie in Schach zu halten. Später würden die Bestien sie im Nacken packen und schütteln, aber noch nicht jetzt. Diese gestohlenen Stunden gehörten ihnen allein.

»Wie soll es weitergehen?« Johanna starrte stur nach vorn. Sie erreichten den Sim Lim Square und bogen in die Bencoolen Street ein. Vor der Bengkali Moschee versammelten sich gläubige Malaien und Inder zum Abendgebet. Bis zur Waterloo Street blieben ihnen nur wenige Minuten.
»Wir könnten so tun, als sei nichts geschehen. Weitermachen wie bisher.«
Johanna biss die Zähne aufeinander. »Das wäre wohl das Beste.«
»Ja.«
Enttäuscht wandte sie sich zu ihm um. »Ja? Einfach nur ja? Mehr hast du nicht zu sagen?«
Er ließ die Zügel locker, das müde Pferd fiel in gemächlichen Schritt. »Ich muss nachdenken. Hast du mir nicht immer gepredigt, ich müsse auf Amelia und Oscar Rücksicht nehmen?«
»Ja, das habe ich wohl«, murmelte Johanna. Ihre Gedanken kreisten um eine Möglichkeit, das Schicksal doch noch zu ändern. Bevor sie sich eines Besseren besann, hatte sie es schon ausgesprochen: »Du könntest dich scheiden lassen.« Die Worte hinterließen einen schalen Geschmack auf ihrer Zunge. Dazu müsste Henry den Ehebruch vor dem Richter offenlegen. Gesellschaftliche Ächtung wäre unvermeidlich, und

Amelia konnte sich als Opfer präsentieren. Würde ihre Liebe diese Situation überstehen? Und was noch viel schwerer wog: Hieß es nicht, was Gott verbindet, solle der Mensch nicht trennen? Johanna wurde die Brust eng. Sie hatte zugelassen, dass Henry zum Ehebrecher wurde, eine unverzeihliche Schuld. Sie war nicht besser als die Huren, die sie in ihrer Frauenklinik pflegte.

Henry zügelte das Pferd. Willig blieb es in der Dunkelheit zwischen zwei Gaslaternen stehen. »Eine Scheidung? Du weißt, dass wir dann erledigt sind. Ich glaube kaum, dass du in Singapur bleiben könntest, wenn die Damen der Gesellschaft die Straßenseite wechseln, sobald sie deiner ansichtig werden.« Er griff nach ihren Händen und drückte sie. »Außerdem wird Amelia niemals die Scheidung einreichen, und ich kann es nicht, denn ich habe ihr nichts vorzuwerfen. Fürs Erste werden wir uns heimlich treffen müssen.«

»Nein.« Einige Spaziergänger näherten sich. Johanna entzog Henry hastig ihre Hände. »Ich bereue diesen Nachmittag nicht. Sollte unserer Liebe nur dieser einzige Tag vergönnt sein, sei es so. Die Erinnerung wird mir bis zum Lebensende der wertvollste Schatz sein. Aber ich will nicht noch mehr Schuld auf uns laden, indem ich deine Geliebte werde.«

Er seufzte. »Ich habe befürchtet, dass du so reagierst. Es befürchtet und gehofft zugleich. Du bist der anständigste Mensch, den ich kenne, Liebste.«

»So anständig auch wieder nicht.«

»Zum Glück. Dieser Nachmittag war alle künftigen Feuer der Hölle wert.« Er richtete sich auf und schnalzte. Das Pferd zog an.

Zweihundert Meter weiter brachte er die Kutsche hinter einer Mietkalesche zum Stehen, deren indischer Kutscher zusammengerollt wie eine Schlange auf dem Bock döste. Henry sprang auf die Straße, nahm Johannas Picknickkorb entgegen und half ihr beim Absteigen.

»Ich trage dir den Korb ins Haus.«

»Danke.«

Seite an Seite durchquerten sie den Garten. Die Veranda war verwaist, doch im Salon brannte Licht. Sie gingen zum Küchenhaus, um den Korb loszuwerden, gaben sich im Schatten des Küchenvordachs verstohlen einen letzten Kuss und betraten den Salon durch den Hintereingang. In der Tür blieben sie wie angewurzelt stehen.

Lily blickte ihnen entgegen, Verzweiflung in den Augen, selbst Mercy wirkte seltsam verloren.

In ihrer Mitte thronte Amelia, weiß vor Wut.

* * *

»Halt endlich still.«

Onkel Koh drehte den Kopf beiseite. »Ich halte nur still, wenn du versprichst, mir nicht die Kehle durchzuschneiden. Ich kann auch zum Barbier gehen. Was ist denn bloß los mit dir?«

Johanna ließ das Rasiermesser sinken. »Entschuldige. Mir geht unendlich viel durch den Kopf.«

»Lass mich dir helfen. Deine Sorgen sind auch meine.«

»Ich glaube, diesmal muss ich es allein mit mir abmachen.« Johanna sah auf ihre Hände und atmete mehrmals tief durch. Das Zittern ließ nach.

Der Geschichtenerzähler schloss ergeben die Augen und lehnte sich zurück. Johanna konzentrierte sich auf ihre Arbeit. Vorsichtig schabte sie die vereinzelten weißen Stoppeln von seinen faltigen Wangen, immer darauf bedacht, nicht eines der langen weißen Haare zu rasieren, die sein Kinn zierten. Wie bei den meisten Chinesen war sein Bartwuchs spär-

lich, umso sorgsamer hütete er das wenige, das der Schöpfer ihm zugeteilt hatte. Seitdem vor Jahren ein Teil des Barts einem unachtsamen Barbier zum Opfer gefallen war, kümmerte sich Johanna um die Pflege. Mit seinen dreiundsiebzig Jahren war Onkel Koh bemerkenswert rüstig, doch seine Finger formten sich zu athritischen Klauen. Er war kaum noch in der Lage, seine Essstäbchen zu halten, geschweige denn ein Rasiermesser selbst zu führen.
Zufrieden mit ihrer Arbeit wischte Johanna ihrem Freund den Seifenschaum aus dem Gesicht. Sie strich ihm zärtlich über die Stirn.
»So, fertig. Gut siehst du aus.«
»Unsinn. Ich bin ein Greis.«
»Wo steht geschrieben, dass Greise hässlich sind?« Johanna wischte das Messer sauber. »Außerdem bist du kein Greis. Mir ist zugetragen worden, dass du gestern eine Vorstellung gegeben hast. Ich hätte es übrigens auch so bemerkt: Du bist heiser.«
Theatralisch legte er sich die Hand aufs Herz. »Dir bleibt aber auch nichts verborgen.«
Sie lachte. »Ich weiß es von Lily. Sie hat dir auf dem Rückweg von der Krankenstation für eine Weile zugehört.«
»Ich habe sie gar nicht bemerkt.«
»Hattest du denn deine Brille auf?«
Er schüttelte schuldbewusst den Kopf. »Sie drückt.«
»Geh zu Lim. Er richtet alles. Aber sieh, da kommt die Post.«
Es war nur ein Brief. Als Johanna den Absender erkannte, packte sie die Aufregung. Sofort riss sie den Umschlag auf und las.
»Ich habe eine Zusage bekommen! Für Lily. Hier, sieh nur: Mrs Elizabeth Blackwell persönlich hat mir geschrieben. Sie möchte Lily in die London School of Medicine for Women aufnehmen.«
»Das ist großartig. Aber weiß sie, dass Lily Eurasierin ist?«

»Ja. Sie schreibt, dass es sicherlich schwierig wird, sie aber bereit sei, den Versuch zu wagen. Auch Lilys Alter findet sie nicht bedenklich. Sie selbst habe erst mit sechsundzwanzig Jahren das Medizinstudium beginnen können, dank der Borniertheit der Männer, wie sie sich ausdrückt. Elizabeth Blackwell war die erste Frau, die ein Medizinstudium absolviert hat. Heute ist sie Professorin für Frauenkrankheiten. Ihre Schwester ist auch Ärztin und leitet ein College in New York.«

»Das scheint ein interessantes Schwesternpaar zu sein. Wie du und Leah.« Onkel Koh zwirbelte nachdenklich seinen Bart. »Du wirst Lily begleiten?«

»Ich weiß es nicht. Bisher habe ich mir nicht vorstellen können, dem Orchid Hospital länger als ein paar Tage fernzubleiben, und außerdem weiß ich auch nicht, wem ich es anvertrauen kann. Andererseits …« Sie brach ab.

Andererseits kam die Zusage gelegen. Johanna wand sich bei dem Gedanken, ihr geliebtes Singapur zu verlassen, aber bei Licht betrachtet war es eine elegante Lösung ihres Problems. Nach dem Eklat des vorgestrigen Abends war es das Beste, wenn sie die Stadt verließ – und dafür auch noch einen plausiblen Grund angeben konnte. Eine Gänsehaut kroch über ihre Arme, als sie an den katastrophalen Ausgang ihres Ausflugs dachte. Ausgestattet mit einem sechsten Sinn hatte Amelia überall nach Henry suchen lassen, selbst in den Clubs hatten ihre Diener nachgefragt. Schließlich stattete sie der überraschten Lily einen Abendbesuch ab. Mercy, die zu Recht vermutete, dass ihre Freundin den Tag mit Henry verbrachte, eilte sofort herbei, um Lily beizustehen. Leider gelang es den beiden nicht, Amelias Misstrauen zu zerstreuen und sie hinauszukomplimentieren. Als Johanna und Henry dann mit schuldbewussten Mienen in der Tür standen, sah Amelia ihren Verdacht bestätigt. Ohne ein weiteres Wort war sie aus dem Haus gerauscht. Johanna hatte Henry, der seiner Frau nur Minuten später mit dem Phaeton folgte, seitdem nicht gesprochen; sie wusste auch so, dass Amelia ihm eine schlimme Szene gemacht hatte.

»Du wirst mir fehlen.«

»Weinst du etwa?« Johanna sprang auf und kniete sich neben den Stuhl ihres chinesischen Vertrauten. »Das musst du nicht. Lily und mir wird es in London gutgehen.«

Er zwinkerte, die Augen klärten sich. »Du nimmst ein großes Opfer auf dich. Dabei wissen wir beide, dass Lily sehr wohl allein reisen könnte. Du müsstest nur endlich den Mut aufbringen, dich an Leah zu wenden. Selbst wenn ihr Lily weiterhin die Wahrheit über ihre Herkunft verschweigt, was ich nicht gutheiße, wäre Leah begeistert, dass ihre Tochter ihren Forschergeist geerbt hat. Sie lebt doch noch in England, oder?«

»Nein, sie ist mit ihrem Baron auf Java. Ich habe es kürzlich im Gesellschaftsteil der Zeitung gelesen.«

»Trotzdem könntest du Kontakt zu ihr aufnehmen. Sicher wüsste sie eine gut beleumundete Familie, bei der Lily logieren kann.«

»Aber ich will doch mit ihr nach London.«

Er fasste sie scharf ins Auge. »Johanna, du willst nicht nach London, du flüchtest aus Singapur. Vor deinen Gefühlen für Henry. Glaubst du wirklich, du könntest etwas vor mir verbergen? Überlege dir gut, was du tust. Es könnte eure letzte Chance sein.«

Sie sah ihn lange an. So viel Güte sprach aus seinem Gesicht, so viel Mitgefühl. Koh Kok war ein zutiefst ehrbarer und moralischer Mann, und doch riet er ihr, eine Ehe zu zerstören.

»Ich werde diese Chance nicht nutzen«, sagte sie fest. »Das Schicksal hat ein gemeinsames Glück für uns nicht vorgesehen. Es ist besser, wenn ich gehe.«

26

August 1883, wenige Tage später

Lily erwachte mit Kopfschmerzen. Sie benötigte einen Moment, um sich zu orientieren; nur langsam schälten sich die Konturen des Schlafsaals aus der Dunkelheit. Stöhnend richtete sie sich auf. Sie hatte sich kurz auf dem letzten freien Bett ausruhen wollen, doch die Erschöpfung hatte sie übermannt. Wie lange mochte sie geschlafen haben? Sicher machten sie sich zu Hause schon Sorgen über ihren Verbleib. Sie erhob sich leise, um den Schlaf der Kranken nicht zu stören, und ging über die Hintertreppe zum Waschraum. Schnell entledigte sie sich ihres Kleides und goss sich einige Kellen kaltes Wasser über den Kopf. Langsam kehrte Leben in ihre müden Glieder zurück.

Es war ein fürchterlicher Tag gewesen, gleich zwei ihrer Patientinnen waren gestorben. Die erste hatte schon seit Tagen im Fieberdelirium gelegen; unterernährt, wie sie war, hatte sie dem inneren Feuer nichts entgegenzusetzen gehabt. Alle Versuche, sie mit nahrhaftem Essen zu stärken, waren fehlgeschlagen. Wäre sie nur früher gekommen!

Frustriert klatschte Lily die Kelle ins Wasser zurück. Wie oft fanden die Frauen erst dann den Weg zu ihr, wenn sie bereits an der Schwelle des Todes standen, wie oft musste sie sich von den Leidenden anhören, dass ihr Leben wertlos sei. Es war zum Verrücktwerden.

Die zweite Patientin, ein japanisch-chinesischer Mischling, war fast noch ein Kind gewesen. Vergeblich hatte Lily versucht, ihre Blutungen zu stoppen. Die Frau, die sie hergebracht hatte, war ihr wohlbekannt: Die japanische Mamasan führte ein Bordell, in dem dank Lilys Predigten ein Mindestmaß an Hygiene herrschte und das deshalb auch von den wohlhabenden Männern der Stadt frequentiert wurde. Nach dem Tod des Mädchens nahm Lily die Mamasan beiseite und verlangte eine Erklärung. Schließlich gab die Frau zu, dass die Kleine bereits gearbeitet hatte. Eine Engelmacherin sollte ihre Schwangerschaft beseitigen, und das sei schiefgegangen.

Nach dem Gespräch fühlte sich Lily leer. Leer und seltsam erleichtert. Hätte ihre Mutter, die mit großer Sicherheit ebenfalls eine Hure gewesen war, sie nicht im Convent abgegeben, hätte ihr ein ähnliches Schicksal geblüht. Sie sandte Gott ein kurzes Dankgebet, in das sie einen guten Wunsch für die unbekannte Mutter einschloss. Das Märchen von der wunderschönen, im Kindbett gestorbenen Mama und dem schiffbrüchigen Kapitän glaubte sie schon lange nicht mehr. Sie streifte sich frische Sachen über und ging zum Haupthaus, um eine letzte Runde zu machen.

Als sie die Halle im Erdgeschoss betrat, bemerkte sie einen Lichtschein aus dem kleinen Büro, zu dem nur Johanna und sie Zutritt hatten, da dort die giftigsten Substanzen und auch Geld aufbewahrt wurden. Johanna war also ebenfalls noch nicht nach Hause gefahren. Ein Blick zur Wanduhr verriet Lily, dass es erst neun Uhr abends war, sie also nicht lange geschlafen haben konnte. Sie wollte die Tür aufdrücken, als sie erst Johannas und dann Chee Boon Lees Stimme hörte. Sie kannte den Stifter der Krankenstation als ausgeglichenen, ruhigen Menschen, doch jetzt wirkte er erregt, beinahe verärgert. Als ihr Name fiel, blieb Lily wie festgenagelt stehen. Sie wollte nicht lauschen, aber es war ihr unmöglich, sich zu rühren.

»Ich verstehe dich nicht«, sagte Johanna. »Lilys Schicksal sollte dir am Herzen liegen, warum sperrst du dich?«

»Natürlich liegt es mir am Herzen, und genau deshalb werde ich nicht erlauben, dass sie nach England reist.«
Nach England? Lily trat einen Schritt näher zur Tür. Was ging vor sich?
»Ich begleite sie.«
»Du weißt doch, wie es in Europa zugeht. Lily hat es schon in Singapur nicht leicht, doch die Anfeindungen hier sind nichts im Vergleich zu der Verachtung, mit der man ihr in London begegnen würde. Ich erinnere mich noch gut an meine Studienzeit in England. Ich wurde begafft wie ein Tier. Und ich bin ein Mann.«
»Die Zeiten haben sich geändert.«
»Aber nicht die Dummheit der Menschen.«
Glas klirrte auf Glas. »Danke. Den kann ich brauchen.«
»Ich auch.« Für einen kurzen Moment herrschte Schweigen. Lily hielt den Atem an.
Als Johanna den Faden wieder aufnahm, klang sie etwas ruhiger. »Hier«, sagte sie. »Lies diesen Brief. Elizabeth Blackwell will Lily persönlich unter ihre Fittiche nehmen.«
Lily konnte einen Überraschungsschrei nur mühsam unterdrücken. Elizabeth Blackwell! Die Frau, die sie, neben Florence Nightingale, verehrte wie keine andere. Johanna hatte offensichtlich hinter ihrem Rücken Kontakt mit der bewunderten Medizinerin aufgenommen, wollte sie zum Studieren schicken. Doch warum musste sie dafür Chee Boon Lees Erlaubnis einholen? Fehlte das Geld? Schon die nächste Äußerung bestätigte ihre Befürchtung.
»*Von Trebow Trading* wirft nicht genug ab, um ein derartiges Unterfangen zu finanzieren«, sagte Johanna eindringlich. »Du zwingst mich, dich an dein Versprechen von damals zu erinnern.«
»Du brauchst mich nicht daran zu erinnern. Lily erhält alle

Unterstützung und noch viel mehr. Nach London lasse ich sie dennoch nicht.«

»Verdammt!« Lily zuckte zusammen. Noch nie hatte sie ihre Ziehmutter fluchen hören. »Lily ist der stärkste Mensch, den ich kenne. Sie wäre zu allem bereit, um ihre Ziele zu erreichen.«

»Es war nie ihr Ziel, Ärztin zu werden.«

»Sie hat es nicht geäußert, weil sie nicht undankbar erscheinen will. Siehst du denn nicht den Eifer, mit dem sie sich den neuesten Forschungspapieren widmet? Was glaubst du, warum sie noch nicht verheiratet ist? Sei doch stolz auf deine kluge Tochter.«

Lily erstarrte. Die Erkenntnis war kaum in ihr Bewusstsein gedrungen, da folgte bereits der nächste Schlag. Johanna fuhr fort: »Wenn du nicht einwilligst, werde ich mich mit ihrer Mutter in Verbindung setzen.«

Chee Boon Lee war ihr Vater? Und ihre Mutter lebte? War Europäerin? Lily musste sich an der Wand abstützen.

»Das würdest du tun? Wo ist sie überhaupt? Soweit ich weiß, weilt sie auf Java und könnte euch in London sowieso nicht unterstützen.«

»Ja, sie ist auf Java. In Anjer. Vor zwei Wochen wurde in der Zeitung erwähnt, dass sie und ihr Mann von einer erfolgreichen Expedition zum Toba-See dorthin zurückgekehrt sind. Die Gesellschaft nimmt durchaus Anteil am Kommen und Gehen des Earl of Arliss und seiner Familie. Aber das tut nichts zur Sache.«

»Sie wird jeden Kontakt zu dir ablehnen. Genau wie ich hat sie zu viel zu verlieren.«

»Da sei dir nicht so sicher. Außerdem kann sie Lily helfen, ohne die Wahrheit preiszugeben.« Wieder entstand eine Gesprächspause. Nun sagt es schon!, schrie es in Lily. Wer ist sie?

»Es ist also dein letztes Wort? Du wirst uns nicht unterstützen?«
»Nein.« Es klang zögernd.
»Dann werde ich meiner Schwester schreiben.«

Später wusste Lily nicht mehr, wie sie unbemerkt von der Krankenstation fortgekommen war. Aufgewühlt stürzte sie auf die Straße, lief und lief, rempelte späte Passanten an, brachte ein Kutschpferd zum Scheuen, stolperte, raffte sich wieder auf, während sich in ihrem Kopf die Gedanken überschlugen. Ihre geliebte Tante Alwine war in Wirklichkeit ihre Großmutter gewesen, Johanna hingegen ihre Tante. Und ihre leibliche Mutter? Erinnerungen an eine hübsche, zornige und unendlich traurige Dame stiegen vor ihrem inneren Auge auf. Wut erfasste sie. Ihre Eltern hatten sie verleugnet, sie im Glauben gelassen, ein Hurenkind zu sein, verurteilt zu ewiger Dankbarkeit denen gegenüber, die sie in Wirklichkeit verraten hatten.
Irgendwann stand sie am Hafen, als hätten ihre Füße sie von selbst dorthin getragen. Im Schein von Gaslampen entluden magere Kulis ein großes Schiff. Lily erkannte die *Queen of the Far East,* einen imposanten Frachtdampfer mit zwei Masten und wohl tausendfünfhundert Bruttoregistertonnen. Es gehörte Ross Bowie, das größte und modernste seiner drei Schiffe.
»Hallo, Schätzchen.«
Lily fuhr herum. Mehrere Hafenarbeiter näherten sich und musterten sie ungeniert. Keiner konnte älter sein als achtzehn, doch in ihren Augen glomm Gier. Lily trat einen Schritt zurück. Die Männer rückten auf.
»Ich bin kein käufliches Mädchen.«
»Nein? Aber hübsch bist du trotzdem. Komm doch mit. Wir haben Extralohn bekommen.«

»Nein!« Panik stieg in Lily auf. Hektisch sah sie sich nach einer Fluchtmöglichkeit um. Sie war selbst schuld an dieser schlimmen Situation. Keine ehrbare Frau wagte sich nach Einbruch der Dunkelheit allein zum Hafen. Etwa hundertfünfzig Schritte entfernt stieg ein Chinese in europäischem Anzug in eine wartende Kutsche. Sie schrie aus vollem Halse um Hilfe. Sofort wichen die Arbeiter zurück und sahen sich unsicher an. Der Chinese hatte sie gehört. Ohne Zögern rannte er auf sie zu. Die Kulis ergriffen die Flucht.
»Was zur Hölle ist hier los?« Er kniff die Augen zusammen. »Sind Sie nicht Lily von Trebow?«
Lily nickte. Sie wankte, gerade noch rechtzeitig sprang ihr Retter hinzu und stützte sie.
»Sie sollten nicht hier sein«, sagte der Mann. »Kommen Sie, ich nehme Sie mit zurück in die Stadt. Wohin darf ich Sie bringen?«

Johanna war noch nicht aus dem Orchid Hospital zurückgekehrt, als sich Lily gegen elf Uhr von dem freundlichen chinesischen Geschäftsmann in der Waterloo Street absetzen ließ. Sie ging in ihr Zimmer und schloss sich ein. Eine Stunde später hörte sie Johanna unten im Salon. Sie schwang die Beine aus dem Bett, um hinunterzueilen und ihre Ziehmutter, nein, ihre Tante zur Rede zu stellen, doch als sie sich erheben wollte, fühlte sie sich wie gelähmt. Sie war zu wütend auf Johanna, auf Chee Boon Lee, auf alle, die mit den beiden unter einer Decke steckten. Sie musste warten, bis sie wieder klar denken konnte. Der Einzige, mit dem sie hätte sprechen mögen, war Hermann, doch ihr Stiefbruder weilte in Penang. Sie lachte trocken auf. Stiefbruder? Er war ihr Cousin. Wie würde er reagieren, wenn er erfuhr, dass sie blutsverwandt waren – so eng, dass er sich alle Heiratspläne ein für alle Mal aus dem

Kopf schlagen musste? Tränen stiegen Lily in die Augen. Auch ihn hatten sie betrogen.
Stundenlang wälzte sie sich von einer Seite auf die andere. In den frühen Morgenstunden schlich sie hinunter und setzte sich auf die Veranda. Noch immer ging es in ihrem Kopf drunter und drüber, doch langsam formte sich ein Plan.
Als sie später zum Frühstück erschien, hatte Johanna bereits gegessen und es sich mit der Zeitung und einer Tasse ihres geliebten Kaffees gemütlich gemacht.
Sobald sie Lilys Schritte hörte, ließ sie die Zeitung sinken. Ein besorgter Ausdruck erschien auf ihrem Gesicht. »Du siehst furchtbar aus. Komm mal her.«
Lily trat neben den Stuhl und beugte sich vor. Als Johanna die Hand auf ihre Stirn legte, zuckte sie zusammen. Die Berührung war ihr unangenehm.
Johanna ließ von ihr ab. »Kein Fieber«, konstatierte sie.
»Mir geht es nicht gut«, sagte Lily. »Ich bleibe besser zu Hause.«
Johanna musterte sie. »Hast du etwas auf dem Herzen?«
Lily schüttelte den Kopf. Zu schnell und zu heftig, um Johannas Ahnung zu entkräften. »Es sind nur Kopfschmerzen«, sagte sie leichthin. »Vielleicht bekomme ich eine Erkältung.«
»Schon möglich.« Noch immer ruhte Johannas Blick fragend auf ihr. »Du weißt, dass du alles mit mir besprechen kannst, Liebes«, sagte sie mit Nachdruck.
Lily war froh, als Johanna das Haus verließ, um ihre Schicht im Hospital zu übernehmen. Sie stürmte nach oben, immer zwei Stufen auf einmal nehmend. Kaum eine halbe Stunde später ließ sie sich in der Bibliothek in Raffles Institution die Tageszeitungen der letzten zwei Wochen aushändigen. Sie brauchte nicht lange zu suchen: Schon in der dritten Zeitung fand sie den von Johanna erwähnten Artikel, in dem in sachlichen Worten über Bertrand Burdett, Earl of Arliss, und My-

lady Leah sowie deren Sohn, Thomas Burdett, Baron of Talbury, berichtet wurde. Die Familie sei gesund von einer waghalsigen Expedition ins Batak-Land, wie allgemein bekannt die Heimat von Menschenfressern, zurückgekehrt und widme sich nun in dem zu Niederländisch-Ostindien gehörenden Hafenstädtchen Anjer der Sichtung ihrer Sammlungen und Notizen.

Lily starrte auf die Zeitung, bis die Buchstaben verschwammen. Ihre Hände krampften sich um das Papier. Sie hatte einen Halbbruder namens Thomas?

»Miss! Bitte gehen Sie pfleglich mit der Zeitung um.«

Lily sah auf. Ein Bibliothekar hatte sich vor ihr aufgebaut und wies mit missbilligender Miene auf die Zeitung in ihrem Schoß. Schuldbewusst strich sie das zusammengeknüllte Papier glatt und drückte es ihm in die Hand. Mit einem gemurmelten Dank schob sie ihn beiseite, ging hinaus auf die Straße, winkte eine freie Jinrickshaw heran und ließ sich zur P&O-Agentur fahren. Mit klopfendem Herzen, ihre prallgefüllte Börse umklammernd, betrat sie die Schifffahrtsagentur. Nach kurzer Wartezeit nahm sie dem Angestellten gegenüber Platz und fragte ihn nach einem Schiff nach Batavia.

Das nächste Postschiff ginge erst in fünf Tagen, teilte der Mann ihr mit. Ob sie es denn sehr eilig habe? Als Lily nickte, legte er ihr nahe, einen Passagierplatz auf einem Handelsschiff in Erwägung zu ziehen.

Er wühlte in einer Schublade und förderte ein Papier zutage. Mit gerunzelter Stirn überflog er es.

»Sie haben Glück«, sagte er. »Nach den Angaben der Hafenbehörde läuft die *Queen of the Far East* übermorgen nach Batavia aus«, sagte er. »Das Kontor der Company liegt gleich um die Ecke. Ich schlage Ihnen vor, selbst dort vorzusprechen.«

Lily musste bald zwanzig Mal am Eingang des prächtigen Stammhauses von Ross Bowie am Collyer Quay vorbeigegangen sein und konnte sich nicht entschließen, es zu betreten. Es würde Bowie nicht verborgen bleiben, wenn sie auf einem seiner Schiffe fuhr. Zwar hatten Johanna und er ein gespanntes Verhältnis zueinander, dennoch würde Bowie vielleicht Johanna aufsuchen, um sicherzustellen, dass alles mit rechten Dingen zuging. Sie konnte es nur verhindern, wenn sie ihm eine glaubwürdige Geschichte präsentierte. Leider fiel ihr nichts ein. Niedergeschlagen stützte sie sich auf die Kaimauer und blickte aufs Meer. Sonnenlicht funkelte auf der türkisfarbenen Wasseroberfläche, direkt unter ihr schwamm eine Schule bunter Fische vorbei. Gedankenverloren beobachtete sie die Tiere, bis sie sich in den milchigen Tiefen verloren. Vielleicht war es besser, den Plan zu verwerfen. Vernünftiger war es auf jeden Fall. Sie wischte sich den Schweiß von der Stirn. Hier stehen zu bleiben, in der gleißenden Mittagssonne, war jedenfalls keine Lösung. Sie sollte nach Hause fahren und sich alles noch einmal durch den Kopf gehen lassen.
Ein Räuspern in nächster Nähe schreckte sie auf. Ein junger Europäer trat neben sie und sprach sie an.
»Miss Lily von Trebow?«, fragte er.
»Ja?«
»Mr Bowie bittet Sie in sein Kontor.«
»Wie bitte? Ross Bowie?«
Statt einer Antwort wies er hinter sich zur Veranda im ersten Stock des Hauses, wo Bowie auf der Verandabrüstung lehnte und ihr über die belebte Straße hinweg zugrinste. »Möchten Sie ein Glas Saft?«, rief er. »Sie müssen völlig ausgetrocknet sein.«
Der Saft stand schon bereit, als Lily in Bowies luftiges Büro

trat. Er verbeugte sich vor ihr, eine Ehre, die ihr selten zuteilwurde. Im Allgemeinen übersah man sie, um schwierige Etikette-Fragen zu vermeiden. Unsicher setzte sie sich auf den angebotenen Rattansessel und nahm das Saftglas entgegen. Bowie ließ sich ihr gegenüber nieder und schlug die Beine übereinander.

»Ich habe Sie schon eine ganze Weile beobachtet«, sagte er. »Gehe ich recht in der Annahme, dass Sie eine Bitte an mich haben? Oder einen Rat benötigen?« Er lächelte sie an. »Wenn dem so ist, möchte ich Ihnen sagen, dass Sie keinen Grund hatten, so lange vor meinem Haus mit sich zu ringen. Sprechen Sie freiheraus. Ich stehe Ihnen jederzeit und mit größter Freude zu Diensten.«

Lily senkte den Blick und drängte mit Macht die Wörter in ihre Kehle zurück, die Bowies Freundlichkeit hervorlockten. Er beugte sich vor und nahm ihre Hand.

»Was ist geschehen? Ist Johanna etwas passiert? Hermann? Dinah?« In seinen Augen schimmerte Mitgefühl. Im Gegensatz zu Johanna hatte Lily den großen Mann immer gemocht. Stets begegnete er ihr mit ausgesuchter Höflichkeit, hatte obendrein nie einen Hehl daraus gemacht, wie sehr er Johannas und Lilys Engagement für die Kranken schätzte, und geizte nicht mit großzügigen Spenden. Lily spürte ein übermächtiges Verlangen, sich alles von der Seele zu reden, doch war Bowie der Richtige?

»Es ist etwas Wichtiges, nicht wahr? Ich sehe es in Ihrem Gesicht. Vielleicht ist es besser, Sie offenbaren sich jemandem, der Ihnen nähersteht.«

Das gab den Ausschlag. Hätte Bowie sie gedrängt, wäre ihr Mund verschlossen geblieben, doch nun war die Bresche geschlagen. Lily neigte nicht zum Weinen. Mit trockenen Augen erzählte sie ihm von dem belauschten Gespräch. Erst

nachdem die Wahrheit auf dem Tisch lag, erschrak sie über ihre Offenheit. Mit diesem Wissen war Bowie in der Lage, seinem Konkurrenten Chee Boon Lee das Leben schwer zu machen. Entsetzt starrte sie ihn an.
Er erahnte ihre Gedanken. »Keine Sorge, Ihr Geheimnis ist bei mir gut aufgehoben.«
»Danke«, sagte sie kleinlaut.
Er stand auf und holte aus einem kleinen Schrank eine Flasche Whiskey und ein schweres Glas. »Möchten sie auch einen?«, fragte er mit belegter Stimme.
»Ich trinke keinen Alkohol.«
»Sie erlauben trotzdem?«
Sie nickte. Er schenkte sich ein großzügig bemessenes Glas ein, nahm einen Schluck und verzog das Gesicht. »Starker Tobak«, bemerkte er. »Die ganze Stadt rätselte damals über den Grund für Leahs Rückzug aus der Gesellschaft und schließlich ihre Flucht. Auf eine Liebschaft mit Chee Boon Lee ist niemand gekommen und schon gar nicht darauf, dass sie ein Kind zur Welt gebracht hatte.« Er schüttelte den Kopf. »Die Ärmste.«
Lily fuhr auf. »Die Ärmste? Sie hat zugelassen, dass ich ins Convent kam. Sie hat mich einfach weggegeben. Alle haben mich betrogen!« Endlich kamen die Tränen. Bowie stand auf und legte seine Hand tröstend auf ihr Haar, zog sie aber schnell wieder fort. Das Weinen hörte so abrupt auf, wie es begonnen hatte. »Was soll ich bloß tun?«, fragte sie, mehr an sie selbst als an Bowie gerichtet.
»Mit Johanna sprechen? Mit Ihrem Vater?«
»Das kann ich nicht. In meiner Wut würde ich alles kaputt schlagen.« Nach einer Pause fügte sie hinzu: »Mir hat es nie an etwas gefehlt.«
»Außer an der Wahrheit«, brummte Bowie. Gedankenvoll knetete er sein Kinn. »Ich ahne, was Sie zu mir geführt hat«,

erklärte er. »Wissen Sie was? Ich begleite Sie. Ich werde veranlassen, dass die *Queen of the Far East* uns in Anjer absetzt, bevor sie nach Batavia weiterfährt. Auf dem Rückweg kann sie uns wieder abholen.«

Lily verschlug es die Sprache. »Sie wollen mich begleiten?«

»Aber ja. Ich kann es unmöglich verantworten, Sie allein reisen zu lassen. Im Übrigen würde ich Leah gern wiedersehen. Ich habe keine Ahnung, wer oder was Ihre Mutter damals dazu bewogen – ich sollte besser sagen: gezwungen – hat, Sie fortzugeben. Es passt nicht zu ihr. Sie nimmt es mit der ganzen Welt auf, wenn sie etwas durchsetzen will.« Er zögerte kurz. »Nur eines noch: Bitte erwähnen Sie unseren Plan nicht. Johanna würde Ihnen die Reise untersagen.«

»Ich hatte nicht vor, überhaupt darüber zu reden«, erwiderte Lily. Wieder überlief sie ein Zittern. »Mit mir redet ja auch niemand«, flüsterte sie.

* * *

Johanna war am Ende ihrer Kraft, als sie um drei Uhr am Nachmittag nach Hause kam. Seit dem Morgen hatte sie vergeblich die ganze Stadt abgesucht: Ihre Ziehtochter blieb verschwunden. Weder Onkel Koh noch Lilys wenige Freundinnen wussten etwas über ihren Verbleib. Sie hatte die Klinik schon gestern Mittag verlassen. Man hatte ihr einen schönen Tag gewünscht und sich keine weiteren Gedanken gemacht. Johanna ihrerseits hatte viel Zeit bei Dinah verbracht, die seit einigen Tagen unter ihrer Schwangerschaft litt. Sie war erst spät nach Hause gekommen und hatte Lily schon schlafend gewähnt. Umso größer war ihr Schreck, als sie in der Frühe nach mehrmaligem Rufen in Lilys Zimmer gegangen und ihr Bett unberührt vorgefunden hatte.

Jetzt stürmte sie ins Haus und rief Lilys Namen. Rong, ihre langjährige Haushälterin, kam ihr entgegen.
»Sie ist nicht zurückgekommen, aber vor etwa einer Stunde hat ein Bote diesen Brief gebracht.«
Johanna nahm Rong den Umschlag aus der Hand und riss ihn auf. Ihr Herz setzte für ein paar Schläge aus, als sie die Zeilen überflog.
»Ist Ihnen nicht gut? Was schreibt sie?« Rong führte Johanna in den Salon und drückte sie in einen Sessel. »Der Brief ist doch von Miss Lily, oder?« Sie biss sich auf die Lippen. »Hätte ich Sie gleich informieren sollen?«
»Du wusstest ja nicht, wo du mich finden kannst. Es ist alles in Ordnung.«
Johanna schob den Brief zurück in den Umschlag. »Ich muss sofort los«, sagte sie bedrückt. Sie wies den Kutscher an, sie zur Villa der Familie Chee zu bringen. Sobald sie saß, ballte sich ihr Magen zu einem Klumpen zusammen. Sie waren vermessen gewesen, alle Beteiligten. Sie hätten Lily die Wahrheit schon vor vielen Jahren beichten müssen. Man spielte nicht ungestraft Gott.
In der Villa teilte man ihr mit, Chee Boon Lee sei aus geschäftlichen Gründen am Vormittag nach Johor gereist und würde nicht vor Ablauf der nächsten Woche zurückerwartet. Johanna mahnte sich, einen kühlen Kopf zu bewahren. Wohin jetzt? Onkel Koh? Er konnte ihr nicht helfen, genauso wenig wie Mercy. Also blieb nur Henry. Durfte sie ihn aufsuchen? Seine Situation war seit jenem unglückseligen Abend schwierig genug.
»Mem? Wohin soll es gehen?«
Der Brief knisterte in ihrer Hand. Sie musste handeln. »Boat Quay«, wies sie den Kutscher an. »Und beeilen Sie sich.« Sie konnte keine Rücksicht nehmen.

Henry fuhr auf, als sie in sein Büro stürzte.
»Was ist los?«
»Lily befindet sich auf dem Weg nach Anjer.« Sie warf den Brief auf den Schreibtisch. »Der ist von ihr. Sie hat den Boten angewiesen, ihn mir erst heute auszuhändigen.«
»Was will sie in Anjer?«, fragte er verwirrt. »Das ist doch nur ein Kaff an der Sundastraße.« Plötzliche Erkenntnis spiegelte sich in seiner Miene. »Leah ist dort, nicht wahr? Ich habe es in der Zeitung gelesen. Will Lily sie aufsuchen? Aber warum?« Er stutzte. Johanna konnte sehen, wie es in ihm arbeitete, wie sich viele Einzelteile zu einem Ganzen zusammensetzten. Er zog die richtigen Schlüsse. »Leah ist Lilys Mutter!«, rief er aus.
»Ja«, sagte sie kleinlaut. »Sie hat durch Zufall ein Gespräch zwischen mir und Boon Lee gehört. Er ist der Vater.«
»Chee Boon Lee?« Henrys Verblüffung kannte keine Grenzen.
»Lily ist gestern nach Java aufgebrochen. Aber damit noch nicht genug: Sie ist an Bord der *Queen of the Far East*. Mit Ross Bowie.« Er wollte sie unterbrechen, doch sie hob die Arme. »Ich mache mir große Sorgen. Warum mischt sich Bowie in Lilys Angelegenheiten? Was hat er vor? Ich habe ein ausnehmend schlechtes Gefühl.«
Henry wirkte, als sähe er einen Geist. Zögernd wies er hinter Johanna, wo sich eine Zwischentür zum angrenzenden Büro befand. Irritiert wandte sie sich um und starrte in das Gesicht eines jungen Mannes. Seine Lippen waren zu einem hämischen Grinsen verzogen.
»Hochinteressant«, sagte Oscar. »Meine Mutter wird begeistert sein, wenn ich ihr diese skandalöse Geschichte berichte. Ich denke, Sie und Ihre Familie können schon mal die Koffer packen. In Singapur wird sich bald niemand mehr mit Ihnen abgeben wollen.«

Henry stürzte mit einem Satz hinter dem Tisch hervor und stellte sich vor seinen Sohn. »Wage es nicht«, drohte er. »Du wirst niemandem hiervon erzählen. Schon gar nicht Amelia.«
Oscar zog den Kopf ein, doch seine Stimme büßte nichts von ihrem Hochmut ein. »Und warum sollte ich mich an dein Verbot halten? Diese Metze legt es nur darauf an, Mutter in den Dreck zu ziehen. Wir werden es ihr heimzahlen.«
Der Faustschlag traf ihn unerwartet. Er taumelte zurück. Johanna fiel Henry in den Arm.
»Hör auf!«, schrie sie außer sich. »Du machst alles nur schlimmer.«
Henrys Wut war erschreckend. Nie zuvor hatte Johanna den Mann, den sie so sehr liebte, in einer derartigen Verfassung erlebt. Das Gesicht zu einer bleichen, kalten Maske erstarrt, stand er vor Oscar. Erneut streckte er die Hand aus und packte seinen Sohn am Kragen.
»Du wirst den Mund halten. Und jetzt geh mir aus den Augen.«
Oscar wischte sich Blut von der Lippe und spuckte aus. Ohne ein weiteres Wort verließ er das Büro. Kurz darauf hörten sie ihn unten auf der Straße nach einer Kutsche rufen.
Johanna stand wie betäubt mitten im Raum. Henry machte eine Geste, als wolle er sie umarmen, unterließ es jedoch. »Er wird nicht schweigen«, sagte er.
»Nein, das wird er nicht.« Johanna lehnte sich gegen die Schreibtischkante. Das massive Möbel gab ihr die Illusion von Halt, während der Rest der Welt schwankte wie ein dem Untergang geweihtes Schiff im Tropensturm. »Und Amelia wird nicht zögern, alles hinauszuposaunen.« Sie sah auf. »Es lässt sich nicht ändern. Ich werde Chee Boon Lee eine Nachricht nach Johor schicken. Er muss zurückkehren und sehen, wie er den Schaden eindämmt.«

»Und du?«
»Ich folge Lily. Ich mache mir fürchterliche Sorgen um sie. Und ich verstehe einfach nicht, warum Ross geschwiegen hat. Vielleicht hat er sie entführt.«
Henry nahm den Brief auf. »Von Entführung kann keine Rede sein«, sagte er, nachdem er ihn gelesen hatte. »Sie schreibt, dass sie freiwillig an Bord gegangen und froh ist, mit Bowie einen Freund an ihrer Seite zu wissen.«
»Er hat sie gezwungen, den Brief zu schreiben.«
»Und warum?«, fragte Henry überraschend scharf. »Dein Verhältnis zu Bowie mag schwierig sein, aber für Lily hat er eine Schwäche. Denk an den Eklat bei Dinahs Hochzeit. In Wahrheit sorgst du dich doch nur, dass Leah dir Lily abspenstig machen könnte.«
Johanna sackte in sich zusammen. Henry hatte den Nagel auf den Kopf getroffen. Er kannte sie gut genug. »Du hast recht«, presste sie hervor. »Es ist besser, ich belästige dich nicht weiter mit meinen Problemen. Auf Wiedersehen.«
»So habe ich es nicht gemeint. Entschuldige, ich bin ziemlich durcheinander. Als wäre die Situation nicht schon verfahren genug.« Impulsiv presste er sie an sich. »Natürlich helfe ich dir, wo ich kann.«
»Ich muss nach Anjer«, sagte Johanna. »Retten, was zu retten ist.«
»Ich begleite dich. Wann geht das nächste Postschiff?«
»Übermorgen.«

* * *

Henry sah sich ein letztes Mal in dem pompösen Salon um. Sein Blick glitt über die schweren Samtvorhänge, die üppig gepolsterten Diwans und ähnlich deplazierte Requisiten.

Amelia stemmte sich mit Macht gegen die Tatsache, dass dieses Haus nicht in England, sondern in den Tropen stand. Wie sehr unterschied es sich doch von dem sparsam eingerichteten, hellen Haus in der Waterloo Street! Dort konnte man frei atmen, während ihm sein eigenes Heim vorkam wie eine Gruft. Die Standuhr schlug vier Uhr am Nachmittag. Er musste sich sputen, um rechtzeitig zum Hafen zu kommen, wo er mit Johanna an Bord des Postschiffes nach Batavia gehen wollte. Entschlossen hob er seine Reisetasche auf und schritt zur Tür. Wenn er aus Anjer zurückkehrte, würde sich einiges ändern. Auch die Möbel.

Kurz vor der Haustür trat ihm Amelia mit auf dem Rücken verschränkten Händen in den Weg. Er hatte sie seit dem Streit am gestrigen Abend, als er sie von seinen Reiseplänen unterrichtet hatte, nicht mehr gesehen. Heftige Worte waren gefallen, und am Ende hatte er ihr mit Konsequenzen gedroht, sollte sie ihr Wissen über Lily nicht für sich behalten. Sie hatte geschrien und gejammert, bis er sie in ihrem düsteren Schlafzimmer einfach hatte sitzen lassen.

»Geh mir aus dem Weg, Amelia«, verlangte er. »Ich habe es eilig. In spätestens drei Wochen bin ich zurück. Bis dahin kannst du dir überlegen, wie sich unser weiteres Leben gestalten soll.«

»Ich will nicht, dass du mit dieser ...« Sie biss sich auf die Lippen. Er konnte sehen, dass sie sich nur mit Mühe ein Schimpfwort verkniff. Sie reckte das Kinn. Erstaunlich gefasst sagte sie: »Du wirst nicht abreisen.«

»Du wirst mich nicht daran hindern.«

»Ach nein?« Mit einem Ruck riss sie die Hände, die sie die ganze Zeit hinter dem Rücken verborgen gehalten hatte, nach vorne.

Henry taumelte zurück. Sie hielt eine Pistole auf seine Brust gerichtet. *Seine* Pistole, das Geschenk eines Geschäftspartners, das seit Monaten unbenutzt und unbeachtet in seinem

Sekretär geruht hatte. Ungeladen. Er trat einen Schritt auf seine Frau zu und streckte die Hand aus. »Gib mir die Waffe. Damit kann man viel Unheil anrichten.«
»Vielleicht will ich das ja?«
Henry erschauerte. Nicht die Pistole beunruhigte ihn, sondern der Ausdruck ihrer Augen. Sie war nicht mehr Herrin ihrer Sinne. Er ließ die Reisetasche fallen und tat einen weiteren Schritt auf sie zu. Sie wich zurück und spannte gleichzeitig den Hahn. Henrys Gedanken rasten. Woher wusste sie, wie man schießt? Dunkel erinnerte er sich, dass ihr Vater ein begeisterter Jäger war.
Er richtete sich zu voller Größe auf. »Amelia, gib mir die Waffe!«, donnerte er.
Der Pistolenlauf zitterte, blieb jedoch weiterhin auf seine Brust gerichtet. Er warf sich nach vorn und hieb gleichzeitig nach der Waffe.
Der Knall erschütterte das ganze Haus, rollte zwischen den Wänden der Eingangshalle hin und her. Im ersten Moment meinte Henry, seine Trommelfelle seien geplatzt. Dumpf vernahm er Amelias Aufschrei und dann einen zweiten, tiefer, doch nicht weniger schrill: Oscar. Hatte sein Sohn alles beobachtet? Er schlug hart auf dem Boden auf, und erst dann spürte er das heiße Feuer in seinem Leib. Er krümmte sich, seine Hand fühlte warmes Blut, er empfand nur noch gleißenden, kreischenden Schmerz. Amelias entsetztes Antlitz schob sich in sein Gesichtsfeld. Sie bewegte die Lippen, doch er war taub. Ein letztes Mal bäumte er sich auf. Johanna wartete auf ihn! Dann glitt er in die Dunkelheit.

Die Schiffssirene tutete mehrmals hintereinander, die letzte Warnung für säumige Passagiere. Schon nahmen sehnige Matrosen neben den Pollern Aufstellung, die Maschinen stampften, Rauch quoll aus dem Schornstein; nur noch wenige Minuten, bis die Gangway eingezogen wurde, und noch immer keine Spur von Henry. Johanna beugte sich über die Reling, suchte die Menschenmenge mit den Augen ab, in der Hoffnung, er würde sich im letzten Moment noch zum Schiff durchdrängeln.

In atemberaubendem Tempo raste eine Kutsche vor. Johanna krallte ihre Hände ums Geländer. Ein Mann stieg aus. Erneut ein Tuten. Sie fixierte den Mann, mit entnervender Langsamkeit drehte er sich um, es war nicht Henry. Die Gangway verschwand polternd in der Luke im Schiffsrumpf. Johanna starrte auf die langsam kleiner werdende Menge auf dem Pier.

Er war nicht gekommen.

Er hatte sich für Amelia entschieden.

* * *

Es war so weit. Unaufhaltsam schob sich die *Queen of the Far East* am Morgen des vierten Reisetages in die Sundastraße zwischen den gewaltigen Inseln Sumatra und Java, die den Indischen Ozean mit der Javasee verband.

Lily lief unruhig auf dem Deck auf und ab, kaum warf sie einen Blick auf die wilde Schönheit der Küste und den spitzkegeligen Vulkan, der den Eingang der Meeresstraße bewachte. Selbst für die drei Rauchsäulen, die über einer weit entfernten Insel in den Himmel stiegen und Bowies Aufmerksamkeit auf sich zogen, fehlte ihr das Interesse. Ihre Gedanken waren einzig auf die bevorstehende Ankunft in Anjer gerichtet. Sie wusste nicht, wie sie sich verhalten sollte. War sie in den ersten Tagen noch sicher gewesen, ihre Mutter umgehend aufsuchen und zur Rede stellen zu wollen, befielen sie nun Zweifel. Es lag ihr fern, Leahs guten Ruf durch unbedachtes Handeln

zu gefährden. Vielleicht war es besser, sie suchte ihre Bekanntschaft zunächst unter falschem Namen? Wenn sie erst wusste, wie ihre Mutter lebte, wie sie war, konnte sich Lily immer noch entscheiden.
Das Schiff dampfte an einer kleinen Insel vorbei, die ihnen die Sicht auf den rauchenden Vulkan nahm. Bald darauf schälte sich ein verschlafenes Städtchen aus dem Grün der javanischen Küste. Imposante Tamarinden, Mangobäume und Kokospalmen beschatteten die Straßen und hübschen Bungalows, die sich von der Küste bis zum Hang eines Hügels erstreckten.
»Anjer«, sagte Bowie. »Haben Sie schon gepackt?«
Als Lily nickte, wies er einen Matrosen an, ihr Gepäck zum Ausstieg der Gangway zu bringen. Er empfahl sich, um dem Kapitän letzte Anweisungen zu geben.
Lily beschirmte die Augen. In einem der Bungalows lebte ihre ahnungslose Mutter mit ihrer Familie. Stärker denn je zweifelte sie an ihrem Vorhaben. Sie sollte die Frau in Ruhe lassen, es ging ihr doch gut bei Johanna. Nichts war leichter, als Bowie zu bitten, einfach wieder abzulegen und direkt nach Batavia weiterzufahren. Sie wollte sich gerade auf die Suche nach ihm machen, als sie vom Pier aus gerufen wurde. Bowie stand mit ihrem Koffer zwischen hin und her eilenden javanischen Lastenträgern und winkte ihr zu. »Kommen Sie. Ich kann es kaum erwarten, den Sonnenuntergang mit einem Drink auf der Hotelterrasse zu zelebrieren.«
Seine erwartungsvolle Miene gab den Ausschlag. Sie würde an Land gehen. Sie würde Leah treffen. Morgen. Oder übermorgen.
Als sie den Pier betrat, stutzte sie. Die Erde zitterte stark genug, dass sie es spüren konnte. Irritiert blickte sie über ihre Schulter, aber der Schiffsrumpf versperrte die Sicht auf den rauchspuckenden Berg.

27

25. August 1883, vier Tage später

Wie jeden Morgen huschte Leah nach dem Aufstehen auf die Veranda, um einen Blick zur Insel Krakatau zu werfen. Seit der Vulkan vor drei Monaten aus seinem Schlaf erwacht war, standen graue Rauchsäulen über der Insel. Immer wieder hallte der Donner gewaltiger Explosionen übers Meer, und die Erde bebte. Nachdem es einige Wochen lang schien, als hätte sich die Lage beruhigt, war nun der Zorn der Vulkangötter, die nach javanischem Glauben in jedem Feuerberg lebten und durch Opfergaben bei Laune gehalten werden mussten, erneut entfacht.

Vor einigen Tagen hatte sich ein holländischer Kapitän zur Insel gewagt. Leah hätte ihn liebend gern nach seinen Beobachtungen befragt, doch er hatte sein Schiff anschließend umgehend nach Batavia gesteuert, ohne Anjer einen Besuch abzustatten. Als sie überlegte, ein Schiff zu chartern, um sich persönlich ein Bild der auf Krakatau waltenden Urkräfte zu machen, biss sie auf Granit: Bertrand verbot ihr die Expedition. Aus gutem Grund, wie sie sich eingestand, und doch reizte sie das Abenteuer ungemein. Als ihre beiden Männer vor ein paar Tagen zu einer einwöchigen Exkursion ins Hinterland aufgebrochen waren, zog sie es vor, allein zurückzubleiben; sie wollte keinen Tag verpassen, den Vulkan zu beobachten, die Höhe der Rauchsäulen zu messen und Zeichnungen anzufertigen. Wann hatte ein Mensch schon die Möglichkeit, ein derartiges Spektakel zu beobachten und zu dokumentieren? Seit vorgestern steigerte sich die Aktivität des Vulkans zudem noch. Riesige Rauchwolken quollen aus seinen drei Kratern unaufhörlich gen Himmel und hüllten die Insel ein. Auf Schiffe, die sich zu nahe heranwagten, regnete es feine Asche herab.

»Mem?«

Auf leisen Sohlen trat die javanische Dienerin Shinta neben Leah und setzte ein Tablett mit Fruchtsalat, Kaffee und Reisporridge auf dem Tisch ab, bevor sie sich ebenfalls ans Geländer stellte und zu dem Rauch hinübersah.

»Wir sollten gehen«, sagte sie leise. »Viele haben sich schon in die Berge zurückgezogen.«

»Warum? Es liegen etliche Kilometer Wasser zwischen uns und der Insel.«

Die junge Frau schauderte. »Der Wassergeist«, flüsterte sie. »Er könnte vom Lärm der Feuerberge geweckt werden und große Wellen senden. So erzählen es die Alten.«

»Aber erlebt hat das noch niemand?«

Shinta schüttelte den Kopf, ohne den Blick von der Wolke zu nehmen.

Leahs Neugierde war geweckt. »Kannst du mich einem deiner Alten vorstellen, damit er mir mehr darüber berichtet?«

»Sie sind schon fort. Wir sollten ihnen folgen.«

»Wenn du möchtest, kannst du gehen. Ich komme auch allein zurecht.«

»Aber Sie müssen mitkommen«, beharrte die junge Frau.

»Ich komme nach, sobald mein Mann und mein Sohn zurück sind.«

»Versprechen Sie es?«

Leah lachte. »Du kennst mich gut, Shinta. Ich verspreche es nicht, aber du solltest wirklich gehen. Schicke bitte Aziz und Ijah zu mir. Auch sie sollen sich nicht zum Bleiben verpflichtet fühlen.«

Shinta musterte Leah mit einer Mischung aus Verwunderung und Dankbarkeit, dann wirbelte sie davon, um ihre wenigen Habseligkeiten zu packen und in ihr Heimatdorf irgendwo im Hinterland zu flüchten. Zwei Stunden später war sie fort, gemeinsam mit Aziz und Ijah. Auch das ältere Ehepaar hatte versucht, Leah umzustimmen, doch sie blieb dabei: Ohne Bertrand und Thomas ging sie nirgendwohin.

Nach einem kurzen Mittagsschlaf briet sich Leah in der verwaisten Küche eine Handvoll Nudeln. Sie spürte leichte Kopfschmerzen und Gliederschwäche, so wie die beiden Male zuvor, als sich ein Malariaanfall angekündigt hatte. In wenigen Stunden würde das Fieber sie aufs Lager zwingen, aber noch blieb etwas Zeit. Sie stellte Wasser und Wadenwickel für die schlimmen Stunden bereit, schluckte bitteres Chininpulver und begab sich mit ihren Zeichenutensilien auf ihren Aussichtsplatz. Sie konnte nur hoffen, dass sie nicht im Delirium lag, wenn der Vulkan ausbrach. Das wollte sie um keinen Preis der Welt verpassen. Kurz überlegte sie, eine Matte auf der Veranda auszurollen, doch sie verwarf die Idee. Spätestens wenn die Dunkelheit kam, wäre sie für einige Stunden wehrlos und ein gefundenes Fressen für die Moskitos.

Trotz der zunehmenden Kopfschmerzen gelang es ihr, zwei Aquarelle der Rauchwolke über dem Meer zu zeichnen, danach legte sie das Papier beiseite und lehnte sich zurück. Erst jetzt fiel ihr auf, wie ruhig die Straße war. Wo sonst fliegende Händler Obst und Gemüse feilboten, Karren und Kutschen sich den Platz streitig machten und einheimische Kinder ihre Kreisel tanzen ließen, herrschte gespenstische Ruhe. Lediglich eine junge Chinesin in einem europäischen Kleid strebte mit großen Schritten direkt auf Leahs Heim zu. Verwundert stand Leah auf und beobachtete die Frau. Sie hatte die Chinesin noch nie gesehen, und doch trat diese vor die Haustür und klopfte. Leah torkelte nach unten. Obwohl ihr schwindelte, schaffte sie es zur Tür. Die Chinesin zuckte zusammen, als Leah öffnete; wahrscheinlich hatte sie eine Bedienstete, nicht aber die Hausherrin erwartet, und schon gar nicht im informellen Sarong. Sie fing sich schnell wieder. Ob sie die Ehre hätte, mit der Countess of Arliss zu sprechen? Ihr Englisch hatte nicht die Spur eines Akzents.

Leah bejahte. »Und wer sind Sie?«

Ein kurzes Zögern. »Mein Name ist Ah Wen«, sagte die Frau. »Ich bin zu Besuch bei chinesischen Bekannten, stamme aber aus Singapur. Mr Ross Bowie bat mich, Ihnen seine Grüße auszurichten, und riet mir, mich an Sie zu wenden, sollte ich Rat brauchen.«

»Bowie?« Vor lauter Verwirrung vergaß Leah, den Gast hereinzubitten. Erst als sich die Chinesin mit der Hand etwas Kühlung zufächelte, bemerkte sie ihre Unhöflichkeit.

»Kommen Sie ins Haus. Ich hole Wasser und Obst aus der Küche, dann setzen wir uns auf die Veranda, und Sie erzählen mir mehr.«

»Sie haben keine Dienstboten?«

»Die sind heute Mittag mit meinem Segen ins Hinterland gezogen. Aus Angst vor dem Zorn der Vulkangeister.«

Auf dem Gesicht von Miss Ah zeigte sich kurz ein Anflug von Unsicherheit. Leah führte sie auf die Veranda und bat sie, einen Moment zu warten. Sie fühlte sich furchtbar schwach, doch es gelang ihr, in der Küche einen kleinen Imbiss zusammenzustellen. Kurz darauf servierte sie ihrem seltsamen Gast Wasser, Papaya, Bananen und ein paar appetitlich arrangierte Reste der gestrigen Reistafel. Die Chinesin bedankte sich höflich, nahm aber nur einen Schluck Wasser. Sie behielt das Glas in der Hand und drehte es hin und her, während ihr Blick

über die Veranda und die Umgebung flatterte. Sie vermied es, ihre Gastgeberin anzusehen.
Leah wiederum musterte ihr Gegenüber neugierig. Sie war überzeugt, dass die schüchterne Miss oder Mrs Ah europäisches Blut hatte, wenn sich auch der chinesische Anteil stärker durchgesetzt hatte. Vielleicht war einer ihrer Großväter Europäer gewesen? Kein ungewöhnlicher Familienstammbaum in diesem Teil der Welt. Da die junge Frau weiter schwieg, ergriff Leah trotz ihrer pochenden Kopfschmerzen die Initiative.
»Mr Bowie schickt Sie also?«
»Er lässt Grüße ausrichten.«
»Das erwähnten Sie bereits. Es wundert mich allerdings, dass er sich nach so langer Zeit an mich erinnert. Als ich ihn das letzte Mal sah, war ich fast noch ein Kind.«
»Ja, er sagte so etwas«, murmelte die Eurasierin.
»Also, welchen Rat möchten Sie bei mir einholen? Benötigen Sie eine Anstellung?« Das Gespräch gestaltete sich zäh wie Sirup und machte Leah ungeduldig. Normalerweise hätte die Situation sie amüsiert, doch sie fühlte sich von Minute zu Minute schlechter. Ihr Schädel schmerzte unerträglich. Leah massierte sich die Stirn und atmete tief durch. Es half nichts.
»Es tut mir leid«, sagte sie. »Ich fürchte, wir müssen unsere Unterhaltung ein andermal fortsetzen.«
Die Besucherin sprang auf und beugte sich über sie. Zu Leahs Überraschung ergriff sie ihr Handgelenk und fühlte ihren Puls. Prüfend sah sie ihr in die Augen. »Sie haben Fieber«, stellte sie fest. »Hohes Fieber.«
Leah nickte matt. »Malaria«, sagte sie.
»In diesem Zustand dürfen Sie nicht allein bleiben.«
»Ich bin zäh.« Sie erhob sich, fiel aber wieder zurück in den Rattansessel. Ihr war so schwindelig, dass die Welt schwankte.

Es war jedoch kein Schwindelgefühl. Auch die Besucherin klammerte sich haltsuchend an die Tischkante, während sich das Haus schüttelte, als wolle es lästige Fliegen loswerden. Gleichzeitig rollte Donner vom Meer herüber.
Leah unternahm einen weiteren Versuch, sich aufzurichten, doch es misslang erneut. Polternd stürzte sie auf den Boden. Sofort war Miss Ah bei ihr. Es gelang ihr, sie aufzurichten und ins Schlafzimmer zu geleiten. Mit geübten Griffen entkleidete sie Leah und häufte Decken über sie. Leah ließ es geschehen, ihr war alles einerlei. In ihrem Fieberwahn vermeinte sie, Stimmen und das Trappeln von Schritten zu hören. Nach einigen Stunden ließ das Frösteln nach, dafür wurde ihr übel, und ihre Haut setzte sich in Brand. Jede Berührung ließ sie aufstöhnen, doch Miss Ah wusste, was zu tun war. Mit bemerkenswerter Effizienz wechselte sie die Wadenwickel, flößte ihr Wasser ein und hielt die Spuckschale. Die Nacht brach herein, und das Fieber ebbte ab. Ermattet schlief Leah ein. Sie träumte von Ah Wen.

* * *

Zur selben Zeit, als Leah Miss Ahs Ankunft beobachtete, ging Johanna in Begleitung von Mijnheer Schruit, dem freundlichen neuen Leiter des Telegrafenamts von Anjer, von Bord eines Schiffes aus Batavia. Sie war überaus nervös. Irgendwo in diesem Ort lebte Leah, irgendwo hielten sich Lily und Bowie auf. Sie musste Lily so schnell wie möglich finden. Der erzwungene Umweg über Batavia, wo die *Queen of the Far East* bereits beladen wurde, hatte sie zwei Tage gekostet. Johanna hatte umgehend beim Kapitän vorgesprochen, der ihr bestätigte, Bowie und Lily drei Tage zuvor in Anjer abgesetzt zu haben. In der folgenden Woche sollte er sie dort wieder

einsammeln. Glücklicherweise war schon am nächsten Vormittag das Postschiff nach Anjer ausgelaufen und hatte das Städtchen wenige Stunden später erreicht.
Johanna sah sich um. Anjer war recht klein, und sie ging davon aus, dass Bowie im besten Hotel am Platz abgestiegen war. Sie hätte viel darum gegeben, der Konfrontation mit ihm aus dem Weg zu gehen. Hatte sie nicht genug Probleme? Sie dachte an Henry. Die einsamen Tage an Bord hatten ihr zugesetzt; immer und immer wieder waren ihre Gedanken um ihn gekreist. Er hatte sie maßlos enttäuscht, nicht mit seinem plötzlichen Sinneswandel, sondern mit seiner Feigheit. Weder hatte er es für nötig gehalten, ihr in Singapur eine Nachricht zukommen zu lassen, noch hatte in Batavia ein Telegramm mit einer Erklärung für sein Verhalten auf sie gewartet. Johanna ballte die Fäuste, bis sich die Fingernägel schmerzhaft in ihre Handflächen pressten. So hart es sie ankam, dieses Kapitel ihres Lebens war beendet. Ein für alle Mal.
Mijnheer Schruit besorgte eine Kutsche, und kurz darauf hielten sie vor einem kleinen Hotel in den Hügeln im hinteren Teil des Ortes. Johanna fragte den Besitzer nach Bowie und Lily.
Der Mann zog die Augenbrauen hoch. »Die beiden logieren allerdings hier«, sagte er.
»Sind sie im Haus?«
»Nein. Die junge Dame verließ das Hotel am Vormittag, Mr Bowie folgte kurz darauf.«
Sein pikierter Ton war nicht zu überhören. »Ist etwas vorgefallen?«, fragte Johanna.
Ihre Frage gab ihm die Gelegenheit, sich richtig zu empören. »Dies ist ein respektables Haus. Ich kann nicht dulden, dass die Herren Kaufleute sich mit ihren Mätressen hier einquartieren und ihnen offen schöne Augen machen. Ich habe

Mr Bowie bereits nahegelegt, die Chinesin anderswo unterzubringen. Bis tief in die Nacht sitzen sie gemeinsam auf der Veranda.« Plötzlich zügelte er sich, vielleicht weil ihm seine Taktlosigkeit bewusst wurde. »Sind Sie Mrs Bowie?«, fragte er kleinlaut.

Johanna schüttelte den Kopf. Lily und Bowie sollten ein Verhältnis haben? Sie glaubte es nicht, andererseits schien sich der Mann seiner Sache sehr sicher.

Ihr Zimmer war klein und muffig, über ein eigenes Bad verfügte es nicht. Die besten Zimmer hätten eben schon Mr Bowie und seine Chinesin okkupiert, ließ der unsympathische Hotelbesitzer verlauten. Johanna war es gleichgültig. Sie machte sich im nebenan gelegenen Bad- und Toilettenhaus frisch, zog ein sauberes Kleid an und ging wieder zur Rezeption, wo sie auf höfliche Floskeln verzichtete und direkt zur Sache kam. »Wo wohnt der Earl of Arliss?«

»Weiß ich nicht.« Der Hotelbesitzer sah nicht einmal von seinen Papieren auf.

»Das glaube ich nicht. Ich wette, dass ein reicher englischer Graf in diesem Städtchen für einige Aufregung sorgt. Schließlich scheint Klatsch in Anjer eine der Hauptbeschäftigungen zu sein«, fügte sie bissig hinzu.

Sein Kopf schnellte hoch. »Sie wagen es, mich zu beleidigen? Langsam habe ich Sie und Ihre Bekannten satt.«

Johanna verschlug es die Sprache.

»Von mir erfahren Sie überhaupt nichts mehr. Ich wünsche Ihnen einen schönen Tag.«

»Johanna?«

Sie fuhr herum. In der Tür stand Ross Bowie mit schuldbewusster Miene. »Wo ist Lily?«, herrschte sie ihn an.

Er wirkte ehrlich erstaunt. »Ist sie nicht hier?«

»Was soll das? Ist sie bei Leah?«

»Möglich. In den letzten Tagen hat sie mehrere Anläufe unternommen, ihre Mutter zu besuchen, aber jedes Mal einen Rückzieher gemacht. Die Offenbarung war ein ziemlicher Schock für sie. Für mich übrigens auch.«
»Für Sie? Was geht es Sie an?«
»Nichts. Aber ich nehme trotzdem Anteil. Ehrlich gesagt, habe ich Sie eines solchen Betrugs nicht für fähig gehalten.«
»Und deshalb verführen Sie mein Kind?«
»Sind Sie von Sinnen?« Er dirigierte Johanna in den Garten, außerhalb der Hörweite des Hotelbesitzers, der dem Streit sensationslüstern folgte.
»Sie tun mir weh.«
Er ließ ihren Arm los. »Ihre Unterstellung ist ungeheuerlich«, sagte er bitter.
»Sie sind beobachtet worden.«
Er sah sie lange an. Seine Züge glätteten sich zu einer undurchdringlichen Maske. Er verbeugte sich leicht. »Dann wird es wohl stimmen. Ich empfehle mich.«
»Warten Sie. Sagen Sie mir, wo Lily ist.«
»Wie ich schon sagte: Ich weiß es nicht. Sie ist ihre eigene Herrin.«
»Ross, bitte!«
Ein Junge kam in den Garten gerannt. Nachdem er sich vergewissert hatte, den richtigen Weißen vor sich zu haben, übergab er Bowie einen zusammengefalteten Zettel und trollte sich. Bowie überflog die Nachricht.
»Von Lily«, sagte er kurz angebunden. »Sie hat den Mut aufgebracht, ihre Mutter zu besuchen. Allerdings hat Leah einen Malariaanfall. Lily wird die Nacht bei ihr verbringen. Wenn ich es richtig verstehe, sind Leahs Mann und ihr Sohn im Hinterland unterwegs, und Dienstboten gibt es nicht.«
»Ich helfe ihr.«

»Das werden Sie nicht tun. Drängen Sie sich nicht dazwischen. Sie haben schon genug angerichtet. Wenn Leah wieder gesund ist, haben Sie alle Zeit der Welt, sich zu erklären. Ich beneide Sie nicht«, fügte er hinzu und verließ den Garten.
Johanna blieb mit hängenden Schultern zurück. Bowies Worte trafen sie; sie war nicht vorbereitet auf den Schmerz, den seine Ablehnung ihr bereitete. Hatte er richtig gehandelt, als er Lily die Passage nach Anjer anbot?
Aller Kraft beraubt schlich sie die Treppe hinauf und schloss sich in ihrem Zimmer ein. Ihr blieb nichts, als zu warten.

* * *

Gegen Morgen war die Krise überstanden. Nachdem das Fieber über Stunden hoch geblieben war, fing Leah schließlich an zu schwitzen, während gleichzeitig ihre Temperatur sank. Lily hatte alle Hände voll zu tun, die Leiden der Kranken zu lindern, indem sie ihr Wasser einflößte, den Schweiß abwusch und die nassen Laken ein ums andere Mal wechselte. Obwohl sie um die tödliche Gefahr wusste, die von dem Malariafieber ausging, war Lilys Beunruhigung im Laufe der Nacht abgeklungen. Leah hatte ein starke Konstitution, und alles deutete darauf hin, dass sie den Anfall gut überstehen würde.
Das Licht des anbrechenden Tages stahl sich durchs Fenster. Lily stand auf, um die Bambusrollos herunterzulassen; nichts sollte Leahs Schlaf stören, denn sie musste Kraft für den zweiten Fieberschub sammeln, der sie am morgigen Tag mit großer Sicherheit überfallen würde. Leah murmelte etwas Unverständliches. Lily strich ihr eine verklebte Haarsträhne aus der Stirn und betrachtete die Kranke. Sie konnte es nicht fassen, dass diese Frau ihre leibliche Mutter sein sollte. Vergeblich suchte sie nach einer Ähnlichkeit. Dennoch fühlte sie

sich ihr weit über das intime Verhältnis hinaus, das sich bei der Krankenpflege oft einstellte, verbunden. Allein diese Stunden mit ihrer Mutter waren es wert, hergekommen zu sein.
Sie konnte es kaum erwarten, Leah kennenzulernen. Wenn Lily den Zeitungsartikeln aus der Bibliothek in Singapur glauben durfte, hatte diese Frau es geschafft, ein weitgehend selbstbestimmtes Leben zu führen. Leahs Mann und Sohn kamen ihr in den Sinn. Obwohl ihr klar war, dass die Mutter sie niemals anerkennen konnte, schmerzte die Vorstellung sie schon jetzt. Eifersucht auf den unbekannten Halbbruder regte sich, Eifersucht auf den Mann an Leahs Seite, dem ihre Mutter den Vorzug vor Chee Boon Lee gegeben hatte.
Lily erschrak. Wie konnte sie derart giftige Gedanken zulassen? Was wusste sie schon von dem, was damals geschehen war? Um sich abzulenken, ging sie in die Küche und improvisierte aus den vorhandenen Lebensmitteln ein Frühstück. Der Junge vom Tag zuvor steckte seinen Kopf zur Tür herein, in der Hoffnung, sie möge ihn für weitere großzügig entlohnte Botendienste benötigen. Lily schrieb Bowie eine kurze Einkaufsliste und bat ihn, am Nachmittag vorbeizuschauen. Bis dahin wollte sie mit Leah allein sein.
Nach dem Frühstück ließ sie sich auf der Veranda nieder, doch der Anblick der dunkelgrauen Rauchwolke über der Vulkaninsel, das ständige Grollen und die immer wiederkehrenden Erdstöße ließen sie nicht zur Ruhe kommen. Mit einiger Mühe zerrte sie einen der Korbstühle von der Veranda ins Schlafzimmer, um ihre Wache neben dem Bett fortzusetzen. Leah schlief friedlich, ihr Atem ging gleichmäßig. Erst als sie saß, spürte Lily die eigene Müdigkeit und schloss die Augen.

»Leah? Darling? Wir sind wieder da.«
Lily schrak aus dem Schlaf. Bevor sie sich orientieren konnte, stürmte ein schlanker Mann herein. Rötlich graue Haarsträhnen klebten an seinem Kopf, Schmutzschlieren zogen sich von den Wangen bis zum Hals und verschwanden unter einem durchgeschwitzten, dreckstarrenden Hemd. Er entdeckte Lily und blieb verwirrt stehen. Sein Blick wanderte von ihr zu Leah, die überraschend wach in ihrem Bett lehnte.
»Was ist hier los?«, polterte er. »Wer sind Sie? Wo ist Shinta?«
»Beruhige dich, Bertrand. Ich habe Shinta fortgeschickt.« Leah hatte Mühe, mit ihren trockenen Lippen zu sprechen. Lily, um Worte verlegen, gab ihrer Mutter ein Wasserglas. Leah nahm einen langen Zug. »Diese junge Dame hat der Himmel genau im richtigen Moment geschickt, so dass sie mir bei einem Fieberanfall beistehen konnte.« Ein Lächeln stahl sich auf ihr blasses Gesicht. »Ich schulde ihr großen Dank.«
Lily senkte den Kopf. Sie wollte nichts von Schuld hören, sonst brach sie noch in Tränen aus. Gleichzeitig stieg unsägliche Enttäuschung in ihr auf. Heimlich hatte sie gehofft, ihre Mutter würde sie erkennen. Sie riss sich zusammen. Wenn sie schon heulen musste, dann allein in ihrem Hotelzimmer oder an Ross Bowies Schulter; der hatte mittlerweile Übung im Trösten. Kurz stand das Bild des Schotten vor ihr. Wie auch immer diese unüberlegte Reise ausgehen würde, sie hatte ihr Ross Bowie beschert. Bei ihm fühlte sie sich geborgen, und sie würde zu ihm halten, was auch immer Johanna dagegen einzuwenden hatte.
Sie streckte Leahs Mann die Hand entgegen. »Ah Wen«, sagte sie, »ich bin Krankenpflegerin.« Das Wort brachte ihren Stolz zurück. Sie war kein Niemand. Selbstbewusst fuhr sie fort: »Ihre Frau leidet unter Malaria. Im Moment ist sie fieberfrei, doch ihr Zustand wird sich bald noch einmal stark

verschlechtern. Wenn Sie möchten, komme ich gern wieder. Schicken Sie einfach einen Boten zum Bintang-Hotel. Selamat tinggal.« Sie neigte knapp den Kopf vor dem verblüfften Earl, nickte Leah zu und wandte sich zur Tür. Unbehelligt erreichte sie die Haustür, vor der ein rothaariger Jüngling damit beschäftigt war, mehrere Kiepen zu entladen. Sie warf ihm einen Gruß zu. Erst jetzt realisierte sie, dass es gerade Mittag war; sie konnte höchstens eine Stunde geschlafen haben. Hinter ihr ertönten Schritte, dann legte sich eine Hand auf ihre Schulter.

»Warten Sie«, sagte der Earl. »Meine Frau möchte mit Ihnen sprechen.«

»Sie soll sich ausruhen, viel trinken und Chinin nehmen. Mehr kann man nicht machen.«

Er musterte sie neugierig. Trotzig erwiderte sie seinen Blick. Wenn sie jedoch erwartet hatte, dass er ihr Verhalten ungebührlich finden würde, wartete er mit einer Überraschung auf. »Sie haben meinen allergrößten Respekt, Miss Ah. Die Krankenpflege und Medizin erfordern Wissen und Mut, und bei Ihnen erkenne ich beides. Ich würde mich gern mit Ihnen unterhalten, sobald ich mich frisch gemacht habe. Bitte, entsprechen Sie der Bitte meiner Frau. Es ist ihr wichtig.«

Sein entwaffnendes Lächeln nahm Lily den Wind aus den Segeln. Sie ging mit ihm zurück ins Haus. Vor der Schlafzimmertür entschuldigte er sich und verschwand in Richtung des Badhauses. Lily huschte leise ins Zimmer. Die Rollos waren hochgezogen, Licht fiel auf Leahs feines, von braunen Locken eingerahmtes Gesicht, das die ihr innewohnende Willenskraft nicht verbarg. Jetzt blickte sie ihrer Besucherin jedoch verunsichert entgegen. Lily zog die Tür hinter sich zu.

»Sie wollen mit mir sprechen?«

Leah räusperte sich. »Von diesem Moment habe ich vierzehn

Jahre lang geträumt«, flüsterte sie. »Magst du dich zu mir setzen, Lily?«
Lily erstarrte. »Du hast mich erkannt?«
»Erst heute Morgen, als du im Stuhl neben meinem Bett schliefst.« Ein hilfloses Lächeln erschien auf Leahs Gesicht, weit öffnete sie ihre Arme. Lily stürmte zum Bett. Stumm hielten sie einander umklammert, während draußen eine verfrühte Dämmerung einsetzte. Sie merkten es nicht, waren sich selbst genug. Schließlich schob Leah Lily von sich.
»Zeit für die Wahrheit«, sagte sie rauh. »Bitte rufe Bertrand und Thomas. Sie sollen meine verlorene Tochter begrüßen.«
»Das darfst du nicht tun.«
»Warum nicht? Ich habe viel zu lange gelogen. Damit muss Schluss sein.«
»Dein Mann ist sehr nett. Bitte zwinge ihn nicht, sich von dir abzuwenden.«
Leahs Miene verzog sich schmerzlich. »Wenn es so kommt, werde ich damit leben.«
»Aber das muss doch nicht sein. Sag ihm einfach, ich sei Lily, die Ziehtochter deiner Schwester.«
Leah machte Anstalten, sich zu erheben. Lily drückte sie mit Gewalt zurück. »Tu es nicht, lass dir Zeit zum Nachdenken.«
»Ich habe eine kluge Tochter. Und eine sture, aber das ist eigentlich kein Wunder. Nein, Lily, ich will dir das nicht mehr antun.«
»Du tust mir nichts an.« Fast hätte Lily »Mutter« hinzugefügt, doch sie brachte es nicht über die Lippen. Mehr als ihr halbes Leben nannte sie Johanna ihre Mutter, ihr gebührte diese Anrede. Es gehörte viel mehr dazu, eine Mutter zu sein, als nur ein Kind zu gebären. Leah bemerkte ihr Zögern. Sie nahm Lilys Gesicht zwischen die Hände und sah sie eindringlich an.

»Dann überlasse ich dir die Entscheidung. Ich werde alles akzeptieren.«
Lily nickte. Im selben Moment ertönte ein ohrenbetäubendes Krachen. Leah hievte sich alarmiert von ihrem Lager und ließ sich von Lily auf die Veranda führen. Thomas folgte Augenblicke später. Bertrand stieß als Letzter zu ihnen, nur einen Sarong um die Hüfte gewickelt, der Körper noch nass vom Bad.
In stummem Entsetzen sahen sie die Rauchwolke über Kraktau in den Himmel quellen, höher, immer höher, das Donnern nahm kein Ende. Unten auf der Straße erklang Geschrei. Ein Holländer versuchte, sein panisches Pferd zu bändigen. Mit einem Ruck riss es sich los, stürmte am Haus vorbei und weiter den bewaldeten Hang hinauf. Kokosnüsse lösten sich in großer Zahl aus den Baumkronen, Vögel flogen kreischend auf und verschwanden.
»Dort, seht nur!«
Sie folgten Thomas' ausgestrecktem Arm. Eine Schar Flughunde flatterte landeinwärts, kleine Fledermäuse schlossen sich ihnen an.
»Sie spüren etwas«, flüsterte Lily. »Von diesem Berg geht Unheil aus.«
Es wurde von Minute zu Minute dunkler, während Gas und Lava gen Himmel schossen.
Leah setzte ihren Sextanten an und vermaß den in rasender Geschwindigkeit hochquellenden Rauch. »Zwanzig Kilometer«, zählte sie. »Zweiundzwanzig, dreiundzwanzig. O Gott.« Sie blickte in die Runde. »Vierundzwanzig Kilometer«, flüsterte sie. »Und sie steigt noch immer.«
Am Sonntag, dem 26. August 1883 um zwei Uhr nachmittags fraß die schwarze Wolke die Sonne.
Die Welt versank in unheimlichem Zwielicht.

* * *

Weit entfernt hörte er menschliche Stimmen. Erst nur ein Murmeln, kristallisierten sich bald einzelne Wörter heraus. Henry presste die Lider zusammen, zwang sein Bewusstsein, bei ihm zu bleiben, und riss dann die Augen weit auf. Das Leben hatte ihn wieder.

Sechs Tage habe er im Fieberdelirium verbracht, teilte Doktor Ward ihm mit, als er wieder ansprechbar war. Sechs Tage, in denen er mehr als einmal auf der Schwelle des Todes gestanden habe.

»Und dabei hatten Sie noch Glück«, sagte der Arzt. »Der Schuss ist glatt durch Ihre Seite geschlagen, ohne die inneren Organe zu verletzen. Dafür war die Fleischwunde gewaltig. Ich habe mich ziemlich mühen müssen, Sie wieder zusammenzuflicken. Schön sieht es nicht aus.«

Henry winkte müde ab. Sofort schoss der Schmerz in seine rechte Rumpfseite. Er blickte sich in dem hell und behaglich eingerichteten Krankenzimmer um, das mit seinem eigenen Schlafzimmer so gar nichts gemein hatte. »Wo bin ich eigentlich?«

»Im Gästezimmer der Robinsons.« Der Arzt lächelte. »Nachdem Ihre Frau auf Sie geschossen hat, konnte ich Sie wohl kaum ihrer Obhut anvertrauen.«

Der Streit. Der Schuss. Langsam kehrte die Erinnerung zurück. Verschwommen zogen die Bilder des Abends an ihm vorbei. Amelia hatte ihn gehindert, das Haus zu verlassen. Aber warum? Angestrengt zermarterte er sein morphiumgetränktes Hirn. Er hatte verreisen wollen. Wohin? »Johanna«, keuchte er. »Ist sie in Singapur?«

Doktor Ward schüttelte den Kopf. »Mrs Robinson teilte mir mit, dass Frau von Trebow auf Java weilt.«

Henry stöhnte. Urplötzlich standen ihm die Zusammenhänge wieder deutlich vor Augen. Hoffentlich wendete sich in Anjer alles zum Guten. Hoffentlich gab sie ihm nach ihrer Rückkehr die Gelegenheit, sich zu erklären.

»Haben Sie Schmerzen? Soll ich Ihnen Morphium geben?«

»Auf keinen Fall. Ich möchte einen klaren Kopf bekommen. Was ist mit meiner Frau?« Neue Bilder gesellten sich zu seinen Erinnerungen, und Henry schauderte, als er an die letzten wahnsinnigen Augeblicke in seinem Haus dachte. So wie es aussah, hatte er ein zweites Leben geschenkt bekommen – und das, dessen war er sich jetzt sicher, würde er nicht an Amelias Seite verbringen.

»Die Polizei hat fürs Erste davon abgesehen, sie zu verhaften«, berichtete der Doktor. »Man wollte abwarten, was Sie zu der Affäre sagen. Ihre Frau war mehrfach hier, aber Mercy Robinson hat ihr den Zutritt verwehrt. Soll ich Mrs Farnell holen lassen?«

Henry schüttelte den Kopf. »Noch nicht. Sie können mir aber einen Gefallen tun: Teilen Sie der Polizei mit, dass es ein Unfall war.«

»Wie bitte?«

»Es war meine Schuld«, sagte Henry bestimmt. »Unverantwortlicherweise lag die Pistole geladen auf meinem Schreibtisch. Amelia hat sie sich nur ansehen wollen, und dann löste sich ein Schuss.«

Doktor Ward musterte ihn nachdenklich. »Sie müssen es wissen.« Er glaubte Henry kein Wort.

»Allerdings.«

Die Tür sprang auf. Mercy Robinson kam herein, ein Tablett balancierend.

»Du bist wach«, sagte sie und brach ansatzlos in Tränen aus. Sie schaffte es gerade noch, das Tablett abzusetzen. »Ich bin so froh, dass du es überlebt hast«, flüsterte sie. Ihr Weinen schlug in Lachen um. »Hast du Hunger? Ich habe dir höchstpersönlich eine Suppe nach Pings Spezialrezept gekocht. Ich verrate dir aber nicht, was drin ist. Sie behauptet, es würde Tote erwecken.«

Henry lächelte. »Sollte auch aus dir noch eine Krankenpflegerin werden?«

»Ich wünsche Ihnen guten Appetit.« Doktor Ward schickte sich zum Gehen an. »Gegen Abend schaue ich noch einmal vorbei.«

Im gleichen Moment rollte ein dumpfer Donnerschlag über die Insel.

»Das war kein Salut«, stellte Mercy irritiert fest.

»Und auch kein Gewitter.« Doktor Ward spähte aus dem Fenster. »Keine Wolke weit und breit.«

Verunsichert sahen die drei sich an. Ein weiterer Schlag erschütterte den Nachmittag, tief und unheimlich. Es blieb nicht der letzte.

* * *

Wieder dröhnte Donner von der Krakatau-Insel herüber, bereits das zehnte oder elfte Mal seit jener gewaltigen Explosion zwei Stunden zuvor. Johanna hielt es nicht mehr im Hotel. Auch wenn Bowie nicht zugegen war, um ihr den Weg zu weisen, musste sie endlich zu Lily und Leah. Die unheilschwangere Dämmerung und der Lärm zerrten an ihren Nerven, obwohl sämtliche männliche Hotelgäste, Mijnheer Schruit eingeschlossen, meinten, es gäbe keinen Grund zur Besorgnis. Der Vulkan sei zu weit entfernt, um eine Bedrohung darzustellen.

Als sie auf die vordere Terrasse trat, blieb sie wie angewurzelt stehen. Blitze zuckten, wo noch vor Stunden der Vulkan zu sehen gewesen war. Wind schüttelte die Palmwipfel und rüttelte an den Häusern. Eine Kokosnuss knallte dicht neben ihr auf den Rasen.

Während sich Johanna vom Schreck erholte, hastete Lily aufs Hotel zu. Erst im letzten Moment bemerkte sie Johanna. Ihre Augen weiteten sich.

»Was machst du denn hier?«

»Lily!« Johanna wollte sie umarmen, doch ihre Ziehtochter wehrte ab.

»Nicht jetzt!«, rief sie. »Schnell, ins Haus.«

In knappen Sätzen berichtete Lily von Leahs zweitem Fieberschub, der früher als vermutet eingesetzt hatte. Sie war hergeeilt, um Bowie zu unterrichten und einige Sachen zu holen.

»Ich begleite dich.«

»Nein, Mama. Bitte bleib hier. Leah ist ohnehin nicht ansprechbar.«

»Mama?«

Zum ersten Mal lächelte Lily. »Ich habe wohl zwei Mütter, nicht wahr?«

Die Tür wurde aufgerissen, Bowie stürmte mit blassem Gesicht herein. »Das Wasser«, keuchte er. »Ich war auf dem Weg zum Hafen, um mich nach einem Schiff umzuhören, das uns von hier fortbringt, als eine Zwei-Meter-Welle hereinrollte und Schiffe und Boote zerschlug.«

»Zwei Meter? So etwas gibt es hier nicht.« Der Hotelbesitzer schüttelte überheblich den Kopf. »Sie übertreiben.«

»Ich habe es mit eigenen Augen gesehen. Die Uferstraße wurde überflutet, einige Häuser haben Schaden genommen.« Bowie war zu erschüttert, um sich über den Holländer zu ärgern.

Kurz darauf verabschiedete sich Lily. Johanna und Bowie hatten sie im Hotel behalten wollen, doch sie war stur geblieben. Ihre Sorge um Leah war stärker als alle Bedenken. Es war nur ein zehnminütiger Fußmarsch, ihr würde schon nichts geschehen. Als sie fort war, setzten sich Johanna und Bowie in den Salon des Hotels. Stumm lauschten sie dem tobenden Vulkan, dem immer wütender werdenden Sturm. Die Sonne ging unter, die Finsternis wurde noch tiefer. Kein Stern war zu sehen. Drüben im Westen rasten Feuerketten zwischen Erde und Himmel auf und ab.

28

27. August 1883, am nächsten Tag

Johanna erwachte als Erste. Benommen schälte sie sich aus dem Sessel, in dem sie die Nacht verbracht hatte. Dunkelheit erfüllte den Raum, kaum konnte sie die zusammengesunkene Gestalt von Ross Bowie erkennen. Johanna trat dicht an die Wanduhr. Schon bald halb sechs, doch es wollte nicht hell werden. Voller böser Vorahnungen trat sie ans Fenster. Es roch rauchig, der Übelkeit erregende Gestank von Schwefel lag in der Luft, und noch immer zuckten Blitze über Krakatau. Wollte sich der Vulkan überhaupt nicht beruhigen?
Sie hörte Schritte auf der Treppe und eilte in die Halle, gerade rechtzeitig, um Mijnheer Schruit zu begrüßen. Er sah übernächtigt aus; sicher hatte auch er kaum ein Auge zugetan.
»Wohin gehen Sie?«
»Zum Telegrafenamt. Die gestrige Welle hat das Kabel zerstört. Ich muss ein paar Männer zusammentrommeln, um es zu reparieren.«
»Meinen Sie, es kommen weitere Wellen?«
»Ich glaube kaum.« Er drückte die Vordertür auf und warf einen Blick nach draußen. »Regen täte gut. Er würde die Asche aus der Luft waschen. In dieser Finsternis wird das Arbeiten schwer. Nun denn, Mrs von Trebow, ich empfehle mich.«
Ein gewaltiger Paukenschlag erschütterte die Welt, lauter als alle zuvor. Johanna ließ sich instinktiv auf den Boden fallen und presste die Hände an die Ohren. Der Lärm von tausend Gewittern brauste übers Meer, betäubte jeden vernünftigen Gedanken.

»Mrs von Trebow?« Schruit musste schreien, um sich verständlich zu machen. Johanna spürte seine Hand auf ihrer Schulter. Langsam hob sie den Kopf. Sein Gesicht war dicht vor ihrem, in seinen Augen spiegelte sich ihre eigene Hilflosigkeit wider. »Ich muss los. Gehen Sie in den Salon zurück, das Hotel ist stabil gebaut.« Es gelang ihr nur mit Mühe, Kraft zum Aufstehen zu sammeln. Schruit trat zögernd aus dem Schutz des Vordachs, dann begann er zu laufen.

»Viel Glück«, flüsterte Johanna dem davoneilenden Schemen nach, dann straffte sie den Rücken und ging entschlossen ins Haus und in ihr Zimmer. Sie wollte bei Lily und ihrer Schwester sein. Wahllos warf sie ein paar Sachen in eine kleine Tasche und verließ das Zimmer. Am Fuß der Treppe trat Bowie ihr entgegen.

»Sie wollen doch nicht da raus?«

»Versuchen Sie nicht, mich davon abzuhalten!«, rief sie. Jedes Krachen brachte sie einer Hysterie näher.

»Dann warten Sie. Ich hole nur meine Sachen.«

Er stürzte nach oben. Kaum war er außer Sicht, rannte Johanna aus dem Haus. Sie wollte nicht riskieren, dass er sich anders entschied und sie mit Gewalt im Hotel zurückhielt.

Sie fand sich mitten im Jüngsten Gericht wieder. Der Lärm war ohrenbetäubend, während dichte Asche ihr Sicht und Atem raubte. Mit eingezogenen Schultern lief sie zur Straße. Es war schlimmer, als sie befürchtet hatte. Rechts und links krachten Palmwedel und Kokosnüsse nieder. Sie schlüpfte in einen zum Hotel gehörenden, massiv gebauten Schuppen und zog die Tür hinter sich zu. Fieberhaft überlegte sie, wie sie sich schützen konnte.

Die Erde bebte erneut, der Schuppen schwankte, die Bretter der Wände knirschten, als sie gegeneinanderdrückten. Angsterfüllt trat Johanna in die Mitte des Raums. Es war, als sei das kleine Gebäude zum Leben erwacht. Sie wartete, bis ihr

Herzschlag sich wieder beruhigte, das Brausen ihres Blutes in den Ohren abklang, doch es wurde nur lauter, immer lauter. Plötzlich begriff sie: Das war Wasser! Entgegen Schruits Worten wurde die Küste von einer zweiten Welle heimgesucht. Sie musste zurück zum Haupthaus, ehe der vermeintlich sichere Schuppen zur Falle wurde! Von Panik erfasst drückte sie gegen den Riegel.
Der Schreck floss wie Feuer durch ihre Glieder. Die Tür ging nicht auf! Johanna stemmte sich dagegen, trat und hieb auf das Türblatt ein, während das Brausen lauter wurde. Dann ebbten die Geräusche ab. Johanna lachte hysterisch auf: Sie war davongekommen. Das Hotel lag zu weit oben am Hang, das Wasser konnte sie nicht erreichen. Sie nicht und Lily und Leah mit ihrer Familie, deren Bungalow sich noch etwas höher befand, erst recht nicht. Alles würde gut werden, sie musste nur raus aus dieser verdammten Hütte.
Johanna verlor jedes Zeitgefühl. Kratzte sich die Finger blutig, schrie und tobte erfolglos gegen ihr fensterloses Gefängnis an. Die Tür war verkantet, wahrscheinlich hatte sich das Gebäude beim letzten Beben verzogen.
Das Dach! Hoffnung durchflutete sie. Sie fand eine Kiste und stellte sich darauf. Die scharfen Blätterkanten zerschnitten ihre Handflächen, während sie versuchte, ein Loch in das Attapdach zu reißen, sie zog und zerrte, aber das Geflecht gab nicht nach. Panisch sprang sie von der Kiste, tastete sich durch das im Schuppen gelagerte Gerümpel auf der Suche nach einem Werkzeug, doch sie fand nichts Geeignetes. Mit jeder Minute wurde sie mutloser. Ihre Lage war aussichtslos.
Waren das Schritte? Johanna schrie aus Leibeskräften, dann verstummte sie, versuchte, durch den Sturm und Donner die flüchtigen Geräusche eines anderen Menschen auszumachen. Völlig außer sich hämmerte sie gegen die Tür.

»Ich bin es, Johanna! Die Tür geht nicht auf, helft mir, ihr müsst eine Axt besorgen!«
Niemand hörte sie.

* * *

Obwohl die Sonne schon vor zwei Stunden aufgegangen war, wurde es nicht Tag. Der Berg wütete schlimmer als je zuvor, eine zweite Welle hatte auch die von der gestrigen Brandung verschonten Schiffe zerstört. Schon nach der ersten Explosion des Tages hatten Bertrand, Lily und Thomas entschieden, in eines der Dörfer im Hinterland zu ziehen. Auch wenn ihr Haus hoch über dem Meer lag, fühlten sie sich in Anjer nicht mehr sicher. Alle drei waren davon überzeugt, dass das Schlimmste noch bevorstand. Seit dem frühen Morgen regnete es nicht nur Asche, sondern auch kleine Steinchen aus den schwarzen Wolken.
Bis jetzt hatten sie alles für den Abmarsch vorbereitet, Medikamente und Lebensmittel zusammengetragen und eine notdürftige Trage für Leah, die den Höhepunkt ihres zweiten Fieberschubs in den frühen Morgenstunden überwunden hatte, zusammengeschustert. Lily sah sich im Salon um. In spätestens einer halben Stunde konnten sie fort sein.
»Ich hole jetzt die anderen aus dem Hotel«, sagte sie zu Bertrand.
»Seien Sie vorsichtig, Miss Ah. Nutzen Sie jedes Vordach, jeden Baum, um nicht von den Kieseln getroffen zu werden.«
Lily versprach es und wandte sich zur Tür, die im selben Moment aufsprang. Bowie und der Bellboy des Hotels, ein schüchterner javanischer Junge von neun oder zehn Jahren, platzten herein.

»Sie wollen fort?«, fragte Bowie mit Blick auf die gefüllten Kiepen.
»Wir sind so gut wie abmarschbereit, Mr …?«
»Bowie. Ich nehme an, Sie sind der Earl of Arliss?«
»Nennen Sie mich Bertrand. In einer Situation wie dieser sind Formalitäten fehl am Platz.«
»Ross.« Sie nickten sich knapp zu. Lily spürte Erleichterung angesichts der entschlossenen Mienen der Männer. Nun gab es genug starke Arme, Leahs Trage den Berg hinaufzuschleppen. Erwartungsvoll blickte sie an Bowie vorbei, aber es kam niemand mehr.
»Wo ist Johanna?«
Bowie zog die Brauen zusammen. »Ist sie nicht hier?«
Lily schüttelte den Kopf. Ihr Mund wurde trocken.
»Sie ist vor über einer Stunde aufgebrochen. Um Gottes willen!« Bowie wurde kreidebleich. »Ich muss sie suchen.«
Nie hatte Lily ihn so aufgebracht gesehen. Sie konnte ihn gerade noch am Ärmel greifen, bevor er wieder in den Höllensturm hinausrannte. »Ich begleite Sie.«
»Das kommt überhaupt nicht in Frage!«
Alle wandten sich Leah zu. Sie hatte sich aus ihrem Stuhl erhoben und trat auf schwachen Beinen zu ihrem Mann. »Bertrand, du gehst mit Ross. Er wird deine Hilfe benötigen.«
»Du kannst kaum stehen«, bemerkte Bertrand. »Jemand muss dich tragen.«
»Thomas wird mich stützen.«
Bertrand umarmte sie. »Meine tapfere Frau. Wir holen Johanna und folgen euch so schnell wie möglich.«
»Geht«, bat Leah. »Findet meine Schwester.«
Einen Augenblick später verschluckte der dunkelgraue Morgen Bertrand und Bowie. Auch die anderen verließen das Haus. Thomas stützte Leah, während Lily, vom Gewicht der

Kiepe niedergedrückt, den verängstigten Jungen an der Hand hielt.
Der Wind steigerte sich zum Orkan, Äste flogen durch die Luft, heiße Asche regnete auf sie nieder. In ihrem Rücken tobten Blitze durch die schwarzen Wolken, feurige Lava sprühte in den Himmel. Der Berg machte sich für seinen nächsten Schlag bereit.

* * *

Niemand kam, um sie aus ihrem Gefängnis zu befreien. Johanna arbeitete sich bis zur Erschöpfung an der verkeilten Tür ab, ohne etwas zu erreichen. Sie lehnte sich gegen die massiven Holzbohlen und presste die Fäuste gegen die Schläfen. Sollte sie auf ein weiteres Erdbeben hoffen, oder brachen dann die Wände über ihr zusammen? Sie horchte nach draußen, doch der Tumult hatte eher noch zugenommen und machte alle Hoffnung auf Rettung zunichte. Ergeben setzte sich Johanna auf den Boden und suchte Trost im Gebet, während in den Straßen die Teufel jaulend mit dem Sturm tanzten.
Stimmen! Sie fuhr hoch, schrie. Dann erzitterte das Häuschen unter wuchtigen Schlägen. Johanna wich zur hinteren Wand zurück, Holz splitterte, Männerstimmen brüllten durcheinander, endlich klaffte eine Lücke in der Tür. Einer der Männer zwängte sich hindurch. Johanna sackte vor Erleichterung zusammen. Der Mann zog sie wieder hoch.
»Beeilt euch, verdammt noch mal!«, tönte es von draußen. Bowie! Er war ihr zu Hilfe geeilt!
Die Erde bäumte sich auf, noch schlimmer als zuvor. Der Schuppen ächzte. Der Mann schubste Johanna auf das klaffende Türloch zu, drückte sie nach draußen, Bowies Hände griffen nach ihr, zogen, sie wollte raus, nur raus.

»Schnell.« Bowie keuchte vor Anstrengung. »Der Schuppen kracht gleich zusammen.«
Johanna schrie auf. Eine scharfe Kante riss ihre Wade auf. Verzweifelt drehte sie ihr Bein. Der Span bohrte sich tiefer. Sie biss die Zähne zusammen und befreite sich mit einem Ruck. Bowie zog sie ein paar Schritte fort von der Tür, als auch schon der Schuppen einstürzte. Der andere Mann hatte es nur halb aus der Tür geschafft, seine Beine und der halbe Körper lagen unter Teilen des Daches begraben. Johanna kniete neben ihrem Retter nieder und zerrte eine Attapmatte beiseite. Es war Bertrand, Leahs Mann.
»Mach Platz.« Bowie drängte Johanna beiseite, umklammerte Bertrands Handgelenke und zog mit aller Kraft. Die Sehnen seines Halses traten hervor wie Kordeln. Mit bloßen Händen riss Johanna die Bretter beiseite, Blut tropfte von ihren Händen und Armen, Kiesel prasselten auf sie herab, doch sie war taub für den Schmerz. Hinter ihr ertönte jetzt ein grässliches Knirschen. Bowie hörte es auch, blickte über die Schulter. Fassungslos sahen sie mit an, wie die Wände des Hotels einknickten und das Gewicht des Daches alles niederriss, während Blitze über den Himmel zuckten, der Sturm die Palmen beugte und an ihren Kleidern riss. Weit in der Ferne spie der Vulkan einen weiteren glühenden Strahl in den dunklen Himmel, Steine krachten auf Anjer. Bowie verdoppelte seine Anstrengung. Der Schutt gab nach, Johanna krallte ihre Finger in Bertrands Arm, zog mit all ihrer Kraft. Dann war Bertrand urplötzlich frei. Er rappelte sich hoch.
Johanna sah den Balken zu spät. Der Sturm riss ihn aus der Hotelruine und schleuderte ihn Bowie mit voller Wucht in den Rücken. Der große Mann sackte zusammen.
»Ross!«
Johanna griff unter seine Achsel. Bertrand kam hinzu und

nahm den anderen Arm. Zusammen hievten sie ihn hoch, doch seine Beine trugen ihn nicht. Langsam rutschte er wieder zu Boden, seine Gliedmaßen schlaff wie die einer Puppe. Ein entsetzlicher Verdacht keimte in Johanna auf. Zaghaft zwickte sie in Bowies Oberschenkel. Als er keine Regung zeigte, verstärkte sie ihren Druck und bearbeitete seine Beine schließlich voller Panik mit den Fäusten, bis er sie ergriff und mit sanfter Gewalt festhielt. »Ich spüre nichts, Liebes. Du weißt, was das bedeutet.«

»Nein!« Ihr Schrei vermischte sich mit dem rasenden Sturm und verhallte ungehört.

Bowie lächelte müde. »Ich befürchte, mein Rückgrat ist schwer verletzt«, sagte er. »Legt mich unter die Platane dort, vielleicht kann ihre Krone die Steine abhalten. Dann verschwindet von hier.«

Bertrand hockte sich an seine andere Seite. »So einfach werden Sie uns nicht los. Wir binden Sie auf ein Brett und ziehen Sie hinter uns her.«

»Bertrand, hören Sie auf. Sie wissen so gut wie ich, dass es sinnlos ist. Es würde nur Johanna und Sie gefährden.«

Johanna brach es das Herz. Wie hatte sie nur an Bowie zweifeln können? Warum hatte sie nie begriffen, wie er wirklich zu ihr stand? »Ich lasse dich nicht allein.«

Ein Lächeln stahl sich auf sein Gesicht. »Ach, Johanna. Du warst der Fixstern meines Lebens, um den sich alles drehte.« Er machte eine Pause, sammelte sich.

»Bertrand«, sagte er dann. »Ich habe Sie nicht aus dem Schutt gezogen, damit wir alle drei hier verrecken. Bringt euch endlich in Sicherheit!«

»Sie werden auch überleben. Ich mache mich auf die Suche nach starken Männern. Noch sind nicht alle geflohen.«

Bowie widersprach, doch weder Johanna noch Bertrand

wollte auf ihn hören. Mit vereinten Kräften schleiften sie den Schotten unter den Baum, während um sie herum die Welt aus den Fugen geriet. Mehr und mehr Menschen hasteten in Richtung der Hügel, und wenn Bertrand sie anrief und um ihre Hilfe bat, stellten sie sich taub. Es war zum Verzweifeln. Johanna blickte zum Meer, auf das sie über die Ruine des Hotels hinweg freien Blick hatte.

Sie stutzte. Das Meer hätte die Feuersäule reflektieren müssen, doch wo sonst die glatte Wasserfläche funkelte, herrschte lichtlose Dunkelheit. In dem Moment hob ein unfassbar lautes Brausen an, übertönte sogar das Donnern des Vulkans, und dann sah sie es: Eine Wand aus Wasser türmte sich auf, bewegte sich rasend schnell auf die Küste zu. Johanna erstarrte vor Entsetzen.

Ein Einheimischer rannte vorbei. »Der Wassergeist holt uns alle!«

Bowie begriff als Erster.

»Lauft!«, schrie er. »Lauft um euer Leben!«

Johanna rannte, bis ihr die Lunge zu platzen drohte, bergauf, immer bergauf. Bertrand riss sie über Wurzeln und Trümmer, es galt, keine Sekunde zu verlieren, während hinter ihnen das Brausen anstieg, lauter, lauter. Menschen drängten sich auf dem Pfad, schubsten einander beiseite, versuchten, die rettende Höhe zu erreichen, den brüllenden Tod auf den Fersen. Hände griffen nach Johannas Fußgelenken, sie trat aus, dann schlug das Wasser über ihr zusammen. Sie wurde gegen einen Baum gedrückt, bekam ihn zu fassen, klammerte sich mit aller Kraft daran, reckte den Kopf. Luft! Luft! Das Wasser zerrte an ihr, fetzte ihr die Kleider vom Leib, doch sie ließ nicht los. Ein scharfer Schmerz durchzuckte sie, und das war das Letzte, was sie spürte.

29

3. September 1883, sechs Tage später

Asche fiel auf Singapur. In dicken Flocken regnete sie aus dem Himmel und bedeckte die Welt mit einer watteweichen grauen Schicht. Eine kraftlose Sonne erhob sich über die Palmwipfel. Henry saß auf der Veranda des Hauses der Familie Robinson. Sein Körper genas, doch sein Lebensmut war ebenso erloschen wie das Licht.

Johanna war tot. Lily war tot, Leah und ihre Familie, Ross Bowie, ausgelöscht von einer Welle unfassbaren Ausmaßes. Vor drei Tagen, als sich der Himmel über Singapur immer stärker verdunkelte, war ein französisches Kanonenboot in den Hafen eingelaufen, an Bord Männer, die in den Abgrund der Hölle geblickt hatten. Die Wasseroberfläche der Sundastraße, so hatten sie berichtet, sei bedeckt von einem lückenlosen Teppich aus Bimssteinbrocken, die der Vulkan über Tage ausgespien hätte. Hundert Kilometer weit wären die glühenden Brocken geflogen und hätten jene, die dem Wasser entkommen waren, erschlagen und verbrannt. Auf dem schwimmenden Steinteppich lägen Leichen, Tausende, Zehntausende Menschen und Tiere. Niemand hätte überlebt.

Das Leben in Singapur erlahmte. In allen Moscheen, Kirchen und Tempeln wurden Gottes- und Götzendienste zum Gedenken der Opfer abgehalten, jedermann schien sich auf Zehenspitzen fortzubewegen.

Aus dem Haus drang heftiges, verzweifeltes Schluchzen. Henry versuchte vergebens, seine Ohren davor zu verschließen. Mercy schrie ihren Kummer in die Welt hinaus, laut und zornig forderte sie Antworten von einem stummen Gott, dem es gefallen hatte, ihr die Freundin auf solch grausame Art zu nehmen. Ping, obwohl nicht minder verzweifelt, stand Mercy zur Seite, so wie sich der alte Geschichtenerzähler im Bungalow auf der anderen Straßenseite um Dinah und Hermann kümmerte.

Die Verandabohlen vibrierten, weiche Schritte näherten sich. Henry sah nicht auf. Er wollte in Ruhe gelassen werden, doch der Besucher ignorierte seine abweisende Haltung und zog einen Stuhl heran. Amelia. Sie hatte sich auf das Anwesen geschlichen. Schweigend starrte er weiter in den grauen Himmel. Seit er sich bei Mercy und Andrew erholte, kam sie täglich in die Waterloo Street, und täglich hatte er sie fortschicken lassen. Sie blieb sitzen, rang die Hände in ihrem Schoß. Er spürte ihren Blick.

»Danke«, flüsterte sie. »Danke, dass du mir das Gefängnis erspart hast. Ich war nicht bei Sinnen.« Ihre Stimme brach. Er konnte ihre Verzweiflung spüren, doch seine Seele blieb kalt. Er vermochte kein Mitleid mit ihr zu empfinden. Jetzt nicht mehr.

»Ich verzeihe dir.« Er lachte auf, ein bitteres Bellen. »*Ich* habe ja überlebt.«

Impulsiv legte sie ihre Hand auf seinen Arm. Es kostete ihn enorme Anstrengung, ihn nicht fortzuziehen. Ihre Berührung war ihm unerträglich. »Ich habe jeden Tag gebetet, dass du es schaffst.« Sie zögerte. »Wann kommst du nach Hause?«

Er riss sich vom Anblick der schrecklichen grüngefärbten Sonne los. »Was bringt dich auf den Gedanken, dass ich zurückkomme?«

»Du gehörst doch nicht hierher. Du musst zu mir und Oscar zurückkehren. Jetzt, da Johanna nicht mehr zwischen uns steht, können wir neu anfangen.«

»Johanna hat nie zwischen uns gestanden«, sagte er heftig.
Sie zog die Schultern ein wie ein geprügelter Hund. »Ich dachte doch nur …«
»Es ist zu spät. Ich werde mich von dir scheiden lassen.«
»Wie bitte?«
»Du hast richtig gehört. Ich wünsche, dass du nach England zurückgehst. Es wird dir dort an nichts fehlen. Das Haus überschreibe ich dir, und du wirst eine großzügige monatliche Abfindung erhalten. Du bist immer noch eine schöne Frau. Solltest du dich neu vermählen wollen, werde ich dir nicht im Weg stehen.«
Sie rang um Fassung. »Und Oscar?«
»Er bleibt vorerst bei mir. Ich werde alles in meiner Macht Stehende unternehmen, aus ihm doch noch einen anständigen Menschen zu formen.«
Amelia sprang auf. »Ich lasse nicht zu, dass du mir auch noch das letzte Kind nimmst!«, schrie sie. In der Spanne eines Wimpernschlags schlug ihre Demut in wilden Hass um. Henry wusste, wie sehr sie unter dem Tod der Kinder gelitten hatte. Dass auch er an dem Kummer beinahe zerbrochen war, hatte sie nie interessiert. Er hob die Hand, um ihren Widerspruch zu unterbinden. »Es ist beschlossene Sache. Und jetzt geh. Ich werde mich in den nächsten Tagen bei dir melden.«
Mehrmals öffnete Amelia den Mund zu einer Antwort, doch sie blieb stumm. Die Fassungslosigkeit stand ihr ins Gesicht geschrieben. Schließlich drehte sie sich um und ging ohne ein weiteres Wort.
Als ihre Schritte verklangen, begrub er das Gesicht in den Händen. Tränen bahnten sich den Weg zwischen seinen Fingern hindurch. Der Tod hatte ihm alle genommen. Seine Kinder. Seinen besten Freund. Seine große Liebe.

Wie gern wäre er ihnen gefolgt, doch er hatte noch eine wichtige Aufgabe in diesem Leben: Oscar.

* * *

Leah lehnte sich gegen die Wand des Versammlungshauses, das ihnen nach einer schier endlos währenden Flucht von den Bewohnern eines Dorfes als Lazarett zur Verfügung gestellt worden war. Sie konnte sich nicht erinnern, wann sie das letzte Mal länger als eine halbe Stunde am Stück geschlafen hatte. Seit das Fieber aus ihren Knochen gewichen war, stand sie Lily beiseite. Ihre Tochter versorgte mit bewundernswürdiger Umsicht die Verletzten, die seit Tagen allein oder in kleinen Grüppchen ins Dorf taumelten, Menschen, denen das Grauen ins Gesicht geschrieben stand, Menschen, denen Leib und Seele verbrannt waren, Menschen, die Gott, Allah und den Geistern nicht für ihre Rettung danken mochten, hatten sie doch alles verloren.
Die Kräuterfrau des Dorfs kam auf sie zugehastet. Bei jedem Schritt wirbelte sie schwarze Staubwolken auf. Selbst hier, zwanzig Kilometer landeinwärts, waren glühende Bimssteinbrocken auf die Erde geprasselt wie Hagel, bedeckte Asche die Bäume und Felder, Häuser und Wege in dicken Schichten, ließ Mensch und Tier husten und keuchen.
»Nimm«, sagte die Frau und drückte Leah ein Tongefäß in die Hand. »Das ist die letzte Salbe aus meinem Vorrat. Meine Töchter sind schon fort, Kräuter und Rinden zu sammeln, damit ich neue anrühren kann. Habt ihr noch Opium? Soll ich sie dafür in andere Dörfer schicken?«
»Es wird noch ein paar Tage reichen«, sagte Leah. »Viele sterben.«
»Ja«, flüsterte die Heilerin. Sie schwankte.

Leah stützte sie. »Willst du dich hinlegen?«
Die Frau schüttelte den Kopf. Wegen ihrer nussbraunen Haut sah man den Javanern die Müdigkeit nicht so schnell an wie den Europäern, doch an diesem Morgen konnte die Heilerin ihre Erschöpfung nicht verbergen. Tiefdunkle Schatten lagen unter ihren Augen, schwarze Asche hatte sich in den Falten ihres nicht mehr jungen Gesichts eingenistet.
»Mein Sohn ist in der Nacht zurückgekehrt«, sagte sie tonlos. »Anjer existiert nicht mehr, alle Küstendörfer sind dem Erdboden gleich. Allah hat der Welt den Rücken gewandt.«
Leah wusste nichts zu antworten. Es gab keine Worte, die den Schrecken linderten, keine Worte, um die Heilerin zu trösten, die ihren Mann vermisste und den jüngsten Sohn, weil sie am Tag der Katastrophe zu Besuch bei Verwandten am Meer weilten. Leah seufzte. Wie sollte sie auch trösten, wo doch mit jeder Stunde die Flamme ihrer eigenen Hoffnung an Leuchtkraft verlor.
Ihr geliebter Mann, ihre Schwester und Ross Bowie waren in den Fluten umgekommen, die nimmersatt Menschen und Tiere, Städte, Dörfer und Felder verschlungen hatten. Hoch wie zehn Häuser übereinander sei die Welle gewesen, berichteten die Überlebenden. Ein Monster aus den Tiefen des Meeres.
Die Heilerin drückte Leah kurz an sich, dann ging sie wortlos zu ihrem Haus, wo Dutzende Verletzte auf sie warteten. Leah kehrte ins Versammlungshaus zurück. Etwa zwei Dutzend Menschen lagen auf dem Boden, die Blicke leer vom schmerzlindernden Opium. Einheimische Frauen, von Lily schon am ersten Tag im Eilverfahren mit den Grundlagen der Krankenpflege vertraut gemacht, huschten hierhin und dorthin, wechselten Verbände aus Rindenbast, wuschen Wunden, wedelten Fliegen fort, säuberten das große Haus. Leah trat zu ihrer

Tochter, die neben dem Lager eines Mädchens kniete. Gerade schloss sie dem Kind die Augen.
»Sie ist erlöst«, sagte sie. »Niemand hätte sie retten können. Sie war zu stark verbrannt.« Lily erhob sich und ließ ihre verkrampften Schultern kreisen. »Ich muss mit dir reden.«
Leah nickte beklommen, ahnend, was Lily ihr sagen wollte. Gemeinsam gingen sie zum hinteren Teil des Hauses, wo ein provisorischer Vorhang einen kleineren Raum von den Lagern abtrennte.
»Wie geht es Thomas?«
»Nicht gut. Er wird es nicht schaffen. Es sei denn …« Lily strich sich eine Haarsträhne aus dem Gesicht, die sich aus dem Zopf gelöst hatte. »Vorhin war er wach. Er weiß, wie es um ihn steht, und will, dass ich es tue.«
»Sprich es aus. Ich ertrage es.«
»Es ist ein großes Risiko. Ich habe bei so etwas bisher nur assistiert, und die hygienischen Umstände hier sind denkbar schlecht.« Sie straffte sich. »Der Stein hat Thomas' Arm zertrümmert, das Fleisch ist brandig. Ich muss den Arm amputieren. Vielleicht überlebt er es, vielleicht nicht. Wenn ich es nicht tue, wird er vor dem nächsten Morgen sterben.«
Stolz auf ihre Tochter erfüllte Leah, überdeckte für den Augenblick ihre Trauer. Wenn jemand ihren Sohn zurück ins Leben holen konnte, dann Lily.
»Tu es«, sagte sie fest.
»Gut. Zwei der Frauen werden mir assistieren. Du musst nicht dabei sein, wenn du es nicht möchtest.«
Leah nickte dankbar, dann floh sie aus dem Haus und setzte sich unter einen ausladenden, von einer Würgefeige fast erdrosselten Baum im Zentrum des Dorfes. Die Tochter der Heilerin hockte sich zu ihr, drückte ihr stumm die Hand, ging dann weiter, um ihre Ernte an Heilpflanzen bei der Mutter

abzuliefern. Die kranke Sonne wanderte in den Zenit, Hitze lastete auf der zertrümmerten Welt.
Zwei Menschen wankten den Dorfweg herauf, ein Mann und eine Frau, zerlumpt, zermürbt. Leah erhob sich, dankbar für eine Aufgabe. Hier waren Überlebende, um die sie sich kümmern musste. Die Frau strauchelte. Der Mann half ihr auf und blickte sich suchend um. Leah stutzte. Beschattete ihre Augen gegen das grelle Mittagslicht.
Sie waren es. Mussten es sein.
Johanna und Bertrand.

Epilog

20. Oktober 1883

Am frühen Nachmittag zwang ein Schwächeanfall Onkel Koh, sich im Schatten eines Lagerhauses auf einer Taurolle niederzulassen. Henry hatte ihn im ersten Morgenlicht abgeholt, um mit ihm zum Neuen Hafen zu fahren, und seitdem warteten sie. Im Laufe des Vormittags waren erst Ping und Lim zu ihnen gestoßen, später auch Hermann, die hochschwangere Dinah mit Roy sowie Carl, Mercy und Andrew Robinson. Aller Augen war auf die Einfahrt der Wasserstraße gerichtet. Das Schiff würde vielleicht heute kommen, vielleicht morgen, vielleicht übermorgen – gleichgültig. Seit Hermann das Telegramm aus Batavia erhalten hatte, in dem Johanna in dürren Worten mitteilte, dass sie überlebt hatten, konnte keine Verzögerung ihre Freude trüben. Selbst die Betroffenheit über Ross Bowies Tod überschattete nur kurz die Hochstimmung.

Ein Tumult auf dem Pier ließ den alten Geschichtenerzähler aufmerken. Alle drängten sich näher zum Wasser, winkten, jauchzten, lachten. Er erhob sich mühsam, die Gelenke krachten bedenklich. Gemächlich schlurfte er auf die außer Rand und Band geratene Gruppe zu. Wärme durchflutete seine steifen Glieder, als er den Blick über sie gleiten ließ. Dies waren die Menschen, die seinem Herzen am nächsten standen, die ihm Freunde, ja Familie geworden waren. Er hatte es gut getroffen in dieser Stadt.

Die kleine Dschunke näherte sich schnell. Der alte Geschichtenerzähler kniff die Augen zusammen, doch das Schiff war

zu weit entfernt, um die an der Reling aufgereihten Passagiere zu erkennen. Bald machte die Dschunke an einem der außenliegenden Plätze fest. Eine Planke wurde angelegt, und kurz darauf erschien ein junger Mann in der Ausstiegsluke. Sein linker Arm fehlte. Er war unsicher auf den Beinen, und sofort sprangen ihm Lily und ein hagerer Mann mit schütterem rotem Haar zu Hilfe. Onkel Koh betrachtete die drei neugierig. Es handelte sich unverkennbar um Vater und Sohn, Leahs Familie. Kannten die Männer die Wahrheit über Lily? Die drei scherzten miteinander, lachten sich an. Er würde es erfahren. Einige Fremde kletterten aus der Luke, assistiert von chinesischen Matrosen, und dann zeigten sich Johanna und Leah. Onkel Kohs Herz wurde weit, als die Schwestern Hand in Hand die Planke herunterbalancierten. Er schubste Henry, der ihn stützte, in ihre Richtung. Henry ließ sich nicht lange bitten; sofort hastete er den beiden Frauen entgegen.
Wehmut mischte sich in Koh Koks Freude: Bald würde er Singapur verlassen, diese schreckliche und zugleich wunderbare Stadt. Sein Leben neigte sich dem Ende entgegen, die Ahnen riefen ihn in ihren Kreis.
Es wurde Zeit, nach China zurückzukehren.

Anhang

ANMERKUNGEN

Alle chinesischen Namen sind nach der in China üblichen Reihenfolge aufgeführt. So ist Chee der Nachname von Boon Lee, sein voller Name lautet Chee Boon Lee.

Die Anrede »Onkel« ist in den meisten asiatischen Kulturen eine Respektbekundung unabhängig von einer Blutsverwandtschaft.

Während des Zeitraums, in dem die Geschichte spielt, gab es einige Namensänderungen von Plätzen und Straßen:

Die Waterloo Street hieß im Jahr 1856 noch Church Street; um Verwirrungen zu vermeiden, habe ich mir die Freiheit genommen, sie von Anfang an Waterloo Street zu nennen.

Der Commercial Square an der südlichen Flussmündung wurde 1858 in Raffles Place umbenannt.

Thomson's Bridge wurde 1863 in Elgin Bridge umbenannt.

Der »New Harbour« oder »Neue Hafen« ist heute unter dem Namen Keppel Harbour bekannt.

Die Mercantile Bank of the East ist eine Erfindung von mir. Auch Oban Hill hat es nicht gegeben, allerdings war das Gebiet um Tanglin sehr hügelig, so dass ich den Hügel guten Gewissens hinzudichten konnte.

Entgegen der heute üblichen Definition wurden in Singapur auch zweigeschossige Häuser als Bungalows bezeichnet.

Obwohl die Geschichte in einem englischen Umfeld spielt, habe ich mich entschieden, Entfernungen in Kilometern anzugeben. Eine Ausnahme bilden Seemeilen (1 Seemeile entspricht 1852 Metern).

GLOSSAR

Ajah in Singapur und Malaysia gebräuchliches Wort für ein indisches oder malaiisches Kindermädchen

Amah in Singapur und Malaysia gebräuchliches Wort für ein chinesisches Kindermädchen

Ang Pao (hokkien-chinesisch, »Roter Umschlag«) Geldgeschenke werden in China traditionell in roten Umschlägen überreicht. Rot ist in der chinesischen Kultur die Farbe des Glücks.

Argand-Lampen Der 1783 von dem Franzosen Aimé Argand entwickelte Brenner für Öllampen erlaubte ein sehr helles Licht.

Attap Die fedrigen Blätter der in den Brackwasserzonen des Indischen und Pazifischen Ozeans heimischen Attappalme (*Nypa fruticans,* auch Nipapalme genannt) eignen sich hervorragend zum Bau von Dächern.

Ayam goreng gebratenes Huhn

Baba Bereits viele hundert Jahre vor der Gründung des modernen Singapurs lebten in den Handelsstädten Südostasiens Chinesen. Meist waren die ersten Einwanderer Kaufmänner, die aufgrund der Tatsache, dass chinesische Frauen nicht emigrieren durften, einheimische Frauen heirateten und die Peranakan-Kultur, auch Baba-Nyonya-Kultur genannt, begründeten, wobei Babas die männlichen, Nyonyas die weiblichen Peranakans bezeichnen. Die Peranakans entwickelten eine eigenständige Kultur, deren Hauptaspekte zwar chinesisch geblieben sind, die aber unverkennbare Einflüsse der südostasiatischen Kulturen, insbesondere der malaiischen aufweisen. Sehr deutlich wird dies an der Nyonya-Küche mit ihren überaus raffinierten Gerichten, die durch die Versuche der einheimischen Frauen, chinesische Gerichte mit südostasiatischen Zutaten zu kochen, entstanden. Im Aussehen überwiegt das chinesische Erbe der Peranakan; wann immer möglich heirateten die Männer chinesische Frauen bzw. verheirateten ihre Töchter mit Chinesen. Einige der einflussreichsten und wohlhabendsten Männer und Frauen Singapurs sowie in ganz Südostasien sind Babas und Nyonyas.

Babi Chin traditionelles Nyonya-Gericht (siehe **Baba**) aus Schweinebauch mit Bambus und Koriander

Bassenthwaite Lake See im an der Westküste Englands gelegenen Lake District National Park

Bramrah (auch Bramrahe) Die zweitobersten Segel eines entsprechend getakelten Segelschiffs werden Bramsegel genannt. Diese Segel wiederum sind an den Bramrahen aufgehängt, waagerecht am Mast angebrachten runden Stangen aus Holz oder Metall.

Bromo aktiver Strato-Vulkan in Zentral-Java; als einer der heiligsten Berge Indonesiens ist er alljährlich zum Kassada-Fest Schauplatz einer nächtlichen Prozession, bei der den Göttern des Vulkans Lebensmittel geopfert werden.

Bugis malaiisches Volk aus Süd-Sulawesi; die Bugis gelten noch heute als versierte Seefahrer, ihre Schiffe sind äußerst elegant und schnell.

Calesa (spanisch) Kalesche, meist einspännige Kutsche, die auch in Manila zur Kolonialzeit sehr beliebt war

Char Koay Teow (hokkien-chinesisch) Pfannengericht aus flachen Reisnudeln, Shrimps, Muscheln, Frühlingszwiebeln, Sojasprossen und chinesischer Wurst in einer dicken Soße, für die unter anderem Sojasoße, Fischsoße und Chilis verwendet werden

Cheongsam (kantonesisch) hochgeschlossenes langes Kleid mit asymmetrischem Verschluss, an den Seiten geschlitzt

Congee (Ableitung von dem tamilischen *kanji*) beinahe geschmackloser, wässriger Reisbrei, der mit einer Vielzahl an würzigen oder süßen Zutaten zum Frühstück gegessen wird

Cicak (malaiisch) Gecko

Dim Sum (kantonesisch) Häppchen in unzähligen Variationen, die in Bambusdämpfern oder kleinen Schüsselchen serviert werden; typische Dim Sum: gedämpfte Reisnudeltaschen mit einer Füllung aus Schweinefleisch, Krabben und Frühlingszwiebeln, gedämpfte Schweinerippchen in einer Soße aus fermentierten Bohnen, Fischbällchen etc.

Dhobi-Wallah (hindi) Wäscher

Fallreep seemännischer Ausdruck für Strickleiter oder eine seitlich am Schiffsrumpf angebrachte absenkbare Treppe, die sich nach oben einholen lässt

Favoris in der Biedermeierzeit gebräuchlicher Begriff für Koteletten

Fußpferd (auch Fußpeerd) seemännischer Ausdruck für ein unter der

Rah (siehe **Bramrah**) gespanntes Seil, auf dem der Seemann bei der Arbeit steht

Galgant (auch Galangal) Gruppe von Heil- und Gewürzpflanzen aus der Familie der Ingwergewächse

Guttapercha (Ableitung von dem malaiischen *getah percha*, Gummibaum)

Guttapercha oder Gutta ist der eingetrocknete Milchsaft des gleichnamigen im malaiischen Raum heimischen Baums, nicht zu verwechseln mit dem aus Südamerika eingeführten Kautschukbaum.

Hantu Kopek (malaiisch) ein furchterregender Dämon in Gestalt einer alten Frau mit schwingenden Brüsten, Reißzähnen und Klauen; ethnienübergreifend ist im gesamten malaiischen Raum der Aberglaube verankert, dass die Hantu Kopek vorwiegend Kinder als Opfer wählt.

Ho say! (hokkien-chinesisch) Trinkspruch, der dem Gegenüber Zufriedenheit wünscht

Hoey chinesische Geheimgesellschaften, die oft gar nicht geheim waren; obwohl meist auch in illegale Machenschaften verwickelt, kümmerten sich die Hoey, in denen Männer aus derselben Region Chinas organisiert waren, um die Neuankömmlinge. Sie verschafften ihnen Anstellungen und Unterkünfte und banden die Migranten in das soziale Leben ihrer Organisation ein. Ein großes Problem für Singapur, aber auch andere Städte mit einer großen Zahl an chinesischen Migranten, waren die oft in Gewalt kulminierenden Fehden der Hoeys untereinander.

Ijen Strato-Vulkan in Ostjava, bekannt durch seinen Säuresee und den Schwefelabbau

Jinrickshaw (Ableitung von dem japanischen *jin riki sha*, wörtlich übersetzt »Mann Kraft Wagen«)

Die Jinrickshaws, besser bekannt als Rikschas, jene von einem Mann gezogenen einachsigen Wagen, sind nicht, wie zumeist angenommen, eine Erfindung aus Indien oder China, sondern wurden erst Ende der 70er Jahre des neunzehnten Jahrhunderts in Japan entwickelt, wo sie schnell die sonst üblichen Sänften verdrängten. In Singapur wurden sie schon wenige Jahre später eingeführt und dominierten bald das Stadtbild.

Kalong (malaiisch) Flughund, Flugfuchs, früchtefressende Säugetiere aus der Ordnung Fledertiere

Kampilan traditionelles Langschwert, das von einigen Völkern Borneos, der Philippinen und Sulawesis benutzt wurde

Kapitan Cina (portugiesisch) Interessenvertreter der chinesischen Gemeinde

Kepala Desa (malaiisch, indonesisch) wörtlich »Kopf Dorf«, Dorfvorsteher

Kelimutu Strato-Vulkan auf der indonesischen Insel Flores, bekannt durch seine drei Kraterseen, die in unregelmäßigen Abständen ihre Farben dramatisch wechseln

Keris (Kris) (malaiisch) im malaiischen, indonesischen und philippinischen Raum verbreiteter Dolch, zum Teil mit wellenförmiger Klinge; manchen Keris werden spirituelle Kräfte nachgesagt

Komprador (Ableitung von dem portugiesischen *comprador,* Käufer)
chinesischer Mittelsmann zwischen chinesischen und europäischen Handelsfirmen

Kopitiam (Mischwort aus dem malaiischen *kopi* und dem hokkien-chinesischen *tiam,* Kaffee-Laden)
einfaches Frühstücks- und Kaffee-Lokal, in dem man natürlich auch Tee bekommt

krängen seemännischer Ausdruck für »sich seitlich neigen« (bei Schiffen)

Laskar (bengalisch) auf einem europäischen Schiff angestellter indischer Seemann

Leh ho boh (hokkien-chinesisch) »Wie geht es dir?«

mandi (malaiisch, indonesisch) spezielle Form des Badens, bei dem man aus einem Becken (*bak mandi*) mit Hilfe einer Schöpfkelle Wasser schöpft und über Kopf und Körper gießt; im englischen und auch deutschen Sprachgebrauch hat sich das Wort *mandi* auch für das Becken und das Badhaus (*kamar mandi*) eingebürgert

Ngoh-Hiang-Röllchen in Tofu-Haut eingerolltes gewürztes Schweinefleisch

Nyonya siehe **Baba**

Padang (malaiisch) Sportplatz, Feld, Platz

Palanquin (Abgeleitet von dem Sanskrit-Wort *palanka,* Bett, Couch)
Eigentlich bezeichnet das Wort Palanquin eine Sänfte, in Singapur hat sich dieser Begriff jedoch auch für die einspännigen geschlossenen

Kutschen durchgesetzt, die im neunzehnten Jahrhundert das Stadtbild prägten.

Parang (malaiisch, indonesisch) in Malaysia und Indonesien gebräuchliches großes Messer mit gerader oder kurviger Klinge zum Hacken und Schneiden von Pflanzen, ähnlich der besser bekannten südamerikanischen Machete

Pisang Epe (indonesisch) gegrillte Bananen mit einer Soße aus Zucker und Durian (Stinkfrucht), eine Spezialität aus Süd-Sulawesi

Poh Piah Rolle aus dünnem Weizenteigfladen, die sowohl würzig als auch süß gefüllt sein kann

Punkah (hindi) ehemals aus großen Blättern, in der Kolonialzeit aus Holz oder anderen Materialien gefertigter Ventilator; die Punkah wurde unter der Decke befestigt und mittels eines Seilzugs von dem Punkah-Boy (Punkah-Wallah) in Schwingungen versetzt, um somit den sich darunter befindlichen Personen Luft zuzufächeln.

Sarong (malaiisch, indonesisch) knöchellanger Wickelrock aus einer rechteckigen Stoffbahn, zur Röhre zusammengenäht; der Sarong wird mit speziellen, von Region zu Region unterschiedlichen Wickeltechniken auf der Hüfte bzw. Taille getragen.

Sinkeh (chinesisch) Bezeichnung für die neuen Migranten aus China

Tsai hwei (hokkien-chinesisch) Verabschiedung, höfliche Form

Toh siah (hokkien-chinesisch) »Danke«, höfliche Form

Tokay (Gekko gecko) großer hellblauer Gecko mit orangefarbenen Punkten, der häufig in attapgedeckten Häusern im Dach wohnt

DANKE!

Viele Menschen haben zur Entstehung dieses Romans beigetragen. Ich möchte mich bedanken bei
meinem Mann Sven, meinem ersten Leser und Kritiker, der mich immer wieder aufmuntert, wenn mich der (Schreib-) Blues packt,
meiner Lektorin Dr. Andrea Müller, deren großartiger Arbeit es zu verdanken ist, dass der Roman die nötige Portion Drama erhalten hat,
meinem Agenten Bastian Schlück,
meinen Testleserinnen Anke Hüls und Siri Keller,
Aries und ihren Kollegen sowie Dieter Gumpert in Singapur,
Bert Tan, Onkel Chee Hoon Siong und Betty Ong aus Melaka,
Andrea Kammann und den Büchereulen
und den Plottern des Autorenforums Montségur, in alphabetischer Reihenfolge: Marc Bischoff, Dr. Patrick Burow, Annette Dutton, Lea Korte, Melanie Lahmer, Alf Leue, Maaja Pauska, Andrea Schacht, Eva Völler.

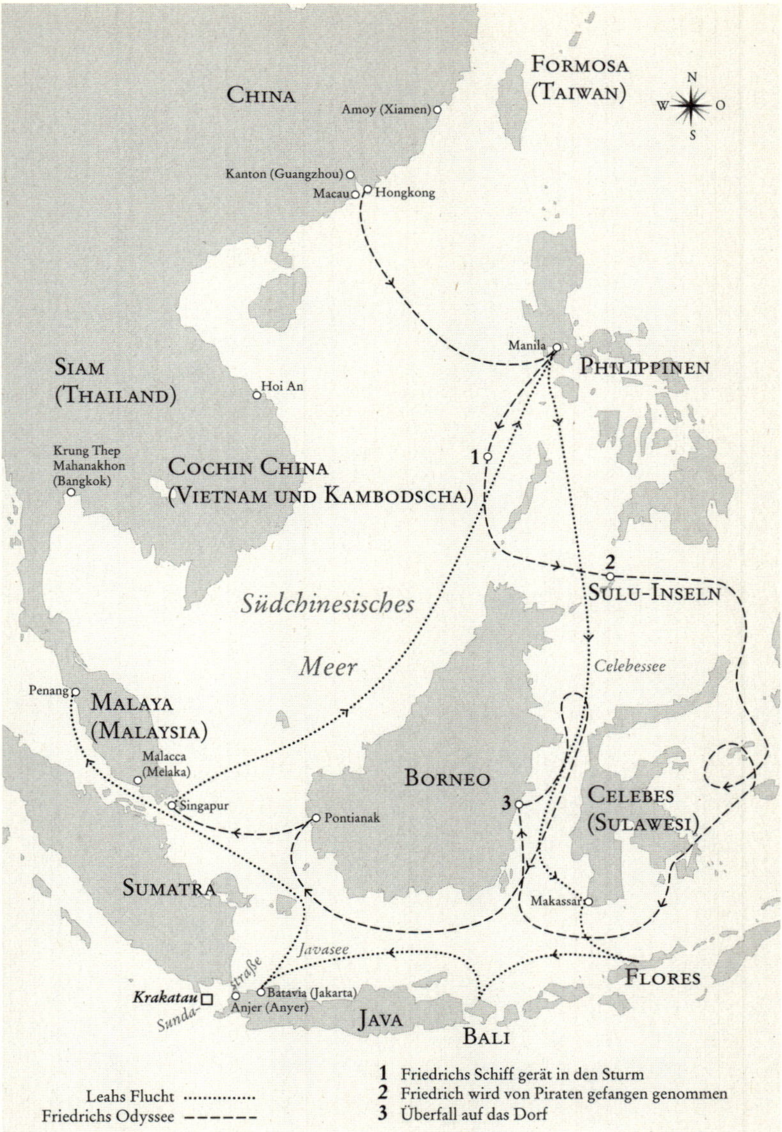
FORMOSA
(TAIWAN)
N
W
O
S
CHINA
Amoy (Xiamen)
Kanton (Guangzhou)
Macau
Hongkong
Manila
PHILIPPINEN
SIAM
(THAILAND)
Hoi An
Krung Thep
Mahanakhon
(Bangkok)
1
COCHIN CHINA
(VIETNAM UND KAMBODSCHA)
2
SULU-INSELN
Südchinesisches
Meer
Celebessee
Penang
MALAYA
(MALAYSIA)
Malacca
(Melaka)
BORNEO
Singapur
Pontianak
3
CELEBES
(SULAWESI)
SUMATRA
Makassar
Javasee
FLORES
Krakatau
Sunda-
straße
Batavia (Jakarta)
Anjer (Anyer)
JAVA
BALI
1 Friedrichs Schiff gerät in den Sturm
2 Friedrich wird von Piraten gefangen genommen
3 Überfall auf das Dorf
Leahs Flucht
Friedrichs Odyssee